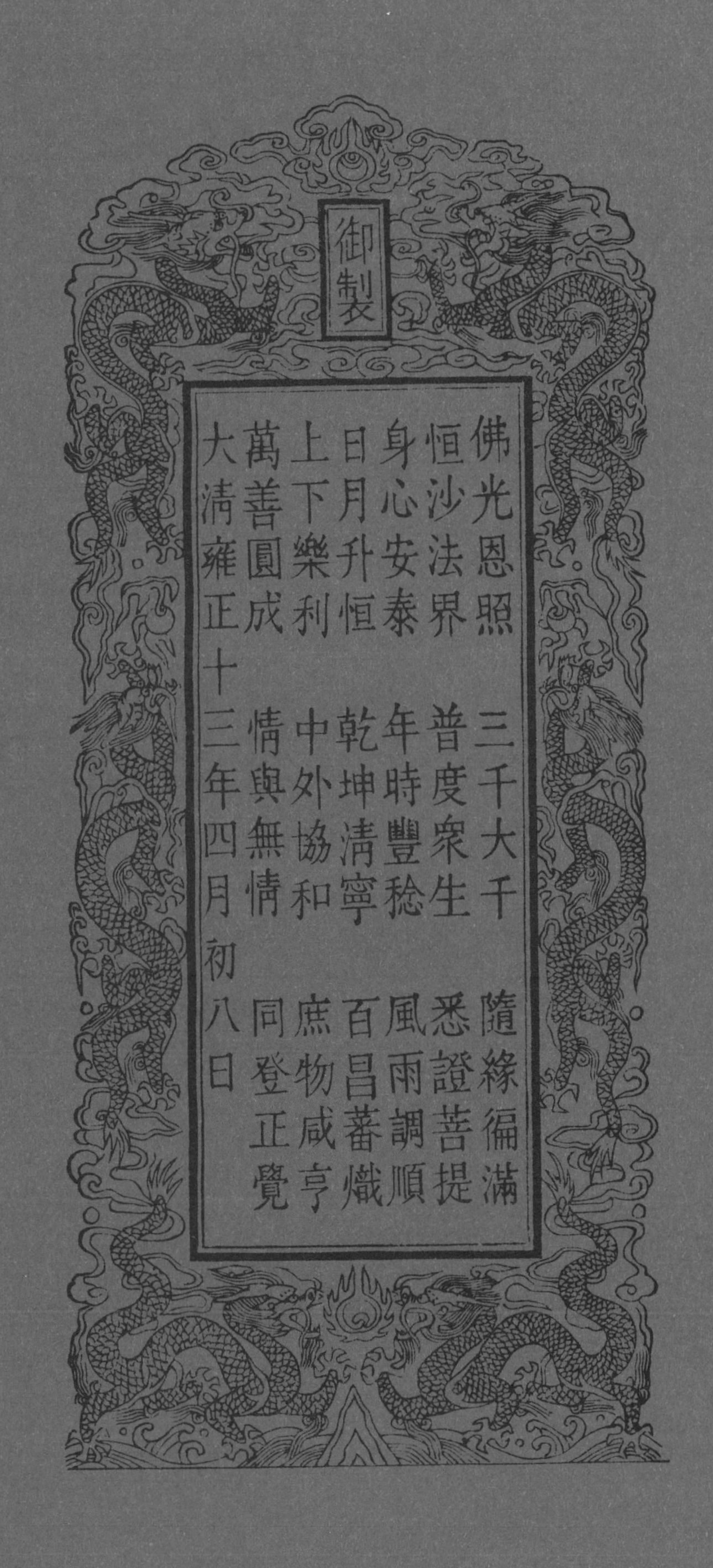
御製
佛光恩照　三千大千　隨緣徧滿
恒沙法界　普度衆生　悉證菩提
身心安泰　年時豐稔　風雨調順
日月升恒　乾坤清寧　百昌蕃熾
上下樂利　中外協和　庶物咸亨
萬善圓成　情與無情　同登正覺
大清雍正十三年四月初八日

第一一二册　此土著述（二）

經律異相

梁沙門僧旻寶唱等奉　勅撰

清刻龍藏佛說法變相圖

經律異相卷第二十一

梁沙門僧旻寶唱等奉勑撰

聲聞行惡行僧部第十五

調達與佛結怨之始第一

爾時調達心念毒害誹謗如來自謂有道衆人訶之天龍鬼神釋梵四王悉共曉喻卿欲毀佛由如舉手欲擲日月調達聞之其心不改時諸比丘具以啓佛調達有何重嫌懷結乃爾佛告諸比丘調達不但今生世世如是過去世時有梵志女端正姝妙色像第一諸梵志法假使處女與明經者請諸同學五百之衆供養三月察其所知時五百人中一人慱達而年朽耄面醜眼青父母愁憂女亦懷惱云何當爲此人作婦何異惡鬼當奈之何於時遠方有一梵志年旣幼少顔貌姝好聰明智慧聞彼梵志請諸同學欲處於女尋時往詣難問諸梵志等皆窮無辭五百之衆智皆不及時女父母及女見之皆大歡喜吾求女壻今乃獲願年尊梵志曰吾年旣老久許我女以爲我妻且以假我所得施遺悉用與卿傷我年高勿相毀辱年少答曰不可越法以從人情我應納之三月畢竟即以處女用與年少其年老者心懷毒惡即相毀辱而奪我婦世世所在與卿作怨終不相置年少梵志常行慈心彼獨懷害佛告諸比丘爾時年尊梵志今調達是年少梵志我身是也其女者瞿夷是（出生經第一卷）

調達欲害佛及佛弟子第二

調達與阿闍世王共議毀佛及諸弟子王勑國人不得奉佛時舍利弗等及波和提比丘尼等各將弟子去到他國唯佛與五百羅漢住崛山中調達至王所言佛諸弟子今已迸散尚有五百弟子在佛左右願王明日請佛

入城吾當飲五百大象使醉令蹋殺之吾當作佛教化世間王聞歡喜即往請佛佛知其謀答言大善王退而去還報調達明日食時佛與羅漢共入城門醉象鳴鼻而前搪揬牆壁樹木折敗一城戰慄五百羅漢飛在空中獨有尊者阿難在邊醉象齊頭逕前趣佛佛舉五指為五師子同聲俱吼震動天地醉象伏地不敢舉頭醉解垂淚悔過王及臣民莫不驚肅世尊徐前至王殿上與諸羅漢食訖呪願王白佛言稟性不明信彼讒言興造逆惡願垂大慈恕我迷愚佛告阿闍世及諸大衆世有八事與長誹謗皆由名譽以致大罪何等為八利衰毀譽稱譏苦樂自古至今尠不為惑佛即說偈文多不載佛曰昔有國王喜食鴈肉常遣獵師張網捕鴈日送一鴈以供王食時有鴈王將五百鴈飛下求食鴈王墮網為獵師所得餘鴈驚飛徘徊不去時有一鴈連翩追隨不避弓矢悲鳴吐血晝夜不息獵師見之感憐其義即放鴈王令相隨去羣鴈得王歡喜迴繞爾時獵師具以聞王王感其義斷不捕鴈時鴈王者我身是也一鴈者阿難是也五百羣鴈今五百羅漢是也食鴈國王者今大王是也時獵師者今調達是也前世已來恒欲害我我以大慈之力因而得濟不念怨惡自致得佛王及羣臣莫不歡喜出法句經第四卷

調達博學兼修神足止要利養第三

昔有比丘名曰調達聰明廣學十二年中坐禪入定心不移易十二頭陀初不缺減起不淨觀了出入息世間第一法乃至頂法一一

分別所誦佛經六萬象載不勝後意轉退漸生惡念望人供養著世利養至世尊所頭面禮足在一面立前白佛言唯然世尊願說神足之道我聞此已當善修行使我得神足已遊至他方處處教化世尊告曰汝今且置神足何不學四非常義苦義空義無我之義是時調達比丘便生此念如來所以不與我說神足義者恐有勝已耻有不如調達即捨如來往舍利弗所求神足道時舍利弗謂調達曰汝今且置何不修四非常調達思惟此舍利弗智慧第一如吾觀之猶如螢火比於日月吾所誦習無與等者猶尚不解神足之道況舍利弗豈能解乎即便捨去至目連所求神足道目連語曰止止調達始行之人先學四非常復當精修四禪爾乃得神足道耳調達恚怒此目連者自誇神足無與等者所以不與我者恐其不如我若得者已無名譽吾今處處學神足道皆不教我吾弟阿難多聞博學衆德具足吾今當往問之語阿難曰吾聞卿善解神足之道可與吾說吾得神足已遊至他方處處教化是時阿難便與說之調達聞已在閑靜處專心一意以麤入微復從微起還至於麤以心舉身以身舉心身心俱合漸漸離地初如胡麻轉如胡桃漸離於地從地至牀從牀至屋從屋至空在虛空中作十八變涌沒自由化作嬰孩小兒形貌端正頭上五處面如桃華在阿闍世太子膝上或笑或號現嬰兒態然太子知是調達身終日玩弄無有猒足或嗚嗽唾或擎其身傳左右手太子思惟調達神足勝彼瞿曇能作無數

變化時阿闍世日給五百釜食隨時供養不令有乏爾時衆多比丘見阿闍世供給調達具白世尊佛告諸比丘汝等勿貪調達供養調達自陷亦陷他人二俱墮罪如芭蕉樹愚人求實不能剋獲竹蘆亦然駏驉懷妊二命俱喪昔有羣鷲各各孚乳鷲告其鶵曰汝若學飛懸在虛空見地如槃慎勿上過有隨藍風傷害於汝頭腦肢節各在異處時鶵不隨父母教飛越過量爲風所吹喪命異處汝等比丘勿與斯意比丘當知猶如羣黿告語諸子汝等自護莫至某處彼有獵者備獲汝身分爲五分時諸黿子不隨其語便至某處共相歡娛便爲獵者所獲或有安隱得還歸者黿問其子汝從何來子報父母我等相將至彼處觀不見獵者唯覩長綖而追我後黿語其子此綖逐汝由來久矣先祖父母皆由此綖而致喪亡諸比丘當知猶如野狐晝夜伺求大便畜獸屎糞已自食訖復自大便調達比丘貪致供養亦復如是昔大月支國風俗常儀要當酥煎麥飼豬時官馬駒謂其母曰我等與王致力不計遠近皆赴其命然餉以草芻飲以潦水馬告其子汝等慎勿與此意羡彼酥煎麥也如是不久自當現驗時逼節會新歲垂至家家縛豬投於鑊湯舉聲嘷喚馬母告子汝等頗憶酥煎麥不欲知證驗可往觀之諸馬駒等知之審然方知前僁情分食草時復遇麥獲而不噉佛說偈言

芭蕉以實死　竹蘆實亦然　駏驉坐妊死
士以貪自喪（出出曜經第十卷）

調達拘迦利更相讚歎第四

佛告諸比丘調達凶危橫相嗟歎拘迦利比丘讚歎調達調達亦復歎拘迦利其彼二人無義無理諸比丘聞唯然大聖覩拘迦利比丘因依正典緣法律教以信出家橫歎調達調達嗟歎拘迦利並以非爲是以是爲非佛言此輩愚騃前世亦然過去世時黄門命過棄櫋樹間時作野狐烏鳥共來食肉更相讚歎烏曰

君體如師子　君頭若仙人　脂由鹿中生
善哉如好華

野狐讚曰

唯尊在樹上　智慧最第一　明照於十方
如積紫磨金

如是徃返時大仙人言橫相嗟歎言虛無實野狐者調達是烏者拘迦利是仙人者則菩薩是（出佛說野狐經）

調達就佛索衆不得翻失眷屬第五

調達往至世尊所頭面禮足在一面立白佛言我覩如來顔色變異諸根純熟年過少壯垂朽老邁唯願世尊自閑靜室禪定自娛四部之衆願見付授我當教誡如佛無異隨時供養四事不乏佛曰咄愚癡人不慮後殃舍利弗目連比丘猶尚不付況汝懶惰弊惡之人而可付授聖衆調達內興妬嫉聞世尊語倍生恚怒如來今日讚歎舍利弗目連比丘而更輕賤小弟子要當求便喪滅師徒使此國界衆生不覩其形不聞其聲時調達比丘即從座起禮足而退在外周慞巧言僞辭誑惑俗人誘得數十在在處處共相勸勉取要言之佛與大衆圍繞說法時調達告已弟子

曰汝等莫聽瞿曇所説不隨正法吾有一一深經好義當以相教恒求方便欲壞聖衆佛言止止調達慎勿興意壞亂聖衆後備受報其痛難忍調達固執不改知其意正佛觀過去因緣宿對知不可迴調達將五百弟子如來亦將五百弟子俱遊寶積山側菩薩門徒寬仁柔和教以正法修持禁戒出入進止不越其序調達之衆出言麤獷語輙興恚與弟子語如怨鬭訟弟子猒患盡共捨之往就菩薩並自稱説吾有千弟子衆德具足與世殊絕誰能及者調達恚怒即發誓願此人今日誘我弟子壞我門徒正使成佛我當壞其徒衆如今無異如來觀知調達必壞聖衆定無有疑如來即從座起捨衆而去有五事知不得壞亂衆僧一者如來目前如來威神不捨本誓故二者如來般泥洹後設有人言我今成佛逮最正覺應當問之釋迦文佛在時汝爲所在三者未曾有惡時四者比丘不競利養五者智慧神足弟子和合如來以宿命智觀必知調達當壞亂衆僧如來即捨而去調達在後與衆説法若有衆生事我爲尊承受教誡當習五法五法文多不載諸有比丘修此五法者早得解脱盡有漏成無漏何假瞿曇八直行耶語舍利弗目連言吾獲大利成三界尊像如如來告舍利弗目連曰吾患脊痛小欲安睡卿等二人與聖衆説法調達右脅著地欲得睡寐天神强挽調達左脅在地天神復猒誑有言語鼾聲現外穢氣遠徹目連以神足力飛騰虛空作十八變坐卧經行涌没自由舍利弗告衆會人如來身神德無量具足

一切智前達無窮劫達無極如來法者得現法報快樂無爲智者之所修學非愚者之所習如來聖衆者五分法身皆悉成就可敬可責承事供養爲衆生良祐福田時諸比丘各生此念我等愚惑不識眞正捨實就華棄本逐末今觀二賢所說世之希有我等寧可捨此調達就如來衆不亦快乎舍利弗知其心念即從座起五百比丘皆亦相隨目連在後追隨而去瞿波離比丘以右脚蹋調達曰弊惡調達何爲耽睡舍利弗目連二人將汝弟子去盡調達覺寤甚懷憂感（出調達問佛顔色經彌沙塞律略同）

調達先身爲野狐第六

乃往古昔有一摩納（此言仙人）在山窟中誦刹利書有一野狐往其左右專聽誦書心有所解作是念如我解此書語足作諸獸中王便起遊行逢一羸瘦野狐便欲殺之彼言何故殺我答言我是獸王汝不伏我彼言願莫見殺我當隨從於是二狐便共遊行復逢一狐問答如上如是展轉伏一切狐便以羣狐伏一切象復以衆象伏一切虎復以衆虎伏一切師子遂便權得作獸中王復作是念我爲獸王不應以獸爲婦便乘白象使諸羣獸圍迦夷國數百千帀王遣使問何故如是野狐答言我是獸王應娶汝女若不與我當滅汝國使還白王王集臣議唯除一臣皆云應與國之所恃唯賴象馬我有象馬彼有師子象馬聞氣惶怖伏地戰必不如何惜一女而喪一國時一大臣聰睿遠略白王言臣觀古今未曾聞見人王之女與下賤獸臣雖弱昧要殺

此狐羣獸散走王即問焉大臣答言王但遣使剋期戰日從求一願願令師子先戰後吼彼謂王畏必令師子先吼後戰王至戰日當勑城内皆令塞耳王用其語然後出軍軍陣欲交野狐果令師子先吼野狐聞之心破七分便於象上墜落于地羣獸散走佛說偈言

野狐憍慢盛　欲求其眷屬　行到迦夷城
自稱是獸王　人憍亦如此　現領於徒衆
在摩竭之國　法主以自號

告諸比丘爾時迦夷王者我是聰睿大臣者舍利弗是野狐王者調達是（出野狐求王事出彌沙塞律第四卷）

調達欲侵陵瞿夷身入地獄第七

調達在羅閱城興謀害心後事彰露時阿闍世王語調達曰汝宜出國不須住此十六大國莫不聞知調達造惡向於如來調達聞已內懷憂感便還本國恚結所纏搪揬菩薩宮內語瞿夷曰我欲拜汝爲第一夫人不審聖女爲可爾不瞿夷語曰前汝右手吾欲把之調達舒手使把扼腕骨碎五指血出當時迷悶良久乃甦是時調達轉進入宮踞菩薩牀宮人見之捉擲牀下即傷左髂不堪行來羣還本舍諸釋皆嫌皆來告語汝今宜可詣佛懺悔調達聞之和設巧詐密作鐵爪害毒塗之外形柔和內懷瞋恚爾時調達憶佛所說瞿曇沙門恒陳此言有身無瘡疣不爲毒所害毒無奈瘡何無惡無所造我今當往佯如懺悔以爪指壞其脚毒氣流溢自當取死諸人輩羣往詣世尊去三七仞語左右人下我在地吾欲步往尋下在地時涌火沸出纏裹

其身將入地獄（出調達生身入地獄經）

提婆達多昔爲野干破瓶喪命第八

佛住王舍城是時提婆達多欲破和合僧比丘三諫而亦不止佛言過去世時波羅奈國有一婆羅門於曠野中造立義井供給行者日已向暮有羣野干來飲殘水有野干主不飲地水便內頭罐中飲水飲水已戴罐高舉撲破諸野干輩善意語之而不從受如是非一破十四罐時婆羅門伺見野干便作木鑵堅固難破入易出難持著井邊捉杖伺之野干羣集主如前飲訖撲地不能令破時婆羅門捉杖來出打殺野干時野干主者今提婆達多是時羣野干者今諸比丘諫提婆達多者是（出僧祇律第八卷）

提婆達多昔爲獼猴取井中月第九

佛住王舍城時諸比丘爲提婆達多作舉羯磨六羣比丘即同提婆達多同語同見佛告比丘過去世時於空閑處有五百獼猴遊行林中到一尼俱律樹樹下有井井有月影時獼猴主見是月影語諸伴言月今死落乃在井中當共出之莫令世間長夜闇冥共作議言云何能出時獼猴主言我知出法我捉樹枝汝捉我尾展轉相連乃可出之時諸獼猴即如主語展轉相捉小未至水連獼猴重樹弱枝折一切獼猴墮井水中時獼猴主者今提婆達多是爾時餘獼猴者今六羣比丘是（出僧祇律第八卷）

提婆達多先身殺金色師子第十

佛告阿難若有衆生起一惡心向三世佛等若辟支若羅漢及著染衣人諸沙門等獲罪

無量所以者何染色之衣是賢聖標式若能發心敬染衣人獲福難量我由信心敬戴之故致得成佛阿難白言昔往敬心其事云何佛告阿難古昔無量劫此閻浮提有大國（報恩經云波羅奈國）王名提毗領八萬四千諸小國王世無佛法有辟支佛在於山間坐禪行道時諸野獸咸來親附有一師子名號睒迦羅毗（此言堅誓）軀體金色光相煥然食果噉草不害群生時有獵師剃頭著袈裟內佩弓箭行於澤中見師子睡眠（報恩經云舐比丘足）便以毒箭射之師子驚覺即欲馳害見著袈裟便自念言此染衣者善人標相我若害之則為惡心向諸賢聖思惟還息箭毒內行命在不久便說偈言耶羅羅婆奢沙婆呵說此語時天地大動無雲雨血諸天駭惕即以天眼觀見獵師殺於師子雨諸天華供養其屍是時獵師剝師子皮奉提毗王時王念言經言有獸金色必是菩薩問獵師言師子死時有何瑞應答言如上王聞是語悲喜交懷信心益猛即召諸臣耆舊智人令解是義時空林中有一仙人字奢摩為王解說耶羅羅其義唯剃頭著染衣當於生死疾得解脫婆奢沙者皆是賢聖之相近於涅槃婆呵者當為一切諸天世人所見敬仰於時仙人解是語已提毗歡喜即召諸王悉集此處作七寶車張師子皮表示一切悉共敬戴燒香散華而以供養後復打金為棺盛師子皮以用起塔爾時師子由發善心向染衣人十億萬劫作轉輪聖王佛告阿難時師子者我身是時國王者今彌勒是時仙人者今舍利弗是時獵師者今提婆達是（出賢

提舍等四比丘受罪輕重第十一（愚經第十三卷）

娑伽婆在舍衛城祇樹給孤獨園告諸比丘有四大泥犁一提舍大泥犁身出火燄長三十肘二瞿波離大泥犁身出火燄長三十肘三調達大泥犁身出火燄長四十肘四末佉梨大泥犁身出火燄長六十肘諸有人民欲求安隱獲其義者若二十大海水灌彼身上彼海水盡火故不滅猶如鎔銅若有人以二十海滴水澆鎔銅水滴速滅提舍比丘火燄不滅若復有人欲求安隱獲其義者復以二十大海水灌其身上彼水速盡提舍比丘愚人遮比丘僧使一日不得食使提舍比丘入大地獄瞿波離比丘有人欲使安隱獲其義者以大海水灌其身上彼海水速盡譬如二日所鎔銅或有一人以三十滴水著鎔銅中消盡瞿波離比丘愚人或有人起欲使獲安隱義者以三十大海水灌其身上大海水速盡瞿波離比丘愚人謗舍利弗目揵連比丘身壞命終生三惡道墮鉢頭摩地獄瞿波離比丘入大泥犁調達大泥犁若復有人欲使獲安隱義者復以四十大海水灌其身上彼大海速盡彼火不滅譬如三日所鎔銅若有人以四十滴水著鎔銅中即時消盡無餘調達愚人若有人起欲使獲安隱義以四十大海水灌其身上彼大海水速盡彼火不滅所以然者調達愚人欲害如來殺阿羅漢比丘尼壞亂比丘僧身壞命終三惡道生阿鼻地獄調達比丘入大地獄身出火燄長四十肘諸有比丘彼末佉梨大泥犁若有一人欲使

安隱以六十大海水灌其身上海水速盡彼火不滅譬如四日所鎔銅若有人以六十滴水著鎔銅中即時消盡末佉梨亦復如是以六十大海水灌其身上大海水速盡此火不滅此末佉梨愚人教受百物利人使行邪見出四泥犁經

善星比丘違反如來謗無因果第十二

佛言我於一時住王舍城善星比丘爲我給使我於初夜爲天帝釋說諸法要弟子之法應後師眠爾時善星以我久坐心生惡念時王舍城小男小女若啼不止父毋則語汝若不止當將汝付薄拘羅鬼爾時善星反被拘執而語我言速入禪室薄拘羅來帝釋言世尊如是人等亦復得入佛法中耶我言亦有佛性當得無上菩提我雖爲是善星說法而彼都無信受之心我在迦尸國尸婆富羅城善星爲我給使我入城乞食無量衆生虛心渴仰欲見我跡善星隨後毀滅既不能滅而令衆生生不善心我入城已於酒家舍見一尼乾踡脊蹲地飡食酒糟善星言世間若有阿羅漢者是人最勝何以故是人所說無因無果我言癡人汝常不聞阿羅漢者不飲酒不害人不欺誑不盜婬如是之人殺害父毋食噉酒糟云何而言是阿羅漢是人捨身必當墮阿鼻地獄阿羅漢者永斷三惡云何而言是阿羅漢善星即言四大之性猶可轉易欲令是人必墮阿鼻無有是處我言癡人汝常不聞諸佛如來誠言無二我雖爲說法而無信受之心善男子我與善星住王舍城有一尼乾名曰苦得常作是言衆生煩惱無有

因緣衆生解脱亦無因緣善星言世間若有阿羅漢者苦得爲上我言癡人苦得尼乾實非羅漢不能解了阿羅漢道善星復言何故羅漢於阿羅漢而生妬嫉我言癡人我於羅漢不生妬嫉而汝自生惡邪見耳若言苦得是羅漢者却後七日當患宿食腹痛而死生於食吐鬼中其同學輩當舁其屍置寒林中善星即語尼乾長老好善思惟作諸方便當令瞿曇墮妄語中苦得斷食從初一日乃至六日滿七日已便食黒蜜復飲冷水腹痛而終同學舁屍置寒林中即作食吐餓鬼之形在其屍邊善星至寒林中見苦得身善星語言大德死耶苦得答言我已死矣云何死耶答言因腹痛死誰出汝屍答言同學出置何處答言癡人汝今不識是寒林耶得何等身答言我得食吐鬼身善星言世尊苦得尼乾生三十三天我言癡人阿羅漢者無有生處云何而言苦得生於三十三天如來與迦葉往善星所善星遥見生惡邪心生身陷入墮阿鼻地獄譬如有人没圊廁中有善知識以手撓之若得首髪便欲拔出久求不得爾乃息意我亦如是求覓善星微少善根便欲拔濟終日求之乃至不得如毛髪許是故不得拔其地獄（出大涅槃經第三十一卷）

經律異相卷第二十一

音釋

嗽 先奏切欬嗽也 唾 吐卧切口液也 駏驉 駏臼許切驉休居切駏驉獸名 鵄 崇芻切鳥生能自食曰鵄 綖 私箭切與線同 飼 祥吏切餧也 餉 式亮切饋也 潦 魯皓切行潦也謂路上流水也 嗥 乎刀切呼也 騃 語駭切癡也 稃 抽居切木名 鼾 許干切卧氣激聲也 扼腕 扼乙革切腕烏貫切

扼腕握臂也**髂**丘駕切腰骨也**攣**羊諸切兩手對舉也**疕**疑求切贅也

搯乞洽切爪刺也**𨅖**直加切**佉**丘迦切**踡**具員切踡跼不伸也**异**羊朱切共舉也

圊厠圊親盈切厠初吏切圊厠溷也

經律異相卷第二十二

梁沙門僧旻寶唱等奉勅撰

聲聞無學沙彌僧部第十六

雙德雙福二沙彌遇佛成道一

須陀耶在塚生長遇佛得道二

均提沙彌出家并前身因緣三

沙彌救蟻延壽精進得道四

沙彌推師倒地而亡以無惡心精進得道五

沙彌早夭生天失善師友憤念詣佛得分別聖諦六

純頭沙彌爲鬼所敬用須跋外道自然降伏七

沙彌隨聖師入山得四通知爲五母所痛念八

沙彌護戒捨所愛身九

沙彌於龍女生愛遂生龍中十

沙彌愛酪卽受蟲身十一

雙德雙福二沙彌遇佛成道第一

舍衛國有山民村五六十家去國五百里村中有一貧家婦懷妊十月雙生二男大端正無比父母愛之爲子作字一名雙德二名雙福生五六十日其父牧牛息卧牀上其母拾薪未返此二兒共相責語一言前時垂當得道正坐愚意謂命可常退墮生死不可計劫今生此貧家蓑草之物以爲氈褥食飲麤惡裁自支命如此至久云何可活皆坐前世戀慕富貴放身散意快樂須臾從爾已來長塗受苦如今憂惱當何恃怙一人答言時有小難一時之勤不竟精進而今數世遭諸惡患

此是自爲非父母作也但共當之復何所言父聞惆之謂呼是鬼寧小未大宜當殺之父驚到田中收取樵薪欲燒殺之母還問夫用此薪何爲夫說如是母聞惆然明日夫婦俱出潛聽二子相責如故便共集薪窖欲燒之佛天眼見往到村中普放光明天地大動山川樹木皆作金色到雙生小兒家二兒見佛光明喜踊難量父母又驚各抱一子將至佛所問佛世尊此兒生來四五十日所說如是甚共怪之恐作禍害欲火燒之不知爲是何等鬼魅也唯願解說小兒見佛踊躍歡喜佛見小兒大笑口出五色光普照天地佛告此二小兒非是鬼魅福德之子前迦葉佛時作沙門少小共爲朋友同志出家各自精進臨當得道忽起邪想共相沮敗樂世榮華恃福生天下爲侯王國主長者忽起是想便自退轉不得泥洹更此生死彌連歲數常相鉤牽輙共雙生遭我世時今始乃生已曾供養佛故餘福應度生識宿命今來度之我不度者横爲火所燒即說偈言

大人體無欲　在所照然明　雖或遭苦樂
不高現其智　大賢無世事　不願子財國
當守戒慧道　不貪邪富貴　智人知動揺
譬如沙中樹　朋友志不强　隨色染其素

佛說是小兒見佛身踊如八歲兒大即作沙彌得羅漢道村人大小見佛光明又見小兒形變踊大皆大歡喜得須陀洹道父母疑解亦得法眼（出法句經第一卷）

須陀耶在塚生長遇佛得道第二

有國王名曰旃陀越奉事婆羅門道領治國

正亦任用之王重小夫人諸夫人憎嫉以金賜婆羅門譖之於王言其生子必爲國患王聞不樂問婆羅門言當如之何答曰唯并殺之耳王言人命之重云何可殺報言若不殺者必亡國喪身王便枉殺兒後於塚中生其毋半身不朽兒飲其湩湩即乳也乃至三年其塚崩陷其兒得出與鳥獸共戲暮即還塚中及年六歲佛念其勤苦與鳥獸同羣即化爲沙門往呼問之言汝是誰家子居在何處兒歡喜報言我無家居但栖宿此塚中耳乞隨道人去佛言欲何爲乎兒報言我今善惡終當隨道人佛便將其到祇洹中見諸比丘威儀法則意甚樂之便白佛言我欲乞作比丘佛即聽之以手摩其頭頭髮自墮袈裟著身名爲須陀守戒精進心不懈怠經涉七日得羅漢道佛語須陀宜度旃陀越王須陀往到其國王曰我心大憂當如之何道人言何所憂也王言我年已長過時無嗣爲之愁憂道人聞王語初不應之獨笑而已王便恚言我與道人語初不答我而反獨笑即欲殺之須陀知其意便輕舉飛翔上住空中分身散體出入無間王見神化即悔過言我實愚癡不別眞僞唯願大神一還令我得自歸命須陀即從空中下住王前謂王言若能自歸甚善當自歸於佛佛是我師三界之尊度脫衆生須陀便如伸臂頃將王及人民俱到佛所歸命三尊乞受五戒爲優婆塞佛具說須陀是王子王聞佛言更恐怖不能自勝佛言昔拘先尼佛世有國王號名弗舍達國中人民皆供養三尊時有凡人居貧無業當爲國中

富貴債牧養數百頭牛見王及人民供養比丘僧便即問言卿等何所爲乎人民答言吾等供養三尊後當在處安樂尊貴無有勤苦即自念言我貧唯當煎牛湩爲酪酥淨心上比丘耳比丘僧呪願言令汝世世得福自後展轉更歷生死輒受其福或上爲諸天或下爲王侯王時出遊獵見好牸牛懷犢殺之夫人語王莫殺其子時牛主破取子養其主恚言當令王如此牛也自後鬼神爲王作子時未出生母爲王所殺須陀是也須陀母者是時王夫人也婆羅門者牛主是也須陀塚中生其母半身不朽得飲其湩以自長大者由其宿命以酪酥上比丘僧故王聞意解得須陀洹（出旃陀越國王經中）

均提沙彌出家并前身因緣第三

佛在舍衛國爾時尊者舍利弗晝夜三時天眼觀視誰應度者輒往度之時有賈客欲詣他國（報恩經云摩提二國中間有五百賈客）其諸商人共將一狗（報恩經云白狗）至於中路衆賈頓息狗便盜肉於時衆人便共打狗而折其脚棄置空野捨之而去時舍利弗天眼見狗癡躄在地飢困垂死飛至狗所以食施與狗濟餘命心甚歡喜時舍利弗即爲此狗說微妙法狗便命終生舍衛國婆羅門家時舍利弗獨行乞食婆羅門見而問之言尊者獨行無沙彌耶舍利弗言我無沙彌聞卿有子當用見與婆羅門曰我有一子字曰均提年既孩幼不任使令比前長大當用相與時舍利弗即識在心至年七歲復來求之時婆羅門令兒出家舍利弗將至祇洹漸爲說法心意開解得阿羅漢（報恩

經云佛言善來鬚髮自落袈裟著身均提沙彌旣始得道自以智力觀過去世見前身作一餓狗蒙和尚恩今得人身并獲道果欣心內發而自念言我蒙師恩得脫諸苦今當盡身供給所須求作沙彌乃性過去迦葉佛時有諸比丘集在一處時年少比丘音聲清雅善能讚唄有一比丘年高耆老音聲濁鈍不能經唄每自唄聲而自娛樂老比丘者巳得羅漢于時年少比丘而訶之言今汝長老聲如狗吠時老比丘便呼年少汝識我不年少答曰我大識汝汝是迦葉佛時比丘上座答言我今巳得阿羅漢年少惶怖自責懺悔猶五百世中常受狗身由其出家持淨戒故今得見我蒙得解脫出賢愚經第十三卷

沙彌救蟻延壽精進得道第四

昔有小國去城不遠有好林藪有五道士於中學道有一比丘得六神通有一沙彌年始八歲共在山中各一面坐思惟經道師知沙彌命餘七日在此亡者父母謂吾看視不快使其命終必懷怨恨即語沙彌汝父母思汝汝可歸家八日早來沙彌歡喜稽首而去道逢大雨流潦滂沛地有蟻孔流水欲入沙彌念曰我佛弟子一者慈心二者活生即便土壅決水令去沙彌歸家無有他變八日晨還師遥見之怪其所以七日應亡今何因緣將無鬼神化現來乎即入三昧見其救蟻現世延壽沙彌至稽首作禮於一面坐師謂言汝作大功德爲自知不沙彌言七日在家無他功德師言汝命應盡昨日以救蟻故現世增壽八十餘年沙彌歡喜信善有報即更勤修

精進不懈得阿羅漢出福報經又出譬喻經第七卷中

沙彌推師倒地而亡以無惡心精進得道第五

舍衛國有一老公早失其婦獨與兒居困無財寶覺世非常從佛出家兒年尚小亦爲沙彌共父乞食逼暮當還父行遲兒畏毒獸急扶其父排之進路執之不固推父墮地應手而死獨至佛所時諸比丘訶責沙彌即以白佛佛告之曰此師雖死不以惡意即問沙彌汝殺師不荅言我實排之不以惡意佛言我知汝心無有惡意過去世時亦復如是無有惡意而相殺害昔父子二人共住一處時父病極於時睡臥多有蠅蠅數來惱觸父令兒遮蠅望得安眠時兒急遮蠅來不止兒便瞋恚即持大杖伺蠅當殺十誦律云持大石擲蚊子時諸蠅蠅競集父額以杖打之其父即死父者此沙彌是時兒者死比丘是由無惡心不以惡意亦非故殺沙彌勤修不懈遂得羅漢道出賢愚經第十卷

沙彌早夭生天失善師友憤念詣佛得分別聖諦第六

佛遊舍衛祇樹給孤獨園時異比丘有弟子志性溫雅意行仁賢常侍和尚誠謹精進敬從法教不違師命壽命短促幼小而亡生忉利宮觀於天上但覩大火本所志願不得如意與善師友不能相守今捨善師隨逐惡友於是違遠至尊和尚及阿夷梨衆諸等類修梵行者四輩弟子有一切智號曰如來今悉違遠無央數劫難值難見興于世間講說經典微妙深奥未曾發言而安隱開化說諸緣

起各各解了所從有因無央數劫所未見聞悉爲解決值此經律棄家爲道所當典立不得究竟今反放逸先詣世尊稽首足下佛見其心真正樂道純淑在法説苦集滅道即便見諦和尚愁念泣涕如雨佛呼問之何爲憂惱答曰弟子終没佛言何故愁憂答曰我沙彌弟子甚大賢良未有究竟而中夭没是故憂悒不能自寬佛言勿愁已至究竟得生天上今日夜半分别聖諦比丘不復涕泣（出弟子過命經）

純頭沙彌爲鬼所敬用須跋外道自然降伏第七

舍利弗有一沙彌名曰純頭長年八歲得六神通飛騰虚空至阿耨泉有五通梵志名曰須跋亦至彼泉時彼泉上有守泉青衣鬼驅逐五通梵志瓦石打擲不使逼近神泉純頭沙彌乘虚空至彼青衣鬼數百之衆皆前迎逆或前收攝衣者或持淨水洗手足者或以淨巾拂拭首面者或以香湯沐浴身體者須跋梵志放聲説曰我今已得五通神德無量力能移山駐流迴轉天地猶掌迴珠自學道以來百二十餘年勞形苦體形神疲極或事五明四處然火日光上照或卧灰糞或卧荆棘嶮難之中無道不學然更驅逐不得至泉然此黑衣小兒年在七八未離乳哺身體穢臭待敬過重用何等故時青衣鬼語梵志曰今此學士形年雖小行過三界得賢聖八品道汝今無是故不與敬有一婆羅門名曰閱叉興立一寺亦名閱叉恒供給酥油供寺然燈時有遠方婆羅門來至彼寺中又聞閱叉

梵志高才明德偏信佛法建立神廟與共相見時有一沙彌來迎取油酥供寺然燈衆多梵志語闍叉婆羅門曰汝審向色衣人禮耶言語未訖沙彌已至即復禮之衆多梵志語此梵志曰汝出四姓才藝過人天文地理無不貫綜神咒威靈無事不克今此色衣之人出衆多姓種非眞正何爲違本法而向恭禮又卿梵志執行清淨自修内藏圖讖祕記行道成福何顧不克文字章印無不周悉佛行寡尠有何可貴捨本取末是我所疾蓋聞沙門寒賤巧詐繁滋幻惑世人所行短促齊榮一身不能延致梵福正使相見止可擎拳而已何爲五體投地恭敬作禮耶我等親見甚怪所以况先學大人豈能恕卿此罪耶闍叉報衆多婆羅門曰諸人靜默聽我所説

賢聖德難量　八直無上道　是爲梵沙門
如來口所宣　覩此形雖小　以果賢聖道
是故今自歸　梵志何爲嗤

向得能究竟須陀洹斯陀含能斷欲界縛諸纒陰入是故説曰向得能盡魔源者入定坐禪之人樂處閑靜志崇一意計出入息執意牢固能斷魔縛反縛於魔入定之人能提鬼神如意即至當求方便斷魔牢縛（出出曜經第五卷）

沙彌隨聖師入山得四通知爲五母所痛念第八

昔有一小兒年始七歲大好佛道作於沙彌隨羅漢師在山中學精進不懈及年八歲便得四通一者眼徹視二者耳徹聽三者飛行變化四者自知宿命所從來坐自思念即見先世宿命所更五母作子即還自笑師問何

笑沙彌言何敢笑師自視一身而有五母晝夜啼哭感傷愁毒常言念子未曾忽忘我自念一身愁毒五家用是故笑耳我爲第一母作子時比隣有與我同時生者我死後同日生者出入行步我母見之便言我子在者亦當出入行步如是即愁憂感痛念我我復爲第二母作子生不久復死我母見人有乳養子者便感痛念我愁憂啼哭我復爲第三母作子不久復死我母臨飯淚出念我言若子在者與我共飯棄我死去我復爲第四母作子不久復死我時等輩娉娶者母復念我言若子不死今亦當娶婦我爲第五母作子人故見在我捨家學道母日啼哭言亡我子不知所在飢寒生死不復相見並慷慨悲痛今五母共會各言亡子相對啼哭念我一人是故笑耳世間人不知有後世生但言死耳人作善得福作惡得殃人在世間喜怒自恐無所畏惡後受苦痛入惡道中悔無所及我厭世間故辭親求道我視地獄畜生餓鬼貧窮代其恐怖我得師恩受佛經戒今以度脫我念五母不能得脫反復憂我出五母人子經

沙彌護戒捨所愛身第九

有一比丘少欲知足時安陀國有優婆塞敬信三寶終身供養日日遣送其國有一長者生一男兒欲令出家當求善師即往白比丘言我此一子令使出家唯願大德哀納濟度爾時比丘以道眼觀此人出家能持淨戒度爲沙彌時優婆塞有一親善居士明日客會晨朝念言今當就會誰後守舍女即白父唯願父母從諸僮使但行應請我堪後守父曰

甚善合家悉往女便閉門獨住家內時優婆塞是日忽忽忘不送食爾時尊者心自念言日時向晚俗人多事即遣沙彌往取善攝威儀如佛所說沙彌打門女問是誰答言沙彌爲師取食即與開門是女端正容貌姝妙年始十六婬欲火燒於沙彌前作諸妖媚深現欲相沙彌見已念言此女爲有風癇病耶將無欲結所使欲毀我淨行耶堅攝威儀顏色不變女便五體投地白沙彌言我常願者欲有所陳我此舍中珍寶倉庫如毗沙門天宮寶藏而無有主汝可屈意爲此舍主我爲汝婢供給使令滿我所願沙彌心念我寧捨命不毀禁戒昔日比丘至婬女家寧投火坑不犯於欲又諸比丘賊所劫奪以草繫縛風吹日曝諸蟲唼食以護戒故不絕草而去如鵝吞珠比丘雖見以持戒故極苦不說如海船壞下座比丘以守戒故授板上座沒海而死如是諸人獨佛弟子能持禁戒我非弟子不能持也如來世尊獨爲彼師非我師也方便語言牢閉門户我入一房作所應作爾乃一相就女即閉門沙彌入房關椫門户得一剃刀脫身衣服置於架上合掌跪向拘尸那城佛涅槃處自立誓願我今不捨佛法衆僧亦不捨戒正爲持戒捨此身命願所往生寂靜家淨行盡漏成道即刎頸死時女怪遲趣户看視見其已死失於本容欲心尋息慚結懊惱悲呼悶絕其父會還見女如是問何以故具答以實父即入房見沙彌身血皆污赤如栴檀作禮讚言護持佛戒能捨身命時彼國法若有沙門白衣舍死當罰金錢時優婆塞

以一千金錢置銅案上載至王宮白言大王我有罰謫應入於王願當受之王言汝於我國敬信三寶言行無違唯汝一人當有何過而輸罰耶時優婆塞具陳上緣自毀其女讚歎沙彌王聞悚然而告之言沙彌護戒自捨身命汝無罪咎但持還舍吾今躬欲自至汝家供養沙彌王往見之前爲作禮以種種寶莊嚴高車載死沙彌至平坦地積衆香木闍毗供養嚴飾是女極世之殊置高顯處普使時會一切皆見語衆人言是女殊妙容暉乃爾未離欲者誰無染心而此沙彌既未得道以生死身奉戒捨命甚奇希有王即遣人命請其師廣爲大衆說微妙法時會一切見聞此事有求出家有發無上菩提心者（出賢愚經第七卷）

沙彌於龍女生愛遂生龍中第十

昔有羅漢與沙彌於山中行道沙彌日日至王人家乞飯食經歷堤基上行崎嶇危嶮當躃覆地飯汚泥土沙彌取不汚飯著師鉢中汚飯洗自食之如是非一日師曰何因洗棄飯味答曰行乞去晴乞還時雨於堤基躃地覆飯師默然思之知是龍嬈沙彌便起到堤基上持杖叩擻之龍化作老公來出頭面著地沙門言汝何嬈我沙彌乎答曰實愛其容貌耳從今日始日日於我室食沙門受請日日往食沙彌後時見師鉢中有兩三粒飯非世間飯問和尚師默不應沙彌便入牀下手捉牀足和尚禪定竟相隨俱飛到龍宮殿上龍及婦女俱禮沙門復禮沙彌師乃覺之呼出語言此非婇女是畜生耳汝爲沙彌雖未

得道必生忉利天上勝彼百倍勿以汚意沙彌言此龍居處世間少有師曰彼有三苦一者雖百味飯入口即化成蝦蟆二者婇女端正無此欲爲夫婦兩蛇相交三者龍背有逆鱗沙石生其中痛乃達心胷此爲大苦汝何因從之汝未得道不可令見鬼道及國王内事也沙彌不應晝夜思想憶彼不食得病而死魂神生爲龍作子大智論云布施持戒願早作龍要期心重足下水出後至師本所八處大池之邊以袈裟覆頭而入水死即變爲大龍即殺舊龍舉池盡赤出迦葉詰難陀經又出大智論第十七卷

沙彌愛酪即受蟲身第十

如一沙彌心常愛酪諸檀越餉僧酪時沙彌每得殘分心中貪著樂喜不離命終之後生殘酪瓶中沙彌師阿羅漢僧分酪語言徐徐勿傷此愛酪沙彌諸人言何以言愛酪沙彌答言此本是我沙彌但坐貪愛殘酪故生此瓶中師得酪分蟲在中來師言愛酪人汝何以來即以酪與之出大智論第七七卷

經律異相卷第二十二

音釋

癵躄癵閭員切拘攣也躄必益切足不能行也　戢側入切藏也　藪蘇后切　滂沛滂鋪郎切沛普蓋切滂沛水廣及貌　壅於用切塞也　蜆蝀蜆音覓蝀蜆也蝀音蜥　練郎甸切精熟也　讖楚禁切驗也　尠息淺切少也　嗤充之切笑也　慷慨慷口浪切慨口漑切慷慨感傷之意　癇何閒切病也　曝步木切日乾也　唼音帀齧也　橝徒點切正作居閉戶也　刎頸刎武粉切斷也頸經郢切頭莖也　悚荀勇切懼也　擻蘇后切叩擻振舉之貌

經律異相卷第二十三

梁沙門僧旻寶唱等奉勑撰

聲聞無學尼僧部第十七

跋陀羅自識宿命遇佛成道一
叔離以氎褁身而生出家悟道二
跋陀迦毗羅爲王所逼其心無染三
華色得道後卧婆羅門竊行不淨四
蓮華婬女見化人聞説法意解五
五百婆羅門女聞法開悟六
婆羅門尼請優陀夷慢不聞法七
差摩蓮華遇强暴人脫眼獲免八
毗低羅先慳貪從佛受化得道九
婆私吒毋喪子發狂聞法得道十
孤獨毋女爲王所納出家悟道十一
尸利摩忘飢贍僧十二
暴志前生爲鼈婦十三
暴志謗佛十四

跋陀羅自識宿命遇佛成道第一

婆伽婆在羅閱城時跋陀羅比丘尼出比丘園在一樹下端坐繫念自識宿命便笑諸比丘尼見即問之跋陀羅比丘尼言我自識宿命過去九十一劫有毗婆尸如來出現於世有一童子名跋羅摩提婆饒財多貨極富無量童子執寶蓋從舍出有一長者婦端正無比亦從彼過有衆多人民皆悉觀察時童子便作是念我今擎寶蓋衆寶合成從此路過然無人觀察我者此長者婦我今當設方便使衆人觀察我時童子手執寶蓋便出彼境界詣毗婆尸如來所住如來後擎寶蓋經七日七夜作此誓願言持我供養世尊功德當

爲女身端正無比使衆人九迷惑偃地童子壽終生三十三天爲天女有五事勝云何爲五天壽天色天樂天神足天增上功德天見此女皆懷希望欲得與俱時三十三天皆各共諍天女壽終來生人間爲舌若達多婆羅門作女端正殊妙往返人天常得端正多値諸佛悉皆承事供養求爲女人後生人間卑賤婆羅門家爲月光童子作婢名曰幾羅月光童子婦名摩奴訶羅端正無比時月光夫人語彼婢言汝出舍外若見沙門婆羅門者將來至此我欲惠施時婢出舍有辟支佛在門閫上乞食時幾羅婢語言入來欲相惠施夫人見之體不端正語幾羅言發遣沙門我不施也婢言願尊開意莫嫌沙門形狀供養功德不可稱計時夫人報言速驅此沙門出

我不堪施婢報言若尊不施此沙門者我今日所應得分食願莫愛惜時夫人即以麨與婢時幾羅婢即以分麨著辟支佛鉢中食已身昇虛空時婢見歡喜不能自勝便作誓願持是功德莫墮惡趣使我當來久遠恒値此聖爲我說法便速解脫時波羅柰城梵摩達多王見彼辟支佛昇在虛空語羣臣言彼所惠施時月光長者將五百賈客集大講堂遥見辟支佛執鉢昇空或有賈客各作是説此聖人必於我家得食時大月光夫人見語幾羅婢言汝所得功德持惠施我此則是我所惠施我今更持食與汝婢言不施又言我今與汝二分食對曰亦不須夫人又言與汝三分五分十分二十分乃至百分千分幾羅婢言我不相施夫人報言設汝不與我者我當

截汝耳鼻手幾羅婢言我不相施時長者婦以杖打婢打之已竟月光長者還來見幾羅婢頭破衣裂悲泣隨淚問其始末具以事白時月光童子取彼夫人持用作婢以幾羅婢作第一夫人五百婇女圍遶以百千珍寶莊嚴其身時梵摩達多王聞月光婢飯彼辟支佛時梵摩達多王以百千兩珍寶以餉月光長者婦復以田業惠施月光長者時梵摩達多王今伽毗羅摩耆羅是月光長者大迦葉是幾羅婢者即我身是今得值佛得阿羅漢（出跋陀羅比丘尼經）

叔離以氎裹身而生出家悟道第二

時舍衛國有一長者婦生一女姝妙少雙其初生時細軟白氎裹身而出父母怪之瞻相甚吉因爲作字名曰叔離（此言白也）叔離長大氎隨身大此女璝瑋國内遠近競來娉求女曰父母我欲出家父母愛念不違其志尋爲出氎欲作五衣女白父母我此所著悉巴具足更不須作唯願聽我時往佛所詣佛作禮求索出家佛言善來頭髮自墮所著白氎尋成五衣付大愛道爲比丘尼精進不久成羅漢道阿難白佛言叔離本修何德生與氎俱出家得道佛言過去有佛名毗婆尸時王臣民多設供養時有女人名陀膩鞘極爲貧窮夫婦二人共有一氎若夫出行則被而往婦便裸坐若婦被氎夫則裸坐有勸化比丘行至其家見是女人因勸之言佛世難值人身難得汝當聽法汝當布施女還語夫外有沙門勸我見佛聽法布施夫荅之言我家窮困雖可有心當以何施婦言我意欲以此氎布施

夫言我之與汝共此一氎出入求索以自在活今若用施俱當守死婦言人生有死不施會死施而死後世有望不施而死後遂當劇夫歡喜言分死用施婦即還出白比丘言大德可上蹝下我名字比丘答言若欲施者汝當面施爲汝呪願叔離白言唯此被氎内無異衣女形穢惡不宜此脱即還入内遥於向下脱身上氎授與比丘比丘呪願持至佛所佛言比丘持此氎來比丘授佛佛自手受此氎垢汚時王衆會微心嫌佛受此垢氎佛知衆心而告之言我觀此會清淨大施無過於此以氎施者大衆聞已莫不悚然夫人歡喜即脱已身所著嚴飾瓔珞寶衣送與陀膩羇王亦欣悦脱身衣服送與其夫命令詣會佛告阿難欲知爾時貧窮女人陀膩羇者今叔離比丘尼是由於爾時以清淨心氎布施故九十一劫所生之處常與氎生無所乏少（出賢愚經第七卷）

跋陀迦毗羅爲王所逼其心無染第三

俱薩羅國波斯匿王聞跋陀迦毗羅出家即請入宫夏四月安居共止一處王到園中語守門人言汝好守門莫令是比丘尼出守門人作是念是比丘尼樂住不走時守門人有餘因縁比丘尼著夫人被服從門而出徑到祇洹聽佛説法佛遥見言善來跋陀迦毗羅即失夫人被服頭髮自落袈裟著身作比丘尼到佛所頭面禮佛佛爲説四如意足力時比丘尼得神足力是時王聞跋陀迦毗羅女走去便將兵衆圍遶比丘衆及圍遶比丘尼坊是比丘尼便飛虚空王仰看即生悔心我

云何乃污阿羅漢比丘尼心悶躃地向比丘尼悔過寺中比丘尼驅令出去答曰我無受欲心諸比丘尼云汝夏四月共王殿中云何無受以事白佛佛知故問是比丘尼汝實受細滑不答言世尊我云何當受我覺是細滑如熱鐵入身佛言汝若無受細滑心無罪出十誦律善誦卷第二

華色得道後卧婆羅門竊行不淨第四

佛在舍衛城爾時優善那邑有年少居士出行遊戲見一女人名蓮華色如桃李女相具足情相敬重即娉爲婦其後少時婦便有娠送歸其家月滿生女以婦在產不復附近遂乃私竊通于其母蓮華旣知便委去夫婦道絕恐累父母顧戀嬰孩無忍耻愧還于夫家養女八歲然後乃去至波羅柰飢渴疲極於水邊坐時彼長者出行遊觀見之愛重即問卿所居父母氏族今爲係誰而獨在此蓮華色言我其氏女今無所屬長者復問若無所屬能作我正室不答言女人有夫何爲不可即便載歸拜爲正婦蓮華色料理其家允和小大夫婦相重至于八年爾時長者語其婦言我有出息在優善那邑不復索歛於今八年考計生長乃有億數今往索之與汝暫别婦言彼邑風俗女人放逸君今自往或失丈夫操答言吾雖短昧不至此亂婦復言若必爾宜去思聞一誓答言甚善若發邪心與念同滅於是別去到于彼邑索歛處多遂經年載思室轉深我若邪婬乃負本誓更取別室不爲違信於是推訪遇見一女顏容雅妙視瞻不邪甚相敬愛便往求婚父以長者才

明大富歡喜與之索歛既畢將還本國安處別宅然後乃歸晨出暮返異于平昔蓮華色怪之密問從人從人答有少婦其夫暮還蓮華色問君有新室何故藏隱不令我見答言恐卿見恨是故留外婦言我不嫌妬神明鑑識便可呼歸助君料理即便將還乃是其女母子相見不復相識後因沐頭諦觀形相乃疑是女便問鄉邦父母姓族女具以答爾乃知之母驚惋曰昔與母共夫今與女同壻生死迷亂乃至於此不斷愛欲出家學道如此倒惑何由得息便委而去到祇洹門飢渴疲極坐一樹下爾時世尊與大衆圍遶說法蓮華色見衆人多謂是節會當有飲食便入精舍見佛世尊爲衆說法聞法開解飢渴消除於是世尊徧觀衆會誰應得度唯蓮華色應得道果即說苦集滅道便於坐上遠塵離垢得法眼淨既得果已一心合掌向佛而住佛說法已衆會各還時蓮華色前禮佛足長跪合掌白言於佛法中願得出家佛即許之告波闍波提比丘尼汝今可度此女爲道即度出家受具足戒勤行精進逮成羅漢具八解脫顔容光發倍勝於昔入城乞食遇一婆羅門見生染樂心作是念此比丘尼今不可得當尋其住處方便圖之後復行乞食彼婆羅門於後逃入伏其床下是日諸比丘尼竟夜說法疲極還房仰卧熟眠於是婆羅門從床下出作不淨行時比丘尼即踊昇虚空時婆羅門便於床上生入地獄出彌沙塞律第五卷

蓮華婬女見化人聞說法意解第五

佛在羅閱祇耆闍崛山有一婬女名曰蓮華

善心自生便棄世事作比丘尼即詣山中行到佛所未至中道有流泉水女因飲水澡手自觀見其面像姿姸無比即便念言云何自棄作沙門耶且當少時快我私情尋即還家佛知蓮華應當得度化作婦人端正絶世勝蓮華女尋路而來蓮華見之心甚愛敬即問化人從何所來夫主中外皆在何許云何獨行而無時從化人答言從城中來欲還歸家雖不相識可俱還到向泉水上蓮華言善二人俱還到泉水上陳意委曲化人睡卧枕蓮華膝須臾之頃忽然命絶膖脹臭爛腹潰蟲出齒落髮墮肌體解散蓮華見之心大驚怖云何好人忽便無常此人尚爾我豈得久故當詣佛精進學道即至佛所五體投地作禮自說佛告蓮華女人有四事不可恃怙一者少壯會當歸老二者强健會當歸死三者六親歡娱會當别離四者財寶積聚會當分散蓮華聞法欣然解釋得阿羅漢出蓮華女經中

五百婆羅門女聞法開悟第六

舍衛國東南海中有臺上有華香樹木清淨有婆羅門女五百人奉事異道意甚精進不知有佛時諸女自相謂曰我等禀形生爲女人從少至老爲三事所監不得自由命又短促形如幻化當復死亡不如共至香華臺上採取香華精進持齋降屈梵天當從求願願生梵天長壽不死又得自在無有監忌離諸罪對無復憂患即賫供具往至臺上採取華香奉事梵天一心持齋願屈尊神佛見其心應可化度即與大衆飛昇虚空往至臺上坐於樹下諸女歡喜謂是梵天自相慶慰得我

所願矣時一天人語諸女言此非梵天是三界最尊號名爲佛度人無量諸女白佛言我等多垢今爲女人求離監檢願生梵天佛言諸女善利乃發此願世有二事其報明審爲善受福爲惡受殃世間之苦天上之樂有爲之煩無爲之寂誰能選擇求其眞者善哉諸女乃有明志於是世尊即說偈言

孰能擇地　捨監取天　誰說法句　如擇善華
知世坏喻　幻法忽有　斷魔華開　不覩死生

諸女聞偈願學眞道爲比丘尼頭髮自墮法衣具足思惟寂定即得羅漢道（出法句譬喻經第二卷）

婆羅門尼請優陀夷慢不聞法第七

優陀夷往拘薩羅國到毗紐迦亶廷氏婆羅門尼菴羅園中住尼諸弟子遊行採薪至菴羅園中見優陀夷坐一樹下容貌端正諸根寂靜心意安諦成就第一調伏往詣其所問訊退坐時優陀夷爲諸年少種種說法勸勵已默然彼諸年少聞法歡喜擔持束薪還至尼所白言和尚園中有沙門姓瞿曇氏極善說法尼語弟子言汝可往請明此飯食時諸弟子受教往請尊者默然還白和尚尊者受請時優陀夷夜過著衣持鉢往詣尼舍尼遥見來敷座請坐設種種飲食自手供養豐美滿足澡漱洗鉢還就本坐婆羅門尼著好華屣以衣覆頭别施高床現憿慢相語優陀夷言欲有所問寧有閑暇見答與不答言姊妹今非是時明日弟子復至園中採薪聽法還白和尚尼復遣請食如前三反乃至請法答言非時諸弟子言和尚尼不恭敬坐彼云何說和尚尼言若如是者更爲我請受教更請

供養如前時和尚尼知食訖已脫革屣整服更坐平床恭敬白言欲有所問寧見答不答言但問當爲汝說彼即問言云何有說苦樂自作復言苦樂他作復言苦樂自他作復言苦樂非自非他作答言姉妹阿羅訶說苦樂異生復問其義云何答言彼其因緣生諸苦樂復言我今問汝隨意答我有眼不答言有有色不答言有有眼識眼觸觸因緣生受內覺若苦若樂不苦不樂不答言如是優陀夷言此是阿羅訶說從其因緣生於苦樂尊者說是法時婆羅門尼遠塵離垢得法眼淨從坐起正衣服恭敬合掌白尊者言我今日超入決定我從今日歸依佛法僧盡壽依三寶出優陀夷坐樹下寂靜調伏經中

差摩蓮華遇强暴人脫眼獲免第八

昔舍衞城名拘薩園有諸放逸婬亂之衆專爲凶惡時國中諸比丘尼樹下精思專惟正道不捨心懷比丘尼中智慧第一名曰差摩神足第一名蓮華鮮各有德行威神巍巍時天小熱俱行洗浴詣流水側凶衆遥見即生惡心婬意隆崇欲以犯之候比丘尼適脫衣被入水洗浴尋前掣衣持著遠處欲牽犯之時比丘尼愴然愍之因脫兩眼著其掌中以示諸逆卿所愛我唯愛面色已盲無目何所可好復示腸胃身體五臟手脚各異棄在一面謂凶衆言好爲何在逆凶見此忽然恐怖知世無常三界如寄其身化成骨血不淨無可貪著尋還衣被稽首悔過所作無狀反逆無義願捨其殃長跪叉手各受五戒將至佛所稽首于地自責其罪出生經第四卷又出毗尼

毗低羅先慳貪從佛受化得道第九

須達長者有一老母名毗低羅勤謹家業常執庫藏一切委之須達長者請佛及僧供給所須有病比丘多所求索老母慳貪瞋佛法僧而作是言我家長者愚癡迷惑受沙門術求乞無猒何道之有作是語已復發惡願何時當得不聞佛法僧名末利夫人聞之而作是言云何須達如好蓮華而立四毒蛇即勑須達遣汝婦來婦到語言汝家老婢惡口誹謗何不驅擯婦言佛出多所潤益何況老婢夫人聞已心大歡喜我欲請佛汝遣婢來明日佛到長者遣婢持滿瓶金摩尼珠蓋勸助王家供養衆僧時佛入門老婢見已心生不喜即時欲退從狗竇出狗竇及四方小巷一時閉塞唯正路開老母覆面以扇佛在其前令扇如鏡無所障礙迴頭四顧悉皆見佛低頭伏地及手十指皆化爲佛老母見佛及諸譬喻除却八十萬劫雖不起信猶能却生死之罪佛見身異婢走還家入木籠中白氎纏頭畏復見佛佛言此婢罪重於佛無緣羅睺羅與其有大緣當令化之時羅睺羅承佛威神入如意定化身作轉輪聖王千二百五十比丘化爲千子阿難爲典藏臣難陀爲主兵臣七寶四兵皆悉具足時金輪寶在虛空中乘蓮華臺逕往須達大長者家夜叉唱言聖王出世擯諸惡人宣揚善法老母聞已心大歡喜聖王出者有如意珠無所求索此當可言爾時聖王撞鐘鳴鼓乘大寶轝至須達家老母見已甚大歡喜聖王出世多所潤益識別善惡必當不爲沙門所惑從木籠出敬禮

聖王聖王即遣主寶藏臣往至女所告言姊妹汝宿有福應王者相聖王今者欲以姊妹爲王女寶老母白言我身卑賤猶如糞穢聖王顧問喜慶無量何所堪任應玉女寶若見念者勑我大家放我令脫所賜已多爾時聖王告須達言卿家老女衆相巍巍吾今欲以充玉女寶須達白言唯命是從願上大王老婢聞放喜悅非恒聖王即便以如意珠照耀女面令女自見如玉女寶倍大歡喜而作是言諸沙門等高談大語自言有道無一効驗聖王出世弘利處多令我老弊如玉女寶作是語已五體投地禮於聖王時典藏臣宣王優令開十善法女聞十善心大歡喜即作是言聖王所說義無不善爲王作禮悔過自責心即調伏時羅睺羅還復本身老母舉頭見千二百五十比丘即作此言佛法清淨不捨衆生如我弊惡猶尚化度作是語已求受五戒時羅睺羅爲說三歸受五戒法母聞此法未舉頭頃成須陀洹時羅睺羅將此老母詣祇陀林到已見佛歡喜合掌作禮懺悔求佛出家佛告羅睺羅汝將此母詣憍曇彌未至中間羅睺羅爲說苦空非常無我等法老母聞已頭髮自落成比丘尼三明六通具八解脫波斯匿王末利夫人心大歡喜白言世尊如此老母宿有何罪復何福慶得羅漢道佛告大王過去劫時有佛世尊名曰寶蓋燈王彼佛滅後於像法中王名雜寶華光其王有子名曰快見求欲出家父即聽許王子到僧坊中求欲出家時有比丘聰明多智深解實相受爲弟子復有比丘名德華光善說法要

誘進初學王子比丘雖復出家心猶懷慢和尚爲說甚深妙法般若波羅蜜大空之義王子聞已謬解邪說比丘滅後即作此言我大和尚空無智慧但能讚歎虛無空事願我後生不樂見也我阿闍梨智慧辯才願於此生爲善知識王子比丘作是語已法說非法非法說法教諸徒衆皆行邪見雖持禁戒威儀不缺以謬解故命終之後如射箭頃墮阿鼻獄八十億劫恒受大苦出爲貧賤人聾癡無目爲人婢使爾時和尚即我身是時阿闍梨者羅睺羅是王子比丘此老毋是（出觀佛三昧經第六卷）

婆私吒毋喪子發狂聞法得道第十

有婆私吒婆羅門毋有六子相續命終念子發狂裸形被髮隨路而走遥見世尊即得本心慙愧羞恥斂身蹲坐佛告阿難取汝鬱多羅僧與著聽法阿難與衣著至佛前稽首禮佛佛爲說法示教利喜受三自歸成優婆夷歡喜而去其第七子後時命終都不啼哭時夫以偈問言

諸子先命終　汝念生憂惱　晝夜不飲食
乃至發狂亂　今喪第七子　而獨不生憂

婦言

兒孫無量數　因緣和合生　長夜遷過去
我與君亦然　彼所生處處　更互相殘食
若知生要者　何足復爲憂　我已識出離
是故不復惱

夫言

是法未曾聞　而今聞汝說　何處聞正法
而不憂念子

婦言
今日等正覺　求離一切苦　説苦集滅道
安隱趣涅槃　我已知正法　能開爲子憂
夫言
我今亦當往　彌絺菴羅園　從彼世尊所
求開憂子苦
婦言
當觀等正覺　柔軟金色身　不調者能調
廣度一切人
夫往見佛佛説偈言
苦集滅道　弗向涅槃　彼即見法　成無等聞
聞法意解從佛出家獨靜思惟成阿羅漢婦
及女孫陀槃梨悉亦出家究竟苦邊（出雜阿含第三十四卷）

孤獨母女爲王所納出家悟道第十一

舍衛城有孤獨母人自生一女年始十七顏容端嚴衣不蔽形母乞食自遣女貞賢明達博讀經書守節不出門户居近王道而心願嫡王又願事神如佛王出行國内見烏在貧女門上鳴王便舉弓射烏烏持王箭走入女家王傍人追烏入舍女不出面但拔箭放烏授箭擲外王人見指知之非凡却後年中王第一夫人卒娉求夫人無應相者廣訪人間左右白言前時射烏窮獨母女年十六七雖不見面瞻手聞聲似是貴人王使往視呼將俱來使相師占之使到女門直入其內女母不在唯獨女住使呼女出三呼不譍使曰貧家女出來女譍曰才不才各一家子卿是何人搪揬我舍急出門外使人曰國王遣我呼汝汝小家子何敢爾耶女曰國王何事使汝

來若求我作婢者我家不犯王法若求我作婦者汝曹則是我給使何敢輕易貧門乘勢蹴突迫愶女人女人雖微自有宿命不爲威屈汝曹啓王使人敢奪具以啓王王便勑百官嚴駕備具禮儀從五百婇女而往迎之使者齎持謁敬牛羊豬酒納娉之饌使者乘皁蓋之車五馬引御以迎女前導精兵十萬從車千乘細馬萬疋散從十二萬人鳴鐘伐鼓聲動天地觀者無數往到女門使者下車前通謁敬女教令曰謝使者及諸百官吏民大小勞屈道路孤貧之女鄙賤不貴遠煩官屬侍從枉屈辱王重命女以寒賤悞以宿福當王階殿自揆醜陋德無女儀容無桃華優曇之色聲無絃管入耳之聽智無神聖大人之明識無聖人萬里之見身無紫金光潤之澤氣無栴檀香麝之芳言無忠和仁善之美行無進退高下之節謬忝王命徒勞觀者使者及百官無不累息語諸婇女汝曹薄福墮此卑役自今以往相與從事宜各正心修善爲行莫犯王儀五百婇女皆應唯諾又呼二千五百青衣語之曰人無貴賤道在者尊汝等皆善人之子古今之變處在卑微莫以自卑當務爲善僉曰奉教百官前進王禮黃金千餅白銀二千餅華瑞瓔珞水精瑠璃明月神珠珊瑚琥珀白素千疋御綵千疋綺繒綿羅朱繡紫綠素黃赤白羅縠之衣栴檀之香種種千疋百官進衣百領夫人服飾女便受之嚴莊已辦便出拜上位百官見之莫不歡喜皆稱萬歲國必太平得我百姓萬民之母婇女青衣親近附之如子得母攝衣上車車爲

端安馬爲調御天爲清明百鳥雲集相追悲鳴百官臣民皆言天人來下國必保安到王宫門自然開闢五百侍從入宫下車宫中自然生五色之光殿上晃晃内外照明入殿拜王王見驚悚不知下座答之大夫人朝王百拜跪如流水自跪自起百拜乃止王長跪答之教令宫内柔和仁善不傷他意王愛敬之徐言少語語必合義内外敬伏入宫七日七夜不寢不寐與諸夫人婇女共相娱樂王意欲見之夫人意貞心潔不在濁穢本意清淨不與王語不往相見王曰室家之義夫婦之分以恩愛爲親夫人入宫七日七夜而不相見其意云何以爲法乎夫人使婇女答王曰本生有二願今已得一未得一也故未相見王曰已得何等未得何等夫人答曰我少小結願使壻如國王事神如佛王曰可一相見後當爲往呼佛夫人曰不也未得見佛終不與王相見王大怒曰汝死寒賤乞人種何敢違萬乘之意夫人曰婦人繫命於夫壻耳東西唯命我有宿誓不可負也王者雖尊不得枉問無辜之人王曰吾萬乘之主犯者便誅豈問枉直夫人曰王者百姓父毋斷截當以道理何得自喜自怒凡夫所不行豈況國王耶王曰從吾心者原不從者誅夫人曰女人亦有微心得從心者乃相見耳不得從心者終不相見王曰柰何請之耶夫人曰佛在我國請之必來王曰恐百官笑人耳夫人曰王請佛入宫上殿百官自當歡喜世世受福不爲笑王也王曰大善即日勑厨作十萬人饌具遣侍女白夫人言請佛作十萬人饌已具

可往請佛夫人曰婦人唯命是從請佛之義大王宜自枉車騎暫往與佛相見深恭敬之王曰我請我自往卿請卿自往吾不往也夫人言王者尊貴是妾之夫女人之力不如王者之微言王枉威暫往與佛相見不者非大王家人也未有夫婦室家之義故自他人耳王曰夫婦未成則無分義在卿意耳夫人默默不言光耀暐曄顏色非凡王疑夫人恐欲自往或恐倈去勑內外遊徼司候備衛吏兵關閉宮門步羅相連飛鳥不得度宮內婇女展轉相次使針不得下夫人知王意不往請佛及不信夫人夫人便於殿上化滅身體了無所見婇女千人并七十一夫人皆驚相視分布求索內外羅落了無所見王大慞悑衛泣而起王曰奈何奈何我剛直所致追以爲悵以何方便而使之還第二夫人白王言大夫人非我凡庶小人輩也王應當稱隨其意而忽拒逆喜怒惡言待之此乃天人王今去大夫人者我曹等七十一人何所依恃耶婇女青衣皆悉啼哭如有死者公卿男女亦皆悲怨今我國中誰所依怙百鳥嘯鳴天地大動王感隔欲死向天太息泣落如雨民人不修事業市里空廢十十五五相隨悲哀七日七夜王安臥絕穀不食第二夫人曰王且當暫與佛相見并請俱來王到佛所頭面爲禮白佛言我是阿祇羅奈國王阿迦達留如是者三須逋替禮敬連務國事不侍日夕佛言國事勞擾衆猥煩惱誠枉神思吏民境界平安不乎王曰皆受佛恩唯願枉屈暫臨鄙解佛默然須臾佛到殿上大夫人與諸夫人婇

女三千五百七十一人俱爲佛作禮王初未見夫人婇女亦不見唯佛自見王與佛作禮畢心愁不歡佛語王言所求大夫人者正此人是也王見歡喜百官夫人婇女大小皆亦歡喜王設飯食食畢佛大呪願各求心中所欲王白佛言我大夫人本貧賤孤獨母之女今爲大夫人復能滅身幻化如是有何罪福致斯尊貴在一人之上得爲百姓之母仁賢慈美言語柔輭不傷人意隱形七日人鬼神龍不知其所佛告言大夫人昔爲大迦羅越財富無數慳貪不施故今貧窮迦羅越性好婬泆樂與女人從事今故墮女人中又樂與明經道士遊學故有智慧已見五百佛今得值我昔與王爲善知識故得爲夫婦大夫人先世事五百佛但持心不堅嬈惱世人故墮

女人中大夫人却後三十九劫當得作佛王亦以七生天上七生世間王生天時大夫人爲天女侍王左右常得王意王與大夫人結願俱死生生相隨俱爲解脱王自憍奢制意喜怒一切不復更見也王心大歡喜即得阿惟越致道便授王五戒夫人婇女大小公卿百官舉國人民皆奉五戒大夫人前受十戒歲三齋月六齋與後宫婇女三千五百七十一人從事相率爲善王正教寬弘國致太平興立塔寺皆以七寶更相尊敬内外無別離之心人民死皆以壽終王大夫人覺意念世無常人晝夜婬泆恩愛無明濁穢生無賢名死爲不淨之鬼便長歎易服敗狀亂頭前白王言天下一切無常皆當歸死王所以貪我者爲我年少顔色肌膚滑澤氣息香潔是皆

非常皆當歸死夫婦合會略無可奇是皆不淨恩愛於此當有老病至來無期誰當爲我却之者哉我今愁怖災害卒至不可得脱一切貴賤因此一事皆當胮脹臭處不淨空愛惜之夫復何益王自思惟男女合會有何可奇我言真諦非不及事王言卿是天人種所言不妄也皆得事體無不可者國人男女大小皆相恃賴唯復照察留念也大夫人言我是女人不得自制故以啓王大王可相發遣以副宿命之本願王言我年欲老雖有諸夫人婇女小兒輩無一人可我意者卿當卒我餘年終亡之後當以後事相付太子尚小柰何當相捨去至何所耶夫人言我生死無常猒是變化欲從佛求作沙門王言卿是一國之母爲上夫人諸國夫人宫内婇女大小皆恃賴卿卿柰何忽規立此計遠近士夫聞之不當笑人如此沙門輩非卿夫人種所志作也宜更計之夫人言十方諸佛皆從沙門中來弗迦沙王捨九十九小國夫人婇女八九千人求作沙門前後男女求作沙門者不少非獨我一女人也王以恩愛貪欲華色愛惜我身我身皆膿血惡露不淨女人難與從事人有與女人從事無不墮罪中者女人之身熱於湯火燒炙於人令墮重罪千劫不脱我前世亦爲男子但坐與女人從事恩愛多故去男爲女女人可畏王不覺耳王意不能與女人相離者夫人婇女故三千餘人足相娱樂王意宜發遣無令愁惱也我作沙門死死不止王當相勸不宜相制王曰卿若爾者我用國爲夫人言王能知無常者是王上願國

土王位百官婇女珍寶宮城皆非王有王有身體骸骨頭腦五臟皆當分散何所愛惜乎王言今日聽卿一人耳恐我夫人婇女相追俱去夫人言各有宿命福力非人所止悉加刀仗事應當爾終不得止正希我身得發遣耳王當以恩愛慰慇諸人自當親近附王王言此諸人慕樂卿德我一男子何能善意周遍此耶我唯恃卿當爲正御卿今捨我此諸女人持刀斬殺乃當畏我夫人言不也女人以男子爲正耳王留意近之仍當自安王言在卿耳夫人便呼諸夫人婇女三千人諫謂之言卿諸女人善親近大王大王威重至尊至貴莫得輕慢我今與卿等别各自努力勤意朝夕親奉經法加於精進願我早得佛道當還相度諸夫人婇女便舉聲大哭聞忉利天帝釋即下授與袈裟自然著身髮便墮地授五百戒爲比丘尼夫人婇女皆大歡喜帝釋復授袈裟食器爲沙門王得知足晏然不怒忻然大笑曰諸賢者功德巍巍豈不快也即得道跡王還宮內意甚惆惆出呼太子以國委之王便願言我今欲作沙門誰知我者帝釋便剃王頭袈裟著身應器自具便隨佛去十二小國王皆捨國付太子隨王作沙門一時同得阿羅漢道阿迦達留者我身是大夫人者瞿夷是（出貪女爲國王夫人經）

尸利摩忘飢贍僧第十二

佛住毗善離語諸比丘我聞尼中福德第一者有尸利摩時世飢饉乞食難得時尸利摩比丘尼入城乞食見比丘即問言尊者得食不比丘即以空鉢示之便持已鉢中食與比

丘比丘得食還精舍喚餘比丘共食諸比丘問言長老何處得是好食答言尸利摩比丘尼邊得諸比丘聞已各各往索如是次第乃至五百比丘盡皆得食然後自求日時已過失食還到精舍明日晨朝諸比丘復著衣持鉢至比丘尼精舍門立比丘尼見已即入語尸利摩言諸比丘今在門外相待尸利摩聞已語弟子取衣鉢來我爲諸上尊乞食如是次第供給五百人已然後自求日時復過失食而還至第三日亦復如是乃至次第供給五百人唯一人未得此比丘隨尸利摩後入一家以先三日失食故身體虛羸迷悶倒地出僧祇律二十二卷十誦四分律並同

暴志前生爲鼈婦第十三

有暴志比丘尼者反懷惡信謗佛毀僧佛言不但今世過去無數劫時一獼猴王居在林樹食果飲水時念一切蚑行喘息人物之類皆欲令度使至無爲時有一鼈以爲知友鼈數往來到獼猴所飲食言談說正義理其婦見之謂有婬蕩問夫爲何所至答曰吾與獼猴共結親友甚聰明智慧又曉義理婦猶不信因便詐病困劣著地治不肯差謂夫言吾病甚重得卿所親獼猴肝乃當活耳夫答曰吾寄身託命云何以活卿耶婦曰夫婦同共一體不念相濟反爲獼猴夫敬重婦往請獼猴共食獼猴答曰吾家陸地卿在水中安得相從鼈曰吾當負卿獼猴從之負到中道語獼猴言婦病須卿肝獼猴曰何不早道吾肝掛樹不齎將來從還取肝乃相從耳便還樹上跳踉歡喜鼈問曰卿應取肝來到我家去

反更跳踉何耶獼猴答曰天下至愚無過於汝共爲親友寄身託命還欲見危鼈婦暴志是鼈者調達是獼猴王我是（出鼈獼猴經）

暴志謗佛第十四

佛遊舍衛祇國波斯匿王請佛及僧宮中設飯欲詣王宮有比丘尼名曰暴志木魁繫腹似如懷妊因牽佛衣汝爲我夫從得有娠不給衣食此事云何時諸大衆天人釋梵四五諸天鬼神及國人民莫不驚惶佛爲一切三界之尊其心清淨過於摩尼智慧之明超於日月獨步三世無能逮者降伏諸邪九十六種莫不歸伏道德巍巍不可爲喻虛空無形不可汚染佛心過彼無有等侶此比丘尼既佛弟子云何懷惡欲謗如來佛見衆心欲爲決疑仰瞻上方時天帝釋尋時來下化作一鼠齧繫魁繩魁即墮地衆會覩之瞋喜交集怪之所以時國王瞋此比丘尼棄家遠業爲佛弟子既不能歎譽如來無極功德反還懷垢謗於大聖即勑侍者掘地爲坑欲倒埋之時佛解諭勿得爾也是吾宿罪非獨彼殃乃往過去久遠世時時有賈客賣好眞珠枚數甚多且圓明好時有一女皆欲買之向欲成市有一男子遷益倍價獨得珠去女人不得心懷瞋恨乃從請求復不肯與心怒既盛我前買珠便來遷奪又從請求復不肯與汝毀辱我在在所生當報汝怨時買珠男子則我身是女身者則暴志是此自往緣非直今身也（出生經第一卷）

經律異相卷第二十三

音釋

閾越逼切門限也　麨尺沼切乾粮也　璝瑋璝古回切瑋羽鬼切奇美也

膩女利切　䩭居宜切　惋烏貫切驚歎也　肨匹絳切　脹知亮切

潰胡對切壞決也　坏鋪杯切燒土器也　紐女久切　絺丑知切　嫡施隻切婦人嫁曰嫡

譍於陵切答言也　愶迄業切威力相恐也　揆葵癸切度也

麝神夜切麝屬臍有香因名麝香　縑堅嫌切絹也　縠胡谷切縐紗也

晃戶廣切光明也　辜攻乎切罪也　韡曄韡羽鬼切曄疑輙切光盛貌

⿰亻突陀骨切正作突　徼吉弔切遊徼邏卒也　惘文紡切失志貌　蚑去智切蟲行貌

跳踉跳田聊切踉呂張切

經律異相卷第二十四

梁沙門僧旻寶唱等奉勅撰

轉輪聖王諸國王部第十八

劫初人王始原第一

劫欲成時水災既起壞第二禪風災吹結世界得成光音諸天福命既盡化生爲人歡喜爲食身光自照神足飛行無有男女尊卑隅異故曰衆生有自然地味猶如醍醐色如生酥味甜於蜜以手取嘗遂生味著食之多者顔色麤悴食之少者膚貌光澤便有勝負自相是非地味消滅又生地皮狀如薄餅色味香美復共食之轉相輕易地皮又滅更生地膚（增一阿含婁炭並云地肥）因食多少生諸惡法地生粳米衆共食之生男女形乃至立王（事已見世界成壞部）天下富樂地生青草如孔雀尾漸次分張有八萬國人民聚落雞鳴相聞天下無病大熱大寒以法治國奉行十善哀念一切猶如父母人壽長久後王福德漸薄年壽轉減至一

萬歲今至一百王崩子嗣名曰珍寶（出長阿含經第二十二卷）

大王致輪之初第二

轉輪聖王所以致金輪者帝釋常勑四天王一月六日案行天下伺人善惡四天王及太子使者見有大國王以十善四等治天下憂勤人物心踰慈父以是事白天帝釋帝釋聞之慶其能爾便勑毗首羯摩賜其金輪即出持付毗沙門天王毗沙門天王持付飛行夜叉飛行夜叉持來與大國王毗沙門天王勑此夜叉汝常爲王持此金輪當王頂上畢其壽命不得中捨是夜叉常爲持之進止來去隨聖王意盡其壽命然後還付毗沙門天王毗沙門天王還付毗首羯摩毗首羯摩還內著寶藏中（出雜譬喻經第六卷）道種堅德乘金輪王四天下性種性王乘銀輪王三天下習種性王乘銅輪王二天下以上十善得王乘鐵輪王一天下（出仁王般若經）

金輪王王化方法第三

轉輪聖王成就七寶有四神德一金輪寶二白象寶三紺馬寶四神珠寶五玉女寶六居士寶七主兵寶若轉輪王出閻浮提特諸剎利水澆王頂以月滿時香湯沐浴昇高殿上會衆妓樂天金輪寶忽現在前輪有千輻光色具足天金所成非世所有輪徑丈四王見興念我從宿舊聞今此輪現將無是耶今我寧可試此輪寶王即召四兵向金輪寶偏露右臂右膝著地以右手摩捫金輪語言汝向東方如法而轉勿違常則輪即東轉王將四兵隨其後行輪前四神導輪所住王即止駕

東方小國以金鉢盛銀粟銀鉢盛金粟來詣王所拜首白言善哉天王今此東方土地豐樂多諸珍寶人民熾盛唯願大王留此治化大王答曰汝等但以正法治民勿使偏枉無令國內有非法行自不殺生教人不殺偷盜邪婬兩舌惡口妄言綺語貪取嫉妬邪見之人此即名曰我之所治時諸小王即從大王巡行諸國至東南西北隨輪所至其諸國王皆獻國土平曠之處輪則周行封畫量度東西十二由旬南北七由旬天神造城郭其城七重七重欄楯七重羅網七重行樹周帀交飾七寶所成乃至無數衆鳥相和而鳴復於城內造諸宮殿宮墻七重七寶所成時金輪寶在宮殿上虛空中住王清旦於正殿上坐自然象寶忽現在前其毛純白七處平住力能飛行其首雜色六牙纖傭眞金間填王見念言此象賢良若善調者可中御乘即試調習諸能悉備時轉輪王欲自試象即乘其上清旦出城周行四海食時已還時王清旦在正殿坐自然馬寶忽現在前其紺青色朱毛尾頭仰如鳥力能飛行王見念言此馬寶良若善調者可中御乘即試調習諸能悉備王欲試馬即自乘之清旦出城周行四海食時已還時王清旦在正殿上自然神珠忽現在前質色清徹無有瑕穢王見念言此珠妙好若有光明可照宮內王欲試珠即召四兵以此寶珠置高幢上於夜冥中賫幢出城其珠光明照一由旬見城中人皆起作務謂爲是晝王女寶者忽然自現顏色從容面貌端正不長不短不麤不細不白不黑不剛不柔冬

則身温夏則身凉舉身毛孔出栴檀氣口出優鉢羅華香言語柔軟舉動安詳先起後坐不失儀則時王無著心不暫念況復親近居士寶者忽然自出寶藏之内財富無量居士宿福眼能徹視地中伏藏有主無主皆悉見知其有主者能爲擁護其無主者取給王用時居士寶往白王言大王有所給與不足爲憂我自能辦時王欲試此居士寶即勑嚴船於水遊戲告居士曰我須金寶汝速與我居士報曰大王小待須我至岸王乃逼言我今須用居士寶以右手内著水中水中寶瓶隨手而出如蟲縁樹時王見之語居士言止止吾無所須向相試耳尋以寶物還投水中主兵寶者忽然出現智謀雄猛英略獨決即詣王所白言大王有所討伐不足爲憂我自能辦時王欲試主兵寶故即集四兵而告之曰汝今用兵未集者集已集者放未嚴者嚴已嚴者解未去者去已住者住時主兵寶具如王言王見踊躍曰我今眞爲轉輪聖王一者長壽不夭無能及者二者身強無患無能及者三者顔貌端正無能及者四者寶藏盈出無能及者是爲聖王具四功德大海彼岸復有鉢頭摩池俱物頭池分陀利池過是地空其空地中有大海水名鬱禪那此水下有轉輪聖王道廣十二由旬夾道兩邊有七重墻七重欄楯七重羅網七重行樹以七寶成閻浮提地轉輪聖王出于世時水自然去其道平現時轉輪聖王又乃命駕出遊後園尋告御者汝當善御而行所以然者吾欲諦觀國土人民安樂無患時國人民路次觀者復語

侍人汝且徐行吾欲諦觀聖王威顏時王慈育民物如父愛子國民慕王如子仰父所有珍意盡以貢王願垂納受時王報曰且止諸人吾自有寶汝可自用王治此閻浮提時其地平正無有荊棘坑坎堆阜亦無蚊蝱蜂蠅蛇虺惡蟲石沙瓦礫自然沉沒金銀寶玉現於地上四時和調不寒不熱其地柔軟無有塵穢如油塗地潔淨光澤地出流泉清淨無竭樹木繁茂華果熾盛地生軟草冬夏常青色如孔翠自然粳米無有糠糩衆味具足時有香樹華果茂盛其果熟時自然裂出香氣馚熏復有衣樹華果茂盛其果熟時皮殼自裂出種種衣復有莊嚴樹其果熟時出種種莊嚴具復有鬘樹其果熟時出種種鬘復有器樹其果熟時出種種器復有果樹華果茂盛其果熟時皮殼自裂出種種果復有樂器樹其果熟時出衆樂器轉輪聖王治於世時阿耨達龍王於中夜後起大密雲彌滿世界而降大雨如搆牛乳而八味水潤澤周普地無停水亦無泥淖潤澤沾洽於中夜後空中清明淨無雲曀海出涼風清淨調柔觸身生樂聖王以正治國無有阿枉修十善行時諸人民亦修正見具十善業其王久時如樂人食身小不適而便命終生梵天上時金輪白象紺馬明珠皆悉滅沒時玉女寶居士寶主兵寶及國土民作倡妓樂以香湯洗沐王身以劫貝纏五百張氎故如纏之捧舉王身置金棺裹以香油灌之置鐵槨裹復以木槨重衣其外積衆香薪重衣其上而闍維之於四衢道頭起七寶塔縱廣一由旬雜色參間以

七寶成王女寶居士寶典兵寶舉國土民皆來供養此塔施諸窮乏須食與食須衣與衣象馬寶乘給衆所須隨意所與出樓炭經第一卷又出長阿含

燈光金輪王捨臂第四

過去無量無邊阿僧祇劫時此界名日月雷亦有五濁世我於是時作轉輪王王閻浮提號燈光明教化阿僧祇人住善法中見有一人身被縛束我即問言此何所犯大臣白言田作穀麥六分一分入官是人不從王法是故縛之我勑令放臣答言今王諸子後宫眷屬諸所資用皆從他邊强取無有一人清淨心與王大憂愁分此地爲五百分等與諸子即便出家至南海邊鬱頭摩木林之中食諸果子漸漸修學得五神通時閻浮提有五百

商人入海採寶有一商主名曰滿月得如所願即欲發還龍心懷瞋欲害商人復有一龍王名曰馬堅是大菩薩以本願故生於龍中起慈悲心救諸商人令得安隱過於大海至彼岸邊龍王然後還本住處爾時有大惡羅刹隨逐商人如影隨形欲爲危害是惡羅刹即於其日放大惡風時諸商人迷悶失道生大怖畏失聲號哭喚呼諸天摩醯首羅水神地神火神風神復稱父母妻子眷屬願救濟我善男子我於爾時以淨天耳聞其音聲尋往其所以柔軟音而慰撫之莫生怖畏當示汝道令汝安隱還閻浮提善男子我於爾時白氎纏臂以油灌之然以爲炷發真實言我先以於鬱頭摩林三十年中專精修行四無量心爲諸衆生食噉果子勸化八萬四千諸

龍夜叉神等不退轉於阿耨多羅三藐三菩提以是善根令然此臂爲示道故令諸商人安隱得還閻浮提中然臂乃至七日七夜此諸商人尋便安隱還閻浮提善男子我於爾時復作善願若閻浮提無諸珍寶若我必成阿耨多羅三藐三菩提得已利者當作商主於一一天下七反雨寶復入大海取如意珠於一一天下復雨種種雜廁寶物如是次第徧此世界乃至十方無量無邊阿僧祇諸世界中亦復如是善男子我於往昔諸所發願皆悉成就如恒沙等大劫之中常作無上薩薄之主於恒河沙五濁惡世雨種種寶一日之中七反雨之令得滿足然後勸化令住三乘（出過去香蓮華佛世界經）

蓋事金輪王有大利益第五

過去閻浮提有四河水二大國王一名曰婆羅門提婆（此言梵天）獨據三河人民繁盛然復儜弱一王名曰罰闍建提（此言金剛聚）唯得一河人民亦少然其國人悉皆勇健時金剛聚處于正殿王念兵衆勇悍而所獲水少彼國儜弱獨霸三河今當遣使索取一河若與我者共爲親厚國有好物更相貢贈若有艱難共相赴救若其不得便當力奪即遣使至梵天國具宣王意梵王云我國豐實人衆亦多又此國界父王所有轉用授我至於力諍我不下彼答言此國乃是我父所授我力不相減若欲力決我不相畏使還具聞王即合軍攻梵天國共戰一交梵天軍壞乘背追躡徑至城邊衆人怫縮更不敢出諸臣共集詣梵王所白大王言他國兵強我國儜弱惜一河水令

致此敗如是不久懼恐失國唯願開意以一河與之共爲親厚足得安全王遣使與一河水又以女許爲夫人國有奇物更相貢贈急難危嶮共相赴救時金剛聚即迎其女拜爲夫人各共和解迴軍還國經於數時其王夫人便覺有胎懷妊之後恒有自然七寶大蓋當在身上坐卧行立終不遠離至滿十月生一男兒身紫金色頭髮紺青光明昞著世之少雙兒以出胎蓋在其上召諸相師令相此兒相師白王太子德相世之希有王及羣臣喜不自勝即爲其立字字刹羅伽利（此言蓋事）年至成人父母便命終小王臣民共立蓋事治正數年出外遊觀見諸人民耕種勞苦問左右曰此人何作答言國以民爲本民以穀爲命若其不爾民命不存民命不存國則滅矣王便言曰若我福相應爲王者令我民衆獲自然穀發言已竟人民倉篅滿種種穀隨意悉有後復出遊見人汲水舂磨作役又問臣言諸人何以爾耶臣白王言蒙王恩澤獲自然穀事須成熟是以庶民辦作食調王復言曰若我福德應爲王者令吾國内一切人民有自然食發語已訖合境皆獲自然之食後復出遊見人織作辦具衣調問言此諸人等何故執作臣言辦具衣裳王言若我福德應爲王者使吾國内一切樹木出自然衣適發此語國中諸樹皆出妙衣極爲細軟青黄赤白衣隨人所好後復出遊見諸人民競作樂器王復問臣何以故爾臣言治妓樂器王言若我有福應爲王者令我國中樹生樂器稱意悉有又經少時諸王臣民悉來拜賀值王

食時留與飲食爾時諸臣得王飲食百味具足咸共白王臣等家食飲其味薄少今得王食美味非凡王告之曰卿等臣民若欲常得如我食者用吾食時食者皆得如是之食即勑伺官吾食時到恒鳴大鼓令諸人民悉得聞知用我時食當得百味上妙之供從是已後食便鳴鼓一切人民承音念食百味上饌自然在前人民優樂時王梵天遣使來至蓋事王國語蓋事言汝父在時我以河水用與汝父汝父已終宜當還我時蓋事王報彼使曰我今境土及與河水亦非我力强從汝得然我爲王不勞民物且停須我後與汝王相見使還白王王然其意尅日共期二王俱進軍衆圍繞各安大營在河一邊二王乘船河中相見時王梵天初見蓋事身色晃曜如紫金山頭髮弈弈如紺瑠璃其目廣長人中難有敬心内發謂是梵天到相問訊對坐一處談兩國土論索水事蓋事報曰我國人民所欲自然亦無皆輸王役之勞所言未訖食時已至蓋事王軍鳴鼓欲食梵天謂欲殺之怖起謝罪羊皮四布腹拍前地蓋事自起曉令還坐復語之曰大王何以恐怖如是我軍食時恒自鳴鼓所以爾者用我時食皆獲百味上饌之供梵天復起白蓋事曰唯願大王普見蔭覆我及國人悉願降附令諸民庶悉蒙恩澤於是蓋事典閻浮提一切人民盡獲安樂登位之後處於正殿羣僚百官宿衛侍立日初出時有金輪寶從東方來如是七寶相續而至典四天下一切衆生蒙王恩德所欲自恣王悉教令修行十善壽終之後皆得生

天佛告阿難刹羅伽利王者我身是王罰闍建提今父王是母者今摩耶是出賢愚經第八卷

轉輪王爲半偈剜身然千燈第六

時轉輪聖王爲求佛法徧問閻浮提誰解佛法大轉輪王欲得諳習時皆云無邊一小國有婆羅門解知佛法即請入宮爲我解說婆羅門言王大愚也吾學佛法久受勤苦因乃得成今者云何直欲得聞王白師言欲須何物婆羅門言與我供養王言所須供養爲是何物婆羅門言若能就王身上剜作千瘡灌滿膏油安施燈炷以供養者吾當爲汝解說佛法王未答頃尋下高座爾時大王即前抱持報言小復留懷須自思惟當奉供養爾時大王即入宮中報諸夫人今共汝別我欲剜身以作千燈供養大師夫人言天下所重莫若已身云何毀害王曰欲求佛法爲一切衆生於大闇室然智慧燈照汝生死無明黑闇斷衆累結得至涅槃汝等諸人今者云何違逆我心時諸夫人默然不對心悲哽噎王與内外一切辭別還至殿上往大師所脫身瓔珞端身正坐告衆人言誰能爲吾剜身千瘡皆共答言寧自剜兩目終不能以手仰剜王身有旃陀羅其性弊惡尋聲往趣語諸太子且莫憂苦我有方便能令大王事不得成還領國土如本不異諸太子聞喜時旃陀羅言欲剜身者我能爲之王言汝今是我無上道伴時旃陀羅持牛舌刀就王身上瞬速剜作數滿千瘡謂王意退投刀馳走灌滿膏油細氎爲炷時婆羅門告王言精進如是難爲能爲修此苦行爲聞佛法即說半偈

夫生趣死　此滅爲樂
王言於我有慈愍者應憶持是法於諸國土
有人民處宣通王命諸人當知大轉輪王見
諸衆生没於苦海未能出要起大悲心剜身
千燈求此半偈諸人今當書寫此偈讀誦翫
習思惟其義如說修行諸人異口同音讚大
王言善哉大王眞慈悲父爲諸衆生修此苦
行我等應當速往書寫或紙或帛或於石上
或於樹木瓦礫草葉蹊徑要路多人行處亦
皆書寫其見聞者皆發道心王然千燈供養
大師其明遠照十方世界其燈光中亦出音
聲說此半偈其聞法者皆發道心其光上照
至忉利宮隱蔽天光時忉利天王即作是念
以何因緣有此光明即以天眼觀於世間見
轉輪王以大慈悲熏修其心爲衆生故剜身
千燈供養大師爲度衆生我等當往勸戒佐
助即下世間化作凡人往詣王所問大王言
剜身千燈修此苦行爲求半偈何所作爲報
言善男子我爲衆生令發道心爾時化人即
復釋身報言作是供養願求天王魔王梵王
耶王言我不求此正求菩提爲衆生故不安
者安不解者解未度者度未得道者欲令得
道天王釋言大王今者不乃愚也求菩提者
久受勤苦乃可得成汝云何欲求無上道報
天王釋言假使熱鐵輪在我頂上旋終不以
此苦退無上道心汝雖發是言吾終不信也
時轉輪王於天王釋前立此誓言若不眞實
求三菩提欺天王釋者使我千瘡終無愈時
若不爾者血當爲乳千瘡平復說是語時瘡
即如本天王釋言善哉大王眞是大悲如是

苦行不久當得無上菩提得菩提時要先度我時天帝釋放大光明徧照王身與百千諸天發菩提心五百太子見其父王身瘡平復歡喜無量發菩提心二萬夫人百千婇女亦復如是出大方便佛報恩經第三卷

摩調金輪王捨國學道第七

昔者有王名曰摩調時號遮迦越王主四天下以正法治不枉人民常行慈心視民如赤子人壽八萬歲王有七寶又有千子鞭杖不行民無詞訟莫不戀化王欲行四方隨意即至數千萬人隨後而飛不持刀兵人民鬼神皆自歡喜語持櫛者頭鬚生白可以告我侍人言生白王召太子告言我頭生白衰老將至今立汝爲王王四天下皆屬於汝汝後亦應猒於世樂當行求道王即棄國除髮學道時諸臣民皆大啼哭摩調子孫相傳持國千八十四王髮白學道摩調王千八十四世後復出爲人還續王位名喃復持正法即勑中宮及諸貴人使持八戒月修六齋臣民男女皆亦奉持沙門道人無有衣食皆悉給施乃至醫藥天帝語言寧欲得見忉利天上諸天王不喃王即言欲得見之天帝釋言我遣一車駕千疋馬來迎王車名佘呰育多喃王名聲遠流聞忉利天爲諸天王之所敬重欲得相見見車驚言非世所有我王施善天車迎王喃王載車車馬俱飛即告御車汝過二道我欲得見惡人之道復欲得見善人之道摩曰婁即將過視泥犂地獄人所作惡考掠之處復上忉利觀天上樂王到釋宮天帝復言天上諸王大欲得見喃王常道說功德即前

牽臂與共並坐喃王變身如天上體不復如世間貌也作倡天樂散華燒香帝釋語喃王言莫愁憂也此間諸妓可共相戲足可忘憂喃王不持天上妓樂爲樂喃王即語釋言如人借物會應當還以本願故不以天妓爲樂時喃王者今我身也（出摩異調王經）

無諍念金輪王請佛僧第八

菩薩過去劫時此佛世界名刪提嵐劫名曰善持有轉輪王名無諍念主四天下有一大臣名曰寶海是梵志種善知占相時生一子有三十二相八十種好百福成相常光一尋百千諸天來共供養因爲作字號曰寶藏其後長大剃除鬚髮法服出家成三菩提還號寶藏十號具足即轉法輪令諸衆生皆得生天咸蒙解脫利益天人聲聞大衆恭敬圍繞安周羅城即是聖王所治之處去城不遠有一園林名曰閻浮時佛與聲聞大衆止頓此林時王聞之與無量大衆往至佛所到佛所已頭面禮足右遶三帀却坐一面佛即爲王說於正法以種種方便示教利喜王白佛言唯願如來及諸聖衆於三月中受我供養衣服飲食卧具湯藥時佛默然頭面作禮遶佛三帀還告小王及臣民眷屬辦諸供具時主寶臣於閻浮林中以純金爲地於其地上作七寶樓其樓四門七寶所成七寶行樹其樹皆懸寶衣瓔珞種種珠蓋及諸寶器復散諸香寶華綩綖繒纊以爲敷具懸諸繒旛及王金輪於樓觀前去地七尺女寶執蓋以摩尼珠並置佛前珠輪二光常照林中晝夜無異以牛頭栴檀爲床榻机橙白象寶樹種種莊

嚴在佛僧前住後王女寶持七摩尼寶蓋在於佛前以牛頭栴檀及黒沉水散以供養作衆妓樂於園外邊有四兵寶周帀圍遶王到佛所作禮右遶三帀自行澡水手自斟酌上妙餚饍供佛及僧食訖捨鉢行水漱口王執寶扇以扇如來及一一聲聞時王千子及八萬四千諸小王等悉皆供養一一聲聞如轉輪王尋於食後有無量衆入林聽法諸天散華作天妓樂以供養佛虛空中有天衣瓔珞種種寶蓋而自迴轉四萬青衣夜叉取牛頭栴檀爲衆作食時轉輪王夜於衆前然百千無量億那由他燈王頂戴一燈肩荷二燈左右手中執持四燈其二膝上各置一燈兩足趺上亦各一燈晝夜供養佛神力故身無疲極如入三禪轉輪聖王所受快樂亦復如是終竟三月以主藏寶臣貢上如來閻浮檀金作龍頭瓔珞八萬四千上金輪寶白象紺馬摩尼珠寶妙好火珠主藏臣寶主兵臣寶諸小王等安周羅城諸小城邑七寶衣寶華寶聚寶蓋所著妙衣華鬘瓔珞寶車寶仗七寶頭茵交絡及諸寶網閻浮金鎖眞珠寶貫上妙履屣綩綖茵褥妙微机橙七寶器物鐘鼓妓樂寶鈴珂貝園林幢旛瓶罐燈燭七寶鳥獸雜厠妙扇種種諸藥如是等物各八萬四千以施佛僧作是施已白佛言世尊我國多事有諸不及今我悔過唯願如來久住此園復當令我數得禮敬王諸子等復各請佛僧終竟三月如來默然善男子時王千子第一太子名曰不瞬終竟三月供養如王唯無輪等七寶大臣寶海梵志徧閻浮提告一切男

女有所求乞者先歸依三寶發菩提心然後當受汝之所施時閻浮提無有一人不從梵志受三歸依發菩提心便受所施之物時諸王子皆各發心或願忉利天王或求梵王或求魔王或求轉輪聖王或願大富或求聲聞各各向佛及僧悔過轉輪王因過去布施故復求今住（出悲華經第二卷又出寂意菩薩問五濁經）

堅固金輪王失輪出家第九

過去世時王名堅固有四種兵爲轉輪王攝御天下以法爲治與七寶俱人間四妙王於後時失於天輪告太子頂來我本從舊人聞若轉輪王失天輪者王必不長壽太子我已食人間欲復欲求天欲我欲剃髮被著法服信樂出家我今以大海地與汝汝當以法教令莫作非法若復與汝天輪移處堅固王學道七日天輪晝忽然不見頂來王白父王言不可爲王當云何父王言當作輪之福行可有是處十五日說戒時沐頭昇在堂上東方有天輪來非工巧所作光燄極妙齋日沐頭昇在堂上東堅固王曰子當如法觀行於男女婦子及諸臣民非是一人沙門婆羅門下至鳥鹿當持齋月八日十四日十五日施與沙門婆羅門貧窮孤老乞者當以飲食衣被華鬘衆香床卧屋舍給與使爲明證若界內所識沙門婆羅門當至其所隨時問論云何爲善不善白黑報云何現在義云何後世義云何作行受善不受惡當如是學若界內有貧窮人當施與時物是爲得輪之行汝與行相應者便得若十五日說戒時沐頭昇堂上東方當有天輪來至繼後有頂來王以法治

行於其界内施與財物爲轉輪王與七寶俱人間四妙云何曰妙如上七寶如上四妙彼輪於後時天輪亦移處至輪不現頂來王亦初不憂慼樂著婬欲不知敗壞强御天下人民曰減不增先王如法但增不減知明星婆羅門白言天王當知以欲御民但減不增猶若過去諸轉輪王與輪法相應人但增不減王曰我當云何答曰天王界内有明筭法有諸臣中明呪術知於輪法王當與輪法行相應若與相應者可有是處輪便可得十五日說戒時沐浴昇高堂上東方當得天輪王曰云何爲輪行令我行與相應當如法見行於法於妻子至施物是爲天王天輪行若應此行可有是處便可得輪頂來王於後時行法於妻子至貧窮人積財不施既窮無物便行偷盜詣王罰之王作是言汝衆生眞諦不與取耶答言實爾我若不盜無以存命王便與物語彼人曰汝去後莫復爾復有窮者聞盜見王即賜其物我等寧可作不與取便復行盜盜轉增廣人壽漸減始八萬四千歲終至百年時有過者王言若復於我界盜者當悉著樹下以刀梟首佛告諸比丘當來人壽十歲（出中阿含經第十四卷）

文陀竭金輪王遊四天下第十

昔者有王名文陀竭從母頂出後作遮迦越王東西南北皆屬之七寶具足王有千子王四天下經數千歲意中自念我有四天下人民熾盛穀米平賤千子端正高才健猛令天雨金銀七日七夜快耶天即爲王雨錢金銀七日七夜王心歡喜聞諸方土人民熾盛王

舉七寶四種兵衆俱共飛行次到諸國悉皆降伏正法治世如是各數千歲王復生意我有閻浮提國二十八萬里我有俱耶尼國三十二萬里我有弗于逮國三十六萬里王唯聞北方有鬱單越天下大樂人民熾盛王意欲往彼無貧窮豪羸强弱無有奴婢尊卑皆同一等令我人衆屬共食之自然粳米自然衣被服飾諸珍寶便俱飛行入鬱單越地青如翠適復前行見白如雪自然稻米汝曹當食適復前行見諸寶樹百種衣樹金銀瓔珞皆懸著樹王問邊臣汝曹見是等不邊臣言唯然已見入國人民皆悉降伏王治鬱單越地四十萬里經數千歲復念我有四天下王意欲上須彌寶山至忉利天王釋所止處便舉七寶百官俱飛到須彌山入天王釋宮王釋遥見迎之言數聞王功德欲相見日久仁者來大善便牽與共坐以已半座與文陀竭王適坐左右顧視天上有玉女心便念言我有四天下所有雨寶使天王釋死我欲代其處治天上如治天下便覺去離即還天下便得疾病困劣著床臣問王曰得無有意欲得天王釋處不答適生意便下在地即嬰困病心自悔言人無猒足知足者少文陀竭王我身是也出文陀竭王經

頂生金輪王愛別離苦第十一

過去之世人壽無量王名善住其王爾時爲太子治事及登王位各八萬四千歲時王頂上生一肉皰其皰柔輭如兜羅綿細輭劫貝漸漸增長不以爲患足滿十月皰即開剖生一童子其形端正人中第一父王歡喜字曰

頂生時善住王即以國事而委付之棄捨妻子入山學道滿八萬四千歲時頂生王於十五日在高樓上沐浴受齋即於東方有金輪寶至其輪千輻轂輞具足不由工匠自然成就而來應之王作是念我昔曾聞五通仙說若剎利王於十五日處高樓上沐浴受齋若有金輪而來應者當知得作轉輪聖帝即試左手擎之右執香爐右膝著地而發誓言是金輪寶若實不虛應如過去轉輪聖王即飛昇虛空周徧十方還王左手王心知作轉輪聖王其後不久復有象寶如白蓮華七支拄地王念亦如仙說十五日處在高樓沐浴受齋王試擎香爐右膝著地而發誓言是白象寶若實不虛應如過去轉輪聖王所行象即從旦至夕周徧八方盡大海際還住本處王大歡喜復作是言我今定是轉輪聖王其後不久次有馬寶王又如前復有女寶形容端正微妙第一以手觸王衣時即知王身苦樂亦知王心所緣自然而有摩尼珠寶如純青瑠璃大如車輪照一由旬若天降雨滴如車軸是珠勢力能作大蓋覆一由旬遮此大雨不令下過王念如前次有主藏臣自然而出多饒財寶無所鈌少眼見伏藏隨王所念皆能辦之即共乘船入於大海告藏臣言我今欲得珍異之寶藏臣聞已即以兩手撓大海水時十指頭出十寶藏以奉聖王而白王言大王所須隨意用之其餘在者當投大海王大歡喜次有主兵臣自然而出勇健猛略策謀第一善知四兵能令摧伏已摧伏者力能守護王告諸臣汝等當知此閻浮提安隱豐

樂我今七寶成就千子具足更何所爲諸臣答言唯然大王東弗婆提西拘耶尼比鬱單越猶未歸德王今應往時王即與七寶一切營從飛空而往四方人民歡喜歸德復告大臣我四天下安隱豐樂人民熾盛咸已歸化更何所爲諸臣答言唯然聖王三十三天壽長安樂自恃天福未來歸化今應往討令其摧伏王復飛空上忉利天見有一樹其色青緑即問大臣此是何色大臣答曰此是波利質多羅樹忉利諸天夏三月日常於其下娛樂受樂又見白色猶如白雲復問大臣此是何色大臣答言是善法堂忉利諸天常集其中論人天事於是天主釋提桓因知王在外即出迎逆見已執手昇善法堂分座而坐彼時二王形容相貌等無差別唯有視瞬爲别異耳（賢愚經云先身以豆散弗沙佛上四粒入鉢王四天下一粒在項受樂二天也）王言我今可住此中爲天王不時天帝釋受持讀誦大乘經典爲他宣說唯於深義未盡通達王於帝釋乃生惡心即便墮落還閻浮提與所愛念人天離别生大苦惱復遇疾病即便命終帝釋迦葉佛是轉輪聖王則我身是（出大涅槃經第十一卷）

阿育四分王始終造塔第十二

波吒利弗多國（雜阿含云巴連弗邑）王姓孔雀名頻頭娑羅（父名曰月護）有子名阿輸柯（此言無憂又名阿育王前生名闍耶爲童子時值釋迦入王舍城心念佛故於大路邊以沙爲麨內佛鉢中以伸供養因發願言我未來爲一傘地王廣興供養佛即記之我入涅槃百年之後當生波吒利弗多城姓孔雀名阿育爲四分轉輪王起八萬四千塔供養舍利出阿育王經第一卷）身體麤澀父不愛念乃於後時使善相師相諸兒子誰堪爲王不召阿育母密報之汝宜就

次阿育啓母父王不喜毋言但去大臣成護問今何行答以實事成護駕最勝象給其乘御設諸子食皆悉寶器不及阿育母私辦饌器食皆勝相師曰阿育最勝是堪爲王大王曰我所不重必當見殺可更搜筭相師又曰今好乘好食好器者此堪爲王復無勝者後境内小國名德叉尸羅欲爲反逆王勑阿育汝集四兵掩集彼國器仗資物悉不給汝阿育奉命即自思惟若有功德應爲王者願自能涌出地即震裂器食無數德叉尸羅國聞阿育來莊嚴道路望風奉迎一切人民競興供養初不嫌二遣使往佉師國求二健兒力能摧山偃岳時諸天發言語二人云此四分轉輪王領閻浮提不可逆也一切雄賢莫不奉覲諸天以天寶冠置其頭上大王聞之即遣大兒修私摩大興兵力竟不能伐大王身遇重疾倍更瞋恚復聞不克口吐熱血即便命終阿育即登大位拜成護爲第一大臣領理國事修私摩等聞父毋背立阿育爲王心生不忍即集諸兵來伐阿育二大力士與成護各鎮一門王頓東門立大火坑以物覆之無有烟燄作機關木人王騎大木象遲行示弱修私摩率其銳卒規殺阿育見諸木人行步劣動督軍直前墮大火穽被燒而死二十八萬里皆臣屬之陸地龍及夜叉悉皆降伏阿育因募得栴陀羅使但有一龍所止之地廣三百餘里得佛舍利最初起塔在羅摩村有大功德獨不從化名耆利柯能行殺戮即立牢獄以治不從莊嚴獄門極令華麗見者愛樂入不得出時鷄寺比丘誦修多羅修多

羅説地獄事耆利柯聞之隨造鑊湯鑪炭刀山劍樹等有海意比丘早起著衣持鉢入城乞食遇入地獄門耆利柯執之比丘泣而告之曰人身難得出家難遇我皆已得未得道法乞伸一月答曰我受王命終不可得聽至七日比丘晝夜精勤并見王子共内人語有勑付獄耆利柯即鐵臼杵碎之比丘心增怖畏第七日夜思惟得羅漢果明日耆利柯置比丘於鐵鑊中盛沸屎尿雜穢膿血以猛火煑之經時不壞比丘獨坐蓮華王聞與一切人民共往看之比丘即以神力身昇虚空現十八變王大歡喜曰汝身同人身汝力過人力應令我知之爲汝作神足答曰王稱佛語廣作塔廟供養舍利爲法饒益佛滅諸陋慈悲無比最勝論師我爲弟子佛記轉輪王取我舍利起八萬四千塔廣作諸佛事王先起地獄等殺害甚無數當除諸罪業施於無畏王即合掌向此比丘自説懺悔即自入地獄出之耆利柯言我先奉勑無所蠲除入不得出王曰汝欲殺我耶答曰如此王問初立此獄誰最先入答曰耆利柯先入王語獄卒以耆利柯置作膠舍裹以火燒之然後毁地獄去也便於五部僧以千金銀瑠璃甖盛以香水種種飲食香華等供養受八戒竟手執香鑪而登高殿請四方僧説言世尊弟子在四方者爲攝受我故悉應來此而説偈言

有諸阿羅漢　當來攝受我　我請阿羅漢

當悉來此處

有三十萬比丘阿羅漢十萬學人二十萬凡夫無數於上座一處無有人坐王問耶舍言

第一坐處何故無人答言佛說弟子中有能師子吼者名賓頭盧是第一上座王聞毛豎如何曇婆華又言有見佛來入涅槃今猶在者不答言即賓頭盧是也又問我於今者得見其人不答言其今應來時王聞已生大歡喜即說偈讃合掌仰看空中目不暫捨時賓頭盧與無數阿羅漢隨從圍繞從空中下坐第一座闔衆皆起見賓頭盧頭鬢皓白額皮眉毛悉合覆面如緣覺身五體投地禮賓頭盧舌舐其足啼泣說偈讃歎賓頭盧以兩手舉眉毛觀阿育曰我數見如來因歎佛德阿育復問何處見佛答曰佛與五百阿羅漢俱詣於王舍城安居我時在衆中又於舍衛國爲勝外道故現種種神力又於三十三天上安居爲母說法竟下復往於阿僧柯奢國又於修摩陀伽孤獨女請佛及五百阿羅漢佛以神力至分陀跋陀國我以神力舉山從虛空中亦至彼國時如來戒勑云汝不得涅槃至我法住阿育復問賓頭盧大德幾人隨從說偈答曰

六萬阿羅漢　悉盡煩惱毒　大王何忽疑
速施衆僧食

衆僧若食竟當更共語王答爾種種欲去皆以供養時王語比丘名一切支我當施僧十萬金及千銀瑠璃甖於大衆中說我名供養阿育王子名鳩那羅住父邊畏其父故不敢發言舉二指示唱導爾比丘表其修福倍其父相衆作大笑王見衆笑語大臣成護云汝所作非是故人笑成護答言多人欲作福必欲一倍阿育答言我當以三十萬金供養衆

僧以三千甖盛以香水王又云大德我今作七寶庫藏一切大地宮人大臣并以我身及鳩那羅悉以施僧出阿育王經第一卷

經律異相卷第二十四

音釋

剜 烏丸切刻削也　悴 秦醉切燋悴也　餅 必郢切麪餈也　紺 古暗切　澆 居祆切沃也　輻 方六切　捫 音門撫也　臃 昌容切國直也　賷 牋西切持也　逼 筆力切迫也　蝱 眉庚切　虺 詡鬼切蝮蛇也　礫 郎狄切小石也　糠糩 糠丘岡切糩苦會切糠糩穀皮也　馚 符分切馚馧香氣也　㲉 克角切　𤛓 古侯切取牛乳也　淖 女教切濕泥也　曀 於罽切陰曀也　氎 達協切毛布也　槨 光鑊切外棺也　闍維 梵語正名荼毗此云焚燒闍時遮切　悍 侯旰切有力也　儜 泥耕切困也　躡 昵輒切　縮 所六切退也　眪 補永切明也　貲 將支切財也　嘟噎 嘟於六切嘟唧悲痛也噎一結切哽咽也　瞬 音舜目動也　鞭 卑連切扑也　櫛 惻瑟切梳此之總名　喃 那含切

吁 烏禮切　綩綖 綩於阮切綖夷然切坐褥也　繒 慈陵切帛也　纊 苦謗切絮也　机橙 机舉履切案屬橙丁鄧切牀屬　鑵 右玩切瓶屬　皰 皮教切　輭 乳兗切軟同　兜 都侯切　轂輞 轂古祿切車輻所湊曰轂輞文紡切車輞也　糗 丘救切煼乾米麥也　銳 俞芮切勇銳也　督 都毒切率也　穽 疾郢切坑也　膠 居肴切黏膏也　甖 幺莖切缶也　舐 甚爾切舌餂也

經律異相卷第二十五

梁沙門僧旻寳唱等奉勑撰

行菩薩道諸國王部第十九之一

虔闍尼婆梨王爲聞一偈剜身以然千燈一

毗楞竭梨王爲請一偈以釘釘身二

大光明王捨頭施婆羅門三

尸毗王割肉施代鴿四

慧燈王好施捨身血肉五

大力王好施不悋肌體六

慈力王刺血施五夜叉七

須陀須摩王爲鹿足王所録聽還布施事畢獲免八

薩和檀王以身施婆羅門作奴九

衢樓婆王爲聞一偈捨所愛妻子十

善宿王好施令鬼王移信十一

虔闍尼婆梨王爲聞一偈剜身以然千燈第一

昔有閻浮提王名虔闍尼婆梨典領八萬四千聚落慈悲一切穀米豐賤各得安樂而未盡我心當求妙法以相利益宣令一切誰有妙法爲我説者隨所欲得有婆羅門名勞度差云我有法王迎而禮之白言願大師闡法令聞勞度差曰大王今日能於身上剜然千燈用供養者乃相爲説王宣命閻浮提内却後七日剜身然燈人民懷愁來詣王所有命依王如嬰兒依母王若崩背何所親怙云何爲此一婆羅門棄於一切汝等愼勿却我無上道心吾爲是事誓求作佛後成佛時必先度汝衆人啼哭投地懊惱即便剜身布諸脂

炷白大師言哀矜說法然後然燈我脫命斷不及聞之勞度差說偈言

常者皆盡　高者亦墮　合會有離　生者有死

王聞歡喜無量便命然燈所求之法爲成佛道當以慧明照悟衆人發此誓時天地大動上至淨居皆亦震揺見此大士不顧軀命僉然俱下側塞虛空啼哭流淚猶如盛雨天帝言曰痛惱如此心不悔耶答曰不悔因立誓言若我始終心不悔者願皆平復應念平復時王者即佛身是出賢愚經第一卷

毗楞竭梨王爲請一偈以釘釘身第二

昔於閻浮提有大國王名毗楞竭梨心好妙法有婆羅門名勞度差詣宮門言我能說法若能以千鐵釘釘身者我乃爲說王言我於生死中殺身無數或爲三毒計集白骨高於須彌流血逾於五湖哭淚多於滄海唐捐身命未曾爲法今椓釘求道後成佛時以智慧劒除汝等結愼勿遮我無上道心大衆默然時勞度差便自說偈

一切所無常　生者所有苦　諸法空無主實非我所有

即釘釘身因發願曰若我求不悔者平復如故身即如本出賢愚經第一卷

大光明王捨頭施婆羅門第三

過去有國名波羅柰王名曰大光明心慈一切不逆人意有一小國王常懷惡逆大王於月齋日以五百大象載珍寶衣食著大市中及四城門外布施一切時敵國怨家聞王布施恣前人意心生嫉妬即集諸臣誰能乞大光明王頭賞金千斤有一婆羅門言我能王

即資給婆羅門往到界上其地六種震動禽獸四散日月無精星宿失度赤黑白虹晝夜常現流星崩落於其國中諸泉浴池而皆枯乾婆羅門往到城門時守門神語守門者言此人大惡從遠方來欲乞大王頭汝莫聽入時婆羅門停滯一七日不能得前語守門者我從遠來欲見大王時守門者即入白王王聞即出奉迎如子見父前爲作禮問所從來冒涉塗路得無疲倦婆羅門言我在他方聞王布施不逆人意名聲遠聞上徹蒼天下徹黄泉故從遠來欲有所得王言我一切施有所求索莫自疑難婆羅門言審實爾耶我不用餘物今欲大祠從王乞頭王自思惟從無始來未曾爲法空受生死勞我精神今者此身欲求菩提誓及衆生今不與者違我本心何緣當得成無上菩提王言大善須我檢校委付國位夫人太子過於七日當相給與爾時大王即入宫中報諸夫人言有婆羅門欲乞我頭我已許之夫人太子聞是語已身投于地舉聲大哭自拔頭髮裂壞衣裳而作是言大王天下所重莫若身已云何今日持用施人時五百大臣語婆羅門言汝用是臭爛膿血頭爲婆羅門言我自乞匃用問我爲大臣言卿入我國我應問卿卿應答我時婆羅門正欲實答心懷恐懼畏斷其命時大臣言我等今者施汝無畏以大王故貧婆羅門何用是頭爲我等五百人人作一七寶頭共相貿易并與所須婆羅門言吾不用也時諸大臣不果所願舉聲悲哭上白大王何忍捨國夫人太子爲一婆羅門永棄孤背王言今爲

一切故捨此身時第一大臣聞王語定即自思惟我今云何當見大王捨此身命即入靜室以刀自害爾時大王便入後園喚婆羅門來汝從我乞頭我愍汝故不逆汝意令我來世得智慧頭施於汝等作是語已即起合掌向十方佛作禮而言十方諸佛諸尊菩薩威神護助令我此事必得成辦語婆羅門隨汝持去時婆羅門言王有力士之力臨時苦痛脫能變悔或反害我王審能爾者何不以頭髮自繫樹枝王聞是語心生慈愍此婆羅門老而且羸若當不能斷我頭者而失大利即隨其言以髮縛樹語婆羅門汝斷我頭還著我手中我當以手授與於汝時婆羅門捉刀而前爾時樹神即以手搏婆羅門悶絕倒地爾時大光明王語樹神言汝不助我反起留難樹神聞是心生苦痛即唱苦哉於虛空中無雲雨血天地大動日無精光時婆羅門尋斷王頭持還本國爾時五百太子及諸羣臣即收大王所餘身骨起塔供養佛告阿難爾時第一大臣聞大光明王以頭布施心不堪忍尋自捨命者今舍利弗是爾時大光明王者釋迦是出大方便佛報恩經第四卷中

尸毗王割肉施代鴿第四

王大精進視一切衆生如母愛子世中無佛釋提桓因命欲終時心自念言何處有一切智人處處問難不能斷疑愁憂而坐巧變化師名毗首羯摩天問曰天主何以愁憂答曰我求一切智人竟不可得是故愁憂毗首羯摩曰有大菩薩布施持戒禪定智慧不久當得作佛帝釋問誰答曰是優尸那種尸毗王

釋提桓因語毗首羯摩今當試之言毗首羯摩變身作一赤眼赤足鴿釋提桓因變身作鷹急飛逐鴿直來入王腋底舉身戰怖動眼促聲是時衆多人相與而語曰是王慈仁一切宜保護如是鴿小鳥歸之如人入舍是時鷹在近樹上語尸毗王還與我鴿此我所受王時語鷹我前受此非是汝受我初發意時受一切衆生皆欲度之鷹言王欲度一切衆生我非一切耶何以獨不見愍而奪我食王答言汝須何食我作誓願其有衆生來歸我者必救護之汝須何食亦當相給鷹言我須新殺熱肉王心念言如此難得自非殺生無由得也我當云何殺一與一思惟既定曰

是我此身肉　恒屬老病死　不久當臭爛　須者我當與

如是思惟已呼人持刀自割股肉與鷹鷹語王言王雖以熱肉與我當用道理令肉輕重得與鴿等王言持秤來以肉對鴿割王肉盡與鴿始等心自責言汝當自堅勿得迷悶一切衆生墮大苦海誓欲渡之何以怠悶此苦甚少地獄苦多我有智慧精進持戒禪定猶患此苦何況地獄中人無智慧者心定時天地六種震動大海波揚枯樹生華天降香雨及散名華天女歌讚必得成佛帝釋語王汝割肉辛苦心不惱没耶王言我心歡喜不惱不没帝釋言誰當信汝時王誓曰若我割肉血流不瞋不惱一心不悶以求佛者願令我身即當平復即時如本出大智論第四卷中

慧燈王好施捨身血肉第五

舍衛國有別住處地甚平博時佛往坐梵天

帝釋及四天王諸人間王瓶沙王等各白佛言欲爲世尊安處高座佛言且止我自知時時諸居士有信外道者各安價直百千之座復有信樂供養佛者從月初日至十五日摩竭瓶沙諸王更設供養諸座中央自然而有七寶師子座如來坐之時皆就坐時有檀越次爾日設供授佛楊枝世尊嚼已棄著背後即成大樹根莖枝葉扶踈茂盛時諸大衆覩佛神力歡喜讃歎得未曾有時佛世尊以無數方便種種説法令得歡喜是時座上無數百千人遠塵離垢得法眼淨如是現於神變至十五日種種不同大衆見佛神力變化皆大歡喜佛爲説法得法眼淨時摩竭王瓶沙王次十五日飯佛及僧并波羅殊提王憂陀延王梵施王波斯匿王末利夫人長者梨師達多富羅那一切大衆皆設供養食既滿足捨鉢行水瓶沙王更取卑牀於佛前坐於時世尊壞跏趺坐伸脚橙上時地六反十八種震動時佛足下相輪輪有千輻輪郭成就輪相具足光明晃曜照三千土時摩竭王見即從座起偏露右肩右膝著地白言世尊往昔作何福德得此相好佛告瓶沙過去世時閻浮提地有王名利衆生時國豐饒人民熾盛領八萬四千城五十五億聚落王所住城名曰慧光王第一夫人字曰慧事初無兒息爲求繼嗣禮事諸天山河鬼神處處求願後時懷身上白王言我今懷妊王倍供待飲食衣服醫藥後生一男顔貌端正時兒生日八萬四千伏藏自然涌出隨物成行王語其母名兒爲慧燈後王崩殂太子年八九歲其母教

學技藝書筭騎乗至年十五時諸臣啓言大王崩背次應登位太子答言我前世經六年爲國王行王勑令後墮地獄六萬歲以是故不能爲王諸臣言頗有方便得作王不答言閻浮提人若男若女能言之類皆行十善者我當爲王時諸臣人聞太子令即四方唱令閻浮提人皆行十善不殺生諸臣具以啓太子今可登位太子即自繼登位諸臣啓王言王初生時有八萬四千伏藏自然涌出今可取入王藏王言不須入藏即勑隨所出處四交道頭布施沙門及婆羅門貧窮孤老時諸大臣即奉王勑隨藏所在於八萬四千城門四交道頭以爲有施時天帝釋化作男子自相謂言王教我行十惡大臣啓王有此勑耶王答我先勑閻浮提内能言之類皆行十善初無是語即駕寶象往至其所王問汝言慧燈教汝行十惡耶化人答曰實爾王復問言汝能行十善不答曰若欲成菩薩道者我當生食其肉生飲其血然後身行十善王作是念我於無始來經歷衆苦輪轉五道備更屠戮即取刀自割股肉以器盛血授與之曰男子汝可食肉飲血奉行十善是化男子即沒不見還現帝釋身而問之曰布施爲一天下爲四天下耶王曰爲求無上道度未度耳帝釋以天甘露灌之瘡即平復利益衆生爾時父王者今我父王是第一夫人今我母是慧燈王者我身是也（出四分律第二卷）

大力王好施不悋肌體第六

過去有王名曰大力有大善根盛設施會恣所求欲須食與食乃至象馬牛羊田地産業

皆悉與之時目連曰汝是大施時天帝釋化作婆羅門往詣王所言王如是大施我今須王身分王自念言是婆羅門不須財物今來直欲破我大施我若不以身分與者我則自破大會施事作是念已語婆羅門言與汝身分截取持去但以今者多有乞人四方來集我皆應使悉得滿足婆羅門言我今一人尚不充足何論餘人王即以刀自割其臂與婆羅門無有悔恨一心布施捨一切物臂還平復帝釋既爲障礙因緣天福即盡墮阿鼻獄大力國王我身是也帝釋者調達是也出菩薩藏經下卷

慈力王刺血施五夜叉第七

佛在舍衞國爾時阿難於中食後林間禪思如來與世衆生之類皆蒙安樂又憍陳如等種何善本法門初開而先得入以其所念而用白佛佛告之曰憍陳如等過去遠劫此閻浮提有大國王名彌羅此言慈力有二萬夫人一萬大臣王具四等未曾懈猒十善誨民四方欽慕國土安樂諸疫鬼輩恒噉人血爾時人民攝身口意敦行十善惡疾敢侵飢羸困乏時五夜叉來至王所我等仰人血氣得全身命由王教道咸持十善我等飢渴求活無路大王慈悲豈不憐愍王懷哀傷即自放脉刺身五處時五夜叉承血而飲欣喜無量王曰汝念修十善我今以身血濟汝飢渴後成佛時當以法身戒定慧血除汝三毒安涅槃處時慈力王者今我身是五夜叉者今憍陳如等是我世世誓願許當先度出賢愚經第二卷

須陀須摩王爲鹿足王所録聽還布施事畢

獲免第八

昔有須陀須摩王是王精進持戒常依實語晨朝乘車將諸婇女入園遊戲出城門時有一婆羅門來乞王言諾敬如來告須我出還入園洗浴嬉戲時有兩翅王名曰鹿足空中飛來於婇女中捉王將去諸女啼哭號慟一國驚城内外搔擾悲惶鹿足負王騰空至所住山置九十九諸王中須陀須摩王涕零如雨鹿足語言大刹利王汝何以啼猶如小兒人生有死合會有離須陀須摩王答言我不畏死自恨失信我從生巳來初不妄語今日晨朝出門時有婆羅門來從我乞我時許言還當布施不慮無常辜負彼心自招欺罪是故啼耳鹿足王曰汝畏妄語聽汝還去七日布施婆羅門訖便即來還若過七日不還我有翅力取汝不難須陀須摩王得還本國恣意布施立太子爲王大會人民懺謝之言我智不周物治不如法當見忠恕如我今日身非巳有正爾還去舉國人民及諸親戚叩頭留之願王留意慈廕此國勿以鹿足鬼王爲慮也當設鐵舍奇兵鹿足雖神不畏之也王言不得爾也而說偈言

實語第一戒　實語昇天梯　實語小人大

妄語入地獄　我今守實語　寧棄身壽命

心無有悔恨

如是思惟巳王即發去到鹿足王所鹿足遥見歡喜而言汝是實語人不失信要然一切人皆惜命汝從死得脱還來赴信汝是大人爾時須陀須摩王讚實語實語是爲人非實語非人如是種種讚實語訶妄語鹿足聞之

信心清淨語須陀須摩王言今相放捨九十九王王亦還本國是爲尸羅波羅蜜滿（出大智論）

第四卷中

薩和檀王以身施婆羅門作奴第九

昔有國王號薩和檀（此言一切施）有所求索不逆人意其王名字流聞八方文殊師利欲往試之化作年少婆羅門從異國來詣王宮門王甚歡喜即出奉迎問訊道人所從來耶婆羅門言聞王功德故來相見今欲乞匃王言大善所欲得者莫自疑難婆羅門言欲得王身與我作奴及王夫人爲我作婢王甚喜悅報言大善今我身者定自可得願屬道人供給使令其夫人者大國王女當往問之時王即入語夫人言是時夫人即隨王出自白道人言願得以身供給道人婆羅門言汝當隨我皆悉躧跣不得著履如奴婢之法皆言唯諾從大家教便將奴婢涉道而去以化作人代其王處及夫人身領理國事令其如故其夫人者生長深宮不經勤苦又復身重懷妊數月步隨大家舉身皆痛脚底傷破不能復前疲極在後時婆羅門迴顧罵言汝今作婢當如婢法不可作汝本時之態夫人長跪白言不敢懈慢但小疲極住止息耳喚言疾來促隨我後前到國市別賣奴婢各與一主相去數里時有長者買得此奴使守斯舍諸有埋死人者令收其稅不得妄稅是時婢者所屬大家夫人甚妬晨夜令作初不懈息其後數月時婢娩身所生男兒夫人恚言汝爲婢使那得此兒促取殺之隨大家教即殺其兒持行埋之往到奴所得共相見不說勤苦各無

怨心如是語言須臾之頃恍惚如夢還在本國正殿上坐如前不異及諸羣臣後宫婇女皆悉如故所生太子亦自然活王及夫人心内自疑何縁致爾文殊師利在虚空中坐寶蓮華現身色相讚言善哉今汝布施至誠如是王與夫人踊躍歡喜即前作禮文殊師利爲説經法三千刹土悉爲震動覆一國人皆發無上正真道意王與夫人應時俱得不起法忍佛告阿難是時王者則我身是也時夫人者今瞿夷是時太子者今羅云是也（出薩惒檀王經）

衢樓婆王爲聞一偈捨所愛妻子第十

昔閻浮提有大國王名衢樓婆領八萬四千小國覆育人物心自念言我但以財貨賙給一切終無道教此實我咎宣令國内誰能有法爲我説者資其所須毗沙門王化爲夜叉來詣宫門誰欲聞法我當爲説王躬出迎作禮初集羣僚請聞正法夜叉告言學法事難須王所愛妻子與我食之王即命夫人太子與夜叉食羣臣皆哭王意不迴夜叉食盡即説偈言

一切行無常　生者皆有苦　五陰空無相
無有我我所

王心喜無悔頒示天人咸使誦持毗沙門王還復本形夫人太子端然如故歎王奇特佛言時國王者今我身是（出賢愚經第一卷内）

善宿王好施令鬼王移信第十一

昔有噉人鬼作人中王恒食人肉以爲厨宰征伐隣國得九十九王九十九王白羅刹王曰隣國有王名曰善宿好行施惠修菩薩德

有所求索不逆人意大王設能擒獲彼者我等甘心受死無恨爾時羅刹王即起鬼兵往伺其便正值善宿遊在外園觀於浴池有一梵志辭家外學夫梵志之法臨辭去時白父母言我今離家追伴學問計還之日且未有期設財貨窮乏從王舉貸我還當償其人學問已得成就來至家中但見空屋不見人衆即問比隣我今父母兄弟姊妹竟爲所在比隣報曰汝學之後舉王財賄無以當償爲王所繫今在牢獄其人自念家窮事狹無有財寶設我詣獄親覲父母復當拘執同受其苦不免王法宜今在外改形易服竊行求索畢償官物乃得出耳其人復念隣國有王號曰善宿修行道德施心不絕當往至彼至誠告請必不見違足償王物尋往至彼隨王乞索王言大佳當相供給須吾沐浴訖當相惠施小停勿憂不負言信王詣浴池爲鬼兵所擒王尋還顧悲慼涕零鬼王問曰我等聞王仁和博愛靡不周濟雖遭厄困何爲悲慼王報鬼曰我生惠施未曾有悔向有梵志在外乞索許而未與是以憂慼耳鬼王白王王守誠信由來不改如今放王施訖時還乃知王心王得還宮開藏惠施恣彼人意尋還就信詣鬼王所鬼王告曰汝不畏吾乎何爲受死而來善宿偈答

作福不作惡　皆由宿行法　終不畏死徑
如船截流渡

鬼王聞之內懷慙愧改心易行思修善本即告善宿王曰今聞所說人中難有今放九十九王我捨此位願王攝領以法治化我領鬼

衆還歸窠窟若俱健者自當數覲即共離別各還所在萬民稱慶國界清泰共行十善不修惡業善宿積行不息後得成佛於樹王下復說先偈出曜經第十六卷

經律異相卷第二十五

音釋

釘釘上當經切下丁定切悋良刃切慳也愬音和闡齒善切開顯也椓側角切擊也嚼疾雀切咀嚼也戮力竹切殺也搔蘇曹切與騷同翅施智切翼也踱跣踱徒各切跣蘇典切謂足親蹋地也㝃美辨切生子免身也恍惚恍虎晃切惚呼骨切不分明也擒渠金切捉也窠窟窠苦禾切窟苦骨切空穴也

經律異相卷第二十六

梁沙門僧旻寶唱等奉勑撰

行菩薩道諸國王部第十九之二

和墨王因母疾悟道大行惠施一

二王以袈裟上佛得立不退之地二

薩和達王布施讓國後還爲王三

日難王棄國學道濟三種命四

仙豫王護法殺婆羅門五

普明王誦般若偈得免斑足王害六

阿闍世王從文殊解疑得於信忍七

大光明王始發道心八

多福王事梵志增福太子奉佛兩師捔術九

和墨王因母疾悟道大行惠施第一

昔有國王名曰和墨處在邊境未覩聖化奉事外道舉國信邪殺生祭祀王母寢病求諸醫神經歷年歲未得除瘥更召國内諸婆羅門二百人而告之曰吾大夫人病困經久不知何故諸婆羅門言星宿倒錯陰陽不調故使爾耳王曰作何方宜使得除愈婆羅門言當於城外平治淨處郊祀四山日月星宿當得百頭畜生種種異類及一小兒殺以祠天王自躬將母跪拜請命然後乃瘥王即奉命驅人及象馬牛羊百頭之類隨道悲鳴震動天地從東門出當就祭壇殺以祠天佛懷大慈愍王頑愚即將徒衆徃向其國王遥見佛如日初出如月盛滿光相炳然人民見者莫不愛敬祭餟之具皆願求脫王爲佛作禮叉手長跪問訊説母病經久良醫神祇無不周徧今始欲行解謝星宿四山五嶽爲母請命

蕒蒙得瘥佛言欲得穀食當行耕種欲得大富當行布施欲得長壽當行大慈欲得智慧當行學問行此四事隨其所種得其果實祠祀婬亂以邪爲正殺生求生去生道遠即說偈言

若人壽百歲　勤事天下神　象馬用祭祀
不如行一慈

佛放光明烈照天地三塗八難莫不歡喜王聞法覩光即得道迹毋聞情中悅豫所患消除二百梵志慙愧悔過皆爲沙門（出慈仁法句譬喻經第二卷又出大乘方便經上卷）王於是後愛民若子五穀豐熟一國無災毒人壽八萬歲慈護衆生如天帝釋信敬三寶常行十善率化四鎭一切人民時有貧者盜他財物財主得之王問何以盜答曰貧無自活仰違聖法王悵然曰民之飢者即我餓之寒者即我裸之吾勢能令國無貧者民之苦樂在我而已即大赦國內出藏珍寶布施飢寒車馬湯藥恣意而取飛鳥走獸下及蟲魚王施之後國豐民富相率以道無十惡之名鬼神助喜擁護其國五穀豐登家有餘財即得五福一者長壽二者顏色更好三者得福感動八方四者無病增力五者境內安隱心常悅樂（出度極集經第三卷）

二王以袈裟上佛得立不退之地第二

昔有國王以袈裟上佛因發無上平等度意佛般泥洹自燒其身袈裟不然取佛舍利起塔滅盡袈裟故在後轉無塔供養袈裟積有年歲不復聞佛法每到齋日國王大臣無數人民以香華旛蓋供養袈裟轉相承續更相法効未曾有廢後有國王念言先王及我敬

事此衣當得何福爲何等衣莫有知者佛國人來商販治生以白王言我國有王名悦頭檀生一聖子字爲悉達出家學道號名曰佛身有三十二相正著此衣王聞歡喜遣使請佛商人言若請佛者但燒名香遥禮請之即燒香熏請佛願佛明日勞屈精神香烟趣佛繞佛七帀即於虚空化成華蓋時佛乃笑口氣光𦦨照無數刹上昇虚空與香共合合成華蓋俱還入頂阿難白佛而此香烟從何方來佛具告阿難應時三千大千國土爲大震動彼國城門皆悉爲金箜篌樂器不鼓自鳴婦女珠環皆悉作聲百歲枯木更生王大恐怖呼問人言此何災怪使我國動商人白王世尊所至之處先現善瑞皆王功德之所致王即踊躍宣語臣民燒香迎佛王心願言令我得如世尊侍者羅漢王以袈裟奉上世尊佛不能勝下没地中乃至下方無數佛刹懸止空中下刹菩薩白彼佛言是袈裟從何所來亦不墮地佛言須臾自當有應釋迦文佛敕目連舍利弗等五百弟子行取袈裟各盡神足都不能致佛告文殊往取復不能勝佛言此袈裟前世人持上先佛發大道意更無數世復還屬王今復上我中欲取證願爲聲聞是以袈裟故不可勝所以者何前意尊重則袈裟輕後志於小故袈裟重王聞佛教即自懺悔我爲國王不欲令國内人願處我位若有此意我謂之逆佛爲世尊是故不敢願求佛果王及臣民皆發無上平等度意袈裟自然於地涌出王舉袈裟擊以上佛願爲十方一切蠉動受此袈裟便爲説經王及羣臣

皆立不退轉地（出折伏羅漢經）

薩和達王布施讓國後還爲王第三

過去劫時有大國王號薩和達（此言一切施）施諸沙門及一切人不逆其意異國婆羅門子少喪其父獨與母姊弟居家甚貧苦其母曰今窮無自供可往詣薩和達王乞匃兒報母言我今未有所知先當學問然後及行母不許兒先假貸索一兩金可備一歲之粮乃出家行學一歲來歸母見逆問汝詣薩和達王兒復報母言所學未通當復更學母言前金已盡即復往至前所貸家貸一兩金金主語兒汝前取金既未還我若復欲索卿母及姊皆將上券爾乃可得若至時不畢以爲奴婢便作券取歸以付其母復捨家學復經一年所知粗備欲歸詣薩和達王道中爲債主所牽及母姊弟將歸鎖繫婆羅門子語債主言卿今繫我終年無益不如放我往詣薩和達王乞匃得物相償其主令去時異國興兵取薩和達王王聞自念人命短促當歸無常我少好布施慈忍無傷不欲復與彼國共相拒逆所以者何但不須爲備亦勿恐怖但且嚴出迎逆作禮恭敬承事受其勑令使踰於我諸臣白王他國入界云何不備王默然不應如是至三王言不須拒逆如我前言諸臣奉旨王言大善各自安家慎莫勞擾其王夜半即脫印綬默亡而去彼王入國即領王位便募索薩和達其賞甚重王出國行五百餘里遥見一婆羅門子二人相逢王問我今欲何所至答曰欲詣薩和達我少小失父居家甚貧窮以母及姊弟持行質債欲乞匃贖之并得

自濟王言我是薩和達有他國王欲得我國不欲傷害是以避之婆羅門子躃地大泣不能自勝王便諫曉使起不須復啼所求索者今當相與婆羅門子言王今失國當持何等以相濟乞王便報言彼國王來見募甚重卿今可截我頭持往與之在所求索皆可得也

於是婆羅門子即說偈言

世間殺父母　命盡墮泥犁　今若加害王
其罪等無異　我今實不忍　加惡於大王
寧令身命盡　終不造逆意

薩和達王復語婆羅門子言卿若不欲取我頭者便可截我鼻耳送之不復中王故也婆羅門子言亦所不忍王曰縛送亦可婆羅門子曰能知彼王無所危害於是王與婆羅門子相將共還臨至國二十餘里王言卿可縛我婆羅門子乃縛王一國人民男女大小莫不啼哭崩絕劇喪父母前詣宮門諸臣即入白彼王曰前募薩和達者已爲婆羅門子所縛送今在宮門彼王即言便挺現之一切臣民見薩和達王無不躃地而啼泣者彼劫人王亦復淚出而問諸臣汝輩何以皆啼諸臣白言我等見薩和達王棄國與王復持身施與婆羅門子所作不悔是故啼耳彼劫人王聞諸臣民各各說是即便躃地而大啼泣不能自勝即問婆羅門子汝本那得是王婆羅門子答王言我實貧窮以母姊弟行用質債匃還贖母姊弟得自濟活於道中逢之共相勞問薩和達王而語我言我今棄國以與他王無以相乞我時愁憂酷毒無賴時薩和達

王便教我截取其頭送來與王我時不敢復令我截取鼻耳送之我復不肯遂相將還令縛送之所問本末其實如此於被劫人王聞婆羅門子所説即復躃地涕淚如言告勑諸臣促解王縛洗浴衣被著其印綬還立爲王即還上坐領國如故於是彼王即長跪叉手讚歎而説偈言

自在本國時　遥聞大王德　今來至於此
見尊踰所聞　巍巍積功德　譬若純金山
其力堅如是　無能動揺者　今見王所行
於世甚無雙　願以國相還　并奉所居界
願歸得本土　修敬爲臣禮　不復敢憍慢
事王如尊天

佛言時王薩和達者我身是也彼國王者舍利弗是也婆羅門子調達是也成我六波羅蜜三十二相十種力滿諸功德皆是調達恩調達是我善知識亦爲善師（出佛説一切施王所行六度檀波羅蜜經）

日難王棄國學道濟三種命第四

昔摩天羅國有王名日難學通神明靡幽不覩覺世非常曰吾身當朽爲世糞壤何國之可保捐棄榮樂服上法服一鉢食爲足禀沙門戒山林爲居積三十年樹邊有坑坑深三十丈時有獵者馳騁尋鹿墮于坑中時有一烏一蛇倶時驚殞體皆毁傷仰天悲號有孤窮之音道士愴然火照見之涕泗交頸臨坑告曰汝等無憂吾將拔汝即下長繩或銜或持遂獲全命倶時謝曰吾等蒙道士仁惠無量得覩天日願終斯身給衆所乏道士曰吾爲國王國大民多宫寶婇女諸國爲上願即

響應何求不得吾以國為怨六塵為六劒常截吾身六箭射吾體因此六邪轉受三塗酷烈難忍吾甚猒之故捐國為沙門願獲佛道開化羣生令還本元豈但汝等三命而已乎各還舊居見汝所親令受三自歸無違佛教獵者曰我處世有年嘗覩善人無有若佛弟子者恕已濟衆隱不揚名若道士有乏願至吾家乞微供養烏曰吾名鉢道士有難願呼吾名吾當馳詣蛇曰吾名長若道士有患願呼吾名必來報恩辭畢各退他日道士至獵者舍獵者遥見其來告妻曰彼不祥之人來吾勑汝為饌徐設之彼過日中不食妻覩道士作色詭留設食虛談過中道士退而還山覩烏呼名曰鉢烏問曰自何來耶答曰獵者所來烏曰已食乎曰彼設未辦日已過中不待而退烏曰凶咎之物難以慈濟違仁背恩凶逆之大吾無食飲以相供養且留心坐吾須臾飛往般遮國覩王夫人卧首飾之中有明月珠烏銜而還以奉道士夫人寐寤求之不獲即以上聞王勑臣民有得之者賞金銀各千斤牛馬各千首得不貢上罪及滅宗道士以惠獵者獵者縛以白王王曰汝何從得道士深惟若言其主必一國烏死此非佛弟子默然受考杖楚千數初不怨王亦不讎彼弘慈誓曰令吾得佛度衆苦矣王埋道士唯出其頭明日戮之道士乃呼蛇曰長蛇曰天下無知我名者唯有道士耳揚聲相呼必有以也疾邁見道士問曰何由致此道士乃説厥所由然蛇流淚曰道士仁慈天地之間尚與禍會豈況無道誰將祐之乎我將入宫齚

殺太子蛇以神藥與道士傅之即瘳蛇夜入宮齚太子即絶停屍三日令曰有能活太子者分國而治載之山間歷道士邊過道士曰吾能活之王聞心喜道士以藥傅太子身忽然語曰吾那在斯從者具陳所以太子還宮巨細喜舞分國惠之道士一無所受王寤曰分國不受豈當盜哉問何從獲珠行高乃爾忽離斯患道士具陳本末王涕淚流面告獵者曰汝有勲於國悉呼九親來吾欲重賜之親無巨細皆詣宮門王曰不仁背恩惡之元首盡殺之矣道士入山學道精進不倦終生天上時道士者我身是也烏者鶖鷺子是蛇者阿難是獵者調達是其妻者懷柈女子是也（出摩曰國王經）

仙豫王護法殺婆羅門第五

昔閻浮提有大國王名曰仙豫愛重大乘其心淳善無有麤惡嫉妬慳悋口常宣語愛語善語身常攝護貧窮孤獨布施精進無有休廢時世無佛聲聞緣覺時王愛樂大乘方等經典十二年中事婆羅門供給所須過十二年施安已訖即作是言師等今應發三菩提心婆羅門言大王菩提之性是無所有大乘經典亦復如是大王云何乃欲令人同於虛空王聞婆羅門誹謗方等即斷其命以是因緣不墮地獄擁護攝持大乘經典有如是力（出大涅槃第十一卷）

普明王誦般若偈得免斑足王害第六

昔天羅國王有一太子欲登王位一名斑足受外道羅陀師教應取千王頭以祭家神然後登王位已得九百九十九王所少一王即

北行萬里得普明王普明白斑足言願聽我一日飯食沙門頂禮三寶斑足許之普明即依過去七佛法一日二時講般若波羅蜜八千偈竟第一法師爲王說偈

劫燒終訖　乾坤洞然　須彌巨海　都爲灰揚
天龍福盡　於中凋喪　二儀尚隕　國有何常
生老病死　輪轉無際　事與願違　憂悲爲害
欲深禍重　瘡疣無外　三界皆苦　國有何賴
有本自無　因緣成諸　盛者必衰　實者必虛
衆生蠢蠢　都如幻居　聲響俱空　國土亦如
識神無形　假乘四蛇　無明保養　以爲樂車
形無常主　神無常家　形神尚離　豈有國耶

時普明王與其眷屬得法眼空王自證虛空等定聞法悟解還至天羅國斑足王所告九百九十九王言就命時到人人皆應誦過去七佛仁王般若波羅蜜偈斑足問誦何法普明王即以上偈答王王聞是法得空三昧九百九十九王亦聞法已皆證三空門定時斑足王極大歡喜告諸王言我爲外道邪師所悞非君等過皆還本國各各請法師講般若波羅蜜名味句衆時斑足王以國付弟出家爲道證無生法忍如十王地中說（出仁王般若經）

阿闍世王從文殊解疑得於信忍第七

阿闍世王白文殊師利言（普首童真經云白普首童真）唯願加恩明旦屈德就我宮食答言以足可爲供養又佛法非以衣食故王曰當何以施之答言若深入微妙其事審諦無所染汚亦無所著亦無所疑亦無所畏難又念諸法亦不念有無不念去來現在意又不當念一切可見者皆得加哀王曰如所言悉法之所載無

有異也唯以身故當加哀受請文殊言且止其道者非以是之故若飲若食若王不念有吾我壽命人以念是者以得加哀（如此往反甚長文多不載）王大歡喜問有幾人舍利弗言五百人可悉令於宮食還城勑辦百味之食治其殿上施諸幢旛帷帳華蓋以華布地悉以香熏設五百高牀宮城市里皆悉掃除布以華香人民奉迎文殊如伸臂頃便到東方過八萬二千佛土佛號常名聞其佛字唯淨首今現在世有衆菩薩更無異道其刹常轉阿惟越致法輪其土常出三寶之聲文殊白佛願盡令諸菩薩到沙呵刹土至阿闍世所食佛言欲行者往（出阿闍世王經上卷）王聞文殊師利且到從菩薩二萬二千五百人其比丘者五百人（普首童真經云二萬二千菩薩及諸聲聞）王自念吾止作五百人具云何供當應時天王名曰休息心與尊閱叉名曰金毗俱來與王相見曰勿恐勿懼勿以爲難曰云何不難報言文殊者作漚和拘舍羅無極智慧以功德光明具足而來能以一飯與文殊等若有三千大千一切人索飯食者悉能飽之其食不盡是二萬三千人何足可憂文殊者其功德甚尊而不可盡王歡喜踊躍將其妓樂自出奉迎俱時入宮有一菩薩名曰普視悉見文殊勑三摩陀阿樓者陀令嚴治其處可容來者菩薩受教四面視瞻則時悉辦復有菩薩名曰法來則得勑令具牀於彈指頃有二萬三千牀座種種莊嚴菩薩聲聞皆悉就坐王白文殊所作供具甚少願忍須臾今更辦具答言所作已足勿復勞意天王唯沙門與家室僕從悉來而竭皆恭事

左右釋提桓因自與大夫人名曰首耶及與天女皆持名香供養散文殊及諸菩薩比丘僧上諸菩薩等不以華香之所轉動梵天自化作年少婆羅門姝美端正住文殊之右侍而扇之諸梵天子悉扇諸菩薩比丘阿耨達龍王在虚空中而無見者把持貫珠垂下若旛八味香水從貫流降人人之前皆有垂珠水從中出悉給所須王念會者而不持鉢當何器食時文殊言菩薩者不齎鉢行而所食處鉢自來手中諸菩薩念鉢鉢自飛來行伍而到阿耨達王皆自淨洗盛滿其水諸龍婇女皆擎持二萬三千鉢授諸菩薩人人手中文殊謂王可分布飯食徧而不減故文殊言今爲盡不答言不盡所以未盡者以有疑故諸菩薩飯竟擲鉢虚空行列而住亦不墮地

亦不轉揺王復問鉢云何住依何等文殊言是鉢所住如王疑所住王復言是鉢亦無所住處亦不在地亦無所依亦無處所文殊言如王狐疑亦無所住諸法如鉢無所住亦無所墮飯事既訖王取一牀坐白文殊言願解我疑答曰若恒河沙等佛不能爲王説是狐疑王時驚怖從牀而墮若大樹躃摩訶迦葉謂王言勿恐勿懼所以者何文殊入甚深漚和拘舍羅徐徐而問王言恒邊沙等佛不能説我之所疑文殊言仁者謂從心因緣而可見王曰不用心生故可見佛不生死與脱持是二事作佛吾之狐疑恒邊沙等佛所不能説所以者何若人言能以塵污虚空乃能爲不若有人言能却虚空之垢定能却不王言不能文殊言佛知諸法皆若虚空所以者何

脱於本故亦不見諸法有本若有説者王之狐疑非恒邊沙等佛之所能説時王即得信忍歡喜踊躍言善哉善哉解我狐疑文殊曰是爲大疑屬所説法諸無有本何從得疑王言蒙此大恩而得小差今我命盡不憂不至泥洹文殊言如王之所希望者是無有本所以者何諸法本泥洹故無所生王則從坐起取名氎價直億百千持繞文殊身文殊身不現氎處於虚空中但聞言説不見其形聞説如見王自見疑以見諸法如所見空中有聲謂王所見便以氎而與之次坐菩薩名得上願王復持是氎欲奉上之得上願言求脱泥洹者我不從是有所受亦不受凡人所有何以故凡人者謂有俗間事故而不受亦不從求羅漢辟支佛者有所受與者無二心受者亦無二心故曰所受過於脱王即以衣欲著菩薩上忽然不現不復知處但聞其音不現其形説言其所現身以衣與之如是次第一一以衣與之皆悉不現乃至牀机坐處悉亦不現但聞其音言其所現者以衣與之乃至五百聲聞皆亦不受王熟思念諸菩薩比丘僧悉亡當以我衣與誰自與中宫極大夫人夫人時亦不現王便以得三昧不見諸色亦不見女人亦不見男子乃至垣墻樹木室宅城郭尚有餘念謂有我身諸色識悉止復聞其音如一切有所見當自見疑如所見疑見一切諸法亦復如是便取其衣還欲自著不見其身心（説此忘相文多不載矣）文殊言曾聞佛説作逆罪者當入大泥犁不王言聞汝自知當入泥犁不王曰得佛有法上生天入泥犁者不

有法安隱當至泥洹者不文殊言無王曰我知諸法空所以者何泥犂上天安隱亦復皆空諸法無可壞敗故入法身法身者亦無天上人間泥犂禽獸薜荔等世王諸逆以淨巳得是忍王言一切諸法悉淨無所沾污説是語時疾得信忍（出阿闍世王經下卷又出普超三昧第二第三卷）

大光明王始發道心第八

阿難知衆所念前白佛言世尊從何因緣初發道心佛言過去遠劫此閻浮提有一大王名大光明福德聰明時邊國王與爲親厚更相贈遺國之所珍時彼國王獵得二象白如玻瓈七支拄地莊以雜寶極世之珍遣人往送時光明王見象心悦付象師散闍散闍奉勑不久調從往白王言象今已調願王觀試王會臣下令觀試象大衆既集王初升象出城遊戲象氣猛壯見有群象在蓮華池奔逐牸象遂至深林時王身破出血自惟必死手摶樹枝象去王住下樹坐地生大苦惱象師叩頭白言願王莫憂苦象婬心息猒穢草思美飲食如是自還王即告曰吾不復用象後果還象師白王象今還來王言我不須汝亦不須象散闍啓王王若不須唯願觀我調象之方王即可之尋使師作七鐵丸燒令極赤作巳念言象吞此丸決定當死王後誡悔白言大王此白象寶唯轉輪王乃得之耳今有小過不應喪失王怒隆盛告言遠去象師告象吞此鐵丸若不吞者當以鐵鈎斷裂汝腦象知其心我寧吞此熱丸而死屈膝向王垂淚望救王怒徐視散闍告象何不吞丸時象取丸置口吞之入腹燋爛直過而死墮地猶

赤王見乃悔即告散闍汝調象乃爾何故在林不能制之時淨居天知光明王應發菩提心即令象師跪荅王言我唯能調身不能調心唯有佛能調心耳王言佛者何種性生荅二種性生一者智慧二者大悲勤行六事所謂六波羅蜜功德智慧悉具足已號之爲佛王聞踊躍即起洗浴更著新衣四向作禮於一切衆生起大悲心燒香立誓願我所有功德迴向佛道自調其心亦當調伏一切衆生若於地獄有所益者當入是獄終不捨於菩提之心作是誓已六種震動諸山大海虛空之中自然樂聲佛告諸比丘爾時白象吞鐵丸者難陀是也時象師者舍利弗是也光明王者我身是也我於爾時見象調從始發道心（出賢愚經第二卷）

多福王事梵志增福太子奉佛兩師捔術第九

昔有國王名曰多福太子名曰增福王奉六師其子事佛世無沙門唯一白衣以爲師首外道五百人嫉其名德即白王言國事兩法令心不一願與佛師各現竒德約不如者沒屬爲奴王即可之外道與師尅日結約王前各試功藝梵志善射即行入山五百人各射大鹿皆貫左目負來捔技賢者入山精思念佛求威佐助以彰大道有五色鹿涌從地出歡喜持歸外道知之伺賢者行往語其婦曰聞卿夫捨家作沙門但坐此鹿破汝家法婦聞恚怒以鹿乞之賢者來歸不見其鹿即問所在婦曰此不祥之物今已失去夫甚愁憂復還山中至誠悔過即有明月神珠忽從地

出便持此珠察梵志出行往詣其門衒賣奇物梵志婦曰吾家亦有異物可以見比即出五色鹿賢者便言王使吾賣此鹿汝今盜之其罪不測婦遽還之至其試曰梵志各送鹿皆傷左眼既穢且臭王甚惋之賢者來奉奏神鹿齋明月神珠入王殿上二物飛騰俱戲星流電燿舉宮讚奇婆羅門五百人知術藝不如即役爲奴其婦爲婢賢者導示經教以爲弟子 出雜譬喻經第二卷

經律異相卷第二十六

音釋

捔 訖岳切校也 炳 補永切明也 裸 郎果切赤體也 蝡 乳兖切蟲動也 乞匃 匃居太切乞求也 貸 他代切借也 券 區願切契也 劇 竭戟切甚也 躃 毗亦切倒也 殞 于敏切墜也 齚 側格切齧也 鶖鷺 鶖雌由切鶖鷺子謂舍利弗也 瘡疣 疣疑求切 蠡 尺尹切 齎 牋西切持也 薜荔 梵語具云薜荔多此云餓鬼薜蒲計切荔郎計切 牸 疾智切牝獸也

經律異相卷第二十七

梁沙門僧旻寶唱等奉勑撰

行菩薩道諸國王部第十九之三

波羅㮏王得辟支佛一

月氏王造三十二塔成羅漢道二

摩訶劫賓寧王伐舍衛遇佛得道三

有德王擁護弘法法師失命爲佛弟子四

功德莊嚴王請佛得道五

藍達王因目連悟道六

普安王化四王聞法得道七

婆羅門王捨於國俸布施得道八

摩達王從羅漢聞法得道九

揵陀王捨外習內得須陀洹道十

普達王遇佛得道十一

波羅㮏王得辟支佛第一

波羅㮏國王夏暑熱時處高樓上坐七寶牀令青衣摩牛頭栴檀香塗身青衣臂多著釧塗王身時釧聲滿耳王甚患之教次第令脫釧唯獨一釧寂然無聲王時悟曰國家臣民婇女多事多惱亦復如是即時離欲獨處思惟得辟支佛鬚髮自落著自然衣從樓閣去以已神足力出家入山如是因緣中品辟支佛也有人願作辟支佛種此善根時世無佛法善根熟爾時猒世出家得道名辟支佛出坐禪三昧經中卷

月氏王造三十二塔成羅漢道第二

月氏國王欲求佛道故作三十二塔爲供養相一一作之至三十一時有惡人觸王王心退轉如此惡人云何可度即時迴心捨生死向涅槃作第三十二浮圖以求解脫由是因

緣成羅漢道是故此寺名波羅提木叉（此言解脫）自爾以來未滿二百年此寺猶在吾亦見之（出雜藏經）

摩訶劫賓寧王伐舍衛遇佛得道第三

舍衛國王名波斯匿于時南方有國名曰金地其王字劫賓寧太子名摩訶劫賓寧父崩太子即位體性聰勇領三萬六千小國威風遠震莫不摧伏然與中土不相交通後有商客往到金地以四端細氎奉上彼王王問商客言此物甚好爲出何處答曰出於中國王復問言其中國者號字云何答曰名羅悅祇又名舍衛王復問言中國王以何等故不來獻我又答曰自霸土威名相齊故不來耳王自思惟今當加威令彼率伏復問商客中國諸王何者最大白言舍衛國王爲第一大即便遣使詣舍衛國持書示教其理委備告語其王波斯匿言我之威風徧閻浮提卿何所恃斷絶使命今故遣使共卿相聞却後七日與我相見設不如是吾當興兵破汝國界波斯匿聞深用驚惶即往詣佛具白斯事佛告王言還語使云我不大更有大王王奉佛教告彼使言世有聖王近在此間卿可到邊傳汝王命使即詣祇洹于時世尊自變其身作轉輪王七寶侍從皆悉備有使前入化城既覲大王情甚驚悚以書與之化王得書蹋著脚下告彼使言吾爲大王臨領四域汝王頑迷敢見違拒汝速還國致宣吾教信至之日馳奔來覲卧聞當起坐聞應立剋期七日不得稽遲敢違斯制罪在不請使還本國具以聞見白金地王王承斯問深自咎責合率所

領諸小王輩欲朝大王未便即路先遣一使白大王言臣所總御三萬六千王爲當都去將半去耶大王還報聽半留住但將半來時金地王將萬八千小王同時來到既見化王謁拜畢已心作是念大王形貌雖復勝我力必不如化王于時勑典兵臣以弓與之金地國王手不能勝化王還取以指張弓復持與之勑令再挽金地國王殊不能挽化王復取而彈扣之三千世界皆爲震動次復取箭彎弓而射離手之後化爲五發其諸箭頭皆出光明其光明頭皆有蓮華大如車輪一一華上各各皆有一轉輪王七寶具足奮出光明普照三千大千世界五道衆生莫不蒙賴諸天境界見其光明及聞說法身心清淨有發無上正眞道意復有得住不退地者人道衆生有得一道二道三道之者出家入要得應眞者有發無上正眞道意得不退地不可稱計三塗衆生離苦解脫生人天中時摩訶劫賓寧王及金地諸小王見斯神變其心信伏遠塵離垢得法眼淨萬八千小王一時皆然須臾之頃佛攝神力還復本形諸比丘僧前後圍繞金地王衆求索出家鬚髮自墮袈裟在體思惟妙法盡得羅漢（出賢愚經第七卷）

有德王擁護弘法法師失命爲佛弟子第四

過去遠劫此拘尸城有佛出世號歡喜增益住世無量化衆生已然後乃於娑羅雙樹入般涅槃佛涅槃後遺法住世無量億歲餘四十年佛法未滅有一持戒比丘名曰覺德多有徒衆眷屬圍遶能師子吼廣說經典制諸比丘不得畜養奴婢牛羊非法之物時多破

戒比丘聞作是説皆生惡心執持刀仗逼是法師是時國王名曰有德聞是事已爲護法故即便往至説法者所與是破戒諸惡比丘極共戰鬬令説法者得免危害王時被瘡舉身周徧覺德比丘尋讃王言善哉善哉王今眞是護正法者當來之世此身當爲無量法器王於是時得聞法已心大歡喜尋即命終生阿閦佛國作第一弟子其王將從人民眷屬有戰鬬者有隨喜者一切不退菩提之心命終悉生阿閦佛國覺德比丘却後壽終亦復往生阿閦佛國作聲聞衆中第二弟子若有正法滅時應當如是受持擁護時王者則我身是説法比丘迦葉佛是出大涅槃經第三卷

功德莊嚴王請佛得道第五

爾時功德莊嚴王從佛聞説偈及覩神變增益堅固菩提之心頂禮佛足而白佛言唯願世尊及菩薩弟子大衆受我八萬四千歲請普明王如來願以衣被飲食卧具醫藥給侍所須彼佛及大衆即便受請王知佛受其請已歡喜便去王子師子進及二萬王子捨世榮位於佛法中剃除鬚髮出家修道勤行精進樂求善法時師子進得五神通堅固不退彼佛加其威神常爲衆生顯説妙法遍三千大千界施作佛事無量衆生堅固不退無上大乘功德莊嚴王於八萬四千歲中以諸樂具供養世尊及諸大衆與一切羣臣前後導從爲聽法衆而作是念我諸子等剃除鬚髮出家修道常受供養自不可行施亦未見得過人之法寧可還家捨財布施修諸功德如我所種諸善根耶爾時普光明王如來即知

功德莊嚴王心所念告師子進菩薩言善男子現汝自在功德神力大菩薩變現使此大衆普得見聞迴彼邪心使得正見師子進菩薩即時入定現如是等相大千震動於上虛空雨華香繒蓋幢旛妓樂美饍飲食瓔珞衣服種種珍寶紛紛而下滿足大千衆生得未曾有皆大歡喜爾時從地神諸天上至阿迦膩吒皆唱是言此大菩薩可名虛空藏所以然者從虛空中能雨珠寶充足一切即時印可王見踊悅得未曾有捨憍慢心合掌向佛作如是言希有世尊菩薩功德智慧乃能如是世尊在家施者所益無幾夫出家者以神通力施無涯際在家者施不稱彼意雖施猶悋以爲苦惱出家不悋不生苦惱王捨位與子吉意以眞信心剃除鬚髮於佛法中出家修道增長善法常勤精進修得四禪四無量心及五神通時吉意王以法治化國無怨者精進不疲供養世尊功德莊嚴王者拘留孫如來是師子進菩薩者即虛空藏菩薩是吉意王者今彌勒是也（出功德莊嚴王請佛供養出家得道經）

藍達王因目連悟道第六

舍衞有王號曰藍達土地豐沃人民淳信君臣父子相率以道後王即位法俗轉薄治行不平苛枉百姓橫誅無辜正亂禍應雨澤不時五穀不豐互生妖怪遂致荒殘懼於危亡奉事邪道五百餘人又祀妖神上下相斅如風靡草黎民樂亂競爲姦宄强者陵弱更相傷殺劫奪人財不從道理婬他婦女君臣荒醉迷惑日滋旱踰三年前後請禱初不得雨諸師白王今當大祠應用童男七人白牛白

馬各十頭燒以祭天然可獲雨王即辦具國
中凶凶大小搔擾佛告目連藍達國荒人民
勤苦有三億人應從汝得解可往開化目連
即往爲說法要開解其意國中人民初無受
者目連化作大鬼神身長數十丈當城門坐
洪聲呼王及諸近臣使出君臣惶惑自懼不
全王即率將近臣叩頭自陳唯願生活神謂
王言急求臣不忠子不孝者來吾欲食之王
即推問答言無有神復謂三言急求偷盜者
婬泆者兩舌惡口者吾欲食之王即推問又
答言無神復謂王言急求飲酒者吾欲食之
王即推問又答言無於是目連復現眞身往
與鬼神共語王見目連叩頭守請令爲解釋
大神目連謂王言是神欲何所求王言欲食
惡人目連問言國中信有此輩人不王答言

無願請發遣我當終身歸命道人目連語大
神言此國中人民無有卿所覓者卿可原赦
其罪若復有犯者可更來食之神即聽其言
忽然而去王及臣民即俱叩頭陳謝乞得歸
命目連告言王若欲歸命者宜先自歸佛王
問佛功德目連說佛三界獨尊所說之法聲
聞三千王言吾今有幸乃獲異聞即啓目連
願欲請佛受尊法言終身奉行目連告王信
能爾者其福難量但當淨心存佛王即承教
沐浴齋戒遥向佛國稽首爲禮曰吾以闇昧
誤處民上不能洗心率道使國空荒咎在吾
身唯願天尊垂光降下普令黎民獲無盡之
福佛與諸比丘未至百里預行空中五色蓮
華捧其足下諸天翼從寶帳華蓋奉迎道路
作衆名樂側塞空中覩佛威神光耀天地王

及羣臣稽首足下於四衢道廣施帳幕掃灑淨潔佛坐自然師子之座悉布以天繒綩綖王手斟酌飲食躬行澡水呪願畢佛便說苦空非常四諦之要王即歡喜乞受五戒結解垢除得須陀洹時王所事五百外道乞爲比丘佛即聽之以手摩其頭頭髮墮落袈裟著身却後七日同得羅漢衆會人民得須陀洹或受五戒勸行十善歸命三尊月六齋歲三齋轉相率導以爲常法阿難白佛此王人民宿與目連有何等緣佛言昔維衛佛時目連爲優婆塞居宿貧窶奉行戒行守意不毀採華山中見須文樹適欲上樹取華不知前有蜂房羣蜂數千驚散逐之即心念言若我得道當度汝等今日得道者皆爾時蜂也（出藍達王經）

普安王化四王聞法得道第七

昔有五國王國界比近共作善友更相往來其最大者名曰普安習菩薩行餘四小王常習邪行大王愍之呼來上殿共相娛樂乃至七日終日竟夜七日已滿小王白大王言國事甚多請退還家大王送之出至道中語諸小王各說所樂一王答曰陽春三月樹木榮華遊戲原野一王復答願我常作國王鞍馬服飾官屬人民圍遶左右晃晃昱昱椎鐘鳴鼓出入行來路人傾目一王又言願好婦兒端正無雙共相娛樂極情快意一王復言願我父母常在朋友兄弟妻子羅列好衣美食以恣身口素琴青衣共相娛樂俱白大王所樂何事大王答言我樂不生不死不苦不惱不飢不渴不寒不暑存亡自在四王俱言如

此之樂當有明師大王答言吾師號佛近在祇洹精舍諸王歡喜同詣世尊大王白佛言今得爲人闇鈍無智但深著世樂不知罪福願佛爲弟子等說其苦諦佛言卿等善聽當爲說之人生在世衆苦切身略說八苦一生苦人死時不知精神趣向何道未得生處普受中陰之形至三七日中父母和合便來受胎一七日如薄酪二七日如稠酪三七日如凝酥四七日如肉臠五皰成就圯風入腹吹其身體六情開張在母腹中生臟之下熟臟之上母噉一粒熱食灌其身體如入鑊湯母飲一杯冷水亦如寒氷切體母飽之時迫迮身體痛不可言母飢之時腹中了了亦如倒懸受苦無量至其滿月欲生頭向產門劇如兩山夾石生墮落草上身體細軟草觸其身如履刀劒忽然失聲大呼此是苦不答言是苦二者老苦父母養育至年長大飢時極飢飽時極飽無有節度漸至年老頭白齒落目視茫茫耳聽不聰盛去衰至皮緩面皺百節痟疼行步苦極坐起呻吟憂悲苦惱識神轉滅便旋即亡命日促盡言之流涕坐起須人此是苦不答曰實苦三病苦地水火風和合成身一大不調百一病生四大不調四百四病同時俱作地大不調舉身皆痛水大不調舉身洪腫火大不調舉身苦熱風大不調舉身倔强百節苦痛猶被杖楚四大進退手足不任氣力虛竭坐起須人口燥脣焦筋斷鼻坼目不見色耳不聞聲不淨流出身卧其上心懷苦惱言輙悲哀六親在側晝夜看視初無休息甘美飲食入口皆苦此是苦不答曰

實苦四死苦人死之時四百四病同時俱作四大欲散䰟神不安欲死之時刀風解形無處不痛白汗流出兩手摸空室家内外在其左右憂悲啼哭痛徹骨髓不能自勝風去氣絶火滅軀冷䰟靈去矣身體侹直無復所知旬日之間肉壞血流膖脹爛臭甚不可近棄之曠野衆鳥噉食肉盡骨枯髑髏異處此是苦不答言實苦五恩愛别苦室家内外兄弟妻子共相戀慕一朝破亡爲人抄刧各自分張父東子西母南女北非唯一處爲人奴婢各自悲呼心内斷絶杳杳冥冥無有相見之期此是苦不答曰實苦六求不得苦家有財物散用求官望得富貴求之不止會遇得之得作邊職未經幾時貪取民物爲人所言一朝有事檻車載來憂苦無量不知死活何日此是苦不答曰實苦七怨憎會苦世人薄俗居愛欲之中諍不急之事更相殺害遂成大怨各自相避隱藏無地各磨刀箭挾弓持仗會遇狹道張弓澍箭兩刃相向不知勝負是誰當爾之時怖畏無量此是苦不答曰實苦八憂悲惱苦人生在世長者百歲短命胞胎傷者墮落縱得百歲夜消其半餘五十年醉酒疾病不知作人小時愚癡十五年中未知禮儀年過八十老鈍無智耳聾目冥無復法則天下欲亂旱火大霜田種不熟室家内外多諸疾痛治生喜失官家百調閉繫牢獄未知出期兄弟兒子遠行未歸居家窮寒無有衣食比舍村落社稷不辦家人死亡無可殯殮春時種作無有犂牛節日共聚應當歡喜共悲相向此是苦不答曰實苦於時五王及

諸羣臣會中數千萬人聞説苦諦心開意悟即得須陀洹道今觀宫殿如視穢厠無可樂者即捨王位付弟出家爲道修諸功德日日不倦出五王經

婆羅門王捨於國俸布施得道第八

多昧國有婆羅門王捨其王俸多事異道王欲一日自發善心欲大布施如婆羅門法積寶如山有來乞者令其自取手重一撮如是數日其積不減佛知是王宿福應度化作梵志往到其國王出相見禮問起居曰何所求索莫自疑難梵志答言吾從遠來欲乞珍寶持作舍宅王言大善自取重一撮梵志取一撮行七步還著故處王問何故不取梵志答曰此裁足作舍廬耳復當取婦俱不足用是以不取王言更取三撮梵志即取行七步復還著故處王問梵志何以復爾答言此足取婦復無田地奴婢牛馬計復不足是以息意也王言更取七撮梵志即取行七步復還著故處王言復何意故梵志答言若有男女當復嫁娶吉凶用費計不足用是以不取王言盡以積寶持用相上梵志受而捨去王甚怪之重問意故梵志答曰本來乞匃欲用生活諦念人命處世無幾萬物無常旦夕難保因緣遂重憂苦日深積寶如山無益於已貪欲規圖唐自勤苦不如息意求無爲道是以不取王意開解願奉明教於是梵志現佛光相踊住空中爲説偈言

雖得積珍寶　嵩高至于天　如是滿世間
不如見道要　不善像如善　愛而似無愛
以苦爲樂像　狂夫不爲猒

王見佛光遠照天地又聞此偈踊躍歡喜王及羣臣即受五戒得須陀洹道（出出曜經第十六卷）

摩達王從羅漢聞法得道第九

有國王名曰摩達出軍征討選民數百萬時比丘得羅漢道入國分衞並被執録將詣王官王使養官馬勤苦七日王自臨視比丘見王輕舉飛翔上住空中現其威神王便恐怖叩頭悔過我實愚癡不別真僞推問内外誰令神人爲是事者今當有所治殺比丘告王非王及國人過也自我宿命行道常供養師我時爲師設飲師謂我言且先澡手然後當飲我愚癡心念言師亦不養官馬何故不預澡手師即謂我言汝今念此輕耳後重如何我聞是語便自愁憂師知其意便念言我會當泥洹何故令人惱耶即以其夜三更師般泥洹從來久遠各更生死今用是故受其宿殃養馬七日夫善惡行輒有殃福如影隨形王聞比丘説罪福意解歡喜乞得歸命於神人比丘告言卿當自歸於佛佛爲三界師王及國人皆隨比丘出到佛所稽首作禮奉受五戒作優婆塞佛便爲王及國人民現相好威神光曜天地復爲説非常苦空王於是時得須陀洹道國中人民皆受五戒十善歸命三尊月月齋戒以爲常法（出佛説摩達國王經）

揵陀王捨外習内得須陀洹道第十

時有國王名曰揵陀奉事婆羅門居在山中多種果樹樵人毁樹時婆羅門將詣王所言其無状殘敗果樹請王治殺王敬事婆羅門即爲殺戮自從未久有牛食人稻其主逐捶牛折一角血流被面痛不可忍牛徑到王所

白言我實無狀食人少稻今捶折我角王曉鳥獸語王告牛言我當爲汝治殺之牛言雖殺此人不止我痛但當約勑後莫苦人王便感念我事婆羅門但坐果樹令我殺人不如此牛也便呼婆羅門問言今事此道有何福乎婆羅門報言可得禳災致福富貴長壽王復問言可得脱於生死不報言不得免於生死也王到佛所五體投地爲佛作禮白言我聞佛道至尊教化天下所度無數願受法言以自改革佛即授王五戒十善爲説一切天地人物無生不死者布施持戒現世得福忍辱精進心行智慧者其德無量後生天上亦可得作遮迦越王可得無爲度世之道佛現相好威神光耀王歡喜意解得須陀洹道牛後七日壽終上生天上出提陀國王經

普達王遇佛得道第十一

有夫延國王名曰普達身奉佛法未嘗偏枉常有慈愍國内愚民不知三尊毎當齋戒登高觀視還必頭面稽首爲禮國中臣民怪王如此自共議言王處萬民之尊遠近敬伏登位人從有何請欲毀辱威儀頭面著地羣臣欲諫不敢與吏民數千出宫未遠見一道人王下車却蓋住其群從爲之作禮尋從而還施設飯食遂不成行群臣諫言大王至尊何宜於道路爲此乞匃道人頭面著地天下尊貴唯有頭面加爲國主不與他同王勑臣下求死人首及六畜頭臣下徧索歷日乃得王言於市賣之臣下賣之牛馬豬羊頭皆售但人頭未售王言貴賤賣去如其不售便以匃人如是歷日賣既不售匃無取者頭皆膖臭

王便大怒語臣下言卿言人頭最貴不可毀辱今人頭何故匃無取者即勑嚴駕出曠澤中當有所問羣臣震聳出到城外告羣臣言卿寧識吾先君時有小兒常執持蓋者不臣下對曰實識王言今此兒何所在對曰亡已十七年王言此兒爲人善惡何如對言臣等常覩其承事先王齋戒恭肅誠信自守非法不言王告諸臣今若見此兒在時所著衣服寧識之不諸臣對曰雖自久遠臣故識之王使取前亡小兒衣曰此寧是不臣下對曰是王曰今儻見兒身爲識之不臣下良久對曰臣自懼蔽闇卒覩不別前所見道人來王甚大歡喜又爲道人賣頭匃人不取今欲示其本末有幸相遇願爲開導道人即爲臣下說王本是先王時執蓋小兒常隨先王齋戒奉行正法清淨守意不犯諸惡其後過世生爲王子今得尊貴皆由宿行齋戒所致臣下大小莫不僉曰吾等幸遇得覩道人願哀愚蒙乞爲弟子道人告諸臣民吾有大師當從受問諸臣報言願盡年命一受法言道人曰我師號佛身能飛行項有光明分身散體變化萬端獨步三界莫與齊倫門徒清潔皆爲沙門其所教授度脱不虚臣下即啓道人佛寧可得見不去此幾何道人報言甚善當啓世尊六千餘里道人即飛到舍衛具以啓佛佛言明日當到夫延國臨至皆現威神王及羣臣持華香出城迎佛覩佛威靈喜懼交并五體投地稽首爲禮白佛言勞屈世尊并及衆僧遠到此土王盡心供設手自斟酌行澡水呪願畢佛笑口光五色阿難言佛不妄笑答

言昔摩訶文佛時王爲大姓家子其父供養三寶父命子傳香時有一侍使意中輕之不與其香罪福響應暫招役報奉法無替今得爲王若我得道當度此人福願果合今來度王并及人民王時聞佛說其本末意解即得須陀洹國中人民皆受五戒行十善出普達王經

經律異相卷第二十七

音釋

悚荀勇切懼也 蹹達合切践也 挽武遠切引也 苛寒歌切虐也 斅後教切教也 姦宄姦居顏切宄炬洧切亂在外爲姦在內爲宄 泆弋質切淫放也 窶郡羽切貧無禮也 昱余六切燿也 臠力轉切肉也 炮皮教切 臟才浪切腑也 了了音鳥了了懸貌 皺側救切皵也 痟縈緣切骨酸也 腫主勇切脹也 倔渠勿切倔強梗戾貌 侹他鼎切直也 髑髏髑音獨髏音樓首骨也 欻許勿切忽也 積子智切聚也 穰如陽切祀除癘殃也 豬張如切與猪同 售承呪切賣去手也 聳荀勇切與悚同懼也

經律異相卷第二十八

梁沙門僧旻寶唱等奉勅撰

行聲聞道諸國王部第二十之一

橫與貴調爲婬臣所害鬼復爲王第一

昔瓶沙王有一大臣犯事徙南山中去國千里由來無人不熟五穀大臣到中泉水通流五穀大熟四方諸國有飢寒者來至此中數年之中便有三四千家來者給與田地令得生活其中三老諸長老宿年共議國之無君由身之無首相將至大臣所舉大臣爲王大臣答長老曰若以我爲王者當如諸國王之法左右大臣文武將士上下朝直發女開宮租稅穀帛當如民法諸國老曰唯然奉命一隨王法即立爲王處置羣臣文武上下發調人民築城作舍宮殿樓觀民被苦毒不復能堪皆發想念欲謀圖於王諸婬臣輩將王出獵去城三四十里於曠野澤中索王欲殺王

問左右何緣殺我並曰民慕豐樂奉王以禮民困思亂破家圖國王告之言卿等自爲非我本造枉殺我者神祇知之聽我發一願死不有恨即時願曰我本開荒出土養民來者皆富樂無極自舉我爲王依案諸國自共作此今反殺我我實無惡於此人民若我死者願作羅刹還入故身中當報此怨於是絞殺棄屍而去三日之後王神還身中自名阿羅波即起入宮啗殺新王并後宮婇女左右姦臣欲盡殺之國中三老草索自縛來向羅刹自首此是姦臣所爲非是細民所可能知乞垂原恕願還治國曰我是羅刹與人從事食飲當得人肉羅刹急性忿不思難三老曰國是王許故當如前食飲所須當相差次國老共出宣令人民從此爲次家出一小兒生用作食食羅刹王三四千家正有一户爲佛弟子居門精進持佛五戒賢者大小懊惱啼哭遥向崛山爲佛作禮悔過自責佛以道眼見其辛苦便自説言因是小兒當度無數人便獨飛往至羅刹門現變光相照其宮内羅刹見光疑是異人即出見佛便起毒心欲前啗佛光刺其目擔山吐火皆化爲塵至久疲頓然後降化請佛入坐頭面作禮佛爲説經一心聽法即受五戒爲優婆塞臣吏催食奪兒將還室家號哭隨道而來觀者無數爲之悲哀吏抱兒擎食著羅刹前羅刹以手擎兒長跪白佛國人相次以小兒食我今受佛五戒不復得食今請以小兒持布施佛爲佛給使佛爲受之説法呪願羅刹歡喜得須陀洹道佛以小兒著鉢中擎出宮門還其父母而告

之曰快養小兒勿復愁憂衆人見佛莫不驚愕怪是何神此兒何福而獨救之羅刹所食奪還父母佛即說偈言

戒德可恃怙　福報常隨已　見法爲人長終遠三惡道　戒慎除苦畏　福報三界尊鬼龍邪毒害　不犯有戒人

見佛光像皆爲佛弟子聞偈歡喜皆得道跡出法句譬經第五卷

感佛聞法得須陁洹道第二

舍衛國有二商人一人念曰佛身丈六華色紫金頂有肉髻項背日光巍巍巍難言佛猶帝王沙門猶忠臣佛陳明法沙門誦宣斯王明矣知佛可尊佛知其意而孰視之其人心意喜如獲寶其一念曰佛者如牛弟子猶車彼牛牽車東西南北佛亦猶然佛知其有惡念必獲其殃愴然愍之其人心惡二人俱去至三十里有亭住宿酤酒飲之共評屬事訟之紛紜其善念者四天王遣善神護焉其毒念者太山鬼神令酒入腹猶火燒身出亭露卧宛轉落車轍中晨有商人車五百乘經轢之焉伴見之曰吾今衰矣還國見疑取物而去名爲不義遂輕身委財而逝展轉遠邁去舍衛數萬里有一國國王崩無太子讖書云中國有微人當王斯土羣僚議曰國之無君猶體之無首難以久立也故王有馬常爲王作禮若任王者馬必屈膝僉曰大善即具嚴駕以王印綬著車上人馬塡路觀者莫不揮涕時彼商人亦出觀看國太史曰彼有黄雲之蓋斯王者之氣也神馬直進屈膝舐足羣臣欣豫香湯澡浴拜爲國主僉然稱臣王曰余

本商人無德於民不任天位羣僚曰天授有德神馬屈膝於是遂處王宫聽省國政深自惟曰我無微善何緣獲此必是佛恩使之然也晨在御座歎佛無上之聖率土羣僚向舍衛國稽首言曰賤人蒙世尊潤獲爲人君斯土傳世不知有佛流俗之書亦無記焉願以大明開斯國人之聾盲也明日願與應眞聖衆垂意顧斯一時三月佛告阿難勑諸比丘明日彼王請皆當隨變化現神尊德令其國民咸共覩焉諸天聞佛之彼教化相率導從作樂歌德寶帳幢旛華下紛紛光色耀目佛及應眞皆坐正殿王自斟酌畢以小床於佛前坐佛廣說法王曰吾本微人業無快德何緣獲斯佛告王曰昔彼國王飯佛王心念言佛如國王沙門如臣王種斯栽今獲其果彼人云佛若牛弟子若車彼人自種車轢之栽令在太山爲火車所轢自獲其果也非王勇猛所能致矣爲善福隨履惡禍追響之應聲善惡如音非天龍鬼神所授非先輛所爲也造之者心成者身口矣佛頌偈曰

心爲法本　心尊心使　中心念惡　即言即行

罪苦自追　車轢于轍　心爲法本　心尊心使

中心念善　即言即行　福樂自追　如影隨形

世尊又告王曰衆惡之罪最重有五一不孝不忠殺親殺君家滅國亂重罪一也羅漢之行得空不願無想之定與佛齊意拯濟衆生而愚害之重罪二也佛者衆罪已畢景福會成相好十方法導衆生慈悲喜護心過慈母而愚惡謗重罪三也清潔沙門志靖行高懷抱經法助佛化愚諸佛相紹衆生得度皆由衆

僧佞讒交搆以致不調以不調故正法毀正法毀則民狂走民狂走者三惡道興惱比丘僧重罪四也佛之尊廟寶物水土衆生赤心以貢三尊愚人或毀盜重罪五也犯斯五者罪無有請謂之自殺身自滅族自投太山火矣五罪之重於須彌慎無犯焉佛說經竟王及羣臣皆得須陀洹受五戒爲清信士國民有作沙門者守戒爲清信士者遂以五戒十善而爲國政諸天祐護國遂興矣出自愛經

波斯匿王後園生自然甘蔗粳米第三

波斯匿王宿植德本福響自應於後園中自然生甘蔗之樹流出甘漿晝夜不絕又生一株粳米垂穗數百取之無盡王受其福食之無猒身體肥重喘息苦極不能轉側往到佛所低身揖讓在一面坐佛便說偈

若人能專意　於食知止足　趣欲支形命　養壽守道德

王歡喜踊躍即從座起辭佛還宮勑擎食人在吾前者先說斯偈以爲常法王轉減食身減體輕行來無患出出曜第十七卷

波斯匿王請佛解夢第四

波斯匿王夜卧有十種夢一小樹生華二見小樹生果三見牸牛從犢求乳四見人切索羊隨後食五見十釜重上釜涌灌入最下釜六見馬一身兩頭食麥七見血流成渠八見澄水四邊清中央濁九見犬金器中小便十見四方有四牛來相抵挨各散還去王見恐怖衣毛皆豎即從卧覺便作是念我應命終失此王位耶即往問佛佛曰大王勿懷恐怖不由此夢乃失王位夢小樹生華者當來衆

生非法欲行常懷貪嫉與邪法相應若是時人民不孝父母不承事沙門婆羅門便得供養猶如今孝從父母供養沙門者也小樹生果者當來衆生非法欲行常懷貪嫉與邪法相應是時人民嫁未久而抱子歸不知慙愧也牸牛隨犢求乳者當來衆生非法欲行常懷貪嫉與邪法相應母守門女傍通以自存活也人切索羊隨後食者當來衆生非法欲行常懷貪嫉與邪法相應以己財寶與外人通也夢十釜列上頭釜溢涌灌最下釜中者當來衆生非法欲行常懷貪嫉與邪法相應児語父母言速出此家詣山野澤我欲住此村落也馬一身兩頭食麥者當來衆生非法欲行常懷貪嫉與邪法相應彼依國王劫奪婆羅門長者或依婆羅門長者劫奪王藏也夢血流成渠者當來有國王不樂已境界便集四種兵侵奪他界亦不可制不隨法教是時人民死者衆多也夢澄水四邊清中央濁者當來衆生非法欲行常懷貪嫉與邪法相應中國衆生好喜鬬亂邊國人民無有諍訟也夢犬在金器中小便者當來衆生非法欲行常懷貪嫉與邪法相應我三阿僧祇劫勤苦所集法寶者皆當誹謗刀杖瓦石打我聲聞此沙門種所說非法好造歌頌也夢四面有四牛來共相抵揬各散還去者當來衆生非法欲行常懷貪嫉與邪法相應是時四面有大雲起雷電霹靂不雨散去也是謂十夢應如是大王十夢者有是十應以是因緣王勿懷恐怖亦不命終不失王位皆是當來末世法應如是大王當作是學王大歡喜出增一阿

合第四十一卷

波斯匿王求贖女命第五

波斯匿王女婆陀命過極愛念之未曾離目殯葬已畢親覲如來頭面禮足在一面坐佛言今王何故衣裳塵垢愁憂如是王言有一女適命終甚愛念始殯葬竟欲以象贖女命乃至車馬伏藏愁憂苦惱皆由恩愛生所以然者古者大王於此舍衛城有人女命終愛念此女未曾遠目便自迷惑不有所識處處遊行問人民言誰見我女大王當以此方便知愁憂苦惱皆由恩愛生大王勿懷愁憂一切恩愛皆當分離所生之物必當壞敗如是廣爲説法王受教而去（出波斯匿王女命過詣佛經）

波斯匿王遊獵遇得末利夫人第六

時舍衛城中有一大姓婆羅門名耶若達多饒財寶一婢名黃頭常守末羅園時彼婢常愁憂言我何時當免出於婢時彼婢晨朝已食分乾飯持詣園中爾時世尊入城乞食時黃頭婢遥見如來心自念言我今寧可持此飯施彼沙門或可脱此婢使即授飯施佛世尊慈愍受還精舍時黃頭婢即前進入末羅園中波斯匿王嚴四種兵出外遊獵從人分張馳逐羣鹿天時大熱遥見末羅園即迴車往步入園中黃頭遥見波斯匿來行步舉動非是常人即前奉迎言善來大人可就此坐即脱一衣敷令王坐黃頭問言不審須水洗脚不王言可爾即取水與王爲王揩脚復問王言欲洗面不即更以水與王洗面復問王言欲飲不即詣池更洗手取好藕葉盛水與王復問王言不審欲卧息不即復更脱一衣

與王數之見王卧已在前長跪案脚及餘肢節解王疲勞黄頭身如天身細輭妙好王著細滑心念言未曾有如此女聰明我所不教而悉爲之王即問言汝是誰家女報言我是耶若達家婢使差我守此園如是語頃王諸大臣尋王車迹來詣園中跪拜王足在一面立王勑一人汝喚耶若達婆羅門來婆羅門來詣王所王問言此女是汝婢耶答言是王言吾今欲取爲婦汝意云何報言此是婢使云何爲婦王言無苦但論價直婆羅門言欲論價直百千兩金我豈取王價今持奉王王言不爾我取爲婦云何不與價即出百千兩金與婆羅門即迎載入宫衆臣衞從末羅園中將來故即別之末利夫人王甚愛敬復於異時正於五百女人中立爲第一夫人在高殿上便自念言我以何業報因緣得免於婢今受如是快樂復作是念將是我先以和蜜乾飯分施與沙門以此因緣今得免婢受如是快樂耳出四分律初分十三卷

好信王發願灌佛第七

古昔有佛號曰始無時有國王名曰好信好樂佛法視佛無猒種尼俱類樹樹下爲佛敷栴檀牀座佛坐其上好信王聽經佛泥洹後王不見佛便名尼俱類樹則爲佛樹見之如見佛日日往樹下坐常所坐處想聞教誡王有青衣名曰拘録常侍王邊夫人嫉妬顧婆羅門令呪殺佛樹於是婆羅門四月七日夜取南山中大毒蛇腦塗樹樹即枯死王即便悲涕不能自勝四月八日夜半明星出時取五色香水集華用灌此樹即還更生王便願

言當令十方諸佛生時用今日得道時用今日般泥洹亦用今日從此以來諸佛與世皆是此日故用四月八日灌佛也（出宿願果報經）

耆域藥王請佛僧第八

耆域藥王請佛及僧唯除槃特槃特四月誦掃篲名終不能得如來及僧往坐耆域舍行清淨水如來不受耆域白佛不審如來以何因緣而不受水佛告耆域今此衆中無有槃特比丘是故不受耆域白佛此槃特愚鈍放牛羊人皆勝於此佛告耆域汝不請槃特者吾不受清淨水時耆域承佛教誡即遣人往喚槃特佛告阿難汝授鉢與槃特令莫起于坐遥授與我耆域見此神力便自悔責咄哉大誤毀辱賢聖今日乃知大犯口過即生敬心向槃特比丘逾於五百僧世尊廣說過去世時耆域爲馬將販賣轉易嘗驅千疋馬往詣他國中路有一馬産駒以駒乞人進至他國與國主相見王語馬將君此千疋皆是凡馬一馬悲鳴其聲有異必生駿駒其駒長大者價當千馬若得此駒諸馬盡買不爾不須馬將追乞駒處其駒未經旬日便作人語語其主曰若使馬將來求我者得五百疋馬可與馬將求以一疋好馬贖之其人答曰吾本不强從君索勤苦養活君今欲須以五百疋馬贖當相還也遂從之先薄賤馬駒今留槃特後皆貴重槃特因緣久矣非適今日（出請槃特比丘經）

瓶沙王有四種畏第九

昔瓶沙王先祖治罪人法若作賊者以手拍頭賊大慙愧與死無異後更不作至父王時

治若作賊者驅令出城以爲嚴教賊悉慚愧與死無殊後更不作瓶沙嗣立若作賊者驅令出國時有一賊七反驅出猶故復還劫殺村城最後縛送王言將去截其小指時有司急截恐王有悔王自試嚙指痛殊難忍即追莫截臣答王言已截王甚愁悔即自念言我爲法王之末而爲非法之始夫爲土者憂念民下而截人指即自命駕詣佛白言我曾祖先王迄至父王皆以法治民及到我身爲惡日滋正化漸薄謬得爲王傷截人體自惟無道愧懼實深佛告大王治國之法盜至幾錢罪應至死至幾出國齊幾用刑王曰世尊以十九古錢爲一罽利沙槃分一罽利沙槃爲四分若盜一分罪應至死佛爲說法王禮佛而退時諸比丘言云何瓶沙王畏罪乃爾佛

言其不但今世畏罪過去有國名曰迦尸王號名稱時國人民工巧技術無不悉備以自生活若無工技者謂之愚癡若作賊者亦名愚癡時有一人作賊縛送王所王言止止彼人失財此人作賊我復何用共作惡爲思惟昔來始一癡人是愚癡人不能滿千我應命終即持愚人付於大臣云我須千愚癡人用作大會收覓數滿白我令知臣執持愚人繫在一處王尋念言是愚癡者將無自苦便告大臣好看此人莫令羸瘦著我無憂園中五欲娛樂妓樂供給大臣奉教欲取王意加情看視如是不久其數滿千臣啓滿千更須何等當速辦之王聞此言甚大愁憂昔來久遠始有其一人如何今者倐已千數將是末世惡法增長王勑羣臣灑掃園内燒香懸繒備

辦種種餚饍飲食王與羣臣十八部衆詣無憂園勑現愚人見其衣被垢膩爪長髮亂即勑沐浴剪髮截甲給以新衣然後將來各與種種飲食財寶恣其所須語令還家供養父毋勤修產業莫復作賊愚人聞勑歡喜奉行時王以位授其太子出家入山學仙人法時國王者瓶沙是也常畏罪報佛言瓶沙王不但今世教令斬指追即還悔過去世時有婆羅門無有錢財以乞自活是婆羅門妻不生兒子家本有那俱羅蟲便生一子婆羅門念如兒想那俱羅子於婆羅門亦如父想少時婦生一子行乞食時便勑婦言汝若出行當將兒去婦與兒食往比舍寄春兒有酥酪香氣毒蛇張口吐毒欲殺小兒那俱羅蟲便作是念我父毋不在云何毒蛇欲殺我弟即殺毒蛇斷爲七分以血塗口當門而立欲令父毋見之歡喜時婆羅門始從外來遥見其婦在於舍外便瞋恚言我教行時當將兒去何以獨行父當入門見那俱羅口脣有血即作是念我夫婦不在那俱羅於後將無殺啖我兒以杖打殺那俱羅入門見其兒坐於庭中唻指而戲又見毒蛇七分甚大憂悔是那俱羅救我子命我不善觀卒便殺之可痛可憐即便迷悶躃地時空中有天即說偈言

宜審諦觀察　勿行卒威怒　善友恩愛離
枉害信傷苦

時婆羅門者今瓶沙王也（出僧祇律第三卷）

瓶沙王樂食而死生四天王天第十

瓶沙王問目連何處天有好食目連歎曰四天王天瓶沙應生兜率即念先生此天後生

兜率命終爲毗沙門王太子名曰最勝子如目連施設所説始人者以智臆行名爲摩睺勒生三手衆生名爲象問曰命故説人或是摩睺勒或是象答曰謂彼衆生從光音天終來生於此當時生畜生中但形如人飲食惡意惡巧詐滋多故人相轉滅遂成畜生形如蝦蟇出鞞婆沙第十四卷

瓶沙王與弗迦沙王親厚各獻珍異第十一

時王舍國王名曰瓶沙少作太子常求五願一者願我年少爲王二者令我國中有佛三者使我常往來四者常聽説經五者聞疾開解得須陀洹王皆得之時王捨國北遊異國國名德差伊羅王名弗迦沙甚自高絕宿曾見佛受佛經道學身中六分經謂地水火風空心而瓶沙王與弗迦沙王生未相見遥相愛敬有如兄弟常通書記更相問遺弗迦沙王國中生一蓮華而有千葉皆作金色遣遺瓶沙王瓶沙王見華大歡喜言弗迦沙王遺我物甚奇有異瓶沙王作書與弗迦沙王言我國中有金銀珍寶甚多我不用爲寶今我國中生一人華字佛紫磨金色身有三十二相弗迦沙王聞佛聲歡喜踊躍作書與瓶沙王佛教誡所行願具告意弗迦沙王却後數日自念言人命不可知在呼吸間我不能復待瓶沙報書勅諸小國王及羣臣嚴駕發行欲詣佛所道逢瓶沙王書書上言佛教人棄家捐妻子斷愛欲當除鬚髮著法衣作沙門又蹠十二因緣送與弗迦沙王弗迦沙王讀書竟自思念夜人定後羣臣百官衆皆卧出寂然無聲竊起亡去入丘墓間便自剃頭被

法衣作沙門佛以天眼見弗迦沙到王舍城止於窑家佛念弗迦沙王命盡明日即飛到窑家願寄一宿窑家報言可得相容佛於一處端坐便自念言是弗迦沙安諦寂寞起到弗迦沙前問言卿師受誰道作沙門耶報言我聞有佛今師事之佛念是賢者爲用我故作沙門當爲說宿命時所知經爾乃解耳佛言我爲卿說經事善聽之弗迦沙言善佛爲說法得第三阿那含道能知是佛耳即起爲佛作禮明日入城未遠有少齒牛觸抵弗迦沙諸比丘白佛言佛昨於窑家爲說經沙門爲奔牛所抵殺當趣何道佛言我爲說經即得阿那含生十六天上得阿羅漢令諸比丘共取弗迦沙身好收葬之於其上起塔（出瓶沙王五願經又出弗迦沙王因緣經）

赤馬天子問佛無生死處第十二

時有赤馬天子容色絕妙於後夜時來詣佛所白佛言世尊頗有能行過世界邊至不生不老不死處不佛告赤馬無有能至者赤馬天子又白佛言奇哉世尊善說斯義如世尊說所以者何自憶宿命名曰赤馬作外道仙人得神通離諸愛欲我時作念我有如是捷疾神足如健士夫以利箭橫射過多羅樹影頃能登須彌至一須彌足蹋東海超至西海我念神力捷疾今求世界邊便發足去唯除食息便利減節睡眠常行百歲於路命終竟不得至即沒不現（出雜阿含第二十九卷）

多智王佯狂免禍第十三

外國有惡雨若墮江湖河井陂池人食之者狂醉七日有國王多智善相惡雨見雲以知

使蓋一井令雨不入時百官羣臣食惡雨水舉朝皆狂脫衣赤裸泥土塗頭坐王殿上唯王一人獨不狂耳一切羣臣不自知狂反謂王狂何故著衣獨異衆人皆相謂言此非小事思共置之王恐諸臣欲反便自怖懼語諸臣言我有良藥能自愈病諸人小停待我服藥王使入内脫衣同其而出一切羣臣見皆大喜七日之後羣臣醒悟大自慚愧各著衣冠而來朝會王故如前赤裸而坐諸臣皆驚怪而問言王常多智何故若是王答臣言我心常定無變易也以汝狂故反謂我狂非實心也（出雜譬喻經第四卷）

經律異相卷第二十八

音釋

佯（余章切詐也）絞（古巧切縊也）哈（呼合切）愕（逆各切愕驚遽貌錯）轢（狼狄切車踐也）讖（楚禁切符讖也）穗（徐醉切禾成秀也）喘（尺兖切疾息也）抵揬（抵典禮切揬陀骨切相觸也）箒（止酉切篲也）駮（比角切）嚙（倪結切與齧同）罽（居例切）窰（餘招切）

經律異相卷第二十九

梁沙門僧旻寶唱等奉勑撰

行聲聞道諸國王部第二十之二

鏡面王欲起新殿第一

過去伽尸國王以正法治人民安樂無諸患難時王無子夫人忽然懷妊十月生兒無有眼鼻生得七日施設大會集諸羣臣相師道士爲子立字時彼國法或因福相或因星宿或因父母而立名字婆羅門問言王子身體有何異相傍人答言今此王子其面正平都無眼鼻婆羅門言應名鏡面以四乳母供給抱養一人摩拭洗浴一人除棄不淨一人懷抱一人乳哺此四乳母晝夜給侍譬如蓮華日日增長至年長大父王命終即拜鏡面以尊王位然此太子宿植德本雖生無目而有

天眼堪為國王福德力大國中人民聞鏡面太子為王無不奇怪時有大臣便欲試之不能得便遇王出㔟㔟諸羣臣更立新殿彫文刻鏤種種彩畫大臣試王將一獼猴與著衣服作華囊盛之擐其肩上將到王前巧匠已至願王指授王知相試便說偈言

觀此衆生類　睒睒面皺𪐴　踖蹶性輕躁
成事彼能壞　受分法如是　何能起宮殿
殘折華果樹　不中親近人　況能造宮殿
捉送歸野林

時鏡面王今即我也出僧祇律第七卷

不梨先泥王請佛解夢第二

不梨先泥王夜卧夢見十事一者夢見三瓶併兩邊瓶滿氣出相交往來不入中央空瓶中二者夢見馬口食尻亦食三者夢見小樹生華四者夢見小樹生果五者夢見一人索繩人後有羊羊主食繩六者夢見狐於金牀上金器中食七者夢見大牛還從犢子飲乳八者夢見四牛從四面鳴來相趣欲鬪當合未合不知牛處九者夢見大波水中央濁四邊清十者夢見大谿水流正赤王寤大恐亡國及身即召公臣及諸道人曉解夢者問之有一婆羅門答言皆非吉事當取所重愛夫人太子及邊親近侍人奴婢皆殺以祠天王有卧具及著身珍寶好物皆當燒以祠天能如是者王身得無他王聞不樂夫人問王何故愁憂王言說昨夜夢見十事恐亡國及身有婆羅門解夢皆非吉事夫人言王莫愁憂今佛近在精舍去國不遠何以不往問夢意如佛所解王當隨之王即到佛所頭面禮佛

足具以白佛恐亡國土身及妻子願聞教誡佛言莫恐王夢者後世人當不畏法禁婬貪嫉妬不知猒足少義無慈不知慙愧第一夢者豪貴自相追隨不顧貧賤第二夢者見馬兩頭食後世帝王及諸大臣稟食俸禄復操萬民不知猒足第三夢者小樹生華者後世人年未滿三十而頭生白髮貪婬多欲年少强老人弱第四夢者小樹生果者後世人年未滿十五便行嫁抱兒而歸不知慙愧第五夢者一人索繩人後有羊羊主食繩者後世人夫壻出行婦與他通食其財物第六夢者狐於金牀金器中食後世人下賤更尊貴有財産衆人敬畏之公侯子孫更貧賤處於下坐飲食在後第七夢者大牛還從小犢子飲乳者後世人無有禮義毋爲女媒誘他男子與女交通以女求財以自饒給不知慙愧第八夢者四牛從四面鳴來相趨欲鬪當合未合不知牛處者後世帝王長吏人民皆無至誠之心更相欺詐愚癡瞋恚不敬天地以用是故雨澤不時長吏人民請禱求雨天當四面起雲雷電有聲長吏人民咸言當雨須臾之間雲散雨去遂爲不墮所以者何帝王長吏人民無有忠正仁慈第九夢者大波水中央濁四邊清者後世中國當擾亂治行不平人民不孝父毋不敬長老邊國𤫉當平清人民和睦孝從二親第十夢者大谿水流正赤者後世諸國當忿諍興軍聚衆更相攻伐當作車兵步兵馬兵共鬪相殺傷不可稱數死者於路血流正赤王長跪白言得佛教誡心即歡喜爲佛作禮歸宫中重賚正夫人皆奪

諸大臣俸禄不復信諸異道婆羅門出國王不梨先泥十夢經

惡少王遶塔散寇第三

月支國有王名惡少王此天下莫不靡伏毋教勑王曰設有臨死之難慎莫左旋佛寺當念右旋慎莫違吾此教時惡少王大出兵衆攻絶血城手自執劒殺三億人後戰不如乘象奔走顧視佛圖憶毋教誡便迴象右旋敵國見之因各散伏王見賊退尋從進兵得其本城擒獲王身便憶佛語自歸佛者爲尊爲上無有及者設我不右旋者豈能壞此賊乎出出曜經第十六卷舊雜譬喻略同矣

難國王因兒婦得解第四

佛在舍衛國有難國王名分和檀大好道德日飯道士千餘人王自謂智慧無雙以識縛腹常恐智慧横出而欲爲子婚問羣臣曰天下有智如我者不若其有者我欲爲子取其女也國内無有王遣使者求索他方到舍衛國問彼人民有佛使者言佛寧有女不答曰道人無有女也使者言次復有誰答曰阿難邠坻賢善好道有女第一使者言何用爲第一答曰曾與太子祇共諍園田持以上佛象負黄金數千萬億不貪重寶但志爲善使者即往到阿難邠坻居所還以白王王即馳往見難國王身了無衣服裸形黑醜狀類如鬼阿難邠坻問言欲何求也王言聞君賢善好道有女第一故來爲子請求君女阿難邠坻呼前坐之云當啓佛具以白佛佛言與之阿難邠坻言怖殺我女佛言不也遂即與之女名三摩竭當於難國度脱八萬人阿難邠坻

敢復問佛心實懷恨即歸謂難國王女當相與王即禮娉迎還其國太子夜往到三摩竭所三摩竭以脚蹋太子却于地如是四五日太子不敢復行王夫人問之何故不行太子默聲夫人即往到三摩竭所我爲子娶妻令當承事我子何故折辱三摩竭言夫人太子及國中人形皆如狗與畜生無異夫人白王王智慧無雙遠求子婦無所畏難折辱我子復面罵我王聞之即往到三摩竭所三摩竭不出禮拜王言我遠娶新婦面罵夫人復折辱我子可乎三摩竭言然王國中人民皆如狗畜王即大驚曰我常恐智從腹横出故以鐵縛之日飯道士千餘人誰能及我者而反見罵三摩竭曰男女長少裸形相向雖復修福猶可棄賤王詣師門具陳上事師曰更往復問之愼勿怒也王即還問汝國人民何用爲勝三摩竭曰我國男女皆有衣裳尊卑異位身不相見有大人名曰佛教化數千億萬人皆令得道入火不燒入水不濡能典覽三千日月萬二千天地知三世事身有三十二相八十種好道德通達諸天敬謁王言佛寧可見不三摩竭言遥請可致耳王言大善請當云何三摩竭言但自燒香王隨我後夫人太子皆隨我後三摩竭即上高臺請言難國王始聞如來名願佛明日受王飯食佛告目連勑諸比丘明日悉往難國三摩竭令王及夫人太子齋戒燒香布席施設食具供待千二百五十人三摩竭即與王夫人太子共住中庭令諸羅漢來當先到佛在後著愼莫驚怖隨我所爲佛諸比丘各自變化舍利弗現

作一雙白象目連化作師子諸大比丘各變其身種種示現形像皆悉不同從上來下難國人民大驚三摩竭言勿怖也佛最在後身出水火三摩竭前爲佛作禮王夫人太子皆亦作禮諸阿羅漢就坐大小相次三摩竭王夫人太子次前行澡水下飯食具國中人民悭王閉門大怒各持斧欲斫宮門佛言我皆欲使人作善即令宫壁化作水精内外相見人民即止不敢復斫時賔頭盧坐山忽亡往難國以針刺地縷與衣相連即神足行至難國山便隨後國一女懷妊見山來恐墜怖即墮身佛令目連問賔頭盧汝後是何等賔頭盧顧視山擲還前處八千里外佛言我教度脱汝今失期復殺一人人命之重我所不喜從今已後不得隨我飯食須彌勒佛出乃得般泥洹賔頭盧默然愁苦王白佛言寧可共捔道力不如者當投井中佛言大善三問不如者當投井中王言可佛問言若誦經時云何王言我誦經時匍匐而行極即伏地佛言我誦經時坐坐極經行若匍匐誦經是爲狗行王爲不如王欲投井兩手據地而不肯入佛言置之即還歸國奉行佛道三摩竭乃承事王夫人太子於難國教化八萬人皆得四聲聞果（出分惒檀王經）

阿質王從佛生信第五

時有國王名曰阿質其所治處周十萬里人民熾盛王大勇猛不解於法侵伐隣國枉苦良善隣國皆苦之佛與大衆往到其國阿質聞之與三十二子身皆勇健惡心興兵合聚人衆數百萬人當於大道迎欲拒佛佛語阿

難阿質國王父子明日惡意向我及大衆汝等何以降之諸大士天人笑動天地佛問何笑阿難曰笑阿質王耳佛言阿質愚癡起是惡意使民獲罪已發大兵恃怙人馬之力正使滿四天下不能動我一毛況但數百萬人佛告阿難勑諸明士皆持鉢行明日當於阿質國王軍中取飯王父子兵馬大盛鬼神驚動當此之時佛身在前放大光明從軍中度阿質國王鼓不復鳴弓弩不施刀兵不拔象馬顚倒步兵轉筋天地陰冥日月無光王及諸子皆迷惑失息頓伏而走佛大衆住皆取飯滿鉢前到王國城門自開佛前進王宮入殿而坐寂寞無聲八十一萬七千天人悉各就坐宮更廣大自然高座交露寶帳五音自奏王及諸子自相謂言王者之力不如道德之力也士衆驚怖諸王子言今聞佛入已在宮內宜還與佛相見王言復何面目與佛相見上慙鬼神下負人民諸子曰佛既仁慈不傷人意王便收斂士衆安徐還宮與佛相見頭面著地爲佛作禮前謝佛言卑鄙閑陋少不學問不知禮義狼獸爲比愚癡迷惑違犯天人大聖不顧邊陲小國今枉世尊遠來鄙土君臣悖逆唯願天尊哀此無智既已厚恩教化人民王復以頭面著地叉手却住王三十二子公卿百官吏民皆悔過自責一心向佛王見八十一萬衆神人皆列坐師子之座交露帳中自然妓樂知佛神妙王勑後宮夫人婇女皆出禮佛王設百味之飯悉與夫人三十二子膝行澡水手自斟酌飯悉周遍上下恭肅一心歡喜食竟王前稽首白佛言蒙

天中天恩宿福之厚先君之助得在黎民之上天尊大聖當哀我國人民乞戒終身奉行治民正平當以何法當與隣國爲盟夫惡就善願佛留意佛言王侵伐非義非求長生安社稷者也王當恩信仁義慈孝貞潔寬柔忍辱布施育民覆蓋恕已凡行此事可長保社稷若無此九社稷難保王曰爲之如何願垂哀教佛言衆生可哀人命可惜國土珍寶不足恃怙王當愛惜人命當如父母哀其子也人民親王過於父母天下萬國皆可得保非但一國也王雖有數百萬衆車兵馬兵適可以拒小敵耳我爲菩薩道時於樹下坐禪魔王與鬼神兵一億八千人皆變形作雜獸畜生身欲壞我心我以神力右手指案地而天地大動皆悉顛蹶不能復本形魔王降伏以

王數百萬人民之力何如鬼神億數之力王曰實以愚癡無所知故王即叩頭懺謝乞更改勵佛言我以大慈念度十方一切人民皆使解脱早得佛道未度者度非但爲王父子王復悔責願佛哀我更受教誡終身奉行使國民安隱佛言王當寬刑罰除賦斂廣恩信給孤獨數赦囚窮者救之貧者饒之飢者飽之王若是者可保其終始王發道心謂左右傍臣取藏珍寶以上世尊佛呪願畢悉以施王左右皆得饒富王三十二子自相謂言生爲無義之人死爲無義之鬼不如兄弟求作沙門皆言大善即俱詣佛具陳所懷佛知其意深入道慧天帝釋剃其頭鬚皆成沙門後宫夫人婇女三千人公卿百官一切人民皆受五戒月月六齋國致豐熟隣國聞之遥敬

仰焉王自從是來治國寬仁盜賊無有男女相敬無相貪欲普悉和善王以七寶作大精舍國中人民俱行十善壽盡生天無入惡道者佛言我爲人求道但令度脫非天龍鬼神所能傾動也汝曹行道當應如我出阿質國王經

優填王請求治化方法第六

時優填王白佛言國王成就幾法世尊不久在世外敵競興未得修行而死入惡道佛曰十法云何爲十一者意不專一於諸事業二貪著摶食猶彼餓虎三貪著酒肉不理國事四喜懷瞋恚多諸愁憂五常習愚癡不受人諫六自任其力所爲能辦七常喜殺生陵易弱者八數遣兵革侵他國界九多有所說言無眞要十不慈於人若成就此不久存世外敵競興若命終後趣三惡道惡聲遠布王言成就幾法久存於世外敵不興若命終後生天善處佛言十法久存於世外敵不興命終後生天上善處云何爲十一者意不錯亂於諸行業皆悉平等除去非行親近善業二者王不貪著摶食以等命存分別戒品三不貪味嗜酒見諸咎過知出要爲樂四不慳貪喜行惠施觀諸行業五有智慧速解其義常修善除不善六不自恃力不自用意諸有沙門婆羅門羣臣人民聰明黠慧者隨問其義皆爲顯說便隨教導七不暴虐殺害人民觀其事業便加刑罰八不數遣兵侵他國界常與諸王共相和合九所說眞要語不煩重察前人語然後說事十常懷慈悲於諸臣民常察國事成就十法久存於世外敵不興若身壞命終生善處天上設命終後名稱遠布天人

所傳以等法化勿以非理時王答曰等法化民身壞命終生善天上非法行者身壞命終趣三惡道惡聲遠布（出增一阿含第三十九卷）

優填王惑於女人射其正后矢不能傷第七

國人送美女上優填王王大欣悅拜女父爲太傅爲女興宮妓樂千人以給侍之王正后師事如來得須陀洹道王後受譖前后以百箭射后后見不懼都不恚怒一心念佛慈意向王箭皆遶后三帀還住王前百箭同爾王惕然驚懼即駕白象金車馳詣佛所稽首佛足自陳曰吾有重咎在三尊所婬妖縱欲與邪於佛聖衆生毒惡心白衣弟子慈力乃爾豈況如來乎我今首過歸命三寶唯願弘慈原赦我咎（出優填王經）

檀那王國遭暴水蛇遶其城爲二比丘所救第八

昔波桓提國其王號曰檀那國中當有暴水水除之後忽有大蛇繞城一帀頭向城門城中居民三億餘人歷日不得出或多飢饉者蛇亦無所瞋恚若有出者便當啖之舉國人民莫不恐怖時王國界山中有二道人清淨行道一名摩訶調一名沙訶調坐思念言蛇是含毒物今反繞城將危人命即時俱往化入其國與王相見王覩二道人言由我政化不平故致此患舉國愁荒無復人心二道人即告王言今當方便爲王除之王及臣下皆叩頭守請言若蒙二道人恩此國人民便爲更生沙訶調即化爲大身蝦蟇行過蛇前蛇飢難忍便走逐蝦蟇摩訶調復化爲裘奈從後追之蛇見裘奈便驚走入深山蛇去之後

人民獲安王及臣下即尋二道人到其所在叩頭辭謝言二道人近在於此我實愚癡不早承奉至有災患道人相救唯願道人還住於宮我等人民得展供養道人告言吾之爲道清淨無欲不樂供養王當檢身自率以道人民奉行正法可得終始獲安王即乞受五戒十善歸命三尊月月齋戒以爲常法自是之後國豐民寧四方襁負遂致太平沙訶調者佛身是摩訶調者即彌勒是王者即鳩摩迦葉是大蛇者即調達是（出菩薩宿命經）

國王酒獵聞之修福第九

昔有國王喜飲酒射獵還便然燈燒香投槃作禮邊侍人言王飲酒射獵還都投槃當有何福王聞之便使人然火鑊湯使沸內一瓶金湯沸踊躍便呼邊人使探取金來人言湯熱不可近王言汝當作方便取之何故不得侍人言不知作何方便當可得之王言汝去下火以水添湯侍人即如王令便探得金王言我飲酒射獵時自如湯沸我投槃作禮時自如去火以水添湯何以故不得福也（出雜譬喻經中）

國王臨死藏珠髻中第十

昔者國王有如意明珠藏於髻中夙夜珍愛王後薨亡國法先置田野令肉消盡乃收葬之其王形壞頭髻解散明珠出露時有征卒之妻名遮陀利行見珠持歸王家收葬忘失此珠太子傳位方悟求覓募得神珠封邑萬户賜金千斤征卒之妻乃齎應命即便封邑王戴珠首上（出譬喻經第七卷）

有王遇伐不拒第十一

有隣國王興兵伐其敵國敵國諸臣啓其王曰某國興兵今已逼近願王自備共相攻擊王語諸臣曰此是閑事何必須吾賊攻城門諸臣啓王賊今在外王告諸臣賊雖在外不足遠慮但自營私何慮公務時賊暴虐轉前入城左右啓曰賊已入城王告諸臣此事微細何足上聞隣國大王轉進至殿諸臣啓曰隣國之王今已上殿不審聖尊有何思慮其王告曰我今處世變易不停興者必衰會合有離難可常保更改形容如乞士法摩何自退往適深山思惟道德可以自娯設此暴王欲害我身不辭其憊所以然者亡國失土皆由一人我今受死萬民無患豈不於我大有幸乎彼敵國之王歎未曾有舉聲唱曰善哉大王自古迄今未有斯比我雖得勝未如王也開懷大道不顧世榮自今以往還大王國與王訖化共相接待共爲親厚出菩薩藏經下卷

國王試一智臣第十二

昔有國王選擇一國明智之人以爲輔臣爾時國王設權方便無量之慧選得一人聰明博達其志弘雅威而不暴名德具足王欲試之故加重罪盛滿鉢油使擎二十里行墮一滴者誅不須啓羣臣行之觀者塡道譬如水定而風吹之其水波揚心不安隱其人心念吾今定死設能擎鉢使油不墮到彼國者乃得活耳唯念油鉢安行徐步時諸臣兵父母宗親國人悉集隨而觀之又逢大醉象奔走入道暴鳴哮吼譬如雷聲蹈殺道中象馬牛羊豬犢之屬碎諸車乘星散狼藉人見恐怖東西馳走如風吹雲又人射之而擎鉢人初

不省象來亦不覺象去城中失火燒諸宮殿又諸蚑蜂放毒齧人官兵滅火又五色雲起天大雷震亂風吹地塵沙瓦礫塡塞王路拔樹折枝落諸華實掣電霹靂孔雀皆鳴天諸災雹雖有此變其人都不覺聞擎滿鉢油得至彼國不墮一滴王乃歡喜立爲大臣出修行觀意經

驢首王食雪山藥草得作人頭第十三

昔有國王人身驢首佛語國王雪山有藥名曰上味王往食之可復人頭王往雪山擇藥噉之遂頭不改王還白佛何乃妄語佛白王言莫揀藥草自復人頭王復到山山中生者皆自除病不復揀擇噉一口草即復人頭出雜譬喻經中

不眠王殺睡左右第十四

昔有國王晝夜不寐其邊直者若睡便殺前後殺四百九十九人有一長者子當應入直其家啼哭送之有一年少問何故啼哭以實答之卿能雇我我能代卿長者大喜與金千兩便代入直王曰汝何以入曰我代長者子直王曰汝愼勿眠我當殺汝時年少睡王欲殺之問何以睡曰不睡我思事耳王曰何所思曰作一升器受二升物盛一升沙復受一升水王試實爾復睡翻地王復欲殺曰思事耳曰何所思曰作一丈坑還持土塡不滿八尺王復使人作之審爾復睡伏地王復欲殺問汝何以復睡曰我思事耳王赦我罪我當說之王言便說年少言王正似鬼語竟便去王思此人何以呼我作鬼便啓問母母言汝實是鬼也我懷汝時夜夢見鬼與我共會便

有汝耳王便遂寤改不殺人悔過爲善遂便學道爾時王者我身是也四百九十九人者今五百上首弟子是年少覺寤我者文殊師利是（出譬喻經第五卷）

經律異相卷第二十九

音釋

鏤（郎豆切雕刻也）　擐（胡慣切貫也）　睒（失冉切）　瘤（力求力救二切肉起病也）　趌（巨吉切）　蹶（居月切）　邠坻（邠音賓坻音遲）　蹋（達合切踐也）　縷（隴主切綫也）　摶（徒官切捉聚也）　襁（舉兩切負兒衣也）　蛂（蒲結切）

經律異相卷第三十

梁沙門僧旻寶唱等奉勑撰

諸國王夫人部第二十一

阿育王夫人受八歲沙彌化一

王后生肉棄水遂生二子爲毗舍離人種二

拘藍尼國王后悟法三

末利夫人持齋四

優達那王妻學道生天五

國王大夫人與一賢者共王造寺六

阿育王夫人受八歲沙彌化第一

昔阿育王未解佛法造諸地獄入者必治酷以衆毒後得信心因棄諸非奉事正覺人民疾疫王斷内外不得相通畏病及宫中遣信白聖衆乞遥呪願可遣一比丘入宫達𩋑使天下安疾病銷除衆僧可之願以見告時聖衆遣一沙彌其年八歲名曰妙顔已得羅漢神通具足飛到王宫見夫人婇女宣語所之并顯道德知佛至尊況弟子乎妙顔受教飛入王宫住王后前王后作禮舉手欲抱言妙顔子何能自屈顯其神足妙顔謂夫人曰且却且却不宜身近沙門夫人答曰卿年幼小方始八歲心相戀念猶如吾子雖身近之當何所苦沙彌答曰近情喻之如夫人教情從微起猶粟之火能燒萬里之野譬指滴之水陷穿王石亦能盈器事皆以漸以少致多以小成大是以智者遠嫌避疑以防未然沙彌夫人因相難往來言聲遂高聲徹正殿王問傍人是誰語聲如有所諍傍臣答曰沙彌妙顔適至宫中與正后語音聲高亮乃聞於此

王即起往與之相見作禮問訊以何所諍沙彌答曰貴后見顏垂意見愍欲往相抱道法不應故難却之耳阿育王曰卿年尚幼猶如吾子愛念抱之當有何嫌乃以壯言相折耶沙彌答曰不如王語古聖制儀預其未萌亦戒終始女子年七歲不戲父机男兒八歲不踞毋牀果下不捫首瓜田無摸足所以然者遠嫌避疑杜漸銷萌也勸示將來使防未然吾心以淨無復微翳譬如蓮華泥水不染猶水精瑠璃之器也實如來談等於毋子所以無異雖知無瑕當爲不能者施王與夫人聞其所言驚然奇之如妙顏言年幼八歲尚顧衆難況年長大三毒未滅者於是沙彌爲說法夫人婇女五百餘人悉得道跡及正后傍臣太子皆發道意尋時得立不退轉地出八歲沙彌開解國王經

王后生肉棄水遂生二兒爲毗舍離人種第二

往昔波羅奈國王夫人懷妊此夫人自知懷妊而白王言王即供給養視皆使調適月滿生肉一段赤如槿花諸餘夫人生兒端正我生段肉無有手足心生羞恥若王見者必生惡賤盛貯器中打金作薄以朱沙題上是波羅奈國王夫人所生蓋覆器頭以王印印之以金薄書置器外送放江中使人棄已諸鬼神營護使無風浪時一道士依牧牛人住於江邊清朝澡洗遙見此器拾取見金薄書字復見有王印印之便開器看唯見肉段而作是念若是死肉久應爛臭必有異相將還住所善舉一處過半月已而成二片自爾之後

復經半月二片各生五胞却後半月一片成男一片成女男色如黃金女色如白銀道士見之心生愛重如自有子兩手㧗指自然出乳一指飲男一指飲女乳入子腹譬如清水摩尼之珠内外明徹道士號兒名爲離車子此言皮薄亦言同皮道士養此二子極爲辛苦旦入聚落乞食兼爲二子日晏方還是時牧牛人見道士爲此二子辛苦如是謂言大德出家人正應行道何爲二子妨廢道業可持乞我我等爲養活道士言善哉是牧牛人各還到家明日與諸同伴平治道路豎立幢旛散雜色華鳴鼓來迎二子到道士處白道士言今此二子時可去矣道士付囑此二子者有大福德不可度量汝等善好料理當以乳酪生熟酥五種而供養之若此二子長大還自共匹對覓好平博處所安立住止可拜男爲王女爲夫人牧牛人等受教而去二子年至十六以平博處縱廣一百由旬中央起宅以女嫁男立爲夫婦後一産二兒一男一女如是十六過生諸牧牛人見王子漸多更開舍宅造諸園地合三十二人宅舍如是遂乃三過開廣故名爲毗舍離出善見律毗婆沙第十卷

拘藍尼國王后悟法第三

佛與千二百五十比丘遊拘藍尼國美音精舍足蹈門閫天地震動珠璣樂器不鼓自鳴蠱毒隱伏吉瑞和清境界人民靡不渴仰王名優塡强盛侵剋開納佞言躭荒女樂置左右二后容姿妙絶左字照堂憍慠讒嫉右字該容常行仁愛王珍其操每事私焉該容有老宿青衣名曰度勝恒行市香每省合集飯

佛及僧佛爲説法盡心不忘施訖還宫持所市香因此功德本行所追香氣遠聞斤兩倍香詃容詰問首減香錢飯佛及僧法深義妙非世所聞詃容聞佛心生歡喜自念無因得聞正法即報度勝汝爲我説度勝荅曰身賤口穢不敢便宣如來尊言乞行詣佛受勑而還便遣出宫重告之曰具受儀式度勝未還夫人與侍女側塞中庭佛告度勝汝還説法多有度者説法之儀先施高座度勝具宣聖旨詃容欣悦開笥出衣積爲高座承佛威神如應説法夫人詃容及諸侍女疑解得道度勝得總持照堂妬憤數譖非一王不肯從後又説之王心乃惑伺其齋時勸王奏樂請右夫人王便普召被命皆會詃容持齋獨不應命反覆三召執節不移王怒隆盛縛曳殿前將欲射殺詃容寸心歸佛王自射兩箭皆還自向王怖而解之問曰汝有何術乃致是耶對曰唯事如來歸命三尊朝奉佛齋過中不食加行八事莊飾不近必是世尊哀愍若茲王曰善哉豈可言也當詣精舍奉覲世尊會有敵國興兵入界王自出征顧命梵志名曰吉星權領國政照堂喜曰吾父領正殺子必矣女與父謀遂燒殺詃容及諸侍女詐言失火謂可掩塞事後發露王大恚之遠徙吉星擯於界外照堂等輩幽之地窟摧遂邪道廣闡佛化出中本起經

末利夫人持齋第四

佛在舍衛國國王羣臣莫不宗仰時有賈客名曰波利與五百賈人入海求寶時海神出掬水問波利言海水爲多掬水爲多波利荅

言掬水爲多海水雖多不能救飢渴之人掬水雖少能濟渴乏之命世世受福不可訾計海神歡喜即脱身上八種香瓔校以七寶以上波利波利還國持此香瓔上波斯匿王王甚珍奇即列諸夫人若最好者以香瓔與之六萬夫人盡嚴束而出王問末利夫人何以不出侍人答言今十五日持佛法齋素服不嚴王曰如今持齋應違王命乎如是三反末利夫人素服而出在衆人中明如日月倍好於常王意竦然加敬問曰有何道德炳然有異夫人白王自念少福稟斯女形情態垢穢日夜山積人命促短懼墜三塗是以月日奉佛法齋割愛從道世世蒙福王聞歡喜便以香瓔與之夫人辭曰我今持齋不應著此可與餘人王曰我本發意欲與勝者卿今最勝又奉法齋道志殊高是以相與若卿不受吾何安置夫人答言大王勿憂願王屈意共到佛所以此香瓔奉上世尊并採聖訓累劫之福矣王即許焉即勑嚴駕往至佛所白佛言海神香瓔波利所上六萬夫人莫不貪得末利夫人與而不取持佛法齋心無貪欲謹以上佛願垂納受世尊弟子執心難齊直信如此豈有福乎於是世尊爲受香瓔即説偈言

多作寶華　結步搖奇　廣積德香　所生轉好
奇草芳華　不逆風熏　近道敷開　德人遍香
栴檀多香　青蓮芳華　雖曰是真　不如戒香
華香氣微　不可謂真　持戒之香　到天殊勝
戒具成就　行無放逸　定意度脱　長離魔道

出法句經第二卷

優達那王妻學道生天第五

槃提國王名優達迦葉佛時出家修道仰值釋迦皆得道迹其國殷富人民熾盛王有二萬夫人第一夫人字曰月明容儀端正王甚愛敬不過半歲夫人將終相現王甚憂慼月明問之王曰汝壽將終情愛別離是故愁耳月明答言夫生有死自世之常何獨憂耶若降顧念但放出家王聽入道汝若出家設未成道必生天上若生天上還至我所聽汝出家月明即許其誓喚比丘尼即捨五欲多來問訊恭敬供養妨其道業是故遊行諸國從出家日數滿六月持戒清淨猒患世間得阿那含道終一聚落即生色天觀昔因緣於王有約欲赴本誓觀王没於五欲憔悷難化直爾而往無以感發宜以恐逼爾乃降伏便自變身作大羅刹衣毛竅豎執五尺刀因王夜卧去之不遠懸在空中王甚大怖即語王言汝雖士衆千萬今唯屬我不得自在死時已至何緣自濟王即報言我無因緣唯恃本所善修心清淨死生善處天言此最可恃更無餘理王便問言汝是何神使我怖畏天答我是月明夫人王放出家思惟離欲生色天上今來赴約王言汝雖說此我猶不信復汝本形爾乃可信天即變爲昔形衣裳服飾如本而立王欲心發即趣欲捉月明即昇虛空爲王說法曰此身無常彈指叵保譬如朝露日出則滅不唯無常貪著我身王不見盛年華色老所吞滅諸根朽邁目視不明耳聽不聰形敗腐朽無所復堪譬如釀酒捩取醇味糟無所直是身既老無所貪樂唯有死在身既生死無常與俱王不見胎夭幼壯皆死是身

危脆死賊常隨身心火然但是衆苦心有三毒身有寒熱飢渴而不生猒貪著我身宫人妓女華色五欲國財妻子悉非我有死去之時無一隨者身尚自棄何況餘物悉沒五欲迴流生死莫知出路王是智人何不猒離出家求道王善心生許其出家月明重化之曰君當出家求於妙法受而修行日夕精進翹勤勿懈説此語已忽然不現王即禪位太子捨離五欲投迦旃延出家爲道時人以其捨重榮利求正真道臣吏人民多來供養恭敬問訊妨修道業於是遊行至摩竭國佛爲説法得阿羅漢道執持瓦鉢入王舍城乞得宿飯還林坐食瓶沙王出遊詣林問訊曰汝本爲王出入營從今作乞兒獨行匃食豈可樂耶汝還罷道分半國治道人答言我本國王聚落甚多今復何緣捨大就小非我所宜瓶沙王曰汝本食以上味盛以寶器今執瓦鉢乞殘宿食不亦難乎汝本爲王勇士侍衞今日單獨豈不恐耶本在深宫妃妓妙色盈悦耳目坐以寶牀敷以細褥今日獨宿林野卧坐唯草豈不苦哉答曰我今知足無所貪樂瓶沙王曰卿今可憐答言卿是可憐非是我也所以者何卿五欲所纏恩愛所驅不得自在我今快樂心無罣礙瓶沙聞已即便還去出雜藏經

國王大夫人與一賢者共王造寺第六

昔有一人見浮圖寺意欲作之而錢帛不足發願入海益得金寶我當作寺國中第一得金銀還復熟思惟誰能同意共作寺者國王常言我欲作寺塔今初未作當以珠寶瓔貢

上於王王得歡喜問何處得此賢者言我願作寺不辦獨作入海得寶當作寺今安隱還是我一利至得金寶是我二利意不貪著與立寺舍是我三利我倚三利功德今欲作寺唯無人力工夫故以聞王王言我亦有三利欲作塔寺身得作王爲人中上是我一利豐饒財寶人兵是我二利四方皆伏是我三利當與卿共作寺王呼五百夫人以珠與之五百夫人皆自莊飾各欲得珠唯大夫人獨不莊梳王問何故答亦有三利故得作王夫人一宮所敬是我一利生男爲太子是我二利常樂經道欲作佛圖寺是我三利王言善哉以珠與之大夫人以百千兩金助王立寺王與國中賢者作寺廣千步皆以金銀刻鏤王言唯我三人有此福我國中人不蒙此耶遣使街里宣令誰能多少有善意得福無量有貧窮女唯一小屋乞匃衣食聞之自責宿不布施今致困窮解身布裙向中擲與使者以裙助王我形裸露無衣可出王聞驚怪乃有是善心即勑將來使者曰此女人無衣可著王勑五百夫人各取一領衣與之速往迎取王即見之拜爲第二夫人令教授宮內出譬喻經第四卷

經律異相卷第三十

音釋

達嚫 梵語此云財施　嚫初覲切

机 舉履切　案屬

踞 居御切　蹲踞也

槿 儿隱切　木名

貯 展吕切　積也

胞 班交切

閫 苦木切　門限也

虣 薄報切　猛也

慠 疑到切　倨慠也

詃 音眩

笥 相吏切　竹器

憤 父吻切　懣也

竦 荀勇切　敬也

儱悷 儱力董切　悷郎計切　儱悷多惡不調也

釀 汝亮切　醞也

捩 力結切　紾也

醇 殊倫切　不澆酒也

脆 此芮切　物易斷也

翹 祈堯切　企也

經律異相卷第三十一

梁沙門僧旻 寶唱等奉 勑撰

行菩薩道諸國王子部第二十二之一

乾陀尸利國王太子投身餓虎遺骨起塔第一

乾陀尸利國王太子不好榮華棲遁山澤時深谷底有一餓虎新産七子遇天降雪虎母抱子已經三日不得求食懼子凍死守餓護子雪落不息母子飢困喪命不久母既飢逼還欲噉子時諸仙曰誰能捨身救濟此者太子曰善哉吾願果矣往到崖頭下向望視見虎母抱子爲雪所覆生大悲心立住山頭寂然入定即逮清淨無生法忍觀見過去無數劫事未來亦爾即還白師及五百同學吾今捨身願各隨喜師曰學道日淺知見未廣何忽自發捨所愛身太子答曰吾昔有願應捨千身前已曾捨九百九十九身今日所捨足得滿千身是故捨身願師隨喜師曰卿志願高妙必先得道勿復見遺太子辭師而去師與五百神仙啼泣滿目送太子到山崖頭時日有富蘭長者將從男女五百人齎供上山

見太子捨身悲感涕哭亦隨太子至山崖頭太子在衆人前發大誓願我今捨身救衆生命所有功德速成菩提得金剛身常樂我淨無爲法身未度者度未解者解未安者安我今此身無常苦惱衆毒所集此身不淨九孔盈流四大毒蛇之所蜇螫五拔刀賊追逐傷割如此身者爲無反復甘饍美味及五欲樂供養此身命終之後無善報恩反墮地獄受無量苦夫人身者唯應令苦不得與樂又發誓言令我以肉血救彼餓虎餘舍利骨我父母後時必爲起塔令一切衆生身諸病苦宿罪因緣湯藥針灸不得瘥者來我塔處至心供養隨病輕重不過百日必得除愈若實不虛者諸天降雨香華應聲雨曼陀羅華地皆震動太子即解鹿皮衣以纏頭目投身虎前虎母得食菩薩肉母子俱活時崖頭諸人望見太子爲虎所噉骨肉狼籍悲號大叫聲動山中或有搥胷自撲宛轉卧地或有禪思或有叩頭懺悔首陀會諸天及天帝釋四天王等日月諸天數千萬衆皆發無上菩提之心作倡妓樂燒香散華供養太子而唱是言善哉摩訶薩埵從是不久當坐道場五百仙人皆發無上正眞道意神仙大師得無生忍夫人遣餉唯見衣裳傘蓋鉢錫瓶鑵在石室中徧問仙人十十五五相向啼泣到大師所唯見仙師以手拄頰涕淚滿目呻吟而坐周帀推問無肯應對使者怖懼即以飲食施諸仙士走還向夫人具說上事夫人曰禍哉吾子死矣搥胷大叫奔走詣王王聞迷悶羣臣諫王太子在山願王小息王及夫人妃后婇女

臣佐吏民奔走上山長者富蘭逆來告王太子昨日投身巖下以肉飼虎今唯餘骨狼籍在地共到屍處王及夫人后妃婇女羣臣吏民舉聲悲叫震動山谷王與夫人伏子屍上心肝斷絕悶不識人妃前扶頭理太子髮曰寧令我身碎如塵粉不令我夫奄忽如今時羣臣曰王太子布施誓度羣生非無常殺鬼所侵奪也及未臭爛宜設供養即收骸骨出山谷口於平坦地積栴檀香薪及香酥油用闍維之收取舍利起七寶塔時太子者我身是父王者即今我父閱頭檀是夫人者母摩耶是后妃者今瞿夷是闍耶者阿難是山上神仙大師者彌勒是出菩薩投身飼餓虎經

曇摩鉗為法燒身火坑變為華池第二

昔閻浮提有王名梵天王有太子字曇摩鉗深樂正法帝釋化作婆羅門言我能說法太子投足禮敬請欲聞之婆羅門言我學積久云何直欲便聞若能不惜身命及於妻子入大火坑以見供養者吾乃與法太子具如其言作大火坑王及夫人婇女詣宮曉喻婆羅門乞以國城妻子一為給使無令太子投此火中婆羅門言吾不相逼隨其意耳但如此者我不為說王宣令國內却後七日太子燒身若欲見者至日早來合國貴賤一時皆集求哀固請其說如前太子語衆人言我於久遠生死之中喪身無數人中為貪更相斬害天上壽盡失欲憂苦地獄燒煑刀鋸解割灰河劒樹痛徹心髓餓鬼之中百毒鑽軀畜生之報身供衆口食草負重持此衆苦空生身命未曾善心為法今捨臭穢之形以求清勝

汝等云何欲見前却吾得佛道施汝五分法身太子便立火坑上婆羅門曰

常行於慈心　除去恚害想　大悲愍衆生
矜傷爲雨淚　修行大喜心　同已所得法
擁護以道意　乃應菩薩行

太子聞之便欲投火時帝釋梵王爲捉一手而歎之云閻浮提内一切生類賴太子恩莫不得所今若投火天下喪父何爲自没孤棄一切太子謝曰莫遮我無上道心身投火坑天地大動虛空諸天同時號哭淚如盛雨時烈火坑變成華池太子坐蓮華臺諸天雨華乃至于滕梵天王者今淨飯是母者今摩耶夫人是太子者今世尊是出賢愚經第一卷

忍辱爲父殺身第三

毗婆尸佛時波羅柰國王聰慧仁賢無有子息事一仙神經十二年祈求不懈後第一夫人生育一男性善不瞋人相具足召諸羣臣占其吉凶即爲立字名曰忍辱及年長大好行布施於諸衆生等以慈悲國有大臣姧弊諂佞枉横無道人所厭患嫉妬太子時王重病命在旦夕忍辱太子告父諸臣曰父王危篤今當何爲諸臣曰妙藥難得命去不遠太子悲悶躃地惡臣立計欲除太子啓太子曰王病須藥藥不可得太子問曰爲是何物答曰是不瞋人眼睛及髓若得此藥王命必全太子曰我身似是其人即辭其母弁集諸小國王自宣令言我今此身與大衆别即唤旃陀羅碎骨出髓剜取兩目臣即擣合奉上大王王即服之病得除愈問諸大臣此藥殊妙除我苦患諸臣答曰今此藥者太子所辦王

曰今何所在答曰在外身體傷壞命不去遠王大悲哭往到子所其命已終其母懊惱投身屍上我有宿罪應抹體如塵乃令我子喪失身命以牛頭栴檀而闍維之以其遺骨起七寶塔出大方便佛報恩經第五卷

智止以血肉施病比丘第四

昔閻浮利王名智力常護佛法深有至誠比丘與王有親王所尊敬國人愛重王欲見之無有厭足比丘髀上生大惡瘡國中醫藥所不能愈王及二萬夫人皆悉悲念時王卧夢有天人來語王言若欲愈此比丘者當須生人肉血飲食之即愈王寤不樂念是比丘病重乃須此藥勑問臣下何從而得生人血肉時王太子名曰智止白王王莫愁憂人之血肉最爲賤物世人所重道無所違王曰善哉太子默然還齋持刀割髀取肉及血送與比丘比丘服之瘡即除愈身得安隱王聞比丘已得除愈歡喜悅懌不能自勝太子自然平復舉國財寶賜與太子時至誠意者提和竭羅佛是智力王者彌勒是也智止太子我身是也出月明菩薩三昧經

月光破身出血髓救病人第五

有月光太子出行遊觀癩人見之要車白言我身重病辛苦懊惱太子嬉遊獨自歡耶大慈愍念願見救療太子聞之以問諸醫言當須從生及長無瞋之人血髓塗而飲之如是可愈太子念言設有此人貪生惜壽何可得耶自除我身無可得處即命旃陀羅令除身肉破骨出髓以塗病人以血飲之如是等施及施妻子施而無悋如棄草木觀所施物知

從緣有推求其實都無所得一切清淨如涅槃相乃至得無生法忍是爲結業生身行檀波羅蜜（出大智論第十二卷）

須闍提太子割肉供父母命第六

毗婆尸佛像法時波羅柰國王名羅闍唯有三子各任小國時王聰叡正法爲治不枉人民王有德力風雨以時五穀豐熟王所重臣名羅睺羅睺羅睺心生惡逆忽起四兵伐波羅柰國斷大王命續伐第一第二王子次討第三第三王子形體姝大端正殊美仁性調善語常含笑發言利益不傷人意正法治民土地豐樂國計充盈四方歎美虛空諸天一切神鬼亦皆敬愛有一太子字須闍提聰明慈仁好喜布施身黃金色七處平滿人相具足年始七歲其父愛念心不暫捨時守宮神語王言羅睺惡逆謀奪國位欲殺父王尋起師衆伺捕二兄亦已斷命軍馬不久當復至此王聞是語憂愁懊惱不能自持心肝崩裂宛轉躃地良久乃甦微聲報虛空中言卿是何人但聞其聲不見其形向者所宣審實爾不即報王言吾是守宮神以王聰明正直不枉人民以是相告王宜速出其至不久王思投隣國而有兩道一道七日行一道十四日行即盛一人七日粮食入宮呼須闍提抱著膝上夫人前問大王今者似恐狀王言非卿所知夫人白言我身與王如鳥兩翅云何而言不相關預王報如上即抱太子便出進路夫人隨後迷荒失心悞入十四日道其路險難無有水草前行數日三人共資粮粒已盡道路猶遠王及夫人舉聲大哭怪哉苦哉從生迄

今未曾聞有如是之苦如何今日身自更之深自悔責飢渴所迫命在呼吸思設方便不欲三人併死殺婦活我及兒須闍提見王異相前捉父手聲言欲作何等父悲淚滿目微聲語子欲殺汝母取其肉血以續汝命須闍提銜泣啓父何處有子噉於母肉旣不噉肉子母俱死願但殺子濟父母命王聞子言即便悶絶微聲語子子如吾目何處有人自挑目而還自食吾寧喪命終不殺子噉子肉也須闍提又言若便斷命血肉臭爛未經幾日欲求一願若是違者非慈父母時父王語太子言不逆汝意須闍提言唯願日日就兒身上割三斤肉二分奉供父母一分自食以續身命父母泣而從之得至前路故餘二日身肉轉盡肢節筋骨故相連續餘命未斷父母抱持舉聲大哭我等無狀横噉汝肉使汝苦痛前路猶遠未達所在而汝肉盡今者併取死一處時須闍提微聲諫言已噉子肉進路至此父母今者莫如凡人併命一處爲憐愍故莫見拒逆可於身諸節間淨割餘肉用濟父母可達所在父母隨言食竟號叫分别須闍提起立視父母父母大哭隨路而去父母去遠不見須闍提太子戀慕父母目不暫捨良久躃地身體新血肉香於十方而有蚊虻聞血肉香來封身上遍體唼食楚毒苦痛不可復言餘命未斷發聲立誓願宿世殃惡從是除盡自今已往更不敢作今我此身以供養父母願我父母常得十一餘福所殘血肉施諸蚊虻皆得飽滿發是願時天地六種震動日無精光禽獸散走大海波動須彌涌没

六欲諸天皆悉怯怖下閻浮提化作師子虎狼之屬張目摑背跑地大吼震跳騰躑來欲搏齧時須闍提見諸禽獸作大威勢微聲語言汝欲見噉隨意取食何爲見恐時天王帝釋即復天身太子見之歡喜無量時帝釋問太子言難捨能捨如是功德爲願生天作魔王梵王耶太子報言我願成無上菩提天帝釋言空有此言誰當相信太子誓言我若欺誑令我身瘡始終莫合若不爾者令我平復血反爲乳身體平復端正倍常時天王帝釋頭面禮足歎言善哉吾不及汝汝精進勇猛會得菩提願先度我時天王帝釋於虛空中即没不現時王及夫人得到隣國隣國聞之遠出奉迎相見具說上事供給所須甚稱意望隣王感念太子慈孝即上四兵還與彼王伐羅睺大臣即隨路而歸欲至先别太子處收其骸柩前望悲哭轉近遥見太子身體平復即前抱持悲喜交集時須闍提具以上事啓其父母父母歡喜共載大象還歸本國太子福深克旋本國即立太子以爲大王時父王者今閱頭檀王是也時母者今摩耶夫人是須闍提者今佛身是時天帝釋者阿若憍陳是也出大方便佛報恩經第一卷後

須大拏好施爲與人白象詰擯山中第七

昔者葉波國王號濕隨太子名須大拏四等普護言不傷人常願布施賑濟羣生令吾後世受福無窮愚者不覩非常之變謂之可保智者照有五家欲得衣食金銀衆珍車馬田宅無求不與光馨遠被四海咨嗟父王有一白象威猛武勢敵六十惡象怨國來戰象輙

能勝諸王共議遣梵志八人從乞白象太子欣然問欲何求對曰欲乞行蓮華上白象象名羅闍和檀太子曰善金銀雜寶恣意所求即勑侍者疾鞁白象金銀鞍勒左持象勒右持金甕澡梵志手慈歡授象梵志大喜即呪願竟騎象而去相國百揆靡不悵然僉曰斯象力猛交戰輙勝今以惠雔國將何所恃具以白王王聞慘然久而曰太子好喜佛道以周窮濟乏慈育爲行無從禁止假使拘罰斯無道矣百揆僉曰切磋之教儀無失矣拘罰爲虐臣敢聞之逐令出國置于田野十年之間令自慙悔臣等之願也王即遣使者詰之曰象是國寶以惠怨乎不忍加罰疾出國去使者奉命宣述如斯太子對曰不敢違天命願以私財更七日布施不敢侵國使者以聞王即聽許太子欣然大施窮乏宣語疾來恣意所欲七日既竟貧者皆富妻名曼坻本諸王女顔華綽約一國無雙自首至足七寶瓔珞謂其妻曰起聽吾言大王徙吾著檀特山十二年爲限汝知之乎妻驚視太子泣淚而云何罪見逐捐國尊榮方處深山乎答曰吾用國名象以施怨家王逮羣臣恚逐我耳妻即發願願國豐熟王臣兆民富壽無極唯當建志山澤誓成道矣太子曰唯彼山澤恐怖之處虎狼害獸難爲止矣又有毒蟲魍魎鬼雷電霹靂風雨雲霧甚可怖畏寒暑過度樹木難依蒺藜礫石非躡所堪爾王者之子生于榮樂長於宫中衣即細輭飲食甘美卧則帷帳衆樂聒耳願即恣心今處山澤卧即草蓐食即果菜非人所忍何以堪之乎妻曰

細靡衆寶帷帳甘美何益於巳而與太子生離乎夫王者以旛爲幟火以煙爲幟婦人以夫爲幟吾恃太子猶恃二親太子在國布施四遠吾輙同願今當歷險而留守榮豈仁道哉儻有來乞不覩我夫心之慼結必死無疑太子曰遠國之人來乞妻子吾無逆心爾爲情戀儻違惠道者擿絕洪潤壞吾重任也妻曰太子布施覩世希有當卒弘誓愼無倦矣百千萬世無人如卿建佛重任吾不敢違也太子曰善即將妻子詣母辭别稽首于地慇懃辭曰願捐重思保寧玉體國事鞅掌數以慈諫無以自由枉彼天民當忍不可忍母曰未有子時結願求嗣懷妊之日如樹含華日須其成天不奪願令吾有子養育成就而當生離夫人嬪妾不復相敬太子妻兒稽首拜退宮内巨細靡不哽噎出與百揆哀訣俱出城去靡不竊云太子國之聖靈衆寶之尊二親何心而逐之乎太子坐城外謝諸送者遣之還居兆民拜伏僉然舉哀傷或有躃踊呼天音響震國去國巳遠坐一樹下有梵志遠來乞身寶服及妻子珠璣盡以惠之令妻子升車執轡而去始欲就道又逢梵志匃馬以馬惠之自於轅中挽車進道又逢梵志來匃其車即以車惠太子車馬衣裘身寶雜物都盡無餘令妻嬰女巳自抱男經二十一日乃到山中太子覩山樹木茂盛流泉美水甘果備焉鳧鴈鴛鴦遊戲其間太子謂妻曰樹木參天尠有折傷羣鳥悲鳴泉果甚多足爲飲食唯道是務耳山中道士皆守節好學有一道士名阿珠陀久處山間甚有妙德即與妻

子詣之稽首曰吾將妻子來斯學道願垂洪慈誨成吾志也道士誨之太子則焉柴草為屋結髮莞衣食果飲泉男名耶利衣小草服從父出入女名罽拏延著鹿皮衣從母出入處山一宿天為增泉更生藥木後有鳩留孫貧老梵志其妻年豐顏華端正提瓶行汲道逢年少遮而調之曰爾居貧乎貪彼老財庶以歸居彼翁學道希成一人專愚⿰忄龍⿰忄侯爾將所貪乎顏狀醜黑鼻正匾匾身體繚戾面皺脣哆言語蹇吃兩目又青狀類如鬼舉身無好孰不惡憎爾為室家將無愧厭乎婦流淚而云翁鬚鬢正白由霜著樹朝夕未死無如之何歸向其壻具陳是事若無奴使吾去子矣壻曰吾貧何緣卒獲給使乎妻曰吾聞須大拏洪慈濟衆徙著山中其有兩兒乞則惠

卿妻數有言婦受難違即用其言尋覓道路逢獵士獵士素知太子送逐所由勃然罵曰吾斬爾首問太子為梵志遷而懼曰王逮羣臣令呼太子還國為王答曰大善喜示其處遥見小屋太子亦覩其來兩兒覩之中心怛懼兄弟俱曰吾父尚施而斯人遠來財盡無副必以吾兄弟惠之攜手俱逃母故握除臽容人二兒入中以柴覆上自相誡曰父呼莫應也太子慰勞之曰歷遠疲倦矣對曰吾自彼來舉身疼痛又大飢渴太子設果漿令故歸窮庶延微命太子惻然曰財盡無惜矣梵志曰可以二兒給養吾老矣答曰吾心無違太子呼兒兄弟懼矣又相謂曰吾父呼求必以惠此鬼違命不應太子知其隱在臽中發柴覩之兒出抱父戰慄涕號言此是鬼耳非

梵志也兒數覩梵志顏類未有若茲無以我等爲鬼作食我母採果來歸何遲今日定死爲鬼所噉母歸索吾如牛索犢狂走哀慟父必悔矣太子曰我生布施未嘗微悔吾以許焉爾無違矣梵志曰吾老氣微兒捨遁邁之其母所子巳弘惠縛以見付太子持兒令梵志縛自牽繩端兩兒躃身宛轉父前哀號呼母曰天神地祇山樹諸神一哀告母云兩兒以惠人可一相見哀感二儀山神作響有若雷震母時採果中心忪忪仰看蒼天不覩雲雨右目瞤左蹠痒兩乳流出母惟之曰斯怪甚大歸視我兒委果旋歸惶惶如狂帝釋念曰菩薩志隆欲成重任若及妻到壞其高志化爲師子當道而蹲婦曰卿是獸中之王吾人中王之女俱處斯山吾有兩兒皆尚微細朝來未食須望我耳師子避之婦得進路回復於前化作白狼婦辭如前狼又避焉又化爲虎計梵志遠乃遂退矣婦覩太子獨坐慘然怖曰吾見所之而今獨坐見常見歸犇走趣吾跳粱喜笑曰母歸矣今見戲具泥象泥牛泥馬泥豬雜巧諸物縱横于地覩之心感吾便發狂將不爲虎狼鬼魅盜賊所吞乎疾釋斯結吾必死矣太子久而言曰有一梵志來索兩兒云年盡命微欲以自濟吾以惠之婦聞斯言感懼躃于地宛轉哀慟流淚而云審如一夜所夢夢覩老貧梵志割吾兩乳執之疾馳正爲今也哀慟呼天動一山閒太子覩妻哀慟尤甚謂之曰吾本憚爾隆孝奉尊無求不惠盟誓甚明而今哀慟以亂我心妻曰太子求道厥勞何甚帝釋諸天僉然議曰

太子道弘普施無逆試求其妻釋化爲梵志曰子懷乾坤之仁普濟羣生布施無逆故來歸心子妻賢貞德馨遠聞故來乞匃答曰大善天地卒然大動天人鬼神靡不歎善梵志曰吾是天帝非世庸人也故來試子子尚佛慧影範難雙矣今欲何願恣求必從太子曰願獲大富常好布施無貪踰今吾父王及國臣民思得相見天帝曰善應時不現梵志喜獲其志行不覺疲連牽兩兒如得亡役兒王者之孫榮樂自由去取二親爲繩所縛結處皆傷哀號呼母鞭之而走血流丹地天神愍念解縛愈傷爲生甘果令地柔軟兒弟摘果更相授啖曰甘如苑中果地柔軟如王邊氍毹矣兒弟相扶仰天呼母涕泣流身歸到其家喜笑且云吾爲爾得奴婢二人自從所使

妻覩兒曰奴婢不爾斯兒端正手足悦澤不任作勞可行衒賣更買所使又欲往異國天惑其路乃之本土兆民識焉僉曰斯大王孫矣便以聞王王呼入宫官人巨細靡不歔欷王欲抱兩兒不就王曰何故兒曰昔爲王孫今爲奴婢之賤何緣坐王膝乎王問梵志何緣得斯兒對之如實白賣兒幾錢梵志未答男孫譔曰男直銀錢一千特牛牸牛各百頭女直金錢一千特牛牸牛各二百頭王曰男長而賤女幼而貴何也對曰太子旣聖且仁德齊二儀天下喜附而見遠逐故知男賤也黎庶之女苟以華色處在深宫故知女貴也王曰八歲孩童而有高士之論豈況其父乎宫人巨細聞其諷諫莫不舉哀王顧皆如數梵志退矣王抱兩孫坐之于膝曰向不就抱

今來何疾乎對曰向是奴婢今爲王孫曰汝父處山何食自供兩兒俱曰食菜樹果以自給耳日與禽獸百鳥相娛亦無愁心王遣使者迎焉使者就道山中樹木俯仰屈伸似有跪起之禮百鳥悲鳴哀感人情太子曰斯者何瑞妻卧地曰王意解釋使者來迎神祇助喜故興斯瑞妻自亡兒卧地使者到乃起拜王命矣使者曰王逮皇后損食銜泣身命曰衰思覩太子太子左右顧望戀慕山中樹木流泉杖淚升車自使者發舉國歡喜治道掃除預施帳幔燒香散華妓樂幢蓋舉國趨蹌稱壽無量太子入城頓首謝過退㑹起居王復以國藏珍寶都付太子勸令布施隣國困民如川歸海宿怨覩之拜表稱臣貢獻相銜賊寇尚仁偷盜競施干戈厭藏囹圄毀矣羣生永樂十方慶善積德不休始雖嬰苦今爲無盡尊矣太子後終生兜率天自天來下生白淨王宮今吾身是父王者阿難是妻瞿夷是子男羅云是女者羅漢珠遲母是天帝釋者彌勒是射獵者優陀耶是阿珠陀者大迦葉是賣兒梵志者調達是菩薩慈惠布施如是（出須大拏經）

祇域爲柰女所生捨國爲醫第八

昔維耶離國王苑中生一柰樹枝葉繁茂加有光色香美非凡王極寶愛自非宮中尊貴不得啖之時有梵志居家饒富一國無雙聰明博達才智出羣王用爲大臣請食設畢以一柰賣與之梵志見柰香美非凡乃問曰此柰樹下寧有小栽可得乞不王曰卿若欲得一栽相與梵志種之朝夕灌漑枝條茂好三

年生實光彩大小如王家許梵志大喜自念我資財無數不減於王唯無此柰今既得之即無所減便取食之而大苦澀乃退思惟當是土無肥耳仍捉取乳以飲一牛次第至百煎爲醍醐日日灌之却至明年實乃甘美而樹邊生一榴節大如手拳日月增長恐妨其實適欲斫去復恐傷樹遲徊未決節生一枝洪直調好高出樹顛去地七丈杪生諸枝形如偃蓋華葉茂好勝於樹本即作棧閣登而視之見偃蓋之中乃有池水既清且香衆華鮮明披視華下有一女兒在池水中梵志抱取歸家長養名曰柰女至年十五顏色端正天下無雙聲聞遠國有七國王同時俱來詣梵志所求娉柰女以爲夫人梵志不知與誰於其園中架一高樓以柰女置上謂諸王曰此女非我所生自出於柰樹之上今七王俱求我設與一六當見怒不敢愛惜女今在園中樓上諸王但自評議應得者取非我所制七王共爭紛紜未決其夜洴沙王從伏竇入登樓就宿明晨當去柰女曰大王幸枉威尊接逮若其有子則是王種當何所付王曰是男還我是女還汝王即脫手金鐶之印以付柰女曰以是爲信出語羣臣我已得柰女與共一宿洴沙軍人皆稱萬歲曰我王已得柰女六王聞之便各還去柰女生男兒初生時手中把持針藥囊梵志曰此國王之子而執持醫器必醫王也名曰祇域（涅槃等諸經皆云耆婆請槃特比丘經云耆域）至年八歲聰明學問書疏絶倫與隣比小兒遊戲心常輕諸小兒諸兒罵曰無父之子婬女所生何敢輕我祇域愕然默而不

答便歸問母曰我視諸子皆不如我而反罵我言無父之子我父今者爲在何許母曰汝父者是洴沙王祇域曰洴沙王乃在羅悅祇國去此五百里何緣生我即持此鐶往羅悅祇國徑入宮門即到王前爲王作禮長跪白曰我是王子柰女所生今年八歲始知是大王種故奉指鐶印信遠來歸家王見印文憶昔有誓知是其子愴然憐之以爲太子涉歷二年會阿闍世王生祇域因白王曰我初生時手把針藥囊應當爲醫王雖以我爲太子非我所樂王嫡子生矣應襲尊嗣我願得行學諸醫術王即聽之勑國上醫盡術教之而祇域嬉戲未嘗受學諸師責謂之曰醫術鄙陋誠非太子至尊所學然大王之命不可違廢受勑以來積有日月而太子初不受半言若王問我我何以對祇域曰我生而有醫證在手故白大王捐棄榮豪求學醫術豈復懈怠直以諸師之道無足學者故耳便取本草藥方針脈諸經具難問師師無能答反爲作禮曰太子神聖非我所及歷世疑義請太子說便解其義諸醫歡喜作禮奉行祇域便就救療所治輒愈遠國知名還於宮門逢擔樵小兒望見五藏縷悉分明祇域心念本草經說有藥王樹從外照内此兒樵中有藥王樹即問曰賣堪幾錢兒曰十錢依雇十錢兒下樵置地則闇不復見其腹中祇域思惟不知束中何者是藥王木便解兩束一一取之以著兒腹上無所照見如是盡兩束樵最後小枝照見腹内祇域大喜知此小枝定是藥王悉還兒樵兒歡喜去時國中迦羅越家女年

十五臨當嫁日忽頭痛而死祇域聞之往至其家問女常有何病乃致夭死父曰女小有頭痛疾日月增甚朝發致命祇域以藥王照女頭見有剡蟲大小相生乃數百枚鑽食頭腦腦盡故死便以金刀剫破其頭悉出諸蟲封著甖中以三種神膏塗瘡一種者補蟲所食骨間之傷一種生腦一種治外刀瘡告女父曰好令安靜慎莫使驚七日當愈到日我當復來祇域適去女母便更啼哭曰我子為再死也豈有破頭鑿腦當復活者父止之曰祇域生而把持針藥囊捐棄尊位行作醫師但為一切護治人命此大醫王豈當妄耶囑語汝言慎莫使驚而卿今反啼哭以驚動之欲令此兒不復生耶母聞便止供養護之寂靜七日女便吐氣而寤如從卧覺曰我今者了不頭痛身體皆安誰護我者使得如是父曰汝前已死醫王祇域故來護汝破頭出蟲以得更生便開甖出蟲示之女見大更驚怖深自僥倖曰祇域乃神如是何報其恩須臾祇域來至女大歡喜出門奉迎作禮跪曰願為君婢終身以報更生之恩祇域曰我為醫師周行治病居無常處何用婢為必欲報恩者與我五百兩金我不自用當謝師恩師雖無以教我我見嘗為弟子今得汝金當以與之女便奉五百兩金祇域受以與師因白王暫歸省母到維耶離國有迦羅越家兒好學作一木馬高七尺餘學習騗上初學得上馬後遂失據躃地而死祇域聞之便往以藥王照腹見肝反戾向後氣結不通故死復以金刀破腹手探料理還肝向前畢以三種神膏

塗之其一種者補手所護持之處一種通利氣息一種主合刀瘡囑語其父曰愼莫令驚三日當愈父承教勅寂靜養視至於三日兒便吐氣而寤亦如卧覺即便起坐俄而祇域來兒出迎禮曰願爲作奴終身供養以報生活之恩祇域曰我爲醫師周行治病病者之家爭爲我使當用奴爲我母養我勤苦我未有供養卿若欲謝我與我五百兩金以報母恩取金以上柰女還歸羅悅祇國祇域活此兩人便馳名天下莫不聞知又南有大國去羅悅祇八千里拼沙及諸小國皆臣屬之其王疾病積年不瘥恒苦瞋恚睍眦殺人人舉目視之亦殺低頭不仰亦殺使人行遲亦殺疾走亦殺左右侍人不知當何措手足醫師合藥輙嫌有毒亦復殺之前後所殺傍臣宮女及醫師輩不可稱數病日增甚毒氣攻心煩懣短氣如火燒身聞祇域名即爲下書勅拼沙王徵召祇域祇域聞此王多殺醫師大小以恐怖拼沙又憐其年小恐爲所殺適欲不遣畏見誅伐父子相守晝夜憂愁乃將祇域俱往問佛佛告祇域汝宿命時與我約誓俱當救護天下人病我治内病汝治外病今我得佛故如本願會生我前此王病篤遠來迎汝如何不往急往護之趣作方便令病必愈不殺汝也祇域便承佛威神往到王所診省脉理及以藥王照之見王五臟百脉之中血氣擾擾悉見是蚍蟗之毒周帀身體祇域白王王病可治治之保愈然宜見太后諮議合藥若不見太后藥終不成王聞此語不解其故意甚欲怒然患身病宿聞祇域之名故

遠迎之冀必有益且見小兒知無姧私忍而聽之即遣青衣黄門將入見太后祇域曰太后王病可治今當合藥宜密啓其方不可宣露願屏左右太后即遂遣青衣黄門出祇域因問太后向省王病見王身中血脉悉是蛇蠆之毒似非人類王爲定是誰子太后以實語我我能治之若不語我我則不知所治太后曰我昔嘗於金柱殿中晝卧忽有物來覆我上者我時恍惚夢與通情忽然而寤見有大蠆長三尺餘從我上去即覺有軀王實是此蠆子也我爲羞耻此未嘗出口童子今乃覺之何其神妙若病可治願以王命委囑童子今者治之當用何藥祇域曰唯有醍醐耳太后曰咄童子愼莫道此王大惡聞醍醐之氣又惡聞其名前後坐口道醍醐而死者數千百人汝今道此必當殺汝以此飲王終不得下願更用他藥祇域曰醍醐治毒毒病惡聞醍醐是也王病若微及是他毒爲有餘藥可以愈之蠆毒既重又已帀體自非醍醐終不能消今當煎剋化令成水乃出見王曰向入見太后已啓藥方今當合之十五日當成今我有五願王若聽我病可即愈若不聽我病不得愈王問五願盡何事祇域曰一者願得王匣藏中新衣未經軀者與我衣之二者願令我得獨出入宫門不使禁訶三者願得日日獨入見太后及王后亦莫禁訶四者願王飲藥當壹仰令盡莫得中息五者願得王八千里白象與我乘之王聞大怒曰鼠子何敢求是五願促且解之若不能解今打殺汝祇域曰合藥宜當精潔齋戒而我來日經久

衣服皆被塵垢故欲得王衣著以合藥也又王前後使諸醫師皆嫌疑之無所委信又誅殺之不服其藥羣臣大小皆言王當復殺我而王病已甚恐外人生心作亂若令我自出自入不見禁訶則外人大小皆知王信我無疑必服我藥病必當愈則不敢生逆亂之心也又王前後殺人甚多臣下大小各懷恐怖皆不願王之安隱無可信者今共合藥恐其因我顧眄之間便投毒藥中令我所不覺則非小故思惟天下可信者恩情無二唯有母與婦耳故欲入見太后王后與共合藥當煎十五日乃成故欲日日得入伺候火劑耳又藥有劑數氣味宜當相及若其中息則氣不相係也又乃南界山中有神妙藥草去此四千里王服藥宜當即得此草重復服之故欲乘此象詣往採之朝去暮還令藥味相及也王意大解皆悉聽之於是祇域煎剋醍醐十五日成化如清水凡得五升便與太后王后俱出奉藥白王可服願鞁白象置殿前王即聽之王見藥但如清水一服便盡祇域便乘象徑去歸其本國適行三千里年幼微弱不堪疾迅頭眩疲極卧息山間過中王噫出醍醐氣大怒曰小鼠子敢以醍醐中我怪小鼠所以求我白象正欲以叛去耳王有勇士名曰烏神足能行即勑逐取小鼠還我目前捶而殺之烏行及之曰汝何故以醍醐與王而言是藥王令我追呼汝還汝急隨去陳謝自首庶望得活若故欲走令必殺汝終不得脱祇域自念我雖方便求此白象故復不脱今當復作方便何可隨去乃謂烏言我朝來未

食還必當死寧可假我須叓得於山間啖果飲水飽而就死乎烏見祇域小兒懼死言辭辛苦矜而聽之曰促食當去不得久留祇域乃取一梨喫食其半以毒藥著爪甲中以分餘半便置於地又取一杯水先飲其半又行爪下毒於餘水中復置於地乃歎曰此水及梨皆是天藥清香且美其飲食者令人身安百病皆愈氣力兼倍恨其不在國都之下百姓當共得之而在深山之中人不知也便進入山索求他果烏性旣貪舐不能忍於飲食又聞祇域歎爲神藥亦見祇域巳飲食之謂必無毒便食餘梨飲餘水即便下痢痢如注水躃地而卧起輙眩倒不能復動祇域往語之曰王服我藥病必當愈然今藥力未行餘毒未盡我今往者必當殺我汝無所知趣欲得我以解身負故使汝病病自無苦慎莫動搖三日當瘥若遂起逐我必死不疑便上象而去過語墟聚伍長曰此是大國王使令忽得病汝等急往舁取歸家好養護之厚其牀席給與糜粥愼莫令死若令死者王滅汝國語畢便去遂歸本國伍長承勑迎取養護三日毒歇下給便歸見王叩頭自陳曰我實愚癡違負王教信祇域言飲食其餘果水爲藥所中下痢三日始今旦瘥自知當死比烏旣還三日之中王病巳瘥悔遣烏行見烏來還且喜且悲曰賴汝不即將兒來當我恚時必當搥殺我得其恩今得生活而反殺之逆戾不可即料前後所枉殺者悉更厚葬復其家門賜與錢財思見祇域欲報其恩即遣使者奉迎祇域祇域雖知王病巳瘥猶懷怖畏不

欲復往佛告祇域汝本宿命已有弘誓願成就功德何得中止應當更往汝已治其外病我亦復治其内病祇域便隨使去王見祇域甚大歡喜引與同坐把持其臂曰賴蒙仁者之恩今得更生當何以報當分國土以半相與宫内婇女庫藏寶物悉當分半祇域曰我本爲太子雖實小國亦有民人珍寶具足不樂治國故求爲醫當行治病當用土地婇女寶物爲皆所不用王前聽我五願外病得愈今若復聽我一願内病復除王曰唯聽仁教請復聞之祇域曰願王請佛從受明法爲王說佛功德王聞大喜曰今欲遣烏臣以白象迎佛可得致不祇域曰不用白象也佛遥知心念但宿齋戒清潔辦諸供具燒香遥禮長跪請佛佛必自來王如其言佛與千二百五十比丘俱來飲食已畢爲王說經王即開解發無上道心舉國大小皆奉五戒柰女生時既有奇異長又聰明從父學問博知經道星曆諸術有勝於父加達音樂聲如梵天諸迦羅越及梵志家女合五百人皆往從學以爲大師柰女常將五百弟子講授經術或相與遊戲園池及作音樂國人不解其故便生誹謗呼爲婬女五百弟子皆號婬黨柰女生時國中復有二女俱産一須曼女二波曇女須曼女者有生迦羅越家常笮須曼以爲香膏笮膏石邊忽作瘤節大如彈丸長如手拳石便爆破見石節中耿如熒火射出墮地三日而生須曼又三日成華中有小女迦羅越取而養之名須曼女及年長大才明智慧亞次柰女波曇女者有梵志家浴池之内生青蓮

華日日長大如五斗瓶華舒見中有一小女梵志養之名曰波曇女年長大才智明達如須曼女諸國王聞此二女顔容絶世交來求娉二女曰我生不由胞胎乃出草華之中與凡人不同何宜當隨世俗乃復嫁娶聞柰女聰明遍世無匹生又與我同體皆辭父母往事柰女求作弟子明智博達皆勝五百人佛爾時到維耶離國柰女師諸弟子出城奉迎禮佛跪言願佛明日我園中食佛黙然受王出宫迎又請明日宫食佛言柰女前請王後之矣王曰我爲國主至心請佛必望哀許柰女但是婬女日日將從五百弟子行作不軌佛何爲捨我而應其請佛言此女非婬其宿命有大功德已供養三億佛昔又嘗與須曼波曇俱爲姊妹柰女最大須曼次之波曇最

小生於大姓家財寶富饒姊妹相師共供養五百比丘尼施設飲食及作衣服隨所乏無皆悉供之盡其壽命三人誓言願我後世值佛得自然化生不由胞胎遠離穢濁今如本願生得值我昔雖供養五百比丘尼既生豪富言語嬌縱時戲尼曰諸道人等抱悒日久必當欲嫁迫我供養不得恣情耳故今者受此餘殃雖講經道而虚被婬謗此五百弟子時併力同心今生復得相隨祇域時爲貧家小兒見柰女供養意甚慕樂而無資財乃常爲比丘尼掃除淨已輙復念言願我能除天下人病柰女憐其貧又嘉其勤常呼爲子其比丘尼輩有疾病者常使祇域迎醫及合湯藥僉曰願汝後世與我共獲是福祇域迎醫所治悉愈乃誓曰願我後身爲大醫王常治

一切人身四大之病所向皆愈王聞佛言乃自悔過却期後日佛便與諸比丘到柰女園具爲説本願功德三女聞經皆悉開解及五百弟子皆得阿羅漢道出柰女經

經律異相卷第三十一

音釋

蜇之列切螫也　螫施隻切蟲行毒也　灸居又切灼體也　剜烏官切剔也　摑古獲切摑裂也　眥疾智切目眶也　鞁平義切駕具鞍轡也　斃毗祭切惡也　蹠之石切脚掌也　擿直隻切弃也　鞅掌倚兩切鞅掌煩勞也　轡兵媚切馬韁也　尠息淺切少也　莞姑歡切草名　儱悷儱力董切悷郎計切多惡不調也　匾匯匾補典切匯他兮切闊薄也　蹇紀偃切與謇同吃也　吃居乞切言難也　蒢直居切　臽坎陷二音　忪職容切心動也　瞤輸閏切日動也　蹲徂尊切踞也　毯他敢切毛毯也　譔楚交切代人説也　僗力告切僗倈也　棧仕限切棚也　襲席入切纂緒也　剡以冉切　⿰皮刂符碑切削也　騗匹扇切躍上馬也　睨魚計切衺視也　眦士懈切舉目相忤也也　懣莫困切煩懣也　蠆丑邁切毒蟲也　笮側格切壓也　瘤力求切疣

経律異相卷第三十二

梁沙門僧旻　寶唱等奉　勅撰

行菩薩道諸國王子部第二十二之二

能施求珠雨寶施閻浮人第一

有大醫王療一切病不求名利爲憐愍故病者甚多力不周贍憂念一切而不從心懊惱而死即生忉利天上自思惟言我今生天但食福報無所長益即自方便自取滅身捨此天壽生娑迦陀龍王宮中爲龍太子其身長大父母愛重欲自取死就金翅鳥王鳥即取此龍子於舍摩利樹上呑之父母號咷啼哭懊惱龍子既死生閻浮提爲大國王太子名曰能施生而能言問諸左右今此國中有何等物盡皆持來以用布施衆人怪畏皆捨之走其母憐愛獨自守之語其母言我非羅刹衆人何以故走我本宿命常好布施我爲一切人之檀越母聞其言以語衆人衆人即還母好養育及年長大自身所有盡以施盡至父王所索物布施父與其分復以施盡見閻浮提人貧窮辛苦思欲給施而財物不足便自啼泣問諸人言作何方便當令一切滿足

於財諸宿人言我等曾聞有如意寶珠若得此珠則能隨心所索無不必得白其父母欲入大海求龍王頭上如意寶珠父母報言我唯有汝一兒耳若入大海衆險難度一旦失汝我用活爲我今藏中猶亦有物當以給汝兒言藏中有限我意無極欲充滿一切令無短乏願見聽許得遂本心使閻浮提人一切充足父母知其志大不敢制之遂放令去是時五百賈客皆樂隨從知其行日集海道口太子問衆人言誰能知道至彼龍宫有一盲人名曰陁舍已曾七反入大海中具知海道菩薩即命共行答曰我年既老兩目失明雖曾數入今不能去菩薩言我今此行不爲自身普爲一切求如意寶珠欲給足衆生令身無乏次以道法因緣而教化之汝是智人何得辭耶我願得成豈非汝力陁舍同懷答言我今入海命必不全安我屍骸著金沙洲上船去如馳到衆寶渚衆賈競載寶物已足問太子言何以不取報言我所求者如意寶珠此有盡物我不須也汝等各當知足知量無令船重不自免也是時衆賓賈白菩薩言大德爲呪願令得安隱於是辭去陁舍是時語菩薩言別留艇舟當隨別道待風七日博海南岸至一險處當有絶崖棗林枝皆覆水大風吹船船當摧破汝當仰攀棗枝可以自濟我身無目於此當死過此險岸當有金沙洲可以我身置此沙中金沙清淨是我願也即如其言風至而去既到絶岸如陁舍語菩薩仰攀棗枝得以自免置陁舍屍安厝金地於是獨去如其先教深水中浮七日齊咽水中

行七日齊腰水中行七日泥中行七日見好蓮華鮮潔柔輭自思惟言此華輭脆當入虚空三昧自輕其身行蓮華上七日見諸毒蛇念言含毒之蟲甚可畏也即入慈心三昧行毒蛇頭上七日蛇皆擎頭授與菩薩令蹈上而過過此難已見有七重寶城有七重壍壍中皆滿毒蛇有二大龍守門龍見菩薩形容端正相好嚴儀能度衆難得來至此念言此非凡夫必是菩薩大功德人即聽令前逕得入宫龍王夫婦喪兒未久猶故哀泣見菩薩來龍有神通知是其子兩乳流出命之令坐而問之言汝是我子捨我命終生在何處菩薩亦自識宿命知是父母而答母言我生閻浮提上爲大國王太子憐愍貧人飢寒勤苦不得自在故來至此欲求如意寶珠母言汝父頭上有此寶珠以爲首飾難可得也必當將汝入諸寶藏隨汝所欲必欲與汝汝當報言其餘雜寶我不須也唯欲得大王頭上寶珠若見憐愍願以與我如此可得即往見父父大悲喜歡慶無量愍念其子遠涉艱難乃來至此指示妙寶隨意與汝須者取之菩薩言我從遠來願見大王求王頭上如意寶珠若見憐愍當以與我若不見與不須餘物龍王報言我唯有一珠常爲首飾閻浮提人薄福下賤不應見也菩薩白言我以此故遠涉艱難致死遠來爲閻浮提人薄福貧賤欲以如意寶珠濟其所願然後以佛道因緣而教化之龍王與珠而要之言今以此珠與汝汝既去世當以還我答曰敬如王言菩薩得珠飛騰虚空如屈伸臂頃到閻浮提人王父母

見兒吉還歡悦踊躍抱而問言汝得何物答言得如意寶珠問言今在何許白言在此衣角裏中父母言何其大小白言在其神德不在大也白父母言當勑城中内外掃灑燒香懸繒旛蓋持齋受戒明日清旦以長木爲表以珠著上菩薩是時自立誓願若我當成佛道度脱一切者珠當如我意願出一切寶物隨人所須盡皆備有是時陰雲普遍雨種種寶物衣服飲食卧具湯藥人之所須一切具足至其命盡常爾不絶如是等名爲菩薩布施生精進波羅蜜出大智論第十二卷

善友好施求珠喪眼還明第二

過去閻浮提一時有二王利師跋國王名月波羅柰國王名月益同意周旋無有嫌隙嘗共立約若生兒子兩通婚好月益王男女俱無爲欲求兒祠於水神乃至種種鬼神脩羅吒河邊有二五通神仙河神白王若二仙願生王家者王當有兒王至仙人所説言生我家者五欲自恣快樂無乏仙人答曰可爾却後七日其一仙人命終賢愚經云黑色仙人即入第一夫人胎復經七日其一仙人又復命終處第二夫人胎第一夫人足滿九月乃生一男顔色端正當生之日五百賈客從海而歸五百伏藏無端發出五百死囚從獄解脱第二夫人生多有怪異野干哀鳴阿脩羅捉日五百應死者自然而死出四分律三分第九卷王甚歡喜即請召相師占其吉凶令立名字相師問言此兒生時有何瑞相答言第一太子其母憋妬憍慢自大從懷子來其性調善和顔悦語慈愍衆生相師答言兒福德使然名曰善友四分

律云善行賢愚經云迦良那伽此言善事第二夫人生者問瑞相答言其母由來調善言適衆心懷妊已來其性卒暴發言麤惡相師答言是兒之行使母如是名曰惡友四分律云惡行賢愚經云波婆梨伽此言惡事至年十四善友太子聰明慈仁好喜布施父母偏念視如眼目惡友暴惡父母所憎而不喜見妬嫉於兄常欲毁害觸事不從違逆反戾太子導從前後作倡妓樂大衆圍遶出城觀看見有耕者墾土出蟲鳥隨啄食愍而傷之問左右言此作何物共相殘害答言國依於民民依飲食食依耕種太子言苦哉苦哉前行復見男女紡織又問此作何物答言紡織作諸衣服以遮慙愧蔭覆五形太子言此亦勞苦非一也轉復前行見人屠牛剥羊又問此復是何答言屠殺賣肉以供衣食太子言怪哉苦哉强弱相害結殃累劫轉復前行見網鳥餌魚又問又答張鳥捕魚太子悲淚滿目世間衆生造諸惡本衆苦不息憂愁不悅即迴車還宮王問何故憂愁太子具以上答王言未嘗不有何足愁也太子言今欲從王求索一願願得國藏財寶用施一切王言隨意太子即使傍臣開王庫藏以五百大象負載珍寶出四城門宣令國土隨有所欲恣意自取善友太子聲聞八方一切雲集未久之間三分用一藏臣白王王宜思量王言不欲違之後復經少時諸臣共議國依庫藏庫藏空竭國亦虚矣復往白王所有財寶三分用二王宜深思王言不欲違之卿等可小稽遲莫令不稱其心也太子欲開庫藏時守藏臣緣行不在鄭重追逐差互不遂太子言小人何

敢違逆我意當是父王教耳夫孝子者不應傾竭父母庫藏我今應當自求財寶給足衆生我若不能給足一切衆生衣被飲食稱意與者云何名爲大王太子即集諸臣百官共議言夫求財利何業最勝或言田種或言畜養有一大臣言世間求利莫先入海採取妙寶若得摩尼寶珠者便能稱意給足一切衆生太子言然即以白王王聞咽不得語後語太子國是汝有庫藏珍寶隨意取用何爲入海汝爲吾子生長深宮卧則幃帳食則恣口今者遠涉塗路飢渴寒暑誰得知者大海之中衆難非一或有惡鬼毒龍猛風波浪水色之山摩竭大魚往者千萬達者一兩汝今云何欲入大海太子即便五體投地四布手足而作是言父毋若不聽者我便捨命終不復起王及夫人即前勸諫終不飲食到於六日父母憂恐畏其不濟七日捉手善言誘喻太子言父毋若不許者必沒於此第一夫人白王言如子心意難可傾動不可違戾何忍見子捨命於此願王垂慈聽入大海故萬有一冀今不聽者必喪於此王便聽許太子歡喜頭面禮王大王宣令誰欲入海衆人聞之歡喜聚集具五百人皆言大王我等今者隨從太子有一海師前後數反入於大海善知道路通塞之相而年八十兩目矇盲王白導師吾唯一子未曾出門勞屈大師隨入大海願見隨從導師即哭曰大海留難辛苦非一往者千萬達者一兩大王云何能令太子遠涉險道王報導師爲憐愍故隨從聽許導師言不敢違逆太子莊嚴五百人行具載至海邊

惡友念言善友爲父母偏心愛念今入大海採取妙寶若得還者父母當遺棄我白父母言欲隨善友入海採寶父母答言隨意道路急難之時兄弟相隨必相救護及至大海以七鐵鎖鎖其船舫停住七日日初出時太子擊鼓唱令汝等諸人誰欲入海入者默然若戀親愛可還去矣大海之中留難非一大衆默然即斷一鎖舉著船上日日唱令至第七日即斷七鎖望風舉帆太子慈心福德力故無諸留難得至海洲至珍寶山太子擊鼓宣令道路懸遠速載珍寶極停七日復作是言此寶甚重閻浮提中亦無所直莫大重載船舫沉没不達所在莫過少取道路懸遠不足補勞裝束已訖與諸人別而作是言汝等於是善安隱歸吾方欲前進採摩尼寶太子與盲導師更次前進路行一七日水齊到膝復更前行一七日水齊到頸又復前進一七日浮而得渡即到寶處導師問言此何物地耶太子答言其地純是白銀沙導師言四望應當有白山汝見之未太子言東南方有一白銀山至此山下導師言次應到金沙導師渡乏悶絕躃地語太子言我命不久必喪於此太子於是東行一七當有金山從山復更前進一七純是青蓮華復前行一七其地純是紅赤蓮華復過一七有大寶城純以七寶裝校龍王所止龍王耳中有一摩尼如意寶珠汝往從乞若得珠者能滿閻浮提雨衆七寶衣被飲食醫藥聲伎隨意能出名如意珠導師語已氣絕命終太子抱持舉聲悲哭一何薄命生失於汝即埋著地中金沙覆上右遶

七帀頂禮而去前過金山見青蓮華下有青蛇此蛇有三種毒所謂嚙毒觸毒氣噓毒此諸毒蛇以身遶蓮華張目喘息而視太子太子即入慈心三昧起進前路蹋蓮華葉時諸毒蛇不毀不傷至龍王住處七重城壍滿中毒龍共相蟠結舉頭交頸守護城門太子到城門外見諸毒龍即入慈心念閻浮提一切衆生今我身若爲此毒龍所害者汝等衆生皆失大利即舉右手告毒龍曰汝等當知我今爲一切衆生欲見龍王毒龍開路令太子入見二玉女紡玻瓈縷太子問曰汝是何人答言我是龍王守外門婢入到中門下見四玉女紡白銀縷太子復問汝是龍王婦耶答言非也是龍王守中門婢耳太子入至内門見八玉女紡黄金縷太子語言汝是何人答言我是龍王守門婢耳太子言汝爲我通大海龍王云閻浮提波羅柰國王太子善友故來相見今在門下時守門者即以白王王大疑怪若非福德純善之人無由遠涉險路即請入宫王出奉迎紺瑠璃爲地七寶有種種光明耀動人目太子說法示教利喜讚說施論戒論人天之論龍王心喜遠屈塗涉欲須何物太子言大王閻浮提一切衆生爲衣服飲食受無窮之苦今欲從王乞左耳中摩尼寶珠龍王言受我微供七日當以奉給太子受龍王請過七日持珠還閻浮提（賢愚經言到七寶城城門堅閉見金剛杵在其門邊如師戒語取杵撞門門開有五百天女各持寶珠來奉太子最前一女珠瑠璃色受繫衣角）龍王使諸龍神飛空送之得到此岸見弟惡友問言汝徒黨伴侣今何所在答言船舫沉没一切死盡唯弟一身牽

持死尸而得全濟一切財物今皆已盡善友言天下大寶莫先已身弟言不爾人願富死不願貧生何以知然弟曾至塚間聞諸死鬼作如是論善友眞直以實語弟汝雖失寶亦是閙耳吾今已得龍王如意寶珠弟言今在何處善友言今在髻中弟聞生嫉白善友言快哉甚善得此寶珠宜加守護善友解珠與弟而誡勑言汝若疲臥我當守護我若眠時汝應守護時惡友次應守珠其兄眠熟起取二乾竹刺刺兄兩目（四分律云以佉羅陀樹刺）奪珠而去善友喚惡友此有賊刺我兩目持寶珠去惡友不應兄便懊惱恐爲賊殺如是高唱聲動神祇經久不應樹神發聲言汝弟惡友是汝惡賊刺汝兩目持寶珠去太子悵然憂恚苦惱惡友賫珠還國白父母言我身福德而得全濟善友與伴没水死盡父母號哭悶絶躃地語惡友言汝云何乃能持是面來惡友聞是語已心生懊惱即以寶珠埋著土中善友被刺無人爲拔徘徊宛轉靡知所趣當時苦惱大患飢渴求生不得求死不得漸漸前行到利師跋國其王有女先許與波羅柰王子善友有一牧人爲王放五百牛隨逐水草太子坐在道中牛羣垂過牛王騎太子上令諸牛過然後移足右旋宛轉反顧迴頸吐舌舐太子兩目拔出竹刺牧人見之問言汝是何人善友不陳本末答言我是盲乞兒耳牧人遍察有異人相語言我家在近當供養汝即將還家與種種飲食誡勑家人汝等侍之如我不異經月餘日其家厭患善友悵然明旦白主人言我今欲去主人曰有何不適善友

曰客主之儀勢不得久善友言若念我者乞我一鳴箏送我著多人聚落時主人即隨意供給送到利師跋城多人衆處善友彈箏其音和雅悦可衆心一切大衆共給飲食王有一果園其園茂盛常患鳥雀時守園監語善友言爲我防護鳥雀我相供給我以繩結諸樹頭安施銅鈴汝坐樹下聞鳥雀聲牽挽繩頭善友言如是我能安處樹下兼復彈箏以自娱樂時利師跋王女侍從入園見此盲人即往其所問言汝是何人答言盲乞人耳王女心生愛念不能捨離王復遣使往唤女歸女言不去爲我送食供此盲人飲食訖竟白大王言王今持我與此盲人甚適我願王言鬼魅著汝顛狂心亂云何欲與盲人共居父母先以汝許與波羅柰王太子善友善友入海未還汝今云何爲乞人婦女言雖爾乃至捨命終不捨離王聞是語不能拒逆即遣使迎盲人來閉著静室王女語盲人云我今共汝以作夫婦善友報言汝是誰家女欲爲我婦答言我是利師跋王女善友報言汝是王女我是乞人云何能相恭敬婦言我當盡心供奉後婦出行不白其夫良久乃還善友責數汝私出外而不白我何處行還婦言我不私行壻言私與不私誰當知汝婦自呪誓我若私行令汝兩目始終不差若不爾者使汝一目平復如故作是願已平滿如故睛光清徹婦言汝信我不善友含笑婦言汝不識恩養我是大國王女汝是小人而我盡心供事於汝而不體信壻言汝識我不答言我識汝是乞人壻言非也我是波羅柰王善友太子

婦言汝大愚癡人云何乃發是言波羅柰王太子入海未還汝今妄言耳吾不信也善友言我從生來未曾妄語婦言虛之與實誰當信之壻言我若欺誑汝者使我一目永不得愈若實語者使我一目平復如故令汝得見即如所誓睛光耀動如本不異善友太子兩目平復面首端正妙色超絶婦見歡喜如蒙賢聖遍體瞻視目不暫捨即入宫中白父王言今我夫者即是善友太子王言癡人善友未還云何名乞人爲太子也女言不也若不信者可一視之王即往看識是善友即懷恐怖而作是言波羅柰王若聞此事嫌我不少即前懺謝善友太子我實不知太子言無苦爲我餉致給與此牧牛人王即以金銀珍寶衣被飲食并與所放五百頭牛其人歡喜稱

善無量而我未有幾恩報我如是高聲唱言夫陰施陽報弘廣無量大衆聞者皆發施心善友未入海時養一白鴈衣被飲食行住坐卧而常共俱夫人報此鴈言太子在時常共汝俱今生死未分汝不感念太子鴈即悲鳴宛轉啼淚報言欲覓太子夫人手自作書以結鴈頸身昇虛空飛翔而去飛至大海求覓不見次第往到利師跋國遥見善友在宫殿前其鴈往趣悲鳴歡喜太子即取母書頭頂禮敬發封披讀即知父母晝夜悲哭追念太子兩目失明太子手書以具上事結鴈頸還波羅柰父母得書歡喜踊躍稱善無量具知太子爲惡友所苦奪取實珠父母杻械惡友閉著牢獄遣使往告利師跋王汝今云何擁遮太子令我憂苦利師跋王心生恐怖即嚴

服太子送著界上遣使徃白以女妻之遣送還國父母乘大名象作倡妓樂掃灑燒香懸繒旛蓋遠迎太子國土人民男女夫婦聞太子還皆出奉迎太子前禮父母父母目冥不見太子以手捫摸汝是善友非我等念汝憂苦如是太子問訊父母起居訖竟太子白父王言惡友何在王言今在牢獄太子言願放惡友得與相見如是至三王不忍拒便勑出之即前抱持善言誘喻輙語問訊汝極勞苦持我寶珠今在何處如是至三而方報言在彼土中太子還得寶珠往父母前跪燒衆妙香即呪誓言此珠是如意寶者令父母兩目明淨如故尋時平復見子歡喜太子於月十五日朝淨自澡浴著鮮潔衣燒妙寶香於高樓上手捉香爐頭面頂禮摩尼寶珠立誓願言我爲閻浮提一切衆生忍此大苦求是寶珠時東方有大風起吹去雲霧皦然明淨并閻浮提所有糞穢大小便利灰土草莾清風吹蕩悉令清淨以珠威德於閻浮提徧雨成熟自然粇米香甘輭細色味具足溝渠盈滿積至于膝次雨衣服珠環釵釧次雨七寶衆妙妓樂衆生所須皆悉充足後月益王崩即嗣立焉惡友啓曰我乞食自活王言汝守護我頭我與汝食王復睡眠拔刀欲斬王首而其首自墮王覺問之答曰天造其業時父者今悅頭檀是時母者今摩耶夫人是惡友者提婆達多是月王女者瞿夷是善友者我是也（出佛報恩經第三卷又出賢愚經大同小異也）

長生欲報父怨後還得國第三

昔有菩薩爲大國王名曰長壽王有太子名

曰長生王治以正刀杖之苦不加吏民風雨以時五穀豐饒有隣國王立行暴害不修正治國民貧困謂傍臣曰聞長壽王多饒豐樂無兵革之備我欲奪取臣曰大善興兵攻伐長壽王告羣臣曰彼貪我財若與交戰必傷我人民夫爭國殺民吾不忍也羣臣不從發兵出界迎而拒之王與太子踰城幽隱貪王入國募求長壽賞金千斤錢千萬後王出道邊樹下遇婆羅門問何處來答曰我貧道士聞長壽王好施遠來告乞王默念值我失國垂淚曰我即是王也遇我如此無可相副兩人啼泣王曰我聞新王求我甚重卿持我頭詣之必獲厚賞婆羅門曰我之薄福不敢承命王曰卿故遠來遇我困乏人生會有死願以相惠何爲辭讓答曰何忍相殺必欲惠施者願相隨還國於是同反臨至城門王令其縛白貪王即賞金錢遣令還去於四街道路欲燒殺長壽郭邑草野莫不呼天太子聞之出當父前心中悲痛父恐子報怨讎乃仰天歎息曰此死我之所樂也欲爲至孝使汝父死不恨勿報怨也長生不忍見父死還入山中王既死後長生念言我父仁義深篤至死不轉貪王無狀不別善惡枉殺我父我不能忍若不殺之終不苟生乃出傭賃大臣借其種菜菜好大臣問園監監答借得一人甚之勤能也大臣呼長生問言卿能作飲食不答曰能後乃請王飲食甘美王問誰作答曰作人王即呼還宫使作飲食王後問曰汝能習兵法不對曰最便王使侍左右告之曰我有怨家恒恐相值今相恃怙相助備之對曰唯

當爲大王展力効命後日王問寧好獵不對曰臣少好獵王便勑外嚴駕因與長生共出遊獵適入山林便見走獸王與長生馳而逐之轉入深山失道三日遂至飢困王因下馬解劒以授長生曰我甚疲極汝坐我欲枕汝膝卧長生拔劒欲殺貪王思其父勑内劒而止如是三過王便驚寤問長生曰我夢見長壽王子欲來見害長生曰是中强鬼來相恐耳最後去原赦長生曰我即是長壽王太子故來欲殺大王我父臨死苦囑莫報毛怨我思父教投劒於地以從父勑雖爾猶恐後日迷惑失計願大王便殺我身王乃自悔曰我爲兇逆不别善惡賢者子父行仁淳固至死不轉而我貪酷初不覺知今日命屬子手子故懷仁唯憶父言能不相害誠感厚恩今欲還國當從何道長生言我知道徑前故迷王欲報父怨耳遂俱出林便見部曲王還本國以此國還太子共結兄弟誓不侵奪更相貢遺共濟急難長壽王者我身是太子者阿難是貪王者調達是(出長壽王經)

遮羅國儲形醜失妃運智還得第四

昔遮羅國王嫡后無嗣王甚悼焉命曰爾歸女宗以求有嗣之術后泣辭退誓命自捐投隕山殂遂之林藪帝釋感曰斯王后者故世吾姊也今以無嗣捐軀山險愴然愍之忽爾降焉以器盛果授之曰姊爾吞斯果必有聖嗣將爲世雄若王有疑以器示之斯天王神器明證之上者后仰天吞果忽然不覩即覺身重還覲王具以誠聞月滿生男厥狀尫陋世間希有年在齠齓聰明博暢智策無儔力

能躃象走獲飛鷹舒聲震響若師子吼名流
遐邇八方咨嗟王爲納隣國之女厥名月光
端正姸雅世好備足次有七弟又亦姝好后
懼月光惡太子狀訛曰吾國舊儀室家無白
日相見視之重者也妃無失儀矣對曰敬諾
不敢替尊教自斯之後太子出入未常別色
深惟本國與七國爲敵力諍無寧兆民吁嗟
吾將權而安之心自惟曰吾體至陋妃覩必
邁啓母欲一覩妃儀容后曰爾狀醜妃容華
豔太子重辭后愍之將妃觀馬太子佯爲牧
人妃覩之曰牧人醜乎后曰斯先王牧夫矣
後將觀象妃又覩焉疑之曰吾之所由輒覩
斯人將是太子乎妃曰願見太子之光容后
即權之令其弟出遊以太子官僚翼從后妃
觀之厥心微喜後又入苑太子登樹以果擲

背妃曰斯是太子定矣夜伺其眠默以火照
覩其姿狀懼而奔歸后忿曰焉使妃還乎對
曰妃邁天下太平之基民終寧其親矣拜辭
尋之至妃國佯爲陶家賃作瓦器又入城賃
滌又爲大臣賃養馬肥又爲太官監典諸饍
饍以羹入內王有八女並欣其事月光不眄
帝釋歎曰菩薩憂濟衆生乃至于茲吾將權
而助之挑七敵國化爲月光父王手書以月
光妻之七國與禮造國親迎俱云娉娶王女
名曰月光訟之紛紜各出手書厥怨齊聲云
當滅爾嗣其爲不貸使還書僉然詰曰以爾
一女爲七國怨齊兵盛發念爾喪國在于今
矣王聞懼曰斯禍將至乃宿行所招謂月光
曰爾爲人妃若婿明愚吉凶好醜厥由宿命
孰能禳之而不貞一盡孝尊奉薄婿還國禍

至于茲吾今當七分爾尸以謝七王耳月光泣曰願假吾命漏刻之期募求智士必有能却七國之患者也王即募曰孰能禳斯禍者妻以月光育以無福太子曰疾作高觀吾能禳之觀成太子權病躇步頓地須月光荷負爾乃却敵矣月光惶灼懼見屠戮扶格登觀太子高聲曰七國王歇音遠震若師子之吼喻以佛教爲大牧民當以仁道而今興怒盛即禍著即身喪國亡其由名色手七國師雄靡不尸踏者斯須而穌欲旋本土太子啓王婚姻之道莫若諸王矣何不以七女適彼七王子壻爲蕃屏王元康矣臣民休矣親獲養矣王曰善哉斯樂大矣遂命七王以女妻之八壻禮敬居民欣欣王逮臣民始知太子月光之舊壻也即選良輔武士翼從各令還國九國和寧兆民抃舞僉然歎曰天降聖權非凡所照德聚功成晏然無譏還國有年大王崩殂太子登位大赦衆罪以五戒六度八齋十善教化兆民災孽都息國豐衆安大化流行皆奉三尊德盛福歸衆病消滅所以然者菩薩宿命室家俱耕令妻取食望覩妻還與一辟支佛俱行隱山崖久久不至疑心生焉興忿執鋤欲往揰之至見其妻以所食分供養沙門退叉手立沙門食竟擲鉢虛空光明暐曄飛行而退壻心悔愧念妻有德乃致斯尊吾有重愚將受其殃即謂妻曰爾供養福吾當共之餘飯俱食爾無就也至其命終各生王家妻有淳慈之惠生而端正壻先恚而後慈故初醜而後好也太子者我身是妻者俱夷是父王者白淨王是母者吾母舍妙是

天帝釋者彌勒是開士世世憂念衆生賑濟塗炭出遮羅國王經

慕魄不言被埋後言得修道第五

時波羅㮈國王太子名曰慕魄端正絶雙自識宿命無數劫事所更善惡壽夭好醜皆悉知見年十三歲閉口不語王唯一子舉國愛重當襲王位不說飢寒恬淡質朴意若枯木雖有耳目不存視聽智慮雖遠如無心志猶若盲聾不說東西狀如矇聵不與人同其父憂慮甚用患苦深恥隣國恐見淩嗤因呼國中婆羅門問之此子何故不能言語諸婆羅門言此子雖面目端正内懷不祥欲害父母危國滅宗將至不久不復生子者皆是此惡子所妨宜土埋之王身可全保國安宗然後更得生貴子耳不者甚危王信狂愚謂爲審然即用愁憂坐起不寧妓樂不御服美不甘即與耆長大臣共議之言遠棄深山或言投沉深水有一臣言但作深坑傍入如室給與資粮侍以五僕生置其中從命所如王即隨之太子悲感傷其愚惑其母憐愛之用傷絶曰我子薄命乃值此殃涕泣啣咿事不得已俛仰放捨悉取太子所有衣服瓔珞珠寶皆用送之僕使於外因共作坑作坑未竟慕魄獨於車上深自思惟心與口語王及人民皆共謂我審爲癡瘂所以不語欲捨世緣安身避惱濟神離苦耳今反爲狂詐所危既没身命陷墮彼人便默自取其瓔珞珠寶持去作坑人輩不覺慕魄取物去時慕魄即到水邊淨自澡浴以香塗身悉取衣被瓔珞著之到掘坑所問曰作坑何施其僕對曰王有太子

名曰慕魄瘖瘂聾癡年十三歲不能言語我等作坑欲生埋之太子答曰我即慕魄也作人驚怖走視車上不見所在還至坑所諦熟觀察聽聞言語絶有異聲光影如月世所希聞動其左右行者駐歩坐者爲起飛鳥走獸皆來會聚伏太子前聽太子語又曰觀我手足察我形容云何羣迷信此狂詐生見埋棄發言成章左右驚惶皆作禮叩頭求哀原赦太子曰今已見棄不宜復還僕即奔馳以白王王聞悲且喜即與夫人駿駕往迎王未到頃慕魄自念當行學道帝釋化作園樹快樂無比王遥見太子在樹下坐慕魄見王即起迎逆王爲作禮慕魄則曰大王就坐王聞太子語言音聲威神無量震動天地絶無雙比則大歡喜便繞慕魄共還入國居位理政吾請避席慕魄曰不可我以畏厭地獄勤苦愁毒多端吾昔曾作王名曰須念以正法治國奉行衆善二十五年鞭杖不加刀兵不設獄無繫者惠施仁愛恩德流普救濟窮滯無所貪惜雖有此行猶犯微罪終墮地獄六萬餘歲煎煑剥裂痛酷難忍求死不得生無聊賴當爾之時父母有財富而且貴快樂無極寧能知我在彼地獄考治劇乎豈復能來分取我苦所以墮罪者往昔作王小國統屬性甚慈仁戒德方峻法令不嚴諸小國王皆見輕易咸共謀議今此大王既善且弱威竿不攝德不堪任統御大國當應誅伐廢退之耳即舉兵衆來征大國時王須念逆以珍琦財寶皆賜遺之復以重官厚禄撫䘏慰喻誘而安之即還本國如是未久復來攻伐數數非一

大國羣臣上白大王諸小臣國愚闇無義無慮罪疊數爲慢突謀殺悖逆觸犯尊上令民驚擾防備不息當應誅斬以除冦害王曰爲民父母當務仁化恕己育物危命濟衆彼猶嬰孩愍其無識以漸誘導不忍加害王普愛物命永無誅伐大國羣臣不忍數爲臣屬小國所易忿不顧難舉兵討伐殘殺人民大王兩淚即爲諸國死亡人民服喪猶子矜愍無極諸小國王見大王慈心矜念人民即皆降伏遂來歸附大王普設珍饍應須烹殺牛羊六畜以具衆味輒先啓王王心雖慈事不獲已頷頭即可緣是得罪勤苦如是每一念之心甚戰慄體虛冷汗追憶過世所更吉凶安危成敗恐復與會冀以靜默免脫瑕穢出塵勞永辭於俗不與厄會適復念欲閉口不言被王生埋恐王後時復得是殃因入地獄無有出期我意不欲令王得罪故復語耳守意無爲不樂爲王人民世間恍惚若夢室家歡娱須臾間耳計命無幾憂畏延長樂少苦多衆惱萬端是故智者以國財寶恩愛爲累衆欲爲塵使吾爲王當復憍逸貪求快意令民憂煩天下之大患也今欲除棄反流盡源拯濟未度生世若寄無一可恃不貪富貴不重珍寶棄捐世榮思想大道高明遠逝自拔於世父王曰汝爲智人不可便爾慕魄曰何闘父子生而相棄骨肉已離爲行甚憋苦相迎接徒益勞煩父覩志堅惘然失措無辭可答乃曰如汝前世作國王時奉行衆善纔有小失非所憶知而尚受罪勤苦如是今我治國不奉正法既無微善反是愆非純行危殆

罪當何訾便放太子聽行學道太子於是棄
國捐王不務人物一心專精念道修德功勳
累積遂至如今慕魄者我身是父王者閱頭
檀是母者摩耶是相師調達是時侍僕者阿
若拘隣等五人是（出太子慕魄經）

薩埵王子捨身第六

過去有王名摩訶羅陀修行善行國無怨敵
王有三子長名摩訶波那羅次名摩訶提婆
小名摩訶薩埵共出遊觀至一竹林憩駕止
息轉復前行見有一虎新生七日七子圍遶
飢餓窮悴身體羸損命將欲絕第一王子言
怪哉此虎不得求食爲飢所迫必還噉子第
三王子言此虎經常所食何物第一王子曰
食熱血肉第三王子曰誰能與此虎食第二
王子曰其虎餘命無幾設餘求者必不濟及
誰能不惜身命第一王子曰難捨之至莫過
己身第二王子曰智慧薄少貪惜深重不能
捨身聞即驚怖唯有大士心懷慈悲爲饒益
他捨此身命不足爲難皆懷憂念熟視而去
第三王子心念我捨身時至自從昔來空棄
此身都無所爲常護屋宅衣服飲食種種將
養令無所乏不識恩愛反生怨害終歸無常
既無利益可惡如賊又如行廁我今此身於
生死海作大橋梁無量癰疽瘭疾百千怖畏
大小便利筋血皮髓共相連持我今當捨以
求寂滅無上涅槃無量禪定智慧功德具足
成就微妙法身與諸衆生作諸法樂慮其二
兄爲作留難即便白兄可與眷屬前還所止
薩埵還至虎所脫諸衣裳懸置竹上我爲菩
提智求離三有即自放身卧餓虎前虎不能

食以乾竹刺頸從高投下大地震動日無精光天雨雜華種種妙香空中讚言得未曾有虎即舐血漸能噉肉轉得食力唯餘骨在出金光明經第四卷

人藥王子救疾第七

過去世時閻浮提人疫病劫至普皆疾惱爾時閻浮提王名摩醯斯那領八萬四千大城威勢自在最大夫人懷妊已來手觸病者皆得除瘥月滿産男生而即說言我能治病又亦生時閻浮提内諸天鬼神皆共唱言令王所生便是人藥以是音聲普流聞故字曰人藥時將病人示此王子諸病人至王子手觸若以身觸即皆得瘥安隱快樂人藥王子於千歲中如是治病後則命終諸病人來聞其已死憂愁啼泣誰復度我病痛苦惱諸病人言人藥王子何處燒身問知所在趣其燒處出骨擣末以塗其身即皆得瘥骨盡之後至然身處病皆得瘥人藥王子我身是也出菩薩藏經下卷

有一王子聞宿命事怖求以還佛第八

有一王子欲知宿命乃以問佛佛言不用知之令人憂愁王子故欲得知如是至三佛便授戒令知宿命於是王子自視其事十五應死憂愁不可言至年十五便死王家葬埋種栢長大下根入地正當其心識神故在體視栢根生正貫我心爲生貫其心於是從根出栢葉之間復見羊來自念此羊噉栢當復害我會羊來食在羊腸中從羊屎出依附羊屎園家録糞取以糞韮依韮葉間會王后思韮勑外令送園師持刀欲割取韮恐刀見害事

事愁憂彌不可言園師割韮束送王家在韮東中王家得韮后便食之隨韮入腹作子月滿便生遂年長大復識宿命便詣佛所白言我不復用知宿命令我愁憂今以知宿命還佛佛語太子我爾時不欲與汝汝爲欲得之今乃悔可聽出雜譬喻經第八卷

無畏王子耆婆學術第九

王舍城有童女字婆羅跋提王勑爲立婬舍有共宿者盡夜二百兩金四方人集觀望極好時瓶沙王子字無畏與此婬女共宿遂便有娠時婬女勑守門人言若有求見我者答言我病後日月滿生一男兒顏貌端正時彼婬女即以白衣裹兒勑婢棄巷中無畏王見即問旁人言此是何等答言此是小兒問言死活答言故活使人抱還舍與乳母養之即爲作字名耆婆童子後漸長大王子愛之喚而語言汝欲久在王家無有才伎不得空食王祿可學伎術答言爾即從得叉尸羅國醫姓阿提梨字賓迦羅學經歷七年乃白師言我今習學何當有已時師與一籠器及掘草之具汝可於得叉尸羅國面一由旬求覓諸草有非是藥者持來時耆婆童子即如師語周竟不得非是藥者所見草木及一切物善能分別知所用處無非藥者還以白師師答汝今可去醫道已成我於閻浮提中最爲第一我若死後次復有汝歸婆伽陀城城中大長者婦十二年中常患頭痛衆醫治療而不能瘥耆婆聞之即往其家語守門人言白汝長者有醫在門外守門人以白長者長者婦問言醫形貌何似答曰是年少彼自念言老

宿諸醫治之不瘥況復年少若無所損喚入時耆婆詣長者婦即取好藥以酥煎之灌長者婦鼻及口中酥唾俱出使人以器承之酥還收取唾別棄之時耆婆言此少酥不淨猶尚慳惜況能報我長者婦答言爲家不易棄之何益可用然火是故收取汝但治病何憂如是後病得瘥時長者婦與四十萬兩金幷奴婢牛馬耆婆還王舍城到無畏王子門王喚入以前因緣具白王子以所得物盡用奉上王子言此是耆婆童子最初治病出四分律三分

第二卷故是祇域說事既異故兩存之

經律異相卷第三十二

音釋

厝倉故切安置也 塹七豔切坑也 憋匹蔑切急性也 舐甚爾切舌舐也 挽武遠切引也 皦吉了切白也 隕羽敏切墜也 殂在乎切死也 尪烏光切羸弱也 齠齔齠田聊切齔初覲切始毀齒也 禳如羊切祀除殃癘也 韡曄韡羽鬼切曄域輒切光盛貌 戇陟降切愚也 嗤充脂切笑也 愒去例切息也 瘭布昭切疽病也

經律異相卷第三十三

梁沙門僧旻寶唱等奉　勑撰

學聲聞道諸國王子部第二十三

均隣儒悟世無常得羅漢道一
帝須出家得羅漢道二
祇陀太子捨五戒行十善請佛聞法得初道果三
鳩那羅太子失肉眼得慧眼四
諸太子問佛幾等有出家者佛出所更皆悉悟道五
最勝王子植德堅固終不可移六

均隣儒悟世無常得羅漢道第一

有國王號曰梵摩難供養佛僧每至齋日王輙導從往到佛所佛每說法王輙歡喜恭敬聽經太子名均隣儒至心精進覺世非常無生不死不貪時榮而白王言佛世難值經法難聞乞作沙門王即聽之均隣儒便辭王到佛所乞爲比丘佛便以手摩其頭頭髮自墮袈裟著身奉持重戒精進勤修晝夜不倦經三月日便得羅漢王時不知其已得道見其勤苦飯食麤疏每往供養異於衆僧其心不同輙謂之言我國中珍琦七寶飲食甘餚無所不有汝何故樂爲沙門乎均隣儒即自輕舉上住空中飛行變化分身散體出入無閒王見其爾悲喜交集五體投地爲均隣儒作禮佛令均隣儒爲王說苦空非常四諦之要王即意解得須陀洹道（出梵摩難國王經）

帝須出家得羅漢道第二

阿育王始登位立弟帝須（阿育王經云毗多輸柯七耀經云善容）爲太子而語之言汝可於佛法生信善容

弟後遊獵入於林中見一仙人五熱炙身即起深信頭面禮足問曰住此幾時何所衣食若爲安卧而起貪欲答曰經十二年常食樹木葉根結蔓爲服鋪草而卧見鹿行婬起我欲想帝須疑此苦行尚起欲心佛諸弟子安語樂行見欲能不起心既起欲心何得厭離即說偈言

仙人唐自苦　服氣除穢食　空餐根葉果
愛欲不能盡　釋迦牟尼子　衣食足溫甘
不捨人所貧　頻頭山浮起

帝須復言釋迦弟子誑王令作功德王聞告大臣云我弟於外道生信當以方便令得正解我欲澡洗應入浴室卿可以天冠服飾莊嚴我弟令登我座及王浴時大臣勸帝須帝須從之王見語言我今未滅汝已誑王乃命殺之多人執仗而圍遶之大臣白王此是王弟願王忍辱莫起瞋心答曰我當忍辱於七日中暫與其國令其作王種種妓樂及諸采女以供給之一切臣民皆往問訊行殺之人執刀門立日日啓王至第七日以王莊嚴阿育王大臣諸人將毗多輸柯共往問訊阿育大臣時王問言汝七日爲王種種妓樂好聞見不以偈答曰

我於七日中　不見不聞聲　不嗅嘗美味
亦不覺諸觸　我身莊嚴具　及諸采女等
思惟懼死故　不暇及此事　妓女歌舞聲
宮殿及卧具　大地諸珍寶　初無歡喜心
以見行殺者　執刀在門立　又聞搖鈴聲
令我懷死畏　死橛釘我心　不知妙五欲
既著畏死病　不得安隱眠　思惟死將至

不覺夜已過
王復語弟汝於一生中思惟死苦雖得上妙五欲而不生愛出家比丘於十二入思惟無量生死及三惡道苦又思惟人中天上四方馳求終歸壞敗譬如空村無有居民以無常火燒諸世間佛諸弟子常作此觀云何而得起煩惱耶王以方便佛法教化毗多輸柯言我於今者歸佛法僧王以兩手抱其弟頸而語之言我不捨汝爲欲令汝信佛法是故現此方便時毗多輸柯以種種華香及諸妓樂供養佛塔以種種飲食供養衆僧(出阿育王經)以他日更出遊獵至阿練若處見一比丘坐名曇無德有一象折取木枝遥拂比丘帝須心喜又作願言我何時得如彼比丘曇無德(阿育王經云耶舍言亦小異)比丘自逆知帝須心願即以神力飛騰虛空令帝須見往阿育僧伽藍坐立池水上脫衣置虛空中入池洗浴帝須見云我當出家還宮白王言願必哀念聽我出家王言妓樂百味何以出家王種種方便令其心止志意堅固永不肯從而答王言歡樂暫有會當別離大王歎言善哉(出善見毗婆沙第二卷)當先習乞食然後出家時王後園有一大樹以草布地使住其下與一瓦鉢令入宮乞食毗多輸柯即便持鉢行入宮內種種上食而便與之王語宮人云何乃與乞者上食從今當以麤食施之乃至麥飯時毗多輸柯得而食之不以爲惡王語之言勿食此食聽汝出家出家之後恒來見我即辦衣鉢千乘萬騎送至鷄寺思此人動不得修道便往毗提國曇無德比丘所出家國中豪貴諸長者子凡一

千人亦隨出家一切民疑共相謂言尚捨王位我等何爲無數人衆皆悉出家王外甥阿耆婆羅門一男出家佛法第四諸侯百官奴婢僕使悉持五戒月持六齋滿八支法由是多有剎利出家佛法興隆外道衰殄都失供養乞食不得託入佛法而作沙門猶執本法教化人民諸善比丘不與同事時目連子帝須捨弟子付摩哂陀隱靜阿休何山諸外道比丘欲以其典雜亂佛法遂成垢濁或事火者或五熱炙身或大寒入水或破壞佛法如是展轉乃至七年不得說戒阿育遣一大臣入王僧伽藍白上座言王令衆僧和合說戒上座答言諸善比丘不與外道比丘同共布薩大臣從次斬殺及至帝須大臣問曰汝是誰耶答曰是王同生弟也於是乃止臣即啓王王聞驚愕心生懊惱即到寺中問諸比丘誰得罪耶一比丘言兩俱得罪一比丘言無殺心王自無罪王心生疑問諸比丘有能斷我疑者若斷疑心當更竪立佛法諸比丘言帝須能斷遣信迎帝須使傳王意曰今佛法已沒仰屈大德來共竪立帝須答曰我出家正爲佛法今時至矣王夜夢有一白象以鼻摩王頭捉王右手明旦問相師相師答曰捉王手者是沙門像也便聞信云帝須今至王出迎接帝須捉王手左右拔劍而欲害之王見水中劍影曰昔勑汝住寺令衆僧和合說戒僻取我意殺諸比丘今復欲殺我耶王將帝須入園手爲洗脚以油磨之請言欲見大德神力帝須周迴四方各一由旬彈繩作界東方安車南方安馬西方安人北方安銅盤水使

各騎界上界外震動外脚皆摇内脚不動王喜曰先疑改也於佛法中惡法得滅帝須爲說本生經云佛告諸比丘先籌量心然後作業一切業皆由心也（出毗婆沙第二卷）後得阿羅漢道受解脱樂憶昔王約出家之後恒來見王我於今者應滿本約乃至次第行波吒利弗多國早起著衣持鉢入國乞食次第行至王城語門人汝入白王云毗多輸柯今在門外欲見大王時守門人即白王王言將入即起作禮如大樹倒起合掌視之無厭悲泣而言

一切諸衆生　當樂在和合　汝今除和合
而味寂靜心　我今知汝心　以慧無厭足

大臣善護見毗多輸柯著糞掃衣執持瓦鉢次第乞食麤好俱受心無分别乃白王言毗多輸柯少欲知足所作已辦時王捧之置好座上種種飲食自手與之食竟洗鉢置之一處爲王說法

王今得自在　當修不放逸　三寶甚難值
王應勤供養

身昇虚空人民皆見王與大衆合掌觀之目不暫捨王問言

無復親友愛　如鳥飛虚空　我以貪染鎖
不能自在去　禪定有勝果　一切無罣礙
欲愛之所盲　不能見此法　汝今以神力
輕我起欲愛　我本有慧慢　今汝爲最勝
我等著世法　見聖始知畏　今我等啼哭
由汝今捨我

毗多輸柯往至邊地至已得病以病重故頭皆發瘡時王聞之即遣給事醫藥療治後得小瘥醫師給事悉遣令還其體所資唯食牛

乳爲乞食故往多牛處復有一國名分那婆陀那（此言增長）彼國皆信外道有佛弟子見以白王王使夜叉於一念頃即將外道弟子并畫像來生大瞋心於分那婆陀那國一切外道悉皆殺之於一日中殺十萬八千外道復有一外道弟子愛外道法事躶形神畫作如來禮其神足時王復聞是事即勑餘人令取此人及其親屬置一屋中以火焚之時王復勑若有人能得一尼犍首者我當與一金錢毗多輸柯入養牛處病來多日頭鬚髮爪悉皆長利衣服弊惡無有光色時養牛女竊生是念今此尼犍來入我舍便語其夫汝當殺此尼犍取頭與王必得金賞夫拔刀往毗多輸柯即自思惟見其業報無得脫處即便受死而將頭至王所欲求覓金王疑即問其醫師及給事人答言此是毗多輸柯頭王悶絕良久大臣白王無漏之人不滅此苦大王當施衆生無畏王隨其言宣令一切不得殺尼犍諸比丘生疑問優波笈多毗多輸柯昔造何業今受此報答言過去世時有一獵師多殺羣鹿於大林中有一泉水時此獵師張施羅網以其繩置於水邊多殺諸鹿是時佛未出世有一緣覺於水邊食食竟澡洗還樹下坐時彼羣鹿聞緣覺香不往水邊時獵師至不見鹿來即尋其跡往辟支佛所念言坐是人故令鹿不來即便以刀殺辟支佛昔獵師者即是毗多輸柯以殺諸鹿令多病苦復以殺辟支佛於無數年常在地獄受諸苦惱於五百世在人道中生生之處常爲他殺今是最後果報雖得羅漢猶爲他害於迦葉佛法出

家樂行布施常勸化人供養衆僧有一佛髮爪塔以香華旛蓋種種妓樂而供養之以是業報生於大姓十萬年中常修梵行復發心願以是業緣得阿羅漢出阿育王經第三卷

祇陀太子捨五戒行十善請佛聞法得初道果第三

祇陀太子白佛言昔受五戒酒戒難持畏脫得罪今欲捨五戒受十善法佛言汝飲酒時有何惡耶答曰國中豪族雖時時相率齎持酒食共相娛樂以致歡樂自無餘惡得酒念戒不行惡也佛言若人能如汝者終身飲酒有何惡哉如是行者乃應生福無有罪也夫人行善凡有二種一者有漏二者無漏有漏善者受人天樂無漏善者度生死苦涅槃果報若人飲酒不起惡業善心因緣受善果報汝持五戒有何失乎舍衛城中有諸豪族剎利公王因小爭競遂至大怨各各結謀興兵相伐兩家並是國中豪傑皆復親戚非可執錄紛紜鬪戰不從理諫深爲憂之復自念言昔先王大臣名提韋羅恃其門宗富貴豪強而見輕慢形調戲弄當時忿恚實欲誅滅以事啓父父又不聽懷毒抱恨非可如何懊惱愁悴不能飲食太后見我憂苦種種諫曉心猶不息因覓好酒勸我令飲時啓母言先祖相承事那羅延天今若飲酒恐天必怒諸婆羅門當見謫罰母於夜靜時密開宮門不令人知逼迫再三俛仰從之既飲酒已忘去愁恨召集宮女作倡妓樂三七日中從是得息思惟是已即勑忠臣令辦好酒及諸甘饍召集諸羣臣集王殿上忠臣辦瑠璃椀椀受三

升王先傾一椀人辨一椀甘露妙藥後論國事兼作衆妓諸人得酒並聞音聲心中歡樂忘失仇恨沛然無憂王復持椀白諸君曰士夫修德歷世相承遵奉聖教不應差違諸君何爲因於小事忿諍如之若不忍者恐亡國嗣是故重諫幸自宜息諸臣白王敬奉重命不敢違也因是和平酒之功也出未曾有經下卷

鳩那羅太子失肉眼得慧眼第四

阿育王夫人名鉢摩婆底此言芙蓉華生一男兒形色端正眼爲第一人見無不愛樂内人白王夫人生兒王大歡喜故名此兒爲達磨此言法婆陀那此言增長即抱此兒示阿育王時王見已歡喜說偈

我見目端嚴　爲功德所造　光明甚輝燿

如優波羅華　以此功德眼　莊嚴於一面

其面目端正　譬如秋滿月

鳩那羅長大爲其納妃妃名干遮那此言金摩羅此言鬘華時阿育王將鳩那羅往至鷄寺寺有上座六通羅漢名耶舍是時耶舍見鳩那羅未經幾時應當失眼即白王言何故不令鳩那羅作其自業時阿育王語鳩那羅大德令汝所作汝當隨之時鳩那羅禮耶舍足說言大德教我所作耶舍答言眼非是常汝當思惟即說偈言

汝鳩那羅　常思惟眼　無常病苦　衆患所集

凡夫顛倒　由之起過

時鳩那羅於宫中靜處獨坐思惟眼等諸入爲苦無常時阿育王第一夫人名微妙落起多往鳩那羅處見其獨坐觀其眼故而起欲心以手抱之而說偈言

以大力愛火　今來燒我心　譬如火燒薪
汝當遂我意
鳩那羅掩耳說偈
今爲我母　此非法愛　應當捨離　關惡道門
母心瞋忿復說偈言
愛心往汝處　而汝無愛心　汝心既有惡
不久須臾滅
鳩那羅言
我今寧當死　不起不淨心　若生惡心者
失人天善法　善法既不全　依何而得生
微妙落起多恒伺其過而欲殺之於比有國名德叉尸羅違逆於王阿育王命鳩那羅汝往彼國答王言爾王心念故倍加莊嚴嚴治道路老病死等悉令不見時王與鳩那羅同載一車送之近路將欲分別手抱兒頸見鳩那羅眼啼泣而言
若有人見　鳩那羅眼　心歡喜故　有病皆除
相師見王唯觀兒眼不緣餘事即說偈言
王子眼清淨　王視心歡喜　國土諸人民
見者如天樂　若失此眼時　一切當苦惱
乃至鳩那羅次第行至德叉尸羅國彼國人聞出半由旬嚴治諸道處處置水以待來衆時諸人民即便說偈
德叉尸羅人　執寶甖盛水　及諸供養具
迎鳩那羅王
時王至巳人民合掌而作是言我等迎王不爲鬬諍亦不與彼大王相嫌但王所遣大臣在我國者爲治無道願欲廢之是時人民以諸供具供養鳩那羅王迎至國中時阿育王身遇重病糞從口出諸不淨汁從毛孔出一

切良醫所不能愈王即語諸臣召鳩那羅還我當灌頂授以王位我於今者不貪身命時微妙落起多白王我能令王病得除愈王受其語斷諸醫師微妙落起多語諸醫師外聞男女病如王者可將其入時阿毗羅國有一人病如王不異時病人婦爲覓醫師醫師答言將來我欲見之當爲處藥婦送與醫醫送與王夫人時王夫人將此病者置無人處令破其腹出生熟二藏有一大蟲蟲若上行糞從口出蟲若下行便從下出若左右行從毛孔出時王夫人磨摩梨遮以置蟲邊而蟲不死復以蓽茇以置蟲邊蟲亦不死復以乾薑以置蟲邊蟲亦不死乃至以大蒜置於蟲邊蟲即便死時王夫人以如此事具以白王王於今者應當食蒜病即除愈王答言我是刹利不得食蒜夫人復言爲身命故作藥意食之王遂便食蟲死病除便利如本王淨洗浴語夫人言汝今者當何所求隨意與之夫人白王願王七日聽我爲王王語夫人若汝爲王必當殺我夫人又言過七日已我當還王時王許之夫人假作王書與德叉尸羅人令取鳩那羅眼作書已竟須齒印印之王眠夫人欲印書便近王邊王即驚覺夫人白王何故驚王曰我夢鷲鳥欲取鳩那羅眼夫人答言鳩那羅子今甚安隱第二更夢王復驚起我今更夢夫人問言夢復云何王答言我見鳩那羅頭鬚髮爪悉皆長利而不能言夫人答言其今安隱願勿憂之王復眠夫人以大王齒齧印之遣使送與德叉尸羅人王又夢自齒悉皆墮落至明清旦澡洗已畢召相師

以夢告之相師答言若人有此夢者兒當失眼不異失兒時王聞即便起立合掌向西方神而呪願言

今一心歸佛　清淨法及僧　世間諸仙人
於世爲最勝　一切諸聖衆　皆護鳩那羅

使者執書至德叉尸羅國時彼人民見此書至念鳩那羅故共隱此書而不與之彼諸人民復更思惟阿育大王甚自可畏心不敬信於其自兒尚欲取眼況於我等而不起惡以書與鳩那羅鳩那羅得書已語諸人言若能取我眼者今隨汝意時人即喚旃陀羅汝當挑取鳩那羅眼旃陀羅合掌說言我今不能

若人於滿月　能除其光明　是人當能除
汝面明月眼

是時鳩那羅即脫寶冠語旃陀羅言汝挑我眼我當與汝復有一人形貌可憎十八種醜語鳩那羅言我能挑眼時鳩那羅尋憶大德耶舍所說便說偈言

念善知識　是眞實說　思惟此義　知眼無常
我善知識　能饒益者　是人已說　眼苦因緣
我常思念　一切無常　是師之教　深自憶持
我不畏苦　見法不住　當依王教　汝取我眼

語醜人言汝當取我一眼置我手中我欲觀之時此醜人欲取其眼無數諸人相與瞋罵而說偈言

眼清淨無垢　如月在空中　今汝挑此眼
如拔池蓮華

是無數人悲號啼哭是時醜人即出其眼置鳩那羅手中時鳩那羅以手受之向眼說偈言

汝於本時　能見諸色　而於今者　何故不見
本今見者　生於愛心　今觀不實　但爲虚誑
譬如水沫　空無有實　汝無有力　無有自在
若人見此　則不受苦
思惟諸法悉皆無常得須陀洹果又語醜人
所餘一眼隨汝取之時彼醜人復更挑之置
鳩那羅手中既失肉眼而得慧眼復説偈言
我於今者　捨此肉眼　慧眼難得　我今已得
王今捨我　我非王子　我今得法　爲法王子
從今自在　離苦宫殿　復登自在　法王宫殿
鳩那羅知取其眼是微妙落起多而説偈言
願王夫人　長壽富樂　壽命常存　無有盡滅
由其方便　我得所作
鳩那羅婦聞夫失眼見便悶絶水灑乃醒啼
泣説偈

眼光明可愛　昔見生歡喜　今見其離身
心生大懊惱
鳩那羅語其婦言汝勿啼泣我自起業自受
此報復説偈言
一切世間　以業受身　衆苦爲身　汝應當知
一切和合　無不别離　當知此事　不應啼泣
鳩那羅共其婦從德叉尸羅國還阿育王所
二人生來未曾履地其身輭弱不堪作業鳩
那羅善於鼓琴復能歌吹隨其本路乞食濟
命漸漸遊行至於本國欲入宫門時守門人
不聽其前既不得前而復還出住車馬廐於
後夜中鼓琴而歌歌曰我眼巳失四諦巳見
復説偈言
若人有智慧　得見十二入　以此智慧燈
得解生死苦　若欲求勝樂　應當思念此

王聞歌聲心大歡喜即説偈言

今此説偈　及聞鼓琴　似是我子　鳩那羅聲
若是其至　何不見我

王命一人聽聞似鳩那羅聲清妙哀好令我心亂如象失子迴惶不安汝可往看是可將來使人見無二眼皮膚曝露不復可識還白大王是孤獨盲人共其婦俱住車馬廐時王聞之煩惱思惟而説偈言

如昔所夢見　鳩那羅失眼　今此盲人者
鳩那羅不疑　汝可更至彼　但將此人來
以思惟子故　其心不安隱

使人受教更至其所語鳩那羅言汝是誰兒何所名姓鳩那羅復以偈言

父名阿輸柯　增長姓孔雀　一切諸大地
悉爲其所領　我是彼王子　名爲鳩那羅
往日法王佛　今爲法王子

使人將鳩那羅及其婦至宫中時王見鳩那羅風日曝露以草弊帛雜爲衣裳形容改異不復可識時王心疑而語之言汝是鳩那羅不答言是王悶絶墮地傍人見王而説偈言

王見鳩那羅　有面而無眼　苦惱自燒心
從牀墮於地

傍人灑王乃得醒寤還至坐處抱鳩那羅置其膝上復抱其頸啼哭落淚手拂頭面憶其昔容而説偈言

汝端嚴眼　今何所在　失眼因緣　汝今當説
汝今無眼　如空無月　形容改異　誰之所作
汝昔容貌　猶如仙人　誰無慈悲　壞汝眼目
汝於世間　誰爲怨讎　我苦惱根　由之而起
汝身妙色　誰之所壞　懊惱心火　今燒我身

譬如霹靂　摧折樹木　懊惱之雷　以破我心
如此因緣　汝今速說
時鳩那羅以偈答言
王不聞佛言　果報不可脫　乃至辟支佛
亦所不能免　一切諸凡夫　悉由業所造
善惡之業緣　時至必應受　一切諸衆生
自作自受報　我知此緣故　不說壞眼人
此苦我自作　無有他作者　如此眼因緣
不由於人作　一切衆生苦　皆亦復如是
悉由業所生　王當知此事
王復說偈
汝但說其人　我不生瞋心　汝若不說者
我心亂不安
時王知是微妙落起多所作喚微妙落起多
而說偈言
汝今爲大惡　云何不陷地　今汝不爲法
於我爲大過　汝今既爲惡　從今捨於汝
由如行善人　捨不如法利
王瞋火燒心見微妙落起多復說偈言
我於今者　欲出其眼　欲以鐵鋸　以解其身
以斧破身　以刀割舌　以刀截頭　以火燒身
令飲毒藥　以除其命
王說如此事欲治微妙落起多事鳩那羅聞
深生慈心復說偈言
微妙落起多　所爲諸惡業　大王於今者
不應便殺之　一切諸大力　無過於忍辱
世尊之所說　其最爲第一
時王不受兒語以微妙落起多置落可屋以
火焚之又復令殺德叉尸羅人是時比丘生
疑問大德優波笈多云鳩那羅先造何業今

受此報答言昔波羅奈國有一獵師至雪山中多殺羣鹿又往雪山遇雷電霹靂有五百鹿以怖畏故入石窟中獵師捕之一切皆得若皆殺者肉當臭爛無如之何即挑其兩眼使其不死而不知去後漸殺之先獵師者鳩那羅是於無數年常在地獄從地獄出生於人中五百世內常被挑眼今是最後餘殘果報比丘又問以何因緣生得大姓眼目端嚴答言過去久遠人壽四萬歲時佛名迦羅鳩村大出現於世入無餘涅槃時有一王名輸頗(此言嚴)為佛起四寶塔故時王命過弟不信佛皆掘取塔下物唯土木在一切人民見塔毀壞懊惱發聲時長者子問彼諸人何事懊惱諸人答言世尊之塔本有四寶不謂於今悉皆毀壞時長者子即以四寶如本莊嚴復令高廣有勝於初又造金像以置塔中所作已訖復發願言迦羅鳩村大佛本為世間師願我後師亦如今日比丘當知昔長者子即鳩那羅是以其修治迦羅鳩村大如來塔故得生大姓以其造作如來像故今所得身端嚴第一以其發願值善師故今遇釋迦及見四諦(出阿育王經第四卷)

諸太子問佛幾等有出家者佛出所更皆悉悟道第五

昔佛在波羅奈國鹿野場上為衆說法時大國王太子將從小國王世子五百餘人往到佛所為佛作禮却坐一面而聽說法諸太子等即白佛言佛道清妙玄遠難及自古以來頗有國王太子大臣長者子捨國吏民恩愛榮樂行作沙門者不佛言世間國土榮樂恩

愛如幻化夢響卒來卒去不可常保又曰國王太子以三事故不能得道何謂三事一者憍恣不念學問佛經妙義以濟神本二者貪取不念布施下貧困厄羣臣將士所有財寶不與民共以修財本三者不能遠離婬欲愛樂之事捨棄牢獄憂煩之惱行作沙門滅衆苦難以修身本是以菩薩所生爲王除此三事自致得佛又有三事一者少壯學問領理國土率化民庶使行十善二者中以財施貧窮孤寡羣臣壯士與民同歡三者每計無常命不久留宜當出家行作沙門斷苦因緣勿更生死三事不施凡死所得世尊曰昔我前世作轉輪聖王名曰南王皇帝七寶導從自念人命短促無常難保但當作福以求道眞念常布施世間人民所有財物與民共之已種福德唯當出家行作沙門斷絶貪欲乃得滅苦梳頭髮白拔著案上王涕泣曰第一使者忽然復至宜當出家行作沙門求自然道擎髮掌中自說偈言

今我身首上　白髮生爲被　已有天使召時正宜出家

行作沙門入山修道畢人之壽即生第一天上爲天帝釋太子於後領理天下亦如大王復見白髮行作沙門經爲父子上爲天帝下爲聖主中爲太子各三十六反數千萬歲終而復始行此三事自致得佛爾時父者今我身是也太子者舍利弗是也王孫者阿難是也更相從生展轉爲王以化天下時國王太子并諸人民皆大歡喜受佛五戒爲優婆塞得須陁洹道出法句譬喻經第五卷

最勝王子植德堅固終不可移第六

昔卑先匿王有二夫人第一夫人子名瑠璃第二夫人子名祇此言最勝祇初生之日四方奉寳一時俱至王曰吾諸子生未曾如此可名爲祇長大學問靡所不通王爲别立舍宅七寳所成金銀男女在門左右持寳鉢滿中七珍晝夜持去輙滿如故太子嫉妬遣兵往奪時有天兵五百餘騎衛護祇舍瑠璃軍見怖退走還太子大怒請祇來問曰我夜遣兵慰勞汝汝伏兵於内欲反耶祇曰不敢不養文武内無寸仗瑠璃遣撿内外皆無瑠璃意解具以啓佛佛言祇之植德遇堅固田是故不可奪也維衛佛時有人詣寺飯僧訖以一奴一婢給掃寺廟自爾之後天上人中受福無量即最勝是出十卷譬喻經第一卷

經律異相卷第三十三

音釋

橛其月切杙也　哂式忍切　廐居又切馬舍也　鋸居御切刀鋸也

經律異相卷第三十四

梁沙門僧旻寶唱等奉　勑撰

諸國王女部第二十四

波羅柰王金色女求佛爲夫一

波斯匿王女金剛形醜以念佛力立改姝顔二

波斯匿王女喪壻更於樹下復得後夫三

安息國王女先從狗中來四

波羅柰國王七女與帝釋共語五

波斯匿王女金剛爲火所焚六

國王女見水上泡起無常想七

王女摩梨尼爲婆羅門所嫉八

國王女狗頭感捕魚師述婆伽九

波羅柰王金色女求佛爲夫第一

波羅柰國王夫人生一女身黄金色頭髮紺青時年十六父母見女長大欲爲求壻女言我不用壻若欲爲我求壻者當令身黄金色頭髮紺青如是者乃可爾耳父母便爲求索了不能得佛時在舍衛國舍衛國有人賈作到波羅柰國國王即請賈人與相見問訊以女示之言我爲是女求壻天下寧有好人賈人答言我國中有人復勝是女者王聞歡喜令賈人迎取佛賈人便作書與佛書上説是女端正甚好無比欲爲佛娶之佛在祇洹中爲諸比丘數千人説經持書人直前至佛所佛預知書上所説得便裂壞之作書報與金色女言人苦皆從恩愛生生當復老老當復病從病致死從死致憂哭天下苦者皆從恩愛生女得書自思惟即得五通達一者眼能徹視二者耳能徹聽三者知他人心念四者

知所從生五者能飛行便與父毋辭訣飛到佛前佛即微笑五色光明從口中出阿難前問佛言阿難汝見此女健乃如是欲知之者迦葉佛時是金色女爲貧家作婦其壻手足拘攣不能行步時國王字基立有一女端正身著金銀瓔珞徑到迦葉佛所受經戒時是貧人婦身但被一氎布亦復隨往到佛所外人不聽前貧人婦自念言我何故獨不得前王女獨前佛即知之令人呼前婦即作禮白言是王女何故獨豪貴如此我獨貧窮佛語婦人是王女前世好喜讀經以衣施與沙門故令世得豪尊端正汝前世不樂經法慳貪不肯布施見沙門不相承事令汝今世貧窮如是貧婦言願佛哀我愚癡教我經法迦葉佛便教之於樹下讀經坐自思惟便取樹葉縫連作衣以覆其身欲持身上所著氎布衣上佛天王釋見有至心便持天衣金銀飲食與之婦得衣便以布施設供壽終生天天上壽盡來生世間爲國王女喜讀經布施故身黄金色頭髮紺青出金色女經

波斯匿王女金剛形醜以念佛力立改姝顔第二

佛在舍衛國爾時波斯匿王最大夫人名曰末利時生一女字曰波闍羅此言金剛女面醜惡肌體麤澀猶如駝皮髮如馬毛王覩此女無一喜心便勑宫内勤意守護勿令外人得見之也女年轉大任當嫁處王告吏臣卿可推尋豪姓貧者便可將來臣即如教得一貧窮豪姓之士將至王所向彼人説我有一女面狀醜惡未有酬類當相供給想卿不逆當納

受之時長者子長跪白言當奉王勑王即以女妻彼貧人起宮宅門閤七重王勑女夫自捉戶排若欲出時而自閉之勿令人覩見女面狀王給女壻使無乏短又拜爲大臣其人有財與諸豪族共爲讌會月月更爲會同之時夫婦俱詣諸人來會悉皆將婦唯彼大臣恒常獨往衆人疑怪彼人婦者儻能端正或能極醜是以彼人故不將來密共相語勸酒令醉解取門排開其門戶時女心惱自責罪咎我種何罪爲夫所憎恒見幽閉不覩衆人復自念言佛現在世潤益衆生苦厄皆度即便至心遥禮世尊唯願垂愍到於我前暫見教訓其女誠篤佛知其意即到其家於其女前地中踊出其女見佛心生歡喜惡相即滅身體端嚴猶如天女奇姿蓋世佛愍女故爲說妙法即盡諸惡得須陀洹道時彼五人開戶入內見婦端正怪不將來還閉門戶持鑰繫本帶其人醒悟會罷至家見婦姿容人中難有欣然問曰汝是何人女答夫言我是汝婦夫言汝前極醜今者端正其婦具說上事其夫即往白王今者蒙佛神恩已得端正天女無異王勑將來迎女入宮王見歡喜王及夫人及女并女夫共至佛所禮佛言不審此女宿植何福乃生豪富受醜陋形佛告王曰過去世時國名波羅柰有大長者財富無量舉家恒共供養一辟支佛身體麤惡形狀醜陋時彼長者有一小女見彼辟支惡心輕慢呵罵毁言面貌醜陋身皮麤惡何其可憎此辟支佛受其供養欲入涅槃爲其檀越作十八變即從空下還至其家長者倍喜女即悔

過唯願尊者當見原恕時辟支佛聽其懺悔佛告大王爾時女者今王女是毁呰賢聖受醜陋形後見神變自改悔故還得端正由供養佛故世世富貴緣得解脫出賢愚經第二卷

波斯匿王女喪壻更於樹下復得後夫第三

佛詣迦羅越家食入不閉門後隨來者一切皆與食得令飽滿弟發惡意我不聽入若得自在比丘來時我折其脚兄弟二人便各别去皆樹下卧弟發惡意有牛驚奔轢折其脚兄發善意日西樹蔭故處其上波斯匿女壻亡王甚憐愛爲其女呼婆羅門相覓福人以爲女壻婆羅門出按行見一人卧在樹下日西樹蔭故覆婆羅門言此是福人即以白王王言那知具其上事呼來澡洗更著好衣便嫁女與之出十卷譬喻經第四卷

安息國王女先從狗來第四

昔外國有城名頭迦羅中有白衣日日請沙門還家中食沙門是羅漢沙門坐飯内中有狗沙門食時常摶飯分狗狗得飯噉便生好心向沙門沙門日日往狗便習得沙門食時狗思見沙門沙門來便復持一摶飯與狗狗有好心向沙門積年命終乃爲安息國王女生便識宿命知本是狗云我棄狗身得王女身國中都無佛寺沙門時月支王遣使詣王王見使賢明意欲女與作婦使將女去女見沙門心大歡喜憶先作狗沙門與飯好向沙門令得人身今當大供養沙門月支國中大有沙門婦常日日飲食三五百人手自斟酌不使人客飯食適訖手自掃地舍中婦女奴婢皆生好心言此婦乃是王女來在此間常

掃除供養沙門我輩亦當用心奴婢輩便藏去掃篲欲自掃地大家索篲了不知處便取篋中初來所著衣卷以掃地夫見婦以新衣掃地便言卿雖敬佛法何事乃當以衣掃地當索掃篲婦言我但以好心向一沙門二歲得是衣耳政以此衣掃當何苦哉我前世時初無可用布施但有好心信有佛法故得此福亦不治生得此衣也夫語婦言卿雖信佛法供養沙門未曾見沙門與卿一錢兩錢衣皆是我筋力所致婦便爲夫自説宿命言我前世時生在狗中大家數請沙門沙門摶食與我我有好心向沙門故去此狗身生爲王家女也夫聞歡喜謂婦言卿但以好心向一沙門得祐乃爾夫先慳貪聞婦所説即大布施無所遺惜齋戒精進興立佛寺夫心念言但以好心得此功德婦便報言心能令人得佛得生天上得作辟支佛得阿羅漢皆是心力也若心念惡令人墮地獄（出明狗命終作國王女自識宿命經又出福報經）

波羅柰國王七女與帝釋共語第五

波羅柰國道場從地底上皆黃金色魚鱗鼈甲轉次相加往古諸佛皆坐其上王名脂旬尼作優婆塞明於經道爲佛立精舍極大嚴事王有七女皆並端正悉持五戒執節不嫁第一女名淑調二名異妙三名除貪四名清守五名息心六名靜友七名僧婢常以月八日十四日十五日二十三日二十九日三十日精受八戒持正法齋修厥所信奉戒布施名聞智慧之行七女齋畢求到城外塜間遊觀王告七女塜間可惡但有死人骸骨狼籍

狐貍鵄鵂食噉其肉諸哭泣者滿在其間有何可觀我宮裏有園苑浴池其中有五色蓮華鵁鶄鴛鴦衆鳥翔集其地列重光目之草琦樹陰凉甘果恣口可往遊戲七女答言大王甘果衆美何益於我我見世人生壽無幾命日趣死形爲幻化莫得久存我以勉夫幼孩不爲甘美惑也徒欲觀非常之法願却貪意耳願王哀許王即聽之七女俱出城外往到塚間大臭之處聞哭泣之聲歘然毛竪因共直前觀諸死人見有斷頭斷臂手脚異處或有殭屍草覆席裹或有辜搩在地生草束縛中有罪未死者家室啼哭令其解脱又有擔負死人從城中出者七女左右遠望見死者甚多諸飛鳥走獸爭食其肉或就土中拖掣屍出胮脹生蟲其臭難近於是七女繞之

一帀自相謂言我曹身體不久亦爾各説一頌第一女言

世人重其身　妙衣加寶香　綺視雅容步
姿則欲人觀　死皆棄於塚　何用是飾嚴

第二女言

譬如一身居　人去舍毁傾　神遊而身棄
莫能制其形　癡貪謂可保　安知後當亡

第三女言

觀神載形時　猶馬駕車行　車敗而馬去
可知此非常

第四女言

本見城完好　中人樂安居　所求未央足
何便忽空虚

第五女言

若乘船渡水　至當捨船去　形非神常宅

焉得久長居
第六女言
人死依塚卧　形具尚鮮好　侹然不動摇
厥神安所在
第七女言
如雀在缾中　羅縠覆其口　縠穿雀飛去
神自隨行走
時天帝釋聞之下讃善哉善哉汝欲何願吾
今與汝七女問曰是梵天耶將地神耶得無
帝釋耶答言然吾是忉利天帝釋也第一女
言願得無根無枝無葉之樹於其中生如是
爲快第二女言願所生之地清淨無欲無有
陰陽寂無所緣第三女言願如山谷呼聲之
響無往無反自然無形第四女言願如虛空
不始不終無所出生與道通洞釋言止止諸
女所願甚妙欲作日月中王爲可得矣若夫
虛無無想非吾所制七女言天帝神德高大
何以不能致此佛說食福者福盡不免於畏
譬如老牛不能爲人用何益於我哉天帝釋
言諸女修齋戒吾亦奉於佛當爲法兄弟快
乎妙願言竟不現出佛說七女經

波斯匿王女金剛爲火所焚第六
波斯匿王有一寡女名曰金剛莊嚴來歸父
王哀愍別爲立宮給五百妓女以娛樂之有
一長老青衣名曰度勝恒行市脂粉香華忽
見男女無數大衆各齎香華出城即問欲何
所至衆人答言欲問訊佛佛出世間三界之
尊度脫衆生皆得泥洹度勝聞之心悅意喜
即自念言會老見佛宿世之福便分香直持
買好香華隨衆人輩往到佛所作禮訖却立

散華燒香一心聽法過市取一香物因聽法功德宿行所得之香氣熏倍前嫌其遲晚而共詰之度勝言世有聖師三界之尊説無上法隨人聽受是以稽遲金剛聞歡喜而自歎曰吾等何罪獨隔不聞即報度勝試爲我説度勝受命即先遣出具受儀式度勝未還金剛侍女側息中庭如子待母佛告度勝汝還説法之儀先敷高座度勝受勑具宣聖旨皆大歡喜各脱衣一領積爲高座度勝洗浴承佛威神如應説法金剛女等五百餘人疑解破惡得須陀洹道説法甚美不覺失火一時燒死即生天上王捨棺殮葬送畢往過佛所佛問王所從來王曰金剛不幸不覺失火大小燒盡適棺殮還不審何罪遇此火害唯願世尊彰告未聞佛告大王過去世時有城名波羅奈有長者婦將婇女五百人至城外大祠祀其法難犯他姓之人不得到邊不問親踈來者擲著火中時世有一辟支佛名曰迦羅處在山中晨來分衞暮輙還山中迦羅分衞來趣郊祀長者婦見之忽然瞋恚共捉迦羅擲著火中舉身燋爛便現神足飛昇虚空衆女驚怖泣淚悔過長跪舉頭而自陳曰女人癡惷不識至眞羣惡愚荒毁辱神靈自唯過釁罪如山積願降尊德以消重殃尋聲即下而般泥洹諸女起塔供養舍利佛爲大王而説偈言

愚惷作惡　不能自解　殃追自焚　罪成熾然

愚所望處　不謂適苦　臨墮厄地　乃知不善

佛告大王爾時長者婦今王女金剛是五百侍女今度勝等五百侍女是（出愚闇法句經第二卷）

國王女見水上泡起無常想第七

昔有國王女爲王所愛未曾離目時天降雨水上有泡女見水泡意甚愛敬女白王言我欲得水上泡以爲頭華鬘王告女曰今水上泡不可執持云何得取以爲華鬘女言設不得者我當自殺王聞女語告巧師曰汝等奇巧靡事不通速取水泡與我女作鬘若不爾者當斬汝等荅曰我等不堪取泡作鬘有一老匠言我能取泡王甚歡喜即告女曰今有一人堪任作鬘汝可自往躬自臨視女隨王語在外瞻視時彼老匠白王女言我素不别水泡好醜伏願王女躬自取泡我當作鬘女尋取泡隨手破壞不能得之如是終日竟不得泡女自疲厭而捨之去女白王言水泡虛僞不可久停願王與我作紫磨金鬘終日竟夜無有枯萎水上泡者誑惑人目雖有形質生生便滅盛燄野馬亦復如是渴愛疲勞而喪其命人身虛僞樂少苦多磨滅之法不得久停遷轉變易在世無幾 出水上泡經

王女摩梨尼爲婆羅門所嫉第八

過去有王名曰禁寐生一女兒著自然金華鬘號曰摩梨尼王召國内同日生女五百人以充給使摩梨尼年大供養五百婆羅門日日不替時迦葉佛住一園中常出遊行至佛住園御者不入女問我無園不入何故避此荅曰此園但有禿頭沙門名曰迦葉不宜見之是故不入女曰可入見佛金色心大歡喜頭面作禮佛爲說法得果受三歸五戒致敬而去女自追念婆羅門非良福田不應受施迴以供佛時婆羅門聞摩梨尼作迦葉弟子

更以上饌而供養之心生嫉妬禁寐已夜得十一種夢旦集羣臣自學所夢臣令問相婆羅門婆羅門曰此夢不祥或當失國或能喪命王曰可免乎相師答曰須種種牛羊象馬并王女摩梨尼及五百眷屬却後七日於四街道中殺以祠天比災可滅王聞勑令即辦呼摩梨尼以事語之六日之内隨意所欲答曰甚不惜死願第一日與城中男女共至迦葉佛所皆受三歸五戒王即聽之願第二日與王衆臣共往佛所願第三日與諸王子共往佛所願第四日與諸王女共詣佛所願第五日與王夫人婇女共至佛所願第六日與王共至佛所王悉聽許及與衆人往至佛所佛爲說法得果皆受三歸五戒王向迦葉佛說十一夢佛言此夢所爲未來非現在也夢小樹生華者當來有佛名釋迦文時世之人年始二十頭生白髮已生兒子夢犢子耕者十歲兒領家事父母不得自在夢三釜並煑飯邊釜各跳相入不墮中央者富者更相惠施貧者不得夢見駱駝兩頭食草者羣臣既食王祿復取民物夢見馬母飲駒乳者時母嫁女反從求食夢見金鉢於虛空中行者兩澤不時夢見野狐尿金鉢中者人民從富婚不顧姓族夢獼猴坐牀上者時國王用非法治暴虐無道夢見牛頭栴檀賣與腐草同價者釋種貪利爲人說法夢見水中央濁四邊清者佛法中國先滅邊國反盛於王之身無有不祥王即於座上勑諸臣曰祠天之牲今悉無畏吾從今寧自失命不故殺生況殺人乎（出彌沙律第三十卷）

國王女狗頭感捕魚師述婆伽第九

國王有女名曰狗頭有捕魚師名述婆伽隨道而行遥見王女在高樓上窻中見面想像染著心不暫捨彌歷日月不能飲食母問其故以情答母我見王女心不能忘母抑喻言汝是小人王女尊貴不可得也兒言我心願樂不能暫忘若不如意不能活也母爲子故入王宮中常送肥魚肥肉以遺王女而不取價王女怪問汝欲求何母白王女願却左右當以情告我唯有一子敬慕王女情結成病命不云遠願垂愍念賜其生命王女言曰汝月十五日於某甲天祠中住天像後母還語子汝願已得告之如上沐浴新衣在天像後住王女至時白其父王我有不吉須至天祠以求吉福王言大善即嚴車五百乘出至天祠既到勑諸從者齊門而止獨入天祠天神思惟此不應爾王爲施主不可令此小人毀辱王女即厭此人令睡不覺王女既入見其睡重推之不悟即以瓔珞直十萬兩金遺之而去去後此人得覺見有瓔珞又問衆人知王女來情願不遂憂恨懊惱婬火內發自燒而死以是證故知女人之心不擇貴賤唯欲是從復次昔有國王女逐梅陀羅共爲不淨又有仙人女隨逐師子等（出大智論第十四卷）

經律異相卷第三十四

音釋

孿（力員切係也）轢（郎狄切車踐也）簏（盧谷切竹高篋也）鵄鵂（鵄尺之切鵂虛尤切鵄鵂鶹也）歗（所力切怖也）殭（居良切屍不朽也）擽（陟格切裂也）掣（昌列切曳也）胖脹（胖匹降切脹知庭切）侹（他鼎切侹直也）惷（陟降切愚也）舋（許刃切舋隙也）

經律異相卷第三十五

梁沙門僧旻寶唱等奉　勑撰

得道長者部第二十五

寶稱長者出家見佛悟道一

守籠那足下生毛苦行得果二

最勝難降染化成道三

福增百歲出家見其本骸心曉見道四

須達多嵜嶇見佛時獲悟道五

須達七貧後得食併奉佛僧倉庫自滿六

最勝魔嬈不移七

申日爲佛作毒飯火坑自皆變滅八

辯意請佛僧有二乞兒一死一爲王九

曇摩留支長者先身爲大魚十

慳長者入海婦施佛絹衆商皆死唯已獨存十一

毗羅陀請佛僧食而庫藏自滿十二

婆世躓染欲危身爲目連所救十三

長者新生一子即識本緣求母請佛甘味自下十四

阿那邠祁七子爲財受戒聞法離垢十五

寶稱長者出家見佛悟道第一

波羅柰城有長者名阿具利子字曰蛇陀此言寶稱出曜經云夜輪時年二十四有瑠璃屐生而著足父母貴異字曰蛇陀別作屋宅寒暑易處妓女娛樂不去左右寶稱中夜欻見諸妓女皆如死狀膿血流溢支節斷壞屋宅衆具皆似塚墓戶輒自開天地大㝠唯覩小光趣東城門門復自開明照鹿園尋光見佛瞻覩相好怖止迷解舉聲歎曰久在愛獄著名色械今趣神尊寧得脫不佛言童子善來覺矣斯處

無憂衆行畢竟前禮佛足佛爲說法逮無垢法眼即起白佛願爲弟子佛言善來比丘便成沙門明旦衆女周慞遍求大家驚怖不知所在長者遣馬四出推索父乘子車東行尋求道過一水水名波羅柰度水見子寶屐脫置岸邊即尋足跡徑趣鹿園佛以方便令其父子兩不相見長者問佛言我子寶稱足跡趣此瞿曇見不佛告長者若子在斯何憂不見佛爲說法入須陀洹寶稱心解便得羅漢父子相見恩愛微薄長者白佛今日心悅情有二喜一遇佛解喜二離愛快喜於時寶稱親友四人一名富樓二名維摩羅三名橋談鉢四名須陀聞寶稱已作沙門驚喜毛竪曰吾共詣佛并省寶稱即便俱行見佛影則乘本願行作禮白佛飢渴道化虛心日久不以鄙陋願爲弟子佛言善來比丘皆成沙門爲說心本淨聞義心了便得羅漢如有聞者發足尋覓皆得道果出中本起經上又出出曜經十九卷

守籠那足下生毛苦行得果第二

瞻婆城有大長者子字守籠那其之父母唯有此子心甚念之生來習樂未曾躡地足下生毛時摩竭國王聞瞻婆城中大長者子遲欲見之即勑城主使諸長者各將兒來時瞻婆城主奉勑詣摩竭王在一面住王聽以衣敷地詣王所王見足毛心甚歡喜即語言可往見佛禮拜問訊當與汝後世利益時瞻婆城主及諸長者共詣耆闍崛山時有長老娑竭陀爲佛給使在槃石上坐時瞻婆城主詣長老娑竭陀所言我等欲見如來時娑竭陀即沒石上涌出佛前白言瞻婆長者欲見世

尊佛言汝往屋陰中敷座我當往坐時娑竭陀即敷座已還到佛所白世尊言敷座已竟世尊坐已告娑竭陀言語長者來時娑竭陀没於佛前涌出石上時諸長者歎未曾有世尊弟子神足猶爾况復如來娑竭陀言長者宜知是時瞻婆城主來詣佛所世尊爾時即爲諸長者子及瞻婆城主説法勸化即於座上得法眼淨白世尊言大德從今已去歸依三寳爲優婆塞時守籠那後遂出家往温水河邊尸陀林中勤行精進經行之處血流汙地猶如血塗時守籠那在靜處思惟佛弟子中勤行精進無勝我者我今何故不得無漏我當捨戒還家自恣五欲布施作福佛知其心到守籠那所我今問汝隨意答我汝在家時彈琴琴絃若緩若急音聲好不若不緩不急乃得好聲佛言比丘亦如是不緩不急心乃會道依教修行逮成羅漢焉出四分律三分第二卷

最勝難降涂化成道第三

昔舍衛城内有一長者名曰最勝更有長者名曰難降二人慳貪國中第一饒財多寳不可稱計二人門户各有七重勑守門者無令乞兒得入我家庭室中鐵籠徧覆庭内以斷飛鳥四面鐵牆防鼠穿鑿嚙壞器物是時五大聲聞各以次第詣彼教化從地湧出教以法施長者二人聞之各不受化後佛自往坐卧虚空放大光明佛與長者説微妙法長者雖聞心猶不達内自思惟佛來至不可虚爾使還精舍宜入藏裏取一白氎布施如來即起入藏選一惡者反更得好捨而更取倍得好者心意共諍不能自决當於其日阿須倫

與忉利天共鬭或天得勝阿須倫不如或阿須倫得勝諸天不如爾時世尊以天眼觀見長者心或時慳心得勝施心不如或時施心得勝慳心不如爾時世尊便説斯偈

施與戰同處　此德智不譽　施時亦戰時

此事二俱等

長者遥聞内懷慙愧如來所説正謂我身即出好氎持用爲施難降長者出五百兩金持用惠施心開意解各見道跡出出曜經第十七卷

福增百歲出家見其本骸心曉見道第四

若放男女若放奴婢若聽人民若自已身出家入道功德無量布施之報六天人中往反十世出家之福無邊無量勝起七寶塔上至三十三天以貪人能壞出家之德無有可毁乃高須彌深於大海廣於虚空若爲出家作留難者其罪甚重入深地獄黒闇無目有一長者名尸利苾提此言福增其年百歲求欲出家家人大小無從用者尸利苾提往趣迦蘭陀竹林從舍利弗求欲出家老不得出家徧問五百羅漢皆同舍利弗出竹園門舉聲大哭優波離是剃髮賤人泥提下穢除糞之人殃掘摩羅殺無量人及陀塞羇大賊惡人如是等人尚得出家我有何罪而獨不得佛即涌現問福增言汝何故哭聞佛梵音心喜作禮白佛言諸罪惡人皆得出家我何罪不聽我出家大小不復用我於佛法中復不得出家設我還家必不見前我當何趣今日定當於此捨命佛慰喻言汝莫憂惱聽汝出家告大目連聽與出家即得出家受具足戒晝夜精勤修集讀誦廣通經藏以年老故不能隨時

恭敬迎逆禮問上座諸少比丘皆爲上座常苦言激切又作是念我今寧死往大河岸邊脱去袈裟置樹枝上泣而誓言我不捨佛法衆僧唯欲捨命我此身上布施持戒精進誦經設有報者願我捨身生富樂家眷屬調從於我善法不作留難常遇三寶遭值善師示悟涅槃誓畢投洄澓中未至水頃目連接置岸上令捉衣角上衝虚空猶如猛鷹銜一小鳥屈伸臂頃至大海邊海邊有新死人女相具足見有一蟲從口出還從鼻入復從眼出更從耳入苾提問此何女人答曰時到當説前行復見一女自負銅鑊然火炊之既沸脱衣自入鑊中髮爪先脱肉熟離骨沸吹骨出在外風吹尋還成人自取其肉而噉食之次復前行見一大樹多蟲圍唼其身乃至枝葉無有空處如針頭許大叫震動如地獄聲復次見一男子周帀獸頭諸惡鬼神手執弓弩三放毒箭鏃皆火然競共射之身皆燋然又見一大山下安刀劒見有一人從上投下刀戟劒矟壞刺其身即自收拔還竪本處往還不息前見骨山高七百由旬目連於山爲説舍衞城中大薩薄婦夫甚愛念欲入大海戀婦不捨即將入海婦擥鏡照面自覩端正便起憍慢深生愛著時遇大龜蹋船没海薩薄及婦五百賈客一切皆死海不受屍夜叉羅刹出置岸上隨所愛念死還生爲蟲捨此蟲身墮大地獄苾提白和尚自食肉者是何人目連告曰舍衞國優婆夷婢優婆夷請一比丘夏九十日奉給供養使婢送食婢至屏處選好自食餘與比丘大家覺問婢答我若先

食使我世世自食身肉今先受華報後墮地獄大樹諸蟲唼食發大惡聲是瀨利吒營事比丘用僧祇物華果飲食送與白衣受此華報後墮地獄唼樹諸蟲即是得物之人舉聲大哭衆箭射身者此人前身爲大獵師多害禽獸以是罪故受斯苦毒於此命終墮大地獄大山上自投刀劒者是王舍城大健鬬將以猛勇故身處前鋒或以刀劒矛矟傷剋物命故受此報已又墮地獄其骨山者汝故身也有一國王名曇摩苾提布施持戒慈悲不傷物命正法治國滿二十年共人博戲時有一人殺人諸臣白王答言隨國法治即案律殺王戲已畢問罪人何在臣曰已殺王聞泣曰七珍皆住我獨入地獄即捨王位入山自守命終作摩竭魚身長七百由旬王臣恃勢枉剋百姓命終亦作摩竭大魚身蟲瘙痒揩頗梨山碎殺蟲血流百里皆赤應墮大地獄時魚一眠百歲乃覺覺大飢渴即便張口海水流入如注大河有五百賈客入海採寶值之船趣魚口賈人稱南無佛魚聞閉口賈客得活魚飢命終生王舍城夜叉出身置此海邊時王者汝身是殺人爲魚苾提解法無常厭世盡結得羅漢果（出賢愚經第七卷）

須達多崎嶇見佛時獲悟道第五

舍衛國有大長者名須達多（賢愚經始云大臣四分部律並呼居士）常給施孤獨乞兒人以爲號先有田業在王舍城年年履行（大涅槃賢愚二經云爲兒娉婦詣王舍城）寄止長者護彌家（中本起經云迦蘭陀大涅槃經云珊檀那）夜起掃治宅舍辦諸餚饍須達問之答曰迦毗羅城有釋種子名悉達多姓瞿曇氏其生未久相

師占之定當作轉輪王心不願樂捨之出家無師自覺得阿耨多羅三藐三菩提於諸衆生其心平等故號爲佛明受我請又問今在何處答曰在迦蘭陀竹林精舍（十誦律云寒林）須達多一心念佛所有功德忽然大明尋光而出至尸呵城門佛神力故自然而開（四分律云神即開門）出門路有天祠須達致敬尋還黑闇心生惶怖復欲還反城門有大天神告須達言仁者見佛當獲善利盡閻浮提所得功德不如發心一步詣如來所須達問曰汝是誰耶答曰我是信相婆羅門子（四分律云是私訶神）我是汝往昔善知識我因往昔見舍利弗大目揵連禮拜歡喜捨身得作比方天王毗沙門子專知守護此城（十誦律大同）況見如來禮拜供養須達見佛佛如應說法得須陀洹道（出大涅槃第二十七卷又出雜阿含第二十卷中本起四部律皆大同小異）

須達七貧後得食併奉佛僧倉庫自滿第六

長者須達七貧後貧最劇於糞壤中得一材斗其實栴檀出市賣之得米四斗語婦曰且炊一斗吾當索菜時佛念曰當度須達令福更生炊米方熟舍利弗往婦見歡喜一斗米飯悉投著鉢中更炊一斗目連復往亦歡喜與之復炊一斗迦葉復往亦復與之適有一斗尋復炊熟如來自往婦自念言間日乏粮莫有降者今有是米如來躬顧得無罪畢福生者哉一斗米飯盡施如來佛口呪願罪滅福生從今日始須達尋歸婦恐其恚便問曰如令佛來及舍利弗目連迦葉盡來求食當與不耶答曰當與福田難遭若來求者是爲値遇婦言向四斗米吾盡用施矣夫大歡喜

餘有飯汁公姥共飲之須臾彷徉諸室珍寶倉庫穀帛自然實滿如往時富也須達踊躍知佛愍念更請佛及僧供養盡空佛爲說法皆得道迹出雜譬喻經下

最勝魔嬈不移第七

最勝長者聞說妙法即於座上諸塵垢盡得法眼淨受三自歸爲優婆塞盡形壽不殺佛去不久弊魔波旬化作佛像及相好來至長者家長者念曰如來向出還其何速僞佛告曰吾謂長者高才博智分別識趣諦念長者愚惑無智吾向所說四諦者實非眞諦斯是顛倒外道所習長者即自覺知即報之曰止止勿語吾得慧眼住牢固地正使汝化作億千萬身吾不退轉何以螢火之光與日競明田家灰堆欲比須彌鵄鷲烏鵲金翅並飛波旬慚愧復身而去出最勝長者受呪願經

申日爲佛作毒飯火坑自皆變滅第八

是時王舍國有一四姓長者字爲申日財産甚富金銀珍寶無有央數申日事餘道人唯不事佛諸異道人皆共嫉妒申日共議言佛今爲王及傍臣長者吏民所敬而我等獨不爲所重佛常自說言知去來現在之事知他所念今寧可試爲審爾不申日言當何試之異道人言請佛持毒藥置飯中掘門裏深五丈以火置中薄覆其上令佛從上來佛若知當不受請受請則不知申日言諾即行請佛佛言大善異道人言已無所知但當穿地申日有子字栴羅法年十六通達宿命善學佛道能知去來現在之事啓其父言佛已知之莫用惡人言自投湯火申日不信掘坑然火

飯置毒藥告諸比丘隨我後行佛適向道便放光影令申日舍中悉作金色時栴羅法即語父言今佛已起向道十方皆明如日佛到城門足蹈門限舉大城中即爲大動病者即愈箜篌樂器不鼓自鳴佛到申日門五丈火坑化作浴池中生蓮華一華千葉諸弟子所蹈蓮華華生百華皆蹈華而行申日見火以作水池中生蓮華便大懼怖頭面著地以誠自說令爲佛作飯皆以毒藥置中願乞更炊佛言不須更炊持毒藥飯來食勑諸比丘且勿食須我教乃食佛即呪曰天下凡有三毒一者貪婬二者瞋恚三者愚癡佛無是三毒爲不行至誠有經法者毒亦不行飯食中毒皆自消去佛言皆飯申日頭面禮佛足言我大無狀用惡人之言願從世尊求哀悔過佛爲說經得須陀洹道出申日兒本經

辯意請佛僧有二乞兒一死一爲王第九

舍衛國有一長者子名曰辯意聞佛說五十事要還得法忍五百長者子得法眼淨辯意言唯願世尊及大衆明日中自屈於我舍食佛與大衆往其家食未呪願有一乞兒歷座行乞無敢與者遍無所得瞋恚而出便生惡念此諸沙門放恣愚惑有何道哉貪者從乞無心見與吾得爲王以鐵輞車轢斷其頭言已便去佛呪願竟復一乞兒來從衆乞食各各與之大得飯食歡喜而去即生念言此諸沙門有慈悲心我得爲王供養佛僧乃至七日不報今者飢渴之恩言已便去二乞兒展轉求匃到他國中卧於道邊深草之中時彼國主忽然崩亡無有繼嗣相師判言書記當

有賊人爲王諸臣百官千乘萬騎按行國界望見草上有雲霞蓋相師曰中有神人即得乞兒諸臣拜謁乞兒驚愕自云下賤非是王種皆言應相沐浴香湯著王之服光相莊嚴導從入國惡念乞兒在深草内卧寐不覺車轢斷其頭（出雜譬喻經）

曇摩留支長者先身爲大魚第十

昔有長者字曇摩留支問訊佛言曇摩留支别來大久乃得相見有人問佛答曰昔阿僧祇劫時世有佛名曰定光我時爲梵志字曰超述時定光佛方欲入城我即中路相逢解髮布泥上令佛蹈過佛即記曰汝勇猛乃爾却後阿僧祇劫當得作佛汝于時起恚心曰此人與畜生無異乃蹈他頭髮上過去從是以來阿僧祇劫常墮畜生中復在大海中爲魔竭魚身長七千由延時有五百賈客乘船入海採寶值此大魚喻船垂欲入口時五百人各稱所事時賈客主語衆人言今世有佛名釋迦文濟人危厄無復是過我等稱名冀蒙得脱即便齊聲稱唤魚聞佛名本識由存即思惟曰釋迦文佛已出世間我身云何故在魚中即而歸依時魚還没水五百賈客安隱即歸時魚即盪身出沙潬上不飲不食經二七日命終生長者家作子字曇摩留支今來與吾相見所以稱久遠耳留支聞此本末即向海邊求其故屍見大魚骨皮肉已盡行脇骨上思惟言此是我故屍即以華散故屍上尋惟既往忽然成道（出分别功德經第四卷）

慳長者入海婦施佛絹衆商皆死唯已獨存第十一

昔者有人大富而慳其婦好法欲施不敢𢘑臨入海先以鐵蒺蔾三重繞舍婦礙之不能得出一心念佛諸鐵關閡變成鵠毛取絹一疋寄人施佛佛受呪願夫與五百伴共在海中爲鬼所噉唯留其夫諸鬼相語是人婦事佛不可近也伴侶死盡獨得寶還問婦何事婦具告之二人歡喜即請佛僧設會得道出譬喻經第一卷

毗羅陀請佛僧食而庫藏自滿第十二

昔佛在世有大長者名修羅陀財富無數信向道德自誓常以臘月八日請佛及僧終身子孫奉行不輟長者亡時囑兒勿廢兒名毗羅陀後日漸貧至時無以供辦愁慼不樂佛遣目連往問云汝父供月欲至當設何計答言唯願世尊勿見忽棄八日臨盻將妻至外家質百兩金還辦供具佛與千二百五十衆僧往舍而坐行水下食清淨竟而還其日夜半諸故藏中寶物自滿夫婦見之且喜且懼恐官顧問即往白佛佛言安意快用勿有疑難汝之履信不違父教聞施慧道七財滿足出法句經第三卷

婆世躓淤欲危身爲目連所救第十三

佛在羅閱祇國有豪長者名尸利躓大富盈溢婦生一男形容嚴妙請師占候歎子福德問言從懷此兒有何瑞應長者曰其母訥口鈍辭既懷此子談語巧妙字婆世躓及年長大遊行觀看見那羅伎家有一女子心便淤著欲得娉娶還啓父母願爲求索父母告言高卑非疋如何爲婚子重啓言莫問門戶但論其身幸爲我求若不如志便自殞命父母

從之共作婚姻見惑其色不恥鄙事即詣彼家學習戲藝皆已成就是時國王集諸那羅多戲事時長者子次應現伎上索而走王脫不見復勑更上氣力漸羸中道欲墮心中惶懅無所歸依目連陵虚告之曰如卿今日寧全身命出家學道爲寧墮地娶彼女耶答言願自存濟不用女也目連即時化作平地得全身首喜不自勝隨逐目連往詣世尊禮拜供養佛於是時廣說妙論心意開解便得初果因求出家世尊聽之鬚髮自落法衣在身專精禪思成阿羅漢佛言過去世波羅柰國有大長者初生一子端正無比有人從海中來齎一鳥卵用奉長者長者納受經少時間其卵便剖出一鳥鸘毛羽光潤長者授之與子使弄子騎鳥脊飛遊觀看聞他國王作那羅戲乘鳥至彼鳥住樹上偶見王女情便染愛遣信謄情女便與交爲王所知推捕縛來而當斬戮長者子言諸君何爲勞力殺我聽我上樹自投而死諸人聽許便即上樹乘騎其鳥翔虚而去得延壽命時長者子今婆世躓是王女者今伎家女是爾時鳥者則目連是過去世時惑色致困由鳥得濟今垂當死由於目連故得安隱出賢愚經第十三卷

長者新生一子即識本緣求母請佛甘味自下第十四

舍衛國中有大長者生一男兒面目端正生而能言問其父母世尊及舍利弗阿難等皆在世不父母答在見其能言乃謂非人即往問佛佛言此兒有相父母歡喜兒又啓曰唯垂請佛及僧答曰卒無供養兒又啓曰但掃

灑堂舍莊嚴牀席施三高座百味飲食自然滿堂又先身之母今猶存在居波羅柰國願爲仰報父母遺使馳象迎接以三高座一擬如來一爲今身母一爲前世所生母佛與衆僧旣入其舍甘味飲食自然而下種種豐饒佛爲說法合家大小盡得初果（出賢愚經第一卷）

阿那邠祁七子爲財受戒聞法離垢第十五

舍衞城中阿那邠祁有七子心無篤信於佛法衆不持五戒阿那邠祁長者言我當賜汝千兩金汝等可歸命三寶受於五戒七子聞之便欲歸三寶受持五戒父母各賜千兩金俱至世尊所具以白佛云何世尊彼七子頗有福善諸功德不佛言善哉長者饒益衆生安隱天人彼七子者緣是諸善功德具足所獲果報我今當說比方有國城名石室國土豐熟人民熾盛彼有伊羅波多羅藏無數百千金銀珍寶於彼犍陀賴國人七藏之中隨其所欲皆悉費用無所減少及此伊羅鉢多羅大寶藏彼七千兩金百倍千倍百千倍無數倍皆悉不及汝七子所獲功德世尊與阿那邠祁說微妙法即從坐起白世尊言願受我請及比丘僧欲設甘露飲食爲七子故世尊默然受世尊知時與比丘僧前後圍繞入舍衞城詣阿那邠祁家皆即就坐長者及子禮敬世尊世尊說法使還等見告言如是長者七子甘饌飲食飯佛比丘食竟除鉢佛與七子說法各於座上諸塵垢盡無有瑕穢得法眼生彼已見法無有狐疑亦無猶豫（出阿那邠祁化七子經卷）

經律異相卷第三十五

音釋

欻許勿切忽也䩭居宜切鏃作木切矢鏑也矟色角切矛屬瘙先到切疥痒也崎嶇崎去奇切嶇虧于切噏許及切呷也盪徒黨切動搖也潬蕩旱切水中沙處爲潬躓陟利切齎牋西切持也謄徒登切傳也邠卑民切

經律異相卷第三十六

梁沙門僧旻寶唱等奉　勑撰

雜行長者部第二十六

流水救十千魚一

樹提伽身生人中受天果報二

迦羅越手能雨寶三

迦羅越以飽食施鳥令出腹中珠四

忽起經暫貧客作設會即獲華報五

無耳目舌先世因緣六

音悅今身受先世四種報七

鳩留飢遇樹神因得信解八

日難長者財富巨億慳惜不施後世貧盲九

長者發菩薩心將諸貧人取得珍寶十

長者後貧舉金供施耕遇千鼎用之不盡十一

香身長者婦爲國王所奪十二

長者婦懷妊口氣香十三

慳財生號哭地獄十四

以擣衣石施人起塔生天十五

須達三子事窮方信十六

須檀子貪財殺弟十七

梨耆彌第七兒婦生三十卵卵出一男十八

癡子賣香遲燒之爲炭以求速售十九

流水救十千魚第一

流水長者子於天自在光王國內治一切衆生無量苦患令身平復以病除故多設福業作如是言善哉長者能益衆生無量壽命必是菩薩解諸方藥時長者子妻名水空龍藏

而生二子一名水空二名水藏時長者將其二子次第遊行城邑聚落最後到一大空澤中見諸虎狼狐犬鳥獸悉皆一向馳奔而去長者逐而觀之見有一池其水枯涸於其池中多有諸魚見是魚已生大悲心時有樹神示現半身作如是言大善男子此魚可愍汝可與水是故號汝名爲流水汝今應當隨名定實時長者子問樹神言此魚頭數爲有幾所樹神答言足滿十千爾時流水聞是數已增大悲心時此空池爲日所曝唯少水在是十千魚將入死門四向宛轉見是長者心生恃賴隨是長者所至方面隨逐瞻視目未曾捨是時長者馳趣四方推求索水了不能得見有大樹尋取枝葉還到池上與作陰涼復更推求是池中水本從何來即出四向周遍求覓莫知水處復更疾走見一大河名曰水生有諸惡人爲捕此魚故於上流懸險之處決棄其水不令下過長者向王說其因緣唯願大王借二十大象令得負水濟彼魚命如我與諸病人壽命王勑大臣速疾供給汝今自可至象廐中隨意選取利益衆生是時流水及其二子將二十大象借索皮囊疾至河上盛水象負池遂彌滿還復如本時長者子於池四邊彷徉而行魚亦隨逐循岸而行時長者子復作是念是魚必爲飢火所惱復欲從我求索飲食我今當與時長者子告其子言汝取一象最大力者速至家中所有可食之物乃是父母飲噉之分及以妻子奴婢之分一切聚集悉載象上急速來還爾時二子往至家中白其祖父說如上事收取家中可

食之物載象背上疾還父所至空澤池時長者子見其子還心生歡喜踊躍無量從子邊取飲食之物散著池中與魚食已即自思惟我今已能與此魚食令其飽滿未來之世當施法食曾聞過去空閑之處有一比丘讀誦大乘方等經典其經中說若有衆生臨命終時得聞寶勝如來名號即生天上我今當爲是十千魚解說甚深十二因緣亦當稱說寶勝佛名即便入水作如是言南無過去寶勝如來本往昔時行菩薩道作是誓願若有衆生於十方界臨命終時聞我名者當令是輩尋得上生三十三天復爲是魚解說如是甚深妙法所謂十二因緣說是法已即共還家是長者子復於後時賔客聚會醉酒而卧爾時其地卒大震動時十千魚同日命終生忉

利天既生天已作是思惟我等以何善業得生天中復相謂言我等先於閻浮提内墮畜生中受於魚身流水長者子與我等水及以飲食爲我等說十二因緣并稱寶勝如來名號以是因緣令我等輩得生此天我等今當報恩供養時長者子在樓屋上露卧眠睡是十千天子以十千真珠天妙瓔珞置其頭邊復以十千置其足邊復以十千置右脇邊復以十千置左脇邊雨曼陁羅華摩訶曼陁羅華積至于膝種種天樂出妙音聲閻浮提中有睡眠者皆悉覺寤流水長者子亦從睡寤見是十千天子於上空中飛騰遊行天自在光王國内處處皆雨天妙蓮華是諸天子復至本處空澤池所復雨天華便從此没還忉利宫隨意自在受天五欲過是夜已天自在

光王問諸大臣昨夜何緣示現如是淨妙瑞相大臣答言大王當知忉利諸天於流水長者子家雨四十千真珠瓔珞及不可計曼陀羅華王即告臣卿可往至彼長者家喚令使來即至其家宣王教令是時長者尋至王所王問長者何緣示現如是瑞相長者子言我必定知是十千魚其命已終時大王言今可遣人審實是事爾時流水尋遣其子至彼池所看是諸魚死活定實爾時其子向於彼池見其池中多有摩訶曼陀羅華積聚成積其中諸魚悉皆命終還白父言彼諸魚等悉已命終爾時流水復往王所作如是言是十千魚悉皆命終王聞歡喜爾時世尊告善女天時流水長者子今我身是長子水空羅睺羅是次子水藏今阿難是時十千魚者今十千天子是是故我今為其授記爾時樹神現半身者今汝身是（出金光明經第四卷）

樹提伽身生人中受天果報第二

昔有一長者名樹提伽倉庫盈溢金銀具足奴婢成行無所乏少有一白氎手巾著池邊遇天風起吹來國王殿前羣臣叅論卜問所以諸臣皆言國將欲興天賜白氎臣樹提伽默然無言王問卿何以無言提伽答曰不敢欺王是臣家拭體之巾掛著池邊遇天風起吹來殿前却後數日九色之華大如車輪又遇天風吹來王殿前王復與羣臣叅議卜問提伽答曰是臣家園中萎落之華風吹來耳王問提伽卿家乃爾吾欲將領二十萬衆到卿家看提伽答言願王即相隨去王即將領二十萬衆到樹提伽家南門直入有三十童

子顔容端正王問樹提伽是卿家兒孫耶答言是臣家守門奴進到中閤有三十童女顔容端正王問是卿家婦女耶提伽答言是臣家守閤之婢進到其户白銀爲壁水精爲地王見水流疑不得進樹提伽即導王前户中以黄金爲牀白玉爲机樹提伽婦有百二十重金銀幃帳端正無雙爲王作禮眼中淚出王問卿婦見我有何不㥲眼中淚出答言王衣煙氣是故淚出王言庶民然脂諸侯然蠟天子然漆亦無煙也何得淚出提伽答言臣家有一明月神珠掛著堂上晝夜無異不須火光王是煙中之王是故聞氣耳樹提伽家堂前有十二重高樓將王上頭視東望西視南望北惓惓寂寂王謂須臾小復可忍到後園中流泉浴池食諸果蓏自適甘美甚復可愛以至一月大臣白王可須還國樹提伽即布施金銀珍寶綾羅繒綵二十萬衆人馬車乘一時還國王即會羣臣怪其所以樹提伽是我之臣婦女舍宅過甚於我我欲伐之可取與不諸臣皆言宜可取之王即與四十萬衆椎鍾鳴鼓圍提伽舍數百重牆提伽門中有一力士手捉金杖一擬四十萬衆一時俱倒眠地不起提伽乘飛雲輪車在虚空中問諸人等來時何意眠地不起諸人答如上事樹提伽問欲得起不皆言欲得樹提伽放大神目一視四十萬衆一時俱起還其本國王即遣使唤樹提伽共至佛所問言世尊樹提伽是我之臣前身有何功德婦女舍宅過甚於我佛答言樹提伽布施功德見天上受樂五百商主將諸商人賫持重寶奔空山中逢

一病道人給其草屋厚敷牀褥給小水漿鍋銷米粮給其燈燭于時乞願天堂之供今得果報如是佛言是時布施者今樹提伽夫婦是也于時病道人者今我身是也五百商人皆得阿羅漢果出樹提伽經

迦羅越手能雨寶第三

昔阿育王國有迦羅越供養二萬比丘長請一年名聞國王王召見之聞卿大富盡有何物耶對曰實無所有王不信之留迦羅越遣人看其家見其門有七重舍宅堂宇皆以七寶有勝王宮婦女亦勝但無穀帛錢物便還白王王意漸解迦羅越即時便笑王問何所笑耶答言王不見信耳迦羅越以手指東便滿中七寶指南亦然王便遣還而衆僧精舍去宮不遠王便詣精舍見比丘僧作禮恭肅問上座彼迦羅越宿有何福自然珍寶念之便至上座比丘入三昧見四百由旬人物心念見是長者乃惟衞佛時有四人共立塔寺中有一人用意慇懃塔寺成已金銀七寶及衆好華共合和之上三重塔上以散四面願後食福恒不斷絶今得自然寶者是此一人王聞大修功德出譬喩經第一卷

迦羅越以飽食施鳥令出腹中珠第四

昔有迦羅越長者聰明博達財富巨億居近海邊多植樹木榮茂參天時海渚上大有珍寶價直千億人不得近唯鳥往來飡噉明月之珠朝入暮出栖宿長者叢林長者多智方便圖之即作百味之食以用與鳥鳥食之飽滿便吐珠覆地長者得之遂成大富出譬喩經第七卷

忽起經暫貧客作設會即獲華報第五

舍衛國有一居士亡失田宅家人得罪死亡都盡唯餘一子無復所依子聞人説飯佛及僧者生忉利天乃願飯佛僧唯當客作以果比願有一居士（彌沙塞律云大臣）多有田宅此兒雖小多諸藝能求欲傭債居士問汝何所能答曰能書算文義別金銀珠貝錢財系羽監田坐肆無所不解問歲索幾物答曰年一千金錢居士曰今世飢饉乃雇五百年滿併還小兒言我才不啻堪此須用既急今爲君與即使坐肆始滿一月檢計所得已盈三倍曰止一食留一食分更使監田比及冬藏復獲三倍歲滿索金及食居士慮其便去屢託不在後謂之言急索作底小兒言我欲飯佛及僧居士聞之即生信心又問欲何處作答欲往祇洹居士曰但住我間器樵相助小兒白佛願明日受我食佛僧默然（彌沙律云將財物往至佛所供辦珍味極世之美緣其意至鬼神助爲倏忽之頃自能都辦）正遇節日諸白衣多送豬肉乾餅種種飲食衆僧受取共相謂言今日貧兒竭力作會人人皆當爲之稍食及到居士舍手自行食皆云少與食遂無減貧兒問僧爲食麤澀爲慇我貧答曰今是節日早起人送食初乃少與家數既多遂成飽滿貧兒愁憂恐所期不果涕泣問佛佛爲説法必得生天汝疾還去貧兒歡喜更行僧食隨僧意取我肆力時期盡供養今諸大德雖不能噉隨意將去時五百商客從優那禪國來晡至道路遼迴絕粮三日入城買食時世飢儉且天盛熱都無所得商主歎曰海中不乏大城無食宜更遍求隨須何物貧兒啼

向佛時多人見之語賈客云其舍有食即往居士家白小兒言我等須食小兒問言有幾人答曰有五百可盡喚來何須論直至即設食皆得飽滿有一大銅盂一賈客主解衣角珠直十萬金錢置於盂中其餘賈客皆解珠投於盂内小兒言我不賣食何忽與珠留客小住待我問佛佛言但取不妨得生天此是華報果報在後還受寶物賈客又問居士此城先有某甲今何所在答曰已往又問有子孫不答曰向之施主即其子也賈客語小兒言君父是我等師又與百千兩金以敦舊好時居士無兒唯有一女端正姝妙求妻小兒送金百千兩居士死後波斯匿王問有兒不誰相料理答曰唯有一女女壻當事判財物并屬女壻拜爲大臣即勑舍衛城内大長者職十誦律云居士位　時國人民號爲忽起長者出十誦律二誦第六卷又出彌沙塞律第十卷

無耳目舌先世因緣第六

時舍衛國有大長者財富無量無有男兒唯有五女端正聰達其婦懷妊長者命終國法無男財物入王王遣大臣攝録其財其女心念我母懷妊未知男女若續是女財應屬王若其是男應爲財主往白國王時波斯匿任法平正即可所白其母不久月滿生兒其身混沌無復耳目有口無舌又無手足唯有男根即爲作字名鏝慈毗梨爾時是女具以是事往聞於王王告諸女財屬汝弟吾不取也爾時大女往適他家奉給夫主謙卑恭敬謹如婢事大家長者覩其如斯怪而問言女子對曰我父終没家財無量雖有五女猶當入

王會毋有身生我一弟人相都鈌但有男根
得爲財主雖有諸情不如一男長者聞巳即
與其女往至佛所白言世尊彼長者子以何
因緣佛言乃往過去有大長者兄弟二人兄
名檀若世質弟名尸羅世質其兄少小忠信
誠實常好布施舉國稱美王任此人爲國平
事國法舉貸取與無券悉詣平事時賈客從
弟尸羅世質多舉錢財時弟長者唯有一子
其年幼小將其子并所出錢到平事所白言
大兄是賈客子從我舉錢入海來還應得爾
許我若終亡證令得之平事言然其弟長者
不久命終賈客入海遭風失貨賈客得全時
長者子聞其空歸便自念言此雖負我何由
可得須有當償時此賈客復餘舉假續復入
海獲大珍寶安隱來還心自念言彼長者子

前雖不從我責我舉錢財此人幼稚或時不
憶或見我前窮故不責耶今當試之即嚴好
馬衆寶服飾長者子見即遣人語汝負我錢
今可見償答言可爾賈客自念所舉頓大重
生累息無由可畢當作一策乃可了耳持一
寶珠到平事婦所白言夫人我本從尸羅世
質舉錢財其子來責今上一珠價直十萬若
從我責可囑平事其婦答言長者誠信必不
肯爾爲當試語即受其珠平事暮歸婦即具
白長者答言何有是事以我忠信不妄語故
王立我爲國平事若一妄言此事不可明賈
客來具告情狀即還其珠時賈客子更上一
珠直二十萬願使囑及此既小事但作一言
得三十萬爾時女人貪愛寶珠即爲受之暮
更白夫昨日白事願必在意長者答言絕無

此理爾時長者有一男兒其婦泣曰若不見隨我先殺兒然後自殺長者聞此譬如人噎自念我唯一子若其當死財無所付若從是語人不信用將來受苦迫蹴不已即便可之婦語賈客長者已許賈客欣悦還嚴大象衆寶莊校著大寶衣乘象入市長者子見即往語曰先所負錢今宜見償賈客驚言我都不憶何時負君尋共相將至平事所長者子言此人往日親從父舉若干錢伯爲時平事事爲爾不答言不知其姪驚曰伯父爾時審不見聞又答不爾姪子恚曰以伯忠良王令平事國人信用我親弟子非法猶爾況於外人枉者豈少此之虚妄後世自知佛告長者欲知爾時平事長者今謾慈毗棃是由於爾時一妄語故墮大地獄多受苦毒從地獄出五百世中常受此身植好布施常生豪富得爲財主出賢愚經第十卷

音悦今身受先世四種報第七

有長者名曰音悦財富無數年老無子以爲愁慼雖然宿福所追其報有四一者夫人産男二者五百白馬同時生駒三者國王遣使者拜授金印四者五百寶船同時俱至佛告阿難長者音悦先世之時遣五百人乘船入海既獲衆寶安隱還家是故如來説世四福同時普集長者念言天降福祚集我之庭當作甘饌室族相慶時四天王釋梵諸天龍神鬼王阿須倫等各與眷屬側塞虚空如來神達知此長者歡喜踴躍因其歡悦欲往稱歎若其開解可植福哉應時歌誦吉祥八音長者歡喜啓瞿曇言實爲神妙知我室族吉祥

無量枉屈尊神來相讚歎以好白潔氎直千萬兩金奉上如來佛即受之佛告長者財有五危汝今能爾必獲影報所生之處福自歸身長者白佛何等五危佛言一者火燒二者水漂三者縣官四者惡子用度無限五者盜賊五事一至不可抑制長者聞說益增踊躍於是如來忽然還到耆闍崛山爾時國內有尼犍異道名曰不蘭迦葉聽聞如來詣長者家歌頌一偈獲得長者千萬兩金沙門尚能得金況我往乞當不得乎又自念言我當往求瞿曇沙門所可說偈然後往乞必得珍寶嗟歎之宜當勝瞿曇不蘭迦葉懷此愚癡妬嫉之意而往問佛佛傳聞瞿曇詣長者家歌頌一偈大得珍寶寧可哀矜賜所說偈令吾諷誦冀望得寶如來三達知此長者却後一時財寶當散不蘭迦葉不知時宜遭厄之家而說吉祥必得長者無量杖痛如來告言不惜此偈汝不知時卿說此偈必得楚痛是故違卿若更欲得應時之說妙絕之句吾當與汝既使長者得聞真言又免捶毒之痛不蘭迦葉心自念言瞿曇沙門不欲令我往乞珍寶是故悋惜不肯與我即便啓佛其但與我焉知餘事如來慈愍諫之滿三終不信解佛亦預知不蘭迦葉前世因緣應受此痛如來又云罪不可諫佛即爲說吉祥之偈尼犍諷誦一歲乃諳然後長者失火燒舍珍琦了盡五百馬駒同時燒死所生妙子一旦終亡王遣使者録奪金印後復乘船入海採寶安隱來還泊岸五百寶船一旦漂没室族大小無不愁毒不蘭迦葉往到其門歌頌如來吉祥之

偈如上所説長者聞之舉門忿恚天下殄殃無過於我云何此人裸形無恥在此妖蠱説我吉祥益我憂煩即出捶打從頭至足匍匐還家六師宗等逆問其意答言此變正由瞿曇内不自剋反怨世尊佛告衆會不蘭迦葉前從如來求索一偈欲詣長者歌頌求寶如來諫之其於不信令已在彼遭痛毒患阿難白佛不蘭迦葉與此長者有何因緣而被此患佛告阿難乃昔久遠阿僧祇劫時有國王亦名音悦復有一鳥名曰鸚鵡在王宮上鳴聲和好王時晝寢聞鳥聲驚覺問其左右此爲何鳥鳴聲妙好侍者白言有一奇鳥五色焜煌適在宮上鳴已便去王遣步騎逐而求之推尋殊久捕得與王即以七寶瓔珞其身常著左右晝夜看視不去須臾復有一鳥名曰鵄梟來在宮上看見鸚鵡獨得優寵即問鸚鵡何緣致此鸚鵡答言我來宮上悲鳴殊好國王愛敬於我取我常著左右鵄梟聞之心懷妬嫉心即念言我亦當鳴令殊於卿國王亦當愛寵我身王時卧出鵄梟即鳴王即驚覺歘然毛竪如畏怖狀王問左右此爲何聲驚動怖我侍者白言有惡聲鳥名鵄梟王遣大衆分布推索即得與王王令左右生拔毛羽舉身大痛步行而去衆鳥問言何緣致此鵄梟瞋恚答衆鳥言正坐鸚鵡故得此患佛言善聲招福惡聲致禍罪報由己反怒鸚鵡昔國王者長者音悦是鸚鵡者我身是鵄梟者不蘭迦葉是（出長者音悦經）

鳩留飢遇樹神因得信解第八

昔有長者名鳩留不信今世後世善惡報應

與五百人共行治生未到他國絶食三日前行遥見叢林想是居家到見樹神即爲作禮具其飢乏神即舉手五指端自然出飲食甘水與之鵠留飽滿復大號哭神問何故答曰吾伴五百人皆大飢渴神令呼來復與飲食人馬皆足鵠留問神本有何福自致如是神曰我本迦葉佛時作貧窮人恒於城門摩鏡有沙門出入常喜指示分衛之處及佛圖精舍如是非一壽終生此自然受福無所乏短長者心悟大修布施日飯八千人淘米之汁流出城門足以乘舟後生第二天上作散華天人（出十卷譬喻經第二卷）

日難長者財富巨億慳惜不施後世貧盲第九

昔波羅柰國長者名曰日難大富珍琦爲人慳嫉日未没時常勑門監乞者勿通日難子栴檀亦復慳貪難後壽盡還生國中爲盲婦作子其夫語婦汝身重病今復懷軀我無衣食汝便自去婦出門去得大聚牆便止其中九月生子兩目復盲乞食養之至年七歲其母悲言今有乞我少飯愈飢如雨渴者兒聞母説便行乞食到其子家時守門者適小出外入到中庭栴檀聞語呼守門問門監懼罪即掣盲兒撲於門外傷頭折臂母聞走到何人無道時門上神便謂之言汝得是痛尚爲小小其大在後汝坐前世有財不施故得勤苦死更苦痛觀者聞聲佛問阿難是何等聲阿難具説願佛哀矜到此兒所分麨飯已往視盲兒以手摩頭目便開明折傷即愈因識宿命佛問汝是前世長者字日難耶對曰是

也佛告阿難人居世間甚苦愚癡一世父子不相識知時佛說經解散其意

有求子索財　於此二事中　甚憂勤苦痛
他人所得果　有身不能保　何況子與財
譬如夏月暑　息止樹下涼　須臾當復去
世間無有常（出日難經）

長者發菩薩心將諸貧人取得珍寶第十

昔有長者發菩薩心聚諸貧人凡得五百資給衣粮入海採寶宿一大山衆人昏鈍唯長者獨坐並有所瞻夜見山腹出於一人光燄非恒面目端正口似豬口以妓樂自娛周旋山側長者問曰卿爲何人聞聲愕曰吾是受福之人解住在此長者問曰身形端正口何獨爾答曰坐犯口過常喜詆語天人曰卿是何人答曰吾是國中長者憂念貧匱欲令安隱故將衆人入海採寶並欲運寶饒益閻浮天人曰卿得無是菩薩耶長者曰吾發菩薩心救濟一切婬怒癡病諸未度者吾是度之天人曰善哉遂送寶所重載而還（出十卷譬喻經第五卷）

長者後貧舉金供施耕遇千鼎用之不盡第十一

昔罽賓國有一長者本大富父母亡後常供養數道人數年之中家欲貧困無復有得爲父母作福念之愁毒婦語壻言寧一世勤苦後長解脫遠使父母得福無量長者言然持我二人權舉百兩金約用金盡就作畢直得金便施盡乃往作遣夫耕田婦廚下炊耕得大石如似磨蓋發視見金千鼎便還覆之不復還食長者遣婦餉夫夫便擔金自歸其家

明日稱金還了主人夫婦返舍復爲七世父母布施用之終身不盡（出十卷譬喻經第一卷）

香身長者婦爲國王所奪第十二

昔有國王貪於婬色所作無道聞好婦女尋往掠奪舉國患之有一長者財富無數高才博達婦容端正臣下啓王王聞心動遣使强奪其夫愁惱便棄家居行作沙門口中出香熏四十里身體周遍有栴檀氣王見其人旣無子姪皆收家財王立其婦以爲正后國中生好蓮華青黄紅白甚大香潔王敬夫人先持與之夫人得華益甚悲感王問卿今一國之母相敬不相失意有何不可乃爾不樂耶夫人曰不敢不樂但念我前夫身口之香勝此衆華竊思舊意不覺自悲王不信言乃遣請之前壻巳得羅漢神通飛行身出衆香充遍一國王使澡洗重加揩拭身香益甚王試問佛佛言過去有一貧子窮困無業賣薪自活採薪還未及城門城門巳閉門外有寺僧夜誦經其人寄宿便坐聽經燒香讃歎至於天曉緣是五百世不墮三惡道常生天上身口香潔（出十卷譬喻經第四卷）

長者婦懷妊口氣香第十三

昔有長者夫人懷妊口出好香氣滿一國阿闍世王遣使尋求見長者家以問長者長者具答使者白王王大歡喜召語長者卿若生男者當持與我後乃生女有金縷衣自然著身母怪解去隨生一重還著其身便往問佛佛言昔有貧家婦出行遇雨見一老沙門是辟支佛泥倒躃地傷膝流血出即扶沙門起洗去其血自裂巳衣用裹傷膝婦人雖未奉

法要常好稱譽佛道死生第二天上壽終下生故有自然之衣口出好香（出十卷譬喻經第一卷）

慳財生號哭地獄第十四

舍衞城中有富長者命終無兒所有錢財皆悉没官長者生時食噉麤惡衣裳單弊以樹葉爲蓋佛曰雖得豪位不自養身亦不養子不供父母不通朋友不施沙門今日命終入啼哭地獄佛言過去以食施辟支佛施已心悔云我不以與奴婢乃與剃頭沙門由是善報七反生天七反生人常得豪貴由悔心故是業果報不食好食不衣好衣亦不貪五欲波斯匿王當勤行精進除去懈怠（出長者命終無子經）

以擣衣石施人起塔生天第十五

有一長者欲起塔寺材木悉辦唯少一石擬著柱下有一長者雖不奉佛猶知有福便以家中一擣衣石施之便得成寺其施石人命終即生第二天上七寶宮殿玉女侍衞衣食自然如是久後其國摩滅無人修治寺都壞盡唯有一石没在地中人民耕地石妨其犂舉意欲掘石主天人其心忪動以天眼觀見人掘石心中自念我因此石福來生天今人取去福將無盡乎便下化作凡人往掘石人前問曰君欲取此石去耶其人荅曰吾欲來耕地值石妨犂故欲去耳天人問曰設耕此地種得數十斛耳天人曰卿勿取此石吾以五百兩金與卿其人問曰君得無是神乎荅曰吾是天人也即復天身語其人曰吾本是此土人耳前身以此石與道人立寺我因此福得生天上封受自然向者天宮震動怪其所以觀見君是故來耳此石是吾福之根本

也卿勿取之其人聞之曰本所不知此是神明塔寺天人福田不敢犯也天還天上其人思惟此天但施此石得福如此吾當更立塔寺便即興功修塔如故出福報經又出十卷譬喻經第一卷

須達三子事窮方信第十六

昔給孤獨氏有三子皆背正向邪荒酒女色馳騁田獵摴蒲博弈去明即瞑日成狂愚父愍悼之慈惻誨喻指示禍福無日不爾子獨不移放蕩日甚父乃以苗草衣以豆麥食之窮而悔焉父言爾爲不善世獲殃甚困如此豈況地獄燒煑之痛誰當濟爾子叩頭曰邪友所導狂惑習之由豬處溷不知其臭自今束身奉戴三尊父曰大善汝若洗心奉佛五戒終身不犯歲與汝五千萬兩金三自歸三千萬子對曰唯既奉尊教即令洗浴將至佛所稽首受戒退歸修德清潔其志周窮濟乏惠逮衆生國儒稱德名齊古賢出教子經

須檀子貪財殺弟第十七

昔羅閱祇城有長者名曰須檀大富多財子名須摩提其父命終弟名修耶舍摩提設計不與弟分念當殺之兄語弟言共詣耆闍崛山上有所論説即執弟手上至絶崖便推置底以石磓之便即命終須檀者則眞淨父王是也時須摩提者則我身是修耶舍者則今陀婆達兜是出興起行經下卷

棃耆彌第七兒婦生三十卵卵出一男第十八

波斯匿王有一大臣名棃耆彌爲第七子納妻乃娶波斯匿王弟曇摩訶羡女此女聰黠利根多諸德藝懷妊十月産三十卵卵出一

男形體挺特勇健無雙一人之力有過千夫父母愛念合國敬畏出賢愚經第十卷

癡子賣香遲燒之爲炭以求速售第十九

有富長者生子愚癡乘船與生唯載沉香香精且貴買者甚希久滯不售同侶反鄉獨不得去恐失宗伴遍觀市中貨炭最駛即燒香作炭希得應速衆人見之咸共責笑大顚狂人賣香雖遲獲直不少今燒成炭復何所得出百句譬喻經第一卷

經律異相卷第三十六

音釋

俺於檢切舊於廉切　蓏即果切蔓實也　鎢錆鎢於胡切錆余六切鎢錆溫器也　啻施智切不止也　鏝謨官切　焜煌焜胡本切煌乎光切焜煌光明也　鵚他谷切鵚鶖也　詍余世切多言也　摴蒱摴抽居切蒱薄胡切摴蒱戲也　磓都回切以石投下也　售承呪切賣去手也

經律異相卷第三十七

梁沙門僧旻寶唱等奉　勑撰

優婆塞部第三十七

沙門億耳入海見地獄第一

阿濕摩伽阿槃地國有聚落王名薩薄中有大富居士財寶豐盈唯無兒息從諸神祇求不能得有子時到婦覺有娠此女利根有四不共智一知男愛二知男不愛三知妊身時四知所從得以語居士居士歡喜月滿生男耳有金鐶是兒端正見者歡喜集婆羅門相之言是兒實有福德威力爲作二字宿世出家即名曰沙門耳鐶非世所作可直一億字爲沙門億耳五種養視一者治身母二者除垢母三者乳母四者吉母五者戲笑母是兒

福力而疾長大便教書數算印善知諸物價相貴賤是王聚落商客所集時四方人來詣聚落問言是中阿誰有好德可與寄言示我利害諸人示沙門億耳是諸商客即往詣之接爲主人是諸商客見大威力如是思惟若作薩薄將多人入海必安隱歸諸人言沙門億耳汝何以不入大海答言我入大海作何等是中多諸恐怖百千人去時一得還是諸商客激勵之言何等人仰他活命沙門億耳信受欲去到父母所辭欲入海時父母説諸怖事欲令變悔以制留之時不隨父母語父母語貴人佐我留億耳時諸大官長者居士皆助留之終不隨從父母知其意正則聽令去於是乘象震鈴遍告令聚落言沙門億耳欲入大海我作薩薄誰欲共去是人福德五百商客皆悉樂從莊船下水日斷一繩至第七日得伊勒風此言隨好風斷第七繩船疾勝箭徑到寶渚語諸賈客言取寶滿船莫令大重得伊勒風是時船去疾疾勝箭還閻浮提向薩薄王聚落有二道沙門億耳語諸商人欲從何道諸人咸言陸道去好夜住空澤語諸商人我曾聞賊來劫諸賈客若前殺薩薄則諸賈客無所成辦若不殺薩薄則以錢物力若自身力若有他力必能得賊我當餘處宿去時當喚我諸人言爾億耳驅驢往别處宿是諸賈客夜半發去人人相覺竟不喚億耳後夜天大風雨億耳覺喚既無應者即時馳逐道多沙土風雨流漫仰驢嗅跡而前億耳飢極前行見有一城念想得食立於城門隨念失聲唱言食食時無數百千餓鬼來出皆

言何等食阿誰與億耳言無食我行飢極念想得食因出此言我無食也諸餓鬼言此是餓鬼城我百千萬歲今日乃聞唱食聲我等不布施慳悋多故墮餓鬼中汝欲那去億耳言欲至薩薄王聚落鬼言從是道去於是前行復見一城隨念唱水其事如前前行不久復見一樹名波羅夜於下坐揺樹落葉細者自食麤者與驢如是日暮即有牀出男女顔貌端正著天寶冠共相娛樂作是思惟我不應爾看他私事時夜過晝來即時牀滅有狗來噉是男子肉盡骨在億耳念言是人先作何行今得此報夜善晝惡我待問之至夜更有好牀男女娛樂即往問之男言汝識阿濕摩阿伽槃地中薩薄王聚落某甲屠兒不有長老迦旃延常出入我家我常供給飲食衣藥彼常語我言莫作惡行後得大苦我時答言先世已來此以爲業今若不作那得自活旃延復言汝作此惡爲晝多夜多我言晝多即語我言汝夜受五戒可獲微善我即從受今得此報前行不久復見二樹名波羅住下止宿食葉如前男女晝來相娛暮則牀女皆滅百足蟲出噉是男子肉盡骨在億耳問言汝作何行今獲此報男言阿濕摩伽阿槃地國中薩薄王聚落某甲男子婬犯他婦有長老迦旃延出入我家彼教我言莫作惡行後得苦報我答言不能自抑當可如何復語我言汝於此事何時偏多我言夜時多迦旃延即語我言受晝五戒可獲微善我用其言故獲斯報復見樹林池水清淨億耳於中洗浴飲驢是池邊有堂衆寶莊嚴億耳仰視即作

是念我飢渴欲死當何所在即便上堂説佛經偈

飢爲第一病　行爲第一苦　如是知法實

涅槃第一樂

上堂見女人坐象牙牀牀脚繫二餓鬼是女識億耳因問訊言沙門億耳道路不極不渴飢耶億耳答言貴女乞我食女言相與但莫與是二餓鬼耳女即與水洗手與食是女飲令億耳知此因緣故小出堂外時二餓鬼伸手言乞我一口乞我半口我即腹中飢如火燒億耳好施各與一口變成膿血多咽還吐出皆臭穢女言我語汝莫與何以與之億耳言姉妹我不知故與時更有一女來語貴女與我食女言食汝常食作是語已即有三鑊火湯沸是女脱衣入鑊中皮肉爛盡唯有骨髓冷風來吹出鑊還活著衣噉其爛肉噉已而去更有女來言貴人與我食女言食汝常食作是語竟女變成羖羊噉草億耳語女是何等事女言汝識阿濕摩伽阿槃地國中薩薄王聚落不億耳言識是一鬼繫我頭邊牀脚者是我夫某甲居士繫我脚邊牀脚者是我兒有長老迦旃延出入我舍受我供養衣服湯藥是二人瞋我言我覔時辛苦而汝持與他空自疲勞以是慳貪不喜布施墮餓鬼中惡口業故與食變爲膿血億耳言是女何以自噉其肉女言是我兒婦與物令舉或自噉或與人噉我問覔答言我不噉亦不與他若我自噉及與他者當自噉我肉故自噉肉第二女是我婢我使舂磨或自噉或與他若問時言我不自噉不與他若自噉與他者

我後世當作羊噉草以是因緣今作殺羊噉草億耳言汝作何行女言我有少罪來生是中當不久往生四天王天汝能少為我往薩薄王聚落中為語我女云見汝父母兄兄婦及婢唯汝母獨受福餘者受罪汝母因我語汝莫作惡事後世多受苦報汝若不信是汝母言某處有藏大有錢財取為我作福供養衆僧及迦旃延殘餘可以自活問億耳言汝欲去耶答言欲去女言汝眠閉眼須臾至薩薄王聚落是諸賈客先到諸人問言見沙門億耳不答言海中失之舉邑皆哭如喪父母億耳聞之若今見我必復擾動不須復歸漸漸到女舍共相問訊以母言語女女言咄男子汝癡狂人我父母布施作福死必生天何以在餓鬼中億耳即語女言汝母言某處有藏大有錢物使汝取供養女聞開藏大得錢財得以生信如其母勑請迦旃延隨從說法即於座上得諸法清淨無垢法眼得無所畏禮迦旃延言大德我歸依三寶作優婆塞欲於善勝法中出家受具足迦旃延言父母聽汝出家不答言未聽迦旃延言我法父母不聽不得出家受具足即便歸家禮拜父母父母先由愁苦故並失明聞億耳從大海中安隱還歸悲喜淚出眼便還明過五六日白父母言聽我出家父母言我本至心求願得汝汝入大海得死消息愁憂故眼盲汝今來還我大歡喜眼得開視汝今便為更生汝受我語則為供養我我壽命能過幾時若能畢我等壽不出家者我死不恨億耳答言諾出十誦律四誦第四卷

優婆塞持戒鬼代取華第二

昔有優婆塞僑居舍衛國婦形端正一國同聞朋友欲觀終不肯示人以白王王思欲見不知何由一臣啓言夫婦並持五戒供養道士手自斟酌王可詐作道士持鉢詣門必得見之即隨臣言權變形服竊到其家婦見道士頭面作禮王覩察已還語臣等此婦實好入我心中不知何從得之衆臣白言此雖僑士應覲於王憍慢不來可以爲罪去舍衛城千有餘里大池水中生五色蓮華間有三難蝮蛇鬼神惡獸罪應死者使往取華輙没於彼王便呼問言卿何等人再拜答曰大王民也王言何以不來答曰愚癡不及耳自知有罪王言罰卿詣池取華七日當還若違期至當重治卿受教辭退還具告婦婦語夫言君今有罪由我美色君識佛明教三界無怙唯戒可恃上道之日心念三尊口誦十善莫忘須臾若君不還吾當出家以戒自樂不經二男給夫資粮辭決進路行至半道有噉人鬼問曰何人答言是佛弟子鬼言諸犯罪者遣付吾等詐言取華賢者實不犯罪爲惡人所譏答鬼言人命難得唯在大神耳鬼言卿是佛弟子又復無罪我不相害也餘有二難恐卿不免當如之何鬼復言曰相代取華以濟卿身使我長夜得福無量卿穩住此間鬼於是去須臾便還五色好華百重而至以與賢者賢者重不能舉鬼便取華并扶賢者屈伸臂頃已到宫門辭别而去賢者詣門自通王怪還速具問本末如實自陳王大驚慙曰鬼無人義害於衆生今濟善人我乃無義不别

善惡不如鬼魅即自責過稽首歸命願爲弟子奉受五戒廣行六度國致太平賢者夫婦并加精進得不退轉（出譬喻經第五卷）

優婆塞爲王廚吏被逼殺害而指現師子第三

佛泥洹後百年國王奉事天神大祠祀用牛羊豬犬雞等各百頭皆使廚士殺之時廚士言我受佛戒不得殺生廚監大恚白王治之王言違教者死廚士對曰我是佛弟子受持五戒寧自殺身不違佛教而當殺生若當從王教犯殺者死入地獄罪竟乃出常當短命持戒死者即生天上天上福樂所願自然縱今當死轉此人身當受天形我以是故死不殺耳王言與汝七日期當以象蹈殺汝若不死者汝語有實七日已後王看是優婆塞身如佛身驅五百象往蹈殺之優婆塞如佛法則舉五指化爲五山一山間有一師子出象見師子惶怖伏地如佛在時王時信佛便廢祠祀即從此士受佛五戒吏民內外皆亦受法遂爲國師（出譬喻經第六卷）

優婆塞被魔試第四

有一優婆塞與衆賈客遠出治生遇天寒雪夜行失伴住一石室時有山神變爲女像來試之曰白雪覆山地鳥獸皆隱藏我獨無所恃唯願見愍傷優婆塞兩手掩耳曰無羞弊惡人説此不淨語水漂火焚之不欲見聞汝有婦心不欲何況作邪婬欲樂情淺薄大苦可畏深山神聞之兩手擎捧送至伴中（出大智論第十七卷）

清信士嫁女與事鬼家第五

優婆塞嫁女與世間人臨遣女時父母欲奪女戒女言云何奪戒父母言法嫁女與世俗人如黄金擲牛屎中復用戒爲女言如人遠行大空澤中無有人民應益裝粮食世家事鬼恐鬼儻得我便應益持戒令志堅固黄金在牛屎中洗自可用豈便與牛屎同耶父母感其言以佛像與之女致嚴器中朝暮向器作禮壻問婦答是佛能令頭不白顔色常好壻同供養後同生天上不更三塗出十卷譬喻經第五卷

清信士始精進末懈後生慚愧鬼不能害第六

昔有清信士始受戒時精進少雙後年衰老違遠賢衆獨處山岨志更淩遲荒于田園忘佛廢法更成凡夫其山中有梵志道士渴欲求飲田家事遑無與之者梵志有怨遂爾恨去梵志能起死人并使鬼神即召殺鬼勑之曰彼人辱我爾往殺之山中有羅漢知之往至田家田家見沙門欣然稽首爲設一食沙門曰汝今日夕早然燈勤三自歸誦戒守口攝意慈念衆生可長安隱沙門去後主人如教通曉念佛誦戒不休殺鬼至曉伺其微尤欲以殺之覩彼慈心無緣殺焉鬼神之法人令已殺已便欲殺但彼有不可殺之德法當還殺使已殺者鬼乃恚欲害梵志羅漢以威神蔽之令鬼不見田家悟道梵志得活鬼遂不獲殺生之罪田家一時受三自歸念佛不懈全一門之命出墮落優婆塞經又出十卷譬喻經第五卷

清信士臨亡夫妻相愛生爲婦鼻中蟲第七

有清信士持戒精進不懈有一沙門已棄重

擔生死永盡逮得神通與共親友時清信士卒得困疾醫藥不治婦大悲苦謂其夫言共爲夫婦卿獨受苦以何方便分病令輕設卿無常我何所依兒子孤單復何恃怙夫聞益懷愛戀大命將至應時即死魂神即還在婦鼻中化作一蟲婦大啼哭不能自止時道人往與婦相見故欲諫喻令損愁憂婦見道人來益用悲慟奈何和尚夫壻已死蟲從鼻涕忽然墮地婦即慚愧欲以脚蹈道人告曰止止莫殺是卿夫壻化作此蟲婦曰道人我夫奉經持戒精進難及何緣壽終轉形作此道人答曰過起愛戀今生爲蟲道人爲蟲說經卿精進奉經持戒福應生天見諸佛但坐恩愛戀慕之想墮此蟲中即可慙愧蟲聞意解自剋責俄而命終即得生天（出居士物故爲婦鼻蟲經）

薄拘羅持一戒得五不死報第八

昔有一人唯有一兒名薄拘羅年始七歲其婦命終更取後妻憎前婦子甑中蒸餅見問母索母抱放甑中以盆合頭欲令兒死兒於甑中食餅不死後復抱置熱鐵鏊上於鏊食餅不以爲天後詣河邊浣衣擲深水中爲魚所吞經于七日父請衆僧爲設大會買得一魚車載歸家欲破魚腹兒言徐徐莫傷兒頭此兒先受不殺一戒今得五種不死（出譬喻經）

持戒誦經續明供養鬼不能害第九

昔有兄弟五人父教持戒大兒獨不肯持戒齋五枚錢至相師請求相師言年可百歲當大富貴又言定惡復言不好剋後十三日卿當死亡其人大怖言非是世間常師所能療治唯有佛預知未然近在耆闍崛山中可往

問之於是即往問佛佛言卿有宿命對怨家欲來取卿卿若欲得免者當持五戒乃可得脫卿歸益辦脂燭焚之過十三日即受歸戒然燈續明終日竟夜諷誦經偈言南無佛歸命佛慎莫休息過十三日便自得脫其夜即有二鬼往共殺之一鬼住百步外使一鬼住殺見燈火光明但聞呼南無佛歸命佛聲不敢前逆語一鬼言此人不可復得但呼南無佛歸命佛我惡聞是聲令我頭痛於是二鬼便相持走去不復近之從是巳後長得安隱出諸經中要事

執持求還佛戒口中諸鬼出打其身第十

昔迦羅柰國有婆羅門子名曰執持受佛禁戒無所違犯執持久後到他國中見人殺盜婬便貪愛之見人好惡便論道之見飲酒者便欲追之無一時定便自念言悔受戒誓當以還佛即詣佛所言前受五戒多所禁制不得從意佛法尊重非我凡類所能恭事罷可得不佛默然不應言巳未絕口中便有自然鬼神持鐵椎拍執持頭復有鬼神脫其衣裳鉤其舌者有婬女鬼刀割其陰有鬼洋銅澆其口前後左右皆諸鬼競來分裂取其血肉而噉食之又有自然之火焚燒其身求生不得求死不得諸鬼急持不令得動佛見問曰汝今云何執持口噤不能復言但手自摶佛以威神救度長者諸鬼神王見佛世尊各立一面於是得穌便起叩頭前白佛言我身有五賊拏我入三惡道坐欲作罪違負所受願佛愍我從今改往修來奉受戒法持月六齋歲三長齋燒香散華懸雜旛蓋供事三寶不

敢復犯佛言汝今所言是爲大善汝若眼見自作自得非天授與出大灌頂經中第三卷

不信罪福夢鬼取之令其受戒後壽百年第十一

昔人不信罪福年巳五十夢見殺鬼欲來取之眠覺惶怖求師占夢師作卦兆云有殺鬼必欲相害不過十日若欲禳此從今巳去十日中間受佛五戒燒香燃燈懸繒旛蓋信向三寶可免此死即依此法專心信向殺鬼到門見作功德不能得害鬼即走去其人緣斯壽滿百歲死得生天出雜譬喻經

家有六人割口施僧同受富樂第十二

昔有大富家食口六人奴婢金銀珍寶不可稱數佛與阿難街里分衛佛到其門父母兒子妻婦孫息踊躍歡喜請佛入座以氍毹布地食器皆以金銀佛言此人前生值飢餓世家中窮乏唯採諸菜用自繫命作羹適熟外有道人分衛出見沙門父母便言我分與之兒子孫息各自巳分與之讓母令食六人一時發意各一日不食唯恨家貧無好供養緣此之福得生天上人中常得安隱豐饒財物以其發意同等之故世世共作因緣今重相值父母兒子大小一時皆持五戒命終生天受福無量今若值佛皆得羅漢出雜譬喻經下卷

有人路行遇見三變身行精進第十三

有人在道上行見道邊有一死人鬼神以杖鞭之行人言此人巳死何故鞭之鬼神言是我先身生在之日不孝父母事君不忠不奉敬三寶不隨師父之教令令我墮罪而行苦痛難言瞋故鞭之稍稍前行復見一死人天

人來下散華於死屍上以手摩挲之行人問言觀君似是天人何故摩挲是死人耶答云是我故身生在之日孝從父母忠信事君奉事三尊承受師父之教令我神得生天皆是故身之恩是故以來報之耳小復前行又見一天人衣服鮮好端正香潔道邊摘酸棗噉之行人問曰觀君似是天人何噉酸棗天人答曰我在世時孝從父母忠信事君奉事三尊種種作諸功德唯不喜飯飼人客今作天人恒食不充是以食酸棗耳行人一日見此三變便還奉持五戒修行十善孝從父母忠信事君示語後世罪福追人（出諸經中要事）

有人命終十日還生述所經見第十四

有優婆塞本事外道厭苦禱祠委捨入佛法奉戒精進勤誦經好布施造意忍辱常有慈心暴疾命過臨當死時囑父母言我病若不諱七日莫殯奄忽如死停屍八日親屬皆言急當殯殮父母言不肨臭欲留至十日當此語時便見眼開未能動搖父母歡喜守至十日便自起坐善能語言問所從來盡何所見答言有吏兵來將到一大城城中有獄獄正黑四面鐵城城門悉燒鐵正赤獄中繫人身坐火中上下烔燒青煙上出或有人以刀割其肉而噉食之獄王問我言汝何等人犯坐何等乃來到此此中治五逆不孝父母不忠信事君答言我少爲惡人所惑奉事外道愚癡又飲酒殺生祀天地又於市里採取財利升斗尺寸欲以自饒後與善師相值牽我入佛道見沙門道人授我五戒奉行十善自爾以來至于今日不復犯惡仰由明王哀我不

及我便叩頭王即起叉手謂我言止止清信之人不應當爾便與我坐呼吏問之此乃無上正真弟子汝輩皆當從是人得度以其人壽命自盡時乃當死耳魂神追行若生天上天神迎之若生人中人中迎之何得將此人來入是五逆之處吏荅王言世間多有是種人不畏王法不畏四時五行不拘天地鬼神橫行天下不可不問也有師名沙門既剃頭鬢被服疎陋以是自大多將弟子東西南北復大劇是應當治之王言止止法服之人無所貴敬他所畏難諸釋梵日月中王下及帝王臣民尊奉是人得福無量輕慢是者自求罪苦急案名錄壽應盡未吏言未應死也尚有餘算二十以其先有所犯罪是以取之使其黨輩小小自下耳王言佛子有戒精進天神所貴佛以大慈救護一切蜎飛蠕動天神地祇諸鬼龍等皆敬貴之豈拘王相四時五行耶佛恩如四海不得限量吏言大王奉佛戒耶王曰坐我不奉佛故追罪作此獄王若人已入正法後悔還爲外道雖壽千歲當逢九橫若持戒比丘及諸弟子當勤行六度六衰斷絕二十事亦在經文觀佛功德猶若巨海不可量也吏言誠如王言不別眞僞速發遣之舜謝使去從高墮下爗然而穌與其父母共至祇洹自唯自尅奉受五戒修行十善出弟子死復生經

經律異相卷第三十七

音釋

娠失人切孕也錡語綺切三足鼎僑渠嬌切寓居也甑子孕切甗無底日甑甗音彥鏊疑到切餅鏊也䴵必郢切麪餈也氍氀氍其俱切氍毹毛席也氀力朱切氀毼毛布也烔音洞熱貌㸌闊鑊切開朗貌

經律異相卷第三十八

梁沙門僧旻 寶唱 等奉 勑撰

優婆夷部第二十八

優波斯那割肉救病比丘第一

毗紐乾國多信邪見無佛法僧有一女人名優波斯那（僧祇律云名㖒卑夫亦名㖒卑彌沙塞律云須卑）時有事緣至舍衞國波斯匿王所緣事畢從諸篤信優婆塞邊聞佛功德欲得見佛即往祇洹值佛爲諸大衆說五戒法優波斯那求從佛受即得五戒佛復以法句經與令諷誦是時中夜誦法句經有毗沙門天王從數千夜叉欲至南方毗婁勒叉所聞誦經聲尋皆住聽讚言善哉姊妹善說法要優波斯那即便問言汝爲是誰但聞空聲不見有形答言我是鬼王毗沙門天爲聽法故住於空中又問汝天我人云何故稱我爲姊妹耶答曰佛是法王亦人天父同一法味故言姊妹時優波斯那心大歡喜常使人入林採薪後旦上樹遥見

舍利弗目連及五百比丘在此林中精勤禪誦使人還白大家優波斯那歡喜無量脱二金環以賞使者使者復言世尊有好言寄與大家具説五施復解瓔珞重以賜之使者曰時起洗手辦具飲食我向輙持大家言請二尊者及五百弟子今日來食即放使者及與珍寶告諸家屬及諸隣比設於供具尊者與諸比丘著衣持鉢就座而坐作禮訖手自行水下種種食香味具足謂舍利弗言此舍有神與我親厚我有施時語我此阿羅漢此聖此凡此持戒此破戒此智此愚舍利弗我有四子及夫皆惡邪見我若供養三寶給施貧窮便生嫉恚而我修善布施終不退縮成須陀洹舍利弗言甚爲希有世尊是暮當來眦乾特林今還所住僧去已後即辦所用徃至

佛所觀諸衆僧所止宿處見一病僧卧草窟中問其所患何所須欲答曰四大不調極大困苦醫令服新熱肉汁僧祇律云比丘是常供養服下藥須肉斯那言莫復他求我明當送明十五日國法不殺遍求不得便却使人靜室自浴割股裏肉以氎纏裹合諸草藥煑以爲羮送病比丘比丘食已病即除愈其夫尋還見婦色變即便問言汝何憔悴對曰我病即喚諸醫醫不能識遍問家人婢具言之夫到街巷大叫呼言沙門釋子食噉人肉如駮足王佛因制比丘諸不淨肉其不應食優婆夷言緣我斷肉即語夫言若能爲我請佛及僧來此設供甚善若其不能我當捨命夫爲妻故入林請佛明日舍食佛與衆僧就座而坐問斯那何在答曰病佛言喚來夫言汝師喚汝答曰病苦

不任起佛告阿難汝往告令起阿難即往稱佛呼之并牀舁之來到佛所遇佛光明苦病即除平復如故（僧祇律云比丘入慈心三昧瘡得平復）即起禮佛佛爲說法得阿那含道夫及眷屬捨離邪見法受五戒爲佛弟子（出優波斯那經又出賢愚經）

阿凡和利至心請佛庫中自然皆備第二

維耶離城有一女人名阿凡和利聞佛來遊歡喜無量與五百女俱詣佛所聞佛說法心生開悟請佛飯食時城中復有五百長者子亦請世尊世尊言已受阿凡和利明日請時長者子語和利言佛之至尊來化我國我應先飯汝且停供女言勿以豪强加於女弱若能見惠四願當相讓也一者令我心保善不移二者令我命保在不亡三者令我財物無減四者令佛長住此國長者曰善汝今乃能悟於無常諸所希願非我能辦聽先飯佛中有年少恥在其後固執不已便勑市司罷不貨易和利遣人求索諸物都無所得庫中衆饍自然滿足唯乏薪炭油灌白氎以充代之又內城門令不得出啓請於佛即遣鸚鵡往白食辦長者射之以佛神德箭化爲華得至佛所飛鳴白佛衆祐及僧足蹈城門天地震動五百長者阿凡和利及諸女人見聞此事逮得法眼受持五戒（出中本起經下卷）

蘇曼女産十卵卵成一兒并其往緣第三

舍衛國須達長者末生小女字曰蘇曼面首最妙其父憐愛將至佛所其女見佛情倍欣踊願得好香塗佛住室斯女手中有賔婆落佛從女索便以與佛於上書香還以與之女共其父還城推買如佛所須持詣祇洹躬自

擣磨日日如是於時特叉尸利國王遣其一兒使到舍衛廣行觀看復至精舍見蘇曼女便取爲婦後遂懐妊生十卵卵後開敷有十男兒形貌姝好勇健非凡然喜田獵母教莫爾諸子白母射獵最樂母令相遮將爲見憎母復告言吾愛汝等是以相制若當憎汝時終無此言殺生之罪當入地獄無央數劫解脱何由諸子白母爲自出心從他邊聞母復告言吾從佛聞兒復問母佛者何人幸願具宣母告諸子迦維羅越國淨飯王子猒老病死出家學道得無上果其身丈六三明六通遐鑒無外諸子啓母求往覲佛母即聽之往至祇洹奉覲如來佛爲説法十人俱時得法眼淨便求出家佛聽爲道鬚髮自墮法衣在身精勤大業盡得羅漢盡於苦際過去九十一劫有毗婆尸佛般涅槃後分布舍利起無量塔時有一塔朽故崩壞有一老母而修治之有年少十人偶行覩見歡喜相助所作已竟誓爲母子從是以來九十一劫天上人中恒與俱生受福快樂時老母者今蘇曼女是爾時十年少者今十羅漢是（出賢愚經第十二卷）

孤母喪子遇佛慈誘猒愛得道第四

佛在舍衛國給孤獨園有一孤母而喪一子憂惱愁憒抱屍啼走譬如狂人出至祇洹聞佛大聖天人所宗宣説經道忘憂除患孤母見佛作禮長跪願釋憂結佛告孤母汝速入城遍行街巷有不死家者乞火持還孤母求不能得空手而反佛告孤母夫人處世有四因緣不可久保一者常必無常二者富貴必貧賤三者合會必別離四者强健必當死汝

今何爲不自憂慮何不廣施持戒月持六齋任力堪能給施孤窮孤母白佛我今愛子入骨徹髓豈惜身命時佛欲化彼令其得悟即化作四大火坑圍遶孤母火氣逼身以兒自障佛語孤母汝向自陳愛子情重入骨徹髓寧自喪身不使子亡火氣逼已酸痛難堪但當自受以子障乎人間微火蓋不足言地獄火然疼痛無量畜生憹癡苦餓鬼飢渴苦能自利者當修布施持戒忍辱不生地獄及餓鬼等受天人福漸近泥洹時彼孤母内心自責猒患恩愛即於佛前盡諸塵垢成須陀洹出曜經所明

婦人喪失眷屬心發狂癡第五

天竺有一人往詣舍衛國婦生兩子大子七歲次子孩抱母復懷妊欲向在産天竺國俗婦人臨月歸父母家時此夫婦共乘一車載其二子詣舍衛城中路放牛時有毒蛇纏繞牛脚牛遂離桊其夫取牛蛇即捨牛殺夫婦見怖懅啼哭日已欲暝去家不遠隔一河水暝懼抄賊即棄其車攜將二子到於水畔而留大兒水邊抱小而度涉水始半狼噉其子叫呼其母母聞其聲轉顧見之驚懅不覺抱兒墮河隨流而逝母益懊惱迷惑失志頓躓水中墮所懷胎遂便渡水問道行人我家父母爲安隱不答曰昨日失火皆燒死盡又問行人聞我夫家姑妐安隱不答曰遇賊傷害姑妐皆死愁懼迷悶不識東西裸形狂走行人見者怪之謂得邪病馳走見佛佛大會說法時婦見佛意即得定不復愁憂自視裸形慙愧伏地佛呼阿難取衣與之婦著衣致敬

佛即說經爲現罪福即發無上道心立不退轉地愁憂除散如日無雲發無上心出婦人遇辜經

提韋婆羅門女無子自焚遇辯才沙門聞法悟解第六賢愚經大同小異

裴扇闍國有一女人名曰提韋婆羅門種其家大富喪壻無兒守寡孤窮無所恃怙婆羅門法若不如意便生自燒諸婆羅門共往教化令其願生那羅延天請婆羅門足一百人施設大會食畢各嚫犉牛弃從犢者家中所有諸物施五百婆羅門於恒水邊積薪自燒婆羅門爲女呪願令汝輕重諸罪一時滅盡後世生時六親眷屬壽命無量快樂無窮提韋從之即伐樵薪欲擬自燒國內沙門名鉢底婆此言辯才精進持戒多聞智慧常以慈心教化天下令改邪就正捨惡修善往問提韋言何用薪火答曰自欲燒身滅除殃罪辯才曰夫先身罪業隨逐精神不與身合徒自焚燒安能滅罪禍隨心生心念善法受報亦善心念惡法受報亦惡餘報亦然云何於苦惱中求欲滅罪望善報也辛爾不須於理不通如困病人爲苦所逼復遭惡人呵罵撾搏時此病人寧有善心無忿惱不提韋曰但生忿惱辯才曰汝今如是先身罪故今若燒身猛燄起時身體燋爛氣息未絕心未壞故當爾之時身心被煮識神未離故受苦毒煩悶心惱從是命終生地獄中苦惱尤劇千百萬倍又如車牛駃患於車欲使車壞前車若壞後車復扼罪業未盡假令燒壞百千萬身罪業因緣相續不絕猶如阿鼻一日之中八萬過死

八萬過生終過一劫其罪方畢況復如汝一過燒身欲求滅罪問曰願聞滅罪方法辯才答曰前心作惡如雲覆月後心起善如炬消闇起罪之源由身三口四意地業行今當一心單誠懺悔改邪就正捨身受身至成佛道辯才授十善禁提韋歡喜設種種飲食及諸珍寶請留教化辯才曰汝受十善法即爲法友復以化人則爲報効汝已得度我不宜留復化餘處物無所受於是而去（出未曾有經下卷）

女人懷妊願得出家母子爲道皆得成立第七

有一女人妊身數月見佛及僧願我生子以後出家爲沙門及生子後愛念既隆不遂宿心子年七歲意忽還悟作二人食及三法衣持瓶將子行詣佛所白佛言願哀我子使爲沙門令後得道身形如佛佛即聽之母以水灌前洗其兒應時九龍從瓶中出吐水灌兒澡訖殘水散兒頭上於頭上下變成華蓋寶帳交絡弁師子座上有諸佛佛時微笑出五色光照十億刹還繞佛身從兒頂入母即前行以飯上佛并食其子子發無上平等道意十億佛刹六反震動衆刹諸佛皆自然現佛以母分飯飽爾所佛及諸比丘皆等飽足其飯如故母即歡喜及諸天人得阿惟越致時兒髮墮成爲沙門立不退轉我身是也（出過世佛分衛經）

難陀然燈聲聞神力共不能滅第八

佛遊在給孤獨精舍波斯匿王供養於佛及諸大衆眷屬祇洹縱廣百六十里波斯匿王周遍然燈民人競看貧女難陀居無舍宅問

行路者知波斯匿以油千斛爲佛然燈難陀自責我以何故獨貧如此即入街里家家乞丐得少雜飯心自念言我當賣之以爲燈直賣得一錢齎詣油家油家問女持一錢油作何福德難陀答言欲爲佛然燈主聞之助其喜踊持一燈油即施與之貧女歡喜受到祇洹佛告阿難言有大長者與無上福不能自到開門使前波斯匿王聞佛此教尋自思惟吾於舍衛一國之尊興起道供豈殊我者佛何以故不讚於我復稱長者須臾貧女來到佛所然所齎燈當佛之前而發大願並爲一切求佛知見令此光明徹於十方幽冥惡道悉皆休息如是便退至明晨朝賢者目連歷檢諸燈難陀所然光獨如故目連即吹吹不能滅便以神力持五恒水激亦復不滅次以隨藍大風飄不能滅盡其神力竟不能滅心懷恐懼佛告目連然此燈者有殷重心以是之故燈爲常明設羅漢舍利弗等及辟支佛神化功德共滅此燈不能滅也令金翅王搏大海水若師子王震吼犇騰共滅此燈終不可滅難陀女人以日出時自往案行昨所然燈燈亦不滅光不缺減即大歡喜稽首佛足佛知女心求無上道放五色光從口中出佛每説法三乘之業授聲聞莂光從頂入授辟支佛莂光從兩眉間入授菩薩莂光從口入佛之笑光上至三十三天皆悉通達已便迴還繞佛三帀從口入時阿難起問佛言阿難汝見昨夜然燈女不此女壽終因是功德轉女人身當作男子刦後二十刧不墮惡道即生諸天及金輪王二十刧後當得作佛號三

曼陀優訶 出貧女難陀經

善信女少悟無常秉志清白爲天帝所試第九

佛在舍衛國時有長者女名曰善信年始十五爲人慈孝智慧慱達少小常有大願不樂世俗之事坐自思念萬物無常當歸於死年壽萬歲亦皆當死天地當壞敗何況人身念我當受如是咎責苦痛難言死後魂神當入惡道酷毒勤苦獨當受之本從何出忽有瞋恚恐怖愁憂或時歡喜有此無常之事不見來時去至何所是輩往來無休無息念我父母諸家兄弟中外五種親屬不知罪福貪欲無猒我年三五以許他男諸家兄弟飯食酒肉受取匹帛念我身當往受患難拘質縛結不可得離當如之何爲此生老不如及我今日清淨當發上願求覓安隱長樂宮殿可以自娱不宜蹈濁没於三塗不覩光明長與苦俱便正一心自誓持我身命自歸有神有靈知我心誠爾時天神現於虚空語善信言若當自歸西方安隱清淨法國且當先向十方禮拜慈心敬意念必達也已便不現爾時善信踊躍歡喜便自澡浴燒香散華向十方禮叉手自思念一切人即有天神於空中言汝當正心向於西方説此一頌以是讃歎阿彌陀佛善信即向西方如神所勑天地大動諸有困厄皆得解脱疾病即除毒痛安隱愁憂歡樂盲聾得瘥瘖瘂能言不善皆善不信皆信人非人等各得所願善信燒香散華而説頌言正心閉目數息思惟身中之事帝釋化作端正男子年十八九手抱黄金佳善信前

以頌調之善信正心以正頌答訶男女過帝釋踊躍叉手勞之欲何求索普世無雙功德洋洋不可稱量願相告語於是善信聞釋讚歎信心歡喜地爲大動即爲説偈願奉佛法釋大歡喜便爾化滅善信燒香自歸諸佛佛與大衆俱即飛行到善信家父母兄弟見佛飛空莫不歡喜善信前禮遶佛百帀佛便微笑無數光出語以戒法繞身百帀還從頂入即授二十四戒佛言是爲我優婆夷高行三八二十四戒善信歡喜而得七住便於佛前化身爲男父母兄弟皆受五戒（出善信摩祝經上卷）

經律異相卷第三十八

音釋

啑（色角切）駮（比角切）舁（羊諸切對舉也）桊（居媛切拘牛鼻桊也）

經律異相卷第三十九

梁沙門僧旻寶唱等奉　勑撰

外道仙人部第二十九

外道立異見原由第一

佛告文殊汝欲聞世間建立外道過去時世有佛名拘孫陀跋陀羅出興于世時彼世界無諸沙礫無外道名唯一大乘佛涅槃後法欲滅時有一阿蘭若比丘名曰佛慧有一善人施無價衣比丘受之有諸獵師生劫盜心夜將比丘至深山中壞身裸形懸首繫樹時有採華婆羅門至阿蘭若處見虎恐怖向山馳走見彼比丘壞身裸形懸首繫樹驚歎嗚

呼沙門先著袈裟而今裸形必知袈裟非解脱因自懸苦行是眞學道彼人豈當捨離善法正當分明知此是解脱道因壞正法即捨衣拔髮作裸形沙門裸形外道從是而起也時比丘自得解縛即取樹皮赤石塗染以自障蔽結草拂蚊又有採華婆羅門見之念言是比丘捨先好衣著如是衣持如是拂豈當捨離善法正當分明知此是解脱道即學是法出家婆羅門從是而起也時彼比丘暮入水浴因洗頭瘡即取水衣以覆瘡上取牧牛人所棄弊衣以自覆身時有樵者見已念言是比丘先著袈裟而今悉捨必知袈裟非解脱因故被破弊衣日夜三浴修習苦行豈當捨離善法正當分明知此是解脱道即學彼法苦行婆羅門復從是起也比丘浴已身體多瘡蠅蜂唼食即以白灰處處塗瘡以求衣覆身時有見者謂言是道即學彼法灰塗婆羅門從是而起也比丘然火炙瘡瘡轉苦痛不能堪忍投巖自害時有見者言是比丘先著好衣今乃如是豈當捨離善法正知投巖是解脱道投巖事火從是而起也如是次第九十六種皆因是比丘種種形類起諸妄想各自生見譬如有國一一相視而起麤想麤想既生各各相殺外道生異亦復如是出央掘魔羅經第四卷

六師共誓伺欲降佛累遣覘觀皆從佛化第二

昔六師在世貪著利養自稱獨尊聞佛出世神德過人集共結誓我等宜可齊心同議語不相違乃得勝之即遣一人往觀如來爲如

人不視無厭足還白六師瞿曇顏貌世之希有威神光明踰於日月如我所見無可譬喻六人復念其人出於王種理應端正何足復怪今且更遣一人往觀爲無爲爲躁疾還告六師瞿曇在衆如獸中王無所畏難六人復念愚人希更事貪彼光明此是常儀何足復怪出自王宮六萬婇女晝夜相娱未更師學更遣往聽頗有經理爲如凡夫即遣明達一人觀佛所説還白六人彼所道説達古知今前知無極却覩無窮判義析理事不煩重六師復作是念世多有人辯辭捷疾悦可人心然理不存不可尋究復遣往觀衆人聞説爲寂然聽受爲憒亂耶還白六師瞿曇所顯味如甘露衆人渴仰聽無厭足六人復念人集從初夂必退散更遣高勝一人往瞻爲義理深邃爲淺薄耶還白六師瞿曇所顯如海無涯我等所見如牛蹄水今我一人且欲就彼求爲弟子前後使人各共相將詣如來所復有無數衆生相競而到佛説偈曰

自得最正覺　不染一切法　一切智無畏
自然無師保

六師弟子聞佛説偈心堅固者即求爲道心猶豫者還以白師言三界獨尊典領十方實無等倫宜各馳散自求所安

我既無師保　亦獨無伴侶　積一得作佛
自然通聖道（出六師誓經）

六師與佛弟子角道力第三

有王名多福太子字增福王奉六師子事佛道所遵不同時世無沙門唯一白衣以爲師首其外道五百人嫉其名德即白王言國事

兩法令人不專一願與佛道師各現奇德要不如者没屬爲奴王即可之外道與此師曰尅日要結王前各試功藝共相然可梵志皆善射馭即行入山五百人各射一鹿皆貫左目來角技術賢者亦入山積思念佛求威神佐助以彰大道即有五色鹿子忽從地出歡喜持歸外道知之伺賢者出行往詣其家詭語其婦曰卿夫欲捨家作道人但坐此鹿當破汝家婦聞恚怒以鹿乞之賢者來歸不見其鹿問婦婦曰不祥之物今已失之夫甚愁憂復還山中至誠懺悔即有明月神珠忽從地出便持此珠賫現梵志往詣至門衒賣奇物梵志婦曰吾家亦有異物可共相方即出鹿子賢者便曰王使吾掌此鹿子汝今盜之其罪不測婦懼還之至其試日梵志各送死鹿皆傷左目既穢且臭王甚怒之賢者前牽神鹿賫明月珠來上王殿二物飛騰嬉戲星流電曜舉宮奇之婆羅門五百人自知術藝不競即没爲奴婦皆爲婢出十卷譬喻經第八卷

以鍱鍱腹頭上戴火自顯雄異第四

南天竺有論議師以銅鍱鍱腹頭上然火來入舍衛國時人問言汝何因爾答言我智多恐腹裂著火欲照闇時人語言癡婆羅門日照天下何以言闇答言汝等不知闇有二種一者無日月火燭二者愚癡無智慧明諸人又言汝未見訶哆釋子比丘何敢作是語若見共語者闇夜則日出時城内人民即喚訶哆釋子比丘欲令共論時訶哆聞之心愁入城道中見二羝羊共鬪即因取相一羊是婆羅門一羊是我我者不如轉更愁憂前行又

見二牛共鬪復作是念一牛是婆羅門一牛是我即復不如又至前門復見二人相撲又作是念亦復不如欲入論處見一人持滿瓶水水瓶即破復作是念我見諸不吉相不得已入舍見是婆羅門眼口相貌自知不如就坐須臾諸人便言可共論議答言我今小不安隱須待明日便還宿處（出十誦律二誦第三卷）

智幻國人事烏與孔雀第五

過去世時有一大國在于北方邊地號曰智幻智幻人齎持烏來至波遮棃國而其國界無有此烏亦無異類奇妙之鳥時人見烏歡喜踊躍供養奉事飲食果蓏而消息之遠方之烏皆來集會不可稱數一國普事尊敬無量於後異時有一賈人復從他國齎孔雀來時衆又見羽翼殊傑行步弘雅所未曾有聽其音聲心懷踊躍皆捨烏而愛孔雀前養烏之具皆以供孔雀尊敬自歸諸烏皆没不知處所時有天頌曰

未見日光時　燭火獨爲明　本見事諸烏
水飯及果蓏　美音既具足　如日出樹間
諸烏失供養　見事見尊卑

阿難頌曰

如佛不興出　梵志得供事　今佛具足音
異學失供養

孔雀者我身是也烏者諸外異學是天者阿難也（出孔雀王經）

富蘭迦葉與佛角道不如自盡第六

昔舍衛國有婆羅門師名富蘭迦葉與五百弟子相隨國王人民莫不奉事佛初得道與諸弟子從羅閱祇至舍衛國身相顯赫道教

清美國王中宫率土人民莫不奉敬迦葉嫉妬欲毀世尊謂波斯匿王曰吾等長老先學國之舊師沙門瞿曇後出求道實無神聖而王捨我今欲與佛角試道德勝者王奉王言大善王以白佛佛言甚佳結期七日當角變化王於城東平廣好地立二高座國王羣臣大衆雲集欲觀二人角道迦葉與諸弟子先到座所登梯而上般師神王見其虚妄嫉妬即起大風吹座具顛倒幢旛飛揚雨沙礫石眼不得視世尊高座儼然不動佛與大衆庠序而來方向高座忽然已上衆僧一切寂然次坐王及羣臣加敬稽首白言願垂神化壓伏邪見并令國人明信正眞世尊於座爣然不現即昇虚空放大光明東没西現四方亦爾身出水火上下交易坐卧空中十二變化

没身不現還在座上天龍鬼神華香供養讃善之聲震動天地富蘭迦葉自知無道低頭慙怖不敢舉目金剛力士捉金鋼杵杵頭火出以擬迦葉問何以不現變化迦葉惶怖投下而走五百弟子奔波迸散世尊威容都無欣慼還到祇園國王羣臣歡喜辭退於是迦葉與諸弟子受辱而去去至道中逢一老優婆夷字摩尼逆駡之曰卿等大愚不自忖度而欲與佛比角道德狂愚欺詐不知羞恥亦可不須持此面目行於世間也迦葉羞諸弟子往江水邊誑諸弟子我今投水必生梵天若我不還則知彼樂諸弟子待之不還自共議言師必上天我何宜住一一投水冀當隨師不知罪牽皆墮地獄後日國王聞其如此甚驚怪之往到佛所白佛言迦葉師徒何緣

乃爾佛告王曰迦葉師徒重罪有二一者三毒熾盛自稱得道二者謗毀如來欲望敬事以此二罪應墮地獄殃咎催逼使其没河身死神去受苦無量往昔有二獮猴王各主五百獮猴一王起嫉妬意欲殺一王規圖獨治便往共鬬鬬數不如羞慚退去到大海邊海曲之中有大聚沫風吹積聚高數百丈獮猴王愚癡謂是雪山語羣輩言久聞海中有雪山其中快樂甘果恣口今日乃見吾當先往行視若審樂者不能復還若不樂者當還語汝於是上樹盡力跳騰投聚沫中溺死海底餘者怪之不出謂必大樂一一投中斷羣溺死嫉妬獮猴王者今富蘭迦葉是也羣輩者今富蘭弟子五百人是也（出法句喻經第四卷賢愚出事廣同不取）

羼提仙人修忍行慈爲迦利王所割截第七

羼提仙人在大林中修忍行慈時迦利王將諸婇女入林遊戲飲食既訖王小睡息諸婇女輩採華林間見此仙人加敬禮拜在一面立仙人爾時爲諸婇女讚說慈忍其言美妙聽者無厭久而不去迦利王覺不見婇女拔劒追蹤見在仙人前立憍妬隆盛瞋目奮劒而問仙人汝作何物仙人答言我今在此修忍行慈王言我今試汝當以利劒截汝耳鼻斬汝手足若不瞋者知汝修忍仙人言任意王即拔劒截其耳鼻斬其手足而問之言汝心動不答言我修慈忍心不動也王言汝一身在此無有勢力雖口言不動誰當信者是時仙人即作誓言若我實修慈忍血當爲乳即時血變爲乳王大驚喜將諸女去是時林

中龍神爲此仙人雷電霹靂王被毒害没不還宮（出智論第四卷）

螺文仙人造書風雨不能飄浸第八

昔有仙人名曰螺文精進純備而處居家不有梵行者或作是説如彼螺文有清淨行然在居家不善清淨螺文造書風雨不能沮壞處俗修梵行如阿那含在家眷屬圍遶此非清淨行耶神足境界不可思議（出婆須蜜經第六卷）

四仙人得道縁第九

佛在羅閱祇宣説正法諸尼犍等心皆愁惱梨夷山有五百仙人尼犍遣使云此間有佛自謂得道神變第一皆不及我等而自高大願大師等自屈見佐論道至要毀滅其道遠令諸師功名益顯答言大善我等且遣四人往難瞿曇尼犍宣令國内却後七日當有四佛入國度人及至其日四人現神變從空中來各從城一面入衆人覩見謂爲眞佛尼犍遣使白佛可來講道佛言食時當往尼犍喜曰瞿曇恐不如詐不前來衆皆謂然佛令空中火起從西面來四人南飛火復南來四面熱氣四人惶懅頓卧在地佛現在涼處即得尋涼來至佛前佛爲説法皆作沙門得應眞道佛入城城中人言旦有四佛在虚空中佛言即指左右此四羅漢是也（出十卷譬喻經第五卷）

仙人失通生惡道第十

如欝陀羅伽仙人得五神通飛到國王宮中食王大夫人如其國法接足而禮夫人手觸即失神通從王求車乘駕而出還其本處入林樹間更求五通一心專至垂得而樹上有鳥急鳴以亂其意捨樹至水邊求定復聞魚

鬭動水之聲此人求禪不得即生瞋恚我當盡殺魚鳥此人久後思惟得定生非有想非無想處於彼壽盡下生作飛貍殺諸魚鳥作無量罪墮三惡道出大智論第七卷

諸仙人見聞女人色聲皆失神通第十一

優陀延王將諸宮人婇女詣鬱毒波陀山林除却男子純與女人五樂自娱其音清妙燒衆名香時諸婇女或有裸形而起舞者時有五百仙人經過彼處時諸仙人見色聞聲嗅香便失神足猶無翼鳥墮彼林中王問汝等是誰諸仙人答言我是仙人王復問汝得非想非非想處定耶答言不得又問汝得初禪耶答言曾得而今已失時王瞋言有欲之人見我宮人殊非所以便拔利劒斷五百仙人手足出抄毗曇毗婆沙第三十三卷

化足手著王女生愛後興惡念墜墮阿鼻第十二

優陀羅摩子有王常施其魚食若食時至以神足力飛騰虛空詣於王宮王即迎抱坐金牀上以諸仙人所食之味而供養之時彼仙人飲食已竟除器澡漱説偈呪願飛空而去是王後時以國事故應詣餘處無人給事仙人仙人性躁或起瞋恚而呪詛我或失王位或斷我命便問其女仙人若來如我常法汝能供養不女答言能時王重約勑女盡心奉養然後乃行營理國事後日食時仙人飛來王女如王法躬身迎抱坐金牀上王女身體細輭仙人觸女退失神足飯食訖除器澡漱説偈呪願欲飛不能時王宮中有後園林即入其中欲修神足聞象馬車乘之聲而不得

修時城中人恒作是念若今大仙在地行者我等當得親近禮足仙人聰明黠慧善知方便語王女言汝今宣告城中人民今日大仙當從王宫步行而出汝等人民所應作者皆悉作之時彼王女如其所勑即便宣告街陌清淨無瓦礫糞穢懸旛燒香散種種華嚴飾鮮潔仙人步出去城不遠入林樹間欲修神足聞衆鳥聲修不能得便捨林樹復詣河邊以其本法欲修神足復聞水中魚鼈迴轉之聲而不得修便上山上作是思惟我今所以退失善法皆由衆生凡我所有善法淨行使我當作如是衆生能害世間所有地行飛行水性衆生無免我者發是惡誓願已離八地欲生非想非非想有頂處開甘露門寂靜園田八萬劫中處閑靜樂業報盡已乃還此間

答波樹林曇摩阿蘭若處作著翅貍身廣五十由旬兩翅各廣五十由旬其身量百五十由旬以此大身殺害空行水陸衆生無得免者身壞命終生阿毗地獄出抄毗曇毗婆沙第三十三卷

提波延那聞舍芝聲起愛第十三

佛未出世時天帝釋常往詣提波延那仙人所聽法後一時乘寳飾車欲詣仙人而舍芝念言今者帝釋捨我欲詣餘婇女即隱其形上車上帝釋不知垂到仙人所顧視見之而問言汝等何故來仙人不欲眼見女人汝可還宫舍芝不欲去帝釋以蓮華莖打之舍芝以女人輭美之音而謝帝釋仙人聞之而起欲愛螺髻即落耳識而退出抄毗曇毗婆沙第三十三卷

雪山仙人與虎行欲生十二子第十四

往昔雪山有一仙人名跋伽婆食果草根修

習慈心而不能除諸煩惱結時住彼處有一雌虎與共行欲遂便懷妊日月滿足來仙人所産十二子仙人憐愍即取洗浴而哺養之虎母愛念隨時乳養仙人各爲立名一名竭伽二名䟦婆伽三名爲虎四名師子五名擔重六名婆羅墮闍七名步行八名娑羅奴九名健食十名惡性十一名師子擔十二名健行年始七歲能食根華果父母俱亡子心愁惱仰天號哭無所歸依樹神言且莫號哭汝等應當晝夜六時淨自洗浴向於虛空至心禮拜求哀梵天梵天聞之當至汝所壞汝癡闇施汝慧明當供養汝依教而行經十二歲時梵天帝釋三十三天與無數眷屬皆來供養告童子曰汝等何故十二年中精勤苦行供養於我欲何所求僉曰唯願大士施我智慧令我識知善惡等業受苦樂事出大集經第二十四卷

撥劫仙人見王女發欲失通第十五

昔過去久遠世時有一仙人名曰撥劫得五神通時爲國王之所奉事神足飛行往反王宮時王供養一切施安王手捧仙人布髮與行手自斟酌百種飲食積有年歲時王緣務王有一女端正姝好於世希有王甚敬重女未出門王告女曰吾奉事仙人不敢失意今吾遠行汝供養之當如我在時彼仙人從空飛下至王宮内王女見來以手擎之坐著座上觸女體柔輭即起欲意愛欲興盛尋失神足思惟經行欲復神足故不能獲步行出宮時無央數人皆來集看王行畢還聞墮恩愛不能飛行王夜至宮獨竊自行往見仙人稽

首足下以偈頌曰
吾聞大梵志　本異皆食飲　爲從何所教
何因習色欲
撥劫答曰
吾實爾大王　如聖之所聞　已隨於邪徑
以王遠吾故
王曰
不審慧所在　乃善德所念　假使發欲心
不能伏本事
撥劫答曰
愛欲失義利　婬心鬱然熾　今日聞王語
便當捨愛欲
仙人羞慙剋心自責宿夜精勤還復神通時
仙人者今舍利弗是時國王者吾身是也出仙人撥劫經

獨角仙人情染世欲爲婬女所騎第十六
時婆羅柰國山中有仙人以仲秋之月於澡
槃中小便見鹿合會婬心即發精流槃中麀
鹿飲之即時有娠滿月生子大類如人頭有
一角其足似鹿鹿當產時往仙人舍前生子
付仙人而去仙人出時見此鹿子自念本緣
知是已兒取已養育及其年大勤教學習通
十八種大經又學坐禪行四無量心得五神
通一時上山值大雨泥滑其脚不便躃傷其
足便大瞋恚呪令不雨仙人福德諸龍鬼神
皆爲不雨不雨故穀果不生人民貧乏無復
生路婆羅柰王憂愁懊惱命諸大官集議雨
事明者議言我聞有一角仙人上山傷足瞋
呪令十二年不雨王即開募若有能令仙人
失五通屬我爲民者當與分國半治是婆羅

柰國有婬女名曰扇蛇端正巨富來應王募婬女言若是人者我能壞之作是語已取金槃盛好寶物語王言我當騎此仙人來婬女即時求五百乘車載五百美女五百鹿車載種種歡喜丸皆以衆藥草和之及持種種大力美酒色味如水服樹皮衣行林樹間以像仙人於仙人舍邊作草菴住一角仙人遊行見之諸女皆出好妙華香供養仙人仙人歡喜諸女以美言敬辭問訊仙人將入房中坐好牀褥與好淨酒以爲淨水與歡喜丸以爲果蓏食飲飽已語諸女言我從生來初未得如此果水諸女言我一心行善故天與我願得此果水仙人問女那膚色肥盛答曰我常食此好果飲此美水仙言汝何不在此住答曰亦可住耳女呼共澡洗女手柔軟觸之心動遂成婬欲即失神通天爲大雨七日七夜令得歡樂飲食七日酒食皆盡繼以山水木果其味不美更索前者答言已盡今當共取去此不遠有可得處仙人言隨意共出去城不遠女便卧地言我極不能復行仙人言汝不能行者騎我項上我當擔汝女先遣信報王王可暫出觀我智能王見問言何由得爾女曰以方便力無所復能令住城中好供養恭敬之足其所欲拜爲大臣住城少日身轉羸瘦念禪定心猒此世欲王問仙人汝何不樂答曰雖得五欲常念林間王曰本除旱患今何爲强奪其志即使遣之既還山中精進不久還得五通一角仙人我身是也婬女者耶輸陀羅是也出大智論第十七卷

經律異相卷第三十九

音釋

覘（敕豔切闚視也）鍱（弋涉切薄鍱也）麢（鋼古瑕切牡鹿也）

經律異相卷第四十

梁沙門僧旻　寶唱　等奉　勑撰

梵志部第三十

超術師耶若達又從定光佛請記一

寶海梵志述其所夢二

種稻梵志聞法憂解三

摩因提梵志將女妻佛四

梵志喪兒從閻羅乞活詣佛得道五

梵志謟施比丘說一偈能消六

梵志奉佛鉢奩衆食不減施水中衆生七

梵志遠學值五無反復八

梵志兄弟四人同日命終九

梵志棄端正婦於樹上愛著鄙婢後悔無益十

梵志夫婦採華失命佛爲說其往事十一

梵志失利養殺女人謗佛十二

超術師耶若達又從定光佛請記第一

過去定光衆祐出現鉢摩大國與四部之衆不可稱計皆來供養給其所須時有梵志名耶若達在雪山側看諸祕讖天文地理靡不貫綜書疏文字亦悉了知耶若達梵志有弟子名曰雷雲聰明博見靡事不通恒爲耶若達所見愛敬不去須臾雷雲梵志念言我今應學者悉皆已備宜報師恩然復貧弊宜當往詣國界求所須者師念我之所愛設吾死者尚不能別何況今日欲捨吾去作五百言與之令誦未經幾日悉皆流利是時耶若達婆羅門告五百弟子曰此雷雲梵志技術悉通即以立名名曰超術超術梵志復經數日又白師曰所學已知然書籍所載諸有學術

過者當報師恩師曰汝知是時超術作禮而去爾時鉢摩大國去城不遠有衆梵志並集一家欲共大祠弁欲講論有八萬四千梵志共集第一上座諷誦書疏莫不能知以五百兩金及金杖金澡鑵各一枚牛千頭用奉上師與第一上座先試其術過者便與超術梵志自念我今何故家家乞求不如詣彼大衆共角技術超術既往衆多梵志遥各喚曰善哉祠主今獲大利乃使梵天躬自下降時八萬四千諸梵志等各起共迎異口同音而作是語善來大梵神天超術梵志曰吾非梵天止止諸賢汝等豈不聞雪山北有大梵志衆師名耶若達我其弟子名曰超術便向上座曰設知技術者向吾說之爾時彼衆第一上座即誦三藏技術無有漏失時超術語上座曰一句五百言今可說之上座曰我不解也超術便誦三藏及一句五百言大人之相爾時八萬四千梵志歎未曾有甚奇甚特我初不聞大人之相今尊宜在上座超術移坐上座便在第一時彼衆上座極懷瞋恚發此誓願令此人奪我坐處此人所生之處所欲作事我恒當壞敗其功時彼施主即依法施上座告主人曰我今還以金錢銀錢以相施吾但各取五百枚以金鑵用供養女人及牛千頭還施主人吾不習欲亦不積財已便往詣鉢摩大國其王名曰光明於城東門見五百梵志耆年宿德時彼國王請定光如來日曝火炙即以五百金錢各與一文及比丘衆衣食供養掃灑令淨勿使有土沙穢惡懸繒旛蓋香汁塗地作倡伎樂不可稱計見一女人

名曰善味持七莖華以瓶取水即問此女吾欲買華女言持用上佛即以銀錢五百請五莖華女貪銀錢與五莖華行數十步女自念言此人形貌端正不惜銀錢追呼男子問用何爲答曰上佛女曰請二莖華并以上佛願我後生常爲夫妻超術曰菩薩無所愛惜設爲我妻必壞我心梵志女曰我終不相壞正使持我施與終必忍行定光佛曰菩薩所行無所愛惜梵志偈答

父母諸佛尊　日月周行世　不可持施人
餘者決無難

又說偈曰

當忍億劫苦　施頭身耳目　妻子國財寶
車馬僕從人

摩納復以偈答

大山熾如火　億劫堪頂戴　不能壞道意
唯願時授決

即解髮布地而說偈言

破愛憍慢心　能滅欲怒癡　第一光相足
唯佛照我心　昔我所求願　今日得見佛
今散五莖華　願得不退轉　餘二非我華
王女寄上佛　無上大導師　見愍蹈我髮

佛又偈答

摩納發大心　曠濟無量數　弘誓不自爲
植衆功德本　劫後無數劫　五鼎五濁世
成佛度衆生　號字釋迦文　光明三十二
奇特人中尊

佛以脚足蹈髮而過又以神力接五莖華及得我身在虛空中餘有二華住佛兩肩自從破梵志祠天事火巳後行於正見用平等法

不復墮三塗及在八難時超術我是賣華女瞿夷是也出增一阿含經第六卷又出一經委悉如前抄寫者漏名漫撿不復能得

寶海梵志述其所夢第二

有寶海梵志白佛願如來及比丘僧滿七歲中受我四事供養如來許可梵志後時作如是念我今已令百千億那由他衆生發菩提心然我不知轉輪聖王所願何等爲願人王天王聲聞緣覺爲求無上菩提若我來世必成佛道我於夜卧當有諸天魔梵諸佛世尊爲我現夢於睡眠中見有光明即見十方恒沙世界諸佛世尊各各遥授蓮華與之其華微妙各於華臺見日輪像於日輪上有七寶蓋一一日輪各出六十億光皆悉來入梵志口中自見其光滿千由旬淨如明鏡見其腹內有六十億那由他百千菩薩在蓮華上結跏趺坐三昧正受復見日鬘圍遶其身於諸華中出諸妓樂又見其王血出污身四方馳走面首似豬噉種種蟲坐伊蘭樹下有無量衆生來食其身唯餘骨鎖數數受身亦復如是復見諸王子或作豬象或水牛師子狐狼虎豹獼猴等面以血污身皆噉衆生坐伊蘭樹下復有無量衆生來食其身骨鎖已離數數受身亦復如是或見王子須曼那華以作瓔珞載小弊車駕以水牛從不正道南向馳走復見四天大王釋提桓因大梵天王來至其所告梵志言汝今四邊所有蓮華應先取一華與轉輪王一一王子各與一華其餘諸華與諸小王次與諸子并及餘人即皆付之忽然而寤憶念夢中所見諸事得知聖王所

願畢下愛樂生死復知諸王子發心求聲聞乘者故我夢見須曼那華以作瓔珞載水牛車於不正道南向馳走我何緣故夢見於此諸佛世尊以我先教勸閻浮提內無量衆生悉令安住三福處故發菩提心請佛及僧滿足七歲奉諸所安耳出寶梵志請如來經

種稻梵志聞法憂解第三

舍衞國有梵志於祇樹間大營田種往看歡喜自謂得願即於其夜天雨大雹禾稼皆死女復喪亡愁憒憂煩哭無能止時諸比丘入城分衞見其二相還具白佛須頃梵志躬到佛所頭面禮畢佛知其念謂梵志曰世有五事不可避脫一當耗減二當亡棄三當病瘦四當老朽五當死去唯有道諦得離布施持戒梵志意輭便見四諦從今已後皈依佛法僧爲清信士比丘白佛世尊解梵志意喜笑而去佛言不但是反解憂過去閻浮利地有五主其一主名曰桀貪治國不正大臣人民出兵抜白劒到王前共謂王曰寧自知不貪害萬姓急出國去不者相害王大戰慄以車騎出國自織草莒賣以自給大臣人民便弃王弟作王治不枉民故王上書自陳從王乞一聚可以自給王即與之既得一聚便巳治正復乞兩聚乃至半國王皆與之如是久遠桀貪生念興半國兵攻弟即勝便得故國復興一國兵攻第二轉倍興兵攻第五國往往得勝時四海皆屬改號大勝帝釋試之寧知足不化作少童梵志姓駒夷氏被髮金杖持金瓶住宮門通王王便前坐相勞問畢却謂王言我從海邊來見一大國人民熾盛多有

珍寶可往攻之不審巳足復欲得是王言欲得天王謂言可益莊船興兵相待却後七日當將王往言巳便化去王到其日興兵莊船梵志不來愁憂不樂時一國人民四坐向王王啼亦啼王憂亦憂王便生意言曰

增念隨欲　巳有復願　日盛爲喜　從得自在

有能解者賞金錢一千時有少年名曰鬱多言能解假七日來對到第七日白母言我欲解王憂毋謂子子且止勿行帝王難事子言我力能淹到王所言今來對義即乃說偈大勝王便上金錢一千大勝者即種稻梵志是時童子鬱多者則我身是也（出義足經上卷）

摩因提梵志將女妻佛第四

昔摩因提梵志生女端正國王太子大臣長者來求不得見佛金色三十二相便自念言如此人比我女便與還家謂婦言今得女壻踰於我女即莊飾女衆寶瓔珞將女出城母見佛跡文現分明謂父言曰寧知空出終不得壻婦說偈言

婬人曳踵行　恚者斂指步　癡人足蹋地
是跡天人尊

父言癡人爲女作患即將女到佛所左手持臂右手持瓶因白佛言今以此女相惠爲妾女見佛形婬意繫著其心火然佛即說言

我見邪王女　尚不欲邪婬　今寧抱屎尿
足觸尚不可（出義足經上卷）

梵志喪兒從閻羅乞活詣佛得道第五

昔有婆羅門少出家學至年六十不能得道法應歸家取婦爲居士生得一男端正可愛至年七歲卒得重病一宿命終梵志憐惜伏

其屍上絶而復穌親族諫喻强奪殯殮埋著城外梵志自念我今啼哭計無所益不如往至閻羅王所乞索兒命沐浴齋戒齋持華香發舍而去所在問人閻羅王所治爲在何許前行數千里至深山中見諸梵志復問如前答曰卿問閻羅王所治處欲求何等答言我有一子近日卒亡欲至閻羅王所乞索兒命梵志愍其愚癡即告之曰閻羅王治處非生人所得到也當示卿方宜從此西行四百餘里有大川其中有城此是天神案行世間停息之城閻羅王常以月四日案行必過此城卿持齋戒往必見之歡喜而去到其川中見好城郭宮殿屋宇如忉利天梵志詣門燒香翹脚祝願求見閻羅王勑門見之梵志啓言晩生一男欲以備老養育七歲近日命終惟願大王垂恩布施還我兒命王言大善卿兒今在東園中戲自往將去即往見兒與諸小兒共戲前抱啼泣曰我晝夜念汝食寐不甘汝寧念父母辛苦以不小兒唤逆訶之曰癡騃老公不達道理寄住須史名人爲子勿妄多言不如早去今我此間自有父母梵志悵然涕泣而去即自念言我聞瞿曇沙門知人魂神變化之道當往問之即還佛所稽首作禮具以本末向佛說之實是我兒不肯復反謂我爲癡騃老公寄住須史名他爲子永無父子之情何緣乃爾佛告梵志汝實愚癡人死神去便更受形父母妻子因緣會居譬如寄客起則離散梵志聞之爣然意解稽首委質願爲沙門佛言善哉鬚髮自落法衣在身即成比丘即於座上得羅漢道出道行品法句經第四卷

梵志諂施比丘說一偈能消第六

昔有梵志財富學問不信正道數與沙門論不如每聞沙門食人信施不能精進死後當作牛馬還償施家便密作計設食後世取之使令其治生素性慳貪欻至寺中寺中有五百道人便盡請之加敬設食豐好勝他必當圖得五百牛馬上座一人已得羅漢以知其念便呼維那勑諸比丘皆當專心人說一偈即共善加敬上座語曰已償債畢不復得牛馬矣梵志驚曰道人神聖逆知我意上座於是具告諸比丘汝得食已慈心念道誦一法言乃可吞須彌山尚能消之況此少食梵志甚慚愧因爲說法廣陳要義心開受道即悟道迹（出諸經中要事）

梵志奉佛鉢蜜衆食不減施水中衆生第七

昔有梵志惡不覩佛竊入他舍大聖愍之到其目前欲避馳走不能自致來詣佛所彼時世尊爲說經法喜心生焉歸命佛法僧奉受戒禁繞佛而去即取應器盛滿中蜜兩手擎之欲奉上佛佛告諸比丘取是鉢蜜布與衆僧時一鉢蜜佛及衆僧皆得滿足鉢滿如故即復授佛佛告梵志著大水無量之流梵志又問何故佛言具足水中蟲螺黿鼉魚鼈悉嘗其味梵志受教世尊欣笑出五色光上至梵天普照五道還繞身三帀授菩薩決光從頂入授緣覺決光從口入授聲聞決光從臂入說上天福光從齋入說受人身光從膝入說地獄餓鬼畜生光從足入阿難從座起叉手白言佛不妄笑笑會有意佛告阿難汝見梵志以蜜奉佛對曰唯然今此梵志然後來

世歷二十劫不墮惡趣過二十劫當得緣覺名曰蜜具諸比丘言於此梵志以一鉢蜜多所饒益而得緣覺佛告比丘於是梵志非但今世前世宿命亦復如是過去有婆羅門閑居寂寞見有神仙有人說言今此仙人佳吉難及當往啓受有人報言用爲見此養身之種有一五通仙見心所念即於樹間涌在空中住其人前見之喜躍即盛滿鉢蜜而奉授之仙人受已飛在虛空緣是施德後作國王名曰蜜具正法治國壽終生天佛告比丘欲知爾時五通仙人則我身是爾時梵志今梵志是爾時施蜜授天人福緣是今世亦復施佛後致緣覺（出蜜具經）

梵志遠學值五無反復第八

有梵志在羅閱祇聞舍衛國人多孝養奉經修道供事三尊欲得學問即往諮受去國不遠見父子二人耕地下種時毒蛇出齧殺其子父耕種不輟又不顧視梵志問之耕種者又問何來也梵志答言我從羅閱祇來聞此國人多孝養奉事三寶故來學問向者是我之子曰是卿子者何故不憂而反耕種其人答言人生有死物成有敗非愁憂啼哭所可如何設不飲食何益於死者耶卿入城者過語我家吾子已死無復持二人食具來梵志竊念人無反復兒死在地靜不愁憂而反索食入舍衛城詣耕家見死兒母語言卿子已死父言但持一人食具來兒母曰如客來寄止來不難去不留此兒如是生是自來死亦獨去非我力所能進退隨其本行追命所生又語其姊姊亦說無常喻梵志語婦卿夫已

死婦爲梵志說譬喻又語奴子大家巳死奴子亦說譬喻梵志聞之心感目冥不識東西聞此國孝養奉事三寶故來學問未有善應見五無反復唐勞身心又問行人佛在何所答言近在祇樹給孤獨園梵志即到佛所稽首佛足却坐一面愁憂不樂低頭默無所說佛知其意謂梵志言何爲不樂梵志答言違我本願故愁憂耳佛又問云何具以事答佛言不然不如卿語此之五人最有反復知命無常非愁憂可如還以自定故無有愁憂世俗人不識無常懊惱啼哭不能自割譬如人身得熱病不自覺知恍惚妄語良醫與藥熱即除愈不復妄語俗人愁憂愚癡醉熱不能自解若自曉無常不復愁憂也如熱得愈此五人皆可道證梵志聞語即自剋責我爲愚冥不知大義今聞佛語如盲得目冥中見明即受五戒稽首而退出五無反復經

梵志兄弟四人同日命終第九

梵志兄弟四人各得五通却後七日皆當命盡自共議言五通之力反覆天地手捫日月移山住流靡所不能寧當不能避此死對一人言吾入大海上不出現下不至底正處其中無常殺鬼安知我處一人言吾入須彌山中還合其表令無際現無常殺鬼安知吾處一人言吾當輕舉隱虛空中無常殺鬼安知吾處一人言吾當藏入大市之中無常殺鬼趣得一人何必求吾四人議訖相將辭王吾等壽算餘有七日今欲逃命冀當得脫還乃覲省唯願進德於是別去七日期滿各各命終猶果熟落市監白王有一梵志卒死市中

王乃悟曰四人避對一人已死其餘三人豈得獨免王即嚴駕往至佛所作禮却坐白言近有梵志兄弟四人各獲五通自知命盡皆共避之不審今者能得脫不佛告大王人有四事不可得離一者在中陰不得不受生二者生不得不受老三者老不得不受病四者病不得不受死出法句經第三卷

梵志棄端正婦於樹上愛著鄙婢後悔無益第十

有清信士其婦端正威德無倫言語辯才衆人所敬夫壻不重亦不喜見反愛僕使婦見壻心謂夫言卿不喜我願聽出家壻便聽之即時出家爲比丘尼晝夜精進行道未久證得羅漢然後清信士所敬女人死清信士呼比丘尼歸尼了不肯比丘尼白佛說其本末佛言是清信士前世已毀辱此有德之人此女人生有殊特之志此人常爲壞亂已入大路復欲毀之不能得也佛言過去世時有一梵志婦名蓮華端正絶世梵志不喜所愛著婢用其婢語捨婦山間上優曇鉢樹擇取熟果棄生與婦婦問君獨噉熟果而棄生者與人夫曰汝可上樹婦即上樹夫取荆棘四帀遮樹欲使死不得下樹時國王遊獵見女端正即問女言卿是何人婦自具本末王念梵志愚騃無知非是丈夫即除荆棘載還宮內立爲王后多諸技藝智辯無雙又能摴博遠近女人來共博戲王后輙勝無能當者梵志善於博弈遥聞后勝念言是我前婦非是異人乃欲詣王現其技術后聞梵志知是前夫啓王現之遥試博戲后偈答曰梵志心懷愧

恨即自剋責悔無所及時梵志者今清信士是時婦者即今婦是彼國王者吾身是也（出夫婦經）

梵志夫婦採華失命佛爲説其往事第十一

有一梵志財富無數正有一子年始二十新爲娶婦未滿七日以上春三月夫婦相將至後園戲有一柰樹高大好華婦欲得之無人與取夫知婦意即便上樹正取一華復欲得二上樹枝折墮地而死大小奔波往趣兒所呼天號哭斷絶復穌宗族無數皆共悲痛聞之傷心見之哀痛父母怨天謂爲不護棺殮事畢還家涕泣不能自止於是世尊愍傷其愚往問訊之大小見佛悲感具陳辛苦佛語長者止息聽法萬物無常不可久保生則有死罪福相追此兒三處爲其哭泣懊惱斷絶亦復難勝竟爲誰兒何者爲親於是世尊即説偈言

命如華果熟　常恐會零落　已生皆有苦
孰能致不死　從初樂愛欲　可婬入胞景
受形命如電　晝夜流難止　是身爲死物
精神無形法　作令死復生　罪福不敗亡
終始非一世　從癡愛久長　自作受苦樂
身死神不喪

長者聞偈意解忘憂長跪白佛此兒宿命作何罪釁盛美之壽而便中夭唯願解説本所行罪佛言昔時有一小兒持弓箭入神樹中戲邊有三人看樹上雀小兒欲射三人勸言若能中者世稱健兒小兒意美引弓射之中雀即死三人共笑助之歡喜而各自去經歷生死無數劫中所在相遭共會受罪其三人

者一人有福今在天上一人生海中爲化生龍王一人今日長者身是此小兒者前生天上爲天作子命終來下爲長者作子墮樹命絕即生海中爲化生龍子即生之日金翅鳥王取而食之今日三處懊惱涕哭寧可言也以其前世助之喜故此三人者報以涕哭(出法句譬經第五卷)

梵志失利養殺女人謗佛第十二

舍衛國王大臣人民奉敬世尊四事供養棄捨梵志梵志共議當求好女殺埋樹間令瞿曇衆惡名遠聞待遇我者即共遍教好首女人言汝從今以後朝暮詣佛令萬姓見知小女承教便取殺之埋著樹間梵志到王宮門稱怨喚言我曹學中有一女人獨最端正華色無雙生死不知處王謂言曰常至何所對言往瞿曇間王言當於彼求便到祇樹掘出女屍著於牀上遍巷稱怨言沙門瞿曇常稱戒德弘普無上如何私與女人通情復殺藏之有何法式時諸比丘入城乞食人民罵言是曹沙門所犯若此當得衣食比丘便持空器出城還以白佛佛告比丘我被是謗不過七日耳時維閻女於城中聞比丘求食悉空器還到佛所頭面作禮叉手白佛言願佛及僧從我家飯七日佛默然受之佛告阿難汝與衆僧入城里巷說偈言曰

常欺倒邪冥　說作身不犯　重冥行當具
必自受憂苦

維閻是時即飯佛僧(出義足經上卷)

經律異相卷第四十

音釋

菅沽歡切菅蒲也 翹祈堯切舉足也 騃午駭切愚也

經律異相卷第四十一

梁沙門僧旻寶唱等奉　勑撰

檀膩鞨身獲諸罪第一

舍衛國内有婆羅門賔頭盧埵闍其婦醜惡兩眼洞青七女無男巳貧女窮婦弊好駡女來求須瞋目涕泣田有熟穀從他借牛將往践之於澤亡失時婆羅門坐自思惟我種何罪婦女所切復失他牛推覓形疲偶到林中

值見如來觀之生念瞿曇沙門今最安樂無我諸惱佛知其心便語之曰如汝所念佛告之曰欲出家不即白佛言世尊聽者甚適鄙願佛言善來比丘鬚髮自墮身所著衣變成袈裟佛爲說法成阿羅漢佛告阿難過去有國王名阿波羅提目佉此言端正以道化物時有婆羅門名檀膩�家裏空貧有少熟穀借牛踐治驅還其主忘不囑付牛主雖見謂用未竟復不收攝二家詳棄牛主將檀膩鞆詣王決了出值王家馬走喚檀膩鞆爲我遮馬下手得石持用擲之值脚即折次行到水不知度處值一木工口銜斲斤褰衣垂越時檀膩鞆問彼人曰何處可渡應聲答處其口已開斲斤墮水催責其償加復飢渴從酤酒家乞少白酒上牀飲之不意被下有小兒卧壓兒

腹潰往一墻邊思惟懼罪自擲跳墻下有織公墮上即死時織工兒復捉得之便與衆人共將詣王公殺我父時諸債主將至王前爾時牛主前白王言此人從我借牛不還見付失去不償王問何緣檀膩鞆言我實借牛用訖驅還主亦見之雖不口付牛在其門王語彼人俱爲不是由檀膩鞆口不付汝當截其舌由卿見牛不自收攝當挑汝眼彼人白王請棄此牛不樂剜眼截他舌也即聽和解馬吏復言彼之無道折我馬脚王便問言此王家馬汝輒折脚跪白王言債主將我從道而來彼人喚我令遮王馬下手得石擲之誤折馬脚王言由汝喚他當截汝舌由彼打馬當截其手馬吏白王乞各和解木工前言檀膩鞆失我斲斤王語木工由喚汝故當截其舌

擔物之法禮當用手由卿口銜當折兩齒木工白王寧棄斷斤莫行此罰時酤酒母復牽白王枉殺我兒跪白王言我飢渴逼乞少酒飲不意被下有卧小兒王當見察王告母人汝舍酤酒衆客猥多何以卧兒置於坐處二俱有過汝兒已死以檀膩鞒與汝作壻令還有兒乃放使去母人叩頭曰聽各和解我不用夫時織工兒復前此人狂暴蹋殺我父王問言曰汝殺他父檀膩鞒曰衆逼責我惶怖跳墻偶墮其上實非所樂王語彼人二俱不是卿父已死以檀膩鞒與汝作父其人白王父今已死我終不用此婆羅門以爲父也聽各共和王便聽之時檀膩鞒身事都了故在王前見二母人共爭一兒時王明黠以智權計令唯一兒二母爭之聽汝二人各挽一手

誰能得者非其母者於兒無慈盡力頓牽所生母者於兒慈深不忍挫挽王鑒眞僞詰出力者强謀他兒即向王首兒還其母各爾放去時檀膩鞒便白王言我時於彼道邊有一毒蛇倩我白王不知何故從穴出時柔輭便易還入穴時妨礙苦痛王答之言從穴出時無有衆惱心情和柔身亦如之在外鳥獸諸事觸嬈瞋恚隆盛身便麤大卿可語之持心不瞋則無此患次見女人倩我白王我在夫家念父母舍在父母舍復念夫家王言卿可語之由汝邪心於父母舍更畜傍壻汝在夫家念彼傍人至彼小猒還念正壻是以爾耳持心捨邪則無此患次復樹上見有一雉倩我白王我在餘樹鳴聲不好若在此樹鳴聲哀和不知其故王告彼人由彼樹下有大釜

金是以於上鳴聲哀好餘處無金音聲不好王告檀膩䩭卿之多過吾已釋汝汝窮困苦持樹下釜金我用與卿奉受王教掘地取金貿易所須快樂無乏時大王我身是檀膩䩭者今婆羅門賓頭盧埵闍是（出賢愚經第十一卷）

阿耆尼達多在胎令母能論義第二

巴連弗國有婆羅門名曰阿耆尼達多通達經論納妻之後少時懷妊懷妊身大欲論義夫問相師相師答曰胎中之子善能論義日月既滿遂産一男達諸經論爲婆羅門師無授人醫術（出雜阿含經第二十五卷）

鷄頭以身質錢欲飯佛僧帝釋所助乃及於王第三

爾時羅閱城人民隨其種族請佛及僧時諸婆羅門四面雲集自作制限各出百錢爲佛及僧爾時鷄頭婆羅門知義貧無錢財不能得物以供彼衆衆人語言汝無有錢鷄頭便還婦所語言諸人驅我出衆我無錢故時婦答曰汝可入城賖貸百錢徧求不得還向婦説婦復語言至弗賖蜜多羅長者舍從其假貸便往求告七日當償若不還者我身及婦當爲奴婢長者便貸金錢百枚得還語婦婦報言曰持詣衆中言巳得錢聽我在次衆語鷄頭言巳辦不須卿錢鷄頭便還夫婦二人往詣世尊共相問訊時鷄頭婦禮世尊足具以白佛佛告鷄頭言汝便請世尊及比丘僧爾時鷄頭婦語夫言君隨佛教爾時鷄頭即從座起偏露右肩叉手白佛言願世尊當受我請及比丘僧世尊默然釋提桓因語毗沙門天王曰拘鞞羅汝佐此婆羅門辦第三食

答曰受教時毗沙門天王自隱其形化作人身勑五百羅刹曰汝速至栴檀林中取香薪來當竹園中飯佛僧化作鐵廚五百羅刹各負牛頭栴檀香薪至鐵廚內爾時鷄頭於鐵廚中以用熟食徧十二由延皆悉聞香時釋提桓因語毗濕波伽摩天子汝可化作高廣講堂使佛及僧得坐飯食對曰受教譬如力人屈伸臂頃從三十三天沒至竹園中間在鐵廚側化作講堂以七寶成化作千二百五十座文繡所成手執香鑪燒衆名香令多羅樹七寶相成微風吹動鈴聲遠聞爾時摩竭國頻毗娑羅王聞之問於群臣群臣答言曰是鷄頭婆羅門於鐵廚中以牛頭栴檀爲佛及僧熟食有此之香王即至佛所告群臣曰古昔無此講堂今誰所作臣白王曰我等不知世尊爲王廣說如上王便墮淚不能自勝念當衆生福少壽短不識此寶之名況當見耶今蒙佛恩見此講堂未曾出現世尊告曰當來衆生不聞七寶況當目見今蒙佛恩覩如是事世尊爲王說微妙法使心歡喜王言鷄頭婆羅門快得善利王曰我欲還宮佛曰今正是時佛告鷄頭曰汝可請王共一日食答曰如是即至王所舉右手白王曰願天王明日受請集此講堂時王默然時毗沙門天王明日清旦沐浴鷄頭與妙衣裳手執香鑪向世尊所頭面著地便作是念今正是時飯食已辦願垂臨赴佛僧圍繞往詣講堂即就其坐僧次第坐時王嚴駕群臣圍繞詣鷄頭所甘饌飲食味各百種勸助鷄頭飯佛及比丘僧出羅閱城人民請佛經

老乞婆羅門誦佛一偈兒子還相供養第四

爾時世尊入舍衛城時有異婆羅門年耆根熟執杖持鉢家家乞食世尊告曰汝何以爾答言瞿曇我有財物悉已付子爲其娶妻然後捨是持鉢乞食佛復告曰汝能於我法受誦一偈還爲兒説答佛能受爾時世尊即説偈言

生子心歡喜　爲子聚財物　復爲娉娶妻
而自捨出家　邊鄙田舍兒　違負於其父
人形羅刹心　棄捨於尊老　老馬無復用
則奪其麪麥　子少而父老　家家行乞食
曲杖爲最勝　非子離恩愛　爲我防惡牛
危險地得安　能却凶暴狗　扶我暗處行
避深坑空井　草木棘刺林　憑仗威力故
峙立不墮落

時婆羅門從佛受偈還家至門先白大衆聽我所説然後誦偈如上其子愧怖即抱其父還將入家摩身洗浴覆以衣被立爲家主時婆羅門作是念我今得勝族姓是沙門恩我經所説若爲師者如師供養我今持上妙衣至世尊所面前問訊白佛言願受此衣哀愍我故世尊即受更説種種法示教利喜（出佛爲老婆羅門説偈經）

散若學射得妻第五

過去世時有少婆羅門名散若往詣射師求學射術師曰可學散若於七年中常學此業後問師曰何時可罷答曰即索弓著箭我暫入村待還後放師即入村散若待師良久而由不反射前大樹箭徑傷蛇師還問曰汝未放箭耶答曰已放師曰汝若不放於閻浮提

爲第一大師既已放箭若我死後次當汝時師即莊嚴其女以五百竿箭并一馬車與之時散若受之當度曠野時有五百賊於曠野中食散若遣婦從賊乞食賊曰觀其所使非是常人宜共與食一賊曰我曹猶活而聽此人將婦乘車而去耶散若射之應一箭而死隨起隨射莫不皆殞唯賊師在語於婦言汝脫衣置地即脫衣見復射之應箭而死五百賊者即五百比丘散若舍利弗也（出四分律三分第九卷）

婆羅門以納施佛得聞記莂第六

佛入舍衞城分衞身衣有少穿壞有一婆羅門見佛衣壞即其家中得少白氎持用施佛唯願如來當持此納以用補衣佛即受之佛與授記使於當來世兩阿僧祇百劫之中當得作佛歡喜而去國中豪賢長者居士曰云何世尊小施大報各爲如來破損好氎作種種衣過去有佛名毗鉢尸時王名曰槃頭有一大臣請佛及僧三月供養佛即許可時槃頭王白佛言貪得佛僧三月供養佛告槃頭吾先已受彼大臣請王告臣曰佛處我國云卿已請今可讓我臣答王言若使大王保我身命復保如來常住於此國土常安隱者我乃息意王更曉曰卿請一日我復一日臣便可之各滿所願王爲如來辦具三衣復爲九萬比丘各作七條衣時大臣以衣食施佛及僧則我身是（出賢愚經第十三卷）

婆羅門以餅奉佛聞法得道第七

有婆羅門問婦言家中有餅具不欲隨伴供養瞿曇沙門婦言有即作持去遇國王大臣

剎利婆羅門十八大聚落主在座婆羅門不敢前念言佛是一切智者應知我心佛遥喚來問器中何等答曰是餅佛言可行與衆僧答少不能徧佛言但與人行一番猶故不減乃至三徧尚不損耗佛知其心隨從說法得須陀洹道 出僧祇第二十九卷又出第十八卷

拔抵婆羅門瞋失弟子生惡龍中爲佛所降第八

昔有龍王名曰拔抵志性暴虐數爲風雨霹靂雹殺人民鳥獸蠕動死無央數有尊羅漢萬人共議若殺一人墮地獄一劫罪猶不畢今者此龍殘害衆生前後不訾轉恐難度幸當共往諫止之耳時佛知之讃言善哉時諸羅漢萬人俱行龍放風雨雷電霹靂萬人驚怖頓仆來還是時佛在耆闍崛山與萬菩薩萬羅漢俱到龍所龍便瞋恚暴雨速疾雷雹霹靂其放一雹令辟方四十丈若至地者入地四尺欲以害佛及菩薩僧時諸羅漢見龍災變各懷恐怖前依近佛龍自見雹化爲華蓋復自念言我當以身堅自槃結令四十丈欲以撲佛及衆僧上即時自撲無所能中舉頭開目諦視見佛疑是尊妙無上神人於是小龍而皆自撲無所動摇龍王是時即便命盡上生爲天諸餘小龍亦皆併命得作天子皆悉來下住於佛邊佛告阿難汝知是天所從生不對曰不及佛言屬者諸龍興惡意者自撲在地發一善心知佛爲尊命盡爲天此者是也天聞佛言及諸天子皆發無上平等度意佛言昔龍王拔抵與釋迦文佛共爲婆羅門拔抵弟子時有萬人捨其師事釋迦文

拔抵懷恚為龍佛德既成多度一切弟子萬人皆得羅漢龍懷毒惡廣欲為害萬人四道雖備猶受其辱若為菩薩龍不敢也（出舊雜譬喻經下卷）

婆羅門入定三百餘年第九

昔有婆羅門不樂世務潛隱山間一心思道即入禪定三百餘年塵土沒身草木生其體上山下有諸畜養妻子婆羅門數百家大小相共採薪上樹折取枯枝樹根連婆羅門額樹既動摇覺婆羅門禪從地中出見採薪者問之汝是何人答曰是婆羅門餘人是誰答曰是妻子婆羅門笑曰我入禪三百餘歲尚未敢稱婆羅門汝等何忍自稱婆羅門乎（出十卷譬喻經第五卷）

婆羅門見婦信向見其後報第十

昔者舍衛城東有一婆羅門大富其子娶妻得事佛家女奉五戒持六齋常好布施沙門道士勸夫修施夫即開解白其父母父母大恚謂破吾門戶婦持錢絹與夫夫持與守閤婢婢持與守門奴奴持往佛寺中布施沙門燒香然燈夫婦共誓言假令布施無福自巳又假令有福者當使天下人皆共見之時國俗三月三日舉國人民皆至水上作樂歌戲時東南角有一天人騎一白馬乘空而過衆人仰問是何神靈答曰問後來者須臾復有七寶殿舍有一玉女獨坐其上四大天神接殿飛行衆人又問君何功德玉女亦令問後來者俄而復有四柱寶殿有一天人有一玉女共坐其中前後左右四部妓樂十二天神共接其殿衆人又問有何功德亦答問後來

者須臾復有一薜荔鬼身長三丈黑瘦陋醜飢渴苦痛身中燋然各捉大棒更相撾打衆人又問答曰諸君聞舍衞城東大富婆羅門不騎白馬者是守門奴小殿玉女者是守閤婢大殿二人是我兒我兒婦二鬼是婆羅門夫婦前世愚癡不信正法今當厄禍可復柰何（出十卷譬喻經第五）

婆羅門從佛意解第十一

佛遊婆羅門城諸婆羅門王知如來神德能感動群心一飡其化誰受我語因共立制若與佛食聽佛語者罰金錢五百時佛入城乞食人皆閉門空鉢而出有一使人以破瓦器盛臭潲澱出門棄之見佛空鉢信心清淨欲與供養無由如願云今此弊食須者可取佛知其意即受其施而說女人施食十五劫天上人間受福快樂不墮惡道後得男身出家學道成辟支佛佛邊有一婆羅門以偈說佛爲食妄語如此臭食果報乃重佛即出舌覆面上至髮際語婆羅門汝見經書頗有此舌而作妄語者不婆羅門言如此舌者必不妄言未解小施而獲大報耳佛曰汝曾見尼拘陀樹蔭覆賈客五百乘車猶不盡不答曰見又問此樹種子大小答曰如芥子三分之一又問誰當信此答曰眼所現見又問我亦如是此老女人得大果報如來福田良美所致時婆羅門心開意解五體投地向佛悔過佛爲說法得初道果即發大聲告衆人曰甘露門開如何不出諸婆羅門乞輸金錢迎佛供養婆羅門王亦共臣民歸命佛法城中男女皆得淨信（出普曜經第五卷）

婆羅門持一齋不全生爲樹神能出飲食施諸餓者第十二

昔有長者名曰須達請佛及僧廣設大會道逢一人奉酪一瓶見一婆羅門請令提歸既到見佛及衆僧歡喜便住聽經持齋至暮乃還其家婦甚怪之亦不食至暮踧迫令食不終齋法後命盡其神乃在鬱多羅國作大澤樹神時有五百學士欲至三祠神池澡浴望仙資粮乏盡又無水漿遂已困乏遥望彼樹想爲泉水皆到樹下了無水泉將成大困便共舉聲求哀樹神救我等命樹神即現半身舉右手指頭自然出百味之食甘蔗蜜漿種種具足皆得盈飽時五百人自共議曰我等欲至祠池澡浴望仙此之巍巍仙道豈能勝乎復問樹神作何功德聖德如此樹神答言吾昔見佛在舍衛精舍持八關齋爲婦所敗不終齋法神應生天時五百人即共奉持齋法戒後得須陀洹道（出諸經中要事）

婆羅門夫婦吞金錢爲粮身壞人取爲福即得道迹第十三

昔有婆羅門夫婦二人無有兒子財富無數臨壽終時自相謂言各當吞錢以爲資粮其國俗法死者不埋但著樹下各吞五十金錢死身爛錢出國中有一賢者行見之愍然流淚傷其慳貪取爲設福請佛及僧盡心供辦擎飯佛前稱名呪願時慳人夫婦受餓鬼苦即生天上重爲設福廣請四輩時生天者即得天眼知爲作福從天來下化作年少佐助檀越佛言此厨間年少是真檀越至便説法即得道迹賢者亦得道迹衆會歡喜皆得生

天（出宿願果報經）

婆羅門生美女佛言不好第十四

佛在世時有一婆羅門生兩女皆端正乃故懸金九十日內募索有能訶女醜者便當與金竟無應募者將至佛所佛便訶言此女皆醜無有一好阿難白佛言此女好而佛言惡有何不好佛言人眼不視色是為好眼耳鼻口亦爾身不著細滑是為好身手不盜他財是為好手不犯此事是乃為好眼視色耳聽音鼻嗅香身喜細滑手喜盜他財如此者皆不好也（出雜譬喻經）

火鬘與瓦師子為善知識共相勸信第十五

往昔多獸邑有婆羅門為王太史國中第一有一子頭上有自然火鬘因以為名姿首端正有三十相有一瓦師子名難提婆羅與火鬘少小親交心相敬念瓦師子精進勇猛慈仁孝悌其父母俱盲供養無乏雖為瓦師手不掘地唯取破墻崩岸及以鼠壤和用為器若有買者以穀麥麻豆置地取器初不爭價亦復不取金銀財帛唯取穀米供食而已迦葉如來所住精舍去多獸邑不遠與大比丘有二萬人皆是羅漢護喜語火鬘曰共見迦葉如來火鬘答曰用見此道人為直是髡頭人耳有何道哉護喜又曰佛道難得如是至三護喜復語火鬘共至水上澡浴乎火鬘答曰可爾便共詣水澡浴護喜舉右手遙指示曰迦葉精舍去是不遠可共暫見火鬘答曰用見此為護喜便捉火鬘衣牽火鬘脫衣捨走護喜便捉頭牽曰為一過共見佛去來國俗諱捉人頭法皆斬刑火鬘代其驚怖心念

曰此瓦師子分死捉我頭耶護喜曰我死死終不相置要當使卿見佛火鬘心念必當有好事耳乃使此人分死相捉火鬘曰放我頭我隨子去便還結頭著衣相隨詣迦葉佛護喜歡喜白佛言此火鬘者是我少小親友然其不識信三尊願世尊開化火鬘童子覩佛相好心念曰書記所載相好盡有唯無二事時迦葉如來便出廣長舌以覆其面上及肉髻并覆兩耳七過舐頭縮舌入口光色出照大千世界蔽日月明乃至阿迦貳吒天光還繞身七帀從頂上入以神足力現陰馬藏令火鬘獨見餘人不覩火鬘童子具足見佛三十二相踊躍歡喜不能自勝迦葉如來爲火鬘童子說菩薩斷功德何等爲斷菩薩功德法身不可行而行口不可言而言意不可念而念是爲菩薩三惡行於是火鬘前禮佛足言我今懺悔願佛許受從今已往不復敢犯如此至三迦葉如來默然受之火鬘童子護喜童子俱禮佛足辭退而還火鬘曰卿爲失利不爲得利我不喜見卿面不喜聞卿名護喜答曰何以故爾火鬘曰卿早從佛聞深法何能在家護喜答曰我父母年老又復俱盲供養二親何由出家若我出家父母便終以是故不得出家耳火鬘語護喜曰我從迦葉佛聞菩薩行三惡緣對不復樂在家我欲從此還至佛所求爲比丘護喜報曰善哉火鬘得思惟力耶便可時還所以然者佛世難值火鬘童子即抱護喜便繞三帀叉手謝曰我設有身口意過於卿者願見原恕若卿指授正眞大道於是火鬘說頌讚曰

仁爲我善友　法友無所貪　導我以正道
是友佛所譽
説是偈已繞護喜三帀還詣精舍而白佛言
寧可入道受具戒不即度火鬘授具足戒佛
語舍利弗時火鬘童子則我身是火鬘父者
今父王眞淨是護喜者頻勸我出家則是作
道善知識也我前向護喜惡語道迦葉佛秃
頭沙門何有佛道故六年受日食一麻一米
大豆小豆如是出興起行經下卷

婆羅門婦事佛爲壻所苦投河水竭壻方醒
悟第十六
昔有婆羅門奉事外道其婦事佛語其壻言
聽我與佛作婢懸繒旛蓋燒香然燈壻不聽
之便作一旛懸於屋内晨夕向禮壻殺牛羊
呼師解事師到其門語言卿舍有佛旛蓋我
不敢進即入問婦推覓得旛壻瞋打婦婦即
投河心至感神河水爲竭自然有七寶華蓋
其上壻見斯瑞知佛可尊即捨外道奉事大
法出譬喻經

經律異相卷第四十一

經律異相卷第四十二

梁沙門僧旻寶唱等奉　勑撰

居士部第三十二

琝荼財食自長聞法悟解一
郁伽見佛其醉自醒受戒以妻施人二
魚身得富緣三
闍利兄弟以法獲財終不散失四
居士子大意求明月珠五

琝荼財食自長聞法悟解第一

跋提城有大居士字曰琝荼（彌沙塞律作文荼）饒富珍寶有大威力隨意所欲周給人物倉中有孔大如車軸穀米自出婦以八斗作飯飼四部兵及四方來者食故不盡其兒以千兩金與四部兵及四方乞者隨意不盡兒婦以一裹香塗四部兵并四方來乞者隨意令足香故不盡奴以一犂日耕七壟出米滋多其婢以八斗穀與四部兵飤馬馬食不盡家裏共爭各言是我福力琝荼詣佛頭面作禮（出四分律三分第四分）曰誰力佛言汝等共有昔王舍城有一織師織師有婦又有一兒兒又有婦有一奴一婢一時共食有辟支佛來就乞食各欲當分捨與辟支佛言汝等善心皆各已捨可人減少許於汝不多在我得足即共從之辟支食已於虛空中現諸神變然後方去織師眷屬捨於壽命生四天王天至于他化展轉七反餘福生此琝荼聞之即請佛僧修無限施若有所須隨時多少皆從我取諸比丘不敢受白佛佛言聽隨意受後諸比丘行從索資糧遣使齎金銀隨逐行處多有所長齎還長者長者言我已捨竟不應將還（出彌沙塞律四分十）

誦皆有其文

郁伽見佛其醉自醒受戒以妻施人第二

郁伽居士醉婇女圍繞在毗舍離大林中遥見世尊在樹間坐端正殊妙根意息定光如金聚見已醉解至世尊所却坐一面佛為分別四諦得無畏法頭面禮足我歸三寶作優婆塞受持五戒還至本處告眷屬曰汝今當知我從世尊受戒若欲樂者行施作福若不樂者各還親里我當放汝時最大夫人曰予從世尊盡命受戒有其人當以我與彼作婦彼時居士便呼彼人以左手持夫人右手執金澡罐語彼人曰我以此最大夫人與汝作婦彼人驚怖毛竪語郁伽曰居士不欲殺我耶答言不也我從佛盡命行梵行故以大婦用與汝終不變悔出中阿含經第九卷

魚身得富緣第三

昔有大姓常好惠施後生一男無有手足形體似魚名曰魚身父母終亡襲持家業寢卧室内又無見者時有力士御王廚食恒懷飢乏獨牽十六車樵賣以自給又常不供詣此四姓求所不足魚身請與相見示其形體力士自惟我力乃爾不如無手足人往到佛所問其所疑佛言昔迦葉佛時魚身與此王共飯佛汝時貧窮助其驅使魚身所具與王行之而謂王言今日有務不得俱行若行無異斷我手足時行者今王是也不行言者魚身是也時佐助者汝身是也力士意悟即作沙門得阿羅漢道出譬喻經上卷

闍利兄弟以法獲財終不散失第四

昔石室城内有三居士一名闍利二名補陀

滿三名婆波那此三人親兄弟也多財饒寶象馬七珍有一婆羅門持伊羅鉢龍齋冀望富貴龍現身語婆羅門汝今何爲勤苦斷穀除味在此持齋爲何所求婆羅門曰冀望大富龍曰吾有二號一名伊羅鉢二名財無猒既名無猒復從吾求耶婆羅門曰設不惠者便即命終龍出紫磨好金以報之城門有豪富長者出自天竺汝以金與從求財物長者見之告語藏隱勿令人見告其五親飲食歡娛藏金庫内庫内雜物盡復入地還彼龍庫左右七家財物如是三居士聞之自相謂言我等三家以法所獲財致不枉濫五家所奪國人聞之謂爲誇談共集三家問居士曰卿以法獲財致不濫失何以爲證時三居士各出十斤金分爲六段將諸人民及七家失物主往至龍泉以金投水水皆涌沸猶如鑊湯龍王驚懼即遣龍女出金還之報謝使還從法得者以理成辦終不爲五家所侵欺非法藏財者如彼七家（出北方世利經）

居士子大意求明月珠第五

昔有國名歡樂無憂王號廣慈哀國有居士名摩訶檀妻名旃陀生一子姿容端正世間少雙墮地便語發誓願言我當布施天下救濟人民有孤獨貧窮者我當給護令得安隱父母因名爲大意見其異姿不與人同恐是天龍鬼神欲行十問大意知之便報言我自是人非天龍鬼也但念天下人民窮厄者欲護視之耳說此意便不復語至年十七乃報父母言我欲布施苦人令得安隱父母念言子初生時已有是願便告子言吾財無數恣

意施與不相禁制大意報言父毋財物雖多猶不足我用唯當入海採寳以給施天下人民耳數言如是父毋乃聽大意入海道經他國國中有婆羅門財富無量見大意光顔端正甚悦樂之告言我相敬重今有小女欲以相上願留止此大意報言我辭家入海欲採七寳未敢相許且須來還於是遂進採寳即遣人持寳還其本國轉復到海際求索異物忽見一大樹高廣八十由延大意便上樹遥見一銀城宫闕殿舍皆是白銀天女侍側妓樂自然有一毒虵繞城三帀見大意便舉頭大意自念言人爲毒所害者皆由無善意耳而便坐自思惟須臾虵即低頭睡卧大意欲入城守門者便入白王言外有賢者欲見於王王身自出迎之歡喜而言唯願仁者留住此一時三月得展供養答言我行採寳不宜久留王報言我不視國事唯願暫留大意便止王即供設衣服飲食妓樂牀卧之具乃意九十日大意辭王欲去王便取珍琦七寳欲以送之大意答言我不多用是七寳聞王有一明月珠意欲求之王言我不惜是珠但恐道路艱嶮難以自隨大意言夫福之將人不畏艱嶮王言此珠有二十里寳自隨願我爲弟子得給供養踰於今日也大意便受珠而去於是大意前轉行見一金城宫殿舍宅皆黄金七寳之樹自然妓樂天女侍從轉倍於前亦有毒虵繞城六帀虵見大意舉頭視之後坐定意虵復低卧大意欲入城守門者入白王王即出與相見請前語言留一時三月展於供養大意便止王待過如前經六十日

辭去白王聞王有一明月珠願以見惠王答如前四十里中珍寶追之便以貢上仁者後得道時願爲弟子神足無比得展供養過於今日受珠而去大意復前行又見一水精城宫闕殿舍事事如前亦有一毒虵繞城九帀低頭睡卧王出迎之願留三月大意即住王復盡意供養施設飲食衣服妓樂乃歷四十日辭去白王聞王有一明月珠願以見惠王便報言此珠有六十里寶自然追之便以上仁者若後得道願爲弟子智慧無比當復供養過於今日便受珠而去前行復見一瑠璃城亦見一毒虵繞城十二帀低頭睡卧王出迎請乞留三月大意即留王身自供養飲食衣服妓樂以娱之乃歷三十日辭去白王我聞王有一明月珠可以見惠王言此珠有八十里珍寶追之便以上於仁者後得道時願我爲弟子淨意供養過於今日令長得智慧大意受珠而去念言吾本來求寶今已如志當從是還便尋故道欲還本國經歷大海大海中諸神王自共議言我海中雖多衆珍名寶無有如此輩珠便勑使海神要奪其珠神便化作人與大意相見問言聞卿得奇異之物寧可借視乎大意舒手示其四珠海神摇其手使珠墮水大意自念王與我言道此珠難保我幸已得之今爲此子所奪非趣也即謂海神言我自勤苦經涉嶮阻得此珠來汝反奪我今不相還我當抒盡海水耳海神知之問言卿志奇高海深三百三十六萬由延其廣無涯柰何竭之如日終不墮地如大風不可攬束日尚可使墮地風尚可攬束大海

水不可抒令竭也大意笑答之言我自念前後受身生死壞敗積其骨過於須彌山其血流五河四海未足以喻吾尚欲斷是生死之根本但此小海何足不抒我昔供養諸佛誓願言令我志行勇於道决所向無難當移須彌山竭大海水終不退意便一心以器抒海水精誠之感四天王來助大意抒水三分已二於是海中諸神王皆大震怖共議言今不還其珠者非小故也水盡泥出壞我宫室海神便出衆寶以與大意大意不取告言不用是輩但欲得我珠耳促還我珠終不相置也海神知其意盛便出珠還之大意得珠過取婆羅門女還其本國恣意大布施自是後境界無復飢寒窮乏者四方士民皆去其舊土襁負歸仁如是布施歷載恩逮蜎飛蚑行蠕動靡不受潤其後壽終上爲帝釋或下爲飛行皇帝積累功德自致成佛三界特尊皆由宿行非自然也佛告諸比丘大意者我身是時居士摩訶檀者今現悦頭檀是時毋旃陀者今現夫人摩耶是時歡樂無憂國王者即摩訶迦葉是時婆羅門女者俱夷是時女父者彌勒是時銀城中王者阿難是也時金城中王者目揵連是時水精城中王者舍利弗是也時瑠璃城中王者須陀是也時第四天王助大意抒海水者即優陀是也時奪其珠者即調達是也時四城門守者即須颰槃特蘇曷披拘留是時繞四城毒蛇者即共刹酸陀利四臣是也阿難白佛以何功德致四明月珠衆寶隨之佛言乃昔維衛佛時大意嘗以四寶爲佛起塔供養三尊持齋七日是時

有五百人同時共起寺或懸繒然燈者或燒香散華者或供養比丘僧者或誦經講道者今皆來會（出大意經）

經律異相卷第四十二

音釋

膩（女利切）輢（居宜切）斵（竹角切斫也）褰（起虔切摳衣也）潰（胡對切旁決也）剜（烏歡切刻也）倩（七正切假借使人也）貿（莫候切易財也）殞（羽敏切歿也）氎（達協切細手布也）霹靂（上匹歷切下郎狄切）雹（弼角切雨氷也）蠕（乳兖切蟲動貌）薜荔（梵語具云薜荔多此作餓鬼薜蒲細切荔郎計切）澱（堂練切滓也）蹴（子六切正云蹙促也）

經律異相卷第四十三

梁沙門僧旻寶唱等奉勑撰

賈客部第三十三

波利得海神瓔珞上王王及夫人共以獻佛第一

昔有賈客名曰波利與五百人入海求寶時海神出掬水問波利言海水爲多掬水爲多波利答言掬水爲多所以者何海水雖多無益時用不能救彼饑渴之人掬水雖少值彼渴者持用與之以濟其命世世受福不可訾計海神歡喜讚言善哉即脱身上八種香瓔

校以七寶以與波利海神送之安善往還到舍衛國持此香瓔上波斯匿王具陳所由願蒙納受王得香瓔以爲奇異即呼諸夫人羅列前住若最好者以香瓔與之六萬夫人盡嚴來出王問末利夫人何以不出侍人答言今十五日持佛法齋素服不嚴是以不出王便瞋恚遣人呼曰如今持齋應違王命如是三反末利夫人素服而出在衆人中明如日月倍好於常王意竦然加敬問曰有何道德炳然有異夫人白王自念少福禀斯女形情態垢穢日夜山積人命促短懼墮三塗是以月月奉佛法齋割愛從道世世蒙福王聞歡喜便以香瓔與之末利夫人答言我今持齋不應著此可與餘人王曰我本發意欲與勝者卿今最勝又奉法齋道志殊高是以相與若卿不受吾將安置夫人答言大王勿憂願王屈意共到佛所以此香瓔奉上世尊并采聖訓累劫之福矣王即許焉即勑嚴駕往至佛所稽首于地却就王位王白佛言海神香瓔波利所上六萬夫人莫不貪得末利夫人與而不取持佛法齋心無貪欲謹以上佛願垂受納世尊弟子執心難壞直信如此豈有福乎唯願世尊爲受香瓔佛說偈言

多作實華　結步搖奇　廣積德香　所生轉好
奇草芳華　不逆風熏　近道聞教　德人遍香
雖曰是眞　不如戒香（出法句譬喻經第二卷）

善求惡求採寶經饑樹出所須第二

往昔閻浮有國名波羅柰時有薩薄名摩訶夜移其婦懷妊自然仁善意性柔和月滿生男形體端正父母愛念施設美饍延請親戚

并諸相師共相娱樂抱兒示衆爲其立字相師問言此兒受胎有何瑞應父言受胎母自和善相師爲名善求乳哺長大好積諸德慈愍衆生次後懷妊期滿生男形體醜陋相師問言此兒懷妊有何感應答言懷兒母自弊惡相師立名曰惡求乳哺長大好爲惡事恒生貪心懷嫉妬意年各長大共行入海求索寶物各有五百侍從塗路懸遠中道乏粮經於七日去死不遠是時善求及諸賈人咸共誠心禱諸神祇欲濟饑險於空澤中遥見一樹枝條鬱茂便即趣之有一泉水善求及衆悉共求哀樹神現身語之斫去一枝所須當出諸人歡喜便斫一枝美飲流出斫第二枝種種食出百味具足咸共承接各得飽滿斫第三枝出諸妙衣種種備具斫第四枝種種寶物悉皆具足裝馱悉滿所須盡辦惡求後到衆人如前盡得充足便自念言今此樹枝能出是種種好物況復其根今當伐之足得極妙佳好之物令人伐之善求語惡求言我等饑乏賞此樹恩得濟餘命云何而欲伐之惡求即掘其根善求感佩不忍見之領衆歸家伐樹已竟有五百羅刹取此惡求及衆賈人悉皆噉之財物喪失佛告阿難善求者今我身是父者今淨飯王是母者今摩耶是惡求者提婆達多是我於往昔常與相值恒教善法而不用之反更以我爲怨出賢愚經第九卷

師子有智免羅刹女第三

閻浮利地有衆多賈客共相率合入海採寶正值洄波惡風吹壞大船復有諸人乘弊壞船隨風流迸墮羅刹界羅刹女輩顔貌端正

前迎賈客云此間多寶明珠無價恣意取之我等無夫汝無妻妾可止此間共相娛樂後得善風良伴歸家諸君當知若見左面有道者慎莫隨從時商客中有一智者言諸女所說此不可從即進左道行數里中聞一城裏數千萬人稱怨喚呼云何捨閻浮提就此命終賈客前詣城下周帀觀察見城鐵鑄垣墻亦無門户出入處所去城不遠有尸梨師樹即往攀樹見城裏數千萬人遥問城裏人曰何爲稱喚父母兄弟耶城裏人報曰我等入海採致寶物爲風所漂又爲羅刹女所枉閉在牢城前有五百人漸漸取殺今有二百五十人在君莫呼此女謂爲是人皆是羅刹鬼耳其人下樹以語同伴勸我還家善求方計卿等今日意欲云何衆人答曰卿昨夜何不重問彼人頗有權宜方計衆人及我身得安隱歸家不乎智人即報曰我今暮當起往更問之須女睡眠竊起上樹問城裏人頗有方計卿等諸人復及我身得還閻浮地不耶城裏人曰我等生念欲還此鐵城便化數重不可敗壞死者日次死無由得免唯卿外人少有權宜可得度脱還至本土十五日清旦有一馬王從鬱單越來至此界住高山頂王自喚呼誰欲還歸閻浮利地卿等若聞馬聲皆往禮敬求還本鄉其人向伴具陳情狀衆人報曰今可去不答曰須十五日至馬王當來乃得去耳未經數日馬王便至商客聞已往馬王所白言我等咸欲求還本鄉願見將接馬王告曰卿等專意聽我所說各欲歸家還本鄉者心意專正便得歸家心不專正不得

歸也此諸婦女各抱男女追逐卿後啼哭喚呼其中諸人與戀著心正使在我脊上猶不得去若能捨恩愛正心一意無所戀著至心捉我一毛便得歸家時諸婦女各語夫曰誠可捨我賤身何爲捐棄兒女先教兒女往抱父頸啼哭喚呼捨我等爲欲何處去心意戀著者便不得還唯有大智師子一人安隱還歸時羅刹婦抱其男女往逐師子告語村落師子身者是我夫主共生男女捨我逃走不知所趣諸人聞已問師子曰觀卿婦女體性容貌人中英妙兒女可愍何爲捨之師子報曰此亦非人是羅刹鬼耳往海渚中殺噉商賈不可稱數吾伴數百閉在鐵城唯我一人幸得免濟今此鬼女復逐我後規欲害我恐不免濟轉復前行還至本國鬼猶逐後到其國土鬼往白王我與師子共爲夫婦生此男女後望得力非圖今日永已見捨王召師子問其情實師子具以上事白王王告師子設卿不用可持與我師子報曰此實非人是羅刹鬼備有愆咎後莫見怨復語左右諸臣斯鬼至此必有傷害王今不信欲内深宫如是不久王及内宫盡當灰滅王復瞋恚語師子曰女中姿容如天玉女何緣復稱爲羅刹鬼耶速出在外吾自觀之王將鬼女入宫一宿明日食時宫門不開諸臣共議王新納妻意相貪樂故不開耳師子説曰不如是議王及夫人并諸婇女必爲羅刹所食噉盡故門閉耳即施高梯踰墻入内見死人骸骨滿數間舍諸臣責師子曰正坐汝身將羅刹鬼殺王喪國宫殿滅亡卿欲云何師子答曰吾先有

契後莫見怨卿等何爲復見責數諸臣人民前白師子王今已死更無胤嗣唯願師子當登王位領理人民師子告曰若欲舉我爲王者當隨我教異形同嚮咸皆稱善王告諸臣當共集兵入海攻擊殺羅刹男女無有遺在往破鐵城出其中人土俗常法若一人不事佛當送山西付鬼噉之自爾已來佛法熾盛得道無數是故說諸有信佛者如此衆生安隱得還皆由馬王又彼國常儀國王生子若十若百若至無數盡出作道誦習佛經三藏備舉還復罷道登陟王位梵語不通經籍不舉則不得陟王位也（出承事勝已經）

彌蓮持齋得樂蹹毋燒頭第四

昔有五百賈人一字彌蓮是最尊老也五百人共船入海爲摩竭魚觸破其船五百皆死彌蓮騎板得活在鼻摩地爲防魚故東西行走見一小徑入見銀城樹木參天間有浴池其城方正周帀渠水有四女人從城中出端正如玉女共迎彌蓮言甚獨勞苦多賀來到貪欲相見久矣當侍仁者今是銀城是仁者有也城中幸樂樹木參天有渠水浴池戲觀廬舍城中有七寶殿名曰羅縵以金銀水精瑠璃珊瑚琥珀硨磲爲殿我等四人當供給使晚卧早起在所教勑便可止此不須復到他面彌蓮即與四女人入城上七寶殿上日日極意在此城中千有餘歲後彌蓮自念是四女人不欲令我去行到他面何等意耶彌蓮伺四女人盡卧竊起下殿出城前行遥見金城樹木浴池事事如前有八女人端正要說辭皆如前彌蓮與八女人相樂極意經數

千歲後彌蓮思惟疑是八女人不欲令我更到他面何等意耶彌蓮伺入女盡卧竊起前行遥見水精城樹木浴池事事如前有十六女人出城共迎辭説如前彌蓮即與十六女共樂極意經數千歲彌蓮復去乃見瑠璃城事亦如前三十二女從城出迎彌蓮與女共樂極意數千歲後出城前行遥見鐵城中了無迎者彌蓮入城門有鬼問之彌蓮爲行邊城中因見一男子字俱引燒鐵輪走其頭上由入諸城坐不厭足故使燒鐵輪走我頭上彌蓮念羅緩殿屑末殿羅摩殿汜鬱單殿淚出言我何事入是中耶彌蓮語灌鐵城鬼言今燒鐵輪走我頭上何時當脱耶鬼報言有人如卿來乃得脱耳佛言鐵輪走彌蓮頭上却後六十億萬歲乃得脱耳彌蓮者我身是未求道時愚癡沐浴著新衣脚踏毋頭是故燒頭一日八關齋四月心猶歡喜故得四寶城金銀水精瑠璃壽數千萬歲是故世間人至死不猒五欲所思欲人不孝父母及師車輪践之當如彌蓮矣出彌蓮經又出福報經

優婆斯納兄妻後悔爲道兄射殺弟反矢自害第五

羅閱祇國有賈客兄弟二人共住一處兄求長者女欲以爲婦其女年小未任出適兄與衆賈遠至他國經歷多年滞不時還女年尚大而語其弟卿兄遠行没彼不還汝今宜可娶我女其弟答言何有是事長者數説其弟意堅未曾迴轉長者詐作遠書託諸賈客説兄死亡復告之曰卿兄已死汝當云何弟娶其女經歷數時女已懷妊兄從遠還弟心懷

懼逃至舍衛如是展轉到於佛前求索出家佛即聽許便成沙門名優婆斯奉持律行得阿羅漢兄知忿恨欲殺之至舍衛國即出重募賞金五百兩應募者相將俱進見弟坐禪欻生慈念云何殺此比丘吾設不殺當奪我金欲射比丘乃中其兄其兄懷恚憤惱而終受毒蛇形生此道人戶樞之中戶數開閉撥身而死遂願更作小形毒蟲依道人房從屋下墮比丘頂上惡毒猛熾即便命終告舍利弗乃往過去有辟支佛出現於世處在山林時有獵師恒捕禽獸施設方計望伺苟得疑辟支佛驚其禽獸伺捕不得便懷瞋恚以毒箭射辟支佛時辟支佛心愍此人欲令改悔爲現神足於時獵師心懷敬仰恐怖自責歸誠謝過時辟支佛受其懺悔毒攻而死其人命終便墮地獄既出地獄五百世中常被毒死至于今日得羅漢道猶爲毒蟲所螫而死

出賢愚經第十卷

薩薄然臂濟諸賈客第六

昔閻浮提五百賈客共行曠野經由嶮路大山孔中極爲黑闇時諸商人迷悶愁憂恐失財物此處多賊而復怖畏咸共同心向于天地日月山海一切神祇啼哭求哀時薩薄愍諸商客告言莫怖吾當爲汝作大明照是時薩薄即以白氎自纏兩臂蘇油灌之然用當炬將諸商人經於七日乃越此闇時諸賈客感戴其恩慈敬無量各獲安隱喜不自勝時薩薄我身是諸賈客者今五百比丘是出賢愚經第六卷

薩薄欲買五戒羅刹不能得便第七

昔有薩薄聞於外國更有異寶欲往治生而二國中間有羅刹難不可得過薩薄遊行見市西門有一道人空床上坐云賣五戒薩薄問言五戒云何答曰無形直口受心持後得生天現世能却羅刹鬼難薩薄欲買問索幾錢答金錢一千即就授與受五戒竟語言卿向外國到界畔上羅刹若來卿但語言我是釋迦五戒弟子薩薄少時到二國中間見羅刹身長一丈三尺頭黄如藁眼如赤丁舉體鱗甲更互開口如魚鼓鰓仰接飛鷰踏地没膝口熱血流群衆數千直捉薩薄薩薄語言我是釋迦五戒弟子羅刹聞此永不肯放薩薄即以兩拳扠之拳入鱗甲拔不得出又以脚蹋頭撞拔復不出五體没鱗甲中唯背得動羅刹謂言

汝身及手足　一時悉被羈　但當去就死　跳踉復何爲

薩薄志意猶固語羅刹曰

我身及手足　一時雖被繫　攝心如金石　終不爲汝斃

羅刹又語薩薄曰

吾是鬼中王　爲人多力膂　從來食汝輩　不可得稱數　但當去就死　何爲自寬語

薩薄冐欲怒罵自念此身輪迴三界未曾乞人我今當以乞此羅刹作一頓飽即曰

我此腥臊身　久欲相去離　羅刹得我便　悉持以布施　志求摩訶乘　果成一切智

羅刹聰明解薩薄語便生愧心放薩薄去長跪合掌向其謝曰

君是度人師　三界之希有　志求摩訶乘

成佛當不久　是故自歸命　頭面禮稽首

羅刹悔過竟送薩薄至外國大得珍寶又送還家大修功德遂成道跡（出雜譬喻經與前大同意向小異故兩存之）

商人共鵠生子子皆得道第八

畜生及人一切四生問曰云何知人中有卵生答曰如所說閻浮利地多有商人入海採寶得二鵠隨意所作一失一在與共遊戲寢臥一室共彼合會遂生二卵卵漸溫熟便生二童後大出家學道得阿羅漢果一名尸婆羅二名優鉢尸婆羅問曰云何知人中有濕生答曰如經所說有頂生王尊者遮羅尊者優婆遮羅梨女問曰云何知人中有化生答曰劫初人是也已得聖法者不復卵生濕生問曰何故不復卵生濕生耶答曰卵生濕生畜生趣所攝（出鞞婆沙經第十四卷）

衆賈饑渴天人指間降八味水第九

昔有導師與五百賈人共行作賈到大曠野絕無水漿饑渴困極四方求索登高遠望見有樹木謂當有水俱共馳往至見樹下周帀生草其地清潔咸共穿鑿時有天人遙見導師如伸臂頃來到其所住于樹上伸其右手從五指間流出八味甘美之水而無窮盡皆得飽滿（出十卷譬喻經第三卷）

商人驅牛以贖龍女得金奉親第十

佛住舍衛城南有大林邑商人驅八牛到北方俱哆國復有商人共在澤中放牛時離車捕得一龍女穿鼻牽行商人見之即起慈心問離車言汝牽此欲作何等答言我欲殺噉商人言勿殺我與汝一牛貿取放之捕者不

肯乃至八牛方言令爲汝故我當放之即取八牛放去龍女時商人復念此是惡人恐復追逐更還捕取即自隨逐看其所向到一池邊龍變爲人身語商人言天施我命今欲報恩可共我入宮當報天恩商人答言汝等龍性卒暴瞋恚無常或能殺我答言前人繫我我力能殺彼但以受布薩法故都無殺心何况天今施我壽命而當加害小住此中我先入摒擋是龍門邊見二龍繫在一處問言汝爲何事答言此龍女半月中三日受齋法我兄弟守護此龍女不堅固爲離車所得以是故被繫唯願天慈語令放我此龍女若問欲食何等食者當索閻浮提人間食龍女摒擋已便即呼入坐寶床褥上龍女白言天今欲食何等食答言欲須閻浮提人間食即下種種食問龍女言此人何故被繫龍女言此有過我欲殺之商人言汝莫殺不爾要當殺之商人言汝放彼者我當食耳白言不得直爾放之當罰六月擯置人間商人問言汝有如是莊嚴用受布薩爲答言我龍法有五事苦何等五生時龍眠時龍婬時龍瞋時龍一日之半三過皮肉落地熱沙摶身復問汝欲求何等答我欲求人道中生問我已得人身應求何等答言出家難得又問當就誰出家答言如來應供正遍知今在舍衛城未脫者脫汝可就出家便言我欲還歸龍女即與八餅金語言此是龍金足汝父母眷屬終身用不盡語言汝合眼即以神變持著本國行伴先至語其家言入龍宮去父母謂兒已死眷屬宗親聚在一處悲號啼哭時放牧者及取薪

草人見已先還語其家言某甲來歸家人聞已即大歡喜出迎入家已爲作生會作生會時以八餅金持與父母此是龍金截已更生盡壽用之不可盡也（出僧祇律第三十二卷）

賈客爲羅剎所縛第十一

有一賈客主將諸賈人入嶮難處遇羅剎鬼以手遮之言汝住莫動不聽汝去賈客主即以右拳擊之拳即著鬼挽不可離復以左拳擊之亦不可離以右足蹴之亦復如是以頭衝之頭即復著鬼言汝今如是欲作何等心休息未答言雖復五事被繫心終不息當以精進力與汝相擊鬼時念此人膽力極大即曰汝精進力大必不休息今放汝去（出大智論卷第十六）

賈客採寶救將死人第十二

有賈客主名爲吉利入海取大珍寶安隱而出凡有八十億摩尼珠一一皆直百億兩金以多寶物與一乞人不入其家復還至海採取珍寶入海之後倍得寶物經八十歲還到本國欲入城時見犯罪人殺者執縛打惡聲鼓街巷唱令將至殺處加以刑戮時應死者逢見吉利作是言賈客主救我死罪施我壽命是大檀越賢善好人吉利聞已語應死者咄人我今施汝無畏救汝死罪即至殺者所人人皆與一摩尼珠價直一億兩金汝今小住待我今者至王邊還爾時吉利疾至王所白言大王我欲以好珍寶買此人命王答吉利是人罪不可恕不可得買若必欲買汝所有物盡以與我并自代死乃可得脫吉利歡喜我得大利得滿所願能救此人得稱我意

即以居家所有財物及於大海所得珍寶無量千億金銀寶物皆送與王白大王言可放此人我所有物盡現在此語殺者言將吉利殺即縛吉利將至殺處右手舉刀欲斫吉利手直不下驚怪恐怖即以告王自看王聞此語即自執刀欲殺吉利舉刀兩手落地得大衰惱發聲而死時吉利即我身是時王者調達是出菩薩藏經第十卷

二賈客採寶貪者没命廉者安全第十三

昔無數阿僧祇劫前有兩部賈客各五百人在波羅柰撰合資財嚴船度海解繫張帆乘風徑往即至寶渚上妙婇女無物不有一部賈客主曰我等以資財故勤苦至此當住自娱第二薩薄言此間雖饒衆寶不當久住時有天女慈愍此輩便於空中語衆賈人曰此間雖樂不足久住却後七日此地當没語訖化去復有魔女欲使賈客於此没盡空中告曰卿等不須嚴駕還去此地無水設當有水此之衆寶衆女五樂何由而有前天所説皆是虚妄説已化去第一薩薄勑其部衆卿等勿去莫信前天第二薩薄還告其衆卿莫貪樂速裝治船前天所説至誠不虚水不至者於此自娱然後徐歸若水審來治嚴已去佛語舍利弗却後七日如前天言水滿地没第二薩薄將其部衆即得上船第一薩薄先不治嚴水至之日便著鎧仗共相挌戰第二薩薄於船上以矟矛鋑第一薩薄脚徹過即便命終佛告舍利弗汝知第一薩薄者不則提婆達兜是第二薩薄者則我身是時第一賈客衆五百人者則今提婆達兜五百弟子是

時第二賈客五百衆者則今五百羅漢是第一天女則舍利弗是時第二天女則今名滿月比丘婆羅門弟子是（出興起行經上卷）

賈人害侶獨取珍寶大哀殺此凶人第十四

定光佛時有五百賈人入海求寶有異心者念言我今悉害賈人獨取珍寶時閻浮提有大導師名曰大哀時寐夢中海神語之賈衆之中有一賊欲殺五百伴獨取寶物假令事遂墜地獄中令仁導師當行權變令賈人不死賊不獲罪導師思惟七日無餘方便唯當殺此凶人耳衆者必皆興怒當共殺之俱墮惡趣設我獨殺我當受罪吾寧自忍百千劫苦不令賈人普被危害復令一賊墜地獄中先爲說法令心欣然踊躍卧寐佛言大哀導師猶衆賈人興于大哀以權方便害此一賊命終之後生第十二光音天上時大哀者則吾身也以斯方便超千劫生死同船五百賈人斯賢劫中五百佛興者是（出慧上菩薩經下卷）

五百賈客值摩竭魚稱佛獲免第十五

昔有五百賈客乘船入海值摩竭魚出頭張口欲食衆生時日少風而船去如箭薩薄主語衆人言船去太疾可捨帆如言捨下船去轉駛不可止薩薄主問樓上人言汝見何等我見上有兩日出下有白山中有黑山薩薄主驚言此是大魚當柰何哉我與汝等今遭困厄入此魚腹無有活理汝等各隨所事一心求之於是衆人各隨所奉一心歸命求脱此厄所求愈篤船去愈疾須臾不止當入魚口於是薩薄主告諸人言我有大神號名爲佛汝等各捨本所奉神一心稱之時五百人

俱發大聲稱南無佛魚聞佛名自思惟言今日世間乃復有佛我當何忍傷害衆生即便合口水皆倒流轉得遠魚五百賈人善心即生皆得解脱（出雜譬喻經第六卷）

賈人爲友逼飲酒犯戒父毋擯出遠國尚爲鬼所畏第十六

有一縣人皆奉行五戒十善縣界無釀酒者有大姓家子欲遠賈販臨途父毋語曰汝勤持五戒奉行十善愼莫飲酒犯佛重戒行到他國見故同學歡喜歸家出蒲萄酒欲共飲之辭曰吾國奉佛戒無敢犯者且辭親近父毋又誡別久會同心雖喜悦不宜使吾犯戒違親教也主人言吾與卿同師恩則兄弟吾親則是子親父毋相飲豈可違之若吾在卿家必從子親事不獲已乃從飲之事訖還家具首於親父毋報言汝違吾教加復犯戒亂法之漸非孝子也無得説之便以所得物逐令出國子以犯戒爲親所驅乃到他國住客舍家主人事二鬼神能作人形對面飲食與人語言事之積年居財空盡而家疾患死喪不絶私共論之鬼知人意鬼共議言此人財產空訖正爲吾等未曾有益今相猒患宜求珍寶以施與之便行盜他國王庫藏好寶積置園中報言汝事吾歷年勤苦甚久今欲福汝使得饒富主人言受大神恩鬼曰汝園中有金銀可往取之主人欣然入園見物負揵歸舍辭謝受恩明日欲設飯食願屈顧下施設皆辦鬼神詣門見舍衛國人在主人舍便犇走而去主人追呼既已顧下委去何爲神曰卿舍尊客吾焉得前重復驚走主人思惟

吾舍之中無有異人正有此人耳即出言語恭設已竟因問之曰卿有何功德吾所事神畏子而走客具説佛功德五戒十善實犯酒戒爲親所逐尚餘四戒故爲天神所護卿神不敢當之主人語言吾欲奉持五戒因從客受三自歸五戒一心精進不敢懈怠問佛在處可得見不客曰在舍衛國給孤獨園主人一心到彼經歷一亭中有一女正是噉人鬼婦行路迴遠時日逼暮從女寄宿女即報言慎勿留此宜急前去男子問曰用何等故將有意乎女人報言吾已語卿用復問爲男子自念前舍衛國人完佛四戒我神尚爲畏之我已受三歸五戒心不懈怠何畏懼乎即自留宿時噉人鬼見護戒神去亭四十里一宿不歸明日進見鬼所噉人骨體狼籍心怖而悔退自思惟我在本國衣食足用空爲此人所化言佛在舍衛國未覩奇妙乃見骸骨縱横不如携此女人將歸本土共居如故即時迴還因從女人復求留宿女人謂男子何復還耶答曰行計不成故迴還耳復寄一宿女言卿死矣吾夫是噉人鬼方來不久卿急去此男子不信遂止不去更迷惑婬意復生不信佛三歸五戒天神即去鬼得來還女人恐鬼食此男子藏之瓮中鬼聞人氣謂婦言爾得肉耶吾欲噉之婦言我不行何從得肉婦問鬼卿昨何以不歸鬼言坐汝所爲而舍宿尊客令吾被逐瓮中男子踰益恐怖不復識三自歸婦言何以不得肉乎鬼言正爲汝舍佛弟子天神逐我出四十里外露宿震怖于今不安故不得肉婦因問夫佛戒云何鬼言

我大饑極急以肉來不須問此此是無上正眞之戒非吾所敢説也婦言爲説之我當與卿肉鬼類貪殘食欲食無止迫婦問之因便爲説三歸五戒鬼初説一戒時婦輒受之至第五戒心執口誦男子於甕中識五戒隨受之天帝釋知此二人心自歸佛即遣善神五十人擁護兩人鬼遂走去到明日婦問男子怖乎答曰大怖蒙仁者恩心悟識佛婦言男子昨何以迴還答曰吾見新久死人骸骨縱横恐畏故還耳婦言骨是吾所棄者也吾本良家之女爲鬼所略取吾作妻悲窮無訴今蒙仁恩得聞佛戒離於此鬼又言曰賢者欲到何所男子報言吾欲到舍衛國見佛婦曰善哉吾隨賢者見佛便俱前行逢四百九十八人因相問訊諸賢者從何所來欲到何所答曰吾等從佛所來問言卿等已得見佛何爲復去報言佛口説經意中惘惘故尚不解今還本國兩賢者具説本末以鬼畏戒高行之人意乃開解俱還見佛佛遥見之則笑口中五色光出阿難長跪佛不妄笑將有所説佛語阿難汝見是四百九十八人還不此諸人等今得其本師來見佛者皆當得道時五百人來至佛所一心聽經心開意解皆作沙門得阿羅漢道然此二人是四百九十八人前世之師也求道要當得其本師及其善友爾乃解耳出戒消災經

經律異相卷第四十三

音釋

鵠胡沃切鳥名 竦息勇切敬也 饍時戰切具食也 嫉妬嫉昨悉切妬當故切害賢曰嫉害色曰妬 鑄朱戍切鎔金入範也 胤羊進切繼也 陟竹力切升也 縵莫半切 欻許勿切猶忽也 螫施隻切蟲行毒也 口受承呪切口口受也 鰓桑才切魚頰也 羈居宜切縶也 跳踉上他吊切下龍張切 斃毗祭切死也 膂兩舉切脊骨也 摒擋摒必郢切擋丁浪切 褥儒欲切裀褥也 穳七亂切矛稍也 矛莫浮切句兵也 鋑七丸切 駛踈士切疾也 瓮烏貢切罌也

經律異相卷第四十四

梁沙門僧旻寶唱等奉勑撰

男庶人部第三十四

有人家富王責條疏其已用物王便覺悟二十三
有人爲罪王令割肉五斤二十四
二人共誓以腹中兒共爲婚姻二十五
大姓二兒大子失財被念小子得財獲罪二十六
三人共施僧一錢後身得自然之金二十七
貧人供僧報銅鉼打之出物遂至巨富二十八
貧人得伏藏爲王所治二十九
貧人買斧不識是寶後知悔恨三十
貧老夫妻三時懈怠端然守困三十一
窮人違樹神誓還爲樹枝所殺三十二
人遇象逐墮深谷際天甘露降遂得昇天三十三
五百幼童聚沙與塔命終生兜率天三十四
童子施佛豆生天後作轉輪王三十五
牧牛小兒取華上佛中路牛觸而死即生天上三十六
小兒先身以三錢施今解鳥語遂得爲王三十七
諸劫分物不識好者三十八

颰陀以化城請佛見佛欲滅化不能第一

王舍城中有一幻士名曰颰陀（此言仁賢）明解經典曉了技術所作幻黠多能喜悅名聞高遠摩竭人民皆所不及國內大小從其受學颰陀遇覩世尊身色嚴妙念欲相試便示請佛設知我意當不受請若不知者必受無疑佛

知其意欲度之默然而受颰陀謂佛無通慧不見我意入王舍城於不淨處化作講堂懸繒華蓋一一樹下爲諸比丘鋪師子座於講堂中特爲如來設師子座高四丈九尺作百味之饌時四天王及天帝釋與三萬二千天人謂仁賢曰眞得善利乃請如來講堂供養吾助給所乏即化作館殿如忉利宫佛與菩薩及諸比丘往其講堂見佛坐已所造之座帝釋亦見如來坐其所造莊嚴之座仁賢聽佛所説蠲除自大投首佛足白佛言唯願如來原我罪過即欲没其所作佛令不變復爲説一切諸法皆如幻化出幻士仁賢經

阿難邠坻井出珍寶第二

阿難邠坻在兒連山下居大富珍寶四遠賈客舉貸乞匃者往無不得時有五百賈客行海船壞珍寶皆没死者不少或依板得活咸詣阿難邠坻主人設食主人汲井得寶篋蘸各有題疏其姓字賈客食訖皆悲主人問故答言我等伴侣五百人共行海中船舶翻没死者不少挾持小板劣得生活已失珍寶悲念伴侣耳屬覩井中所得寶篋皆是我許不知那爾主人言卿曹行治生賈販若至心者不失也但不至心故失耳我從無數劫以來未嘗不至心初不欺侵諸失寶者皆趣我井卿曹各自案姓字取去出譬喻經

賢直竊珠不伏獲賜第三

昔人名賢直曾三預入聞讀經言天眼不瞬誦念不忘然此賢直善偷他物眼前不覺國王失珠召臣量議臣答曰聞有賢直極能作偷王勑録來考問望得其言不偷王旣有道

何由枉人又召諸臣共議有臣言曰當作方便令其首伏當重枷鎖載市唱令殺之與酒令醉然後脱鎖輿置堂上妓女作樂王勑妓女賢直醒問汝可答言此是天堂我是天女應爲侍側君前身時偷國王珠故得生此王便依之賢直聞已默念而去我聞經言天眼不瞬此女悉瞬且我偷珠應入地獄將非國王張我令首即便發言我得生天由不偷珠妓女報王道賢直言王便大笑小子定不偷我珠也即放令去重賜金寶此實偷珠誦念一偈免罪得賜（出雜譬喻經）

慈羅放鼈後遇大水還濟其命第四

昔有一人名慈羅見人賣鼈心中憐之向鼈啼泣賣鼈者言汝何向鼈啼乎慈羅答言我不忍見之窮賣鼈者大笑汝癡狂耳答言我念此鼈從君請買主言鼈直百萬慈羅便將之歸家傾舉子息得八十萬慈羅言我錢盡此假求無處賣鼈者言汝錢既盡可爲作佃以畢錢直慈羅言諾以車載鼈投著河中鼈便能言語方有大水君當上樹相呼後日洪水大起人民死盡慈羅上樹呼鼈鼈便來至慈羅坐鼈背上前去數里見一女人在流槎上沮息欲死便向慈羅乞匃求載慈羅啓鼈此人可憐乞得載之鼈言任便復載之前行十里見賣鼈子流槎上從慈羅欲求載之鼈言我已重恐必疲極不能自渡慎勿載之慈羅言可哀今是非當載之慈羅復載之前行數十里見數升蛾流彼槎上慈羅復報鼈載之前至那竭國女子便以金謝慈羅賣鼈人言此鼈本是我賣之汝今得金當持還我慈

羅不與責髗子便到那竭國王所云慈羅偷人婦將之販今持金銀來在此國中那竭國王即召慈羅使吏斬之吏上言其事欲下筆書蛾輒緣筆不成字王聞之便問慈羅汝有何功德乎慈羅具答王誅責髗者（出阿難現變經）

千那傭畫得金設會爲婦所訟第五

大月氏弗迦羅城有一畫師名曰千那往來東方多剎施羅國客畫經十二年得三十兩金持還本國遇見衆僧信心清淨即問維那此衆幾物得作一日食答曰可用三十兩金畫師併付維那乞營一食我明日當來空手歸家婦問十二年作得何等物答曰得三十兩金已種福田付僧設會婦縛夫以送付官具陳上事官問不給婦兒而以乞他畫師答曰我先世無福貧窮常辛苦遭遇衆僧是良福田若復不種善後世復貧貧苦相續無得脫時是故併施衆僧其斷事人是優婆塞即脫瓔珞及所乘馬幷聚落以施畫師謂之曰汝施衆僧衆僧未食是爲穀子未種而芽已生而大果在後（出大智論第十一卷）

神識還摩泮故身之骨第六

昔有人死後鬼神還摩泮其故骨邊人問之汝已死何故爲復用摩泮枯骨爲神言此是我故身不殺生不盜竊不他婬不兩舌惡罵妄言綺語不嫉妒不瞋恚不癡死後得生天上所願自然快樂無極是故愛重之也（出舊雜譬喻經下卷）

木巧師與畫師相誑第七

昔北天竺有一巧師作一木女端正無雙衣帶嚴飾世女無異亦來亦去能行酒看客唯

不能語耳時南天竺有一畫師亦善能畫巧師聞之作好飲食即請畫師便使木女行酒擎食從旦至夜畫師不知謂是眞女欲心極盛念之不忘時日以暮木師入宿留畫師住以此木女立侍其側便語客言故留此女可共宿也主人已入木女立在燈邊客即呼之而女不來客便前牽之乃知是木便自慚愧主人誑我我當報之於是畫師復作方便即於壁上畫作已像所著被服與身不異以繩繫頸狀似絞死畫作繩像著其口喙作已閉戶自入牀下天明主人出見戶未開即向中觀唯見壁上絞死客像主人大怖便謂實死即破戶入以刀斷繩於是畫師從牀下出木師大羞畫師即言汝能誑我我能誑汝客主情畢不相負也二人信知誑惑各捨親愛出家修道出雜譬喻經第四卷

醫治王病獲差王報殊常第八

有一大國王身得重病十二年不差一切大醫無能治者時邊方小國攝屬大王有一醫師善能治病王即招來令治已病未久之間即蒙除降王便念欲報此師恩屢遣使者宣令彼國此師見差宜應賞賚象馬車乘牛羊田宅青衣直人嚴飾之具皆給與之彼小國王奉宣上命師在王邊無有語者師便思惟我治王病大有功夫未知王當報我與不復經數日王轉平復其師請辭欲還本國王便聽之給一羸馬乘具亦弊師大嘆恨我治王病大有功夫而王不識恩分不相料理令我空去循道愁嘆以爲永恨適至本國見有羣象問象子曰此誰家象象子答此是某甲師

象復問象子曰其甲師何從得此象子答曰其甲師治大王病差功報所得也小復前行見有羣馬牛羊問曰此誰家物羊子答曰其甲師許小復前行見其本舍高堂重閣殊異本宅問門人曰此是誰舍門人答曰此是其甲師舍便入其閤内見其婦形色豐悦身服寶衣怪而問曰此誰夫人直人答言此是其甲師夫人從見象馬及入舍内皆知是治王病功報所得便自追恨本治王病功夫少也出雜譬喻經第四卷

破齋猶得生天第九

昔有迦羅越輿設大檀請佛及僧時一人賣酪主人留食勸令持齋聽經至暝乃歸婦語之言我朝來不食相待至今敗壞夫齋半齋之福猶生天上七世生人間常得自然一日持齋六十萬歲自然之粮又有五福一者少病二者身意安隱三者少婬四者少睡卧五者命終之後神得生天常識宿命出諸經中要事

耕夫施沙門一訶梨勒果後生爲兩國太子第十

昔有一人在田耕蒔日已垂中家餉未至有一道人失路至其田所從乞中食耕人曰諾小願須留待家餉時家餉遲晚道人曰食旣不至仍欲漱口耕人解其衣帶一訶梨勒果以與道人道人即受而食又有一錢以嚫道人道人曰君心可感無以相報欲授五戒君能受不答曰弟子在俗五戒難全但受不殺耕人命盡生國王家皇后導從到流水邊歌舞作樂抱兒臨水失手墮水魚即吞之在腹七日不飢不渴隨流下逝遂千餘里入下國界人

捕得魚於市貨易時下國主遣人市魚將還城内用刀治魚兒在腹中唱曰徐徐勿傷我也即破魚腹見一小兒端正無雙舉國歡喜上國主聞之曰此必我兒遣信索之下國主答魚腹中得天所賜我不肯與之二國共爭遂徹大國大王判云若上國不生此兒墮水下國何由而得若下國不得此兒上國何處求覓此兩有緣汝二國中間可作宫殿共安此兒號曰兩國太子即從此旨在於其中依太子儀法佛語弟子昔日耕人一果一錢布施道人便得兩國太子（出雜譬喻經）

供養沙門心有善惡獲報不同第十一

昔有跛脚道人持戒乞食遇至一家信大法久見其患脚心生悲愍一年供養道人辭去主人言曰願數垂顧分離之際客主悲淚道人去後主人發牀唯見金寶因此巨富鄰比一家見其大富問何因緣其人實答鄰人惡念希覓珍寶便覓一跛人欲供養之遍求無有會一道人身體完具縛還折脚供養少時強驅令去後發牀惡心所感毒蛇蜂蠍來螫合家現世惡報後入地獄得珍寶者其心貞吉被螫毒者其心不仁（出雜譬喻經）

舅甥共盜甥有黠慧後得王女爲妻第十二

過去時姊弟二人姊有一子與舅俱給官府織金縷錦及綾羅縠珍妙異衣藏中琦寶即共議言吾織作勤苦不懈知諸藏物好醜多少寧可共取用解貧乏乎夜鑿地爲孔穿盜取物明監藏者覺物減少以事啓王王詔勿廣宣之令盜者謂王多事不能覺察至于後日必復重來且嚴警守得者收捉無令放逸

藏監受語即加守備其人久久果重來盜外甥教舅年尊體羸力少若爲守者所得不能自脫更從地穴却行而入如令見得我力強盛當濟免舅舅適入穴爲守者所執舅即喚呼甥畏人識截取舅頭而去晨曉藏監具以啓聞王又詔曰舁出其尸置四交路其有對哭取死尸者則知是賊如是積日有遠方賈客來人馬塞路奔突猥逼其人載兩車薪置其尸上具以啓王王詔若有燒者收縛送來外甥將教童竪執炬舞戲人衆總集以火投薪熾然而盛守者不覺具以啓王王又詔曰更增守者嚴伺其骨甥又釀純酒特令濃厚詣守備者微而沽之守者連昔飢渴見酒共飲飲酒過多皆共醉寐因以酒瓶盛骨而去守者不覺明復啓王王又詔曰前後警守竟

不級獲斯賊狡黠更當設謀王即出女莊嚴瓔珞珠璣寶飾安立房室於大水傍衆人侍衛伺察非忘必有利色來趣女者素教誡女得抱捉喚人收執他日異夜甥尋竊來因水放株令從流下唱叫奔隱守者驚趣謂有異人但見株杌如是連昔數數不變守者睡眠甥即乘株到女室女則執衣甥告女曰可捉我臂甥預持死人臂以授與女便放衣捉臂大叫守者覺甥得脫走明具啓王王又詔曰此人方便獨自無雙久捕不得當柰之何女即懷妊十月生男大端正使乳母抱行周遍國中有人嗚唼者便縛送來抱兒終日甥爲餅師住餅鑪下小兒飢啼乳母抱兒趣餅鑪下市餅哺兒甥見嗚兒即以還白王曰兒行終日無來近者飢過餅鑪賣餅者授餅乃嗚

王又詔曰何不縛之乳母答曰小兒飢啼餅師授餅因而鳴之不應是賊王使乳母更抱兒出及諸伺候見近兒者便縛將來甥沽美酒呼請乳母及伺者就于酒家勸酒大醉眠卧便盜兒去醒寤失兒具以啓王王又詔曰卿等頑騃貪嗜狂水既不得賊復亡失兒甥時得兒抱至他國前見國王占謝答對引經說義王大歡喜輙賜祿位以爲大臣而謂之曰吾之一國智慧方便無逮卿者欲以臣女若吾女當以相配自恣所欲對曰不敢若王見哀欲索某國王女王曰善哉從所志願王以之爲子遣使者往求彼王女王即可之王續念言或是盜兒前後狡猾即遣使者欲迎吾女遣其太子五百騎乘皆使嚴整甥懷恐懼恐到彼國王必執之便啓其王若王見遣令人馬五百騎具衣服鞍勒一無差異乃可迎婦王然言即往迎婦王令女飲食待客二百五十騎在前二百五十騎在後甥在其中跨馬不下女父自出入騎中執甥曰爾爲是非前後方便捕不可得爲是爾非稽首答曰是也王曰卿之聰喆天下無雙隨卿所願以女配之得爲夫婦外甥吾是女父王者舍利弗是舅者調達是國王父輸頭檀是母摩耶是婦拘夷是子羅云是出生經第一卷

羅閲國男子與耆闍崛國女人宿世有緣第十三

昔有耆闍崛國有一少女姿形美妙才智絶倫性情寬和初不瞋怒家門九族及諸踈近莫不愛敬諸國求索有百千人竟未成嫁時羅閲國有一少男天姿英秀心意高邁國中

百姓莫不畏敬雖有妓妾夫人初不幸近每念耆闍崛國有女本是我對未及至耳即曰滿堂皆是勢利所得非我偶也一時遣遂蕭然都盡乃乘白象從僕二人往造彼國經山涉草行千萬里五年方至女處深宮無故心動因出逍遥試闚外閤忽見此男且悲且喜不可抑忍此是吾夫前後見求非我宿匹便自親著夫情依依女之父母憂惱無計云養女長大不悟如此急加防録不得通問女子懊惱不知何計男子悲惶同懷愁悃於是女子精苦齋戒晝夜行道棄散資財施佛及僧心勞形枯經涉五載音問不達彼此懷情竟無所感乃以四月八日親自東身往到佛塔燒香禮拜發此志願割刻肌肉供養世尊不敢自惜惟願此志一得申果佛令比丘尼爲其作緣便得和偶佛告阿難所以者何皆從阿僧祇劫已來久結願約故得爾耳出情離有罪經

夫婦約不先語見偷取物夫能不言第十四

昔有夫婦共食三餅人各一枚餘一欲破分婦言莫分與君共賭各自不語先言者失後語者得於是閉口至于中夜土攻偷入見其二人坐而不語謂是大怖不敢作聲收斂其物擔將出户婦大喚曰汝是丈夫那置物去夫言我勝我勝今得一餅衆人責笑謂大顛癡出百句譬喻經第二卷

婦人鼻醜夫割好者而易之第十五

昔有一人見他婦鼻端正心自念言我婦面貌第一唯恨鼻醜今取此鼻代我婦鼻即引女屏處割鼻將還又割其婦鼻安此女鼻彼此失鼻兩不相著衆人怪罵冥大癡狂出百句譬

喻經第一卷

債人善解烏語第十六

昔有一極貧人善曉烏語爲賈客債擔過水邊飯烏鳴賈客怖作人反笑到家問言我在彼飯時聞烏鳴我大怖而君反笑何耶答曰烏向語我賈人身上有好白珠汝可殺之取珠我欲食其肉是故我笑耳曰汝何不殺也答曰我坐前世貪人財物故貧爲債擔若復殺人取物後世受苦何時當已我今寧死不爲此事 出譬喻經

溺人憑鳳獲全附鸕鷀殞命第十七

大水卒淹有命之類依丘避之復垂欲没忽有鳳凰到智者所依附其翅遂上高原得免水厄餘未去者忽見鸕鷀便託其羽而此鸕鷀遂入深水一時溺喪 出雜譬喻經

有人買智慧得免大罪第十八

昔有一人貧窮無用治生入海採寶還國遇善知識言我素貧窮今得此物足以自諧若毋不可我意當捨毋居去若婦不可我意我當更索知識答曰近此間有大智慧人滿城中可往就買智慧不過千兩金自當語卿智慧之法其人如其言入事佛聚落具以問人答曰夫所疑事前行七步却行七步如是至三智慧自生其人夜歸家見毋伴婦眠謂是他男拔刀欲殺意中不惓然大燈火遥照思惟朝買智慧如是前却三反毋便覺寤此人歎言眞爲智慧何但堪千兩金即復與三千兩金 出十卷譬喻經第四卷

有人張鬼免害第十九

昔有一人行於山中逢一噉人鬼輙欲食之

其人求哀假命須臾請問一事却乃見敬爲不恨也鬼信其人謂是誠事聽其所欲即問鬼言何故面白脚膝腹白其餘處盡黑鬼即答言我之爲物性惡日精背日得行不得向日以是故爾其人向日而走鬼但空恨不能得也出十卷譬喻經第四卷

有人爲兩婦所惡以至於死第二十

昔有一人作兩業有二婦適詣小婦小婦語言我年少壻年老我不樂住可往大婦處作居其壻拔去白髮適至大婦處大婦語言我年老頭已白壻頭黑宜去於是拔黑作白如是不止頭遂禿盡二婦惡之便各捨去坐愁致死過去世時作寺中狗水東一寺水西一寺聞揵椎鳴狗便往得食後日二寺同時鳴磬狗浮水欲渡適欲至西復恐東寺食好向東復恐西寺食好如是猶豫溺死水中出十卷譬喻經第三卷

有人求仙主人惡心使登樹得仙第二十一

昔有一人聞外國有仙入中得仙便向外國寄他宿止主人問客君欲何去答曰學仙主人懷惡語客言曰我有仙樹君能與我一年苦作便與君仙何煩遠去客言甚善一年苦作恒無愠色一年既滿其主人公本心相欺既無仙樹將至山中指臨巖樹云此是仙樹君上其頭我喚君飛應聲飛擲客人心至即於此樹飛騰虚空遂得仙道主人公見我令其死何悟得仙深重此樹情言是聖復經少時父子相與共到樹下讓父先上見便喚言阿爺可飛父即欲飛墮巖石上身體粉碎出雜譬喻經

有人使鬼得富後害其兒第二十二

昔有一人於市賣魮耶鬼欲買鬼者問索幾許鬼主言二百兩金曰此鬼有何竒異乃索爾所金耶曰此鬼甚巧無物不爲計一日作當百人唯有一病宜先防護之問爲何等病曰此鬼欲使作時晝夜使之莫令停息若無作者便還害主主人顧金將歸令作田種作田種竟便使木作木作竟復使治地作屋舂磨炊爨初不寧息數年之中乃致大富主人有事當行作客忘不處分而鬼復欲作無有次第取主人兒内釜中然火煑之比主人還子以爛熟傷切懊惱知復何言出譬喻經

有人家富王責條跡其已用物王便覺悟第二十三

昔有富人王令條物其即跡某年用若千千萬造佛用若千作齋會經書又以若千供卹貧老今現有八十九千萬以跡呈王王大瞋怒問汝現物忽牒已用富人荅曰已用者最爲寶藏資人神明是以奉呈未用之財五家共有非獨臣許是敢條跡王便覺悟功德可恃出譬喻經

有人爲罪王令割肉五斤第二十四

昔有一人犯罪於王王大瞋忿使割其脊五斤肉置之下屋此人痛苦叫喚徹王王問何意不分荅曰實非我罪王思愧之勑以一百斤肉乞其猶故呻喚王曰頓補百斤云何大喚諸臣荅言不見此法與千斤何益其痛若人一兒已死他人以百兒與之此人能不念其兒不出百句譬喻經第三卷

二人共誓以腹中兒共爲婚姻第二十五

有二人共為知識婦各懷妊便相約誓若生有男女共為婚姻別後一家生男一家生女男父死早長大未娶行賣雜物偶至女家女家公問從何來居止所在父母姓字男具以答公聞大驚乃語兒曰卿父存時與我胎婚我常相求不相知處女未敢嫁男言我都不知女公曰卿問親近男還問乳母信然男到女家道見溝水流入一髑髏中無有滿時兒恐前行復見樹果熟欲取噉之果便言取我取我兒大怖懼疾走避地前到女家狗逆長跪舐其兩足狗腹中子哮呼來前欲傷嚙之便復頓地久乃蘇息女公來出兒具陳說公甚怪之入語其女女答公曰道見溝水流入髑髏無有滿時者後世當有斂聚天下財物珍寶供給一人無有滿足見樹果熟欲取噉之而果言取我取我者後世之人自求大女而小女言何不索我何不索我狗逆長跪舐其兩足狗腹中子哮呼來前欲嚙之者後世之人相與言語口如脂膏心如錐刀口相飽滿內相謀圖皆為後世不為今也即嫁女與男遂其本志出十卷譬喻經第八卷

大姓二兒大子失財被念小子得財獲罪第二十六

昔大姓有兩兒各以二百萬與行賈大子盡用摴蒱衣被敗壞還以啓父父言得汝而已用財何為為作衣被飯食善安慰之小子來歸啓父得二百萬利父曰取疏來與共校計不合數千便縛捶之如是三行收利六百萬還輒得捶大子三行失六百萬止他國不歸與無賴人相隨語彼人言我父有金銀白珠

各一筒在大牀頭汝歸白父道我不遇失去財物未敢還汝得便殺我父取物將來可得共用此人至其家與父相見述其見言父聞啼泣曰用財物爲我子何不來食息悲咽客言君子不孝用錢作惡一時都盡令我來殺君取君金銀我見君念子待遇我厚令我心感父言小子尚癡便使迎之謂子汝去錢早歸何因作癡語更作衣被與之師曰小子償債大子來責（出十卷譬喻經第六卷）

三人共施僧一錢後身得自然之金第二十七

昔有三人共賈行各分得五百萬餘有一錢欲與一人則爲不平欲破分之事爲不然時沙門分衛三人共言布施沙門各言大佳手共持與沙門呪願令汝今世後世並得其福共生羅閱國中各得豪富一人主山中採金一人主耕田取金一人主井中汲取金爲受前世布施之福國王聞之念我國人物皆我許便將人兵詣山採金金化作石復至一家地耕取金金化爲土復至一家井中汲取金金化作瓦都不能得王問佛言此三人金計爲我許往取皆化不得是金此人前世有何功德今致此福佛具言之非是王物王不應取（出雜譬喻經第三卷）

貧人供僧報銅餅打之出物遂至巨富第二十八

昔有貧家供養道人一年便去用一銅瓶乞主人言此瓶是神打此瓶口所索皆得莫請國王別後打瓶家遂巨富忘道人囑遂請國王王問富因實而答王王即奪瓶家轉窮弊

方憶道人四出覓見依實白言道人曰故須此瓶乞君一榼盛以材石齎詣王門求索瓶也直到王門高聲索瓶王聞大怒遣數十人欲來捉之開出材石風吹橫空王使人身爲此木石打破頭額復出千人風勢所破死尸塞門王大怖悸求還其瓶其人得瓶家復大富廣作功德死得生天（出雜譬喻經）

貧人得伏藏爲王所治第二十九

佛與阿難入王舍城時天大雨水沃伏藏出諸寶物佛言毒蛇阿難云惡毒蛇山下有刈麥人聞之念言我未曾見沙門毒蛇即往見物以車輿衣囊取著家內現富貴相新作大舍有嫉妬人白王先有貧窮賤人卒見富相是人必當得大寶藏王即喚問答言不得即勑考治是人憶佛與阿難名之爲惡毒蛇也誰得實藏不語一心念佛王者作如是言佛言毒蛇阿難言惡毒蛇王即喚問是人答言大王若施無畏者我當說實王許其具陳上事令於我身能作何等必敢我命王賞金錢五百能於急中說於佛語及阿難語（出十誦律三誦第二卷）

貧人買斧不識是寶後知悔恨第三十

昔有貧寒孤獨老公家無自業遇市一斧是衆寶之英而不識之持行斫株賣之以供微命用斧欲盡會見外國治生大賈客名曰薩薄見斧識之便問老公賣此斧不老公言我仰此斧活不賣薩薄復言與公絹百疋何以不賣公不應和薩薄復言與公二百疋公便悵然不樂薩薄復言嫌少當益公何以不樂與五百疋公便大啼哭薩薄復問公絹少當

益何以啼哭公言我不恨絹少恨我愚癡此斧本長尺半斫地以盡餘有五寸猶得五百疋絹是以爲恨耳薩薄復言勿有遺恨今與公千疋絹即便破券持去薪火燒之盡成貴寶出諸經中要事

貧老夫妻三時懈怠端然守困第三十一

世尊晨朝入舍衛城尊者阿難從有二老夫婦年耆根熟僂背如鈎詣里巷頭燒糞掃處俱蹲向火猶如老鵠欲心相視佛告阿難汝見彼夫婦不阿難曰如是佛曰此二老夫婦若於年少盛壯之時勤求財物者得爲舍衛城中第一富者若出家學道精勤修習者得阿羅漢於第二分盛壯之時若勤求財物得爲舍衛城中第二富者若出家學道者得阿那含果中年之時若勤求財物得爲舍衛城中第三富者若出家學道得斯陀含果乃於今日年耆根熟無有錢財無有方便不復堪能苦覓錢財亦不能得勝過人法復爲說偈言

不修梵行故　不得年少財
思惟古昔事
眠地如曲弓　不修於梵行
不得年少財
猶如老鵠鳥　守死於空池出雜阿含第五袟第四十二卷

窮人違樹神誓還爲樹枝所殺第三十二又出三時過經

維耶梨國有迦羅越奉佛供養呪願畢請問法義佛笑口光繞身三帀還從頂入阿難問故佛言彼國有五百人入海採寶置船步還經歷深山日暮止宿預嚴早發四百九十九人皆去一人卧熟失伴仍遇天雨雪失去徑路窮厄山中啼哭呼天有栴檀樹神謂窮人

言可止留此自相給衣食到春可去窮人便留至于三月啓樹神言受恩得全身命未有微報顧有二親今在本土實思得見願垂發遣樹神言善以金餅施之去此不遠當得國邑可得遷還至汝鄉里窮人臨去問樹神言此樹香潔世所希有今當委遠願知其名神言不須問也窮人復言依蔭此樹積歷三月今當遠離情懷悢悢若到本國當宣揚恩樹神便言樹名栴檀根莖枝葉治人百病其香遠聞人所貪求不須道也窮人至國中外親戚喜相慶慰後國王病頭痛禱祀天地山水諸神不能消差名醫省視唯得栴檀香病可得愈王即募求民間無有便宣令國中得栴檀香者拜封爲侯妻以小女時窮人聞賞祿重便言我知栴檀香處王便令近臣將窮人而往伐取徑到樹所使者見樹洪直枝條茂盛華果煌煌人所希見心不忍伐不伐者則違王命病不消愈伐之者中心隱隱踟蹰徘徊不知云何樹神於空中言便伐之但置其根耳伐竟以人血塗之肝腸覆其上樹自當生還復如故使者聞神言如此便令人伐之窮人住在樹邊樹捭地枝摽殺之使者共議屠割窮人取其肝血如神所勑樹即更生車載所伐樹以還國中醫即進藥王病得愈舉國歡喜王命國中人民其有病者皆詣宮門王出香藥給之病皆得愈王身康寧黎民無病舉國欣欣遂致太平（出栴檀樹經）

人遇象遂墮深谷際天甘露降遂得异天第

三十三

昔有人行空澤中見一黒象人念此象必來

害我我當殺之象亦念言人必殺我我當危之人便捨去象從後逐前走數里墮一深谷谷絕無底即於岸邊捉持樹根其形如指尋根而下懸在岸邊象於谷上以鼻撈之欲及不及下向見底但是矛戟復有兩鼠共嚙樹根又三黑蛇出頭欲齧復有蚊蝱來螫其眼其人念曰今日死矣仰天求救聲哀情至天降甘露滴其口中始得一滴二鼠去得二滴毒蛇捨之得三滴黑象自還得四滴蚊蝱除得五滴深谷自平出在平地天爲化道將還天上（出譬喻經第七卷）

五百幼童聚沙興塔命終生兜率天第三十四

五百幼童相結爲伴日日遊戲俱至江水聚沙興塔各言塔好雖有善心宿命福薄時天卒雨江水暴漲流溺而死佛告衆人五百童子生兜率天皆同發心爲菩薩行佛放光明令其父母見子所在佛遥呼五百幼童來尋時皆至住於虛空中華散於佛下稽首禮言蒙世尊恩雖身喪亡得見彌勒佛佛言善哉卿等快計知道至真興立塔寺因是生天見於彌勒咨受法誨佛爲說經咸然歡喜立不退轉各白父母勿復愁苦努力精進以法自修父母皆發道意稽首足下遶佛三帀忽然不現還兜率天（出生經第四卷）

童子施佛豆生天後作轉輪王第三十五

昔有童子數人共戲道中遇佛一人作禮手中有五粒豆上佛四粒入鉢一粒墮地佛言令汝世世得福童子命終即生天上後八十世爲轉輪王（出譬喻經第一卷）

牧牛小兒取華上佛中路牛觸而死即生天上第三十六

佛泥洹後百年山中田澤草木茂盛山外不遠有居人村牛馬入池生五色蓮華牧牛小兒入池採取滿器蓮華持出山際欲以上佛未至於寺道逢群牛觸殺小兒其神即生忉利天上自然宮殿五色蓮華始生天中而自念言吾宮獨有異色蓮華但諸天法先觀宿命因緣後乃食福即見前天相謂此天新來共相娛樂云何惶惶不安便往問之答曰吾本是牧牛小兒采蓮華欲散佛塔中道無常緣是之福來生此耳是以今摘華復欲詣先塔散佛禮拜卒我本願時五百天人執持蓮華相隨散佛塔緣是之福彌勒下時當共得道出譬喻經第一卷

小兒先身以三錢施今解鳥語遂得爲王第三十七

昔有一人用三錢布施乞求三願一者將來得作國王二者解衆生語三者多諸智慧其人命終生庶人家形色端正王募爲左右此兒投募得侍王側見鸗在巢仰看而笑王問何笑答曰鸗言我得龍女髮長十丈喚伴看之王曰審爾者好無此者殺遣看即得王欲取女爲婦語小兒言汝解鳥語必應多策給汝食粮覓此女人得者重報若不得殺汝及家口小兒冒死向東海邊見二人共諍隱形帽履水靴殺活杖小兒曰何須云云我放一箭君二人逐先前得者與三種物答曰善引弓放箭二人爭走小兒取帽著靴捉杖直入海中至龍所脫隱形帽令龍女見女人多欲

遂與小兒持一餅金還至外國其王遣迎勑女獨入曰女便前進小兒著隱形帽隨女而入女見王醜以金擲王額破命終小兒脫帽共女上殿高聲唱言我應為王女為皇后覇王天下（出雜譬喻經）

諸劫分物不識好者第三十八

昔有衆商人經由嶮道值劫大失衣物中有一衣是鹿胎毛細輭滑澤織持作衣其價百倍而色紫黑不悅人眼劫不賞別用持作帊以盛麤衣他處共分各取雜物謂是竒好餘此一帊未展分張劫群中有困弱人獨不與分苦論共以帊乞即自責之時大貴人知是好物依限雇直比於餘劫所得等分諸劫聞之大生恥惱（出百句譬喻經第一卷）

經律異相卷第四十四

音釋

颰（蒲末切）黠（胡八切慧也）鸕鷀（鸕龍都切鷀牆之切水鳥也）篋（詰叶切箱屬）簏（盧谷切竹高篋也）瞬（輸閏切目動也）匄（居太切乞也）賚（洛代切賜也）餉（式亮切饋也）覰（初覲切施也）蝎（許竭切毒蟲也）螫（施隻切蟲行毒也）縠（胡谷切縐紗也）嘁（子六切嗚嘁口相就也）闚（缺規切中視也）慍（於問切心所蘊積而怒也）爨（取亂切進火也）踤（昆盍切倒也）摴蒱（摴丑居切蒱薄胡切博戲也）榼（克盍切酒器也）悢（力仗切）撣（徒干切觸也）

經律異相卷第四十五

梁沙門僧旻寶唱等奉勑撰

女庶人部第三十五

長髮女人捨髮供養佛一

獨母見沙門神足願後生百兒二

母人懷妊遇佛願以兒爲道三

老母慳病時見地獄婢行善覩有天堂四

母人爲比丘起屋壽終生天手出衆物五

母二兒溺死哭知浮者六

婦人化壻户上懸鈴使聞聲稱佛後免地獄七

瞻婆女人身死闍維於火中生子八

摩那祇女懷盂謗佛地即震裂身陷地獄九

童女火氣入身懷妊生端正子十

女人懷妊口常誦經生兒多智爲衆人所宗十一

女人懷妊生四種異物十二

婬蕩婦人苦一沙門沙門心至火變爲水十三

女人心縁丈夫誤繫兒入井十四

換貸自取取多還少命終爲犢十五

青衣割食施辟支佛立改醜顔得爲夫人十六

醜婢臨水見他影謂其端正十七

長髮女人捨髮供養佛第一

昔有一女端正紺髮髮與身等國王夫人請顧髮與千兩金而不肯與見佛歡喜願設供養請其父母乞爲呼之父母言家貧無以飯

之女言取髮直以用供養父母白佛願明日暫顧微飯女割髮與王夫人夫人知其緣急但與五百兩金女取金買食歡喜無量悔昔慳貪今世貧窮願令我後莫值此苦女見世尊金光五色照其門内頭面著地遶佛三帀頭髮還復如故佛言此女先世貧無可施常持頭面著地作禮後八十一劫常生人中此福已盡命終今生貧家猶識功德見我歡喜福祐無量命終當生第二忉利天上盡天福壽當發菩薩道心女父母兄弟莫不歡喜命盡生天（出十卷譬喻經第三卷）

獨母見沙門神足願後生百兒第二

昔有獨母賃守田園主人有事餉過食時食至欲食沙門從乞以所食分盡著鉢中一莖蓮華又以貢奉道人即現神足母喜歎曰眞聖人乎願我後生百子若茲母終爲梵志嗣其神靈集梵志小便之處鹿舐小便即感有身時滿生女梵志育焉年至十餘守居護火女與鹿戲不覺火滅父令索火女至人聚歩一蓮華火主曰爾繞吾居三帀以火與爾女即從命華生陸地圍屋三重國王聞之召問相師師曰必有聖嗣傳化無窮王命賢臣娉迎還宮懷妊月滿乃生百卵后妃逮妾靡不嫉焉以囊盛卵密覆其口投江流中天帝釋下以印封口諸天翼衞從流亭止由柱植地下流之國其王於臺遥覩水中有囊流下燒晃光耀似有皃靈取而觀焉覩帝釋印發得百卵懷育温煖時滿體成産爲百男生有聖智不啓自明相好希有力勢兼百王具白象百頭以供聖嗣征伐鄰國莫不降伏又伐所

生父王之國王曰孰有能却斯敵者乎毋曰大王無懼爲王降之即登樓觀揚聲謂曰夫逆之大其有三矣一不遠羣邪招二世苦二生不識親而逆孝行三恃勢殺親毒向三尊懷此三逆者其惡無盡爾等張口信現乎今毋捉其乳天命湩射遍百子口精誠之感飲湩情哀僉然俱曰斯吾毋矣叩頭悔過親嗣如會靡不哀慟二國和睦靡不稱善諸子覩世無常辭親學道遠世穢垢九十九子皆得緣覺一子理國父崩爲王大赦衆罪開藏布施民人無乏化以十善正善治國興立塔寺供奉沙門誦經論道口無四惡天帝養護由親育子留爲王者即吾身是父者今白淨王是毋者舍妙是（出度無極集第二卷）

毋人懷妊遇佛願以兒爲道第三

有一毋人懷妊數月見佛及僧心自計言我生子如比使作沙門爲佛弟子月滿生男姝好異衆及年七歲家貧但作二人食及三法衣手持澡瓶將兒詣佛曰願哀我子使作沙門佛即聽之令以瓶洗兒手應時九龍從瓶口出吐水灌兒殘水散兒頭上化成華蓋中有師子座座上有佛佛笑出五色光照十億佛刹還繞佛身從兒頂入毋以飯具上佛并食其子發無上道心十億佛刹六反震動諸佛自現以毋飯施爾所諸佛及比丘僧皆得飽足初不損減兒髮自墮成爲沙門即得立於不退轉地（出十卷譬喻經第三卷）

老毋慳病時見地獄婢行善覩有天堂第四

昔王舍城東有一老毋慳貪不信其婢精進常行慈心念用二事利益羣生一者不持熱

湯澆地二者洗器殘粒常施與人老母得病雖有氣息寃神將之入地獄中見火車鑪炭鑊湯涌沸刀山劒樹苦楚萬端老母見問許是何物獄卒答曰此是地獄王舍城東有慳貪老母應入其中老母自知悚然愁悸小復前行七寶宫舍妓女百千種種珍異問此何物答言天宫王舍城東慳貪老母有婢精進命盡生中老母忽活憶乎向事而語婢言汝應生天汝是我婢豈得獨受汝當共我婢答之言脫有此理輙當奉命但恐善惡隨形不得共受耳母即不慳貪大作功德（出雜譬喻經）

母人爲比丘起屋壽終生天手出衆物第五

昔維衛佛從諸比丘六萬二千初從山出還父王國國王於城外割地立精舍諸比丘各得地分有比丘語左右家欲倩作屋男子不許其家老母手自爲之屋得成十指皆穿比丘坐中禪定一夜入火光三昧舍現大火母遥望見念我作屋尋便已燒何薄福乎母入屋故在但於火光中見比丘甚大歡喜壽終生天釋迦成佛天命未盡來下白佛明日飯佛及聖衆佛黙然受之波斯匿王又遣請佛佛曰已受天請王曰未甞見天人下施何緣有此明日遣人候之不見施辦乃至禺中亦復寂然王勑備餚饌若無人爲吾當供之日中天至了不賫食但將諸天王女鼓諸音樂禮佛而住白曰時到即舉手巾衆事皆辦行水既訖復更舉手出廚百味甘露在地手自斟酌衆會皆足王見驚欣澡畢白佛不審此天宿有何福手出百味福德乃爾佛爲王説前世手爲比丘作屋從是生天九十一劫手

出衆物福尚未終（出雜譬喻經第一卷）

毋二兒溺死哭知浮者第六

毋生二子一不知浮墮水而終毋都不哭一知浮亦墮水亡毋悲哭之人言前子不哭後子而哭何耶毋言前不知浮故其宜也後者工浮其爲枉也（出十卷譬喻經第八卷）

婦人化壻戸上懸鈴使聞聲稱佛後免地獄第七

昔有人不信婦甚事佛婦白壻曰人命無常可修福德壻無心嬾墮婦恐將來入地獄中即復白壻欲懸一鈴安著戸上君出入時振鈴作聲稱南無佛壻曰甚善如是經久其壻命終獄卒扠之擲鑊湯中扠振鑊作音聲謂是鈴聲稱南無佛獄官聞之此人奉佛放令出去得生人中（出雜譬喻經）

瞻婆女人身死闍維於火中生子第八

瞻婆國人事六師初未曾聞佛法僧名作極惡業佛於爾時爲衆生故往瞻婆城時彼城中有大長者無有繼嗣共事六師以求子息於後不久其婦懷妊長者知已往六師所歡喜問言爲男爲女六師答言生必是女長者愁惱復有知識來謂長者先不聞優樓頻螺迦葉兄弟爲誰弟子六師若是一切智者迦葉何故捨之從佛又舍利弗目揵連等及諸國王頻婆娑羅等諸王夫人末利夫人諸國長者須達等如是諸人皆佛弟子如來世尊於一切法知見無礙故名爲佛如來今者近在此住若欲實知當詣佛所爾時長者即詣我所以事問佛佛言長者汝婦懷妊是男無疑福德無比長者歡喜六師心嫉以菴羅果

和合毒藥持與長者快哉瞿曇善說其相汝婦臨月可服此藥兒則端正產者無患長者受之與婦令服服已尋死六師歡喜周遍城市唱言沙門瞿曇記彼長者婦當生男今兒未生毋已喪命爾時長者復於我所生不信心即便殯殮棺蓋焚之我見此事已顧命阿難取我衣來吾欲往彼摧滅邪見爾時六師遥見佛往各相謂言瞿曇沙門至此塚間欲噉肉耶未得法眼諸優婆塞各懷愧懼而白佛言彼婦已死願不須往爾時阿難語諸人言且待須臾如來不久當廣開闡諸佛境界佛到長者難言所言無二兒毋已終云何生子我言長者卿於爾時都不見問毋命修短但問所懷爲是男女諸佛如來發言無二是故當知定必得子是時死屍火燒腹裂子從中出端坐火中如蓮華臺六師見已謂爲幻術長者見已心復歡喜呵責六師若言幻者汝何不作我於爾時尋告耆婆汝往火中抱是兒來耆婆前入火聚猶入清涼大河抱持是兒還詣我所授兒與我我受兒已告長者言一切衆生壽命不定如水上泡衆生若有重業果報火及毒螫並不能害非我所作時長者言善哉世尊是兒若得盡其天命唯願如來爲立名字佛言長者兒生於猛火之中火名樹提因名樹提（出大涅槃經第二十八分）

摩那祇女懷盂謗佛地即震裂身陷地獄第九

佛在舍衛國無數大衆爲說要法時有外道弟子摩那祇女宿罪深重身帶木盂以衣覆之出舍衛城至祇洹寺遥見世尊與無數衆

而爲説法歡喜踊躍不能自勝今日要當在此衆中毀辱瞿曇令我等師得致供養乃至衆中而説偈言此説法人使我此身懷妊有兒時大衆中多諸外道裸形梵志信佛者少習邪者衆聞此女語皆共信用其信佛者内自思惟昔佛在宫捨王重位捐棄婇女出家學道成最正覺豈有心與此穢陋之女與共從事乎時釋提桓因在如來後執扇内自思惟此弊梵女云何乃興此意誹佛化爲白鼠嚙木盂繫斷聲震大衆無不見者其中不篤信者皆愕然此爲何聲乃震四遠其中信佛之人聞此音聲歡喜踊躍僉然同悦尋有一人從座而起手執木盂語彼女曰此是汝兒耶時地自開全身即入阿鼻地獄時女宗族追慕啼泣不能捨離不信佛者即起懺悔其中信者共相告曰誹謗之報其罪如是現驗如茲豈云後世出摩那祇全身入地獄經

童女火氣入身懷妊生端正子第十

昔有長者名曰善施家有未出門女在家向火暖氣入身遂便有軀父母驚怪詰其由狀其女實對不知所以父母重問加諸杖楚其辭不改遂上聞王王復詰責辭亦不異許之以死女即稱怨曰天下乃當有無道之王枉殺無辜我若不良自可保試見枉如是王即撿保如女所言無他增減語其父母我欲取之母對曰隨意取之用此死女爲王即内之宫裏隨時贍養日月遂滿産得一男端正姝妙年遂長大出家學道聰明博達精進不久得羅漢道還度父母出分別功德經第五分

女人懷妊口常誦經生兒多智爲衆人所宗

第十一

昔有比丘精進守法少持禁戒初不毀犯所可諷誦是般若波羅蜜其有聞此比丘音聲莫不歡喜有一小兒厥年七歲城外牧牛遥聞比丘誦說經聲即詣精舍禮拜比丘聽其經言時說色空卒聞即解兒大歡喜便問比丘比丘應答不可兒意是時小兒反爲比丘解說其義昔所希聞比丘歡喜怪此小兒智慧非凡時兒即去還至牛所所牧牛犢散走入山兒尋其迹追逐求索時值一虎害此小兒小兒命終生長者家夫人懷妊口便能說般若波羅蜜從朝至暮初不解息其長者家怪此夫人口爲妄語謂呼鬼病卜問譴祟無能知者是時比丘入城分衞詣長者門遥聞其聲心甚喜悅即問長者内中誰有說此深經長者報言我婦鬼病晝夜妄語口初不息比丘報言此非鬼病但說尊經佛之大道願得入内與共相見長者言善即至婦所比丘難問反覆披解即留比丘與作飲食展轉相謂夫人懷妊口誦尊經其音妙好後日長者復請比丘悉令詣舍辦飲食具時夫人出禮衆比丘復爲說法諸有疑難不能及者盡爲解說衆僧歡喜日月滿足産得男兒適生叉手長跪說波羅蜜夫人産已還復如本長者問言此爲何等比丘答曰眞佛弟子好養護之此兒後大當爲一切衆人作師吾等悉當從其啓受時兒七歲道法悉備與衆超絶智度無極經中誤脱有所短少皆爲删定足其所乏兒每所至輒開化人長者室家内外大小五百人衆皆從兒學所開發者八萬四千

人皆發無上正眞道意五百比丘聞見所説盡漏意解志求大乘得法眼淨是時見者則吾身是比丘者迦葉佛是出度無極集第六卷

女人懷妊生四種異物第十二

有夫妻二人無子祠祀天神以求係胤神即許之遂便懷妊生四種物一者栴檀斗盛米二者甘露瓶三者寶囊四者七節神杖其人歎曰吾求兒子更生餘物便到神所重求所願神即語言汝欲得子何物稱益答曰子當使令給養吾等神云今此米斗用之無盡甘露蜜瓶食之無減而消百病珍寶之囊用之無損七節神杖以備凶暴兒子豈能辦此其人大喜還家試驗如言不虛遂成大富不可訾計國王聞之即遣衆兵欲往攻奪其人擎杖飛遊擊敵摧破強衆皆悉退散其人歡喜無復憂患出譬喻經第七分

婬蕩婦人苦一沙門沙門心至火變爲水第十三

有大迦羅越財富無數其子端正黠慧大好經道出家從師奉行經法師先令分衛七日國中有婬蕩家婦呼令其入入便閉門前牽沙門沙門不從婦大恚呼婢來鑿作火坑深一丈使四婢急捉身不得動臨火坑上沙門言且止我當計校沙門自念我入火中爲一死耳此持戒死可得生天若犯戒死當入泥犁無有出時便入坑中火化作水至沙門膝安徐而出出十卷譬喻經第五卷

女人心緣丈夫誤繫兒入井第十四

明婬荒之士寧喪其親族無息心於婬事舍衞城邊有一婦人抱兒持瓶詣井汲水有一

男子顏貌端正坐井右邊彈琴自娛女人多欲耽著男子男子亦樂女人女人迷荒索繫兒頸懸於井中尋還挽出兒時已死愁憂傷結呼天墮淚而自說頌佛集大衆告諸比丘婬火熾盛能燒善本婬荒之士不識善惡不別清白不知縛解斯輩之人遂無慙愧寧喪親族分受刑辱或因姦婬殺害父母兄弟六親王者所戮死受惡報生之無極昔有一人篤好姦婬父母所生唯此一子夜非人時天陰雷電帶刀持箭欲往婬女村時母覺知即捉曉諭今夜陰闇爲人所害吾宿尠德唯有一子會遇惡者吾無所恃子報母曰去不得復住母知意正便向兒拜至兒即拔刀刺殺其母即打婬女門女人應曰汝是何人以頌答曰

婬恚諸根羸　爲想所謬誤　不慮衆事業
爲愚闇蓋覆　今我取母害　折伏猶奴婢
翹立在門外　如客附使役

女人以頌報曰

咄嗟背恩養　害母種罪災　何忍見汝顏
宜速遠吾家　父母抱育養　爲子歷衆苦
害母行地上　地不陷汝殺

男復報女曰爲汝害母造無邊罪小見寬恕見爲開門暫得言談便復還家女人報曰

寧入投炭爐　從山投幽谷　生把七步蛇
不與愚從事

男子還家道逢惡寇爲寇所害入阿鼻獄受罪無數劫（出出曜經第三卷）

換貸自取取多還少命終為犢第十五

昔有長者居富無限唯有一妹嫁得貧壻兄

數數餉遺轉欲猒妹來從兄貸麵兄言自往取之妹便按攤而取持灑如還兄亦不覺數數非一妹命終爲兄家作犢子兄甚愛之養食令肥當殺祠神時五百賈客欲從主人舉錢顉息在外展轉自相問言卿取幾錢各各説其多少最後一人言但益取之後同不還多少何在時犢子在邊便作人語諸人何以乃生此意我是主人妹坐貸麵欺兄令作牛身來償兄債時五百賈人聞其言莫不戰慄皆不復舉錢而去出諸經中要事

青衣割食施辟支佛立攺醜顔得爲夫人第十六

辟支佛至長者舍乞食夫人見其形相端正語辟支佛若隨我情當設供養辟支佛言不得如夫人所請既不從心即懷慙忿發遣令去長者青衣嫌夫人言何故告人不當之事取巳食分與辟支佛食竟還房寢息及覺垢黒之皮自然脱落顔容端正殊絶人中如天玉女長者驚怪問其本末即拜爲第一夫人出雜譬喻經第一卷

醜婢臨水見他影謂其端正第十七

舍衛國内有富長者名晨居家有一婢字弗尼持大頭禿髮眼目正青口鼻繚戾略不類人常給外役收刈樵草去家數里有一泉源既香且甘婢持瓶取水左右舍有一婦自經樹上影臨泉中婢見面像謂是巳形即大瞋罵我端正乃爾驅役田園困苦如是即撲瓶破歸家昇堂坐於夫人七寶座上流蘇帳中家大驚怪謂婢狂疾問之何爲答曰我於水中自見端正大家不別獨見賤遇即與鏡照

之乃見醜形猶生不信送臨水上見死人影娌意方解慙愧自分出十八譬喻經第七分

經律異相卷第四十五

音釋

貸他代切借也　紺古暗切深青也　餉式亮切饋也　舐甚尒切以舌取食也　湩多貢切乳汁也　姝春朱切美也　悚息勇切懼也　悸其季切心動也　餚饌餚何交切饌雛綰切　齎牋西切持也　扠初加切　振除庚切觸也　殯殮殯必刃切殮力瞻切　塚知隴切墳也　裸郎果切赤體也　愕逆各切驚愕也　譴祟譴詰戰切責也祟雖遂切神禍　挽武遠切引也　攤他干切手布也　繚戾繚蓮條切戾郎計切　刈倪祭切割也

經律異相卷第四十六

梁沙門僧旻寶唱等奉敕撰

鬼神部第三十六

一阿脩羅

羅呵王瞋忉利諸天行其頭上興兵大戰第一

有大阿脩羅王（長阿含經云阿須倫）名曰羅呵住須彌山北大海之底水懸在宮上爲四風所持（樓炭經云隨嵐所持）城郭縱廣八萬由旬內外七重高三千由旬金城銀門園池清涼衆鳥和鳴去須彌山一萬由旬身長二萬八千里（餘須倫實形長一由旬水長二由旬廣一由旬重六銖）亦食揣食洗浴衣服爲細滑食月十五日入海中央化其形體下水著齊上闚須彌指覆日月日月天子見其醜形皆大恐懼無復光明遊矚之時有自然風吹門開閉吹地令淨吹華分散有五大臣一名捉持二名雄力三名武夷四名頭首五名摧伏侍衛左右忽自念言我有威德神力如是而置忉利王及日月諸天行我頭上誓取日月以爲耳璫漸大瞋忿加欲捶之即念舍摩黎毗摩質多二阿須倫王及諸大臣各辦兵仗往與天戰時難陀跋難陀二大龍王身遶

須彌周圍七帀山動雲布以尾打水大海涌浪上貫須彌忉利天曰須倫欲戰矣海中諸龍伽樓羅鬼持華常樂二鬼神等各持兵衆從次交鬪若不如皆奔四天王宫嚴駕攻伐先白帝釋帝釋告上諸天時餤摩以上遠至他化無數天衆及諸龍鬼前後圍遶帝釋命曰我軍若勝以五繫縛縛毗摩質多將還善法堂我欲觀之須倫亦曰我衆若勝以五繫縛縛帝釋還七葉堂我欲觀之一時大戰兵刃交接兩不相傷但觸身體生於痛惱帝釋現身乃有千眼執金剛杵頭出烟燄須倫見之衆乃退敗即擒毗摩質多繫縛將還遥見帝釋便肆惡口帝釋答曰我欲共汝講説道義耳壽天千歲少出多減惡心好鬪而不破戒大修布施故受此身（出長阿含經第二十卷樓炭華嚴大智論略同）

毗摩質多女以妻帝釋爲女嫉興兵第二

毗摩質多者昔在刦初諸天入水身生觸樂精流其中自然成卵卵生一女其形青黑入大海中拍水自樂水精入體即覺有娠乃生一男九頭頭有千眼口中出火有九百九十九手八脚踞于海中食敢淤泥及藍藕根取香山乾闥婆神女爲妻容姿美妙色踰白玉後生一女端正挺特天地無比憍尸迦遣使求索阿脩羅言若能使我乘七寶宫當以相與帝釋即脱寶冠擬十善報使阿脩羅得坐勝殿乘六種寶臺而往迎之置於善法堂上更爲立名名曰悦意諸天輔臣莫不歡喜後帝釋遊歡喜園共諸婇女入池遊戲悦意嫉妬遣五夜叉還啓其父父即大瞋興四種兵

往攻帝釋立大海中踞須彌頂九百九十九手同時俱作撼喜見城搖動須彌四大海水一時波浪釋提桓因驚怖惶恐靡知所趣時宫有神白天王言過去佛說般若波羅蜜呪王當誦持鬼兵自碎時天帝釋於善法殿燒衆名香發大誓願般若波羅蜜是大明呪是無上呪是無等等呪審實不虚我持此法當成佛道令阿脩羅自然退散作是語時虚空中有四大刀輪自然而下當阿脩羅耳鼻手足一時墮落令大海水赤如絳珠時阿脩羅即大驚怖遁走無處入藕孔中出觀佛三昧經第一卷

往昔阿脩羅與天戰見帝釋迴車而散第三

昔者阿脩羅興兵與天帝共戰釋提桓因不如乘千輻寶車怖懼而退中路見睒婆羅樹鳥巢有兩子即勑御者此樹有二鳥汝可迴車避之寧使來害我勿傷此也即便迴車須倫遥見即相謂言帝釋迴車必欲還戰不可當之即便退散天乃得勝雜阿含經云叢林有金翅鳥巢謂是來戰大怖而走須倫三事過閻浮提一者宫殿高廣二者宫殿莊嚴三者宫殿清淨出長阿含經第二十一卷

羅睺羅有女帝釋強求起兵攻戰第四

過去世時有阿脩羅王名羅睺羅生於一女殊持端正女德六十四種無不具足口吐言氣如優鉢羅華身出牛頭栴檀之香面色紅白見者愛樂時釋提桓因作是念言此宫諸女多有端正比須倫女而皆不及今我集兵往伐取之給我驅使即召諸天具言此事諸天啓曰行可遣執樂神等手執九十一絃瑠璃之琴胎經云九十九絃歌我天人受福快樂即勑執樂天子般遮翼等嚴駕樂器到婆私呵前

彈琴現意言曰欲得婆私呵與我給使若不與者當以兵取須倫大瞋我亦有力足相擬逆般遮翼等即報帝釋時須倫集兵到須彌山側壞曲脚天宮次壞風天宮馬宮莊嚴等諸天宮乃至四門帝釋憶本所誦而呪之須倫兵衆漸漸却退引四種軍入拘絺羅池藕莖孔中有一士夫見之自念我狂失性謬覩異事佛告比丘此眞實也時釋提桓因集諸天衆從四門出但見刀鎧弓箭在地不見須倫衆轉前進直入阿須倫宮殿見婆私呵女數千萬衆不見阿須倫將諸女衆歸詣忉利宮時諸阿須倫等求哀歸命向釋提桓因言我等愚惑不識佛弟子神力巍巍我等先祖信奉如來聞佛有戒不取他物今天王釋將我眷屬盡塡天宮非佛弟子之所應行帝釋聞之悵然不樂我寧當奉禁不犯偷盜即還諸女時阿須倫王以最可愛女奉上帝釋帝釋即以甘露爲報須倫與天和好共持如來三歸八戒（出胎經及出譬喻經下卷）

阿脩羅先身猷爲水漂願得長大形第五

阿脩羅前世時曾爲貧人居近河邊常渡河擔薪時河水深流復駛疾此人數爲水所漂既亡所持身又没溺隨流殆死得出時有辟支佛作沙門形詣舍乞食貧人歡喜即施飯食食訖擲鉢空中飛軒而去貧人見之因以發願我後生身形長大一切深水無過膝者以是因緣得極大身四大海水不能過膝立大海中身過須彌手據山頂下觀忉利天（出雜譬喻經第四卷）

二乾闥婆

乾闥婆王住雪山右城名毗舍離世界初成有風輪起名曰莊嚴造此宮城城北有七黑山山北復有香山在十寶山間常有妓樂之聲（大智論云是天樂神）山有二窟一名晝二名善晝七寶所成柔軟香潔猶如天衣乾闥婆王從五百乾闥婆止住其中佛在毗陀山（山在摩竭國北）釋提桓因告執樂神般遮翼持瑠璃琴於佛前歌佛曰汝能以琴歌稱讚如來悲和哀婉感動人心於此聲中云欲練淨行沙門涅槃衆義備有帝釋顧語之曰當以汝補汝父位於其類中爲最上以女妻之（出長阿含大智論）

三緊那羅

緊那羅（亦云甄那羅）住須彌山北過小鐵圍有大黑山亦在十寶山間無有佛法日月星辰由昔布施之力今居七寶宮殿壽命甚長此王本在人中有大長者興造佛塔此緊那羅施一剎柱成辦寺廟復以淨食施於工匠壽盡作貿臆神在兩山間先在人中爲大長者居財無量有一沙門乞食婦擎飯施之乃大瞋怒云此何乞人瞻視我婦當令此人手脚斷壞壽終巳後受此醜形八十四劫常無手足諸天讌會皆悉與乾闥婆分番上下天欲奏樂而其腋下汗流便自上天也有一緊那羅名頭婁磨琴歌諸法實相以讚世尊時須彌山及諸林樹皆悉震動迦葉在座不能自安五百仙人心生狂醉失其神足一時墮地（出菩薩胎經及大智論）

四雜鬼

鬼神皆依所止爲名一

餓鬼果報二

鬼酤酒語主人令湖中取死人金銀三
金牀女裸形衣著火然四
二鬼負屍拔出手足頭脅從人易之形改
心存遇佛得道五
金色神指流甘露并資生物以給行人六
毗沙惡鬼食噉人民遇佛悟解七
鬼子毋先食人民佛藏其子然後受化八
屈摩夜叉請佛設房及燈明九
魔王嬈目連爲說先身爲魔事十
鬼得他心害慾女人十一
波旬嬈固文殊十二
餓鬼請問目連所因得苦十三
惡鬼見帝釋形稍醜滅十四
鬼還鞭其故屍十五
鬼神皆依所止爲名第一

有四大天神一者地二者水三者風四者火
地神自念云地無水火風佛曰地有水火風
但地大多故得名耳水火風神皆各同然佛
爲說法皆受五戒爲優婆夷一切人民所居
舍宅皆有鬼神無有空者街巷道陌屠膾市
肆及諸山塜皆有鬼神無有空處凡諸鬼神
皆隨所依即以爲名樓炭經云樹高七尺圍一尺有鬼神若人
初生皆有鬼神隨逐擁護若人欲死鬼收精
氣行十惡人若百若千共一神護如猶國王
以百千人侍衛一臣出長阿含經第二十卷

餓鬼果報第二

若有衆生生餓鬼中常飢渴故目陷髮長東
西亂走或食嘔吐脂肉膿血屎尿涕唾盪滌
餘汁壽命無量百千萬歲初不曾聞漿水之
名設復眼見急往趣之變成猛火膿血或時

不變多人執杖不令得前或夏降雨至身成火名惡果報恒河水邊有諸餓鬼其數五百於無量歲初不見水雖至河邊純見流火飢渴所逼發聲號哭餓鬼白佛我等飢渴命將不久佛言恒河流水鬼言如來見水我常見火佛言除汝顛倒令得見水廣說慳貪過鬼言我今渴久雖聞法言都不入心先可入河恣意飲之以佛力故即得飲水佛為說法悉發菩提心捨諸鬼形或有餓鬼常被火燒如劫盡時諸山出火或有羸瘦狂走毛髮鬔亂以覆其身或立厠溷邊伺求不淨或有常求產婦餘血飲之形如燒樹咽孔如針若與水飲千歲不飽或有自破其頭取腦而舐或有形如黑山鐵鏁鏁頸叩頭求哀歸命獄卒或有先世惡口好以麤言加他衆人憎惡見之如讎以此罪故墮餓鬼中如是罪報受苦無量出涅槃大智論

鬼酤酒語主人令湖中取死人金銀第三

有人以酤酒為業鬼現來飲酒未售錢而告主人言明日當有一人持華上下白衣帶青縢縢中有金銀千斤當於湖中浴卒死不出汝往取金銀保後無憂明日主人伺候見人來入水洗浴上岸著衣洗足却躃地而死酒師往取得金銀如數後日鬼來主人作食出酒白神言我見人著衣欲去乃死何不於水中殺之使得上岸乎鬼言我不能殺人病人我知人壽命衰耗時耳故曰天上天下鬼神知人壽命罪福當至未至不能活人不能殺人不能使人富貴貧賤但欲使人作惡犯殺因人衰耗而往亂之語其禍福令人向之設

祠祀耳（出十卷譬喻經第六卷）

金牀女裸形衣著火然第四

迦夷國王名梵摩達時出遊獵於曠野見有一屋（福報經云山邊樹下）即往趣之中有一女從求飲食無索不得王請相見女都裸形王解衣與之著體便然如是至三王以問女女答昔爲王妻王飯沙門又施衣時諫但設飯足不復須衣（福報經云劑施沙門）故受此罪王欲令我得著衣者爲我作衣先施沙門及明經賢者王求沙門久不能得可施五戒賢者賢者呪願云願令金牀女得福無量得著王衣王問女曰女是何神答曰我勝於人小不及天故在鬼神道中捨此命後當生第一天上（出譬喻經又出福報經）

二鬼負屍拔出手足頭脅從人易之形改心存遇佛得道第五

昔人遠行獨宿空舍夜中有鬼擔一死人來著其前後有一鬼逐來瞋罵死人我物汝忽擔來先鬼言是我物我自持來後鬼言是死人實我擔來二鬼各捉一足一手爭之前鬼言此有人可問後鬼即問是死人誰擔來是人思惟此二鬼力大若實若妄俱不免死語言前鬼擔來後鬼大瞋捉其人手拔出著地前鬼取死人一臂附之即著如是兩臂兩脚頭脅舉身皆易於是二鬼共食所易人身拭口而去其人思惟我父母生身眼見二鬼食盡今我此身悉是他肉我今定有身耶爲無身耶行到佛塔問諸比丘廣說上事諸比丘言從本已來恒自無我但以四大和合故計爲我身如汝本身與今無異諸比丘度之爲道得阿羅漢（出大智論第十二卷）

金色神指流甘露并資生物以給行人第六

有一鬼神身體極大有金色手五指常流甘露若有行人所須飲食資生之具盡從指出恣而與之目連問言汝是何天福報功德奇特乃爾我非天王梵天王我是鬼神乃依其國大城住爲遊行觀看故來至此目連問言汝作何善得如此報答言彼國大城名曰羅樓我昔在中作貧女人又織毛縷囊賣以自活居計轉貧屋舍壞盡遂至陌頭近一大富好施長者家織縷自活日欲中時若有沙門婆羅門持鉢乞食問我言某長者家爲在何處我心眞實無有虛妄歡喜舉手指示其家言往彼處去日時欲過勿復餘求（出雜藏經）

毗沙惡鬼食噉人民遇佛悟解第七

跋祇國界有鬼名爲毗沙（承事勝已經云阿羅婆）極爲兇暴殺民無量日恒數十人皆共集而作是説可避此國遠至他界鬼知人心便語彼人曰汝等莫離此處至他邦土終不免吾手卿日日持一人祠吾便不擾汝時跋祇人日取一人祠彼惡鬼是鬼噉人骨滿溪谷時有長者名曰善覺在彼住止饒財多寶兒名那優羅唯有一子有此限制兒那優羅應祠是鬼父母沐浴此小兒竟與著好衣至彼鬼所啼哭喚呼不可稱計並作是説諸鬼他神皆共證明我此一子唯願擁護此兒使得免濟釋提桓因及梵天王諸如來弟子漏盡阿羅漢及辟支佛乃至如來最尊最上良祐福田無有出如來上者當鑑察之願如來當照此至心以兒付鬼便退而去爾時世尊以天眼耳徹聽聞見以神足力至雪山北入鬼住處結

跏趺坐是時小兒至鬼住處逢見如來光色炳然三十二相八十種好莊嚴其身發歡喜心向於如來謂是惡鬼隨意食之是時世尊告曰那優羅如汝所言我今是如來至真等正覺故來救汝及降此鬼那優羅歡喜頭面禮足時世尊與說妙義即於座上諸塵垢盡得法眼淨彼已見法歸佛法聖衆而受五戒惡鬼還本處遥見世尊端坐不動便興恚怒雨雷電霹靂或雨刀劒未墮地頃如來化作優鉢蓮華復雨種種神力如來隨而降之沙門衣毛不動我今當往問其深義設不能報我者當持汝兩脚擲著海南佛言若人非人無能持我兩脚擲海南者欲問便問時鬼問曰何等是故行新行及行滅世尊告曰當知眼是故行曩時所造緣痛成行耳鼻口身意此是故行今身所造身三口四意三此是新行當知故行滅盡更不興起復不造行能取此行永已不生永盡無餘是謂行滅鬼白佛言我今極飢歸我小兒世尊告曰昔我爲菩薩時有鴿投我我尚不惜身命救彼鴿厄況今已成如來能捨此兒令汝食噉汝迦葉佛時曾作沙門修持梵行後復犯戒生此惡鬼爾時惡鬼承佛威神便憶曩昔所造諸行即至世尊所頭面禮足我今愚惑不別眞僞乃生此心向於如來唯願世尊受我懺悔如是三四世尊告曰聽汝悔過爲說妙法時彼惡鬼手擎數千兩金奉上世尊我今以此山谷施招提僧唯願世尊與我受之世尊即受便說此偈

園果施清涼　及作水橋梁　設能造大船

及諸養生具　晝夜無懈息　獲福不可量
法義戒成就　終後生天上
鬼曰更有何教世尊告曰捨汝本形著三法衣而作沙門入跋祇城處處教令如來出世不度者度令得解脱最尊最上良祐福田令度那優羅小兒及降毗沙惡鬼汝等可往至彼受化時毗沙鬼於跋祇國唱如是言是時長者善覺聞此語巳喜躍不勝將八萬四千人民之衆至世尊所（出增一阿含第八卷）

鬼子母先食人民佛藏其子然後受化第八

昔有一母人甚多子息性惡無慈喜盜人子殺而噉之亡子之家不知誰取街巷涕哭如是非一阿難出行輒見涕哭還巳共議傷亡子家佛知故問衆何等議阿難白佛言向行分衛見人啼哭問之皆云生亡我子不知户處佛便爲阿難説是國中盜人子者非凡夫人是鬼子母今生作人喜盜人子是母有千子五百子在天上五百子在人間千子皆爲鬼王一王者從數萬鬼如是五百鬼王在天上嬈諸天五百鬼王在世間嬈帝王人民如是五百鬼王天亦無柰何阿難言鬼子母在是國中寧可勑令不盜人子耶佛言大善阿難言用何方便佛語阿難到是母所伺其出巳斂取其子著精舍中即往伺斂得數十子逃精舍中母來不見便捨他子不敢復殺行索其子徧不知處行道啼哭如是十日母便自躃自撲仰天大呼不復飲食佛遣沙門往問即報沙門言亡多子故哭耳沙門又言汝欲得子不報言欲得沙門言汝審欲得者可往問佛可得汝子母聞是語歡喜意解便到

佛所爲佛作禮佛即問母何爲啼哭母報言亡我子故佛問汝捨汝子至何所而亡汝子母即默然如是至三母知盜人子爲惡即起作禮我愚癡故佛復問言汝有子愛之不母言我有子坐起常欲著我傍佛復問曰汝有子知愛之何故日行盜他人子他人有子亦如汝愛之亡子之家亦行道啼哭如汝汝反盜人子殺啖之死後當入太山地獄汝寧欲得汝子不母即頭面著地願佛哀我佛言汝子若在汝寧能自悔不若能自悔當還汝子母言我能自悔佛言汝能自悔當作何等自悔母言聽佛教誡當隨佛語佛還我子佛言審如汝語授以五戒汝有千子皆爲説名五百子在天上五百子在世間嬈諸天人汝子作鬼王將數萬鬼如是不可稱數或稱樹木神地神水神及船車舍宅闇冥夢寤恐怖怪異種種之神如是矯稱令人祠祀烹殺飲食不能護活人命但增益罪是愚癡人不知坐思貧窮鬼子母聞佛説一心自悔即得須陁洹道長跪白佛言願佛哀我欲止佛精舍傍我欲呼千子我欲使與佛結要我欲報彼天上天下人恩佛言善哉如汝有是意大善佛言便止佛精舍邊其國中人民無子者來求子當與之子自在所願我當勑子往使隨護人不得復妄嬈之欲從鬼子母求願者名浮陀摩尼鉢姊名炙匿天上天下鬼屬是摩尼鉢主四海内船車治生有財産皆屬摩尼鉢摩尼鉢與佛結要受戒主護人財物炙匿主人若有産生當往救之（出鬼子母經）

屈摩夜叉請佛設房及燈明第九

時屈摩夜叉鬼來詣佛所稽首佛足退住一面時屈摩鬼白佛言世尊今請世尊與諸大衆於此夜宿世尊默然是時屈摩化作五百重閣房舍卧具坐牀踞牀俱執褥枕各五百具又化作五百燈明無諸烟燄（出雜阿含經第四十九卷）

魔王嬈目連爲說先身爲魔事第十

爾時目連夜冥經行弊魔自化微影入目連腹目連入三昧觀察其原即謂弊魔且出且出莫嬈佛弟子長夜獲苦魔心念言今此沙門未曾見我横造妄語正使其師尚不知吾況其弟子目連報曰吾復知卿即心所念魔即恐懼已覺我矣即化微身出住其前目連告魔過去之世拘樓秦佛時我曾爲魔號曰瞋恨吾有一姊名曰黶黑汝爲作子以是知之是吾姊子時佛出世有二弟子一曰洪音二曰知想何故名曰洪音住於梵天謦咳出聲聞于三千知想者獨處閑居坐山樹下三昧正受牧牛牧羊人擔薪負草各相謂言此已命過共闍維之知想從三昧起入城分衛（出弊魔試目連經又出中阿含經第二十七卷）

鬼得他心害怨女人第十一

曾聞有一女人爲餓鬼所持即以呪術而問鬼言何以惱他女人鬼荅之言此女人者是我怨家五百世中而常殺我我亦五百世中斷其命根若彼能捨舊怨之心我亦能捨爾時女人作如是言我今已捨怨心鬼觀女人雖口言捨而心不放即斷其命（出抄毗曇婆沙經第八卷）

波旬嬈固文殊第十二

魔設供饍化作四萬比丘著垢弊敗衣執持破鉢胷背悉露面貌醜惡跛蹇痤僂心懷遑

懅受種種食文殊令諸化人鉢食常滿摶食在口饐不得納身體不安自然躃地問於魔言比丘何故不食魔曰是欲死矣文殊曰無毒之人豈復行垢毒耶有婬怒癡人是則爲毒因爲說法我無是毒五百諸天從魔來者發菩提心出文殊現寶藏經下卷

餓鬼請問目連所因得苦第十三

目連至恒河邊見五百餓鬼羣來趣水有守水鬼鐵杖驅逐令不得近於是諸鬼逕詣目連禮目連足各問其罪一鬼曰我受此身常患熱渴先聞恒河水清且涼歡喜趣之沸熱壞身試飲一口五臟燋爛臭不可當何因緣故受如此罪目連曰汝先世時作相師相人吉凶少實多虛或毀或譽自稱審諦以動人心詐惑欺誑以求財利迷惑衆生失如意事

復有一鬼言我常爲大狗利牙赤白來噉我肉唯有骨在風來吹起肉續復生狗復來噉此苦何因目連答言汝前世時作天祠主常教衆生殺羊以血祠天汝自食肉是故今日以肉償之

復有一鬼言我常身上有糞周徧塗熚亦復噉之是罪何因目連答曰汝前世時作婆羅門惡邪不信道人乞食取鉢盛滿糞以飯著上持與道人道人持還以手食飯糞汙其手是故今日受如此罪

復有一鬼言我腹極大如甕咽喉手脚其細如針不得飲食何因此苦目連答言汝前世時作聚落主自恃豪貴飲酒縱横輕欺餘人奪其飲食飢困衆生

復有一鬼言我常趣溷欲噉食糞有大羣鬼

捉杖驅我不得近厠口中爛臰飢因無賴何因如此目連答言汝前世時作佛圖主有諸白衣供養衆僧供辦食具汝以麤供設客僧細者自食

復有一鬼言我身上遍滿生舌斧來斫舌斷斷續復生如此不已何因故爾目連答言汝前世時作道人衆僧差作蜜漿石蜜塊大難消以斧斫之盜心噉一口以是因緣故還斫舌也

復有一鬼言我常有七枚熱鐵丸直入我口入腹五臟焦爛出還復入何因故受此罪目連答言汝前世時作沙彌行果蓏子到其師所敬其師故偏心與多實長七枚

復有一鬼言常有二熱鐵輪在我兩腋下轉身體燋爛何因故爾目連答曰汝前世時與衆僧作餅盜心取二番挾兩腋底

復有一餓鬼言我丸極大如甕行時擔著肩上住則坐上進止患苦何因故爾目連答言汝前世時作市令常以輕秤小斗與重秤大斗取常自欲得大利於己侵尅餘人

復有一鬼言我常兩肩有眼胷有口鼻常無有頭何因故爾目連答言汝前世時恒作魁膾弟子若殺罪人時汝常有歡喜心以繩著結挽之

復有一鬼言我常有熱鐵針入出我身受苦無賴何因故爾目連答言汝前世時作調馬師或作調象象馬難制汝以鐵針刺脚又時牛遲亦以針刺

復有一鬼言我身常有火燋然懊惱何因故爾目連答言汝前世時作國王夫人更一夫

人王甚幸愛常生妬心伺欲危害值王卧起去時所愛夫人眠猶未起著衣即生惡心正值作餅有熱麻油即以灌其腹腹爛即死

復有一鬼言常有旋風迴轉我身不得自在隨意東西心常惱悶何因故爾目連答言汝前世時常作卜師或時實語或時妄語迷惑人心不得隨意

復有一鬼言我身常如塊肉無有手脚眼耳鼻等恒爲蟲鳥所食罪苦難堪何因緣故答言汝前世時常與他藥墮他兒胎

復有一鬼言常有熱鐵籠籠絡我身燋熱懊惱何因受此目連答言汝前世時常以羅網掩捕魚鳥

復有一鬼言我常以物自幪籠頭亦常畏人來殺我心常怖懼不可堪忍何因故爾答言汝前世時婬犯外色常畏人見或畏其夫捉縛打殺或畏官法戮之都市恐怖相續

復有一鬼問曰我受此身肩上常有銅瓶滿中烊銅手捉一杓取自灌頭舉體燋爛如是受苦無數無量有何罪咎答言汝前身時出家爲道僧典飲食以一酥瓶私著餘處有客道人來者不與之去已出酥行與舊僧此酥是招提僧物一切有分此人藏隱雖與不等由是緣故受此罪也出雜藏經

惡鬼見帝釋形稍醜滅第十四

釋提桓因在普集講堂與玉女共相娛樂是時有天子白帝釋言瞿翼當知今有惡鬼在尊座上令三十三天極懷恚怒鬼轉端正顏貌勝常釋提桓因便作是念此鬼必是神妙之鬼往至鬼所相去不遠自稱姓名吾是釋

提桓因諸天之主惡鬼轉醜可惡稍稍消滅出增一阿含經第二十七卷

鬼還鞭其故屍第十五

昔外國有人死䰟還自鞭其尸傍人問曰是人已死何以復鞭報曰此是我故身爲我作惡見經戒不讀偷盜欺詐犯人婦女不孝父母兄弟惜財不肯布施今死令我墮惡道中勤苦毒痛不可復言是故來鞭之耳出譬喻經

經律異相卷第四十六

音釋

揣徒官切捉聚也　齌前西切與臍同　闚鈌規切視也　矚朱欲切視也　璫都郎切耳之珠也　捶主蘂切杖擊也　淤依據切澱滓也　睒失冉切　腋夷益切左右肘脅間曰腋　脅虛業切腋下也　嬈乃了切擾亂也　膾古外切　髼蒲紅切鬆亂也　溷胡困切厠也　鏁蘇果切與鎖同　縢徒登切囊可帶者曰縢　黶烏感切青黑也　痤才何切正作矬矮也　僂隴主切傴僂也　懅其據切懼也　摶徒官切捉聚也　饐壹結切食塞也　燋茲消切火傷也　墁謨官切塗墍也　臭尺救切與臭同　蓏郎果切蔓實也　懊烏皓切懊惱有所痛恨也

經律異相卷第四十七

梁沙門僧旻寶唱等奉勑撰

雜獸畜生部第三十七

一師子

師子王爲獮猴欲捨命第一

過去世有一師子王在深山窟常作是念我是一切獸中之王力能視護一切諸獸山中有二獮猴共生二子時二獮猴問師子王王若能護一切獸者我今二子以相委付我欲餘行求覓飲食時師子王即便許之獮猴留寄二子即捨而行是時山中有一鷲鳥王厥名利見師子王睡即便搏取獮猴二子處嶮而住師子既寤即白鷲言

我今固請　見爲放之　莫令失信　生我慚愧

鷲王答曰
我能飛行空　無畏過汝界　若欲護二子
爲我應捨身
師子又曰
我今護二子　捨身如枯草　護身而妄語
云何得稱行
説是偈已即至高處欲捨其身鷲王復曰
爲他能捨身　則受無上樂　施汝獼猴子
願王莫自害（出大集經第十卷）
師子王有十一勝事第二
師子王生住深山大谷方頰巨骨身肉肥滿
頭大眼長眉高而廣口鼻畟方齒齊而利吐
赤白舌雙耳高上脩脊細腰其腹不現六牙
長尾鬖髦光潤自知氣力牙爪鋒鋩四足據
地安住巖穴振尾出聲若有能具如是相者
當知眞師子至晨朝出穴頻伸欠呿四向顧
視發聲震吼爲十一事一壞實非師子詐作
師子二自試身力三令住處淨四使子知處
五羣輩中無怖心六睡者得覺七諸獸不敢
放逸八諸獸得來依附九調大香象十告諸
子息十一莊嚴眷屬凡聞師子吼水性深潛
陸行藏穴高飛墮落麁中香象震鏁斷絶失
糞怖走猶如野干雖學師子至百千年終不
能作師子之吼若師子子生始三歲則能哮
吼香山徑有師子飛鳥走獸絶跡不闚一切
畜生師子爲最（出涅槃第二十五卷又出大智論）
師子食象哽死木雀爲拔得穌後遂忘恩第
三
佛告目連勇智菩薩昔光明佛時作師子王
吾爲梵志修於淨行時師子王晨朝跱立六

處不動奮迅身體使大雷吼走獸伏住飛者墮落然後乃起曠野山澤案行屬界求覓群獸逢一象王殺而食之髀骨哽咽死而復穌時有木雀與吾拔骨後若得食當相報恩木雀聞之入口盡力拔骨乃得去之時師子王後日求食大殺羣獸木雀在側少多求恩師子不報佛告目連時師子王以此偈報木雀曰

吾爲師子王　以殺爲家業　噉肉飲其血
以此爲常膳　汝旣不自量　脫吾牙出難
還得出吾口　此恩何可忘

爾時木雀復以此偈報師子曰

我雖是小鳥　識恩不惜死　但王不念恩
自負言誓重　若能小寬弘　少多見惠者
没命終不恨　不敢有譏論

時師子王竟不報恩捨之而去木雀自念吾恩極重反見輕賤今當追逐要伺子便不報恩者終不行世在在處處終不相離時師子王復殺羣獸恣意食之飽便睡眠無所畏懼時彼木雀飛趣師子當立額上盡其力勢啄一眼壞師子驚起左右顧視不見餘獸唯見木雀獨在樹上時師子王語木雀曰汝今何爲乃壞吾目時彼木雀以偈報之

重恩不知報　乃復生害心　今留汝一目
此恩何可忘　汝雖獸中王　所行無反復
從是各自休　莫復作緣對

師子王者今勇智菩薩是時木雀者今目揵連是(出菩薩瓔珞經第九卷)

師子有二子爲獵者所殺同生長者家得道第四

昔者山中有兩比丘閑居行道逮得神通去之不遠有一師子產生二子養之稍大欲行所索持子寄二道人窟邊求食或五日一還見與道人相近附遂復捨行日月轉久後日道人各行不在獵師遇之意欲射之獸迸入林獵師意念此數與道人相依附吾作道人被服爾乃得之巖窟中有留袈裟法衣獵師著往師子所師子謂是道人喜共赴之獵師打殺剥取其皮作裘賣之道人行還不見師子求之不得定意觀之知爲獵客所殺便以神足追而奪之以爲坐褥恒摩挲呪願欲令解脫未久復坐禪觀知趣何道而爲中國大長者家作雙生子始入胞胎其母未覺道人即問長者何所渴乏曰吾家大富唯乏兒子道人語之吾能使有兒長者大喜爾爲蒙恩道人語曰若必得子何以報恩曰長大便當給道人爲弟子道人呪願而去從是遂覺有娠後生二男相似如一年轉八歲復來到其家兒有宿緣自然愛敬道人語長者識昔約不長者以本誓不得已便以二兒各施道人道人將作沙彌精進未久亦皆得道亦恒自坐皮上試共坐禪觀此皮神所生便知是已身故皮展轉相照便共至師前禮足謝曰蒙師大恩 出譬喻經第五卷

師子王墮井爲野干所救第五

過去世近雪山下有師子獸王作五百師子主是師子王後時老病瘦眼闇在諸師子前行墮空井中五百師子皆捨離去爾時有一野干見師子王作是念言我所以得此林住安樂飽滿肉者由師子王今墮急處云何當

報時此井邊有渠流水野干即以口脚通水水入满井師子浮出時此林神而説偈言

身雖自雄健　應以弱爲友　小野干能救

師子王井難

佛言師子王者我身是五百師子者諸比丘是野干者阿難是也出十誦律雜誦卷第一

師子虎爲善友野干兩舌分身喪命第六

過去世雪山下有二獸一名好毛師子二名好牙虎共爲善知識閉目相舐是二獸恒得軟好肉噉去是不遠有兩舌野干作是念我至二獸邊言我與汝作第三伴汝聽我入師子虎言隨意兩舌野干噉二獸殘肉身體肥大作是念是好毛師子好牙虎共爲善知識更相親愛閉目相舐恒噉好肉或時不得必當噉我我先方便令心別離語師子言虎有惡心於汝師子食噉皆是我力師子言云何得知兩舌野干答言虎明日見汝時閉目舐汝毛者當知惡相往語虎言師子於汝有惡心言有所食噉皆是我力虎言云何得知答言明日見汝時閉目舐汝毛者當知惡相是二知識中虎生畏想是故先往師子所言汝於我生惡心耶師子言誰作是語答言兩舌野干好毛復問言汝於我亦生惡心耶虎言不也虎語師子言汝若有是惡語者不得共作善知識好毛言是兩舌野干有如此言云何不喜共我住耶即説偈言

若信是惡言　則速別離去　當壞其愁憂

瞋恨不離心　凡爲善知識　不以他語離

不信欲除者　若信他別離　則爲其所食

不信兩舌者　還共作和合　所懐相向説

心淨言柔軟　應作善知識　和合如水乳
今此弊小蟲　生來性自惡　一頭而兩舌
殺之則和合

虎與師子驗事實已共捉野干破作二分出十誦律二誦第三卷又出四分初分第九卷文同又出弥沙塞律第六卷又出野干兩舌經略同

師子等十二獸更次教化第七

閻浮提外東方海中有瑠璃山名之爲潮高二十由旬具種種寶其山有窟名種種色是昔菩薩所住之處縱廣一由旬高六由旬有一毒虵在中而住修聲聞慈復有一窟名曰無死高廣亦爾是昔菩薩所住之處中有一馬修聲聞慈復有一窟名曰善住高廣亦爾昔菩薩處中有一羊修聲聞慈其山樹神名曰無勝有羅刹女名曰善行各有五百眷屬圍遶是二女人常共供養如是三獸閻浮提外南方海中有玻瓈山高二十由旬有窟名曰上色縱廣高下亦復如是亦是菩薩昔所住處有一獼猴修聲聞慈復有窟名曰誓願高廣亦爾昔菩薩處中有一雞修聲聞慈復有一窟名曰法林高廣亦爾昔菩薩處中有一犬修聲聞慈中有火神有羅刹女名曰眼見各有五百眷屬圍遶是二女人常共供養是三鳥獸閻浮提外西方海中有一銀山名菩提月高二十由旬中有一窟名曰金剛高廣亦爾昔菩薩處中有一猪修聲聞慈復有一窟名香功德高廣亦爾昔菩薩處中有一鼠修聲聞慈復有一窟名高功德高廣亦爾昔菩薩處中有一牛修聲聞慈山有風神名曰動風有羅刹女名曰無護各有五百眷屬

圍遶是二女人常共供養如是三獸閻浮提外北方海中有一金山名功德相高二十由旬中有一窟名爲明星廣一由旬高六由旬昔菩薩處中有一師子修聲聞慈復有一窟名曰淨道高廣亦爾昔菩薩處中有一兎修聲聞慈復有一窟名曰喜樂高廣亦爾昔菩薩處中有一龍修聲聞慈山有水神名曰水天有羅刹女名修慚愧各有五百眷屬是二女人常共供養如是三獸是十二獸晝夜常行閻浮提内人天恭敬功德成就已於諸佛發深重願一日一夜常令一獸遊行教化餘十一獸安住修慈周而復始七月一日鼠初遊行以聲聞乘教化一切鼠身衆生令離惡業勸修善事如是次第至十三日鼠復還行乃至盡十二月至十二歲亦復如是是故此

土多有功德乃至畜獸亦能教化是故他方菩薩常應恭敬此佛世界若有比丘比丘尼優婆塞優婆夷欲身覩見是十二獸欲得大智大定大神通力欲受一切所有典籍欲增善法是人當以白土作山縱廣七尺高十二尺種種香塗金薄薄之四邊周帀二十尺所散瞻婆華當以銅器盛諸種種非時之漿置之四面清淨持戒日三洗浴敬信三寶離山三丈正東而立誦如是呪住十五日當於山上見初月像爾時則知見十二獸見已所願隨意即得若能修行苦行即得眼見是十二獸諸菩薩等或作天像或作鬼像鳥獸之像遊閻浮提教化如是種類衆生若爲人天調伏衆生是不爲難若爲畜生調伏衆生是乃爲難出大集經第二十四卷

二象

象王供養佛一

善住象王爲轉輪王寶二

象子生而失母爲仙人所養三

象獼猴鵽共爲親友四

象王供養佛第一

佛獨遊行欲求靜寂到憍薩羅國波利羅耶娑羅林寶樹下住時五百羣象象行王恒在後常得濁水殘草猒其羣象獨來樹下遥見佛以鼻拔草蹈地令平以鼻盛水灑塵草鋪爲座屈膝請佛令坐三月供養佛知象意即受其請而説頌曰

獨善無憂　如空野象　樂戒學行　奚用伴爲

時象王取好藕根淨洗授與世尊如是三月出僧祇律第十七卷

善住象王爲轉輪王寶第二

有一象王名曰善住身體純白七處平住力能飛行赤首身毛雜色六牙纖傭與八千象王以爲眷屬住香山娑羅樹下娑羅樹王有八千浴池縱廣五十由旬其水清涼以七寶爲壍五色雜華集間池内象王念欲入池八千象應念而至有持蓋扇者有唱讚前導者或有爲王洗尾背髀足者有拔華根與王食者有采華散王上者八千象亦復洗浴共相娛樂大小便利諸夜叉鬼移出林外十誦律云阿耨達池有善住象王宮殿增一阿含云香積山側有八萬四千白象釋提桓因所乘最下小象轉輪聖王乘之名曰象寶金壁山中有八萬巖窟八萬象王止甜其中身色純白頭有雜色口有六牙齒間金鈿出長阿含經第十八卷又出增一阿含樓炭經

象子生而失母爲仙人所養第三

往古世時有閑居一象象生一子墮地未久其母終亡去彼不遠仙人所處有大威神功德具足志懷大哀遥見象子其母命終纔能舉足東西遊瀁不能自活即時扶還所止飲食之以水果彼時象子仁和賢善功德姝妙樂于義理既得安樂無有憂患於時仙人卧起同處身形轉長衣毛鮮澤則以水漿供養仙人并好果蓏然後自食仙人愍哀觀其德行愛念如子視之無猒時天帝釋即時發念今此仙人志在象子倚念無猒今我寧可别令愁慼時天帝釋示現試之化使象子忽然死地而血流離仙人見象子死愁憂涕泣餘仙人聞來諫曉之不能除憂時天帝釋住在虚空爲仙人説偈時天帝釋令象子活仙人大喜仙人者和尚身是象子者死弟子是也天帝釋者則我身也（出佛説弟子過命經）

象獮猴鵽共爲親友第四

過去世時有三親友象獮猴鵽鳥（僧祇律第二十七卷云巔多鳥）依一尼拘律樹止共相謂言既同依此木宜相恭敬獮猴鵽鳥共問象言汝憶事近遠象言我憶小時行此樹齊盡我腹象與鵽問獮猴獮猴答言我憶小時此樹舉手及頭（僧祇律云屎此樹上）象語獮猴汝生年多我象與獮猴共問鵽鵽言我憶雪山右面有大尼拘律樹我食果子來此便轉即生此樹共相謂言鵽生年多象以獮猴置其頭上獮猴以鵽置其肩上共遊人間從村至村從邑至邑常説偈言

若人能懷法　必敬諸長老　現世有名譽

將來生善道
時𪄬說如是法人皆隨從法訓流布汝等於
我法中出家應更相恭敬如是佛法流布自
今已去聽隨長幼恭敬禮拜迎逆問訊時諸
比丘聞佛教諸比丘長幼相次恭敬禮拜出四分律第四分第一卷又出十誦律七法第六卷略同

三馬
婆羅醯馬王爲轉輪王寶第一
馬王名婆羅醯宫殿住在大海洲内明月山
有八千馬以爲眷屬若轉輪聖王出世取最
小者以爲馬寶給王乘御出增一阿含經

四牛
大牛被賣走趣如來佛說往緣死即生天
一
水牛王忍獼猴辱二
二牛角力牽載三
迦羅越牛自說前身負一千錢三反作牛
不了四

大牛被賣走趣如來佛說往緣死得生天第
一
有遠方民將一大牛肥盛有力賣與舍衛城
人城人買欲以殺之在城門中與佛相遇牛
遥覩佛心中悲喜絶鏁馳走人不能制直趣
如來屈前兩脚悲鳴淚出口自說言大聖難
遭億世時有唯垂弘慈一見濟拔佛言甚可
久遠世時有轉輪王王四天下千子七寶治
以正法人民安寧又有四德視民如子民奉
猶父沙門梵志長者人民身未曾病四域宣
德徹于十方王出遊四方還欲向宫逢見親
舊爲債主所拘云負五十兩金繫縛著樹王

七寶侍從停住不進怪之所以報云解之令去當倍卿百兩即解還家其人數數詣王宮門求金不得債主已避不知處所遂在生死周旋往來無數之劫不償所直至于今生墮此牛中債主所賣數千兩金時轉輪王則我身是其債主者此牛是也佛爲聖王保之爲償竟不與之故來求救佛告牛主佛爲卿分衞倍償牛直牛主不肯還欲得牛佛復重告吾秤牛身斤兩輕重與若干金故不肯與矣時釋梵天悉俱來下白佛萬千億兩吾等致之將牛到祇洹中七日命盡忽生天上尋自憶識念佛功德來還人間散華供養報佛恩德佛爲說經即得立不退地無生法忍乃還天上出生經第四卷

水牛王忍獼猴辱第二

過去世有異曠野水牛王頓止其中遊行食草而飲泉水時水牛王與衆眷屬有所至湊獨在其前顔貌姝好威神巍巍名德超異忍辱和雅行止安詳有一獼猴住在道邊見水牛王與眷屬俱心懷忿怒興于嫉妬便即揚塵瓦石而坌擲之輕慢毁辱水牛默然受之不報行過未久更有一部水牛王尋從後來獼猴見之亦復罵詈揚塵打擲後一部衆見前牛王默然不校効之忍辱不以爲恨是等眷屬過去未久有一水牛犢尋從後來隨逐羣牛於是獼猴逐之罵詈毁辱輕易水犢懷恨不喜見前等類忍辱不恨亦復學効去道不遠大叢樹間時有樹神遊居其中問水牛王卿等何故覩此獼猴狠見罵詈而反忍辱默然不應水牛報曰

彼輕辱毁我　又當加施人　彼人當加報
爾乃得牴患
諸水牛過去未久有諸梵志大衆羣輩仙人
之等從道而來時彼獮猴亦復毁辱諸梵志
等即時捕捉脚蹋殺之於是樹神即復頌曰
罪惡不腐朽　殃熟乃遭患　罪惡今已滿
諸殃不壞爛
佛言水牛王即我是爲菩薩時墮罪爲水牛
中王常行忍辱修四等心慈悲喜護自致得
佛出生經第四卷

二牛角力牽載第三

過去有人有一黑牛復有一人亦有一牛爲
財物故唱言誰牛力勝我牛者若勝我輸物
若不如者輸我物時黑牛主答言可爾時載
重物繫牛車左共相輕喚謂黑曲角以杖擊
之牽是車去牛聞之即失色力不能挽重上
坂時黑牛主大輸財物是得物人後復更唱
令黑牛聞聲即語其主可答言爾主言不能
所以然者汝弊黑牛大輸我物今復作者輸
我物盡牛語主言先在衆前形相輕我聞惡
名故即失色力是故不能挽重上坂今授主
語莫出惡言在他前時便語我言汝是好黑
大牛生來良吉角廣且圓主受牛語即便洗
刷塗角著好華鬘繫車右邊柔軟愛語大吉
黑牛廣角大力牽是車去是牛聞是柔軟愛
語故即得色力牽重得上坂時黑牛主先所
失物更再三倍得之是牛主得大利已心甚
歡喜即説偈曰
載重入深轍　隨我語能去　是故應軟語
不應生惡言　軟語有色力　是牛能牽車

我獲大財物　身心得喜樂

佛語諸比丘畜生聞形相語尚失色力何況於人出十誦律二誦第三卷又出四分律初分第七卷略同

迦羅越牛自說前身負一千錢三反作牛不了第四

昔大迦羅越出錢爲業有二人舉錢一萬至時還之後日二人復相謂言我曹更各舉十萬後不還之有牛繫在籬裏語二人言我先世時坐負主人一千錢不還償三反作牛猶故不了況君欲取十萬罪無畢時二人驚怪會天已曉主人出二人說牛之語主人即便放著羣中不復取用呪願此牛自今已後莫復更受此畜生身若有餘錢一以布施牛後命過得生人中出譬喻經

五驢

有驢挽車日行五百里一

驢効羣牛爲牛所殺二

有驢挽車日行五百里第一

昔人有驢以用挽車日行數百里語其弟言莫放驢使與驢相見弟怪之自思念云夫智者相得其則歡喜諛諂相得其亦歡喜物類相得無不歡喜弟故放驢令得相見亦不鳴咽相齅不食兄後駕之便卧不行兄便大瞋截其毛耳驢得苦痛復行如前驢語大家君弟放我見惡知識我問何肥答曰給陶家公負土得惡道便卧不行公便步擔土去放我道邊食得食好草歸得芻穀是以得肥問我何瘦答曰挽車日行五百里飲食轗軻是以瘦耳謂放得肥反見髡剃不敢復卧乞得生活主愍之放令解脫出十卷譬喻經第八卷

驢效羣牛爲牛所殺第二

羣牛志性調良所至到處擇軟美草食選清涼水飲時有一驢便作是念我亦效其飲食即入牛羣前脚跑地觸嬈彼牛効其鳴吼而不能改其聲自稱我亦是牛牛角觸殺捨之而去出增一阿含第二十卷

六狗

狗乞食不得詣官訟主人一

狗子被殺時見沙門命終生豪貴家二

白狗生前世見家被好供給跑出先身所藏之物三

獘狗因一比丘得生善心四

狗乞食不得詣官訟主人第一

佛在舍衛國過去世有狗捨自家至他家乞食入他家時身在門内尾在門外時主人居士打不與食狗詣衆官言是居士我至其家乞食不與我食反打我我不破狗法衆官問言狗有何法答言我在自家隨意坐卧至他家時身入門内尾著門外衆官言喚居士來問言汝實打狗不與食耶答言實爾衆官問狗言此人應云何治狗言與此舍衛城大居士職何以故答我昔在此舍衛城中作大居士以身口作惡故受是狗身是人惡甚於我若令是人得力勢者當大作惡令入地獄極受苦惱出十誦律第三誦第一卷

狗子被殺時見沙門命終生豪貴家第二

昔有一國穀米涌貴人民飢餓時有沙門入城分衛一無所獲次至長者大豪貴門得麤惡飯適欲出城逢一屠兒抱一狗子持歸欲殺見沙門歡喜前爲作禮沙門呪願老壽長

生知有狗子而欲殺之故問其人何所賫持答曰空行又問吾以見之願持示我食貿狗子令命得濟其人答曰不能相與如是至三殷勤喻請其人抵突不肯隨言又言可以示我其人即出以示沙門舉飯飼狗子摩捋呪願狗子淚出卿罪所致不得自在使爾世世罪滅福生離狗子身得生爲人值遇三寶狗子得食善心生焉命過即生豪貴大長者家適生墮地便有慈心時彼沙門次到長者門裏分衛時長者子年已七歲見彼沙門憶識本緣便前稽首禮沙門足請前供養還白父毋今我欲逐此大和尚奉受經戒爲作弟子父毋愛重不肯聽之小兒啼泣不肯飲食不欲聽去我便就死父毋便聽隨師學道除去鬚髮被三法衣便得三昧立不退轉開化一切發大道意（出迦葉詰阿難經）

白狗生前世兒家被好供給跑出先身所藏之物第三

佛詣舍衛城遊行分衛時到鸚鵡摩牢兜羅子家遇其不在家有白狗名具坐好褥上以金鉢食粳米肉白狗遥見世尊從遠而來見已便吠世尊言止白狗不須作是聲汝本吟哦（梵志乞食意）於是白狗極大瞋恚下牀褥已至門閾下伏寂然而住後摩牢兜羅子還見問邊人曰誰觸嬈狗而令憂慼邊人答曰今日有沙門瞿曇來詣家乞食狗吠之瞿曇言止白狗汝不應作是聲汝本吟哦狗恚不樂鸚鵡摩牢兜羅子遥罵世尊誹謗瞋恚詣孤獨園世尊遥見鸚鵡摩牢兜羅子來告諸比丘此人瞋恚身壞生泥犂中彼時鸚鵡摩牢兜

羅子白世尊曰沙門瞿曇今至我家乞食白狗於汝有何咎而令不樂佛言白狗見我而吠我言白狗汝不應作是聲汝本吟哦而白狗瞋恚瞿曇此白狗本是我何等親屬佛止摩牢不須問汝或能憂慼不樂如是再三世尊曰此摩牢白狗前所生是汝父名兜羅倍增瞋恚我父兜羅常行施與常事於火身壞死已生梵天上何故當生狗中此摩牢以汝增上慢我父兜羅後亦復爾生弊惡狗中而說偈曰

梵志增上慢　此中生六趣　雞猪狗野狐驢卵地獄中

佛言若不信我說者便可還家語白狗言汝本生時是我父兜羅者還上牀褥當於金鉢中食粳米肉當示我父遺財汝本藏舉我不知處於是鸚鵡摩牢兜羅子聞世尊所說善思惟念還至家已見語白狗彼時白狗便還上牀褥坐於金鉢中食粳米肉至本卧處牀四脚下以口足跑地於是鸚鵡摩牢兜羅子大得錢財歡喜心生以右膝著地向祇樹園自稱姓字眞實沙門語實不妄三自稱已出舍衛城往詣祇樹世尊遥見告諸比丘汝見彼鸚鵡摩牢兜羅子來不唯然世尊若以此時兜羅子命終者生於善處於我有善心故衆生因善心故身壞死時生善處天上彼時鸚鵡摩牢兜羅子往世尊所面相慰勞竟云佛言無有異出中阿含經第三十九卷鸚鵡章

弊狗因一比丘得生善心第四

有一長者財富無數有一弊狗常喜齧人凡人不得妄入其門有一比丘聰明智慧聖達

難逮入其門乞值狗出卧不覺入時長者設食狗覺方見念出卧不覺沙門得入今既已坐當柰之何若獨食者出必嚙殺噉其腹中所食美膳若分我食乃原之耳沙門知其心念自食一摶與狗一摶狗喜生慈向於沙門前舐其足後出門卧曾被其嚙人�斫其頭即生長者夫人腹中生後短命尋復終亡復生彼國餘長者家年十餘歲見一沙門前迎爲禮啓其父母請爲我師施設供養尋受經戒再化家中一切大小誦經念道因報二親求爲沙門不受具足供養和尚日夜不懈和尚滅後乃受戒德出十卷譬喻經第六卷

七鹿

鹿母落穽乞與子別還來就死一

鹿王遭捕殺身以濟羣衆二

鹿母落穽乞與子別還來就死第一

昔者有鹿數百爲羣隨逐美草侵近人邑國王出獵遂各分迸有一母鹿懷妊獨遊被逐飢疲失侣時生二子捨行求食煢悸失厝墮獵穽中悲鳴欲出不能得脱獵師聞聲便往視之見鹿心喜即前欲殺鹿乃叩頭求哀自陳向生二子尚小無知始視蒙蒙未曉東西乞假須臾暫還視子將示水草使得生活旋來就死不違信誓獵者驚怪即答鹿曰一切世人尚無至誠況汝鹿身從死得脱豈有還期鹿復報言聽則子存留則子亡説偈言

我身爲畜獸　遊處於山藪　賤生貪軀命
不能故送死　今來入君穽　分當就刀机
不惜腥臊身　但憐二子耳

獵者甚奇甚異意猶有貪又答鹿曰夫巧僞

無實姦詐難信虚華萬端狡猾非一愛身重死堪能劾命人之無良由難爲期而況禽獸去豈復還固不放汝鹿復垂淚以偈報言

雖身爲賤畜　不識仁義方　柰何受慈恩
一去不復還　寧就分裂痛　無爲虚誕存
哀傷二子窮　乞假須史間　世若有惡人
鬪亂比丘僧　破塔壞佛寺　及殺阿羅漢
反逆害父母　妻子及奴婢　設我不來還
罪大過於是

獵者重聞鹿言心益悚然乃却歎曰惟我處世得生爲人愚惑癡冥背恩薄義殘害衆生殺獵爲業詐僞苟得貪求無猒不知非常識別三尊鹿之所言有殊於人信誓叩至情見盡忠便前解琭放之令去於是鹿還至其子所低頭鳴吟舐子身體一悲一喜並說偈言

一切恩愛會　皆由因緣合　合會有别離
無常難得久　今我爲爾母　恒恐不自保
生世多畏懼　命危於晨露

於是鹿母將其二子示好水草垂淚交流說偈别言

吾朝行不遇　誤墮獵者手　即時當屠割
碎身化糜朽　念汝求哀來　今當還就死
憐爾小早孤　努力自活已

鹿母說已便捨而去二子鳴呼悲淚戀慕從後追尋頓仆復起母顧命曰爾還勿來無得母子并命俱死吾没心甘傷汝未識世間無常皆有離别我自薄命爾生無怙何爲悲懷徒益憂患但當建志畢命於是母復爲子說此偈言

吾前坐貪愛　今來受獸身　世生皆有死

無脫不終患　制意一離貪　然後乃大安
寧就説信死　終不欺詒生
子猶悲戀嗚呼啼哭相尋至于獠所東西求
索乃見獵者卧於樹下鹿母住立説偈覺言
前所可放鹿　今來還就死　恩流惠賤畜
得見辭二子　將行示水草　爲説非常苦
萬没無遺恨　念恩不敢負
獵者於是忽覺驚起鹿復跪向重説偈言
君前見放去　德重過天地　賤獸被慈覆
赴信來就死　感仁恩難忘　不敢違命旨
雖還千反報　猶不畢恩紀
獵者見鹿篤信死義志節丹誠慈行發忠効
應徵驗捨生赴誓母子悲戀相尋而至慈感
愍傷稽首謝曰
爲天是神祇　信義仁乃爾　恐懼情悚然
豈敢加逆害　寧自殺鄙身　害及其妻子
何忍向靈神　起想如毛髮
獵者即便放鹿使去母子悲喜鳴聲呦呦偈
謝獵者
賤畜生處世　應當充厨宰　即時分烹俎
寛恵辭二子　天人重愛物　復蒙放赦原
德祐積無量　非口所能陳
獵者具以聞王國人咸知普感慈信獸之仁
行有踰於義莫不肅歎爲止殺獵鹿還鳴羣
嘯侶遊集各寧其所佛言時鹿者我身是二
子者羅云末利母是也時國王者舍利弗是
射獵者阿難是（出鹿子經）

鹿王遭捕殺身以濟羣衆第二

昔國王遊獵作於場壍以捕羣鹿時有鹿王
將鹿數億次食美草入其場內守者閉門往

白於王王大歡喜鹿王即知自念羣鹿所以來者由我一身耳當作方計以濟衆命即以身橫伏壍上使羣鹿蹈背而出足傷其背皮肉了盡唯有骨在忍痛濟之皆以得出勢自上岸四向顧視唯有一鹿不知求出鹿王命呼乃來得出於是鹿王命絕墮壍出十卷譬喩經第八卷

八銘陀

銘陀獸剥皮濟獵師命第一

佛在羅閱耆闍崛山身有風患祇域醫王爲合酥藥用三十二種日日服三十二兩時提婆達常懷嫉妬心自高大望與佛齊效佛亦服注諸脉理身力微弱苦惱啼喚世尊憐愍手摩其頭藥消病除看識佛手曰悉達餘術世不承用復學醫道佛言提婆達懷惡不但今日昔閻浮提城名波羅柰王名梵摩達凶暴無慈忽夢一獸身毛金色毛端金光即召獵師我夢具以告之汝等求捕若得其皮當重賞汝若不得者誅滅汝族時諸獵師憂愁憒憒聚會議計共募一人令行求之若汝不吉還之亦當以物與汝妻子其人自念分棄身命即可當行涉嶮而去經久身弊天時暑熱鬱蒸欲死悲悴而言誰有慈悲救我身命有一野獸名曰銘陀身毛金色聞甚憐愍身入冷泉來就裹抱小還有力將至水所爲其洗浴拾果食之體既平復而自念言今覩此獸王正求之然我垂死賴其濟命感恩未酬何心當害若復不獲彼諸獵師必被誅戮念是而悲銘陀問言以何不樂答心所懷銘陀語言此事莫憂我皮易得捨身無數未曾爲

福今以身皮濟彼衆命如有所獲但剥取皮莫便絶命我以施汝終無悔恨獵師剥皮銘陀即自立願今我以皮用施此人救彼愛命持此功德施及衆生用成佛道普度一切作此願已三千國土六反震動剥皮去後身肉赤裸血出流離後有八萬蝇蟻之屬集其身上同時唼食時欲趣究復恐傷害忍痛自持身不動摇死於彼中時諸蝇蟻食者身命終生天獵師擔皮上王王見奇之常敷用卧心安隱快樂獸銘陀者今我身是梵摩達王今提婆達多是八萬諸蟲我初成佛始轉法輪上八萬諸天得道者是出賢愚經第三卷

九狐

野狐從師子乞食得肥後爲師子所食第一

有野狐往從師子乞食每得殘餘往遂不息正值師子飢未得食便呼野狐鼻鼽便取吞之未死咽中呼言大家活我師子心念養汝肥脆當持備之耳汝復何云出十卷譬喻經第八卷

十狼

狼得他心害怨女嬰兒第一

有女置其嬰兒在於一處狼擔兒而走時人捕躡而語之言汝今何故擔他兒去狼答之言此小兒母是我怨家五百世中常食我兒我亦五百世中常殺其子若彼能捨舊怨之心我亦能捨時人語其兒母可捨怨心兒母答言我今已捨狼觀兒母雖口言捨而心不放害之而去出抄毗曇第二十八卷

十一獼猴

獼猴等四獸與梵志結緣一

獼猴奉佛鉢蜜二

獼猴爲五百仙人師三

五百獼猴効羅漢起佛圖四

獼猴學禪墮樹死生天五

獼猴與婢共戲六

獼猴等四獸與梵志結緣第一

昔有梵志年百二十少不娶妻無有婬泆靜處深山以茅爲廬蓬蒿爲蓆以水果蓏爲食不積財寶王聘不往端然無爲數千餘歲與禽獸相娛有四種獸一名狐二者獼猴三者獺四者兔此四獸於道人所聽經說戒如是積久食諸果蓏皆悉訖盡後道人意欲去此四大獸愁憂不樂共議言我曹各求供養獼猴取甘果來以上道人狐亦求食得一囊飯麨來以上道人獺入水取大魚來以上道人兔自思念我當用何等供養道人耶自念當持身供養耳便行取樵以然火作炭往白道人言今我小薄請作炭入火中以身上道人火爲不然道人感其仁義哀之遂止時梵志者提和竭佛是兔者我身是獼猴者舍利弗是狐者阿難是獺者目揵連是（出舊雜譬喻經下卷）

獼猴奉佛鉢蜜第二

佛與諸比丘受師質婆羅門請還於耆闍河邊洗器安羅樹林有獼猴行見一樹無蜂而有熟蜜來就阿難求鉢阿難不與佛言但與獼猴得鉢（弥沙塞律云求佛鉢）盛滿蜜以奉世尊世尊不受令其水淨獼猴不解謂呼有蟲將至水邊洗鉢水漾蜜中捧還上佛（賢愚經云淘却赤蟲弥沙塞律見蟲捨去更取）佛分布衆僧皆悉周徧獼猴歡喜騰躍却舞墮坑而死爲師質婦胎後生男子形貌端正（弥沙塞律云生三十三天後生人間得阿羅漢道）佛言於過

去迦葉佛時有一年少沙門見阿羅漢跳渡溼水謂凡比丘云汝飄疾如獼猴後五百世中常爲獼猴（出賢愚經第十二卷又出弥沙塞律第十卷又出僧祇律第二十九卷大同）

獼猴爲五百仙人師第三

如來於摩偷羅國涅槃百年後優婁漫陀山一邊有五百緣覺一邊有五百仙人一邊有五百獼猴獼猴主往緣覺間見諸緣覺生歡喜心取樹華果供養緣覺作禮坐於僧末日日如是後諸緣覺皆入涅槃獼猴供養如本見諸緣覺不受便牽衣捉足亦復不動獼猴思惟皆已死矣啼哭懊惱復至五百仙人所皆卧棘刺中獼猴亦卧仙人復卧灰土上獼猴亦卧灰土上仙人五熱炙身獼猴亦復如是仙人手攀樹自懸獼猴撥其手令墮地常教化諸仙以四威儀既教化已於諸仙所端坐修定語仙人言汝等一切當如是坐時五百仙隨其坐禪諸仙無師說法於三十七品助菩提法思惟取證得緣覺道皆作是念我得聖道由此獼猴即以香華飲食供養獼猴獼猴命終以香木燒其身佛語阿難是獼猴者即優波笈多於惡道中爲多衆生作饒益我涅槃後百餘年當有上事（出阿育王經第六卷）

五百獼猴效羅漢起佛圖第四

昔佛在羅閱祇國遣一羅漢名須漫持佛髮爪至罽賓國南山作佛圖寺五百羅漢常止其中旦夕燒香遶塔禮拜時彼山中有五百獼猴見道人供養塔寺即便相將至深澗邊負擔泥石效作佛圖竪木立刹弊旛繫頭旦夕禮拜亦如道人時山水暴長五百獼猴一

時漂沒寬神即生第二忉利天上七寶殿舍衣食自然各自念言從何所來得生天上即以天眼自見本形獼猴之身劝諸道人戲作塔寺雖身漂沒神得生天今當下報故屍之恩各將侍從華香妓樂臨故尸上散華燒香繞之七帀時山中有五百婆羅門外學邪見不信罪福見諸天人散華作樂遶獼猴屍怪而問曰諸天光影巍巍乃爾何故屈意供養此尸諸天人言此屍是吾等故身具述本事等以此微福得生天上今故散華以報故身之恩戲爲塔寺獲福如此若當至心奉佛其德難喻卿等邪見不信正眞百劫勤苦無所一得不如共至耆闍崛山禮事供養得福無限即皆欣然共至佛所五體作禮散華供養諸天人白佛我等近世獼猴之身蒙世尊之恩得生天上恨不見佛今故自歸重白佛言我等前世有何罪行受獼猴身雖作塔寺身被漂沒佛告天人不從空生往昔世時有五百年少婆羅門共行入山欲求仙道時山上有一沙門欲於山上泥治精舍下谷取水身輕若飛五百婆羅門興嫉妬意同聲笑之今此沙門上下飄疾甚如獼猴何足爲奇如是取水不止山水一來溺死不久佛告諸天人時上下沙門我身是也五百年少婆羅門者五百獼猴身是戲笑作罪身受其報佛說偈言

戲笑爲惡　號泣受報

五百天人聞佛語已即得道跡五百婆羅門聞罪福之報而自歎曰吾等學仙積有年數未蒙果報不如獼猴戲笑爲福得生天上佛

德實妙晉首佛足願爲弟子佛言善來比丘即成沙門精進得道（出法句經第一卷）

獼猴學禪墮樹死得生天上第五

昔有道人樹下坐禪誦經有一獼猴在樹上効之不覺墮樹而死得生天上（出雜譬喻經）

獼猴與婢共戲第六

昔者國王有一獼猴與婢共戲數數不止有一梵志謂王當別此婢與獼猴王曰何所能諧而令別離乎後婢持飯器并大杖從外來獼猴走來牽婢婢瞋以足排杖撾獼猴墮火燒其毛衣奔走入積薪中然及屋舍宮殿實藏悉成灰燼王方悟梵志之言也（出獼猴與婢共戲致變經）

十二兔

兔王依附道人投身火聚生兜率天第一

昔有兔王遊於山中與羣輩俱食果飲水行四等心慈悲喜護教諸眷屬悉令仁和勿爲衆惡畢脫此身得爲人形可受道教時諸眷屬歡喜從教不敢違命有一仙人處在林樹食果飲水獨脩道行未曾遊放逮四梵行慈悲喜護誦經念道音聲通利其音和雅聞莫不欣於時兔王往附近之聽其誦經意中欣樂不以爲猒與諸眷屬共賫果蓏供養道人如是積日經歷年月時冬寒至仙人欲還到於人間兔王見之愁憂不樂心懷戀恨不欲令捨問何所趣在此日日相見以爲娛樂飢渴忘食如依父母願留莫去仙人報曰吾有四大當慎將護今冬寒至果蓏已盡山水冰凍又無巖窟可以居止故欲捨去依處人間分衛求食頓止精舍過此冬寒當復相就勿

以悒悒兔王答曰吾等眷屬當行求果遠近募索當相給足願一屈意愍傷見濟假使捨去憂感之戀或不自全設使今日無有供具便以我身供上道人道人見之感懷哀念恕之至心當奈之何仙人事火前有生炭兔王心念道人爲我是以默然便自舉身投於火中火大熾盛道人欲救尋已命過生兜術天於菩薩身功德特尊威神巍巍仙人見之爲道德故不惜身命愍傷憐之亦自剋責絶穀不食尋時遷神處兜率天佛言時兔王者則我身是仙人者定光佛是出生經第三第四卷又出兔王經

十三猫狸

猫狸吞鼠鼠食其藏第一

過去世時有一猫狸飢渴羸瘦於孔穴中伺求鼠子時鼠子出疾取吞之鼠子身小生入腹中食其内藏猫狸迷悶東西狂走遂至於死愚癡乞士不善護身心見諸女人而取色相出雜阿含經第四十七卷

十四鼠

鼠濟毗舍離王命第一

佛言迦蘭陀者是山鼠名時毗舍離王將諸妓女入山遊戲王時疲倦眠一樹下妓女左右四散走戲時樹下窟中有大毒蛇聞王酒氣出欲螫王樹上有鼠從上來下鳴喚覺王蛇即還縮王覺已復眠蛇又更出鼠復鳴喚下來覺王王起見大毒蛇即生驚怖求諸妓女又復不見王自念言我今得活由鼠之恩思惟欲報時山邊有村即命村中自今已後我之禄限悉迴供鼠因此鼠故即號此村名迦蘭陀也是時村中有一長者有金錢四十

億王即賜長者位因此村名故號迦蘭陀長者出善見律毗婆沙第六卷

鼠偷酥身長器中第二

昔有長者家持酥瓶高樓上覆蓋不固鼠入酥瓶晝夜食敢身體遂長酥既敢盡鼠滿瓶裹狀似酥色有人買酥是時長者取酥著於火上鼠在瓶裹便於瓶中命終復化爲酥賣與買人量取升斗骨沉在下髑髏脚骨各自離解出甘露道經

經律異相卷第四十七

音釋

獼猴獼民甲切猴胡句切　哽古杏切咽塞也　鷲疾僦切大鵰也　畟初力切畟方正方也　鬉髦鬉祖紅切鬣也髦莫褒切長毛也　呿丘加切口張貌　廐居又切象馬舍　鵽知滑切黃雀也　纖膔纖思廉切細也膔丑凶切均也　塹七豔切坑也　髀部禮切股也　鈿亭年切金華飾也　牴典禮切牴當也　轍直列切車迹也　齅許救切以鼻攝氣也　轗軻轗苦感切軻口我切不利也　弶其亮切施罟於道也　惸渠營切獨也　厝倉故切與措同　憒古對切心亂也　脆此芮切物易斷也　罽賓梵語此云賤種罽居例切　揵力展切運物也

經律異相卷第四十八

梁沙門僧旻寶唱等奉勑撰

禽畜生部第三十八

一金翅　二千秋

三鴈　四鶴

五鴿　六雉

七烏

一金翅

生住所資一

正音王死相二

生住所資第一

金翅鳥有四種一者卵生二者胎生三者濕生四者化生皆先本布施心高淩虛苦惱衆生心多瞋慢生此鳥中有如意寶珠以爲瓔珞變化萬端無事不辦身高四十里衣廣八十里長四十里重二兩半食黿鼉魚鱉以爲姿食（涅槃經云能食能消一切龍魚金銀等寶唯除金剛耳）洗浴衣服爲細滑食亦有婚姻兩身相觸以成陰陽壽一劫或有減者大海北岸一樹名究羅瞋摩高百由旬蔭五千由旬（樓炭經略同）樹東有卵生龍宮卵生金翅鳥宮樹南有胎生龍宮胎生金翅鳥宮樹西有濕生龍宮濕生金翅鳥宮樹北有化生龍宮化生金翅鳥宮各各縱廣六千由旬莊飾如上若卵生金翅鳥飛下海中以翅搏水水即兩披深二百由旬取卵生龍隨意而食之（華嚴經云此鳥食龍所扇之風若入人眼人眼失明故不來人間）胎濕化亦復如是（涅槃經云唯不能食受三歸者）有化生龍子於三齋日受齋八禁時金翅鳥欲取食之銜上須彌山北大鐵樹上高十六萬里求覓其尾了不可得鳥聞亦受五戒（出長阿含經第

十九卷又出增一阿含第十五卷大智論華嚴經亦見

正音王死相第二

金翅鳥王名曰正音於衆羽族快樂自在於閻浮提日食一龍王及五百小龍於四天下更食一日數亦如上周而復始經八千歲死相既現諸龍吐毒不能得食飢逼慞惶永不得安至金剛山直下從大水際至風輪際爲風所吹還金剛山如是七反然後命終以其毒故令十寶山同時火起難陀龍王懼燒此山即降大雨滴如車輪鳥肉消盡唯餘心存心又直下七反如前住金剛山難陀龍王取爲明珠轉輪聖王得爲如意珠若人念佛心亦如是出觀佛三昧經第一卷

二千秋

千秋生必害毋第一

千秋人面鳥身生子還害其毋復學得羅漢果畜生無有是智及有尊卑想不受五逆罪出婆須蜜經第八卷

三鴈

金羽鴈猶愛前生妻子日與一毛
五百鴈爲獵師所殺以聞佛法生天得道二
鴈遇王羅不食得出三

金羽鴈猶愛前生妻子日與一毛第一

毗舍離獼猴江側有蒜園偷羅難陀比丘尼去園不遠園主問言阿姨欲須蒜取比丘尼即與沙彌尼式叉摩那尼數數往索蒜遂都盡其主委園而去佛說本生昔有一婆羅門年百二十形體羸瘦其婦端正無比多生男女此婆羅門繫心其婦及諸男女初不捨離

以此愛著情篤遂至命終生鴈中其身毛羽盡爲金色以前福因緣故自識宿命我以何方便養活此男女使不貧苦日日來還日落一羽而去兒見如是不知因緣即共議言我等寧可伺其來時方便捉之盡取金羽如其所計盡拔金羽羽盡更生白羽佛告諸比丘欲知爾時婆羅門死爲鴈者豈異人乎即園主是其端正婦者即比丘尼是男女者即式叉摩那沙彌尼等是出四分律二分第三卷

五百鴈爲獵師所殺以聞佛法生天得道第二

佛在波羅奈國於林澤中爲諸天人四輩之類顯說妙法時虛空中有五百鴈爲羣聞佛音聲深心愛樂迴翔欲下獵師張羅鴈墮其中爲獵師所殺生忉利天處父母膝上若八歲兒端嚴無比光若金山便自念言我何因生此即識宿命愛法果報即共持華下閻浮提至世尊所禮足白言我蒙法音生在妙天願垂開示佛說四諦得須陀洹即還天上出賢愚經卷第十三

鴈遇王羅不食得出第三

國王夫人昇在樓上見鴈飛空中欲得其肉便以白王王遣獵工持網行羅分布求索即得數十以籠養之中有不食者食者謂言今已得活不食何益不食者曰憂不能食七日瘠瘦於籠孔中得出飛去遥語肥者卿等貪食害痛在後出十卷譬喻經第六卷

四鶴

白鶴等常吐根力八道之音第一

彌陀佛國常有種種奇妙雜色之鳥白鶴孔

雀鸚鵡舍利迦陵頻伽共命之鳥晝夜六時出和雅音其音所説五根五力七菩提分八聖道分如是等法其土衆生聞是音聲皆念三寶（出彌陀經）

五鴿

鴿鳥捨命施飢窮人一

鴿被鷹逐遇佛影則安弟子影猶顫二

鴿鳥捨命施飢窮人第一

昔雪山上有一鴿鳥時天寒雨雪有人失道窮厄辛苦飢寒兼至命在須臾鴿飛求火爲其聚薪然之既然身投火中施此飢人（出大智論第十一卷）

鴿被鷹逐遇佛影則安弟子影猶顫第二

佛在祇洹林晡時經行舍利弗從時有鷹逐鴿鴿飛來佛邊佛行影覆之鴿身安隱怖畏即除不復作聲後舍利弗影到鴿便作聲顫怖如初舍利弗白佛言佛及我身俱無三毒佛影覆鴿鴿不恐怖我影覆鴿顫慄如初佛言汝有三毒習故汝觀此鴿宿世因緣幾世作鴿舍利弗即時入宿命智三昧觀見此鴿已八萬大劫常作鴿身過是已往不能見佛言汝若不能盡知過去試觀此鴿何時當脱舍利弗即入願智三昧觀見此鴿八萬大劫未脱鴿身過是不知於恒河沙等大劫中常作鴿身（出大智論第十一卷）

六雉

雉救林火第一

昔野火燒林有一雉懃身自力飛來入水以水灑林往返疲乏不以爲苦時天帝釋來問之言汝作何等答曰我救此林愍衆生故此

林蔭育處廣清涼快樂我諸種類及諸宗親皆悉依仰我有身力云何懈怠而不救之天帝問言汝乃精勤當至幾時雉言以死為期天帝言誰為汝證即自立誓我心至誠信不虛者火即自滅是時淨居天知雉弘誓即為滅火始終常茂不為火燒出大智論第十六卷

七烏

烏王甘蔗所領四烏使至沙竭國一

赤觜烏與獼猴為親友二

烏與雞合共生一子三

烏與蠱狐遞相讚歎四

烏王甘蔗所領四烏使至沙竭國第一

波斯匿王有四大臣拜為四將合四部兵欲伐小國四臣見佛稽首足下世尊問之仁等何去具以事答我等之身為此國王多所興立常畏危命今當攻伐世尊讚曰善哉諸賢是為報恩而有反復不但今世為此國王過去世時沙竭之國有諸烏眾而來集會止頓其國烏王名曰甘蔗主八萬烏烏王有婦名奪黎尼懷軀惡食至誠白王我身小發欲得善柔鹿王肉食乃活不爾者死於時烏王聞其音聲合會烏眾汝等當往沙竭國王有大鹿王名曰須具欲得其肉四烏應募吾等堪任不惜身命當辦此事於時四烏數至會所時國王子見烏恐懼馳還白王我見四烏色像若斯數來鹿死王即勑人令捕烏師造立方便張羅捕烏輒以獲之生上國王王問四烏而呵罵之汝等何故數來至此犯吾境界烏言曰唯然天王非我所樂有王名曰安住其婦受胎欲得須具善柔鹿肉彼王遣來受

其君教時王愕然怪之自受王教作此方計投棄軀命誠非所及欲求俗人有此反復受君父教尚不可得況鳥獸乎王告諸鳥今赦汝罪出宭具經又名俱薩國烏王經

赤觜烏與獼猴爲親友第二

昔有烏名曰拘耆梁言赤觜烏遊在叢樹産乳諸子在於樹上時拘耆與一獼猴共爲親厚時叢樹間有一毒蛇伺行不在噉拘耆子無復遺餘拘耆失子悲鳴啼呼不知所在熟自思惟知蛇所噉獼猴歸見問之何爲答曰蛇噉我子子盡無餘獼猴曰我當報之時毒蛇行獼猴前逶之蛇怒纏獼猴獼猴捉得頭伸至石上磨破而死棄擲而還拘耆踊躍出赤觜烏喻經

烏與雞合共生一子第三

過去世時有一羣雞依榛林住有狸侵食唯餘一雌烏來覆之共生一子子作聲時烏說偈言

此兒非我有　野父聚落毋　共合生兒子
非烏復非雞　若欲學公聲　復是雞所生
若欲學毋鳴　其父復是烏　學烏似雞鳴
學雞作烏聲　烏雞若兼學　是二俱不成

出僧祇律第二十四卷

烏與蠱狐迭相讚歎第四

久遠世時有黄門命過棄樗樹間蠱狐及烏共來食肉更相讚歎烏曰

君體如師子　其頭如仙人　胎由鹿中生
善哉如好華

狐曰

誰尊在樹上　其慧最第一　其明照十方
如積紫磨金

時大仙人處於閑處淨脩爲道聞之說偈問
曰
所作吾聞見　何事爲兩舌　自藏於樹間
食死黄門肉　汝輩下賤物　自稱如上人
烏曰
師子及孔雀　共食於禽肉　何謝髡滅頭
次第而求乞（出野狐烏經）

蟲畜生部第三十九

一龍　二蛇
三黿　四魚
五蛤　六縠賊
七汪中蟲　八蝨

一生住資待一

一龍

娑竭龍王爲五百鬼神所護二
眷屬先少後多三
龍持一日戒爲人所剝生忉利天四
四大王患金翅請佛五

生住資待第一

龍有四種一者卵生二者胎生三者濕生四者化生皆先多瞋恚心曲不端大行布施今受此形以七寶爲宫（宫之所在乃現金翅鳥部）身高四十里衣長四十里廣八十里重二兩半神力自化百味飲食最後一口變爲蝦蟇若自化眷屬發於道心施乞皂衣能使諸龍各與供養者沙不雨身及離衆患（又云變身爲虵𧌒等不遭蝦蟇及金翅鳥）食黿鼉魚鼈以爲摶食（樓炭經云龍食魚鼈及提建提歷大魚）洗浴衣服爲細滑食亦有婚姻身相觸以成陰陽壽命一劫或有減者免金翅鳥食唯有十六王一娑竭二難陀三跋難陀四伊那婆

羅五提頭賴吒六善見七阿虛八伽旬羅九伽毗羅十阿波羅十一伽毙十二瞿伽毙十三阿耨達十四善住十五優睒伽波頭十六得叉迦樓炭經云十二長阿含樓炭大智論

娑竭龍王爲五百鬼神所護第二

娑竭龍王住須彌山北大海底宮宅縱廣八萬由旬七寶所成牆壁七重欄楯羅網嚴飾其上園林池沼衆鳥和鳴金壁銀門門高二千四百里廣二千二百里彩畫姝好常有五百鬼神之所守護能隨心降雨羣龍所不能及所住之淵涌流入海青瑠璃色出樓炭華嚴經

眷屬先少後多第三

龍白佛言我從劫初止住大海從拘樓秦佛時大海之中妻子甚少今者海龍眷屬繁多佛告龍王其於佛法出家違戒犯行不捨破戒者多生龍中直見不墮地獄如斯之類壽終已後皆生龍中佛告龍王拘樓秦佛時九十八億居家出家違其禁戒皆生龍中拘那含牟尼佛時八十億居家出家毁戒恣心壽終之後皆生龍中迦葉佛時六十四億居家出家犯戒皆生龍中於我世中九百九十億居家鬪諍誹謗經戒死生龍中今已有生者以是之故在大海中妻子眷屬不可稱計我泥洹後多有惡優婆塞違失禁戒當生龍中或墮地獄出海龍王經第二卷

龍持一日戒爲人所剥生忉利天第四

有大力毒龍以眼視人弱者即死以氣噓人强者亦死時龍受一日戒出家入林樹間思惟坐久疲懈而睡龍法眠時形狀如蛇七寶雜色獵者見之驚喜言曰以此希有難得之

皮獻上國王以爲服飾不亦宜乎便以杖案其頭刀剥其皮龍自念言我力能傾國此一小物豈能困我我今以持戒故不計此身當從佛語自忍閉目不視閉氣不息憐愍此人爲持戒故一心受剥不生悔意既以失皮赤肉在地時日大熱宛轉土中欲趣大水見諸小蟲來食其身爲持戒故不復敢動自思惟言今我此身以施諸蟲爲佛道故今以肉施以充其身後以法施以益其心身乾命終即生忉利天上出大智論第十四卷

四大王患金翅請佛第五

有龍王一名嗡氣二名大嗡氣三名熊羆四名無量色白世尊曰於此海中無數種龍有四種金翅鳥常食海中諸龍願佛擁護令得安隱不懷愁恐世尊脫身皂衣告海龍王曰汝當取是如來皂衣分與諸龍皆令周遍在大海中有值一縷者金翅鳥王不能觸犯佛所建立不可思議巍巍之德其如斯矣時海龍王即取佛衣而分與諸龍王隨其所乏廣狹大小自然給與其衣如故終不可盡於時海龍王告諸龍王當敬此衣如敬世尊泥洹後供養舍利一切衆具而以奉事世尊四金翅鳥王聞佛所建惶懼速疾往詣佛所前稽首足何故世尊奪吾等食佛言都有四食坐趣三處何等四一曰網獵禽獸殘害羣畜殺生枉命以爲飲食二曰執帶兵仗刀矛斫刺逼迫格射劫奪他財以用飲食三曰慳貪諛諂憒亂犯禁邪見欺巧而以得食四曰非師稱師非世尊稱世尊隨邪稱正非寂志稱寂志非清淨稱清淨非梵行稱梵行自稱詐求

而以得食是爲四食坐趣地獄餓鬼畜生三惡之處吾所說法除此四食不當以養身害於衆生欲自護身當護他人所不當作愼勿爲也爾時四金翅鳥王各與千眷屬俱而白佛言今日吾等自歸命佛及法衆僧自首悔過前所犯殃奉持禁戒從今日始當以無畏施一切龍王擁護正法至佛法住將從道法至于滅盡不違佛教（出海龍王經第四卷）

二蛇

毒蛇捨金設會生忉利天一

一蛇首尾兩諍從尾則亡二

蛇黿蝦蟆遭饑相語三

毒蛇捨金設會生忉利天第一

昔閻浮提有國名波羅奈中有一人特愛黃金苦身營覓得七瓶金埋內土中終不衣食遇病而亡貪愛既重轉身作一毒蛇纏繞金瓶死已更生經數萬歲後自思惟忽然醒悟正當爲金受此惡報當捨施福田求覓善處時出路邊見婆羅門便言我有一瓶金託君飯諸衆僧若不爲我我當殺君婆羅門言我能相爲蛇出金與之即持詣於伽藍具以白僧稱蛇欲設供意僧許持金付維那經營設食日近婆羅門以小阿翰提往至蛇所蛇見歡喜即盤阿翰提上婆羅門以氈覆之擔向寺所路人見之多與財物送其家中別尅一日請諸賢聖僧設飲食會竟前至僧伽藍著衆僧前住街而立令婆羅門次第行看自以信心觀受食熟視不移事訖蛇益懷敬心無猒足僧食畢重爲說法蛇并捨七瓶金將維那取以爲供養即離惡形生忉利天（出賢愚經第四）

卷

一蛇首尾兩諍從尾則亡第二

昔有一蛇頭尾自諍頭語尾曰我應爲大尾語頭曰我應爲大頭曰我有耳能聽有目能視有口能食行時在前故可爲大汝無此術尾曰我令汝去故得去耳今我以身繞木三帀三日不已不得求食飢餓垂死頭語尾曰汝可放之聽汝爲大尾聞其言即時放之復語尾曰汝既爲大聽汝前行尾在前行未經數步墜火坑而死出諸雜譬喻第六卷

蛇黿蝦蟆遭饑相語第三

昔有一蛇與一蝦蟆一黿在一池中共作親友其後池水竭盡飢窮困乏無所控告時蛇遣黿以呼蝦蟆言

若遭貧窮失本心　不惟本義食爲先

蝦蟆曰

汝持我聲以語蛇　蝦蟆終不到汝邊出大智論

三黿

盲黿值浮木孔第一

告諸比丘如大海中有一盲黿壽無量劫百年一遇出頭復有浮木正有一孔漂流海浪隨風東西盲黿百年一出得遇此孔至海東浮木或至海西圍繞亦爾雖復差違或復相得凡夫漂流五趣之海還復人身甚難於此出雜阿含經第十六卷

四魚

百頭魚爲捕者所得聞其往緣漁人悟道一

三魚隨濤流入小涇二強得反一羸被執

百頭魚爲捕者所得聞其往緣漁人悟道第一二

佛與諸比丘向毗舍離到犁越河河邊有五百牧牛人五百捕魚人佛去河不遠而坐止息時捕魚人網得一魚五百人挽不能使出復喚牧牛之衆千人并力得一大魚身有百頭若干種類驢馬駱駝虎狼猪狗猨猴狸狐如斯之屬衆人甚怪競集看之世尊尋時往至魚所而問魚曰汝是迦毗梨不如是三問皆答言是復問教化汝者今在何處答言墮阿鼻地獄中阿難曰今者何故喚百頭魚爲迦毗梨佛言迦葉佛時有婆羅門生一男兒字迦毗梨梁言黄頭聰明博達於種類中多聞第一唯不如諸沙門輩其父臨終慇懃約勑汝慎莫與迦葉沙門講論道理所以者何沙門智深汝必不如父没之後其母問曰汝本高明今頗更有勝汝者不答言沙門殊勝於我母復問言云何爲勝答有疑往問佛能開解彼若問我我不能答母復告言何以不學習其法答言敬學其法當作沙門我是白衣何緣得學母復告曰僞作沙門學習已達還來在家奉其母教而作比丘經少時間讀誦三藏綜達義理母問之曰今得勝未答言學問中勝不如坐禪何以知之我問彼人悉能分別彼人問我我不能知因是事故未與他等母復告曰自今已往若共談論儻不如時便可罵辱迦毗梨言出家沙門無復過罪云何罵之答言但罵卿當得勝時迦毗梨不忍違母後日更論理若短屈即便罵言汝等愚騃

無所識别劇於畜生諸百獸頭皆周比之如是非一以是果報今受魚身而有百頭阿難問佛何時當得脱此魚身佛告阿難此賢劫中千佛過去猶故不脱爾時阿難及於衆人聞佛所説咸共同聲而作是言身口意行不可不慎時捕魚人及牧牛人一時俱共合掌向佛求索出家淨修梵行佛言善來鬚髮自落法衣在體爲説妙法成阿羅漢出賢愚經第十卷

三魚隨濤流入小涇二强得反一羸被執第二

南海卒涌驚濤浸灌有三大魚流入淺涇因相謂言我等厄此及漫水未減宜可逆上還歸大海復礙小舟不得越過第一魚者盡力跳舟得渡次魚復得憑草獲過其第三魚氣力消竭爲獵者得之佛説頌曰

是日已過　命則隨減　如少水魚　斯有何樂出曜經十八卷

五蛤

蛤聞甘露死生天上見佛得道第一

迦羅池中有一蛤聞佛説法即從池出入草根下是時有一牧牛人見大衆圍遶聽佛説法往到佛所欲聞法故以杖刺地誤著蛤頭蛤即命終生忉利天見諸妓女娛樂音聲尋即思惟我先爲畜生何因緣故生此天宫即以天眼觀先池邊聽佛説法以此功德得此果報時蛤天人即乘宫殿往至佛所頭頂禮足佛爲説法得須陀洹果出善見毗婆沙論第四卷

六縠賊

縠賊天金藏以報縠主第一

昔有大家收縠千斛埋地中前至春温開之

取種了不見穀而有一蟲大如牛莒無有手足亦無頭目如頑鈍肉主人大小莫不怪之出著平地即問汝是何等終無所道便以鐵錐刺一處語曰欲知我者持我著大道旁自當有名我者於是舉著道邊三日之中無能名者次有數百乘黃馬車衣服侍從皆黃駐車而呼穀賊汝何爲在是間答曰吾食人穀故持我著此語極久便辭別去主人問穀賊向者是誰也答言是金寶之精居在此西三百餘步大樹下有百石甕滿中金主人即將數十人往掘即得甕金家室歡喜輦載將歸叩頭白穀賊今日得金是大神恩寧可留神共歸更設供養穀賊曰前食君穀不語姓字者欲令君得是金報今當轉行福於天下不得復住言竟忽然不見出譬喻經第二卷

七汪中蟲

汪中大蟲先世業緣第一

王舍城東南隅有一汪水城内溝瀆汙穢屎尿盡趣其中臭不可近有一大蟲生汪水内身長數丈無有手足而宛轉低仰戲汪水中觀者數千阿難分衞見而往視蟲即跳踉波浪動涌具以啓佛佛與諸比丘共詣池所衆人見佛各各念言今日如來當爲衆會說蟲本末以釋衆疑不當快乎佛言維衞佛泥洹後有塔寺有五百比丘經過寺中寺主見大歡喜請留供養三月衆皆受請寺主盡心供饌無有所遺後五百商人入海採寶還過塔寺見五百比丘精勤行道並各發心欣然共議福田難遇當設薄供便白寺主寺主報言我請三月更五日滿乃得廣設賈人言吾等

當去不得待竟五百商人各捨一珠得五百摩尼珠以寄寺主屬寺主言日足以吾等珠供於僧衆比丘言諾即皆受之後生不善心圖欲獨取卒不爲供衆僧問言前賈客施珠應當設供而發遣耶寺主言是施我耳若欲奪珠糞可施汝若不時去剿汝手足投於糞坑衆愍其癡黙然各去（出十卷譬喻經第四卷）

八蝨

蝨依坐禪人約飲血有時節第一

過去久遠應現如來滅度以後像法之中有一坐禪比丘獨在林中常患蟣蝨即便共約我若坐禪汝宜黙然身隱寂住蝨甚如法於後一時有一土蚤來至蝨邊問言汝今云何身體肥盛蝨言所依主人常修禪定教我飲食時節我如法行所以鮮肥蚤言我亦欲修習其法蝨言隨意蚤聞血肉香即便食敢比丘苦惱即便脫衣以火燒之坐禪比丘迦葉佛是土蚤者提婆達多是蝨者我是（出報恩經第四卷）

經律異相卷第四十八

音釋

黿鼉（上愚袁切下唐何切） 唼（作答切齧也） 顫（之膳切搖也） 蠱（以者切也） 媢 樗（抽居切惡木也） 㝹（奴侯切） 噏（許及切與吸同） 熊羆（能回中切羆班麋切並猛獸名） 騃（語駭切癡也） 劇（竭戟切甚也） 劓（魚器切截也） 蟣蝨（蟣居豈切蝨色櫛切）

經律異相卷第四十九

梁沙門僧旻寶唱等奉勅撰

地獄部第四十之一

閻羅王等爲獄司往緣第一

閻羅王昔爲毗沙國王經與維陀始王共戰兵力不敵因立誓願願爲地獄主臣佐十八人領百萬之衆頭有角耳皆悉忿懟同立誓曰後當奉助治此罪人毗沙王者今閻羅是十八大臣者諸小王是百萬之衆諸阿傍是隸北方毗沙門天王（出問地獄經淨度三昧經云總治一百三十四地獄）

閻羅王三時受苦第二

閻浮提南有大金剛山内有閻羅王宮縱廣六千由旬（問地獄經云住地獄間城縱廣三萬里金銀所成）晝夜三時有大銅鑊自然在前若鑊入宮内王見怖畏捨出宮外若鑊出宮外王入宮内有大獄卒臥王熱鐵牀上鐵鉤擘口烊銅灌之從咽徹下無不燋爛事竟還與采女共相娛樂彼

諸大臣同受福者亦復如是（出長阿含經第十九卷）

閻羅王問罪人第三

有三使者一老二病三死若有衆生三業行惡身壞命終應墮地獄王問言汝是天使所召耶王曰汝見第一使者不汝在人中見頭白齒落目視矇矇皮緩肌皺僂脊拄杖呻吟而行見此人不罪人言見王曰汝何不自念我亦當爾罪人言我時放逸不自覺知王曰今當令汝知放逸苦非父毋兄弟天帝先祖知識僮僕沙門等過汝自造惡今當自受又問汝見第二使不汝本爲人頗見疾病困篤屎尿臭處身卧其上飲食須人百節酸疼流淚呻吟不能語言不答曰見王問曰何不自念（往反如第一使）又問覺第三使不頗見人死身壞命終諸根永滅身體挺直猶如枯木捐棄塜間鳥獸所食不答曰見（往反如前）語已付獄卒（有是生三世治惡經云遣五使五問謂生老病死先身惡業）詣大地獄（出長阿含經第十九卷樓炭經大同小異）

十八地獄及獄主名字第四

十八小王者一迦延典泥犂二屈遵典刀山三沸進壽典沸沙四沸曲典沸屎五迦世典黒耳六㘓傞典火車七湯謂典鑊湯八鐵迦然典鐵牀九惡生典㘓山十呻吟典寒冰十一毗迦典剝皮十二遙頭典畜生十三提薄典刀兵十四夷大典鐵磨十五悅頭典灰河十六穿骨典鐵箭十七名身典蛆蟲十八觀身典洋銅（出問地獄經）

三十地獄及獄主名字第五

一曰平湖王典主阿鼻大泥犂二曰晉平王典治黒繩重獄三曰荼都王典治鐵臼獄四

曰輔天王典治合會獄五曰聖都王典治太山獄六曰玄都王典治火城獄七曰廣武王主治劒樹獄八曰武陽王典主嚾吼獄九曰平陽王主治八路獄十曰都陽王典治刺樹獄十一消陽王主治沸灰獄十二挻尉王典治大叫獄十三廣進王主大阿鼻獄十四高都王主治鐵車獄十五公陽王主治鐵火獄十六平解王主治沸屎獄十七桂陽王主治燒地獄十八平丘王典治彌離獄十九磓石王主治山石獄二十琅耶王主治多洹獄二十一都官王主治泥犂獄二十二玄錫王主治飛蟲獄二十三太一王主治陽阿獄二十四合石王主治大磨獄二十五涼無王主治寒雪獄二十六無原王主治鐵杵獄二十七政始王主治鐵柱獄二十八高遠王主治膿血獄二十九都進王主治燒石獄三十原都王主治鐵輪獄是爲三十大苦劇泥犂神明聽察疏記罪福不問尊卑一月六奏一歲四覆四覆之日皆用八王日八王日者天王案行以比諸天民隷之屬有福增壽有罪減算制命長短毛分不差人民盲冥了自不知不預作善收付地獄（出淨度三昧經）

五官禁人作罪第六

五官者一鮮官禁殺二水官禁盜三鐵官禁婬四土官禁兩舌五天官禁酒（出淨度三昧經）

始受地獄生第七

閻羅王城之東西南面列諸地獄有日月光而不明淨唯黒耳獄光所不照人命終時神生中陰中陰者已捨死陰未及生陰其罪人者乘中陰身入泥犂城泥犂城者（梁言寄係城又云鬪）

城是諸罪人未受罪之間共聚是處巧風所吹隨業輕重受大小身梟風所吹成就罪人麤醜之形香風所吹成就福人微細之體出問地獄經

應生天墮地獄臨終有迎見善惡處第八

生天墮地獄各有迎人人病欲死時眼自見來迎應生天上者天人持天衣妓樂來迎應生他方者眼見尊人爲說妙言應墮地獄者眼見兵士持刀盾矛戟索圍遶之所見不同口不能言各隨所作得其果報天無枉濫平直無二隨其所作天網治之出淨度三昧經華嚴經云人欲終時見中陰相行惡業者見三惡受苦或見閻羅持諸兵仗囚執將去或聞苦聲若行善者見諸天宮殿妓女莊嚴遊戲快樂如是等勝事也

八王使者於六齋日簡閱善惡第九

八王日諸天帝釋鎮臣三十二人四鎮大王司命司錄五羅大王八王使者盡出四布覆行復值四王十五日三十日所奏案校人民立行善惡地獄王亦遣輔臣小王同時俱出有罪即記前齋八王日犯過福強有救安隱無他用福原赦到後齋日重犯罪數多者減壽條名剋死歲月日時關下地獄承文書即遣獄鬼持名錄名獄鬼無慈死日未到強推作惡令命促盡福多者增壽益算天遣善神營護其身移下地獄拔除罪名除死定生後生天上出淨度三昧經

寒熱邊地地獄第十

云何地獄答謂寒熱邊地也有無量種今當略說寒地獄者了叫喚不了叫喚不叫喚有是三相極惡喚呼了叫喚者有三一阿浮陀二泥羅浮陀三阿波跛阿浮陀地獄者由寒

身中生似癰泥羅浮陀地獄者風吹脹滿阿波跛者極寒風吹剥其身皮肉盡落皆急戰喚聲此三可了

不了叫喚者一阿吒⿰亻鳥吒⿰亻鳥二優鉢羅阿吒⿰亻鳥吒⿰亻鳥者亦是極寒風所吹皮肉剥落喚阿吒⿰亻鳥吒⿰亻鳥優鉢羅者極大寒風吹剥身皮肉體中自鐵葉還自纏身如優鉢羅華以謗賢聖墮此獄中不叫喚者一拘牟陀二須犍提三伽分陀梨四伽波曇摩極寒風吹身脹滿如四種相受苦呻吟以謗賢聖故墮彼四種地獄於一切時受無量苦是一切大寒地獄處在四洲間著鐵圍山底仰向居止在闇冥中寒風壞身大火所然如燒竹林聲咳相觸亦有餘衆生於中受苦皆謗毀賢聖受如是苦如世尊説偈

泥羅浮有百千　阿浮陀三十五
毀聖惡趣獄　口及意惡願

是謂寒地獄問云何熱地獄答一有主治二少主治三無主治此三相治者是考掠也有主一者治活二行三黒繩活地獄者獄卒以利刀斧解剥剉斬罪衆生如斬剉草頭皮肉解散罪緣未盡以冷風吹還生如故復因罪惡手生鐵爪鋒利猶刀各生怨結更生摑截如刈竹葦彼此相閗結恨心死故生此中黒繩地獄者挓罪人著地以黒繩絣段段斫截以刀斫衆生故生彼地獄復次以熱赤銅鐵鍱纏身骨肉破碎髓血交流以鞭杖加衆生及出家不精進受著信施衣故故生彼中極大闇冥苦於烟熏倒懸其身使歙烟熏烟熏宂居衆生故也行地獄者行列罪衆生如屠

肆者截手足耳鼻及頭本爲屠兒故受此苦復次熱鐵地駕鐵火車獄卒乘之張眼喊喚叱叱使走以乘象馬驅使疲勞故墮此中婬犯他妻驅上劒樹自然火燒受如是苦謂有主治地獄獄卒者以行緣故不被火燒少主治地獄者一衆合二大哭三鐵檻衆合地獄者罪衆生畏地獄卒無量百千走入山間前後自然生大兩山自合如磨血流如河骨肉爛盡以喜磨衆生故也復次火燒大鐵臼以杵擣之經歷百年彼以罪緣故而命不盡以臼擣殺蚤蝨及搯殺故也大哭地獄者大鐵山周徧火然四絶無行處惡獄卒無慈瞋恚言欲何所趣以火燒鐵杵擊破其頭以困苦萬民故生此中也炙地獄者大鐵山火燄相搏以鐵弗弗之周帀猗炙一面適熟弗自然轉反覆顛倒以貫刺殺人故生此中也無缺地獄者鐵地周帀火然縱廣百由旬四門如城以銅薄覆上燄燄相續諸罪衆生積聚如薪燄無罣礙燋爛其身受苦無缺以殺父母眞人惡意向佛使血流出鬪亂衆僧及作增上十不善業故生此中也邊地獄者所在家水間山間及曠野獨受惡業報是謂邊地獄也出依品第三卷

金剛山間八大地獄有十六小獄第十一

四天下外有八萬天下而圍遶之八萬天下外復有大海海外復有大金剛山山外復更有山亦名金剛樓炭經云大鐵圍山二山中間日月神天威光不照有八大地獄一曰想二曰黑繩三曰堆砷四曰叫喚五曰大叫喚六曰燒炙七曰大燒炙八曰無間樓炭經名有不同文多不載

其一地獄各有十六小地獄問地獄經云地獄者地上有也想地獄十六者一曰黑沙二曰沸屎三曰五百釘四曰飢五曰渴六曰一銅釜七曰多銅釜八曰石磨九曰膿血十曰量火十一曰灰河十二曰鐵丸十三曰釿斧十四曰犲狼十五曰劍樹十六曰寒冰

其中衆生手生鐵爪迭相瞋忿以爪相摑應手肉墮想以爲死復次其中衆生懷毒害想手執刀劍迭相斫刺剫剥臠割身碎在地想謂爲死冷風來吹尋復活起彼自想言我今已活久受罪已出想地獄慞惶求救不覺忽到黑沙地獄熱風暴起吹熱黑沙來著其身燒皮徹骨身中燄起迴旋還身燒炙燋爛其罪未畢故使不死久受苦已出黑沙獄到沸屎獄有沸屎鐵丸自然滿前驅迫罪人使抱鐵丸燒其身手復使撮著口中從咽至腹通徹下過無不燋爛有鐵觜蟲唼肉達髓苦毒無量受罪未畢復不肯死久受苦已出沸屎獄到鐵釘獄獄卒撲之偃熱鐵上舒展其身以釘釘手足周徧身體盡五百釘苦毒號咷猶復不死久受苦已出鐵釘獄到饑餓獄即撲熱鐵上銷銅灌口從咽至腹通徹下過無不燋爛餘罪未盡猶復不死久受苦已出飢地獄到渴地獄即撲熱鐵上以熱鐵丸著其口中燒其脣舌通徹下過無不燋爛苦毒啼哭久受苦已得出地獄到一銅鍑地獄獄卒怒目捉罪人足倒投鍑中隨湯涌沸上下迴旋身壞爛熟萬毒並至故令不死久受苦已出一銅鍑至多銅鍑地獄捉罪人足倒投鍑中隨湯涌沸上下迴旋舉身爛壞以鐵鉤取

置餘鑊中悲叫苦毒故使不死久受苦已出多銅鑊至石磨地獄捉彼罪人撲熱石上舒展手足以大熱石壓其身上迴轉揩磨骨肉糜碎苦毒切痛故使不死久受苦已出石磨獄至膿血地獄膿血沸涌罪人於中東西馳走湯其身體頭面爛壞又取膿血食之通徹下過苦毒難忍故令不死久受苦已乃出膿血至量火地獄有大火聚其火燄熾驅迫罪人手執鐵升以量火聚徧燒身體苦毒熱痛呻吟號哭故使不死久受苦已出量火獄到灰河地獄縱廣深淺各五百由旬灰湯涌沸惡氣熢浡洄波相搏聲響可畏從底至上鐵刺縱横其河岸上有劒樹林枝葉華實皆是刀劒罪人入河隨波上下洄澓沉没鐵刺刺身内外通徹膿血流出苦痛萬端故令不死

乃出灰河至彼岸上利劒割刺身體傷壞復有犲狼來齧罪人生食其肉走上劒樹劒刃下向下劒樹時劒刃上向手攀手絶足蹋足斷皮肉墮落唯有白骨筋脉相連時劒樹上有鐵觜烏啄頭食腦苦毒號叫故使不死還入灰河隨波沉没鐵刺刺身苦毒萬端皮肉爛壞膿血流出唯有白骨浮漂於外冷風來吹尋便起立宿對所牽不覺忽至鐵丸地獄有熱鐵丸獄鬼驅捉之手足爛壞舉身火然萬毒並至故令不死久受苦已乃出鐵丸至釿斧地獄捉此罪人撲熱鐵上以熱鐵釿斧斫其手足耳鼻身體苦毒號叫猶復不死久受罪已出釿斧獄至犲狼地獄有羣犲狼競來齧嚙肉墮骨傷膿血流出苦痛萬端故令不死久受苦已乃出犲狼至劒樹獄入彼劒

林有暴風起吹劒樹葉墮其身上頭面身體無不傷壞有鐵觜烏啄其兩目苦痛悲號故使不死久受苦已乃出劒樹至寒冰獄有大寒風吹其身上舉體凍傷皮肉墮落苦毒呌喚然後命終身爲不善口意亦然斯墮想地獄怖懼毛竪

黒繩大地獄有十六小獄周帀圍遶各縱廣五百由旬何故名黒繩其諸獄卒捉彼罪人撲熱鐵上舒展其身以熱鐵繩絣之使直以熱鐵斧逐繩道斫罪人作百千段復次以鐵繩絣鋸鋸之復次懸熱鐵繩交橫無數驅迫罪人使行繩間惡風暴起吹諸鐵繩歷絡其身燒皮徹肉燋骨沸髓苦毒萬端餘罪未畢故使不死故名黒繩久受苦已乃出黒繩至黒沙地獄乃至寒冰地獄然後命終惡意向父母佛及聲聞則墮黒繩獄苦痛不可稱

堆碑大地獄有十六小獄圍遶各縱廣五百由旬何故名堆碑有大石山兩兩相對人入此中山自然合堆碑其身骨肉糜碎山還故處苦毒萬端故使不死復有大鐵象舉身火然哮吼而來蹴蹋罪人宛轉其上身體糜碎膿血流出號咷悲呌故使不死復捉罪人卧大石上以大石壓復取罪人卧地鐵杵擣之從足至頭皮肉糜碎膿血流出萬毒並至餘罪未畢故令不死故名堆碑久受苦已乃出堆碑到黒沙地獄乃至寒冰然後命終但造三惡業不修三善行墮堆碑地獄苦痛不可稱

呌喚大地獄有十六小地獄各縱廣五百由旬何故名呌喚獄卒捉罪人擲大鑊中又置大鐵鑊中熱湯涌沸煮彼罪人號咷呌喚

餘罪未畢故使不死故名叫喚久受苦已乃出叫喚至黒沙地獄乃至寒冰爾乃命終瞋恚懷毒造諸惡行墮叫喚地獄

大叫喚大地獄有十六小獄何故名大叫喚取彼罪人著大鐵釜中又置鐵鑊中熱湯涌沸煮彼罪人又擲大鏊上反覆煎熬號咷大叫苦痛辛酸餘罪未畢故使不死名大叫喚久受苦已出大叫喚至寒冰獄爾乃命終習衆邪見爲愛網所牽造卑陋行墮大叫喚獄

燒炙地獄有十六小地獄何故名燒炙將諸罪人置鐵城中其城火然内外俱赤燒炙罪人又著鐵樓上其樓火然内外俱赤又擲著大鐵陶中其陶火然内外俱赤燒炙罪人皮肉燋爛萬毒並至餘罪未畢故使不死故名爲燒炙久受苦已出燒炙獄至黒沙獄乃至寒冰然後命終爲燒炙行墮燒炙地獄長夜受燒炙苦

大燒炙地獄有十六小地獄縱廣五百由旬將諸罪人置鐵城中其城火然内外俱赤燒炙罪人皮肉燋爛萬毒並至有大火坑火燄熾盛其坑兩岸有大火山捉彼罪人貫鐵叉上竪著火中重火燒炙皮肉燋爛餘罪未畢故使不死久受苦已出大燒炙至黒沙地獄乃至寒冰爾乃命終捨善果業爲衆惡行墮大燒炙獄

無間大地獄有十六小獄各縱廣五百由旬捉彼罪人剥取其皮從足至頂即以其皮纏罪人身著火車輪輾熱鐵地周行往反身體碎爛皮肉墮落萬毒並至故使不死又有鐵城四面火起東燄至西西燄至東南北上下

亦復如是燄熾迴邉間無空處東西馳走燒炙其身皮肉燋爛苦痛辛酸萬毒並至罪人在中久乃門開其諸罪人奔走往趣身諸支節皆火燄出走欲至門門自然閉餘罪未畢故使不死又其中罪人舉目所見但見惡色耳聞惡聲鼻聞臭氣身觸苦痛意念惡法彈指之頃無不苦時故名無間地獄久受苦已從無間出至黑沙地獄乃至寒冰地獄爾乃命終爲重罪行生惡趣業墮無間獄罪不可稱名八大地獄各有十六小地獄

金剛山間別有十地獄第十二

二大金剛山間有大風起名爲僧佉若使風來至四天下及八萬天下大地諸山去地十里或至百里飛颺空中皆悉糜碎譬如壯士手把輕糠散於空中由二大山遮止此風若使風至四天下者其中衆生溪河江海皆當焦枯又山間風臰處不淨腥穢酷烈若使來至四天下者熏諸衆生皆當失目又此二山多所饒益亦是衆生行報所致

又一山間有十地獄一名厚雲二名無雲三名呵呵四名柰何五名羊鳴六名須乾提七名優鉢羅八名拘物頭九名分陀利十名鉢頭摩云何名厚雲地獄罪人自然生身譬如厚雲故名厚雲云何名無雲衆生生身猶如段肉故名無雲云何名呵呵苦痛切身皆稱呵呵故名呵呵云何名柰何受罪衆生苦痛酸切無所歸依皆稱柰何云何名羊鳴受罪衆生苦痛切身欲舉聲語舌不能轉直如羊鳴云何名須乾提華獄皆黑如須乾提華色云何名優鉢羅華獄皆青如優鉢羅華色云

何名俱物頭華獄皆紅如俱物頭華色云何名分陀利華獄皆白如分陀利華云何名鉢頭摩華獄皆赤如鉢頭摩華色喻如有篅受六十四斛滿中胡麻有人百歲持一麻去如是至盡厚雲地獄受罪未竟如二十厚雲地獄壽與一無雲地獄壽等如二十無雲地獄壽與一呵呵地獄壽等如二十呵呵地獄壽與一㮈何地獄壽等如二十㮈何地獄壽與一羊鳴地獄壽等如二十羊鳴地獄壽與一須乾提地獄壽等如二十須乾提地獄壽與一優鉢羅地獄壽等如二十優鉢羅地獄壽與一拘物頭地獄壽等如二十拘物頭地獄壽與一分陀利地獄壽等如二十分陀利地獄壽與一鉢頭摩地獄壽等如二十鉢頭摩壽名一中劫如二十中劫名一大劫鉢頭摩地獄中火燄熱熾盛罪人去火一百由旬火已燒炙去六十由旬兩耳已聾無所聞知去五十由旬兩目已盲無所復見瞿波利比丘已懷惡心謗舍利弗目揵連身壞命終墮此鉢頭摩地獄中出長阿含經樓炭經大同小異

經律異相卷第四十九

音釋

懟徒對切怨也 擘博厄切分也 矇莫紅切目有童子而無見也 遳音進 嗑傞上克盍切下倉何切 盾竪尹切兵器也 脹知亮切脹滿也 摑古獲切打也 挓知格切裂也 絣補耕切以繩直物也 鍱弋涉切 歙許及切欲也 喊許戒切大聲也 擣都皓切舂也 搯苦洽切爪刺也 㓟匹美切剥也 臠力兖切塊切肉 熢㶿熢蒲容切㶿蒲没切煙起貌 釿舉欣切斧也 齌在詣切齒没齒 輾尼展切轢也 颺余章切風飛物 篅市緣切囷也

經律異相卷第五十

梁沙門僧旻寶唱等奉勅撰

地獄部第四十之二

阿鼻地獄受諸苦相一
十八小地獄各有十八獄圍繞阿鼻二
六十四地獄舉因示苦相三
五大地獄示受苦相四

阿鼻地獄受諸苦相第一

阿鼻地獄者（此言無遮又言無間又言猛火入心）縱廣正等八千由旬七重鐵城七層鐵網下有十八鬲周帀七重皆是刀林復有七重劒林四角有四大銅狗廣長四十由旬眼如掣電牙利如劒樹齒如刀山舌如鐵刺一切身毛皆然猛火其烟臭惡有十八獄卒口如夜叉六十四眼散迸鐵丸狗牙上出高四由旬牙端火流燒前鐵車輪網出火鋒刀劒戟燒阿鼻城赤如鎔銅獄卒八頭六十角角杪火然火化成網網復成刀輪輪輪相次在火燄間滿阿鼻城城內有七鐵幢火涌如沸鐵流鎔迸涌出四門上有十八釜沸銅涌漫滿於城中一一鬲間有八萬四千鐵蟒大蛇吐毒火中身滿城內其蛇哮吼如天震雷雨大鐵丸五百又五百億蟲八萬四千觜頭火流如雨而下滿阿鼻城此蟲若下猛火熾然八萬四千由旬獄上衝大海沃燋山下貫大海底如車軸若有殺父害母罵辱六親命終之時銅狗化十八車狀如寶蓋一切火燄化爲玉女罪人遥見心喜欲往風刀解時寒急失聲寧得好火安在車上然火自爆即便命終坐金車瞻玉女皆捉鐵斧斬截其身屈伸臂頃直落阿鼻從

上鬲如旋火輪至於下鬲身遍鬲內銅狗大吼嚙骨唼髓獄卒羅刹捉大鐵叉叉頭令起遍體火燄滿阿鼻獄閻羅王大聲告勑癡人獄種汝在世時不孝父母邪慢無道汝今生處名阿鼻獄獄卒復從下鬲更上上鬲經歷八萬四千鬲捭身而過至鐵網際一日一夜即閻浮提六十小劫盡一大劫作五逆罪臨命終時十八風刀如鐵火車解截其身以熱逼故便作是言得好色華清涼大樹於下遊戲不亦樂乎作此念時八萬四千諸惡劒林化作寶樹華果茂盛行列在前大熱火燄化爲蓮華罪人疾於暴雨坐蓮華上鐵觜諸蟲從火華起穿骨入髓唼腦一切劒枝削於肉骨無量刀林當上而下火車鑪炭十八苦事一時來迎此相現時陷墜地下從下鬲上身如華敷遍滿下鬲下火熾然至於上鬲身滿其中熱惱急故張眼吐舌萬億鎔銅百千刀輪從空中下頭入足出一切苦事過於上說百千萬倍具五逆者受罪五劫復有衆生犯四重虛食信施誹謗邪見不識因果斷學般若毀十方佛偷僧祇物婬逸無道逼淨戒尼姊妹親戚造衆惡事此人罪報臨命終時風刀解身偃卧不定如被楚撻其心荒越發狂癡想見已室宅男女大小一切皆是不淨之物屎尿臭處盈流于外獄卒羅刹以大鐵叉擎阿鼻獄及諸刀林化作寶樹及清涼池火燄化作金葉蓮華諸鐵觜蟲化爲鳬鴈苦痛之聲猶如歌詠罪人聞此吾當遊中坐火蓮華衆物競分狗食其心俄爾之間身如鐵華滿十八鬲此等罪人經八萬四千大劫復入

東方十八鬲中如前受苦南西北方亦復如是謗方等經具五逆罪破壞僧祇汙比丘尼斷諸善根具衆罪者身滿阿鼻獄四肢復滿十八鬲中此阿鼻獄但燒如此獄種衆生劫欲盡時東門即開見東門外清泉流水華果林樹一切俱現是諸罪人從下鬲見眼火暫歇從下鬲起宛轉腹行揵身上走到上鬲中手攀刀輪時虛空中雨熱鐵丸走向東門既至門閫獄卒羅刹手捉鐵叉逆刺其眼鐵狗嚙心悶絶而死南西北門亦復如是經歷半劫

十八小地獄各有十八獄圍繞阿鼻第二

阿鼻地獄有十八小地獄小地獄各有十八寒地獄十八黒闇地獄十八小熱地獄十八刀輪地獄十八劒輪地獄十八火車地獄十八沸屎地獄十八鑊湯地獄十八灰河地獄五百億劒林地獄五百億刺林地獄五百億銅柱地獄五百億鐵機地獄五百億鐵網地獄十八鐵窟地獄十八鐵丸地獄十八尖石地獄十八飲銅地獄如是等衆多地獄阿鼻獄死生寒冰中寒冰獄死生黒闇處八千萬歲目無所見受大蟲身宛轉腹行諸情闇塞狐狼食之後生畜生五千萬身受鳥獸形還生人中六根不具貧窮下賤經五百身後生餓鬼後遇善知識發菩提心

十八寒地獄者八方冰山山十八鬲復有十八諸小冰山寒冰山間如瓦蓮華高十八由旬上有冰輪縱廣正等十二由旬如天雨雹從空而下劫奪抄盜剥脫凍殺衆生此人罪報欲命終時一切風刀化爲熱火罪人作念

我今云何不卧冰上作是念時獄卒羅刹手執冰輪躡虛而至罪人見已心便愛念氣絶命終生冰山上旣生之後十八冰山如以扇扇一切寒冰從毛孔入十八鬲中遍滿一鬲剖裂擘拆如赤蓮華冰輪上下遍覆其身八萬冰山一時俱合更無餘辭但言阿羅爾時罪人即作是念我於何時當免寒冰生熱火中爾時空中有諸鐵觜鳥吐火破冰啄腦罪人即死獄卒復以鐵叉打地訶言活活應聲即穌念身火猛熾願得前冰以滅此火獄卒復以冰輪迎接置餘獄中如是十八鬲中無不經歷此寒地獄壽命歲數如四天王天日月八千萬歲罪畢出生賤貧鄙陋五十世中爲人奴婢衣不蔽形食不充口此罪畢已遇善知識發菩提心

黑闇地獄者十八重黑山十八重黑網十八重鐵林十八重鐵縵一山高八萬四千由旬一一縵亦厚八萬四千由旬一一縵間十八重鐵圍山羅列如林此山陰闇偷佛僧燈明偷盜父母師長謗説法者亦毁世俗論義師等不忌尊卑不知慙愧以此罪故命欲終時眼有電光睒迅不停即作是念我有何罪常見是火即閉兩目不願欲見命欲終時獄卒羅刹擎大鐵牀張大鐵傘如大隊雲乘空而至無形有聲罪人欲往命終坐鐵牀上落黑闇處刀輪上下斬斷其身有大鐵烏觜距長利從山飛下來攫罪人痛急疾走求明不得足下蒺藜穿骨徹髓如是憧惶經五百萬億歲日月如前彼人頭打諸黑闇山腦流眼出獄卒羅刹以鐵叉叉安眼眶罪畢乃出爲貧

窮人眼目角睞盲宜無見或被癩病人所驅逐如是罪報經五百身過是以後遇善知識發菩提心十八小熱地獄者如阿鼻獄亦七重城七重鐵網無量諸惡以爲莊嚴以不從師教興惡逆心不知恩養盜師害師汙師淨食坐師牀座提師鉢盂藏去不淨作種種惡毒藥飲師若沙門婆羅門作諸非法無有慚愧剝像破塔劫法寶物殺伯叔父毋兄弟姊妹命欲終時十八獄卒各以鐵叉擎一鬲獄如大寶蓋雨微細雨雨滴如華熱惱入心見雨清涼即作是念言願我得坐蔭蓋之下涼雨灑我不亦樂耶氣絶命終如一擲頃即坐劒牀上百億劒刃刃皆出火燒刺其身空中寶蓋化爲火輪從上而下直劈其頂身體碎裂爲數千段上雨鐵丸從毛孔入獄卒羅剎以大鐵叉刺罪人眼或以鐵箭貫射其心悶絶而死須臾還活坐劒牀上旋嵐猛風吹墮地獄時閻羅王告言獄種汝作衆惡殺師謗師汝今生處名拔舌阿鼻汝在此獄當經三劫作是語已即滅不現

刀輪地獄者四面刀山於衆山間積刀如輪有八百萬億極大刀輪隨次而下猶如雨滴以樂苦惱他殺害衆生命終之時患逆氣病心堅如鐵即作是願得一利刀削此諸患不亦快乎是時獄卒頂戴刀輪翕令不現至罪人所卑言遜辭我有利刀能割重病罪人歡喜即自念言唯此爲快氣絶命終生刀輪上如醉象走墮刀山間是時四山一時俱合四種刀山割切其身不自勝持悶絶而死獄卒羅剎驅蹙罪人令登刀山來至山頂刀傷足

下乃至于心畏獄卒故匍匐而上既至山頂獄卒手執一切樹葉未死之間鐵狗嚙心楚毒百端鐵蟲唼食肉皆都盡尋復唱活脚著鐵輪從空而下一日一夜六十億生六十億死如是衆多如四天王壽八千萬歲罪畢乃出墮在畜生五百世中有供衆口復五百世受卑賤形後遇善知識發菩提心

劒輪地獄者縱廣正等五十由旬滿中劒樹其樹多少如稻麻竹葦一一劒樹高四十由旬八萬四千劒輪爲華八萬四千劒輪爲葉八萬四千劒輪爲果八萬四千沸銅爲枝以樂殺無猒如此罪人臨命終時遇大熱病即作念言我今身體時熱時寒舉身堅強猶如鐵碪即作願言得金剛劒割却此患樂不可言是時獄卒即自化身如巳父毋親友之形在其人前而告之言我有祕法如卿所念當用相遺罪人云急急欲得氣絶命終如馬奔走生劒華中無量劒刃削骨破肉碎落如空復有鐵烏從樹上下挑眼啄耳有大羅剎手捉鐵斧破頭出腦鐵狗來舐死巳唱活驅令上樹未至樹端身碎如塵一日一夜殺身如塵不可稱數殺人罪故受如此殃經八萬億歲生畜生中身常負重死復剝皮經五百世還生人中貧窮短命多病痟瘦過是巳後遇善知識發菩提心

火車地獄者一一銅鑊縱廣正等四十由旬滿中盛火下有十二輪上有九千四百火輪自有衆生爲佛弟子及事梵天九十六種及在家者誑惑邪念諂曲作惡如此罪人欲命終時風大先動身冷如冰即作是念何時當

得大猛火聚入中坐者永除冷病作是念已獄卒羅剎化作火車如金蓮華獄卒在上如童男像手執白拂鼓舞而至罪人愛著若坐此上快不可言氣絶命終載火車上肢節火然身體燋散獄卒唱活應聲還活火車轢身凡十八反碎身如塵天雨沸銅遍灑身體即便還活如是往反上至湯際下墮鑊中火車所轢一日一夜九十億死九十億生此人罪畢生貧賤家爲人所使繫屬於他不得自在價利養畢爾乃得脱由前出家善心功德遇善知識爲其説法心開意解成阿羅漢

沸屎地獄者八十由旬十八鐵城一一城有十八鬲一一鬲中四壁皆有百億萬劒樹如刃刃刃厚三尺於其刃上百千蒺蔾不可稱計一一蒺梨及劒樹間生諸鐵蟲其數無量一一鐵蟲有百千頭一一頭有百千觜觜頭皆有百千蚘蟲此諸蚘蟲口吐熱屎沸如鎔銅滿鐵郭内上有鐵鋼鐵烏以破八戒齋汙沙彌尼式叉摩尼汙比丘戒比丘尼戒汙優婆塞戒優婆夷戒如是七衆及餘一切汙僧淨飯汙父母食偷竊先噉不淨手捉及僧知事以自恃故汙僧淨食四部弟子以不淨身坐僧祇牀犯偷蘭遮久不懺悔虚食僧食坐僧衆中與僧布薩如是衆多無量不淨惡業罪人臨終時擧身皆香如麝香子不可堪處即作是念當於何處不聞此香獄卒化身猶如畫瓶中盛糞穢至罪人所以手摩觸令彼罪人心生愛著氣絶命終墮沸屎中身體糜爛衆蟲唼食削骨徹髓以渴逼故飲熱沸屎蚘蟲蛆蟲唼其舌根一日一夜九十億生九

十億死罪畢乃出生貧賤家不得自在設生世時恒值惡王屬邪見主種種惡事逼切其身瘻腫惡瘡以爲衣服宿世聞法善因縁故遇善知識出家學道成阿羅漢

十八鑊湯地獄者有十八鑊縱廣正等各四十由旬七重鐵網滿中沸鐵五百羅刹鼓大石炭燒其銅鑊㷋㷋相次經六十日火不可滅閻浮提日滿十二萬歲鑊沸上涌化成火輪還入鑊中以毀佛禁戒殺生祠祀爲噉肉故焚燒山野傷害衆生生噉衆生以火焚燒如此罪人欲命終時身心煩悶失大小便不自禁制或熱如湯或冷如冰即作是念得大温水入中沐浴不亦樂乎獄卒羅刹化作僮僕手擎湯盆至罪人所心生愛樂氣絶命終生鑊湯中速疾消爛唯餘骨在鐵叉掠出鐵狗嚼之嘔吐在地尋復還活獄卒驅蹙還令入鑊畏鑊熱故攀劒樹上骨肉斷壞落鑊湯中一日一夜恒沙死生罪畢生爲猪羊雞狗短命之處無不經歷如是受身八千萬歲命終之後還生人中受二種報一者多病二者短命過算數劫遇善知識受持五戒行六波羅蜜

灰河地獄者長二百由旬廣十二由旬下有利刀岸上劒樹滿中猛火廣十二丈復有鎔灰以覆火上厚四十丈以偷盜父母師長善友兄弟姊妹如是癡人無有慚愧不識恩養不從師教此人罪報命欲終時氣滿心腹喘息不續即作是念我心如泥氣滿胷中得一微火爆我身者不亦快乎獄卒應念化作妻子手擎火爐微灰覆上至罪人所罪人歡喜氣絶命終生灰河中諸劒樹間有一羅

剎手執利劒欲來傷害是人恐怖走入灰河舉足下足刀傷其脚劒樹雨刀從毛孔入羅剎以叉叉出其心躃地悶死尋復還活一日一夜五百億生五百億死飢渴逼故張口欲食劒樹雨刀從舌頭入劈腹裂胷悶絶而死由前世聞佛法僧名故罪畢之後得生人中貧窮下賤覺世非常出家學道時世無佛成辟支佛世若有佛成阿羅漢

劒林地獄者八千由旬滿中劒樹有熱鐵丸以爲其果樹高二十四由旬以不孝父母不敬師長作惡口業無慈愛心刀杖加人臨欲終時心如糊膠處處生著即作此念我心縛著觸事不捨耽酒嗜色雖遇苦患心猶不息得一利刀割截此愛獄卒應聲化爲侍者執鏡語言汝心多著可觀此鏡見利劒像即作是念我體羸弱不堪欲事得此利劒割斷我心不亦快乎作此念時氣絶命終受餓鬼身諸劒樹間化生鐵丸從頂入口出腸胃燋爛獄卒打撲驅令上樹鐵觜蟲噉以怖上樹如是展轉悉經劒林一日一夜八萬生死罪畢之後生飢饉世及疾疫刧爲人卑賤口氣恒臰人所惡見後遇善知識發菩提心

刺林地獄者八千由旬滿中鐵刺一一刺端有十二鉤樹上復有大熱鐵鉤以惡口兩舌綺語不義語調戲無節謗說是非說經典過毀論義師如此罪報命欲終時咽燥舌乾即作此念得一利刺刺頸出血令衆脉間流注衆水不亦快乎獄卒羅剎化作父母手執明珠珠頭生刺持用擬口如水欲滴罪人歡喜氣絶命終如雷電頃生刺林間獄卒羅剎手

執鐵鉤拔舌令出八千鐵牛有大鐵犂耕破其舌一日一夜六百生死過是已後得生人中脣哆面皺語言謇吃如此罪人體生諸瘡膿血盈流經五百世人所惡見過是已後雖有所說人不信受遇善知識發菩提心

銅柱地獄者有一銅柱狀如火山高六百由旬下有猛火火上鐵牀上有刀輪間有鐵觜蟲鐵口鳥以貪惑滋多染愛不淨非處非時行不淨業設有比丘尼婆羅門等諸梵行者若於非時非處犯不淨法乃至一切犯邪行者如此罪人臨命終時舉身反強震掉不定即作此念得一堅大銅鐵柱者縛此身體令不動搖獄卒應時化作僮僕手執鐵杖至罪人所白言長者汝今身強餘物皆弱可捉此杖心即歡喜氣絶命終如捉杖頃生銅柱頭猛火燄熾焚燒其身驚怖下視見鐵牀上有端正女若是女人見端正男心生愛著從銅柱上下投于地銅柱貫身鐵網絡頭鐵觜諸蟲唼食其軀落鐵牀上男女俱時六根火起有鐵觜蟲從眼而入從男女根出若汙戒者別有九億諸小蟲輩如蠮螉蟲有十二觜觜頭出火唼食其體一日一夜九百億生九百億死出生鵂鶹身經五百世後生龍中經五百身後生人中無根二根及不定根黄門之身經五百世設得爲人妻不貞良子不慈孝奴婢不從過是已後遇善知識發菩提心

鐵機地獄者有一鐵牀縱廣正等四百由旬上安諸榥榥間皆有萬億鐵弩鐵弩鏃頭百億鋒刃以爲貪欲故不孝父母不敬師長不從善教殺害衆生此人命終身體戰動六竅

汁流見自巳牀如兜羅綿得堅冷處卧不亦快耶獄卒羅刹以叉挈牀鋪大氍毹至罪人所歡喜欲卧氣絶命終生鐵機上萬億鐵梠關從下動鐵梠低昂無量鐵弩同時皆張一一鐵箭射罪人心一日一夜六百億生死後生畜生中經五百世還生人間貧窮下賤爲人所使多墮刑獄恒受鞭撻後遇善知識發菩提心

鐵網地獄者八十九重諸鐵羅網一一網間百億鐵針一一鐵針施五關梠以邪心諂曲妖媚惑人心懷讒賊晝夜惡念臨命終時身體瘙痒即作此念得一束針攙刺不亦快乎作是念時獄卒化爲良醫手執利針唱言治病罪人心喜氣絶命終生鐵網間肆身下過衆梠皆動無量諸針射入毛孔如是宛轉諸鐵網間如刹那頃死生罪畢乃出生於邊地無佛法處亦不聞説世間善語何況正法雖生人中三惡道攝後遇善知識雖得聞法心不解了

鐵窟地獄者餓鬼道中最上苦法有一鐵山縱廣正等二十五由旬山上復有五百萬億大熱鐵丸一一鐵丸團圓正等十三由旬山間復有百千刀劍是時彼山東開小孔如摩伽陀斗但出黑烟以慳貪縛著心如金剛但樂求索無有猒足父母妻子悉不給與師長教授視如糞穢奴婢親友不施衣食如是慳人不慮無常護惜財物猶如眼目命欲終時諸情閉塞口噤不語心中默念我死之後是諸惡人食我財物如噉鐵丸處我窟宅如處闇室作是念巳獄卒化爲慳人多收財物以火焚之罪人心喜氣絶命終生火山

上猶如鎔銅鑄鐵窟中蛁蟲刀蟲唼食其軀烟熏其眼不見火燄東西馳走頭打鐵山鐵丸從頂徹足一念頃死生罪畢乃出生餓鬼中其身長大數十由旬咽如針筩腹如大山東西求食鎔銅灌咽經八千歲生食膿唾食血鬼中復生厠神猪狗等中罪畢乃生貧窮甲賤無衣食處遇善知識發菩提心

鐵丸地獄者八十由旬滿中鐵城八十八萬一一萬中有五刀山持用覆上下有十八大惡鐵蛇皆吐鐵蛁蛁頭火然以毁辱布施言施無報勸人藏積向國王大臣沙門婆羅門及一切衆說施無因亦無果報此人臨終頸强脉縮迴轉不語不喜見人低視而卧心中但念我積財寶得與我俱快不可言獄卒化作其妻捉熱鐵丸化作寶器在其人前語言我隨汝死宛轉相著終不相離氣絶命終生鐵城中東西馳走鐵蛇出毒纏繞其身節頭火然即作是念願天愛我降注甘雨應念即雨大熱鐵丸頂入足出罪畢乃爲貧窮孤獨瘖瘂之人歲數如鐵窟說遇善知識發菩提心

尖石地獄者有二十五石山一一石山有八水池一一水池有五毒龍比丘比丘尼沙彌沙彌尼式叉摩尼優婆塞優婆夷九十五種梵志等法或犯輕戒久不懺悔心無慙愧命欲終時心下氣滿腹脹如鼓飲食噎吐水漿不下即作是念得一尖石塞我咽喉不亦快乎是時獄卒化作良醫幻捉尖石作大藥丸著其口中告言閉口心生歡喜氣絶命終生石山間無量尖石從背入胷出獄卒復以鐵叉叉口以石内中一日一夜六十億生此

是生報從此命終墮黑繩地獄黑繩地獄者八百鐵鏁八百鐵山竪大鐵幢兩頭繫鏁獄卒驅䟦令負鐵繩上走不勝下落墮鑊湯中馳趣渴急飲鐵呑石而走一日一夜經歷是苦凡十萬遍罪畢生世爲人僮僕遇善知識爲説實法得阿羅漢

飲銅地獄者千二百種雜色銅車一銅車上六千銅丸以慳貪嫉妬邪見惡説不施父母妻子眷屬及與一切心生慳嫉見他得利如箭入心如是罪人欲命終時多病痟瘦昏言寱語是時獄卒化以銅車載果至罪人所得已歡喜即作念言得此美果甚適我願氣絶命終生銅車上不久即往生銅山間銅車轢頸獄卒以鉗拕口飲以烊銅迷悶躃地唱言飢飢尋時獄卒擘口令開以銅鐵丸置其口中呑十八丸節節火然東西馳走經於七日爾乃命終獄卒唱言汝前身時諛諂邪見慳貪嫉妬以是因緣受鐵丸報或曾出家毀犯輕戒久不悔過虛食信施以此因緣食諸鐵丸此人罪報億千萬歲不識水穀受罪既畢還生人中五百世中言語謇吃不自辨了以宿習故食後噉炭噉土塊過是已後遇善知識發菩提心（出觀佛三昧海經第五卷）

六十四地獄舉因示苦相第三

一曰脚蹋先蹋殺人今爲獄鬼所蹋經二百歲二曰刀山先殺衆生今受罪二百歲三曰畜諦瞋心罵人以爲鳥獸五百歲中鐵杵舂口罪畢受生人頭鳥身口常言罪四曰抱刀劒自犯婬戒又犯持戒人五曰沸沙先以熱灰覆衆生上六曰沸井井水常沸以惡心用

不淨物置井中罪畢百歲爲井中蝦蟆七曰竈聰獄卒以人倒内竈聰中此女生時以顧影衣曳他男子八曰啞鬼獄常燒鐵篦烙其舌所生父母及師喚之不應經二百歲後生爲啞人九曰熱灰七百里滿中熱灰此人生時起婬欲心就貞女宿終不果遂受罪二百歲後生患瘡及恐怖十曰沸屎三萬里滿中屎尿驅人入中昔賜人好食瞋言如食不淨受罪五百歲爲猪

十一曰腓臭縱廣三千五百里滿中膿血此人生時以不善心入聖人室失氣泄穢受罪二百四十歲後生貧賤人中身體常臰十二曰不淨縱廣千里滿中涕唾慢心不淨手捻香供養大聖後生人中常慢十三曰不淨六百里膿生時食心正中有鼠屎狗食不淨投淨食中受罪二百歲出生作狗十四曰黑耳常闇生時以不善心障佛光明受罪七百歲十五曰縱廣四萬里恒被斫射打剫堆砰此人生時作五逆業受罪動經劫數若展轉諸獄故亦有劫數也一萬歲十六曰相殺婦殺夫夫殺婦母殺兒兒殺母其人昔時殺他父母并殺衆生父母及兒及生人中父母子孫皆悉早死十七曰斫身恒爲獄鬼所斫先斫衆生故後生喜遭縣官十八曰火車此人猶燒殺衆生後生被燒十九曰不識法滿中癡人聞揵椎聲慢心而卧後生邊地二十曰鐵熬熬蝦蠏故後生短壽

二十一曰餓鬼身長四十里腹如萬斛篅頸長十里恒苦飢渴口氣常臰見食化成火炭飲成膿血猶食齋食不持齋後八百世常作

羅刹二十二曰剛炭盜心取他物手捧剛炭後生貧賤爲人所使二十三曰鑊湯生時惡心以熱湯澆地蟲二十四曰鐵牀婬他婦女逼犯持戒女人男抱銅柱女卧鐵牀二十五曰鐵丸猶炮煑鷄子後生常苦迷荒二十六曰貢高坐地獄生時食他信施自恃有德起心貢高二十七曰黑耳獄鬼以刀節節肢解婬犯比丘後生下賤女人之中五百歲作黄門身二十八曰寒冰生時擲衆生置寒凍處後生貧窮常無衣服二十九曰石窟滿中烟火惡心熏殺衆生三十曰拳扠鬼獄扠之以瞋心攙掮殺蟣蝨三十一曰磕山以磕殺蟣蝨後生短壽三十二曰熱湯澆身披著好衣誘他婦女罪畢爲鳥獸三十三曰餓鬼身長三十里咽下有瘿

決膿食之或見好食衆鬼競奪不得食之得他好食不先上座食後生貧窮三十四曰餓鬼身長十里或五里以身毛剛利慳不施食實有言無後生貧賤多無飲食三十五曰惡狗多諸惡狗牙利如劒獄鬼嗾狗競共嚙之生時喚狗嚙殺衆生後得爲人喜被狗嚙三十六曰鐵杖驅人履之生時含毒看父母師長後生毒蛇中三十七曰剥皮鬼恒利刀剥其身皮生時惡心剥人衣被及剥衆生皮後生人中常爲人所剥奪三十八曰倒懸獄卒悉取人倒懸生時倒懸衆生三十九曰畜生獄鬼鎔銅灌其口負債抵而不還後五百歲中爲人牛馬奴婢喜得鞭打四十曰耕身獄鬼以鐵犂耕身生時耕地傷衆生惡心稱快四十一曰鏃眼獄鬼常以鐵鏃鏃其眼生時

惡心惡眼看其父母後生人中眼常通睛四十二曰刀兵獄鬼斫射此人生時瞋心相殺後生人中喜得斫射四十三曰割刺獄鬼生割其肉此人生時惡心割人肉罪畢爲人喜得割刺四十四鐵磨獄鬼鐵磨磨人此人生時以惡心摩殺磨此中蟲四十五曰撲弄滿中鐵磨獄鬼驅人入磨磨之四十六曰撲弄此人生時見衆生入撲弄中生惡心我誓不救後生人中身體黄熟四十七曰石臼獄卒驅入臼中擣之此人生時惡心擣殺衆生罪畢爲螺蚌四十八曰憍慢人頭蛇身此人生時卧地誦經四十九曰水地獄水停住不流此人生時抑人水中没溺而死五十曰傴儒獄鬼石壓人頭此人生時慢心使父母師長倚令其見生言不恭敬

五十一曰鐵棒獄鬼常使其身棒鐵此人生時以惡心殺蟣蝨五十二曰恐怖常爲牛頭阿傍所怖此人生時常恐人故五十三曰鐵杙水水底布鐵杙獄鬼驅人入水中刺身血流生時嫉妬布杙傷人五十四曰飲鎔銅生時慢心學父母師長語後常蹇吃五十五曰鐵鏃獄鬼以鐵鏃鏃其眼此人生時惡心刺衆生瞳子罪畢爲盲人五十六曰鐵杈獄鬼以鐵杈杈人此人生時惡心杈魚及餘衆生五十七曰蛆蟲噉食人身此人生時蛆妬傷人及六畜財物罪畢爲人身患惡瘡五十八曰刀解手獄鬼以利刀解其兩手此人生時以慢心用不淨手捉經五十九曰啼哭獄鬼擭來恐怖令其啼哭此人生時常憂錢財以營婬欲後生爲人恒苦少財六十曰鐵鉤獄

鬼常以鐵鉤鉤其身體此人生時鉤殺衆生六十一曰鎔銅獄鬼鎔銅灌其口此人生時惡心妄語兩舌惡駡綺語罪畢爲人口氣常臭六十二曰鎔銅灌手此人生時心不敬道以不淨手捉沙門衣六十三曰射身獄鬼以箭射之此人生時惡心射殺衆生

六十四曰無擇（此言生終）凡有五王者一曰隨王二曰劾王三曰丑王四曰自然王五曰衆生王皆發信心大乘誓願度地獄衆生諸地獄罪畢者來入此中斷其昔行作罪多少捨地獄身受中陰形如三歲小兒更隨業行從父母受生（出問地獄經）

五大地獄示受苦相第四

活大地獄惡心瞋爭以稍相刺鐵爪相摑血相塗墁痛毒逼切悶無所覺冷風來吹獄卒喚活罪人還活是故名爲活地獄此中衆生前世好殺物命牛羊禽獸爲田宅國土錢財等利而相殺害受罪此劇罪報

合會大地獄羅刹獄卒作種種形諸惡獸頭而來吞噉齩齧罪人兩山相合熱鐵輪轢熱鐵臼擣亦如壓油聚肉成積血流成池鵰鷲虎狼各來牽掣此人前世多殺衆生還受此形獄卒又以力勢相淩枉壓羸弱受兩山相合罪慳貪瞋恚愚癡怖畏斷事輕重不以正理或破正道受熱鐵輪轢熱臼擣第四第五名叫喚大叫喚此大地獄其中罪人羅刹獄卒頭黃眼赤火從口出著朱色衣身肉堅勁走射罪人罪人狂怖叩頭求哀呼大將軍小見憐愍將入熱鐵地獄縱廣百由旬驅打馳走足皆燋燃脂髓流出如笮酥油鐵棒頭額

其腦流出如破酪瓶復將入鐵閤屋閻黑烟來燻互相堆壓意欲求出其門已閉大號喚呼聲常不絶此人前世斗秤欺誑非法斷事受寄不還侵凌下劣惱諸貧窮令其號哭破他城邑壞人聚落傷害劫奪舉城叫呼詐誘令出而復害之令受叫喚地獄燻殺宂居之類幽閉囹圄或闇烟雲中而燻殺之或投井中劫奪他財皆受大叫地獄罪報

第六第七熱大熱地獄中有二大銅鑊鹹沸水滿中羅剎獄卒以罪人投中脚上頭下骨節解零以叉叉出冷風吹活復投炭坑中或著沸灰中從灰中出放熱沙中又以膿血而自煎熬從炭坑出投之炎牀强驅令坐眼耳鼻口及諸毛孔一切火出此人宿世惱亂父母師長沙門婆羅門諸善好人惱令心熱令受熱地獄報或有前世貴殺生𤙌或生㷮猪羊或以木貫人腹而生炙之或焚山野及諸聚落佛圖精舍及天祠或推衆生著火坑中故生此地獄阿鼻地獄縱廣四千里其處最深獄卒羅剎從頭剥皮乃至其足以五百釘釘其身體如挓牛皮熱鐵火車轢其身驅入火坑令抱炭出利刀劒矟飛入身中迷悶萎熟或蹎仆墮落此人宿行多造大惡五逆重罪斷善根法言非法非法言法破因破果憎嫉善人入此地獄受罪最劇出大智論略其小同取其尤異

經律異相卷第五十

音釋

蟒母黨切大蛇也[扌聿]郎沒切距曰許切爪距也蒺藜蒺昨悉切藜力脂切荅也渠轢郎狄切車轢也蚘胡瑰切腹中蛔蟲也癭於郢切頸瘤也嗗烏八切哆車者切唇下垂貌謇吃謇紀偃切吃居乞切言難也螵蟟螵疋消切螵蟲名蟟力約切朝生暮死蟲梞渠記切柎也鏃作木切矢鏑也毾毲毾他盍切毲都騰切毛席也噤巨禁切寒厥口閉也噎壹結切食塞也寱研計切寐言也肨匹絳切脹滿也擮揟擮莫結切揟先結切擝莫貢切[亻屬]珠玉切短醜貌燖徐廉切湯沃毛令脫也矟色角切矛屬

慈悲道場懺法

清刻龍藏佛說法變相圖

慈悲道場懺法序

原夫三界唯心萬法唯識悟本心之妙理罪福皆空迷自識之圓明善惡俱礙所以輪迴於六趣漸遠涅槃山豈能究竟於一乘長溺生死海塵塵造業種種爲非不假懺摩之慧鋒難逃業惑之密網故勞皇覺降跡塵寰與慈運悲拔苦與樂愍四衆積愆之纏縛令一心剖過以懺除爲說藥王藥上觀經命禮世出世間慈父洗清障垢修證菩提即時依教奉行俱獲證果解脫聖言雖在凡情罕知南朝齊武帝永平年間竟陵文宣王子良蕭氏撰淨住子成二十卷分淨行法爲三十門未及流通又罹變易大梁天監具德高僧刪去繁蕪撮其樞要采摭諸經之妙語改集十卷之悔文總列四十品章將及二千餘禮前爲

六根三業歸依斷疑懺悔解冤後及六道四恩禮佛報德回向發願於其中也正以露纏結罪滌過去之惡因復憑發菩提心植當來之種智顯果報彰陽世之造愆出地獄示幽冥之受報警緣三寶以破邪見魔省念無常以勦妄想賊自慶踊悦欣功用之匪虛屬累殷勤冀法會之不絕因彌勒如來之感夢題曰慈悲道場由蕭梁武帝之創修俗稱梁皇寶懺當時郗氏方淪蟒類已承懺法援超昇近世士民每遇障緣多沐勝因賜靈驗以之滅罪罪滅福生以此消灾灾消吉至濟度亡靈者永脱苦淪解釋冤尤者即離仇對眞救病之良藥乃破暗之明燈利及群生恩沾沙界論其功德豈可稱量自梁至今世代更革歷年既久傳寫差訛烏焉之字莫分亥豕之體莫辯每臨文而歎息遂興志以修治校對本經精研奥理佛名依佛經之嘉號地獄增地藏之洪名求碩德以參詳請明師而審訂有不然者改而正之傍註釋音便於披讀用鋟于梓以廣其傳普願大地衆生咸悟本來之覺性恒沙含識同證無上之菩提云耳後至元四年歲在戊寅如來聖制日杭城妙覺智松栢庭謹序

啓運慈悲道場懺法

一心歸命三世諸佛

南無過去毗婆尸佛

南無尸棄佛

南無毗舍浮佛

南無拘留孫佛

南無拘那含牟尼佛

南無迦葉佛

南無本師釋迦牟尼佛

南無當來彌勒尊佛

慈悲道場懺法卷第一

立此慈悲道場四字乃因夢感

彌勒世尊旣慈隆即世悲臻後劫依事題名弗敢移易承此念力欲守護三寶令魔隱蔽摧伏自大增上慢者未種善根者今當令種已種善根者今令增長若計有所得住諸見者皆悉令發捨離之心樂小法者令不疑大法樂大法者令生歡喜又此慈悲諸善中王一切衆生所歸依處如日照晝如月照夜爲人眼目爲人導師爲人父母爲人兄弟同歸道場爲眞知識慈悲之親重於血肉世世相隨雖死不離故目等心標號如上

今日道場幽顯大衆立此懺法弁發大心有十二大因緣何等十二一者願化六道心無限齊二者爲報慈恩功無限齊三者願以此善力令諸衆生受佛禁戒不起犯心四者以此善力令諸衆生於諸尊長不起慢心五者以此善力令諸衆生在所生處不起恚心六者以此善力令諸衆生於他身色不起嫉心七者以此善力令諸衆生於內外法不起慳

心八者以此善力令諸衆生凡所修福不爲自身悉爲一切無覆護者九者以此善力令諸衆生不爲自身行四攝法十者以此善力令諸衆生見有孤獨幽繫疾病起救濟心令得安樂十一者以此善力若有衆生應折伏者而折伏之應攝受者而攝受之十二者以此善力令諸衆生在所生處恒自憶念發菩提心令菩提心相續不斷仰願幽顯凡聖大衆同加覆護同加攝受令某等所悔清淨所願成就等諸佛心同諸佛願六道四生皆悉隨從滿菩提願

歸依三寶第一

今日道場同業大衆宜各人人起覺悟意念世無常形不久住少壯必衰勿恃容姿自處汙行萬物無常皆當歸死天上天下誰能留者年少顏色肌膚鮮澤氣息香潔是非身保人生合會必歸磨滅生老病死至來無期誰當爲我却除之者災害卒至不可得脱一切貴賤因此死已身體膖脹臭不可聞空愛惜之於事何益若非勤行勝業無由出離某等自惟形同朝露命速西光生世貧乏無德可稱智無大人神聖之明識無聖人洞徹之照言無忠和仁善之美行無進退高下之節謬立斯志勞倦仁者仰屈大衆慚懼交心既法席有期追戀無及從此一别願各努力專意朝夕親奉供養勤加精進唯是爲快仰願大衆各秉其心被忍辱鎧入深法門

今日道場同業大衆宜各慇重起勇猛心不放逸心安住心大心勝心大慈悲心樂善心歡喜心報恩心度一切心守護一切心救護

一切心同菩薩心等如來心一心至意五體
投地奉爲國王帝主土地人民父母師長上
中下座善惡知識諸天諸仙護世四王主善
罰惡守護持呪五方龍王龍神八部廣及十
方無窮無盡含靈抱識水陸空界一切衆生
歸依十方盡虚空界一切諸佛
歸依十方盡虚空界一切尊法
歸依十方盡虚空界一切賢聖
今日道場同業大衆何故應須歸依三寶諸
佛菩薩有無限齊大悲度脱世間有無限齊
大慈安慰世間念一切衆生猶如一子大慈
大悲常無懈倦恒求善事利益一切誓滅衆
生三毒之火教化令得阿耨多羅三藐三菩
提衆生不得佛誓不取正覺以是義故應須
歸依又復諸佛慈念衆生過於父母經言父
母念兒慈止一世佛念衆生慈心無盡又父
母見子背恩違義心生恚恨慈心薄少諸佛
菩薩慈心不爾見此衆生悲心益重乃至入
於無間地獄大火輪中代諸衆生受無量苦
是知諸佛諸大菩薩慈念衆生過於父母而
諸衆生無明覆慧煩惱覆心於佛菩薩不知
歸向説法教化亦不信受乃至麤言起於誹
謗未曾發心念諸佛恩以不信故墮在地獄
餓鬼畜生諸惡道中遍歷三途受無量苦罪
畢得出暫生人間諸根不具以自莊嚴無禪
定水無智慧刀如是等障由無信心
今日道場同業大衆不信之罪衆罪之上能
令行人長不見佛相與今日各自慷慨折意
挫情生增上心起慚愧意稽顙求哀懺悔往
罪業累既盡表裏俱淨然後運想入歸信門

若不起如是心運如是意直恐隔絶障滯難通一夫斯向冥然無返豈得不人人五體投地如大山崩一心歸信無復疑想某等今日以諸佛菩薩慈悲心力始蒙覺悟深生慚愧已作之罪願乞除滅未作之罪不敢復造從今已去至于菩提起堅固信不復退轉捨此身命若生地獄道若生餓鬼道若生畜生道若生人道若生天道於三界中若受男身若受女身若受非男非女等身若大若小若昇若降受諸迫惱難堪難忍誓不以苦故退失今日信心寧於千劫萬劫受種種苦誓不以苦故退失今日信心仰願諸佛大地菩薩同加救護同加攝受令某等信心堅固等諸佛心同諸佛願衆魔外道所不能壞相與至心等一痛切五體投地

歸依十方盡虛空界一切諸佛

歸依十方盡虛空界一切尊法

歸依十方盡虛空界一切賢聖

今日道場同業大衆善攝心聽夫人天幻惑世界虛假由其幻惑非眞則無實果虛假浮脃則遷變無窮無實果故所以久滯生死之流遷變改故所以長泛愛苦之海如是衆生聖所悲念故悲華經云菩薩成佛各有本願釋迦不現長年促爲短壽悲此衆生變化俄頃長淪苦海不得出離故在此土救諸弊惡教有剛强苦切之言不捨於苦而度衆生未甞不以善法方便弘濟益之心所以三昧經言諸佛心者是大慈悲慈悲所緣緣苦衆生若見衆生受苦惱時如箭入心如破眼目見已悲泣心無暫安欲拔其苦令得安樂又諸

佛等智其化是均至於釋迦偏稱勇猛以能忍苦度脫衆生當知本師慈恩實重能於苦惱衆生之中說種種語利益一切我等今日不蒙解脫進不聞一音之旨退不覩雙樹潛輝良由業障念與悲隔相與今日起悲戀心以悲戀如來故善心濃厚既在苦中憶如來恩嗚咽懊惱慚顏哽慟等一痛切五體投地至心奉爲國王帝主土地人民父母師長信施檀越善惡知識諸天諸仙聰明正直天地虛空護世四王主善罰惡守護持呪五方龍王龍神八部廣及十方無窮無盡一切衆生

歸依十方盡虛空界一切諸佛

歸依十方盡虛空界一切尊法

歸依十方盡虛空界一切賢聖

相與胡跪合掌心念口言作如是說

諸佛大聖尊　覺法無不盡　天人無上師

是故爲歸依　一切法常住　清淨修多羅

能除身心病　是故爲歸依　大地諸菩薩

無着四沙門　能救一切苦　是故爲歸依

三寶護世間　我今頭面禮　六道諸衆生

令盡爲歸依　慈悲覆一切　皆令得安樂

哀愍衆生者　我等共歸依

五體投地各自念言仰願十方一切三寶以慈悲力本願力大神通力不思議力無量自在力度脫衆生力覆護衆生力安慰衆生力令諸衆生皆悉覺悟知^某甲^等今日爲其歸依三寶以此功德力令諸衆生各得所願若在諸天諸仙中者令盡諸漏若在阿修羅中捨憍慢習若在人道無復衆苦若在地獄餓鬼畜生道者即得免離又復今日若聞三寶名及

與不聞以佛神力令諸衆生盡得解脱究竟成就無上菩提同諸菩薩俱登正覺

斷疑第二

今日道場同業大衆一心諦聽夫因果影響感應相生必然之道理無差舛而諸衆生業行不純善惡迭用以業不純所以報有精麤或貴或賤或善或惡其事匪一參差萬品既有參差不了本行以不了故疑惑亂起或言精進奉戒應得長生而見短命屠殺之人應見促齡而反延壽清廉之士應招富足而見貧苦貪盜之人應見困躓而更豐饒如此疑惑人誰無念而不知往業植因所致如般若所明若有讀誦此經爲人輕賤者是人先世罪業應墮惡道以今世人輕賤故先世罪業則爲銷滅而諸衆生所以不能深信經語有此疑者皆由無明惑故妄起顛倒又不信三界内是苦三界外是樂每染世間皆言是樂若言樂者何意於中復生苦受飲食過度便成疾疹氣息喘迫鼓脹疞痛又至衣服彌見憂勞寒得絺綌則恩薄念淺熱見重裘則苦惱已深若言是樂何意生惱故知飲食衣服眞非是樂又言眷屬以爲樂者則應長相歡娱歌笑無極何意俄爾無常倏焉而逝適有今無向在今滅號天叩地肝心寸斷又不能知生所從來死所趣向銜悲相送直至窮山執手長離一辭萬劫諸如此者其苦無量衆生迷見謂其是樂出世樂因皆言是苦或見進噉蔬澀節身時食去其輕輭習糞掃衣皆言是等强自困苦不知此業是解脱道或見布施持戒忍辱精進經行禮拜誦習之人翹

勤不懈皆言是苦不知是等修出世心脫有疾病死亡之日便起疑心終日役此心形無時暫止人之氣力何以堪此若不勤勞豈當致困徒喪身命於事無益或復自秉其訖理實如之不知推果尋因妄構此惑若遇善知識則其惑可除遇惡知識則其愚更甚因疑惑故墮三惡道在惡道中悔何所及

今日道場同業大衆凡有此疑因緣無量且疑惑習氣出三界外尚未能盡況在今形云何頓去此生不斷後世復增大衆相與方涉長途自行苦行當依佛語如教修行不得疑惑辭於勞倦諸佛聖人所以得出生死度於彼岸者良由積善之功故得無礙自在解脫我等今日未離生死已自可悲何容貪住此惡世中今者幸得四大未衰五福康悆遊行動轉去來適意而不努力復欲何待過去一生已不見諦今生空擲復無所證於未來世以何濟度拊臆論心實悲情抱大衆今日唯應勸課努力勤修不得復言且宜消息聖道長遠一朝難辦如是一朝還復一朝何時當得所作已辦今或因誦經坐禪勤行苦行有小疾病便言誦習勤苦所致而不自知不作此行早應終亡因此行故得至今日且四大增損疾病是常乃至老死不可得避人生世間會歸磨滅若欲得道當依佛語違而得者無有是處一切衆生違佛語故所以輪轉三塗備嬰衆苦若如佛語都無休息勤於諸法如救頭然勿使一生無所得也相與人人等一痛切五體投地如太山崩奉爲有識神已來至于今日經生父母歷劫親緣和尚阿闍

黎同壇尊證上中下座信施檀越善惡知識諸天諸仙護世四王主善罰惡守護持呪五方龍王龍神八部廣及十方無窮無盡一切衆生歸依世間大慈悲父

維衛佛等七佛善德佛等十佛出分別功德經金剛不壞佛等三十五佛出決定毘尼經普光佛等五十三佛出觀藥王藥上二菩薩經寶海佛等百七十佛出稱揚諸佛功德經拘僂孫佛等千佛出三劫三千佛名經此係過去七佛世尊起

南無彌勒佛　南無維衛佛

南無式棄佛　南無隨葉佛

南無拘留秦佛　南無拘那含佛

南無迦葉佛　南無釋迦牟尼佛

南無無邊身菩薩　南無觀世音菩薩

又復歸依如是十方盡虛空界一切三寶願以慈悲力同加攝受以神通力覆護拯接從今日去至于菩提四無量心六波羅蜜常得現前四無礙智六神通力如意自在行菩薩道入佛智慧同化十方俱登正覺

今日道場同業大衆重復至誠善攝心念相與已得入歸信門唯應秉意以趣向爲期於內外法莫復留難若本業不明自不能造見人作福唯應獎勸彈指合掌明進其德不宜起心生諸妨礙使彼行人心成阻退若是不退彼進如故彼既無減唯當自損空搆是非於身何益若能於善無有礙者可謂合道有力大人若今作礙於未來世云何能得通達佛道就理而尋損害實重阻他善根罪眞不輕如護口經說有一餓鬼形狀醜惡見者毛竪莫不畏懼身出猛焰猶如火聚口出蛆蟲無有窮盡膿血諸衰以自嚴身臭氣遠徹不可親近或口吐焰支節火起舉聲號哭東西

馳走是時滿足羅漢問餓鬼曰汝宿何罪今受此苦餓鬼荅言吾往昔時曾作沙門戀著資生慳貪不捨不護威儀出言麤惡若見持戒精進之人輙復罵辱偏眼惡視自恃豪强謂長不死造於無量不善之本而今追憶悔無所補寧以利刀自截其舌從劫至劫甘心受苦不以一言誹謗他善尊者還閻浮提以我形狀誡諸比丘及佛弟子善護口過勿妄出言設見持戒不持戒者念宣其德吾受鬼身經數千劫終日竟夜備受楚毒若此報盡復入地獄是時餓鬼説此語已舉聲號哭自投于地如太山崩今日道場同業大衆如經所説大可怖畏止以口過獲報累劫何況其餘不善之本捨身受苦皆由作業若不作因云何得果若有造因果終不失罪福不遠身自當之譬如影響不得捨離因無明生亦因而死去來現在行放逸者未見是人而得解脱能守護者受福無窮今日大衆宜各慚愧洗浣身心懺謝前咎畢故不造新諸佛稱歎相與從今日去若見人之善莫論成與不成久與不久但使一念一頃一時一刻一日一月半年一歲已自勝於不作者矣所以法華經言若人散亂心入於塔廟中一稱南無佛皆已成佛道而況有人能發如是大心勤於福善不隨喜者聖所悲念等某自惟無始生死已來至于今日已應有無量惡心阻人勝善何以知然若無是事云何今日於諸善法多有留難禪定不能習智慧不能修少時禮拜已言大苦暫執經卷復生厭怠終日勞擾起諸惡業使此身形不得解脱如蠶作繭自縈

自縛如蛾赴火長夜焦然如是等障無量無邊障菩提心障菩提願障菩提行皆由惡心誹謗他善今始覺悟生大慚愧稽顙求哀懺悔此罪唯願諸佛諸大菩薩以慈悲心同加神力令某等所懺除滅所悔清淨所有障礙無量罪業因今懺悔淨盡無餘相與人人等一痛切五體投地歸依世間大慈悲父

南無彌勒佛　南無釋迦牟尼佛

南無善德佛　南無無憂德佛

南無栴檀德佛　南無寶施佛

南無無量明佛　南無華德佛

南無相德佛　南無三乘行佛

南無廣衆德佛　南無明德佛

南無師子遊戲菩薩　南無師子奮迅菩薩

南無無邊身菩薩　南無觀世音菩薩

又復歸依如是十方盡虛空界一切三寶相與胡跪合掌心念口言某等從無始生死已來至于今日未能得道受此報身於四事中曾無捨離貪瞋嫉妬三毒熾然起衆惡業見人布施持戒自不能行不能隨喜見人忍辱精進自不能行不能隨喜見人坐禪修智慧業自不能行不能隨喜如是等罪無量無邊今日懺悔願乞除滅又復無始已來至于今日見人作善修諸功德不能隨喜行住坐卧於四威儀心無慚愧憍慢懈怠不念無常不知捨此身形應入地獄於他身色起種種惡障人建立三寶興顯供養障人修習一切功德如是罪障無量無邊今日懺悔願乞除滅又復無始已來至于今日不信三寶是歸依處障人出家障人持戒障人布施障人忍辱障

人精進障人坐禪障人説經障人寫經障人齋會障人造像障人供養障人苦行障人行道乃至他人一毫之善皆生障礙不信出家是遠離法不信忍辱是安樂行不知平等是菩提道不知離妄想是出世心致使生處多諸障礙如是罪障無量無邊唯有諸佛諸大菩薩盡知盡見如諸佛菩薩所知所見罪量多少今日慚愧發露懺悔一切罪因苦果願乞消滅從今日去至坐道場行菩薩道無有疲厭財法二施無有窮盡智慧方便所作不空一切見聞無不解脫相與至心五體投地仰願十方一切諸佛大地菩薩一切賢聖以慈悲心同加神力令六道一切衆生以今懺法一切衆苦皆悉斷除離顛倒緣不起惡覺捨四趣業得智慧生行菩薩道不休不息行願早圓速登十地入金剛心成等正覺

懺悔第三

今日道場同業大衆經言在凡謂之縛在聖謂之解縛即是三業所起之惡解即是三業無礙之善一切聖人安心斯在神智方便無量法門明了衆生善惡之業能以一身作無量身能以一形種種變現能促一劫以爲一日能延一日以爲一劫欲停壽命則永不滅欲現無常則示涅槃神通智慧出沒自在飛行適性坐臥虛空履水如地不見險難畢竟空寂以爲棲止通達萬法空有俱明成就辯才智慧無礙如是等法不從惡業中生不從貪瞋嫉妒中生不從愚癡邪見中生不從懶墮懈怠中生不從憍慢自養中生唯從謹慎不作衆惡勤行善業中生何處見人修諸善

業隨從佛語而有貧窮者有醜陋者有癃殘百疾不自在者有卑賤爲人陵懱者有所言說不爲人信用者今以身證若有一人隨從佛語修諸功德不爲自身而得惡報者寧以我身入阿鼻地獄受種種苦使此等人得惡報者無有是處

今日道場同業大衆若欲捨凡入聖者當依佛語如教修行莫辭小苦生懶墮心宜自努力懺悔滅罪經言罪從因緣生亦從因緣滅既未免於凡類觸向多迷自非資以懺悔無由出離相與今日起勇猛心發懺悔意懺悔之力不可思議何以知然阿闍世王有大逆罪慚愧悔責重苦輕受又此懺法令諸行人得安隱樂若能自課努力披誠至到稽顙懺悔歸依畢竟爲期者而不通感諸佛未之有也惡業果報影響無差應當怖懼苦到懺悔各各至心等一痛切五體投地心念口言作如是說遥請諸佛同加哀愍

願救我苦厄　大悲覆一切　普放淨光明
滅除癡暗瞑　念我及一切　方嬰地獄苦
必來至我所　施令得安樂　我今稽首禮
聞名救厄者　我今共歸依　世間慈悲父

南無彌勒佛　南無釋迦牟尼佛
南無金剛不壞佛　南無寶光佛
南無龍尊王佛　南無精進軍佛
南無精進喜佛　南無寶火佛
南無寶月光佛　南無現無愚佛
南無寶月佛　南無無垢佛
南無離垢佛
南無師子旛菩薩　南無師子作菩薩

南無無邊身菩薩　南無觀世音菩薩

又復歸依十方盡虛空界一切三寶唯願必定來愍我三毒苦施令得安樂及與大涅槃以大悲水洗除垢穢令至菩提畢竟清淨六道四生有此罪者同得清淨成就阿耨多羅三藐三菩提究竟解脱相與至心等一痛切五體投地心念口言（某甲等）自從無始已來至于今日無明所覆愛使所纒瞋恚所縛墮在愚網經歷三界備涉六道沉淪苦海不能自拔不識往業過去因緣或自破淨命破他淨命自破梵行破他梵行自破淨戒破他淨戒如是罪惡無量無邊今日慚愧懺悔願乞除滅（某甲等）重復至誠五體投地求哀悔過又復無始已來至于今日依身口意行十惡業身殺盜婬口妄言綺語兩舌惡駡意貪瞋癡自行十惡教他行十惡讚歎十惡法讚歎行十惡法者如是一念之間起四十種惡如是等罪無量無邊今日懺悔願乞除滅（某甲等）重復至誠五體投地又復無始已來至于今日依於六根行於六識取於六塵眼著色耳著聲鼻著香舌著味身著細滑意著法塵起種種業乃至開八萬四千塵勞門如是罪惡無量無邊今日懺悔願乞除滅（某甲等）重復至誠五體投地又復無始已來至于今日依身口意行不平等但知有我身不知有他身但知有我苦不知有他苦但知我求安樂不知他亦求安樂但知我求解脱不知他亦求解脱但知有我家有我眷屬不知他亦有家亦有眷屬但知自身一癢一痛不可抑忍楚撻他身唯恐苦毒不深但自知畏現身小苦而不知畏起諸惡

業捨身應墮地獄於地獄中備受衆苦乃至不畏餓鬼道畜生道阿修羅道人道天道有種種苦以不平等故起彼我心生怨親想所以怨對徧於六道如是等罪無量無邊今日懺悔願乞除滅(其等)重復至誠五體投地又復無始已來至于今日心顛倒想顛倒見顛倒離善知識近惡知識背八正道行八邪道非法説法法説非法不善説善善説不善建憍慢幢張愚癡帆隨無明流入生死海如是罪惡無量無邊今日懺悔願乞除滅(其等)重復苦到五體投地又復無始已來至于今日以三不善根起四顛倒造作五逆行於十惡熾然三毒長養八苦造八寒八熱諸地獄因造八萬四千鬲子地獄因造一切畜生因造一切餓鬼因造人天生老病死種種苦因受於六道無量苦果難可堪忍不可聞見如是罪惡無量無邊今日懺悔願乞除滅(其等)重復苦到五體投地求哀悔過又復無始已來至于今日以三毒根於三有中歷二十五有處處起諸罪惡隨逐業風不自知覺或障人持戒修定修慧修諸功德修諸神通如是罪障障菩提心障菩提願障菩提行今日懺悔願乞除滅(其等)重復苦到五體投地又復無始已來至于今日以貪瞋心構起六識隨逐六塵起衆多罪或於衆生邊起或於非衆生邊起或於無漏人起或於無漏法起如是貪瞋所起罪惡今日懺悔願乞除滅又愚癡心起顛倒行信於邪師受於邪説著斷著常著我著見隨癡所行起無量罪如是因緣障菩提心障菩提願障菩提行今日懺悔願乞除滅(其等)重復

至誠五體投地又復無始已來至于今日身三惡業口四惡業意三惡業從無始無明住地煩惱恒沙上煩惱止上煩惱觀上煩惱四住地煩惱三毒四取五蓋六愛七漏八垢九結十使如是一切煩惱等障無量無邊障菩提心障菩提願障菩提行今日懺悔願乞除滅某等重復至誠五體投地又復無始已來至于今日不能修慈悲心不能修喜捨心不能修檀波羅蜜尸羅波羅蜜羼提波羅蜜毗黎耶波羅蜜禪波羅蜜般若波羅蜜又不能修一切助菩提法如是無有方便無有智慧障菩提心障菩提願障菩提行今日懺悔願乞除滅某等重復增到五體投地又復無始已來至于今日輪轉三界備歷六道受四生身或男或女非男非女徧一切處起無量罪或爲大身衆生更相噉食或爲細身衆生更相噉食如是等殺業無量無邊障菩提心障菩提願障菩提行今日懺悔願乞除滅某等重復至誠五體投地自從有識神已來至于今日於六道中受四生身於其中間所起罪惡無窮無盡如是等罪雖有十方一切諸佛大地菩薩盡知盡見如諸佛菩薩所知所見罪量多少今日至心稽顙求哀慚愧懺悔已作之罪願盡消滅未作之罪不敢復作仰願十方一切諸佛以大慈心受某等今日懺悔以大悲水洗除某等能障菩提一切罪垢令至道場畢竟清淨又願十方一切諸佛以不思議力本誓願力度脫衆生力覆護衆生力令某等今日起誓發菩提心從今已去至坐道場畢竟成立不復退轉所有誓願悉同菩薩所行誓願仰

願十方一切諸佛大地菩薩以慈悲心同加
攝受令其等得如所願滿菩提願一切衆生各
各具足滿菩提願

慈悲道場懺法卷第一

音釋

序

鋒 敷容切鋒鋩也
愆 去乾切罪也
剖 普后切判也
羅 呂支切遭也
繁 附袁切多也
撮 七活切取也
樞 昌朱切户樞也
摭 之石切拾也
勦 即小切勦絕也
蟒 摸朗切大蛇也
援 于眷切救助也
訂 丁定切平議也
鋟 千尋切刻板也

懺

臻 側詵切至也
恃 士止切倚也
膚 芳無切皮也
胮脹 胮匹絳切脹知亮切
謬 靡幼切誤也
鎧 苦亥切甲也
麤 倉胡切
誹謗 誹府尾切非議也謗補曠切毀也
慷慨 慷苦朗切慨苦蓋切慷慨感傷之意
挫 麤卧切摧也
稽顙 稽康禮切顙蘇朗切稽顙下拜首至地也
脆 此芮切物易斷也
嗚咽 嗚哀都切咽一結切嗚咽泣聲
懊惱 懊烏皓切懊惱痛恨也
哽慟 哽古杏切悲塞也慟徒弄切哀過動心也
憍 居妖切恣也
舛 昌兗切錯也
迭 徒結切更也
參差 參楚簪切差又宜切參差不齊等也
躓 知利切頓也
疹 丑刃切病也
喘 昌兗切疾息也
疞 古巧切腹中急痛也
絺綌 絺丑知切細葛布也綌去逆切麤葛布也
銜 胡監切舍也
噉 徒覽切食也
澀 所立切
輭 乳兗切柔也
翹 渠堯切企仰也
悆 余庶切
拊 斐父切摩也
臆 乙力切胷臆也
獎 子兩切勸使也
蛆 七余切
膿 奴冬切腫血也
咎 巨九切過也
擾 而沼切亂也
蠶 蠶祖含切
繭 古典切
縈 娟營切
癃 力中切老病也
懱 莫結切輕易也
癢 餘兩切與痒同
撻 他達切打也
鬲 郎狄切脚鼎也

啓運慈悲道場懺法

一心歸命二世諸佛

南無過去毗婆尸佛

南無尸棄佛

南無毗舍浮佛

南無拘留孫佛

南無拘那含牟尼佛

南無迦葉佛

南無本師釋迦牟尼佛

南無當來彌勒尊佛

慈悲道場懺法卷第二

發菩提心第四

今日道場同業大衆相與已得洗浣心垢十惡重障淨盡無餘業累既遣内外俱潔次應仰學菩薩修行直道功德智慧由之而生所以諸佛每歎發心是道場能辦事故唯願大衆各堅其志莫以年命待時漏盡勿令空去後悔無益相與今日值遇好時不應日夜煩惱覆心宜當努力發菩提心菩提心者即是佛心功德智慧不可格量蓋論一念況復多念假使歷劫修無量福乃至今生備行餘善不及發心萬分之一算數譬喻亦不能盡又有一人但作福德不發菩提無上道心譬如耕田不下種子既無其牙何處求實以是義故須發菩提心因緣爲證上報佛恩下拔一切所以佛讚諸天子言善哉善哉如汝所說爲欲利益一切衆生發菩提心是爲第一供養如來發菩提心非止一過唯應數發令菩提心相續不斷是以經言於那由他恒沙佛所發大善願是知發心其數無量又菩提心

但遇善知識便得發起未必皆須值佛出世如文殊師利始向菩提乃因女人以發初心慧式不惟凡品輕標心志實由渇仰大乘貪求佛法依倚諸經取譬世事怨親無差六道一相願因斯善俱得解脱若同信解知非戲論

今日道場同業大衆發菩提心必須起想先緣所親繫念之時念已父母師長眷屬又念地獄餓鬼畜生又念諸天諸仙一切善神又念人道一切人類有受苦者當云何救見已起想應發是念唯有大心能拔彼苦若一想成應作二想二想成已應作三想三想成已滿一室想一室成已滿一由旬一由旬滿已滿閻浮提閻浮提滿已滿三天下如是漸廣滿十方界見東方衆生盡是其父西方衆生盡是其母南方衆生悉是其兄北方衆生悉是其弟下方衆生悉是姊妹上方衆生悉是師長其餘四維悉是沙門婆羅門等見已作念若受苦時當作我想詣諸人所調身按摩誓拔其苦得解脱已爲其説法讚佛讚法讚菩薩衆作是讚已心生歡喜見其受樂如已無異

今日道場同業大衆發菩提心應當如是不捨於苦而度衆生相與人人等一痛切五體投地心念口言作是誓願等某從今日去乃至道場於其中間在所生處恒值善知識發無上菩提之心若處三塗及墮八難常使憶念發菩提心令菩提心相續不斷

今日道場同業大衆當起勇猛心殷重心發菩提心等一痛切五體投地歸依世間大慈

悲父

南無彌勒佛　南無釋迦牟尼佛

南無勇施佛　南無清淨佛

南無清淨施佛　南無娑留那佛

南無水天佛　南無堅德佛

南無栴檀功德佛　南無無量掬光佛

南無光德佛　南無無憂德佛

南無那羅延佛　南無功德華佛

南無堅勇精進菩薩　南無金剛慧菩薩

南無無邊身菩薩　南無觀世音菩薩

又復歸依如是十方盡虛空界一切三寶某等今於十方一切三寶前發菩提心從今已去乃至道場行菩薩道誓不退還恒作度脫衆生心恒作安立衆生心恒作覆護衆生心衆生不得佛者誓不先取正覺仰願十方一切諸佛大地菩薩一切聖賢現爲我證令某等一切行願皆悉成就

今日道場同業大衆設使歷劫行多種善乃得人天華報未得出世實果壽終福盡還墮惡趣身壞苦逼不能自免若非立弘誓願發廣大心無由百福莊嚴離諸衰惱相與今日唯當一心一意緣念諸佛起堅固志發菩提心發心功德不可稱量諸佛菩薩說不能盡如是善力不可思議豈得不志心專在一意大集經言譬如百年闇室一燈能破勿謂一念心輕而不努力相與胡跪合掌一心徧緣十方一切三寶心念口言某等今於十方一切諸佛前十方一切尊法前十方一切菩薩前十方一切賢聖前直心正念起殷重心不放逸心安住心樂善心度一切心覆護一切心

等諸佛心發菩提心某等從今日去至坐道場不著人天心不起聲聞心不起辟支佛心唯發大乘心求一切種智心成就阿耨多羅三藐三菩提心唯願十方盡虛空界一切諸佛大地菩薩一切聖人以本願力現爲我證以慈悲力加助攝受令某等今日發心在所生處堅固不退若墮三塗及處八難於三界中受種種身受種種苦難堪難忍誓不以苦故退失今日大心寧入無間大火輪中受種種苦誓不以苦故退失今日大心此心此願等諸佛心同諸佛願重復至誠頂禮三寶某等從今已去至于成佛不捨二法知一切法空度脫十方一切衆生相與至心等一痛切五體投地心念口言某等不爲自身求無上菩提而爲救濟一切衆生取無上菩提從今已去至于成佛誓當荷負無量無邊一切衆生起大慈悲盡未來際衆生若有三塗重罪六趣厄難某等誓不避衆苦以身救護令此衆生得安隱地唯願十方盡虛空界一切諸佛

南無彌勒佛　南無釋迦牟尼佛

南無蓮華光遊戲神通佛

南無財功德佛　南無德念佛

南無善名稱功德佛　南無紅焰帝幢王佛

南無善遊步功德佛　南無寶華遊步佛

南無寶蓮華善住娑羅樹王佛

南無鬭戰勝佛　南無善遊步佛

南無周帀莊嚴功德佛

南無棄陰蓋菩薩　南無寂根菩薩

南無無邊身菩薩　南無觀世音菩薩

願以大慈悲力現爲我證令某等今日發菩提

心行菩薩道在所生處具足成就所到之地一切解脫重復至誠五體投地頂禮十方一切三寶某等不爲自身求無上菩提爲度十方一切衆生取無上菩提從今已去至于成佛若有衆生愚癡黑闇不識正法起諸異見者復有衆生雖修道行不達法相者如此衆生乃至未來某等誓以佛力法力賢聖力種種方便令此衆生皆入佛慧具足成就一切種智相與至心等一痛切五體投地歸依十方盡虛空界一切諸佛

南無彌勒佛　南無釋迦牟尼佛

南無普光佛　南無普明佛

南無普淨佛

南無多摩羅跋栴檀香佛

南無栴檀光佛　南無摩尼幢佛

南無歡喜藏摩尼寶積佛

南無一切世間樂見上大精進佛

南無摩尼幢燈光佛　南無慧炬照佛

南無海德光明佛

南無金剛牢强普散金光佛

南無大强精進勇猛佛

南無大悲光佛　南無慈力王佛

南無慈藏佛

南無慧上菩薩　南無常不離世菩薩

南無無邊身菩薩　南無觀世音菩薩

仰願諸佛諸大菩薩以大慈悲力大智慧力不思議力無量自在力降伏四魔力斷除五蓋力滅諸煩惱力無量清淨業塵力無量開發觀智力無量開發無漏慧力無量無邊神通力無量度脫衆生力無量覆護衆生力無

量安隱衆生力無量斷除苦惱力無量解脱地獄力無量濟度餓鬼力無量救拔畜生力無量攝化阿脩羅力無量攝受人道力無量盡諸天諸仙漏力具足莊嚴十地力具足莊嚴淨土力具足莊嚴道場力具足莊嚴佛果功德力具足莊嚴佛果智慧力具足莊嚴法身力具足莊嚴無上菩提力具足莊嚴大涅槃力無量無盡功德力無量無盡智慧力仰願十方盡虛空界一切諸佛諸大菩薩以如是無量無邊自在不可思議力不違本誓不違本願悉以施與十方一切四生六道衆生及今日同發心者必使具足成就諸功德力具足成就菩提願力具足成就菩提行力今日十方若幽若顯若怨若親若非怨親四生六道有緣無緣窮未來際一切衆生以此懺法永得清淨在所生處同得如願一向堅固心無退轉等與如來俱成正覺乃至後流一切衆生異於願者皆悉令入大願海中即得具足成就功德智慧同諸菩薩滿十地行具足一切種智莊嚴無上菩提究竟解脱

發願第五

今日道場同業大衆相與已得發大心竟喜踊無量宜復應發如是大願等一痛切五體投地歸依世間大慈悲父

南無彌勒佛　南無釋迦牟尼佛

南無栴檀窟莊嚴勝佛

南無賢善首佛　南無善意佛

南無廣莊嚴王佛　南無金剛華佛

南無寶蓋照空自在王佛

南無虛空寶華光佛　南無瑠璃莊嚴王佛

南無普現色身光佛　南無不動智光佛
南無降伏諸魔王佛　南無才光明佛
南無智慧勝佛　南無彌勒仙光佛
南無藥王菩薩　南無藥上菩薩
南無無邊身菩薩　南無觀世音菩薩
願以不思議力同加覆護令某等所有誓願皆
悉成就在所生處常不忘失究竟無上菩提
成等正覺某等從今日去願生生世世在在處
處常得憶念發菩提心令菩提心相續不斷
某等從今日去願生生世世在在處處常得奉
事無量無邊一切諸佛常得供養供養衆具
皆悉滿足某等從今日去願生生世世在在處
處常得護持大乘方等一切諸經供養衆具
皆悉滿足某等從今日去願生生世世在在處
處常值十方無量無邊一切菩薩供養衆具
皆悉滿足某等從今日去願生生世世在在處
處常值十方無量無邊一切賢聖供養衆具
皆悉滿足某等從今日去願生生世世在在處
處常得奉報覆蔭慈恩有所奉給隨心滿足
某等從今日去願生生世世在在處處當得奉
值和尚阿闍黎所應供養隨念滿足某等從今
日去願生生世世在在處處常得奉值大力
國王共與三寶使不斷絶某等從今日去願生
生世世在在處處常得莊嚴諸佛國土無有
三惡八難之名某等從今日去願生生世世在
在處處四無礙智六神通力恒得現前常不
忘失以此教化一切衆生相與志心等一痛
切五體投地歸依世間大慈悲父
南無彌勒佛　南無釋迦牟尼佛
南無世淨光佛

南無善寂月音妙尊智王佛
南無龍種上尊王佛　南無日月光佛
南無日月珠光佛　南無慧幢勝王佛
南無師子吼自在力王佛
南無妙音勝佛　南無常光幢佛
南無觀世燈佛　南無慧威燈王佛
南無法勝王佛　南無須彌光佛
南無須曼那華光佛
南無優曇鉢羅華殊勝王佛
南無大慧力王佛
南無阿閦毗歡喜光佛
南無無量音聲王佛
南無山海慧自在通王佛
南無大通光佛　南無才光佛
南無金海光佛

南無一切法常滿王佛
南無大勢至菩薩　南無普賢菩薩
南無無邊身菩薩　南無觀世音菩薩
又復歸依如是十方盡虛空界一切三寶願
承諸佛諸大菩薩一切賢聖大慈悲力令某等
所發誓願所生之處隨心自在某等從今日去
又願生生世世在在處處若有衆生見我身
色即得解脫若入地獄一切地獄變爲淨土
一切苦緣變爲樂具令諸衆生六根清淨身
心安樂如第三禪斷諸疑網發初無漏某等從
今日去願生生世世在在處處若有衆生得
聞我聲心即安隱滅除罪垢得陀羅尼解脫
三昧具足大忍辯才不斷俱登法雲成等正
覺某等從今日去願生生世世在在處處一切
衆生得聞我名皆悉歡喜得未曾有若到三

塗斷除衆苦若在人天盡諸有漏所向自在無不解脱某等從今日去願生生世世在在處處於一切衆生無有與奪之心無有怨親之想斷三毒根離我我所信樂大法等行慈悲一切和合猶如聖衆某等從今日去願生生世世在在處處於一切衆生心常平等猶如虛空毀譽不動怨親一相入深廣心學佛智慧等視衆生如羅睺羅滿十住業得一子地離於有無常行中道相與至心等一痛切五體投地歸依世間大慈悲父

南無彌勒佛　南無釋迦牟尼佛

南無寶海佛　南無寶英佛

南無寶成佛　南無寶光佛

南無寶幢旛佛　南無寶光明佛

南無阿閦佛　南無大光明佛

南無無量音佛　南無大名稱佛

南無得大安隱佛　南無正音聲佛

南無無限淨佛　南無月音佛

南無無限名稱佛　南無日月光明佛

南無無垢光佛　南無淨光佛

南無金剛藏菩薩　南無虛空藏菩薩

南無無邊身菩薩　南無觀世音菩薩

又復歸依如是十方盡虛空界一切三寶願某等以今懺悔發願功德因緣願四生六道從今日去至于菩提行菩薩道無有疲厭財法二施無有窮盡智慧方便所作不空隨根應病授以法藥一切見聞同得解脱某等又願從今日去乃至菩提行菩薩道無諸留難所到之處常能作大佛事建立道場得心自在得法自在一切三昧無不能入開總持門顯示

佛果居法雲地注甘露雨滅除衆生四種魔怨使得清淨法身妙果某等今日所有衆願悉如十方諸大菩薩所發誓願所有衆願悉如十方諸佛本修行時所發一切大願廣大如法性究竟如虛空願某等得如所願滿菩提願一切衆生皆悉隨從得如所願仰願十方一切諸佛一切尊法一切菩薩一切賢聖以慈悲力現爲我證又願一切天主一切仙主一切善神一切龍神以擁護三寶慈善根力現爲證知令諸行願隨心自在

發回向心第六

今日道場同業大衆已發菩提心竟已發大誓願竟次應發回向心相與至心等一痛切五體投地歸依世間大慈悲父

南無彌勒佛　南無釋迦牟尼佛

南無日光佛　南無無量寶佛

南無蓮華最尊佛　南無身尊佛

南無金光佛　南無梵自在王佛

南無金光明佛　南無金海佛

南無龍自在王佛　南無樹王佛

南無一切華香自在王佛

南無勇猛執持牢仗棄捨戰鬬佛

南無內豐珠光佛　南無無量香光明佛

南無文殊師利菩薩　南無妙音菩薩

南無無邊身菩薩　南無觀世音菩薩

又復歸依如是十方盡虛空界一切三寶願以慈悲力現爲我證某等願過去已起一切善業現前所起一切善業乃至未來當起一切善業若多若少若輕若重悉以回施四生六道一切衆生令諸衆生皆得道心不向二乘

不向三有同共回向無上菩提又願一切衆
生所起善業若過去若現在若未來各各回
施不向二乘不向三有同共回向無上菩提
今日道場同業大衆相與發菩提心竟發大
誓願竟發回向心竟廣大如法性究竟如虚
空去來現在一切諸佛諸大菩薩一切賢聖
皆爲證明重復至誠頂禮三寶某等發心發願
其事已畢喜踊無量重發至心五體投地奉
爲國王帝主父母師長歷劫親緣一切眷屬
善惡知識諸天諸仙護世四王主善罰惡守
護持呪五方龍王龍神八部一切靈祇過去
現在窮未來際一切怨親及非怨親四生六
道一切衆生歸依世間大慈悲父
南無彌勒佛　南無釋迦牟尼佛
南無師子響佛

南無大强精進勇力佛
南無過去堅住佛　南無鼓音王佛
南無日月英佛　南無超出衆華佛
南無世燈明佛　南無休多易寧佛
南無寶輪佛　南無常滅度佛
南無淨覺佛　南無無量寶華明佛
南無須彌步佛　南無寶蓮華佛
南無一切衆寶普集佛
南無法輪衆寶普集豐盈佛
南無樹王豐長佛
南無圜遶特尊德淨佛
南無無垢光佛　南無日光佛
又復敬禮過去無數劫諸佛大師海德如來
敬禮無量無邊盡虚空界無生法身菩薩
敬禮無量無邊盡虚空界無漏色身菩薩

敬禮無量無邊盡虛空界發心菩薩
敬禮與正法馬鳴大師菩薩
敬禮興像法龍樹大師菩薩
敬禮十方盡虛空界無邊身菩薩
敬禮十方盡虛空界救苦觀世音菩薩

讚佛呪願

大聖世尊 巍巍堂堂 神智妙達 衆聖中王
形徧六道 體散十方 頂肉髻相 項出日光
面如滿月 妙色金莊 儀容挺特 行止安庠
威震大千 群魔驚惶 三達洞照 衆邪潛藏
見惡必救 濟苦爲粮 度生死岸 爲行舟航
故號如來應供正徧知明行足善逝世間解無上士調御丈夫天人師佛世尊度人無量拔生死苦以此發心功德因緣仰願
當今皇帝陛下皇太子殿下諸王眷屬從今日去至于道場 身爲法如薩陀波崙大悲滅罪如虛空藏能遠聽法如瑠璃光善解難法如無垢藏又願其等所生父母歷劫親緣從今日去至于道場散形空界如無邊身具十功德如高貴德王聞法歡喜猶如無畏神力勇猛如大勢至又願我等和尚阿闍黎同學眷屬上中下座一切知識從今日去至于道場各得無畏如師子王影響大化猶如寶積聞聲濟苦如觀世音善能諮問如大迦葉又願我等出家在俗信施檀越善惡知識各及眷屬從今日去至于道場解諸危厄猶如救脫相貌端嚴猶如文殊能捨業障如棄陰蓋設最後供等於純陀又願諸天諸仙護世四王聰明正直天地虛空主善罰惡守護持呪五方龍王龍神八部幽顯靈祇各及眷屬從

今日去至于道場大慈普覆如阿逸多精進護法如不休息遠證讀誦猶如普賢爲法焚身猶如藥王又願十方一切怨親及非怨親四生六道一切衆生各及眷屬從今日去至于道場心無愛染如離意女微妙巧說如勝鬘夫人能行精進如釋迦文所有善願等無量壽所有威神如諸天王不可思議如維摩詰一切功德各成就無量佛土悉莊嚴仰願十方盡虛空界無量無邊諸佛諸大菩薩一切賢聖以慈悲心同加攝受救護拯接所願圓滿信心堅固德業日遠慈育四生等如一子令諸衆生得四無量心六波羅蜜十受修禪三願廣被應念見佛皆如勝鬘一切行願畢竟成就等與如來俱登正覺

慈悲道場懺法卷第二

音釋

荷負荷胡可切負房久切荷負擔也　窟苦骨切　曼毋官切　閦初六切

髻古詣切　崙盧昆切　諮即移切諮訪問也　鬘莫班切　詰苦吉切

啓運慈悲道場懺法

一心歸命三世諸佛

南無過去毗婆尸佛

南無尸棄佛

南無毗舍浮佛

南無拘留孫佛

南無拘那含牟尼佛

南無迦葉佛

南無本師釋迦牟尼佛

南無當來彌勒尊佛

慈悲道場懺法卷第三

顯果報第七

今日道場同業大衆前已具述罪惡過患以過患故乖於勝業以不善業所以墜墮三途備歷惡趣及生人間受諸苦報皆由過去宿對因緣捨身受身無暫停息是以諸佛諸大菩薩神通天眼見三界内一切衆生福盡隨業墮於苦處見無色界樂著定心不覺命終墮於欲界以福盡故受禽獸形色界諸天亦復如是從清淨處墮在欲界既在不淨還受欲樂六天福盡退墮地獄於地獄中受無量苦又見人道以十善力貸得人身就人身中復有多苦壽盡多墮諸惡趣中又見畜生道一切衆生受諸苦惱鞭杖驅馳負重致遠困苦疲劇項領穿破熱鐵燒烙又見餓鬼常苦饑渴恒被火燒猶如劫盡若無微善永不解脱有片福者劣得人身多病短命以自莊嚴大衆當知善惡二輪未曾暫輟果報連環初無休息貧富貴賤隨行所生非有無因而妄招果所以經言爲人豪貴國王長者從禮事

三寶中來爲人大富從布施中來爲人長壽從持戒中來爲人端正從忍辱中來爲人勤修無有懈怠從精進中來爲人才明遠達從智慧中來爲人音聲清徹從歌詠三寶中來爲人潔淨無有疾病從慈心中來爲人長大姝好恭敬人故爲人短小輕慢人故爲人醜陋喜瞋恚故生無所知不學問故爲人顓愚不教他故爲人瘖瘂謗毀人故爲人下使負債不償故爲人醜黑遮佛光明故生在裸國輕衣搪揬勝已故生馬蹄國著屐勝已前行故生穿胷國布施作福悔惜心故生麞鹿中驚怖人故生墮龍中喜調戲故身生惡瘡鞭撻衆生故人見歡喜見人歡喜故喜遭縣官籠繫衆生故聞說法語於中兩舌亂人聽受後墮耽耳狗中聞說法語心不食采後生長耳驢中慳貪獨食墮餓鬼中出生爲人貧窮饑餓惡食飼人後墮豬㹠蜣蜋之中劫奪人物後墮羊中人生剝皮食噉其肉喜偷盜人後生牛馬爲人下使喜作妄語傳人惡者死入地獄烊銅灌口拔出其舌以牛耕之罪畢得出生鴝鵒中人聞其聲無不驚怖皆言變怪呪令其死喜飲酒醉後墮沸屎泥犂之中罪畢得出生猩猩中猩猩業畢後得爲人頑無所知人不齒錄貪人力者後生象中夫處富貴爲人上者鞭杖其下爲下之人告訴無地如是等人死入地獄數千萬歲受諸苦報從地獄出墮水牛中貫穿鼻口挽船牽車大杖打扑償往宿殃爲人不淨從豬中來慳貪不恕已者從狗中來很戾自用從羊中來爲人輕躁不能忍事從獼猴中來身體腥臭從

魚鼈中來爲人含毒從蛇中來人無慈心從虎狼中來

今日道場同業大衆人生世間多病短命種種痛苦不可具說皆由三業構造所得能令行人嬰三塗報所以有三塗者因有三毒貪恚愚癡又復三惡以自燒然口常言惡心常念惡身常行惡以此六事能使人身常苦常惱無有休息於此命終孤䰟獨逝慈親孝子不能相救倏忽之間到閻羅所地獄獄卒不問尊卑但案罪錄檢校生時善惡多少神識自首不敢隱匿以是因緣隨業至趣苦樂之地身自當之杳杳冥冥別離長久道路不同會見無期又諸天神記人善惡乃至毛髮無片遺漏善人行善獲福益壽惡人行惡命短苦長如是輪轉又墮餓鬼從餓鬼脱生畜生中罪苦難忍受之無竟

今日道場同業大衆各自覺悟起慚愧心經言作善得善作惡得惡而五濁惡世不可作惡善不失善報爲惡自招殃莫言輕脫立此懺法經言莫輕小善以爲無福水滴雖微漸盈大器小善不積無以成聖莫輕小惡以爲無罪小惡所積足以滅身大衆當知吉凶禍福皆由心作若不作因亦不得果殃積罪大肉眼不見諸佛所說誰敢不信我等相與生世强健苟不勤學自力行善臨窮方悔亦何所及今已共見一切過患如經所說自知其罪豈得不捨惡從善今生若復不能用心判捨此形必墮地獄何以知之今見爲罪之時未甞不含毒猛烈懷恨深重若瞋一人必欲令死若嫉一人惡見其好若毀一人必使陷

於苦處若鞭一人必使窮天楚毒忿恚暴害不避尊卑惡罵醜言無復高下乃至聲震若雷眼中火現至於爲福之時善心微劣始欲爲多末遂減少初欲速營續後且住心既不志日月推遷如是進退遂就忘失是知作罪之時心氣剛强爲福之時志意劣弱今以弱善之因求離强惡之報豈可妄得經云懺悔則無罪不滅夫至懺悔之時必須五體投地如太山崩乃至不惜身命爲滅罪故殷勤督勵相與覺察今生已來曾經幾過作此忿責不惜身命捍勞忍苦作此懺悔暫時旋繞便生厭倦暫時禮拜已言氣力不堪或暫端坐復言應須消息或言四體不可過勞宜應將養不可使困一伸脚眠差如小死何處復憶我應禮佛掃塔塗地辦所難辦且經教所明

未見一善從懶惰懈怠中生無有一法從憍慢自恣中得等_非今日雖得人形心多背道何以知然從旦至中從中至暮從暮至夜從夜至曉乃至一時一刻一念一頃無有片心念三寶四諦無有片心報父母恩無有片心報師長恩無有片心欲布施持戒忍辱精進無有片心欲學禪定修智慧業今試檢校清白之法無一可論煩惱重障森然滿目若不作此檢察亦自言我功德不少設有片善言我能作他不能作我能行他不能行意氣高傲傍若無人追此而言實可羞恥今於大衆前懺悔衆罪願布施歡喜將來無障大衆亦宜自浣身心果報之徵具如向說豈得自寬不求捨離大衆莫言我無是罪我既無罪何須懺悔若有此念願即除滅且幾微小失已成

大咎瞥然之恨瞋恚便起性與習成難可改華心不可縱意不可逞若能抑忍則煩惱可除如其怠惰未見濟度某等今日仰承諸佛慈悲念力諸大菩薩本誓願力説罪業報應教化地獄經宜各靜慮一心諦聽如是我聞一時佛住王舍城耆闍崛山中與菩薩摩訶薩及聲聞眷屬俱亦與比丘比丘尼優婆塞優婆夷及諸天龍鬼神等皆悉集會爾時信相菩薩白佛言世尊今有地獄餓鬼畜生貧富貴賤種類若干凡有衆生聞佛説法如孩子得母如病得醫如裸得衣如闇得燈世尊説法利益衆生亦復如是爾時世尊觀時已至知諸菩薩勸請慇懃即放眉間白毫相光照于十方無量世界地獄休息苦痛安寧爾時一切受罪衆生尋佛光明來詣佛所遶佛七帀至心作禮勸請世尊廣宣道化令諸衆生得蒙解脱

今日道場同業大衆我今至誠勸請諸佛亦復如是願諸衆生同得解脱相與至心等一痛切五體投地勸請十方盡虚空界一切諸佛願以慈悲力救諸苦惱令得安樂又復勸請世間大慈悲父

南無彌勒佛 南無釋迦牟尼佛

南無梵天佛

南無不退轉輪成首佛

南無大興光王佛 南無法種尊佛

南無日月燈明佛 南無須彌佛

南無大須彌佛 南無超出須彌佛

南無喻如須彌佛 南無香像佛

南無圍遶香勳佛 南無淨光佛

南無法最佛　南無香自在王佛
南無大集佛　南無香光明佛
南無火光明佛　南無無量光明佛
南無師子遊戲菩薩　南無師子奮迅菩薩
南無堅勇精進菩薩　南無金剛慧菩薩
南無無邊身菩薩　南無觀世音菩薩
南無佛陀　南無達摩　南無僧伽
又復歸依如是十方盡虛空界一切三寶大慈大悲唯願救拔一切苦惱令諸衆生即得解脫改往修來不復爲惡從今日去畢竟不復墮於三塗身口意淨不念人惡離諸業障得清淨業一切衆邪不復能動常行四等精進勇猛植衆德本所爲無量捨身受身恒生福地念三塗苦發菩提心行菩薩道不休不息六度四等常得現前三明六通如意自在出入遊戲諸佛境界等與菩薩俱成正覺

今日道場同業大衆起怖畏心起慈悲心一心一意攝耳諦聽爾時世尊放眉間白毫相光徧照六道一切衆生時信相菩薩爲愍念諸衆生故即從座起前至佛所胡跪合掌白佛言世尊今有衆生爲諸獄卒剉碓斬身從足至頂斬之纔訖巧風吹活還復斬之受此苦報無有休息何罪所致佛言是等衆生以前世時不信三尊不知供養不孝父母興惡逆心屠兒魁膾斬害衆生以是因緣故獲斯罪復有衆生身體頑痺眉鬚墮落舉身洪爛鳥棲鹿宿人跡斷絕親族棄捨人不喜見如是惡報名之癩病以何因緣故得此罪佛言以前世時不信三尊不孝父母破塔壞寺剥奪道人斫射聖賢傷害師長曽無反復背恩

忘義常行狗犬玷汚所尊不避親踈無有慚愧以是因緣故獲斯罪復有衆生身體長大聾騃無足宛轉腹行唯食泥土以自活命爲諸小蟲之所唼食晝夜受苦無有休息何罪所致佛言以前世時爲人自用不信好言不孝父母違戾反逆或爲地主及作大臣四鎮方伯州郡令長里禁督護恃其威勢侵奪民物無有道理使民窮苦以是因緣故獲斯罪復有衆生兩目失明都無所見或抵樹木或墮溝坑於是死已更復受身既得生已還復如是何罪所致佛言以前世時不信罪福障佛光明縫瞎他眼籠閉衆生皮囊盛頭不得所見以是因緣故獲斯罪

今日道場同業大衆如經所說大可怖畏我等亦可已作是罪無明所覆不自憶知如是等罪無量無邊於未來世方受苦報今日至心等一痛切五體投地稽顙求哀慚愧改悔已作之罪因懺除滅未作之罪從今清淨仰願十方一切諸佛

南無彌勒佛　南無釋迦牟尼佛

南無開光明佛　南無月燈光佛

南無日月光佛　南無日月光明佛

南無火光明佛　南無集音佛

南無最威儀佛　南無光明尊佛

南無蓮華軍佛　南無蓮華響佛

南無多寶佛　南無師子吼佛

南無師子音王佛　南無精進軍佛

南無金剛踊躍佛

南無度一切禪絕衆疑佛

南無寶大侍從佛　南無無憂佛

南無地力持勇佛　南無最踊躍佛
南無師子作菩薩　南無棄陰蓋菩薩
南無寂根菩薩　南無常不離世菩薩
南無無邊身菩薩　南無觀世音菩薩
南無佛陀　南無達摩　南無僧伽
又復歸依如是十方盡虛空界一切三寶願以大慈大悲救護拯接令諸衆生即得解脫爲諸衆生滅除地獄餓鬼畜生等業令諸衆生畢竟不復受諸惡報令諸衆生捨三塗苦悉到智地令得安隱究竟樂處以大光明滅諸癡暗廣爲分別甚深妙法使得具足無上菩提成等正覺

今日道場同業大衆重復至誠一心諦聽信相菩薩白佛言世尊復有衆生謇吃瘖瘂口不能言若有所說不能明了何罪所致佛言以前世時誹謗三尊輕毀聖道論他好惡求人長短强誣良善憎嫉賢人以是因緣故獲斯罪復有衆生腹大頸細不能下食若有所食變爲膿血何罪所致佛言以前世時偷盜衆食或爲大會施設餚饍私取麻米屛處食之慳惜已物但貪他有常行惡心與人毒藥氣息不通故獲斯罪復有衆生常爲獄卒之所燒炙熱鐵灌身鐵釘釘之釘之既訖自然火起焚燒其身悉皆焦爛何罪所致佛言以前世時坐爲針師傷人身體不能差病誑他取物令他痛苦故獲斯罪復有衆生常在鑊中牛頭阿傍手捉鐵叉叉著鑊中煑之令爛還即吹活而復煑之何罪所致佛言以前世時屠殺衆生湯灌撏毛不可限量以是惡業故獲斯罪

今日道場同業大衆如經所説大可怖畏我等不知在何道中曾作如是無量惡業於未來世方嬰劇報亦可即身應見此苦謇吃瘖瘂口不能言或復大腹小頸不能下食人生何定今日雖安明亦難保果報一來不可得脱宜各人人覺悟此意直心正念莫復餘想等一痛切五體投地普爲今日四生六道一切衆生已受苦者當受苦者歸依世間大慈悲父

南無彌勒佛　南無釋迦牟尼佛

南無自在王佛　南無無量音佛

南無定光明佛　南無寶光明佛

南無寶蓋照空佛　南無妙寶佛

南無諦幢佛　南無梵幢佛

南無阿彌陀佛　南無殊勝佛

南無集音佛　南無金剛步精進佛

南無自在王神通佛　南無寶火佛

南無淨月幢稱光明佛

南無妙樂佛　南無無量幢旛佛

南無無量旛佛　南無大光普照佛

南無寶幢佛

南無慧上菩薩　南無常不離世菩薩

南無無邊身菩薩　南無觀世音菩薩

南無佛陀　南無達摩　南無僧伽

又復歸依如是十方盡虚空界一切三寶仰願諸佛諸大菩薩大慈大悲救護一切受苦衆生以神通力滅除惡業令諸衆生畢竟不復墮於苦處得清淨趣得清淨生功德滿足不可窮盡捨身受身恒值諸佛同諸菩薩俱登正覺

今日道場同業大衆重加心力攝耳諦聽信相菩薩白佛言世尊復有衆生在火城中煻煨齊心四門雖開到則自閉東西馳走不能得出爲火燒盡何罪所致佛言以前世時焚燒山澤決撤陂池火炮雞子使諸衆生淤煨而死以是因緣故獲斯罪復有衆生常在雪山寒風所吹皮肉剥裂求死不得求生不得苦毒萬端不可堪忍何罪所致佛言以前世時横道作賊剥奪人衣以自資養冬月隆寒裸他凍死剋剥牛羊苦痛難忍以是因緣故獲斯罪復有衆生常在刀山劒樹之上若有所捉即便割傷支節斷壞痛毒辛酸不可堪忍何罪所致佛言以前世時宰殺爲業烹害衆生屠割剥裂骨肉分離頭脚星散懸於高格稱量而賣或復生懸痛不可忍以是惡業故獲斯罪復有衆生五根不具何罪所致佛言以前世時飛鷹走狗彈射鳥獸或破其頭或斷其足生摵其翼使受痛苦以是惡業故獲斯罪

今日道場同業大衆如經所說大可怖畏相與至心等一痛切五體投地普爲十方一切衆生已受苦者當受苦者歸依世間大慈悲父

南無彌勒佛　南無釋迦牟尼佛
南無淨光佛　南無寶王佛
南無樹根華王佛　南無維衛莊嚴佛
南無開化菩薩佛　南無見無恐懼佛
南無一乘度佛　南無德内豐嚴王佛
南無金剛堅强銷伏壞散佛
南無寶火佛　南無寶月光明佛

南無賢最佛　南無寶蓮華步佛
南無壞魔羅網獨步佛
南無師子吼力佛　南無悲精進佛
南無金寶光明佛　南無無量尊豐佛
南無無量尊離垢王佛
南無德首佛
南無藥王菩薩　南無藥上菩薩
南無無邊身菩薩　南無觀世音菩薩
又復歸依如是十方盡虛空界一切三寶願以大慈大悲救拔十方一切衆生令現受苦者即得解脫當受苦者畢竟斷除畢竟不復墮於惡趣從今日去至于道場除三障業滅五怖畏功德智慧具足莊嚴攝取一切衆生同共回向無上菩提成等正覺
今日道場同業大衆重復增到一心諦聽信相菩薩白佛言世尊復有衆生攣躄背僂腰髖不隨脚跛手折不能行步何罪所致佛言以前世時爲人憎刻行道安槍施射弋穽陷墜衆生以是惡業故獲斯罪復有衆生爲諸獄卒執繫其身枷桁苦厄不能得免何罪所致佛言以前世時網捕衆生籠繫六畜或爲宰主令長貪取民物枉繫良善怨訴無所以是惡業故獲斯罪復有衆生或顛或癡或狂或騃不別好醜何罪所致佛言以前世時飲酒醉亂犯三十六失後得癡身猶如醉人不別尊卑以是惡業故獲斯罪復有衆生其形短小陰藏甚大挽之身疲背伏進引行住坐卧以之爲妨何罪所致佛言以前世時持生販賣自譽巳物毀他財寶巧弄升斗捻秤前後以是惡業故獲斯罪

今日道場同業大衆如佛所説大可怖畏相與至心等一痛切五體投地爲今日現受苦一切衆生當受苦一切衆生乃至六道現受當受一切衆生又爲父母師長信施檀越善惡知識廣及十方一切衆生歸依世間大慈悲父

南無彌勒佛　南無釋迦牟尼佛
南無無數精進興豐佛
南無無言勝佛　南無無愚豐佛
南無月英豐佛　南無無異光豐佛
南無逆空光明佛
南無最清淨無量旛佛
南無好諦住唯王佛
南無成就一切諸刹豐佛
南無淨慧德豐佛　南無淨輪旛佛
南無瑠璃光最豐佛　南無寶德步佛
南無最清淨德寶住佛
南無度寶光明塔佛
南無無量慚愧金最豐佛
南無文殊師利菩薩　南無普賢菩薩
南無無邊身菩薩　南無觀世音菩薩

又復歸依如是十方盡虚空界一切三寶（其等）

今日仰承佛力法力諸菩薩力爲其稽顙求哀懺悔已受苦者以佛菩薩大慈悲力令即解脱未受苦者從今日去至于道場畢竟不復墮於惡趣離八難苦受八福生得諸善根成就平等具足智慧清淨自在同與如來俱登正覺

今日道場同業大衆宜加用心攝耳諦聽信相菩薩重白佛言世尊復有衆生其形極醜

身黑如漆兩耳復青雙頰俱阜皰面平鼻兩眼黄赤牙齒踈缺口氣腥臭矬短瘫腫大腹小腰手脚繚戾傴脊凸肋費衣健食惡瘡膿血水腫乾消疥癩癰疽種種諸惡集在其身雖親附人人不在意若他作罪橫罹其殃永不見佛永不聞法不識菩薩不識賢聖從苦入苦不得休息何罪所致佛言以前世時爲子不孝父母爲臣不忠其君爲上不愛其下爲下不恭其上朋友不賞其信鄉黨不以義從朝廷不以其爵斷事不以其道心意顛倒無有期度殺害君臣輕陵尊長伐國掠民攻城破塢偷劫盜竊惡業非一美巳惡人侵陵孤老誣謗賢善輕慢師長欺誑下賤一切罪業悉具犯之衆罪業報故獲斯罪爾時諸受罪人聞佛世尊作如是說號泣動地淚下如雨而白佛言唯願世尊久住說法化我等輩令得解脱佛言若我久住此世薄福之人不種善根謂我長在不念無常造諸無量不善之本後方追憶悔無所及善男子譬如嬰兒母常在側於母不生難遭之想若母去時便生渴仰思戀之心母方還來悉乃生喜善男子我今亦復如是知諸衆生不求常住故般涅槃于時世尊即於受罪衆生而說偈言

水流不常滿　火猛不久然　日出須臾没
月滿還復虧　尊榮豪貴者　無常復過是
念當勤精進　頂禮無上尊

爾時世尊說此偈巳諸受罪人銜悲白佛言世尊一切衆生作何善行得離斯苦佛言善男子當勤孝養父母敬事師長歸奉三尊勤行布施持戒忍辱精進禪定智慧慈悲喜捨

怨親平等無有二相不欺孤老不輕貧賤護人猶已不起惡念汝等若能如是修行則爲已得報佛之恩永離三塗無復衆苦佛說是經已菩薩摩訶薩即得阿耨多羅三藐三菩提聲聞緣覺即得六通三明具八解脫其餘大衆得法眼淨若有衆生得聞是經不墮三塗八難之處地獄休息苦痛安寧信相菩薩白佛言世尊當何名斯經菩薩摩訶薩云何奉持佛告信相菩薩善男子此經名爲罪業報應教化地獄經汝當奉持廣令流布功德無量時諸大衆聞說此法一心歡喜頂戴奉行

今日道場同業大衆如佛所說大可怖畏相與今日起怖畏心起慈悲心承諸佛力行菩薩道念地獄苦發菩提心當爲今日現受地獄道苦一切衆生現受餓鬼道苦一切衆生現受畜生道苦一切衆生廣及六道現受苦者一心一意爲其禮懺令此衆生悉得解脫我等若不勤行方便轉禍爲福者則於一一地獄皆有罪分相與至心當念父母師長親戚眷屬未來應受苦報亦念自身未來現在方嬰此苦等一痛切五體投地至誠懇惻苦到用心願令一念感十方佛一拜斷除無量衆苦若六道中已受苦者以佛力法力賢聖力令此衆生即蒙解脫若六道中未受苦者以佛力法力賢聖力令此衆生永得斷除從今日去畢竟不復墮於惡趣除三障業隨念往生滅五怖畏自在解脫勤修道業不休不息妙行莊嚴過法雲地入金剛心成等正覺

今日道場同業大衆重復用心攝耳諦聽善

思念之雜藏經說時有一鬼白目連言我身兩肩有眼胷有口鼻而無有頭何罪所致目連荅言汝前世時恒作魁膾弟子若殺人時汝常歡喜以繩結挽以是因緣故受此罪此是華報果在地獄復有一鬼白目連言我此身形常如塊肉無有手足眼耳鼻等常爲蟲鳥之所啄嗽如是苦痛難堪難忍何罪所致目連荅言汝前世時與他毒藥墮胎落孕令諸衆生命不全活以是因緣故獲斯罪此是華報果在地獄復有一鬼白目連言我腹極大咽喉如針窮年卒歲不得飲食何罪所致目連荅言汝前世時作聚落主自恃豪貴飲酒縱横輕欺他人奪其飲食饑困一切以是因緣故獲斯罪此是華報果在地獄復有一鬼白目連言我一生來有二熱鐵輪在兩腋下舉身焦爛何罪所致目連荅言汝前世時與衆作餅盜取二番挾兩腋下以是因緣故獲斯罪此是華報果在地獄復有一鬼白目連言我常以物蒙籠其頭畏人來殺心生怖懼何罪所致目連荅言以前世時婬犯外色常畏人見或畏夫主捉縛打殺常懷恐怖故獲斯罪此是華報果在地獄

今日道場同業大衆如經所說豈得不人人生大怖畏相與無始已來至于今日應作如是無量罪惡如是等罪皆因無慈悲心以强欺弱傷害衆生乃至盜竊他物迷惑失道讒謗賢善作種種罪如是罪報於惡道中必受其苦今日至心等一痛切五體投地普爲六道已受苦者當受苦者求哀禮懺亦爲父母師長一切眷屬求哀禮懺亦爲自身求哀禮

懺已作之罪願乞除滅未作之罪不敢復作
唯願世間大慈悲父
南無彌勒佛 南無釋迦牟尼佛
南無蓮華尊豐佛 南無淨寶興豐佛
南無電燈旛王佛 南無法空燈佛
南無一切衆德成佛 南無賢旛幢王佛
南無一切寶緻色持佛
南無斷疑拔欲除冥佛
南無意無恐懼威毛不豎佛
南無師子佛 南無名稱遠聞佛
南無法名號佛 南無奉法佛
南無法幢佛 南無須彌燈光明佛
南無寶藏莊嚴佛 南無栴檀摩尼光佛
南無金海自在王佛 南無大悲光明王佛
南無優鉢羅蓮華勝佛
南無蓮華鬚莊嚴王佛
南無金剛堅強自在王佛
南無殊勝月王佛 南無日月光王佛
南無大勢至菩薩 南無常精進菩薩
南無不休息菩薩 南無虚空藏菩薩
南無無邊身菩薩 南無觀世音菩薩
又復歸依如是十方盡虚空界一切三寶願以大慈大悲救護六道現受苦當受苦一切衆生令此衆生即得解脱以神通力斷除惡道及地獄業令諸衆生從今日去至于道場畢竟不復墮於惡趣捨苦報身得金剛身四等六度常得現前四辯六通如意自在勇猛精進不休不息乃至進修滿十地行還復度脱一切衆生

慈悲道場懺法卷第三

音釋

劇 奇逆切甚也
烙 盧各切燒也
輟 陟劣切止也
姝 昌朱切美好也
顓 職緣切自是也
瘖瘂 瘖於金切瘂烏下切瘖瘂病不能言也
裸 郎果切赤體也
搪揬 搪徒郎切揬陀骨切搪揬抵觸也
屐 奇逆切木屐也
麞 諸良切
耽 丁含切耳大而垂也
飼 祥吏切以食食人也
㹠 徒渾切與豚同
蟯蜋 蟯驅羊切蜋呂張切蟯蜋轉糞蟲也
剥 北角切脫也
烊 余章切
灌 古玩切猶注也
鴝鵒 鴝居侯切鵒各額切鴝鵒即鸜鵒也
沸 方味切涌出貌
矧 矧指切
猩猩 師庚切能言獸也
挽 無遠切引也
扑 普本切擊也
很佅 很胡懇切佅力計切很佅不聽從也
躁 則到切不安靜也
獼猴 獼民卑切猴户鈎切
瞥 普蔑切暫見也
逞 丑郢切快也
剉 麤卧切剉斫也
碓 都內切舂也
魁膾 膾古外切魁膾爲首宰殺者
痺 卑利切
癩 落蓋切惡疾也
騃 五駭切癡也
噆 作荅切齧也
謇吃 謇居偃切吃居乙切謇吃難言也
餚饍 餚戶交切菹醢也饍時戰切具食也
炙 之石切燔也
釘釘 上當經切下丁定切
鑊 胡郭切
爛 盧肝切腐也
搣 莫結切手撚也
頸 居郢切頭莖也
煻煨 煻徒郎切煨烏回切煻煨灰火也
撤 直列切除去也
炮 蒲交切炙也
淤 依據切濁泥也
㓟 敷羈切刀析也
攣 呂員切手拘攣也
躄 彼戟切足不能行也
僂 力主切俯也
髖 苦官切兩股間也
跛 布火切足偏廢也
憯 七感切酷毒也
槍 千羊切
穽 疾郢切陷穽也
桁 胡岡切大械也
捻 奴協切
頰 古協切面旁也
皰 蒲貌切
脞 昨禾切短也
脊 資昔切背呂也
凸 徒結切高起也
肋 盧則切脅骨也
疥 古隘切
癰 於容切
疽 七余切
掠 離灼切劫奪也
讒 鋤銜切譖也

啓運慈悲道場懺法

一心歸命三世諸佛

南無過去毗婆尸佛

南無尸棄佛

南無毗舍浮佛

南無拘留孫佛

南無拘那含牟尼佛

南無迦葉佛

南無本師釋迦牟尼佛

南無當來彌勒尊佛

慈悲道場懺法卷第四

顯果報第七之餘

今日道場同業大衆重加至誠一心諦聽佛在王舍城迦蘭陀竹園爾時目連從禪定起遊恒水邊見諸餓鬼受罪不同時諸餓鬼各起敬心來問目連往昔因緣一鬼問言我一生來恒抱饑渴欲至厠中取糞敢之厠上有大力鬼以杖打我初不得近何罪所致目連荅言汝爲人時作佛圖主有客比丘來寺乞食而汝慳惜不與客食待客去後乃行舊住緣汝無道慳惜衆物以是因緣故獲斯罪汝今華報果在地獄復有一鬼問目連言我一生來肩上有大銅瓶盛滿烊銅以杓取之還自灌頂痛苦難忍何罪所致目連荅言汝爲人時作寺維那知大衆事有一餅酥藏著屏處不依時行待客去後乃行舊住酥是招提之物一切有分緣汝無道慳惜衆物以是因緣故獲斯罪汝今華報果在地獄復有一鬼問目連言我一生來常吞熱鐵丸何罪所致目連荅言汝爲人時作沙彌子取清淨水作

石蜜漿石蜜堅大汝起盜心打取少許大衆未飲汝盜一口以是因緣故獲斯罪此是華報果在地獄

今日道場同業大衆如目連所見大可怖畏我等亦可經作此罪無明所覆不自憶知脫有如是無量罪業於未來世受苦報者今日至心等一痛切五體投地慚愧懺悔願乞除滅又復普爲十方盡虛空界一切餓鬼求哀懺悔又奉爲父母師長求哀懺悔又爲同壇尊證上中下座求哀懺悔又爲善惡知識廣及十方無窮無盡四生六道一切衆生求哀懺悔若已作之罪因今除滅未作之罪不敢復造仰願十方一切諸佛

南無彌勒佛 南無釋迦牟尼佛

南無拘樓孫佛 南無拘那含牟尼佛

南無迦葉佛 南無師子佛

南無明炎佛 南無牟尼佛

南無妙華佛 南無華氏佛

南無善宿佛 南無導師佛

南無大臂佛 南無大力佛

南無宿王佛 南無修藥佛

南無名相佛 南無大明佛

南無炎肩佛 南無照曜佛

南無日藏佛 南無月氏佛

南無衆炎佛 南無善明佛

南無無憂佛

南無師子遊戲菩薩 南無師子奮迅菩薩

南無無邊身菩薩 南無觀世音菩薩

南無佛陀 南無達摩 南無僧伽

又復歸依如是十方盡虛空界一切三寶大

慈大悲唯願救拔十方現受餓鬼道苦一切衆生又願救拔十方地獄道畜生道人道一切衆生無量衆苦令諸衆生即得解脱斷三障業無五怖畏八解洗心四弘被物面奉慈顔諮承妙教不起本處諸漏永盡隨念俯應遍諸佛土願行早圓速成正覺

今日道場同業大衆重復至誠一心諦聽爾時佛在王舍城東南有一池水屎尿汙穢盡入其中臭不可近有一大蟲生此水中身長數丈無有手足宛轉低昂觀者數千阿難往見具以啓佛佛與大衆共詣池所大衆念言今日如來當爲衆會說蟲本末佛告大衆維衛佛泥洹後時有塔寺有五百比丘經過寺中寺主歡喜請留供養盡心供饌無有遺惜後有五百商人入海採寶還過塔寺見五百比丘精勤行道並各發心欣然共議福田難遇當設薄供人捨一珠得五百摩尼珠以寄寺主寺主後時生不善心圖欲獨取不爲設供大衆問言賈客施珠應當設供寺主荅言是珠施我若欲奪珠糞可與汝若不時去割汝手足投之糞坑衆念其癡默然各去緣是罪惡受此蟲身後入地獄又受衆苦佛在王舍城又見一衆生其舌長大鐵釘釘舌熾然火起終日竟夜備受楚痛目連問佛此何罪報今受此苦佛荅目連此人昔時經作寺主呵罵驅遣客舊比丘不與飲食不同供養以是因緣故獲斯罪又有衆生身體長大頭上有鑊熾然火燒滿中烊銅從四面出灌其身上乘虛而行無有休息目連問佛此何等罪今受此苦佛荅目連此人昔時作寺知事檀

越送油不以分與諸客比丘待客去後乃分舊住以是因緣故獲斯罪又一衆生熾然鐵丸從身上入從身下出乘虚而行苦痛難忍目連問佛此何等罪今受此苦佛荅目連此人徃昔作沙彌子盜衆園中果子七枚死入地獄受無量苦餘業未盡故獲斯罪又見大魚一身百頭頭頭各異墮他網中世尊見已入慈心三昧乃喚此魚魚即時應世尊問言汝母何在荅言母在厠中作蟲佛語諸比丘此大魚者迦葉佛時作三藏比丘以惡口故受多頭報其母爾時受其利養以是因緣作厠中蟲佛言得此報者皆由衆生惡口麤强宣傳彼此鬪亂兩家死入地獄獄卒燒熱鐵鋥表裏洞赤以烙其舌復燒鐵鈎鈎有三刃利如鋒鋋以斷其舌復以牛犂耕破其舌復燒鐵杵刺其咽中數千萬刼罪畢乃出生鳥獸中佛言若有衆生論説君主父母師長其罪過是

今日道場同業大衆聞佛此言大可怖畏今善惡二途皎然可見罪福果報謗了無疑唯應努力勤行懺悔相與披經具見此事若不努力小復懈退我今所作何由得辦譬如歉乏之人心注百味於其饑惱終無濟益故知欲求勝妙法欲度脱衆生者不可止在於心既在心事宜自努力勤而行之相與志心等一痛切五體投地爲地獄道餓鬼道畜生道人道一切衆生求哀禮懺又爲父母師長善惡知識幷及自身一切眷屬求哀禮懺若已作之罪願乞除滅未作之罪不敢復作仰願世間大慈悲父

南無彌勒佛　南無釋迦牟尼佛
南無提沙佛　南無明曜佛
南無持鬘佛　南無功德明佛
南無示義佛　南無燈曜佛
南無興盛佛　南無藥師佛
南無善濡佛　南無白毫佛
南無堅固佛　南無福威德佛
南無不可壞佛　南無德相佛
南無羅睺佛　南無衆主佛
南無梵聲佛　南無堅際佛
南無不高佛　南無作明佛
南無大山佛　南無金剛佛
南無將衆佛　南無無畏佛
南無珍寶佛
南無師子幡菩薩　南無師子作菩薩
南無無邊身菩薩　南無觀世音菩薩
又復歸依如是十方盡虛空界一切三寶願以慈悲力大智慧力不思議力無量自在力度脫六道一切衆生滅除六道一切衆苦令諸衆生皆得斷除三途罪業畢竟不復造五逆十惡更墮三塗從今日去捨苦報生得淨土生捨苦報命得智慧命捨苦報身得金剛身捨惡趣苦得涅槃樂念惡趣苦發菩提心四等六度常得現前四辯六通如意自在勇猛精進不休不息乃至進修滿十地行復能度脫一切衆生

出地獄第八

今日道場同業大衆雖復萬法差品功用不一至於明闇相形唯善與惡語善則人天勝果述惡則三塗劇報二事列世皎然非虛而

愚惑之者多起疑異或言人天是妄造地獄
非真說不知推因驗果不知驗果尋因旣因
果不分各執世解非但言空談有乃亦題篇
造論心乖勝善未曾云謬設使示誨執固益
堅如是等人自投惡道如射箭頃墮在地獄
慈親孝子不能相救唯得前行入於火鑊身
心摧碎精神痛苦當此之時悔復何及
今日道場同業大衆善惡相資猶如影響罪
福異處宿豫嚴待幸各明信無given疑心何謂
地獄經言三千大千世界鐵圍兩山黒闇之
間謂之地獄鐵城縱廣一千六百萬里城中
八萬四千鬲下以鐵爲地上以鐵爲網火燒
此城表裏洞赤上火徹下下火徹上其名則
有衆合黒闇刀輪劒林鐵機刺林鐵網鐵窟
鐵丸尖石炭坑燒林虎狼叫喚鑊湯爐炭刀
山劒樹火磨火城銅柱鐵床火車火輪飲銅
吐火大熱大寒拔舌釘身犂耕斬斫刀兵屠
裂灰河沸屎寒氷淤泥愚癡啼哭聾盲瘖瘂
鐵鈎鐵觜復有大小泥犂阿鼻地獄佛告阿
難云何名阿鼻地獄阿者言無鼻者言遮阿
者言無鼻者言救合言無遮無救又阿者言
無間鼻者言無動阿言極熱鼻言極惱阿言
不閑鼻言不住不閑不住名阿鼻地獄又阿
言大焰鼻言猛熱猛火入心名阿鼻地獄佛
告阿難阿鼻地獄縱廣正等三十二萬里七
重鐵城七層鐵網下十八鬲周帀七重皆有
刀林七重城內復有劒林下十八鬲鬲八萬
四千重於其四角有四大銅狗其身長大萬
六千里眼如掣電牙如劒樹齒如刀山舌如
鐵刺一切身毛皆出猛火其煙臭惡世間臭

物無以爲譬又有十八獄卒頭如羅刹頭口如夜叉口有六十四眼眼散迸鐵丸如十里車鈎牙上出高百六十里牙頭火流燒前鐵車令鐵車輪一一輪輞化爲一億火刀鋒刃劒戟皆從火炎中出如是流火燒阿鼻城令阿鼻城赤如融銅獄卒頭上有八牛頭一一牛頭有十八角一一角頭皆出火聚火聚復化成十八火輞火輞復變作大刀輪如車輪許輪輪相次在火炎間滿阿鼻獄銅狗張口吐舌在地舌如鐵刺舌出之時化無量舌滿阿鼻城七重城内有七鐵幢幢頭火涌如沸涌泉其鐵流迸滿阿鼻城阿鼻四門於門閫上有十八釜沸銅涌出從門漫流滿阿鼻城一一鬲間有八萬四千鐵蟒大蛇吐毒吐火身滿城内其蛇哮吼如天震雷雨大鐵丸滿

阿鼻城城中苦事八萬億千苦中苦者集在此城又有五百億蟲蟲八萬四千嘴嘴頭火流如雨而下滿阿鼻城此蟲下時阿鼻猛火其炎大熾赤光火炎照三百三十六萬里從阿鼻地獄上衝大海沃燋山下大海水滴如車軸許成大鐵尖滿阿鼻城佛告阿難若有衆生殺父害母罵辱六親作是罪者命終之時銅狗張口化十八車狀如金車寶蓋在上一切火炎化爲玉女罪人遥見心生歡喜我欲往中我欲往中風刀解身寒急失聲寧得好火在車上坐然火自爆作是念已即便命終揮霍之間已坐金車顧瞻玉女皆捉鐵斧斬截其身身上火起如旋火輪譬如壯士屈伸臂頃直墮阿鼻大地獄中從於上鬲如旋火輪至下鬲際身遍鬲内銅狗大吼齧骨嗍

髓獄卒羅刹捉大鐵义义頭令起遍體火炎滿阿鼻城鐵網雨刀從毛孔入化閻羅王大聲告勑癡人獄種汝在世時不孝父母邪慢無道汝今生處名阿鼻地獄汝不知恩無有慙愧受此苦惱爲樂不耶作是語已即滅不現爾時獄卒復驅罪人從於下鬲乃至上鬲經歷八萬四千鬲中捙身而過至鐵網際一日一夜爾乃周遍阿鼻地獄一日一夜此閻浮提日月歲數六十小劫如是壽命盡一大劫五逆罪人無慙無愧造作五逆五逆罪故臨命終時十八風刀如鐵火車解截其身以熱逼故便作是言得好色華清涼大樹於下遊戲不亦樂乎作此念時阿鼻地獄八萬四千諸惡劒林化作寳樹華果茂盛行列在前大熱火炎化爲蓮華在彼樹下罪人見已我所願者今已得果作是語時疾於暴雨坐蓮華上坐已須臾鐵觜諸蟲從火華起穿骨入髓徹心穿腦攀樹而上一切劒枝削肉徹骨無量刀林當上而下火車爐炭十八苦事一時來迎此相現前陷墜地下從下鬲上身如華敷遍滿下鬲從下鬲起火炎猛熾至於上鬲至上鬲已身滿其中熱惱急故張眼吐舌此人罪故萬億融銅百千刀輪從空中下頭入足出一切苦事過於上說百千萬倍具五逆者其人受罪足滿五劫復有衆生破佛禁戒虛食信施誹謗邪見不識因果斷學般若毀十方佛偷佛法物起諸穢汚不清淨行不知慙愧毀辱所親造衆惡事此人罪報臨命終時風刀解身偃卧不定如被楚撻其心荒越發狂癡想見已室宅男女大小一切皆是

不淨之物屎尿臭處盈流于外爾時罪人即作是語云何此處無好城郭及好山林使吾遊戲乃處如此不淨物間作是語已獄卒羅刹以大鐵叉擎阿鼻獄及諸刀林化作寶樹及清涼池火炎化作金葉蓮華諸鐵嘴蟲化爲鳧鴈地獄痛聲如詠歌音罪人聞已如此好處吾當遊中念已尋時坐火蓮華諸鐵嘴蟲從身毛孔唼食其軀百千鐵輪從頂上入恒沙鐵叉挑其眼睛地獄銅狗化作百億鐵狗競分其身取心而食俄爾之間身如鐵華滿十八鬲一一華八萬四千葉一一葉頭身手支節在一鬲間地獄不大此身不小遍滿如此大地獄中此等罪人墮此地獄經歷八萬四千大劫此泥犂滅復入東方十八鬲中如前受苦此阿鼻獄南亦十八鬲西亦十八鬲北亦十八鬲謗方等經具五逆罪破壞賢聖斷諸善根如此罪人具衆罪者身滿阿鼻獄四支復滿十八鬲中此阿鼻獄但燒如此獄種衆生劫欲盡時東門即開見東門外清泉流水華果林樹一切俱現是諸罪人從下鬲見眼火暫歇從下鬲起宛轉腹行摒身上走到上鬲中手攀刀輪時虛空中雨熱鐵丸走趣東門既至門閫獄卒羅刹手捉鐵叉逆刺其眼銅狗齧心悶絶而死死已復生見南門開如前不異如是西門北門亦皆如此如此時間經歷半劫阿鼻獄死復生寒氷獄中寒氷獄死生黒闇處八千萬歲目無所見受大蟲身宛轉腹行諸情闇塞無所解知百千狐狼牽掣食之命終之後生畜生中五千萬歲受鳥獸形如是罪畢還生人中聾盲瘖瘂

疥癩癰疽貧窮下賤一切諸衰以自莊嚴受此賤形經五百身後復還生餓鬼道中餓鬼道中遇善知識諸大菩薩呵責其言汝於前身無量世時作無限罪誹謗不信墮阿鼻獄受諸苦報不可具說汝今應當發慈悲心時諸餓鬼聞是語已稱南無佛承佛恩力尋即命終生四天處生彼天已悔過自責發菩提心諸佛心光不捨是等攝受是輩慈哀是等如羅睺羅教避地獄如愛眼目佛告大王欲知佛心光明所照常照如此無間無救諸苦衆生佛心所緣常緣此等極惡衆生以佛心力自莊嚴故過算數劫令彼惡人發菩提心今日道場同業大衆聞佛世尊說上諸苦宜加攝心莫生放逸相與若復不勤方便行菩薩道則於一一地獄皆有罪分今日同爲現受阿鼻地獄等苦一切衆生當受阿鼻地獄等苦一切衆生廣及十方一切地獄現受當受無窮無盡一切衆生等一痛切五體投地歸依世間大慈悲父

南無彌勒佛　南無釋迦牟尼佛

南無過去七佛　南無十方十佛

南無三十五佛　南無五十三佛

南無百七十佛　南無莊嚴劫千佛

南無賢劫千佛　南無星宿劫千佛

南無十方菩薩摩訶薩

南無十二菩薩　南無地藏菩薩

南無無邊身菩薩　南無觀世音菩薩

又復歸依十方盡虛空界無量形像優填王金像栴檀像阿育王銅像吳中石像師子國玉像諸國土中金像銀像瑠璃像珊瑚像琥

珀像硨磲像碼碯像眞珠像摩尼寶像紫磨上色閻浮檀金像
又復歸命十方如來一切髮塔一切齒塔一切牙塔一切爪塔一切頂上骨塔一切身中諸舍利塔袈裟塔匙鉢塔澡瓶塔錫杖塔如是等爲佛事者
又復歸命諸佛生處塔得道塔轉法輪塔般涅槃塔多寶佛塔阿育王所造八萬四千塔天上塔人間塔龍王宮中一切寶塔
又復歸依如是十方盡虛空界一切諸佛歸依十方盡虛空界一切尊法歸依十方盡虛空界一切賢聖仰願同以慈悲力安慰衆生力無量自在力無量大神通力攝受今日道場同爲阿鼻大地獄受苦一切衆生懺悔乃至十方不可說一切地獄衆生懺悔及父母師長一切眷屬今日懺悔以大悲水洗除今日現受阿鼻地獄等及餘地獄等苦一切衆生罪垢令得清淨洗除今日道場同懺悔者及其父母師長一切眷屬罪垢令得清淨又洗除六道一切衆生罪垢令至道場畢竟清淨從今日去至于道場皆得斷除阿鼻地獄苦及十方盡虛空界不可說不可說諸地獄苦畢竟不復入於三塗畢竟不復墮於地獄畢竟不復爲十惡業造五逆罪受諸苦惱一切衆罪願盡消滅捨地獄生得淨土生捨地獄命得智慧命捨地獄身得金剛身捨地獄苦得涅槃樂念地獄苦發菩提心四等六度常得現前四辯六通如意自在具足智慧行菩薩道勇猛精進不休不息乃至進修滿十地行入金剛心成等正覺還度十方一切衆

生

今日道場同業大衆諸餘地獄雜受苦報不復可記如是名號楚毒無量相與披覽具見其事經云閻羅王一念之惡便總獄事自身受苦亦不可論閻羅大王昔爲毗沙國王與維陀始王共戰兵力不如因立誓願願我後生爲地獄主治此罪人十八大臣及百萬衆皆悉同願毗沙王者今閻羅王是十八大臣今十八獄主是百萬之衆今牛頭阿旁等是而此官屬悉隸北方毗沙門天王長阿含經云閻羅大王所住之處在閻浮提南金剛山内王宫縱廣六千由旬地獄經云住地獄間宫城縱廣三萬里銅鐵所成晝夜三時有大銅鑊滿中烊銅自然在前有大獄卒臥王熱鐵床上鐵鉤擘口烊銅灌之從咽徹下無不燋爛彼諸大臣亦復如是十八獄主一曰迦延典泥犂獄二號屈尊典刀山獄三名沸壽典沸沙獄四名沸曲典沸屎獄五名迦世典黑耳獄六名𡺟傞典火車獄七名湯謂典鑊湯獄八名鐵迦然典鐵床獄九名惡生典𡺟山獄十名呻吟典寒氷獄十一毗迦典剥皮獄十二遥頭典畜生獄十三提薄典刀兵獄十四夷大典鐵磨獄十五悦頭典灰河獄十六穿骨典鐵柵獄十七名身典蛆蟲獄十八觀身典烊銅獄如是各有無量地獄以爲眷屬獄有一主牛頭阿旁其性兇虐無一慈忍見諸衆生受此惡報唯憂不苦唯恐不毒或問獄卒衆生受苦甚可悲念而汝常懷酷毒無慈愍心獄卒答言如此罪惡諸受苦者不孝父母謗佛謗法謗諸賢聖罵辱六親輕慢

師長毁陷一切惡口兩舌謟曲嫉妬離他骨肉瞋恚殺害貪欲欺詐邪命邪求及以邪見懈怠放逸造諸怨結如是等人來此受苦每至免脫之日恒加勸喻此中劇苦非可忍耐汝今得出勿復更造而此罪人初無改悔今日得出俄頃復還展轉輪迴不知痛苦令我筋力疲此衆生從劫至劫與其相對以是事故我於罪人無片慈心故加楚毒望其知苦知慙知恥不復更還觀此衆生乃可至苦終不肯避决不修善徃趣泥洹既是無知之物不知避苦求樂所以痛劇倍於人間何容於此而生慈忍

今日道場同業大衆今以世間牢獄比校便可立知信非虛唱若使有人三淪獄戶雖是親族周旋已無惻愴況牛頭阿旁見此衆生得出復入嬰苦事長既得免離唯應修心變其所習若不改悔永沉苦處墮在其中次第經歷從苦入苦無有休息故三世怨對因果相生善惡二環未曾暫輟報應之徵皎然可見為惡得苦還以報之在地獄中窮年極劫具受劇苦地獄罪畢復墮畜生畜生罪畢復生餓鬼如是經歷有無量生死無量苦痛豈可不人人及時行菩薩道相與今日等一痛切五體投地普為十方地獄道獄王大臣牛頭阿旁各及眷屬餓鬼道餓鬼神等各及眷屬畜生道畜生神等各及眷屬廣及十方無窮無盡一切衆生求哀懺悔改徃修來不復為惡已作之罪願乞除滅未作之罪不敢復造唯願十方一切諸佛以不思議自在神力同加救護哀愍攝受令諸衆生應時解脫又

願世間大慈悲父

南無彌勒佛　南無釋迦牟尼佛
南無華日佛　南無軍力佛
南無華光佛　南無仁愛佛
南無大威德佛　南無梵王佛
南無無量明佛　南無龍德佛
南無堅步佛　南無不虛見佛
南無精進德佛　南無善守佛
南無歡喜佛　南無不退佛
南無師子相佛　南無勝知佛
南無法氏佛　南無喜王佛
南無妙御佛　南無愛作佛
南無德臂佛　南無香象佛
南無觀視佛　南無雲音佛
南無善思佛

南無師子旛菩薩　南無師子作菩薩
南無地藏菩薩　南無無邊身菩薩
南無觀世音菩薩

又復歸依如是十方盡虛空界一切三寶。願以自在神力救拔地獄道獄王大臣及諸地獄眷屬十八鬲子地獄如是十八鬲子地獄各有眷屬等獄盡地獄道一切地獄牛頭阿旁及受苦一切衆生。令此衆生今日俱得解脫。罪因苦果同得消滅。從今日去畢竟永斷地獄道業。畢竟不復墮於三塗。捨地獄生得淨土生。捨地獄命得智慧命。捨地獄身得金剛身。捨地獄苦得涅槃樂。念地獄苦發菩提心。四等六度常得現前。四辯六通如意自在。勇猛精進不休不息。乃至進修滿十地行。還度無邊一切衆生入金剛心成等正覺。

慈悲道場懺法卷第四

音釋

鎞邊奚切　鋩武方切刃端也　歉苦簟切食不滿也　觜即委切　爆布效切火裂也　齧五結切噬也　唼子合切入口也　捽郎没切　閫苦本切門限也　擘博厄切鉥也　燋即消切火傷也　⿰山蓋口盍切　傞七何切　柵楚華切　兇許容切與凶同　惻愴惻初力切愴初亮切惻愴痛傷也

啓運慈悲道場懺法

一心歸命三世諸佛

南無過去毗婆尸佛

南無尸棄佛

南無毗舍浮佛

南無拘留孫佛

南無拘那含牟尼佛

南無迦葉佛

南無本師釋迦牟尼佛

南無當來彌勒尊佛

慈悲道場懺法卷第五

解怨釋結第九

今日道場同業大衆一切衆生皆有怨對何以知之若無怨對則無惡道今惡道不休三塗長沸是知怨對無有窮已經言一切衆生悉皆有心有心者皆得作佛而諸衆生心想顛倒貪著世間不知出要建立苦本長養怨根所以輪迴三有往來六道捨身受身無暫停息何以故爾一切衆生無始以來闇識相傳無明所覆愛水所溺起三毒根起四顛倒從三毒根起十煩惱依於身見起於五見依於五見起六十二見依身口意起十惡行身殺盜婬口妄言綺語兩舌惡罵意貪瞋癡自行十惡教他行十惡讚歎十惡法讚歎行十惡法者如是依身口意起四十種惡復依六情貪著六塵乃至廣開八萬四千塵勞門一念之間起六十二見一念之頃行四十種惡一念之間開八萬四千塵勞門況復一日所起衆罪況復一月所起衆罪況復一年所起衆罪況復終身歷劫所起衆罪如是罪惡無

量無邊怨對相尋無有窮已而諸衆生與愚癡俱無明覆慧煩惱覆心不自覺知心想顛倒不信經説不依佛語不知解怨不望解脱自投惡道如蛾赴火歷劫長夜受無量苦假使業報有終得還人道如是惡人終不改革是以衆聖起大慈悲正爲如是怨對衆生我等相與發菩提心行菩薩道菩薩摩訶薩救苦爲資粮解怨爲要行不捨衆生忍苦爲本我等今日亦復如是起勇猛心起慈悲心等如來心承諸佛力樹道場旛擊甘露鼓秉智慧弓執堅固箭普爲四生六道三世衆怨父母師長六親眷屬解怨釋結已結之怨一切捨施未結之怨畢竟不結仰願諸佛諸大菩薩以慈悲力以本願力以神通力同加覆護折伏攝受令三世無量衆怨從今日去乃至菩提解怨釋結無復怨對一切衆苦畢竟斷除相與至心等一痛切五體投地奉爲四生六道三世衆怨父母師長一切眷屬歸依世間大慈悲父

南無彌勒佛　南無釋迦牟尼佛

南無善意佛　南無離垢佛

南無月相佛　南無大名佛

南無珠髻佛　南無威猛佛

南無師子步佛　南無德樹佛

南無歡釋佛　南無慧聚佛

南無安住佛　南無有意佛

南無鴦伽陀佛　南無無量意佛

南無妙色佛　南無多智佛

南無光明佛　南無堅戒佛

南無吉祥佛　南無寶相佛

南無蓮華佛　南無那羅延佛
南無安樂佛　南無智積佛
南無德敬佛
南無堅勇精進菩薩　南無金剛慧菩薩
南無無邊身菩薩　南無觀世音菩薩
又復歸依如是十方盡虚空界一切三寶如是三世一切衆怨今日在六道中已受怨對者願以佛力法力賢聖力令此衆生悉得解脱若於六道中應受對者未受對者願以佛力法力賢聖力令此衆生畢竟不復入於惡趣畢竟不復惡心相向畢竟不復楚毒相加一切捨施無怨親想一切罪咎各得消除一切怨對皆得解脱同心和合猶如水乳一切歡喜猶如初地壽命無窮身心永樂天宫淨土隨意往生念衣衣來想食食至無復怨對鬪諍之聲四體不爲變動所侵五情不爲塵惑所染衆善競會萬惡爭消發起大乘修菩薩行四等六度一切具足捨生死報同成正覺

今日道場同業大衆何者怨根若本眼貪色耳貪聲鼻貪香舌貪味身貪細滑常爲五塵之所繫縛所以歷劫長夜不得解脱又復六親一切眷屬皆是我等三世怨根一切怨對皆從親起若無有親亦無有怨若能離親即是離怨何以故爾若各異處遠隔他鄉如是二人終不得起怨恨之心得起怨恨皆由親近以三毒根自相觸惱以觸惱故多起恨心所以親戚眷屬亟生責望或父母責望於子或子責望父母兄弟姊妹一切皆然更相責望更相嫌恨小不適意便生瞋怒若有財寶

親戚競求貧窮之日初無憂念又得者愈以爲少愈得愈爲不足百求百得不以爲恩一不稱心便增忿憾是則纔懷惡念遂起異心故結讎連禍世世無窮推此而言三世怨對實非他人皆是我等親緣眷屬當知眷屬即是怨聚豈得不人人殷勤悔過宜各至心五體投地奉爲有識神已來至于今日經生父母歷劫親緣於六道中結怨對者若對非對若輕若重今日若在地獄道者若在畜生道者若在餓鬼道者若在阿修羅道者若在人道者若在天道者若在仙道者今日現在眷屬中者如是三世一切衆怨各及眷屬等某今日以慈悲心無怨親想等諸佛心同諸佛願普皆奉爲歸依世間大慈悲父

南無彌勒佛　南無釋迦牟尼佛

南無梵德佛　南無寶積佛
南無華天佛　南無善思議佛
南無法自在佛　南無名聞意佛
南無樂說聚佛　南無金剛相佛
南無求利益佛　南無遊戲神通佛
南無離闇佛　南無多天佛
南無彌樓相佛　南無衆明佛
南無寶藏佛　南無極高行佛
南無提沙佛　南無珠角佛
南無德讚佛　南無日月明佛
南無日明佛　南無星宿佛
南無師子相佛　南無違藍王佛
南無福藏佛
南無葉陰蓋菩薩　南無寂根菩薩
南無無邊身菩薩　南無觀世音菩薩

又復歸依如是十方盡虛空界一切三寶願以佛力法力大地菩薩力一切賢聖力令(某等)父母親緣於六道中有怨對者各及眷屬皆悉同時集此道場共懺先罪解諸怨結若有身形拘礙不得到者願承三寶之力攝其精神皆悉同到以慈悲心受(某等)今日懺悔一切怨對願當解脫道場大衆宜各人人心念口言(某等)從無始有識神已來至于今日於經生父母歷劫親緣姑姨伯叔内外眷屬以三毒根起十惡業或以不知或以不信或以不修以無明故起諸怨結於父母眷屬乃至六道中亦有怨對如是等罪無量無邊今日懺悔願乞除滅又復無始已來至于今日或以瞋恚或以貪愛或以愚癡從三毒根造種種罪如是罪惡無量無邊慚愧懺悔願乞捨施又復無始已來至于今日或爲田業或爲舍宅或爲錢財起怨對業於眷屬中備加殺害如是種種殺罪不可具說所起怨對無有罷期今日慚愧發露懺悔願父母六親一切眷屬以慈悲心受我懺悔一切捨施無復恨想乃至盜竊邪淫妄語十惡五逆無不備作妄想顛倒攀緣諸境造一切罪如是等罪無量無邊或於父母邊起或於兄弟姊妹邊起或於姑姨伯叔邊起乃至有識神已來至于今日於六親眷屬邊起如是等罪如是罪因苦果受對劫數怨結多少唯有十方一切諸佛大地菩薩盡知盡見如諸佛菩薩所知所見罪量多少怨對劫數於未來世方受對者(某等)今日慚顔哽慟銜悲自責改往修來不敢復作唯願父母親緣眷屬以柔輭心調和心樂善

心歡喜心守護心等如來心受某等今日懺悔一切捨施無怨親想又願父母親緣一切眷屬若有怨對在六道中者亦願六道一切衆生同共捨施三世怨結一時俱盡從今已去至于道場永離三塗絶四趣苦一切和合猶如水乳一切無礙等於虛空永爲法親慈悲眷屬各各修習無量智慧具足成就一切功德勇猛精進不休不息行菩薩道無有疲倦等諸佛心同諸佛願得佛三密具五分身究竟無上菩提成等正覺

今日道場同業大衆相與已解父母怨竟次復應解師長怨結自大聖已還體未圓極至於無生法忍猶爲三相遷滅在于如來尚假苦言令惡衆生因茲悟道而德明化物猶現此辭況復凡愚理絶淨境今善惡雜糅明白未分豈能頓離三業之失若聞所說應當慙愧師長恩德深自悔責不得驚疑而懷惡念經言雖復出家猶未解脫今雖出家不得便言無復諸惡在俗之人不得便言都無其善且置是事如經所說佛告大衆汝當緣念師長之恩父母雖復生育訓誨而不能使離於三塗師長大慈誘進童蒙使得出家稟受具戒是即懷羅漢胎生羅漢果離生死苦得涅槃樂師長有此出世恩德誰能上報若能終身行道止可自利非報師恩佛言天下善友莫過師長

今日道場同業大衆如佛所說師長有如此恩德而未曾發念報師長恩或復教誨亦不信受乃至麤言起於誹謗橫生是非使佛法衰落如是等罪何當免離三塗此之苦報無

人代者及其捨命樂去苦歸神情慘惱意用昏迷六識不聰五根喪敗欲行足不能動欲坐身不自立假使欲聽法言則耳無復所聞欲視勝境則眼無復所見當如此時共思今日禮懺豈可復得但有地獄無量衆苦如是苦報自作自受所以經言愚癡自恃不信殃禍謗師毀師憎師嫉師如是等人法中大魔地獄種子自結怨對受報無窮如華光比丘善說法要有一弟子恒懷憍慢和尚爲說都不信受即作是言我大和尚空無智慧但能讚歎虛空之事願我後生不復樂見於是弟子法說非法非法說法雖持禁戒無有毀犯以謬解故命終之後如射箭頃墮阿鼻獄八十億劫恒受大苦

今日道場同業大衆如經所說豈得不人人起大怖畏止於和尚發一惡言墮阿鼻獄八十億劫何況出家已來至于今日於和尚邊所起惡業其罪無量判捨身形同彼無疑何以故爾和尚闍黎恒加訓誨而未曾如法修行於諸師長多生違逆或復給與而無厭足或師瞋弟子或弟子恨師於三世中喜怒無量如是等罪不可稱計經言起一瞋心怨對無量如是怨對非但六親師徒弟子慊恨亦甚又復同房共住上中下座不能深信出家是遠離法不知忍辱是安樂仁不知平等是菩提道不知離妄想是出世心師及弟子同房共住結業未盡互相違戾忿諍之心紛然亂起所以世世不得和合又出家人或同學業或復共師升進之日便含毒懷瞋而不自言宿習智慧彼有福德我無善根有漏之心

亟生高下多起鬭諍少能和合不能推厚居薄更相嫌恨不省已非唯談他短或以三毒更相譏謗無忠信心無恭敬意何處復念我違佛戒乃至高聲大語惡罵醜言師長教誨都無信受上中下座人各懷恨以懷恨故更相是非於惡道中多有怨對是非怨對皆是我等師徒弟子同學共住上中下座起一恨心怨對無量所以經言今世恨意微相憎嫉後世轉劇至成大怨何況終身所起惡業今日道場同業大衆各不自知在何道中於諸師長上中下座起諸怨結如是怨對無有窮盡無形之對無有年期亦無劫數當受苦時不可堪忍所以菩薩摩訶薩捨怨親心離怨親想以慈悲心平等攝受相與今日已發菩提心已發菩提願宜應習行菩薩之行四無量心六波羅蜜四弘誓四攝法如諸佛菩薩所行本行我等今日亦應習行怨親平等一切無礙從今已去至于菩提誓當救護一切衆生令諸衆生究竟一乘相與至心五體投地奉爲有識神已來經生出家和尚闍黎有怨對者同壇尊證有怨對者同學眷屬上中下座有怨對者有緣無緣廣及十方四生六道三世衆怨若對非對若輕若重各及眷屬某等若於六道一切衆生中有怨對者於未來現在應受對者今日懺悔願乞除滅若六道一切衆生各各有怨對者某等今日以慈悲心無怨親想普爲三世衆怨求哀懺悔願皆捨施無復惡念相加懷毒相向願六道一切衆生亦同捨施一切歡喜從今解結無復瞋恨各自恭敬念報恩心等諸佛心同諸佛願

各各至心歸依世間大慈悲父

南無彌勒佛　南無釋迦牟尼佛
南無見有邊佛　南無電明佛
南無金山佛　南無師子德佛
南無勝相佛　南無明讚佛
南無堅精進佛　南無具足讚佛
南無離畏師佛　南無應天佛
南無大燈佛　南無世明佛
南無妙音佛　南無持上功德佛
南無離闇佛　南無寶讚佛
南無師子頰佛　南無滅過佛
南無持甘露佛　南無人月佛
南無喜見佛　南無莊嚴佛
南無珠明佛　南無山頂佛
南無名相佛　南無法積佛
南無慧上菩薩　南無常不離世菩薩
南無無邊身菩薩　南無觀世音菩薩

又復歸依如是十方盡虛空界一切三寶願以佛力法力大地菩薩力一切賢聖力令三世無量衆怨若對非對盡虛空界一切衆生皆同懺悔解怨釋結一切捨施無怨親想一切和合猶如水乳一切歡喜猶如初地一切無礙猶如虛空從今已去至于菩提永爲法親無別異想常爲菩薩慈悲眷屬又以今日禮拜懺悔解怨釋結功德因緣願和尚闍黎同壇尊證同學弟子上中下座一切眷屬有怨對者乃至四生六道各有三世衆怨未解脱者今日若有在天道者在仙道者在阿修羅道者在地獄道者在餓鬼道者在畜生道者在人道者今日現在眷屬中者如是十方

三世衆怨若對非對各及眷屬從今已去至于菩提一切罪障皆得除滅一切怨對畢竟解脫結習煩惱永得清淨長辭四趣自在受生念念法流心心自在六波羅蜜具足莊嚴十地行願無不究竟得佛十力神通無礙早具阿耨多羅三藐三菩提成等正覺

今日道場同業大衆前是總相爲三世衆怨解諸怨結此下自淨宜督其心相與今日何故不得解脫進不覩面前授記退不聞一音演說良由罪業深厚怨結牢固非唯不見前佛後佛菩薩賢聖亦恐十二分教聞聲傳響永隔心路惡道怨對無從得免捨此形命方沉沸海輪轉三塗備歷惡趣何時當得復此人身發如是意實有切情之悲運如是想不覺痛心之苦相與已得仰餐風化割愛辭親捨榮棄俗更無異緣豈得不與時競各求所安若不志意堅强捍勞忍苦銜悲惻愴者忽爾身被篤疾中陰相現獄卒羅刹牛頭阿旁殊形異狀一朝而至風刀解身心懷怖亂眷屬號泣無所覺知當此之時欲求今日禮懺起一善心豈可復得但有三塗無量衆苦今日大衆各自努力與時馳競若任情適意則進趣理遲捍勞忍苦則勇猛心疾所以經言悲是道場忍疲苦故發行是道場能辦事故是知萬善莊嚴不勤無託欲度巨海非舟何寄若有願樂之心不行願樂之事心事不即直未見果如絶粮之人心存百味於其饑惱終無濟益當知欲求勝妙果報必須心事俱行相與及時生增上心懷慚愧意懺悔滅罪解諸怨結脫更處闇開了未期人皆解脫莫

追後悔各各至心等一痛切五體投地歸依
世間大慈悲父
南無彌勒佛　南無釋迦牟尼佛
南無定義佛　南無施願佛
南無寶衆佛　南無衆王佛
南無遊步佛　南無安隱佛
南無法差別佛　南無上尊佛
南無極高德佛　南無上師子音佛
南無樂戲佛　南無龍明佛
南無華山佛　南無龍喜佛
南無香自在王佛　南無大名佛
南無天力佛　南無德鬘佛
南無龍首佛　南無善行意佛
南無因莊嚴佛　南無智勝佛
南無無量月佛　南無實語佛

南無日明佛
南無藥王菩薩　南無藥上菩薩
南無無邊身菩薩　南無觀世音菩薩
又復歸依如是十方盡虛空界一切三寶某等積集罪障深於大地無明覆蔽長夜不曉常隨三毒造怨對因致使迷淪三有求無出期今日以諸佛菩薩大慈悲力始蒙覺悟心生慙愧至誠求哀發露懺悔願諸佛菩薩慈悲攝受以大智慧力不思議力無量自在力降伏四魔力滅諸煩惱力解諸怨結力度脫衆生力安隱衆生力解脫地獄力濟度餓鬼力救拔畜生力攝化阿修羅力攝受人道力盡諸天諸仙漏力無量無邊功德力無量無盡智慧力令四生六道一切衆怨同到道場受某等今日懺悔一切捨施無怨親想所結怨業

同得解脱求離八難無四趣苦常值諸佛聞法悟道發菩提心行出世業四等六度深心修習一切行願等階十地入金剛心俱成正覺

今日道場同業大衆夫怨對相尋皆由三業莊嚴行人嬰諸苦報相與既知是衆苦之本宜應勇猛挫而滅之滅苦之要唯有懺悔故經稱歎世二健兒一不作罪二能懺悔大衆今日將欲懺悔當潔其心整肅其容内懷慙愧悲暢於外起二種心則無罪不滅何者二種心一慙二愧慙者慙天愧者愧人慙者自能懺悔滅諸怨對愧者能教他人解諸結縛慙者能作衆善愧者能見隨喜慙者内自羞恥愧者發露向人以是二法能令行人得無礙樂相與今日起大慙愧作大懺悔至心求哀四生六道何以故爾經言一切衆生皆是親緣或經爲父母或經爲師長乃至經爲兄弟姊妹一切皆然良由墮無明網不復相知既不相知多起觸惱以觸惱故怨對無窮大衆今日覺悟此意至誠懇惻苦切用心必令一念感十方佛一拜斷除無量怨對等一痛切五體投地重復歸依世間大慈悲父

南無彌勒佛　南無釋迦牟尼佛
南無定意佛　南無無量形佛
南無明照佛　南無寶相佛
南無斷疑佛　南無善明佛
南無不虚步佛　南無覺悟佛
南無華相佛　南無山主王佛
南無大威德佛　南無徧見佛
南無無量名佛　南無寶天佛

南無住義佛　南無滿意佛
南無上讚佛　南無無憂佛
南無無垢佛　南無梵天佛
南無華明佛　南無身差别佛
南無法明佛　南無盡見佛
南無德淨佛
南無文殊師利菩薩　南無普賢菩薩
南無無邊身菩薩　南無觀世音菩薩
又復歸依如是十方盡虛空界一切三寶仰願三寶同加攝受令共等所懺除滅所悔清淨又願今日同懺悔者從今已去乃至菩提一切怨對皆得解脫一切衆苦畢竟消滅結習煩惱永得清淨長辭四趣自在受生親侍諸佛面奉尊記六度四等無不備行具四辯才得佛十力相好嚴身神通無礙入金剛心成等正覺

慈悲道場懺法卷第五

音釋

亟（去吏切 數也）竊（千結切 盜也）糅（女救切 雜也）慘（七感切 愁恨也）
慊（苦簟切 恨也）捍（侯旰切 抵也）

啓運慈悲道場懺法

一心歸命三世諸佛

南無過去毘婆尸佛

南無尸棄佛

南無毘舍浮佛

南無拘留孫佛

南無拘那含牟尼佛

南無迦葉佛

南無本師釋迦牟尼佛

南無當來彌勒尊佛

慈悲道場懺法卷第六

解怨釋結第九之餘

今日道場同業大衆先向四生六道懺身惡業經言有身則苦生無身則苦滅而此身者衆苦之本三塗劇報皆由身得未見他作我受我作他受自作其因自受其果若一業成罪無邊際何況終身所起惡業今唯知有我身不知有他身唯知有我苦不知有他苦唯知我求安樂不知他亦求安樂以愚癡故起彼我心生怨親想所以怨對徧於六道若不解結於六道中何時免離從劫至劫豈不痛哉相與今日起勇猛心生大慙愧作大懺悔必使一念感十方佛一拜斷除無量怨結等一痛切五體投地歸依世間大慈悲父

南無彌勒佛　南無釋迦牟尼佛

南無月面佛　南無寶燈佛

南無寶相佛　南無上名佛

南無作名佛　南無無量音佛

南無違藍佛　南無師子身佛

南無明意佛　南無無能勝佛

南無功德品佛　南無月相佛
南無得勢佛　南無無邊行佛
南無開華佛　南無淨垢佛
南無見一切義佛　南無勇力佛
南無富足佛　南無福德佛
南無隨時佛　南無廣意佛
南無功德敬佛　南無善寂滅佛
南無財天佛　南無慶音佛
南無大勢至菩薩　南無常精進菩薩
南無無邊身菩薩　南無觀世音菩薩

又復歸依如是十方盡虛空界一切三寶願以佛力法力諸菩薩力一切賢聖力令四生六道一切衆怨同到道場各各懺謝心念口言作如是說（某等）從無始無明住地已來至于今日以身惡業因緣或於天道人道起諸怨結或於阿修羅道地獄道起諸怨結或於餓鬼道畜生道起諸怨結願以佛力法力諸菩薩力一切賢聖力令四生六道三世衆怨若對非對若輕若重以今懺悔所懺除滅所悔清淨三界苦果永不復受在所生處常值諸佛又復今日同懺悔者從無始生死以來至于今日以身惡業因緣於惡道中備起怨結或以瞋恚或以貪愛或以愚癡從三毒根造十惡行好殺禽獸斷牛羊等或爲田業或爲舍宅或爲錢財更相殺害又無始已來至于今日或爲利養謬刺衆生或欺妄作醫針灸百姓如是等罪怨對無量今日懺悔願乞除滅又無始已來至于今日或饑餓衆生或奪人糧食或逼衆生鹹苦或斷人水漿如是種種惡業怨對今日懺悔願乞除滅又無始已

來至于今日或殺害衆生噉食其肉或縱三毒鞭打衆生或以毒食飼殺衆生如是怨對無量無邊今日懺悔願乞除滅又無始已來至于今日遠離明師親近惡友從身三業造種種罪肆情殺害枉夭無辜或發撤陂池壅塞溝渠惱害水性諸餘細蟲或焚燒山野或設網張羅水陸衆生備加殺害如是怨對無量無邊今日懺悔願乞除滅又無始已來至于今日無慈悲心乖平等行斗秤欺誑侵陵下劣或破他城邑抄掠劫奪或偷盜他財以自供給無有誠信更相殺害如是怨對無量無邊今日懺悔願乞除滅又無始已來至于今日無慈悲心無慈悲行在六道中於諸衆生備加楚毒或鞭打眷屬不以其道或繫或縛鎖械幽閉或考掠側立刺射傷毀或斬截殘害剥炙燒煑如是怨對無量無邊今日懺悔願乞除滅又無始已來至于今日身三惡業口四惡業意三惡業四重五逆諸餘不善無不備作自恃年命不畏鬼神唯恐我不勝人人能勝我或以華門望族凌人傲物作如是怨或以多聞識達凌人傲物作如是怨或以篇章技藝凌人傲物作如是怨或以誇豪奢侈凌人傲物作如是怨或以辯口利辭凌人傲物作如是怨如是衆怨或於尊像福田邊起或於和尚闍黎邊起或於同住上中下座邊起或於同學眷屬邊起或於父母親戚邊起如是怨對無量無邊今日懺悔願乞除滅又無始已來至于今日或於天道人道起諸怨結或於阿修羅道地獄道起諸怨結或於畜生道餓鬼道乃至十方一切衆生邊起

諸怨結如是罪惡無量無邊今日懺悔願乞除滅（其等）又無始已來至于今日或爲嫉妬或爲諂曲自求升進或爲名譽或爲利養隨逐邪見無有慚愧如是怨結若輕若重罪因苦果數量多少唯有諸佛諸大菩薩盡知盡見諸佛菩薩當慈念我若我自從無始生死已來所作衆罪若自作教他作見作隨喜若三寶物自取教他取見取隨喜或有覆藏或不覆藏如諸佛菩薩所知所見罪量多少應墮地獄餓鬼畜生及諸惡趣邊地下賤受怨對者今皆懺悔願乞除滅諸佛神力不可思議願以慈悲心救護一切受（其等）今日向四生六道父母師長一切眷屬懺悔往罪解怨釋結願令六道怨對各各歡喜一切捨施無怨親想一切無礙猶如虛空從今日去至于菩提結習煩惱畢竟斷除三業清淨衆怨永盡天宮寶殿隨意往生四無量心六波羅蜜常能修行百福嚴身萬善具足住首楞嚴三昧得金剛身以一念頃徧應六道更相濟度使無遺餘同坐道場成等正覺

今日道場同業大衆相與已得懺悔身罪則身業清淨所餘口過復是一切怨禍之門故諸佛誡不得兩舌惡口妄言綺語當知諂曲華辭構扇是非爲患不輕招報實重夫人處世心懷毒念口施毒言身行毒行以此三事加害衆生衆生被毒即結怨恨誓心欲報或現世獲願或終後從心如是怨結備居六道更相報復無有窮盡皆由宿命非空所得當知身三口四實衆惡之源處俗者不行忠孝死入太山乃有湯火之酷出家者不樂佛法

所生之處常與惡俱如此怨對皆資三業三
業之中口業實重乃至獲報備諸楚毒難曉
之夜不覺不知
今日道場同業大衆我等所以輪迴六道者
皆由口業或復輕言肆語辯口利辭浮虛假
飾言行相乖惡報自招歷劫無免豈得不人
人悚然增到懺洗此過相與從有識神已來
至于今日口業不善於四生六道父母師長
一切眷屬邊靡惡不宣出言麤獷發語毀暴
朋遊聚話無義而說指空爲有指有爲空見
言不見不見言見聞言不聞不聞言聞作言
不作不作言作如是顛倒反天易地自利傷
物更相讒謗言已則靡德不歸說他則何惡
不往乃至品訴聖賢裁量君父譏說師長背
善知識無道無義無所顧難世有幽厄傷形
喪命未來楚痛永劫嬰報且戲笑之頃便能
具足無量重罪何況苦言以加一切衆等相
與無始已來至于今日以惡口業於天道人
道有怨對者於阿修羅道地獄道有怨對者
於餓鬼道畜生道有怨對者於父母師長一
切眷屬有怨對者某等以慈悲心同菩薩行同
菩薩願普皆奉爲歸命敬禮大慈悲父

南無彌勒佛　南無釋迦牟尼佛
南無淨斷疑佛　南無無量持佛
南無妙樂佛　南無不負佛
南無無住佛　南無得乂迦佛
南無衆首佛　南無世光佛
南無多德佛　南無弗沙佛
南無無邊威德佛　南無義意佛
南無藥王佛　南無斷惡佛

南無熱佛　南無善調佛
南無名德佛　南無華德佛
南無勇德佛　南無金剛軍佛
南無大德佛　南無寂滅意佛
南無香象佛　南無那羅延佛
南無善住佛
南無不休息菩薩　南無妙音菩薩
南無無邊身菩薩　南無觀世音菩薩
又復歸命如是十方盡虛空界一切三寶願以佛力法力菩薩力賢聖力令四生六道一切衆生重使覺悟同到道場若有身形拘礙有心不得到者願以佛力法力菩薩力賢聖力攝其精神一切同到受（某甲）等懺口業罪從無始無明住地已來至于今日以口惡業因緣於六道中備起怨結願以三寶神力令四生六道三世怨對所懺求斷所悔求滅（某甲）等從無始已來至于今日或以瞋恚或以貪愛或以愚癡從三毒根造十惡行以口四惡起無量罪或以惡口惱亂父母師長眷屬及諸衆生或於父母起妄語業或於師長起妄語業或於眷屬起妄語業或於一切衆生起妄語業或復見言不見不見言見或聞言不聞不聞言聞或知言不知不知言知或爲憍慢或爲嫉妬起妄語業如是罪惡無量無邊今日懺悔願乞除滅又無始已來至于今日起兩舌業受他惡言不能覆藏向彼說此向此說彼使人分散令他嬰苦或因戲笑鬪諍兩家離人骨肉破他眷屬讒亂君臣紛擾一切如是等罪無量無邊今日懺悔願乞除滅又無始已來至于今日造綺語罪說無義語無利益

語或惱父母或惱師長或惱同學乃至六道一切衆生皆起惱害如是口業所起怨對無量無邊今日懺悔願乞除滅願以佛力法力諸菩薩力一切賢聖力受等卄今日懺悔令四生六道三世衆怨一切怨結畢竟解脫一切罪業皆悉除斷畢竟不復起諸怨結更入三塗畢竟不復於六道中楚毒相加從今日去一切捨施無怨親想一切和合猶如水乳一切歡喜猶如初地永爲法親慈悲眷屬從今已去乃至菩提三界果報永不復受斷三障業除五怖畏四無量心六波羅蜜各自深修行大乘道入佛智慧一切願海皆能滿足六通三達無不明了得佛三密具五分身登金剛慧成種智果

今日道場同業大衆相與已得懺悔身口罪竟次復應須清淨意業一切衆生輪迴生死不得解脫者皆由意業結集牢固十惡五逆必由意造故佛誡言不得貪欲瞋恚愚癡邪見後墮地獄受苦無窮今日相與共見心之驅役諸識亦由君之總策其臣口發惡言身行惡行於六道中能招劇報當知滅身事由心造今欲改悔先挫其心次折其意何以故爾經言制之一處無事不辦當知潔心是解脫之本淨意是進趣之基三塗劇報不來惡道衆苦不往然身口業麤易遣意地微細難除如來大聖一切智人於身口意始得不護況乎愚惑凡夫而不守愼若不折挫未見其善是以經云防意如城守口如甁豈得不護相與無始已來及此一形無明起愛增長生死亦能具足十二苦事入邪入難三塗六道

輪迴流轉無不經歷如是諸處受無量苦皆由意業構起怨對念念攀緣未曾暫捨扇動六情馳役五體輕重惡業無不備造或身口不遂心增忿毒更相殺害無憐愍心若自微有痛癢不可抑忍比至在他唯恐楚毒不深見人之過志願宣說自有愆失不喜他聞有如是心實可慚愧又意地起瞋大道怨賊所以經言劫功德賊無過瞋恚又華嚴經云佛子若起一瞋恚心一切惡中無過此惡何以故爾起一瞋心則受百千障礙所謂不見菩提障不聞法障生惡道障多疾病障被謗毀障生闇鈍障失正念障少智慧障近惡知識障不樂賢善障遠正見障乃至離佛正教入魔境界背善知識諸根不具生惡業家生於邊地如是等障不可具說我等無始已來至于今日應有無量無邊瞋恚惡心乃至起瞋不避親族何況六道諸衆生等及其煩惱猛毒不復自知但事不得爲心想則何所不念若使得遂心意則誰不被困故天子一怒伏屍萬里降斯已還自空紛擾鞭撻捶縛有諸罪過當此之時何處應言我爲善戒唯恐苦酷不深不重是意地惡通於有識智愚不免豪賤共有未嘗一日慚愧改悔

今日道場同業大衆瞋恚煩惱意慮情深雖復欲捨對境已發動與惡俱念念相觸何時當得免離斯苦大衆既知其罪豈得晏然而不改悔相與今日懇到披誠懺滅此罪宜各人人等一痛切五體投地歸依世間大慈悲父

南無彌勒佛　南無釋迦牟尼佛

南無無所負佛　南無月相佛
南無電相佛　南無恭敬佛
南無威德守佛　南無智日佛
南無上利佛　南無須彌頂佛
南無治怨賊佛　南無蓮華佛
南無應讃佛　南無智次佛
南無離憍佛　南無那羅延佛
南無常樂佛　南無不少國佛
南無天名佛　南無見有邊佛
南無甚良佛　南無多功德佛
南無寶月佛　南無師子相佛
南無樂禪佛　南無無所少佛
南無遊戲佛
南無師子遊戲菩薩　南無師子奮迅菩薩
南無無邊身菩薩　南無觀世音菩薩

又復歸依如是十方盡虛空界一切三寶願以慈悲力無量無邊自在力受某等今日向四生六道父母師長一切眷屬懺意所結一切怨對若對非對若輕若重已起之怨願懺除滅未起之怨不敢復作仰願以三寶力同加攝受哀愍覆護令得解脫某等從無始已來至于今日以意惡業因緣於四生六道父母師長一切眷屬起諸怨對若輕若重今日慙愧發露懺悔一切怨對願乞除滅又無始以來至于今日依三毒根起於貪心因於貪使起於貪業若幽若顯盡空法界他所有物起於惡念我當取之乃至父母物師長物眷屬物一切衆生物諸天諸仙物如是等物皆念屬已如是罪惡無量無邊今日懺悔願乞除滅又無始已來至于今日起於瞋業晝夜燒然

一時一刻無暫休息小不適意便大恚怒取諸衆生種種惱害或加鞭杖或復沉溺乃至驅迫饑餓懸縛幽繫如是瞋罪無量怨對今日懺悔願乞除滅又無始已來至于今日隨逐無明起於癡業無惡不造無有正慧信於邪言受於邪法如是癡業結諸怨對無量無邊今日懺悔願乞除滅又無始已來至于今日行十邪道無惡不結無業不造念念攀緣未曾暫捨扇動六情起諸結業或身口不遂其事心增毒厲乃至戲笑構起是非不以直心與人從事恒懷諂曲無有慚愧如是等罪無量無邊於六道中受大苦惱今日懺悔願乞除滅(某等)從無始已來至于今日身業不善口業不善意業不善如是惡業於佛邊起一切罪障於法邊起一切罪障於諸菩薩賢聖邊起於一切罪障如是罪障無量無邊今日至誠求哀懺悔願乞除滅又無始已來至于今日身三口四意三惡業五逆四重無罪不作今日懺悔願乞除滅又無始已來至于今日六根六塵六識妄想顛倒攀緣諸境造一切罪今日懺悔願乞除滅又無始已來至于今日於攝威儀戒攝善法戒攝衆生戒多有毀犯身壞命終墮三惡道在地獄中受無量無邊恒沙等苦又墮餓鬼無所識知恒抱饑渴受諸熱惱又墮畜生受無量苦飲食不淨饑寒困苦又出生人中墮邪見家心常諂曲信於邪言失於正道沒生死海永無出期三世一切衆惡怨對不可稱計唯有諸佛盡知盡見齊如諸佛所知所見罪報多少今日懺悔願乞除滅願以諸佛大慈悲力大神通力

如法調伏諸衆生力令某等今日懺悔一切怨對即得除滅六道四生今日已受對者未受對者願以諸佛大地菩薩一切賢聖大慈悲力令此衆怨畢竟解脫從今日去至于菩提一切罪障畢竟清淨捨惡道生得淨土生捨怨對命得智慧命捨怨對身得金剛身捨惡道苦得涅槃樂念惡道苦發菩提心四等六度常得現前四辯六通如意自在勇猛精進不休不息乃至進修滿十地行還度無邊一切衆生

今日道場同業大衆過去現在四生六道窮未來際一切衆生願以今懺悔同得清淨同得解脫具足智慧神力自在願諸衆生從今日去至于菩提常見十方盡虛空界諸佛法身常見諸佛三十二相紫磨之身常見諸佛八十種好分形散體徧滿十方救衆生身常見諸佛放眉間白毫相光濟地獄苦又願

今日道場同業大衆以今懺悔清淨功德因縁從今日去捨身受身不經地獄道鑊湯爐炭焦形爛體之苦不經餓鬼道懷饑抱渴針喉鼓腹之苦不經畜生道償債酬命驅馳宰割之苦若在人道不經四百四病觸身之苦不經大熱大寒難耐之苦不經刀杖毒藥加害之苦不經饑渴困乏之苦又願大衆從今日去奉戒清淨無玷汙心常修仁義念報恩心供養父母如視世尊奉事師長如對諸佛敬重國王如眞法身於餘一切皆如已想又願大衆從今日去乃至菩提達深法義智無所畏明解大乘了見正法即自開解不由他悟一向堅固志求佛道還度無邊一切衆生

等與如來俱成正覺

今日道場幽顯大衆賜爲證明所發微願（某等）正願願生聖人所居之處常能建立道場與顯供養爲諸衆生作大利益常蒙三寶慈悲攝受常有勢力化導得行常修精進不著世樂知一切法空於諸怨親同以善化乃至菩提心無退轉從今日去一毫之善悉資願力又願若生人中生修善家更立慈悲道場供養三寶一毫之善悉施一切願與和尚闍黎不相捨離自然蔬食絶愛染心不須妻子忠信清直仁恕和平損已濟物不求名利又願若捨此身不蒙解脱生鬼神中願爲大力護法善神濟苦善神不須衣食自然温飽又願捨此身命不蒙解脱墮畜生中常處深山食草飲水無諸苦事出則爲瑞不被籠縶又願捨此身命不蒙解脱墮餓鬼中願身心安樂無諸熱惱化諸同苦皆令悔過發菩提心又願捨此身命不蒙解脱墮在地獄自識宿命化諸同苦皆令悔過發菩提心（某等）恒自憶菩提心令菩提心相續不斷仰願十方一切諸佛大地菩薩一切聖人以慈悲心現爲我證又願諸天諸仙護世四王主善罰惡守護持呪五方龍王龍神八部同爲證明重復至誠

歸依三寶

讚佛呪願

大聖世尊　巍巍堂堂　三達洞照　衆聖中王
分身濟物　現坐道場　天人歸仰　餐禀未央
八音遠被　群魔驚惶　威震大千　慈化流芳
以慈悲力　普攝十方　長辭八苦　到菩提鄉

故號如來應供正徧知明行足善逝世間解

無上士調御丈夫天人師佛世尊度人無量拔生死苦以今懺悔清淨讚佛功德因緣願四生六道一切衆生從今日去至于菩提以佛神力隨心自在

慈悲道場懺法卷第六

音釋

辜 古胡切罪也 械 胡介切桎梏也 嫉妬 嫉秦悉切妬當故切害賢曰嫉害色曰妬 悚 息拱切懼也 獷 古猛切麤惡也 縶 陟立切繫也

啓運慈悲道場懺法
一心歸命三世諸佛
南無過去毘婆尸佛
南無尸棄佛
南無毘舍浮佛
南無拘留孫佛
南無拘那含牟尼佛
南無迦葉佛
南無本師釋迦牟尼佛
南無當來彌勒尊佛

慈悲道場懺法卷第七

今日道場同業大衆

夫至德淼漠本無言無說然言者德之詮道之逕說者理之階聖之導所以藉言而顯理顯理故非言理由言彰言不越理雖言理兩乖善惡殊絶然影響相符未曾差濫在於初學要因言以會道至於無學乃合理而忘言自惟凡愚惛惑障重於諸法門未能捨言今識麤故不盡其妙見淺故不臻其極然言之且易行之實難唯聖與聖乃得備舉今有難言自不能正云何正他爾自三業穢濁云何勸人清淨自不清淨欲使他清淨無有是處既不堅固何以勸人今言行空說便成惱他他既生惱何不且止反覆尋省寧不自愧余是善知識故發此言於是整理衣服斂容無對今聞善知識此辭心情慙恧自知深過不敢欺誷聖人隱覆其失今欲毀之恐脫有人因此增福適欲存之復恐有人由斯生謗進退迴遑不知所措且立懺法心既是善善法無礙但應努力不得計此今唯憑世間大慈

悲父覆護攝受既有其言不容毀滅正當慙愧大衆願無觸惱若微與理合相與因此懺法改往修來爲善知識如其不會衆心願布施歡喜不成惡知識猶爲菩提眷屬

自慶第一

今日道場同業大衆從歸依已來知至德可憑斷疑懺悔則罪惑俱遣續以發心勸奬兼行怨結已解逍遥無礙豈得不人人踊躍歡喜所應自慶今宣其意經云八難一者地獄二者餓鬼三者畜生四者邊地五者長壽天六者雖得人身瘂殘百疾七者生邪見家八者生於佛前或生佛後有此八難所以衆生輪迴生死不得出離我等相與生在如來像法之中雖不值佛而慶事猶多凡難之爲語罪在於心若心生疑非難成難心若無疑是難非難何以知之第八難云生在佛前或生佛後是名爲難而城東老母與佛同生一世共佛俱在一處而不見佛故知心疑是難未必異世皆云是難波旬懷惡生陷地獄龍聞說法便得悟道當知不必在於人天便言非難心苟不善禀報不殊六天之貴墜落地獄畜生之賤超登道場是則心邪故輕難成重心正故重難無礙

今日道場同業大衆以心礙故觸向成難心能正者則難非難舉此一條在處可從故知佛前佛後無非正法邊地畜生莫非道處今若正心則無復八難如其疑惑則難成無量如是自慶事實不少大衆日用不知其功今略陳管見示自慶之端若知自慶則復應須修出世心何者自慶佛言地獄難免相與已

得免離此苦是一自慶餓鬼難脱相與已得遠離痛切是二自慶畜生難捨相與已得不受其報是三自慶生在邊地不知仁義相與已得共住中國道法流行親承妙旨是四自慶生長壽天不知植福相與已得復樹良因是五自慶人身難得一失不返相與已得各獲人身是六自慶六根不具不預善根相與已得清淨向深法門是七自慶世智辯聰反成爲難相與一心歸憑正法是八自慶佛前佛後復謂爲難或云面不覩佛又爲大難相與已能發大善願於未來世誓拔衆生不以不覩如來爲難但一見色像一聞正法自同在昔鹿苑初唱事貴滅罪生人福業不以不見佛故稱之爲難佛言見佛爲難相與已得瞻對尊像是九自慶佛言聞法復難相與已得餐服甘露是十自慶佛言出家爲難相與已得辭親割愛歸向入道是十一自慶佛言自利者易利他爲難相與今日一瞻一禮普爲回向十方一切是十二自慶佛言捍勞忍苦爲難相與今日各自翹勤爲善不懈是十三自慶佛言讀誦爲難我今時得披覽經典是十四自慶坐禪爲難而今見有息心定意者是十五自慶

今日道場同業大衆如是自慶事多無量非復弱辭所能宣盡凡人處世苦多樂少一欣一喜尚不可諧況今相與有多無礙得此無礙皆是十方三寶威力宜各至心懷憶此恩等一痛切五體投地奉爲國王帝主土境人民父母師長上中下座信施檀越善惡知識諸天諸仙護世四王聰明正直天地虛空主

善罰惡守護持呪五方龍王龍神八部諸大魔王五帝大魔一切魔王閻羅王泰山府君五道大神十八獄主并諸官屬廣及三界六道無窮無盡含情抱識有佛性者至誠歸依十方盡虛空界一切三寶願以慈悲心同加攝受以不可思議神力覆護拯接令諸天諸仙一切神王廣及三界六道一切衆生從今日去越生死海到於彼岸行願早圓俱登十地入金剛心成等正覺

警緣三寶第十一

今日道場同業大衆宜復人人緣念三寶何以故爾若使不知三寶云何得起慈心愍念衆生若使不知三寶云何得起悲心救攝一切若使不知三寶云何得起平等心怨親同觀若使不知三寶云何能得妙智證無上道若使不知三寶云何明了二空眞實無相佛言人身難得今已得信心難生今已生我等今者歸憑三寶而眼不見地獄餓鬼拔舌吐火之色耳不聞地獄餓鬼苦楚熱惱之聲鼻不聞地獄餓鬼剥裂膿血之氣舌不嘗臭穢腐敗之味身不觸鑊湯爐炭寒氷之苦意常得知佛爲無上慈悲之父作大醫王知一切法爲諸衆生病之良藥知諸賢聖爲一切衆生看病之母意常警緣三寶護世有識念處我常得知我等今日雖不值佛生在末法具有信心六根清淨無諸衰惱優遊適性往來無礙此之勝報莫非宿緣三寶恩力又令今世發菩提心諸如此益非可具說豈得不人人報恩供養

今日道場同業大衆一切功德供養中最故

經說言惟念過去世供養爲輕微業報歷遐劫餘福值世尊又經言設欲報者起塔精舍燈燭旛蓋華香茵褥種種供養將來之世自受其福雖是供養非報佛恩欲報佛恩唯發菩提心立四弘誓造無量緣莊嚴身相修淨土行是爲智者知恩報恩

今日道場同業大衆諸佛慈悲恩不可報菩薩摩訶薩碎身猶不能報萬分之一況我凡夫而能報者衆等雅當依經所說利人爲上各各至心五體投地普爲十方無窮無盡四生衆生歸依世間大慈悲

南無彌勒佛　南無釋迦牟尼佛

南無德寶佛　南無應名稱佛

南無華身佛　南無大音聲佛

南無辯才讚佛　南無金剛珠佛

南無無量壽佛　南無珠莊嚴佛

南無大王佛　南無德高行佛

南無高名佛　南無百光佛

南無喜悅佛　南無龍步佛

南無意願佛　南無寶月佛

南無滅已佛　南無喜王佛

南無調御佛　南無喜自在佛

南無寶髻佛　南無離畏佛

南無寶藏佛　南無月面佛

南無淨名佛

南無無邊身菩薩　南無觀世音菩薩

又復歸依如是十方盡虛空界一切三寶

懺主謝大衆第十二

今日道場同業大衆相與已能生堅固信發菩提心誓不退還此是不可思議志力此心

此志諸佛稱歎今日唯深隨喜願未來世復得遭遇捨身受身願不相離至于菩提求爲法親慈悲眷屬今建此法集便成叨靦智無其解身乖其行輕發此意實足驚於視聽然人微事重氷炭交心若不資藉强因而無以獲勝妙之果誠知謬造心不忘善冀蒙念力同爲慈親仰屈大衆降德道場時運不留忽爾垂邁緣行所牽勝會難期當自課勵兼以利人卓然排群莫追後悔法音經耳功報彌劫一念之善求得資身一向一志無願不獲相與人人各各至心五體投地歸依世間大慈悲父

南無彌勒佛　南無釋迦牟尼佛

南無威德寂滅佛　南無受相佛

南無多天佛　南無須焰摩佛

南無天愛佛　南無寶衆佛

南無寶步佛　南無師子分佛

南無極高行佛　南無人王佛

南無善意佛　南無世明佛

南無寶威德佛　南無德乗佛

南無覺想佛　南無喜莊嚴佛

南無香濟佛　南無香像佛

南無衆焰佛　南無慈相佛

南無妙香佛　南無堅鎧佛

南無威德猛佛　南無珠鎧佛

南無仁賢佛

南無無邊身菩薩　南無觀世音菩薩

又復歸依如是十方盡虚空界一切三寶

總發大願第十三

今日道場同業大衆相與又以今日懺悔發

心功德因緣願十方盡虛空界一切天主一切諸天各及眷屬又願仙主一切眞仙各及眷屬又願梵王帝釋護世四王神主神將各及眷屬又願聰明正直天地虛空主善罰惡守護持呪一切神王一切神將各及眷屬又願妙化龍王頭化提龍王五方龍王龍神八部八部神王八部神將各及眷屬又願阿修羅王一切神王一切神將各及眷屬又願人道一切人王臣民將帥各及眷屬又願十方比丘比丘尼式叉摩那沙彌沙彌尼各及眷屬又願閻羅王泰山府君五道大神十八獄王一切神王一切神將各及眷屬又願地獄道一切衆生餓鬼道一切衆生畜生道一切衆生各及眷屬又願十方盡虛空界窮未來際若大若小一切衆生各及眷屬又願若後流衆生異願界者皆悉令入大願海中各各具足功德智慧如是三界內外無窮無盡一切衆生名色所攝有佛性者某等今日仰承十方盡虛空界一切諸佛大慈悲力諸大菩薩一切賢聖本誓願力無量無盡智慧力無量無盡功德力自在神通力覆護衆生力安慰衆生力盡諸天諸仙漏力攝化一切善神力救拔地獄衆生力濟度一切餓鬼力免脫一切畜生力令諸衆生得如所願某等今日又承慈悲道場力歸依三寶力斷疑生信力懺悔發心力解怨釋結力自慶歡喜力踊躍至心力發願回向善根力令諸衆生得如所願某等今日又承七佛大慈心力十方諸佛大悲心力三十五佛滅煩惱力五十三佛降伏魔力百七十佛度衆生力千佛攝受衆生力十二

菩薩覆護衆生力無邊身觀世音流通懺力願令十方三界六道窮未來際一切衆生若大若小若升若降名色所攝有佛性者從今懺悔之後在所生處各得諸佛諸大菩薩廣大智慧不可思議無量自在神力身六度身正向菩提四攝身不捨一切大悲身拔一切苦大慈身與一切樂功德身饒益一切智慧身說法無窮金剛身物不能壞淨法身遠離生死方便身現自在力菩提身隨一切時成三菩提願四生六道一切衆生皆悉具足如是等身具足成就諸佛無上大智慧身又願十方一切衆生從今日去在所生處各得諸佛菩薩不可思議功德之口柔輭口安樂一切甘露口清涼一切不虛口說眞實法如實轉口乃至夢中無有虛言尊重口釋梵四王恭敬尊重甚深口顯示法性堅固口說不退法正直口具足辯才莊嚴口隨時隨業普皆示現一切智口隨其所應度脫一切願四生六道一切衆生皆悉具足諸佛菩薩清淨口業又願十方一切衆生從今日去在所生處各得諸佛菩薩不可思議大智慧心常有厭離煩惱心猛利心堅强心金剛心不退心清淨心明了心求善心莊嚴心廣大心有大智慧力有所聞法即自開解慈心向人斷諸怨結住於慚恥常懷慙愧不計吾我同善知識見有布施持戒忍辱精進禪定智慧之人咸生歡喜怨親一觀心無憍慢不說他人善惡長短不傳彼此和合分離所言柔輭不出惡辭歎佛功德樂學深經愛護衆生如己無異見有作福不行誹謗慈心和合猶如聖衆同

諸菩薩成等正覺
奉爲天道禮佛第十四
今日道場同業大衆諸天諸仙一切善神於
諸衆生有無量不可思議恩德願諸衆生長
保安樂殷勤守護唯善是從何以知然佛勑
提頭賴吒四天王　慈心擁護受持經
今聞慈悲名號者　猶如天子法臣護
又勑海龍伊鉢羅　慈心擁護受持經
如護眼目愛己子　晝夜六時不遠離
又勑閻婆羅刹子　無數毒龍及龍女
慈心擁護持經者　如愛頂腦不敢觸
又勑毘留勒迦王　慈心擁護受持經
如毋愛子心無猒　晝夜擁護行住俱
又勑難陀跋難陀　娑伽羅王優波陀
慈心擁護持經者　恭敬供養接足禮
猶如諸天奉帝釋　亦如孝子敬父毋
慈悲道場施安樂　教諸衆生結法親
後生佛前入三昧　畢竟當得不退轉
若聞諸佛名號者　又聞無邊觀世音
消除三障無諸惡　五眼具足成菩提
諸天神王念一切　恒加勸奬助威神
今日道場同業大衆諸天神王有如此恩德
覆護衆生而諸衆生未曾發心念報恩德古
人尚能感一餐之惠遂捨命亡身而況諸天
善神八部神將於諸衆生有此恩德此恩此
德功無邊際我等今日懺悔發心皆是天王
密加神力奬助行人使心成就若不加助如
是等心早應退没所以菩薩摩訶薩毎歎善
知識者是大因緣能令我等登踐道場若無
善知識云何令我得見諸佛投身不足報洪

慈殞命不足報深澤菩薩摩訶薩尚致此言況降斯已下而無報荅大衆今日旣未能投骸殞命則應且行勤勞亦是報恩之漸相與各宜增到運心知恩報恩不可隨流自反無方如前自慶重遇爲難難得今果復欲何待失此一會知更何趣唯當勇猛忘身爲物事成有敗如春有冬時不待人命焉得久念此一別相見未期各自努力等一痛切五體投地奉爲十方盡虛空界一切天主一切諸天各及眷屬歸命敬禮世間大慈悲父

南無彌勒佛　南無釋迦牟尼佛

南無善逝月佛　南無梵自在王佛

南無師子月佛　南無福威德佛

南無正生佛　南無無勝佛

南無日觀佛　南無寶名佛

南無大精進佛　南無山光王佛

南無施明佛　南無電德佛

南無德聚王佛　南無供養名佛

南無法讃佛　南無寶語佛

南無救命佛　南無善戒佛

南無善衆佛　南無定意佛

南無喜勝王佛　南無師子光佛

南無破有闇佛　南無照明佛

南無上名佛

南無無邊身菩薩　南無觀世音菩薩

又復歸命如是十方盡虛空界一切三寶願以慈悲力同加攝受願十方盡空法界一切天主一切諸天各及眷屬平等空慧恒得現前智力方便開無漏道十地行願各得增明六度修心四等廣被行菩薩道入佛行處四

弘誓願不捨衆生辯才不斷樂說無窮善權接化利益四生俱登法雲證常住果

奉爲諸仙禮佛第十五

今日道場同業大衆人各至心等一痛切五體投地奉爲十方盡虚空界一切仙主一切眞仙各及眷屬歸命敬禮世間大慈悲父

南無彌勒佛 南無釋迦牟尼佛
南無利慧王佛 南無珠月光佛
南無威光王佛 南無不破論佛
南無光明王佛 南無珠輪佛
南無世師佛 南無吉手佛
南無善月佛 南無寶焰佛
南無羅睺守佛 南無樂菩提佛
南無等光佛 南無至寂滅佛
南無世最妙佛 南無無憂佛
南無十勢力佛 南無喜力王佛
南無德勢力佛 南無德勢佛
南無大勢力佛 南無功德藏佛
南無眞行佛 南無上安佛
南無提沙佛
南無無邊身菩薩 南無觀世音菩薩

又復歸命如是十方盡虚空界一切三寶願以慈悲力同加攝受願諸仙主一切眞仙各及眷屬解脱客塵清淨緣障妙色湛然等佛身相四無量心六波羅蜜常得現前四無礙智六神通力如意自在出入遊戲菩薩境界等法雲地入金剛心以不思議力還接六道

奉爲梵王等禮佛第十六

今日道場同業大衆重復至誠五體投地奉爲梵王帝釋護世四王各及眷屬歸命敬禮

世間大慈悲父

南無彌勒佛　南無釋迦牟尼佛

南無大光佛　南無電明佛

南無廣德佛　南無珍寶佛

南無福德明佛　南無造鎧佛

南無成手佛　南無善華佛

南無集寶佛　南無大海佛

南無持地佛　南無義意佛

南無善思惟佛　南無德輪佛

南無寶光佛　南無利益佛

南無世月佛　南無美音佛

南無梵相佛　南無衆師首佛

南無師子行佛　南無難施佛

南無應供佛　南無明威德佛

南無大光王佛

南無無邊身菩薩　南無觀世音菩薩

又復歸依如是十方盡虛空界一切三寶願以慈悲力同加攝受願梵王帝釋護世四王各及眷屬六度四等日夜增明四無礙辯樂說無盡得八自在具六神通三昧總持應念現前慈悲普覆十方四生百福莊嚴萬善圓極三達開了五眼具足爲法輪王攝化六道

慈悲道場懺法卷第七

音釋

惛（呼昆切心不明也）　惄（女六切慚也）　叨（土刀切濫也）　靦（他典切慚也）　骸（户皆切百骸也）　殞（于敏切殁也）

啓運慈悲道場懺法

一心歸命三世諸佛

南無過去毘婆尸佛

南無尸棄佛

南無毘舍浮佛

南無拘留孫佛

南無拘那含牟尼佛

南無迦葉佛

南無本師釋迦牟尼佛

南無當來彌勒尊佛

慈悲道場懺法卷第八

奉爲阿脩羅道一切善神禮佛第十七

今日道場同業大衆重復至誠五體投地奉爲十方盡虚空界一切阿脩羅王一切阿脩羅各及眷屬又奉爲十方盡虚空界一切聰明正直天地虚空主善罰惡守護持呪八部神王八部神將乃至若内若外若近若遠東西南北四維上下徧空法界有大神足力有大威德力如是十方八部神王八部神將各及眷屬歸命敬禮一切世間大慈悲父

南無彌勒佛　南無釋迦牟尼佛

南無寶名佛　南無衆清淨佛

南無無邊名佛　南無不虚光佛

南無聖天佛　南無智王佛

南無金剛衆佛　南無善障佛

南無建慈佛　南無華國佛

南無法意佛　南無風行佛

南無善思名佛　南無多明佛

南無密衆佛　南無功德守佛

南無利意佛　南無無懼佛

南無堅觀佛　南無住法佛
南無珠足佛　南無解脱德佛
南無妙身佛　南無善意佛
南無普德佛　南無光王佛
南無無邊身菩薩　南無觀世音菩薩
又復歸命如是十方盡虛空界一切三寶願以慈悲力同加覆護願阿脩羅王一切阿脩羅各及眷屬又願聰明正直天地虛空主善罰惡守護持呪八部神王八部神將各及眷屬解脱客塵清淨縁障發起大乘修無礙道四無量心六波羅蜜常得現前四辯六通如意自在恒以慈悲救護衆生行菩薩道入佛智慧度金剛心成等正覺

奉爲龍王禮佛第十八

今日道場同業大衆重復至誠五體投地奉爲十方盡虛空界一切不思議龍王妙化龍王頭化提龍王五方龍王天龍王地龍王山龍王海龍王日宮龍王月宮龍王星宮龍王歲時龍王青海龍王護形命龍王護衆生龍王乃至十方若内若外若近若遠東西南北四維上下徧空法界有大神足力有大威德力如是一切龍王一切龍神各及眷屬歸命敬禮一切世間大慈悲父

南無彌勒佛　南無釋迦牟尼佛
南無妙智佛　南無梵財佛
南無實音佛　南無正智佛
南無力得佛　南無師子意佛
南無華相佛　南無智積佛
南無華齒佛　南無功德藏佛
南無名寶佛　南無希有名佛

南無上戒佛　南無無畏佛
南無日明佛　南無梵壽佛
南無一切天佛　南無樂智佛
南無寶天佛　南無珠藏佛
南無德流布佛　南無智王佛
南無無縛佛　南無堅法佛
南無天德佛
南無無邊身菩薩　南無觀世音菩薩
又復歸命如是十方盡虚空界一切三寶願
以慈悲力同加攝受願諸龍王各及眷屬增
暉光明神力自在以無相解斷除緣障永離
惡趣常生淨土四無量心六波羅蜜常得現
前四無礙辯六神通力隨心自在以慈悲心
拯接一切妙行莊嚴過法雲地入金剛心成
等正覺

奉爲魔王禮佛第十九
今日道場同業大衆重復至誠五體投地奉
爲大魔王五帝大魔乃至東西南北四維上
下盡虚空界一切魔王各及眷屬歸命敬禮
一切世間大慈悲父
南無彌勒佛　南無釋迦牟尼佛
南無梵牟尼佛　南無安詳行佛
南無勤精進佛　南無焰肩佛
南無大威德佛　南無薝蔔華佛
南無歡喜佛　南無善衆佛
南無帝幢佛　南無大愛佛
南無須蔓色佛　南無衆妙佛
南無可樂佛　南無善定義佛
南無牛王佛　南無妙臂佛
南無大車佛　南無滿願佛

南無德光佛　南無寶音佛
南無金剛軍佛　南無富貴佛
南無勢力行佛　南無師子力佛
南無淨日佛
南無無邊身菩薩　南無觀世音菩薩
又復歸命如是十方盡虛空界一切三寶願以慈悲力同加覆護願大魔王五帝大魔一切魔王各及眷屬無始已來至于今日一切緣障皆得清淨一切罪業皆得消滅一切衆苦皆得解脫四無量心六波羅蜜常得現前四無礙智六神通力如意自在行菩薩道不休不息先度衆生然後作佛

奉爲國王人道禮佛第二十

今日道場同業大衆相與已得奉爲諸天諸仙龍神八部禮佛竟次應奉爲人道一切人王禮佛報恩又爲父母師長一切人民何以故爾若無國王一切衆生無所依附由有王故一切得住行國王地飲國王水諸餘利益不可具說大衆宜各起報恩心經言若能一日一夜六時忍苦爲欲利益奉報恩者應當發起如是等心習行慈悲以是願力念報國王覆燾之恩念報施主供億之恩念報父母養育之恩念報師長訓誨之恩念報如來濟度之恩若能至心常念不絕者如是等人得入道疾

今日道場同業大衆諸佛大聖慈恩開誘慇勤如此令知恩報恩我等今日既仰賴國王於末世中興顯佛法種種供養不惜財寶率土臣民望風歸附又令出家之人安心向道行住坐卧初無留難凡百不預唯獎以善皆

願我等速出生死闡無量法門開人天正路
而國王有如此恩德豈得不人人禮佛奉報
相與至心等一痛切奉爲國王歸依世間大
慈悲父

南無彌勒佛　南無釋迦牟尼佛
南無迦葉佛　南無淨意佛
南無知次第佛　南無猛威德佛
南無大光明佛　南無日光曜佛
南無淨藏佛　南無分別威佛
南無無損佛　南無容日佛
南無月光佛　南無持明佛
南無善寂行佛　南無不動佛
南無大請佛　南無德法佛
南無莊嚴王佛　南無高出佛
南無焰熾佛　南無華德佛
南無寶嚴佛　南無上善佛
南無寶上佛　南無利慧佛
南無嚴土佛
南無無邊身菩薩　南無觀世音菩薩
又復歸命如是十方盡虚空界一切三寶願
以慈悲力同加攝受仰願
當今皇帝聖體康御天威振遠帝基永固慧
命無窮慈霑無際有識歸心菩薩盛化天人
讃仰四等六度日夜增明四無礙辯樂説無
盡得八自在具六神通三昧總持應念現前
慈悲即世恩徧六道萬行早圓速登正覺
奉爲諸王王子禮佛第二十一
今日道場同業大衆重復至誠五體投地奉
爲
皇太子殿下諸王百官各及眷屬歸依世間

大慈悲父

南無彌勒佛　南無釋迦牟尼佛

南無海德佛　南無梵相佛

南無月蓋佛　南無多焰佛

南無違藍王佛　南無智稱佛

南無覺想佛　南無功德光佛

南無聲流布佛　南無滿月佛

南無華光佛　南無善戒佛

南無燈王佛　南無電光佛

南無光王佛　南無光明佛

南無具足讚佛　南無華藏佛

南無弗沙佛　南無身端嚴佛

南無淨義佛　南無威猛軍佛

南無福威德佛　南無力行佛

南無羅睺天佛

南無無邊身菩薩　南無觀世音菩薩

又復歸依如是十方盡虛空界一切三寶願以慈悲力同加覆護願

皇太子殿下諸王百官各及眷屬身心安樂妙算無窮行大乘道入佛智慧被四弘誓不捨一切四等六度常得現前六通三達善識根性具二莊嚴神力自在行如來慈攝化六道

奉爲父母禮佛第二十二

今日道場同業大衆次復應須思念父母養育之恩懷抱乳哺愛重情深寧自危身安立其子至年長大訓以仁禮洗掌求師願通經義時刻不忘企及人流所當供給不悋家寶念深慮結有亦成病臥不安席常憶其子天下恩重世實無二所以佛言天下之恩莫過

父母夫捨家人未能得道唯勤學業爲善莫
廢積德不止必能感報劬勞之恩相與至心
等一痛切五體投地各自奉爲有識神已來
至于今日經生父母歷劫親緣一切眷屬歸
依世間大慈悲父
南無彌勒佛　南無釋迦牟尼佛
南無智聚佛　南無調御佛
南無如王佛　南無華相佛
南無羅睺羅佛　南無大藥佛
南無宿王佛　南無藥王佛
南無德手佛　南無得叉迦佛
南無流布王佛　南無日光佛
南無法藏佛　南無妙意佛
南無德主佛　南無金剛衆佛
南無慧頂佛　南無善住佛
南無意行佛　南無梵音佛
南無師子佛　南無雷音佛
南無通相佛　南無安隱佛
南無慧隆佛
南無無邊身菩薩　南無觀世音菩薩
又復歸依如是十方盡虚空界一切三寶願
以慈悲力同加攝受願父母親緣各及眷屬
從今日去至于菩提一切罪障皆得除滅一
切衆苦畢竟解脱結習煩惱永得清淨長辭
四趣自在往生親侍諸佛現前受記四無量
心六波羅蜜常不離行四無礙智六神通力
如意自在得佛十力相好嚴身同坐道場成
等正覺
奉爲過去父母禮佛第二十三
今日道場同業大衆其中若有父母少便孤

背難可再遇空想悠然既未得神通天眼不知父母捨報神識更生何道唯當競設福力追而報恩爲善不止功成必致經言爲亡人作福如餉遠人若生人天增益功德若處三塗或在八難永離衆苦生若值佛受正法教即得超悟七世父母歷劫親緣憂畏悉除同得解脱是爲智者至慈至孝最上報恩相與今日應當悲泣追懷懊惱嗚呼哽慟五體投地奉爲過去父母歷劫親緣歸依世間大慈悲父

南無彌勒佛　南無釋迦牟尼佛

南無梵王佛　南無牛王佛

南無利吒目佛　南無龍德佛

南無實相佛　南無莊嚴佛

南無不没音佛　南無華德佛

南無音德佛　南無師子佛

南無莊嚴辭佛　南無勇智佛

南無華積佛　南無華開佛

南無力行佛　南無德積佛

南無上形色佛　南無明曜佛

南無月燈佛　南無威德王佛

南無菩提王佛　南無無盡佛

南無菩提眼佛　南無身充滿佛

南無慧國佛

南無無邊身菩薩　南無觀世音菩薩

又復歸依如是十方盡虚空界一切三寶願以慈悲力救護拯接願過去父母歷劫眷屬從今日去至于道場一切罪緣皆得消殄一切苦果永得除滅煩惱結業畢竟清淨斷三障緣除五怖畏行菩薩道廣化一切八解洗

心四弘被物面奉慈顔諮承妙旨不起本處盡諸有漏隨念逍遥徧諸佛土行願早成速登正覺

奉爲師長禮佛第二十四

今日道場同業大衆相與已爲父母親緣禮佛竟次復應念師長恩德何以故爾父母雖復生育我等不能令我速離惡趣師長於我恩德無量大慈奬喻恒使修善願出生死到於彼岸每事利益令得見佛除煩惱結永處無爲如此至德誰能上報若能終身行道止可自利非報師恩所以佛言天下善知識者莫過師長既能自度亦復度人相與今日幸得出家受具足戒此之重恩從師長得豈可不人人追念此恩相與至心等一痛切五體投地奉爲和尚阿闍黎同壇尊證上中下座各及眷屬歸依世間大慈悲父

南無彌勒佛　南無釋迦牟尼佛
南無最上佛　南無清淨照佛
南無慧德佛　南無妙音聲佛
南無導師佛　南無無礙藏佛
南無上施佛　南無大尊佛
南無智勢佛　南無大焰佛
南無帝王佛　南無制力佛
南無威德佛　南無善明佛
南無名聞佛　南無端嚴佛
南無無塵垢佛　南無威儀佛
南無師子軍佛　南無天王佛
南無名聲佛　南無殊勝佛
南無大藏佛　南無福德光佛
南無梵聞佛

南無無邊身菩薩　南無觀世音菩薩
又復歸依如是十方盡虛空界一切三寶願
以慈悲力同加攝受願和尚阿闍黎同壇尊
證上中下座各及眷屬從今日去至坐道場
一切罪障皆得清淨一切衆苦悉得解脫一
切煩惱皆得斷除隨念往生諸佛淨土菩提
行願皆悉具足財施無盡法施無盡福德無
盡安樂無盡壽命無盡智慧無盡四無量心
六波羅蜜常得現前四無礙智六神通力如
意自在住首楞嚴三昧得金剛身不捨本誓
還度衆生

爲十方比丘比丘尼禮佛第二十五

今日道場同業大衆以斯禮拜之次重復增
到五體投地普爲十方盡虛空界現在未來
一切比丘比丘尼式叉摩那沙彌沙彌尼各
及眷屬又爲十方盡虛空界一切優婆塞優
婆夷各及眷屬復爲從來信施檀越善惡知
識有緣無緣各及眷屬如是人道一切人類
各及眷屬今日以慈悲心普爲歸依世間大
慈悲父

南無彌勒佛　南無釋迦牟尼佛
南無燈王佛　南無智頂佛
南無上天佛　南無地王佛
南無至解脫佛　南無金髻佛
南無羅睺日佛　南無莫能勝佛
南無牟尼淨佛　南無善光佛
南無金齊佛　南無種德天王佛
南無法蓋佛　南無德臂佛
南無鴦伽陀佛　南無美妙慧佛
南無微意佛　南無諸威德佛

南無師子髻佛　南無解脱相佛
南無威相佛　南無斷流佛
南無慧藏佛　南無智聚佛
南無無礙讃佛
南無無邊身菩薩　南無觀世音菩薩
又復歸依如是十方盡虚空界一切三寶願
以慈悲力同加覆護願十方盡虚空界一切
比丘比丘尼式叉摩那沙彌沙彌尼各及眷
屬又願十方一切優婆塞優婆夷各及眷屬
又願從來信施檀越善惡知識有縁無縁各
及眷屬乃至一切人道一切人類無始已來
至于今日一切煩惱皆得斷除一切縁障皆
得清淨一切罪業皆得消滅一切衆苦皆得
解脱離三障業除五怖畏四無量心六波羅
蜜常得現前四無礙智六神通力如意自在
行菩薩行入一乘道度脱無邊一切衆生
爲十方過去比丘比丘尼禮佛第二十六
今日道場同業大衆重復至誠五體投地代
爲十方盡虚空界一切過去比丘比丘尼式
叉摩那沙彌沙彌尼過去優婆塞優婆夷廣
及十方一切人道一切人類有命過者各及
眷屬今日以慈悲心等諸佛心同諸佛願普
爲歸依世間大慈悲父
南無彌勒佛　南無釋迦牟尼佛
南無寶聚佛　南無善音佛
南無山王相佛　南無法頂佛
南無解脱德佛　南無善端嚴佛
南無吉身佛　南無愛語佛
南無師子利佛　南無和樓那佛
南無師子法佛　南無法力佛

南無愛樂佛 南無讚不動佛

南無衆明王佛 南無覺悟佛

南無妙明佛 南無意住義佛

南無光照佛 南無香德佛

南無令喜佛 南無不虛行佛

南無滅恚佛 南無上色佛

南無善步佛

南無無邊身菩薩 南無觀世音菩薩

又復歸依如是十方盡虛空界一切三寶願以慈悲力救護拯接願過去一切比丘比丘尼式叉摩那沙彌沙彌尼各及眷屬又願過去一切優婆塞優婆夷各及眷屬若有地獄道苦今日即得解脫若有餓鬼道苦今日即得解脫若有畜生道苦今日即得解脫離八難地受八福生永捨惡道長生淨土財施無盡法施無盡福德無盡安樂無盡壽命無盡智慧無盡四無量心六波羅蜜常得現前四無礙智六神通力如意自在常得見佛聞法行菩薩道勇猛精進不休不息乃至進修成阿耨多羅三藐三菩提廣能度脫一切衆生

慈悲道場懺法卷第八

音釋

薝蔔 薝職廉切 蔔蒲北切 蔓 無販切 燾 徒到切溥覆照也 悋 良刃切慳也 餉 式亮切饋也 殄 徒典切城也

啓運慈悲道場懺法

一心歸命三世諸佛

南無過去毗婆尸佛

南無尸棄佛

南無毗舍浮佛

南無拘留孫佛

南無拘那含牟尼佛

南無迦葉佛

南無本師釋迦牟尼佛

南無當來彌勒尊佛

慈悲道場懺法卷第九

爲阿鼻地獄禮佛第二十七

今日道場同業大衆從歸依已來迄此章後每言萬法雖差功過不一至於明闇相形唯善與惡善者則謂人天之勝途惡者則謂三塗之異轍修仁義則歸於勝輿殘害則墜於劣其居勝者良由業勝非諍競之所要受自然之妙樂趣無上之逍遥其墜劣者良由業劣處於火城鐵網之中食則鐵丸熱鐵飲則沸石烊銅壽算踰於造化劫數等於無窮又地獄之苦不可親嬰神離此軀識投彼誠報以刀輪加體償以火磨毁形命不肯促抱苦長齡縱復獲免又墮餓鬼口中火出命不全活從此死已又墮畜生復受衆苦肌肉充饋命不盡於算數分布鼎鑊星羅机案或復負重致遠驅役險難實三惡之重苦悲長夜之難旦而優劣皎然無能信者以吾我故好起疑惑以疑惑故多不向善所以佛言世有十事死入惡道意不專善不修功德貪著飲食如彼餓虎耽戀酒色喜懷瞋毒常習愚癡不

受人諫自任其力辦諸惡事好殺衆生陵易孤弱恒黨惡人侵暴他界有所宜說言不眞實不慈一切起諸惡業若人如是不久存世死入惡道

今日道場同業大衆如佛所言誰能免者旣不能免於地獄中皆有罪分大衆各各覺悟此意無自放逸宜與時競行菩薩道勤求諸法利益衆生一自滅罪二生他福此則自利利他彼我無異相與今日起勇猛心起堅固心起慈悲心度一切心救衆生心至坐道場勿忘此願仰承十方盡虛空界一切諸佛諸大菩薩大神通力大慈悲力解脫地獄力濟度餓鬼力救拔畜生力大神呪力大威猛力令（某甲）等所作利益所願成就等一痛切五體投地爲阿鼻大地獄受苦衆生乃至黑闇地獄十八寒地獄十八熱地獄十八刀輪地獄劍林地獄火車地獄沸屎地獄鑊湯地獄如是地獄復有八萬四千眷屬等獄其中受苦一切衆生我等以菩提心以菩提行以菩提願悉皆代爲歸依世間大慈悲父

南無彌勒佛　南無釋迦牟尼佛
南無大音讚佛　南無淨願佛
南無日天佛　南無樂慧佛
南無攝身佛　南無威德勢佛
南無刹利佛　南無德乘佛
南無上金佛　南無解脫髻佛
南無樂法佛　南無住行佛
南無捨憍慢佛　南無智藏佛
南無梵行佛　南無栴檀佛
南無無憂名佛　南無端嚴身佛

南無相國佛　南無蓮華佛
南無無邊德佛　南無天光佛
南無慧華佛　南無頻頭摩佛
南無智富佛
南無師子遊戲菩薩　南無師子奮迅菩薩
南無地藏菩薩　南無無邊身菩薩
南無觀世音菩薩

又復歸依如是十方盡虛空界一切三寶願以慈悲力救拔拯接願阿鼻地獄乃至黑闇地獄刀輪地獄火車沸屎眷屬等獄受苦衆生以佛力法力諸菩薩力一切賢聖力令今日受苦衆生即得解脫畢竟不復墮於地獄一切罪障悉得銷滅畢竟不復作地獄業捨地獄生得淨土生捨地獄命得智慧命捨地獄身得金剛身捨地獄苦得涅槃樂念地獄苦發菩提心四無量心六波羅蜜常得現前四無礙智六神通力如意自在具足智慧行菩薩道勇猛精進不休不息乃至進修滿十地行入金剛心成等正覺

爲灰河鐵丸等地獄禮佛第二十八

今日道場同業大衆重復至誠五體投地爲灰河地獄劍林地獄刺林地獄銅柱地獄鐵機地獄鐵網地獄鐵窟地獄鐵丸地獄尖石地獄如是十方盡虛空界一切地獄今日現受苦一切衆生我等以菩提心普爲歸依世間大慈悲父

南無彌勒佛　南無釋迦牟尼佛
南無梵財佛　南無寶手佛
南無淨根佛　南無具足論佛
南無上論佛　南無弗沙佛

南無提沙佛 南無有日佛
南無出泥佛 南無得智佛
南無謨羅佛 南無上吉佛
南無法樂佛 南無求勝佛
南無智慧佛 南無善聖佛
南無網光佛 南無瑠璃藏佛
南無名聞佛 南無利寂佛
南無教化佛 南無日明佛
南無善明佛 南無衆德上明佛
南無寶德佛
南無師子幡菩薩 南無師子作菩薩
南無地藏菩薩 南無無邊身菩薩
南無觀世音菩薩

又復歸依如是十方盡虛空界一切三寶願以慈悲力同加救拔願今日現受灰河等地獄受苦一切衆生皆得解脫一切苦果永得除滅地獄道業畢竟清淨捨地獄身得金剛身捨地獄苦得涅槃樂憶地獄苦發菩提心同出火宅至于道場與諸菩薩俱成正覺

爲飲銅炭坑等地獄禮佛第二十九

今日道場同業大衆重復至心五體投地普爲十方盡虛空界一切地獄飲銅地獄衆合地獄呌喚地獄大呌喚地獄熱地獄大熱地獄炭坑燒林如是等無量無邊眷屬等獄今日現受苦衆生我等以菩提心普代歸依世間大慈悲父

南無彌勒佛 南無釋迦牟尼佛
南無人月佛 南無羅睺佛
南無甘露明佛 南無妙意佛
南無大明佛 南無一切主佛

南無樂智佛　南無山王佛
南無寂滅佛　南無德聚佛
南無天王佛　南無妙音聲佛
南無妙華佛　南無住義佛
南無功德威聚佛　南無智無等佛
南無甘露音佛　南無善手佛
南無利慧佛　南無思解脱義佛
南無勝音佛　南無梨陀行佛
南無善義佛　南無無過佛
南無行善佛
南無堅勇精進菩薩　南無金剛慧菩薩
南無地藏菩薩　南無無邊身菩薩
南無觀世音菩薩
又復歸依如是十方盡虚空界一切三寶願
以慈悲力同加救拔願飲銅等地獄現受苦

衆生一切罪障皆得銷滅一切衆苦皆得解
脱從今日去畢竟不復墮於地獄捨地獄生
得淨土生捨地獄命得智慧命四無量心六
波羅蜜常得現前四無礙辯六神通力如意
自在出地獄道得涅槃道等與如來俱成正
覺
爲刀兵銅釜等地獄禮佛第三十
今日道場同業大衆重復至誠普爲十方盡
虚空界一切地獄想地獄黒砂地獄釘身地
獄火井地獄石臼地獄沸砂地獄刀兵地獄
饑餓地獄銅釜地獄如是等無量地獄今日
現受苦衆生我等今日以菩提心力普爲歸
依世間大慈悲父
南無彌勒佛　南無釋迦牟尼佛
南無華藏佛　南無妙光佛

南無樂説佛　南無善濟佛
南無衆王佛　南無離畏佛
南無辯才日佛　南無名聞佛
南無寶月明佛　南無上意佛
南無無畏佛　南無大見佛
南無梵音佛　南無善音佛
南無慧濟佛　南無無等意佛
南無金剛軍佛　南無菩提意佛
南無樹王佛　南無槃陀音佛
南無福德力佛　南無勢德佛
南無聖愛佛　南無勢行佛
南無琥珀佛　南無樂知佛
南無棄陰蓋菩薩　南無寂根菩薩
南無地藏菩薩　南無無邊身菩薩
南無觀世音菩薩

又復歸依如是十方盡虚空界一切三寶願以慈悲力同加救護願刀兵等一切地獄眷屬等獄受苦衆生今日即得解脱一切衆苦永得除斷離地獄縁得智慧生憶地獄苦發菩提心行菩薩行不休不息入一乘道滿十地行皆以神力還接一切同坐道場俱登正覺

爲火城刀山等地獄禮佛第三十一

今日道場同業大衆重復至誠普爲十方盡虚空界一切地獄火城地獄石窟地獄湯澆地獄刀山地獄虎狼地獄鐵牀地獄熱風地獄吐火地獄如是等無量無邊眷屬等獄今日受苦衆生我等以菩提心力普爲歸依世間大慈悲父

南無彌勒佛　南無釋迦牟尼佛

南無雷音雲佛　南無善愛目佛
南無善智佛　南無具足佛
南無實積佛　南無大音佛
南無法相佛　南無智音佛
南無虛空佛　南無祠音佛
南無慧音差別佛　南無功德光佛
南無聖王佛　南無衆意佛
南無辯才輪佛　南無善寂佛
南無月面佛　南無日名佛
南無無垢佛　南無功德集佛
南無華德相佛　南無辯才國佛
南無寶施佛　南無愛月佛
南無不高佛
南無慧上菩薩　南無常不離世菩薩
南無地藏菩薩　南無無邊身菩薩

南無觀世音菩薩

又復歸依如是十方盡虛空界一切三寶願以慈悲力同加攝受願刀山等地獄今日現受苦衆生即得解脱乃至十方不可說一切地獄現受苦當受苦一切衆生願以佛力法力菩薩力賢聖力令諸衆生同得解脱永斷十方諸地獄業從今已去至于道場畢竟不復墮於三塗捨身受身常值諸佛具足智慧清淨自在勇猛精進不休不息乃至進修滿十地行登金剛心入種智果以佛神力隨心自在

爲餓鬼道禮佛第三十二

今日道場同業大衆重復至誠五體投地普爲十方盡虛空界一切餓鬼道餓鬼神等一切餓鬼各及眷屬我等今日以菩提心力普

爲歸依世間大慈悲父

南無彌勒佛 南無釋迦牟尼佛
南無師子力佛 南無自在王佛
南無無量淨佛 南無等定佛
南無不壞佛 南無滅垢佛
南無不失方便佛 南無無嬈佛
南無妙面佛 南無智制住佛
南無法師王佛 南無大天佛
南無深意佛 南無無量佛
南無法力佛 南無世供養佛
南無華光佛 南無三世供佛
南無應日藏佛 南無天供養佛
南無上智人佛 南無眞髻佛
南無信甘露佛 南無金剛佛
南無堅固佛

南無藥王菩薩 南無藥上菩薩
南無地藏菩薩 南無無邊身菩薩
南無觀世音菩薩

又復歸依如是十方盡虛空界一切三寶願以慈悲力同加攝受願東西南北四維上下盡十方界一切餓鬼道一切餓鬼神各及眷屬一切餓鬼各及眷屬一切罪障皆得消滅一切衆苦皆得解脫身心清涼無復熱惱身心飽滿無復饑渴得甘露味開智慧眼四無量心六波羅蜜常得現前四無礙智六神通力如意自在離餓鬼道入涅槃道等與諸佛俱成正覺

爲畜生道禮佛第三十三

今日道場同業大衆重復運心五體投地普爲東西南北四維上下如是十方盡虛空界

一切畜生道四生衆生若大若小水陸空界一切衆生各及眷屬我等今日以慈悲心力普爲歸依世間大慈悲父

南無彌勒佛　南無釋迦牟尼佛

南無寶宥明佛　南無梨陀步佛

南無隨日佛　南無清淨佛

南無明力佛　南無功德聚佛

南無具足德佛　南無師子行佛

南無高出佛　南無華施佛

南無珠明佛　南無蓮華佛

南無愛智佛　南無槃陀嚴佛

南無不虛行佛　南無生法佛

南無相明佛　南無思惟樂佛

南無樂解脫佛　南無知道理佛

南無常精進菩薩　南無不休息菩薩

南無地藏菩薩　南無無邊身菩薩

南無觀世音菩薩

又復歸依如是十方盡虛空界一切三寶願以慈悲力同加攝受願東西南北四維上下盡虛空界一切畜生道四生衆生各及眷屬一切罪障皆得消滅一切衆苦皆得解脫同捨惡趣俱得道果身心安樂如第三禪四無量心六波羅蜜常得現前四無礙智六神通力如意自在離畜生道入涅槃道登金剛心成等正覺

爲六道發願第三十四

我等以今奉爲諸天諸仙龍神八部禮佛功德因緣願十方盡虛空界四生六道窮未來際一切衆生從今日去至于菩提不復枉誤形骸受諸楚毒不復造十惡五逆更入三塗

承今禮佛功德因緣各得菩薩摩訶薩淨身口業各得菩薩摩訶薩大心大地心生諸善根大海心受持諸佛智慧大法須彌山心令一切安住無上菩提摩尼寶心遠離煩惱金剛心決定諸法堅固心衆魔外道不能沮壞蓮華心一切諸法所不能染優曇鉢華心一切劫中難得值遇淨日心除滅一切愚癡暲障虛空心一切衆生無能量者又願四生六道一切衆生從今日去思量識性思量決信解性棄捐調戲常思法語所有皆施心無愛惜心心勇猛不懷怯弱所修功德悉施一切不還邪道專心一向見善如化見惡如夢捨離生死速出三界明了觀察甚深妙法各得供養一切諸佛供養衆具皆悉滿足各得供養一切尊法供養衆具皆悉滿足各得供養一切菩薩供養衆具皆悉滿足各得供養一切賢聖供養衆具皆悉滿足若有後流一切衆生異我等今日願界者皆悉令入大願海中即得成就功德智慧以佛神力隨心自在等與如來俱成正覺

警念無常第三十五

今日道場同業大衆相與已得爲六道禮懺發願竟次復應須悟世無常夫三世罪福因果相生惻然在心慮不斯隔常謂影響相符乃可胡越善惡之致非可得而舛也惟願大衆覺悟無常勤修行業以自資身勿生懈怠而不努力智者常歎假使千萬億歲受五欲樂終不得免三惡道苦況我百年而不得半於此促期那得自寬且世間幻惑終歸磨滅有者皆盡高者亦墜合會有離生必應死父

毋兄弟妻子眷屬愛徹骨髓當捨壽時不得相代重官厚禄榮華豪貴錢財寶物亦不能延人之壽命亦不可以言辭飲食求囑脱者無形之對誰能留者經云死者盡也氣絶神逝形骸蕭索人物一統無生不終而捨命時受大苦惱内外六親圍繞號哭死者惶怖莫知依投身虚體冷氣將欲盡見先所作善惡報相森然在目其修善者天神扶衛其行惡者牛頭驅逐獄卒羅刹永無寬恕慈親孝子不能相救夫妻恩愛相看就盡風刀解身苦不可言死者爾時肝膽寸寸裂無量痛惱一時同集神識周慞如狂如醉決欲起一念善作一毫福懷恨在心不復能得如是苦惱無人代受涅槃經言死者於險難處無有資粮去處懸遠又無伴侣晝夜常行無有邊際深邃幽闇無有光明入無遮止到不得脱生不修福死歸苦處愁毒辛酸不可療治非是惡色令人怖畏

今日道場同業大衆生死果報如環無窮孤魂獨逝無人見者不可尋覓不可物寄唯各努力捍勞忍苦勤修四等六波羅蜜以爲獨逝諸趣之資莫以强健而自安心宜各至心等一痛切五體投地歸依世間大慈悲父

南無彌勒佛　南無釋迦牟尼佛
南無多聞海佛　南無持華佛
南無不隨世佛　南無喜衆佛
南無孔雀音佛　南無不退没佛
南無斷有愛垢佛　南無威儀濟佛
南無無動佛　南無諸天流布佛
南無寶步佛　南無華手佛

南無威德佛　南無破怨賊佛
南無富多聞佛　南無妙國佛
南無華明佛　南無師子智佛
南無月出佛　南無滅闇佛
南無師子遊戲菩薩　南無師子奮迅菩薩
南無無邊身菩薩　南無觀世音菩薩
又復歸依如是十方盡虛空界一切三寶願以慈悲力同加覆護願今日道場同懺悔者從今日去乃至菩提一切罪因無量苦果悉得斷除煩惱結業畢竟清淨諸佛法會常得身預行菩薩道自在受生四等六度如說修行四辯六通無不滿足百千三昧應念現前諸總持門無不能入早登道場成等正覺

爲執勞運力禮佛第三十六

今日道場同業大衆重復至誠起慈悲心無怨親想普爲今日轉生作熟執勞隨喜施工運力助營福業者各及眷屬又爲即世牢獄憂厄困苦囹圄繫閉及諸刑罰念其處世雖獲人身樂少苦多枷鎖杻械未嘗離體或今身造惡或過去所追或應免脫無由自申重罪分死無救護者如是衆生各及眷屬某等今日以慈悲心普爲歸依一切世間大慈悲父

南無彌勒佛　南無釋迦牟尼佛
南無次第行佛　南無福德燈佛
南無音聲治佛　南無憍曇佛
南無勢力佛　南無身心住佛
南無善月佛　南無覺意華佛
南無上吉佛　南無善威德佛
南無智力德佛　南無善燈佛
南無堅行佛　南無天音佛

南無安樂佛　南無日面佛
南無樂解脱佛　南無戒明佛
南無住戒佛　南無無垢佛
南無師子旛菩薩　南無師子作菩薩
南無無邊身菩薩　南無觀世音菩薩
又復歸依如是十方盡虚空界一切三寶願以慈悲力同加覆護願今日執勞隨喜者各及眷屬從今日去至于菩提一切罪障皆得消滅一切衆苦畢竟解脱壽命延長身心安樂永離災厄無復障惱發大乘心修菩薩行六度四等皆悉具足捨生死苦得涅槃樂又願天下牢獄諸餘刑禁徒囚繫閉憂厄困苦諸有疾病不得自在者各及眷屬以今爲其禮佛功德威力一切衆苦皆悉解脱惡業對因畢竟除斷出牢獄户入善法門壽命無窮智力無盡身心永樂如第三禪憶牢獄苦念諸佛恩改惡修善皆發大乘行菩薩道至金剛際還復度脱一切衆生同登正覺神力自在

發迴向第三十七

今日道場同業大衆已得發心辦所辦竟次復應須以前功德各發迴向何以故爾一切衆生所以不能得解脱者皆由著於果報不能捨離若有片福一毫之善能迴向者則於果報不復生著便得解脱優遊自在所以經歎修行迴向爲大利益是故今日應發迴向兼勸一切不著果報我等相與先應至心五體投地歸命敬禮世間大慈悲父

南無彌勒佛　南無釋迦牟尼佛
南無堅出佛　南無安闍那佛

南無增益佛　南無香明佛
南無違藍明佛　南無念王佛
南無蜜鉢佛　南無無礙相佛
南無信戒佛　南無至妙道佛
南無樂實佛　南無明法佛
南無具威德佛　南無至寂滅佛
南無上慈佛　南無大慈佛
南無甘露王佛　南無彌樓明佛
南無聖讃佛　南無廣照佛
南無文殊師利菩薩　南無普賢菩薩
南無無邊身菩薩　南無觀世音菩薩
又復歸依如是十方盡虛空界一切三寶願以慈悲力同加覆護一切行願皆得圓滿今日道場同業大衆從今日去至于菩提行菩薩道誓莫退還先度衆生然後作佛若未得道中間猶滯生死者以此願力令此大衆在所生處身口意業恒自清淨常發柔輭心調和心不放逸心寂滅心眞心不雜亂心無貪悋心大勝心大慈悲心安住心歡喜心先度一切心守護一切心守護菩提心誓等佛心發如是等廣大勝妙之心專求多聞修離欲定饒益安樂一切衆生不捨菩提願同成正覺

代發迴向法

今日道場同業大衆相與胡跪合掌心念口言隨我今說

十方諸天仙　所有功德業　我今爲迴向
同歸正覺道　十方龍鬼神　所有勝善業
我今爲迴向　同歸一乘道　十方諸人王
所修菩提業　我今爲迴向　同歸無上道

六道衆生類　所有微善業　我今爲迴向
同歸無上道　十方佛弟子　善來比丘衆
無著四沙門　及求緣覺者　隱顯化衆生
明了因緣法　如是兼一切　盡迴向佛道
十方諸菩薩　讀誦受持經　入禪出禪者
勸總行衆善　如是等三乘　一切衆德本
盡迴施衆生　同歸無上道　天上及人間
聖道諸善業　我今勸迴向　同歸無上道
發心及懺悔　自行若勸人　所有微毫福
盡迴施衆生　衆生不得佛　不捨菩提願
一切成佛盡　然後登正覺　仰願佛菩薩
無漏諸聖人　此世及後生　惟願見攝受
今日道場同業大衆相與至心五體投地奉爲國王帝主迴向奉爲父母親緣迴向奉爲師長同學迴向奉爲信施檀越善惡知識迴向奉爲護世四王迴向又爲十方魔王迴向又爲聰明正直天地虚空主善罰惡守護持呪五方龍王龍神八部迴向又爲幽顯一切靈祇迴向又爲十方盡虚空界一切衆生迴向惟願十方諸天諸仙龍神八部一切衆生從今日去至于菩提恒會無相不復耽著

慈悲道場懺法卷第九

音釋

迄（許訖切至也）　轍（直列切車輪所輾跡也）　齡（郎丁切年也）　饋（求位切餉也）　机（舉履切案也）　嬈（而沼切）　沮（在呂切抑也）　曀（於計切陰曀也）　怯（去劫切懦也）　慞（諸良切懼也）　囹圄（囹郎丁切圄魚巨切囹圄獄也）

啓運慈悲道場懺法

一心歸命三世諸佛

南無過去毘婆尸佛

南無尸棄佛

南無毘舍浮佛

南無拘留孫佛

南無拘那含牟尼佛

南無迦葉佛

南無本師釋迦牟尼佛

南無當來彌勒尊佛

慈悲道場懺法卷第十

菩薩迴向法第三十八

今日道場同業大衆相與已得捍勞忍苦修如是等無量善根宜復人人起如是念我所修習善根悉以饒益一切衆生令諸衆生究竟清淨以此所修懺悔善根令諸衆生皆悉滅除地獄餓鬼畜生閻羅王等無量苦惱以此懺法爲諸衆生作大舍宅令滅苦陰作大救護令脱煩惱作大歸依令離恐怖作大止趣令至智地作大安隱令得究竟安隱處作大明照令滅癡闇作大燈明令得安住究竟明淨作大導師令入方便法門得淨智身

今日道場同業大衆如此諸法是菩薩摩訶薩爲怨親故以諸善根同共迴向於諸衆生等無差别入平等觀無怨親想常以愛眼視諸衆生若衆生懷怨於菩薩起惡逆心者菩薩爲眞善知識善調伏心爲説深法譬如大海一切衆毒所不能壞菩薩亦爾愚癡無智不知報恩如是衆生起無量惡不能動亂菩薩道心譬如杲日普照衆生不爲無目而隱

光明菩薩道心亦復如是不爲惡者而生退没不以衆生難調伏故退捨善根菩薩摩訶薩於諸善根信心清淨長養大悲以諸善根普爲衆生深心迴向非但口言於諸衆生皆發歡喜心明淨心柔軟心慈悲心愛念心攝取心饒益心安樂心最勝心以諸善根迴向菩薩摩訶薩發如是善根迴向我等今日亦應仰學如是迴向心念口言若我所有迴向功德令諸衆生得清淨趣得清淨生功德滿足一切世間無能壞者功德智慧無有窮極身口意業具足莊嚴常見諸佛以不壞信聽受正法離諸疑網憶持不忘淨身口業心常安住勝妙善根永離貧乏七財充滿修學一切菩薩所學得諸善根成就平等得妙解脱一切種智於諸衆生得慈愛眼身根清淨言辭辯慧發起諸善心無染著入甚深法攝取一切同住諸佛住無所住所有迴向悉如十方菩薩摩訶薩所發迴向廣大如法性究竟如虛空願某等得如所願滿菩提願四生六道同得如願重復增到五體投地歸依世間大慈悲父

南無彌勒佛　南無釋迦牟尼佛
南無威德佛　南無見明佛
南無善行報佛　南無善喜佛
南無無憂佛　南無寶明佛
南無威儀佛　南無樂福德佛
南無功德海佛　南無盡相佛
南無斷魔佛　南無盡魔佛
南無過衰道佛　南無不壞意佛
南無水王佛　南無淨魔佛

南無衆上王佛　南無愛明佛
南無福燈佛　南無菩提相佛
南無智音佛
南無常精進菩薩　南無不休息菩薩
南無無邊身菩薩　南無觀世音菩薩
又復歸命如是十方盡虚空界一切三寶願以慈悲力同加攝受令迴向心具足成就某等若具有無量大惡罪業應受無量無邊楚毒於惡道中不能自拔違今日發菩提心違菩提行違菩提願者願十方大地菩薩一切聖人以慈悲心不違本願助某等於彼三惡道中救諸衆生令得解脱誓不以苦故捨離衆生爲我荷負重檐滿平等願度脱一切衆生生老病死愁憂苦惱無量戹難令諸衆生悉得清淨具足善根究竟解脱捨離衆魔遠惡知識親近善友眞善眷屬成就淨業盡滅衆苦具足菩薩無量行願見佛歡喜得一切智還復度脱一切衆生

發願第三十九

今日道場同業大衆已發迴向竟次復應須發如是願尋夫衆惡所起皆緣六根是知六根衆禍之本雖爲禍本亦能招致無量福業故勝鬘經言守護六根淨身口意以此義證生善之本故於六根發大誓願

先發眼根願

願今日道場同業大衆廣及十方四生六道一切衆生從今日去乃至菩提眼常不見貪欲無猒詐幻之色不見諂諛曲媚佞會之色不見玄黄朱紫惑人之色不見瞋恚鬭諍醜狀之色不見打撲苦惱損他之色不見屠裂

傷毁衆生之色不見愚癡無信疑闇之色不見無謙無敬憍慢之色不見九十六種邪見之色惟願一切衆生從今日去眼常得見十方常住法身湛然之色常見三十二相紫磨金色常見八十種好隨形之色常見諸天諸仙奉寶來獻散華之色常見口出五種色光説法度人之色常見分身散體徧滿十方之色常見諸佛放肉髻光感於有縁來會之色常見十方菩薩辟支羅漢衆聖之色常得與諸衆生及諸眷屬觀佛之色常見衆善無教假色常見七覺淨華之色常見解脱妙果之色常見今日道場大衆歡喜讚法頂受之色常見四衆圍繞聽法渴仰之色常見一切布施持戒忍辱精進之色常見一切靜默禪思修習智慧之色常見一切衆生得無生忍現前受記歡喜之色常見一切登金剛慧斷無明闇補處之色常見一切沐浴法流不退之色已發眼根願竟相與至心五體投地歸依世間大慈悲父

南無彌勒佛　南無釋迦牟尼佛
南無善滅佛　南無梵相佛
南無智喜佛　南無神相佛
南無如衆王佛　南無持地佛
南無愛日佛　南無羅睺月佛
南無華明佛　南無藥師上佛
南無持勢力佛　南無福德明佛
南無喜明佛　南無好音佛
南無法自在佛　南無梵音佛
南無妙音菩薩　南無大勢至菩薩
南無無邊身菩薩　南無觀世音菩薩

又復歸依如是十方盡虛空界一切三寶願以慈悲力同加覆護令某等得如所願滿菩提願

次發耳根願

又願今日道場同業大衆廣及十方四生六道一切衆生從今日去乃至菩提耳常不聞啼哭愁苦悲泣之聲不聞無間地獄受苦之聲不聞鑊湯雷沸震響之聲不聞刀山劒樹鋒刃割裂之聲不聞十八地獄間隔無量苦楚之聲不聞餓鬼饑渴熱惱求食不得之聲不聞餓鬼行動支節火然作五百車聲不聞畜生身大五百由旬爲諸小蟲嗜食苦痛之聲不聞抵債不還生駱駝驢馬牛中身常負重鞭杖楚撻困苦之聲不聞愛別離怨憎會等八苦之聲不聞四百四病苦報之聲不聞一切諸惡不善之聲不聞鐘鈴螺鼓琴瑟箜篌琳琅玉佩惑人之聲惟願一切衆生從今日去耳常得聞諸佛說法八種音聲常聞無常苦空無我之聲常聞八萬四千波羅蜜聲常聞假名諸法無性之聲常聞諸佛一音說法各得解悟之聲常聞一切衆生皆有佛性法身常住不滅之聲常聞十地菩薩忍辱修進之聲常聞得無生解善入佛慧超出三界之聲常聞諸法身菩薩入法流水眞俗並觀念念具足萬行之聲常聞十方辟支羅漢四果之聲常聞帝釋爲諸天說般若之聲常聞十地補處大士在兜率宫說不退轉地法行之聲常聞萬善同歸得佛之聲常聞諸佛讚歎一切衆生能行十善隨喜之聲願諸衆生常聞諸佛讚言善哉是人不久成佛之聲已

發耳根願竟相與至心五體投地重復歸依
世間大慈悲父
南無彌勒佛　南無釋迦牟尼佛
南無善業佛　南無意無謬佛
南無大施佛　南無明讃佛
南無衆相佛　南無德流布佛
南無世自在佛　南無德樹佛
南無斷疑佛　南無無量佛
南無善月佛　南無無邊辯相佛
南無寶月菩薩　南無月光菩薩
南無無邊身菩薩　南無觀世音菩薩
又復歸依如是十方盡虛空界一切三寶願
以慈悲力同加攝受令（某等）得如所願滿菩提
願
次發鼻根願

又願今日道場同業大衆廣及十方四生六
道一切衆生從今日去乃至菩提鼻常不聞
殺生滋味飲食之氣不聞畋獵放火燒害衆
生之氣不聞蒸煑熬炙衆生之氣不聞二十
六物革囊臭處之氣不聞錦綺羅縠惑人之
氣不聞地獄剥裂焦爛之氣不聞餓鬼饑渴
飲食糞穢膿血之氣不聞畜生腥臊不淨之
氣不聞病臥床席無人看視瘡壞難近之氣
不聞大小便利臭穢之氣不聞死屍膖脹蟲
食爛壞之氣唯願大衆六道衆生從今日去
鼻常得聞十方世界牛頭栴檀無價之香常
聞優曇鉢羅五色華香常聞歡喜園中諸樹
華香常聞兜率天宮說法時香常聞妙法堂
上遊戲時香常聞十方衆生行五戒十善六
念之香常聞一切七方便人十六行香常聞

十方辟支學無學人衆德之香常聞四果四向得無漏香常聞無量菩薩歡喜離垢發光焰慧難勝現前遠行不動善慧法雲之香常聞衆聖戒定慧解脫解脫知見五分法身之香常聞諸佛菩提之香常聞三十七品十二緣觀六度之香常聞大悲三念十力四無所畏十八不共法香常聞八萬四千諸波羅蜜香常聞十方無量妙極法身常住之香已發鼻根願竟相與志心五體投地歸依世間大慈悲父

南無彌勒佛　南無釋迦牟尼佛

南無梨陀法佛　南無應供養佛

南無度憂佛　南無樂安佛

南無世意佛　南無愛身佛

南無妙足佛　南無優鉢羅佛

南無華纓佛　南無無邊辯光佛

南無信聖佛　南無德精進佛

南無妙德菩薩　南無金剛藏菩薩

南無無邊身菩薩　南無觀世音菩薩

又復歸依如是十方盡虛空界一切三寶願以慈悲力同加攝受令等某得如所願滿菩提願

次發舌根願

又願今日道場同業大衆廣及十方四生六道一切衆生從今以去乃至菩提舌恒不嘗傷殺一切衆生身體之味不嘗一切自死之味不嘗生類血髓之味不嘗寃家對主毒藥之味不嘗一切能生貪愛煩惱滋味之味願舌恒嘗甘露百種美味之味恒嘗諸天自然飲食之味恒嘗香積香飯之味恒嘗諸佛所

食之味恒甞法身戒定慧熏修所現食味恒甞法喜禪悅之味恒甞無量功德滋治慧命甜和之味恒甞解脱一味等味恒甞諸佛泥洹至樂最上勝味之味已發舌根願竟相與志心五體投地歸依世間大慈悲父

南無彌勒佛　南無釋迦牟尼佛
南無眞實佛　南無天主佛
南無樂高音佛　南無信淨佛
南無婆耆羅陀佛　南無福德意佛
南無焰熾佛　南無無邊德佛
南無聚成佛　南無師子遊佛
南無不動佛　南無信清淨佛
南無虚空藏菩薩　南無薩陀波崙菩薩
南無無邊身菩薩　南無觀世音菩薩

又復歸依如是十方盡虚空界一切三寶願以慈悲力哀愍覆護令某等得如所願滿菩提願

次發身根願

又願今日道場同業大衆廣及十方四生六道一切衆生從今日去乃至菩提身常不覺五欲邪媚之觸不覺鑊湯爐炭寒氷等觸不覺餓鬼頭上火然烊銅灌口焦爛之觸不覺畜生剥裂苦楚之觸不覺四百四病諸苦惱觸不覺大熱大寒難耐之觸不覺蚊蚋蚤蝨諸蟲之觸不覺刀杖毒藥加害之觸不覺饑渴困苦一切諸觸願身常覺諸天妙衣之觸常覺自然甘露之觸常覺清凉不寒不熱之觸常覺不饑不渴無病無惱休强之觸常覺無有刀杖苦楚之觸常覺卧安覺安無諸憂怖之觸常覺十方諸佛淨土微風吹身之觸

常覺十方諸佛淨土七寶浴池洗蕩身心之
觸常覺無老病死諸苦之觸常覺飛行自在
與諸菩薩聽法之觸常覺諸佛涅槃八自在
觸已發身根願竟相與至心五體投地歸依
世間大慈悲父
南無彌勒佛　南無釋迦牟尼佛
南無行明佛　南無龍音佛
南無持輪佛　南無財成佛
南無世愛佛　南無法名佛
南無無量寶明佛　南無雲相佛
南無慧道佛　南無妙香佛
南無虛空音佛　南無虛空佛
南無越三界菩薩　南無跋陀婆羅菩薩
南無無邊身菩薩　南無觀世音菩薩
又復歸依如是十方盡虛空界一切三寶願
以慈悲力覆護攝受令某等得如所願滿菩提
願
次發意根願
又願今日道場同業大衆廣及十方四生六
道一切衆生從今日去乃至菩提意常得知
貪欲瞋恚愚癡爲患常知身殺盜婬妄言綺
語兩舌惡口爲患常知殺父害母殺阿羅漢
出佛身血破和合衆謗佛法僧不信因果是
無間罪常知人死更生報應之法常知遠惡
知識親近善友常知諸受九十六種邪師之
法爲非常知三漏五蓋十纏之法是障常知
三塗可畏生死酷劇苦報之處願意常知一
切衆生皆有佛性常知諸佛是大慈悲父無
上醫王一切尊法爲諸衆生病之良藥一切
賢聖爲諸衆生看病之母常知歸依三寶應

受五戒次行十善如是等法能招天上人中勝報常知未免生死應修七方便觀煗頂等法常知應行無漏苦忍十六聖心先修十六行觀觀四眞諦常知四諦平等無相故成四果常知總相別相一切種法常知十二因緣三世因果輪轉無有休息常知修行六度八萬諸行常知斷除八萬四千塵勞常知體會無生必斷生死常知十住階品次第具足常知以金剛心斷無明闇得無上果常知體極一照萬德圓備累患都盡成大涅槃常知佛地十力四無所畏十八不共無量功德無量智慧無量善法已發意根願竟相與至心五體投地歸依世間大慈悲父

南無彌勒佛 南無釋迦牟尼佛

南無天王佛 南無珠淨佛

南無善財佛 南無燈焰佛

南無寶音聲佛 南無人主王佛

南無羅睺守佛 南無安隱佛

南無師子意佛 南無寶名聞佛

南無得利佛 南無徧見佛

南無馬鳴菩薩 南無龍樹菩薩

南無無邊身菩薩 南無觀世音菩薩

又復歸依如是十方盡虛空界一切三寶願以慈悲心哀愍覆護攝受今某等得如所願滿菩提願

次發口願

又願今日道場同業大衆廣及十方四生六道一切衆生從今日去乃至菩提口常不毀呰三寶口不謗弘通法人說其過惡不言作善不得樂報作惡不得苦果不言人死斷滅

不復更生不說無利益損他人事不說邪見外道所造經書不教人作十惡業不教人造五逆罪不稱揚人惡不言俗間無趣好戲笑事不教人僻信邪師鬼神不評論人物好醜不瞋罵父母師長善友不勸人造罪不斷人作福願口常讚歎三寶讚歎弘通法人說其功德示人善惡果報常說悟人身死神明不滅常發善言使人利益常說如來十二部經常言一切衆生皆有佛性當得常樂我淨常教人孝養父母敬事師長常勸人歸依三寶受持五戒十善六念常讚誦經典說諸善事常教人近善知識遠惡知識常說十住佛地無量功德常使人修淨土行莊嚴極果常教人勤禮三寶常教人建立形像修諸供養常教人作諸善事如救頭然常教人救濟窮苦無暫停息已發口願竟相與至心五體投地

歸依世間大慈悲父

南無彌勒佛　南無釋迦牟尼佛

南無世華佛　南無高頂佛

南無無邊辯才成佛　南無差別知見佛

南無師子牙佛　南無梨陀步佛

南無福德佛　南無法燈蓋佛

南無目揵連佛　南無無憂國佛

南無意思佛　南無樂菩提佛

南無師子遊戲菩薩　南無師子奮迅菩薩

南無無邊身菩薩　南無觀世音菩薩

又復歸依如是十方盡虛空界一切三寶願以慈悲力覆護攝受令(某等)得如所願滿菩提願

諸行法門

又願十方盡虛空界四生六道一切衆生從今發願之後各能具足諸行法門篤信三寶恭敬法門不懷疑惑堅固法門欲斷起惡勤懺法門欲願清淨念悔法門不毀三業護身法門永淨四事護口法門息心清淨護意法門具足所願菩提法門一切不害悲心法門化使立德慈心法門不毀他人歡喜法門不欺他人至誠法門欲滅三塗三寶法門終不虛妄眞實法門不慢彼我捨害法門無有猶豫棄結法門斷鬭訟意無諍法門奉行平等應正法門又願衆生具足如是無量法門心趣法門觀心如幻意斷法門捨不善本神足法門身心輕便信根法門不願退輪進根法門不捨善軛念根法門善造道業定根法門攝心正道慧根法門觀無常空信力法門越魔威勢進力法門一去不還念力法門未曾忘捨定力法門滅衆妄想慧力法門周旋往來進覺法門積行佛道正定法門逮得三昧淨性法門不樂餘乘願諸衆生悉具菩薩摩訶薩如是等八萬法門清淨佛土勸化慳嫉悉度衆惡八難之處攝諸諍訟瞋恚之人勤行衆善攝懈怠者定意神通攝諸亂想已發願竟相與至心五體投地歸依世間大慈悲父

南無彌勒佛　南無釋迦牟尼佛

南無法天敬佛　南無斷勢力佛

南無極勢力佛　南無慧華佛

南無堅音佛　南無安樂佛

南無妙義佛　南無愛淨佛

南無慙愧顏佛　南無妙髻佛

南無欲樂佛 南無樓至佛

南無藥王菩薩 南無藥上菩薩

南無無邊身菩薩 南無觀世音菩薩

又復歸依如是十方盡虛空界一切三寶願以慈悲力救護攝受令三界六道四生衆生以今慈悲道場懺法發心發願功德因緣各各具足功德智慧以神通力隨心自在

囑累第四十

今日道場同業大衆相與已爲六道四生衆生發誓願竟次以衆生付囑諸大菩薩願以慈悲心同加攝受以今懺悔發願功德因緣又願以慈悲念力令一切衆生悉皆樂求無上福田深信施佛有無量報令一切衆生一心向佛具得無量清淨果報願一切衆生於諸佛所無慳悋心具足大施無所愛惜又願一切衆生於諸佛所修無上福田離二乘願行菩薩道得諸如來無礙解脫一切種智又願一切衆生於諸佛所種無盡善根得佛無量功德智慧又願一切衆生攝取深慧具足清淨無上智王又願一切衆生所遊自在得諸如來至一切處無礙神力又願一切衆生攝取大乘得無量種智安住不動又願一切衆生具足成就第一福田皆能出生一切智地又願一切衆生於一切佛無嫌恨心種諸善根樂求佛智又願一切衆生以妙方便往詣一切莊嚴佛刹於一念中深入法界而無疲倦又願一切衆生得無比身盡能遍遊十方世界而無疲猒又願一切衆生成廣大身得隨意行得一切佛神力莊嚴究竟彼岸於一念中顯現如來自在神力徧虛空界已發

如是大願竟廣大如法性究竟如虛空願一切衆生得如所願滿菩提願相與至心五體投地倘(其等)若受苦報不能救衆生者以諸衆生囑累

無量無邊盡虛空界無生法身菩薩

無量無邊盡虛空界無漏色身菩薩

無量無邊盡虛空界發心菩薩

興正法馬鳴大師菩薩

興像法龍樹大師菩薩

十方盡虛空界無邊身菩薩

十方盡虛空界觀世音菩薩

文殊師利菩薩　普賢菩薩

師子遊戲菩薩　師子奮迅菩薩

師子旛菩薩　師子作菩薩

堅勇精進菩薩　金剛慧菩薩

棄陰蓋菩薩　寂根菩薩

慧上菩薩　常不離世菩薩

藥王菩薩　藥上菩薩

虛空藏菩薩　金剛藏菩薩

常精進菩薩　不休息菩薩

妙音菩薩　妙德菩薩

寶月菩薩　月光菩薩

薩陀波崙菩薩　越三界菩薩

又復囑累如是十方盡虛空界一切菩薩願諸菩薩摩訶薩以本願力誓度衆生力攝受十方無窮無盡一切衆生願諸菩薩摩訶薩不捨一切衆生同善知識無分別想願一切衆生知菩薩恩親近供養願諸菩薩慈愍攝受令諸衆生得正直心隨逐菩薩不相遠離願一切衆生隨菩薩教不生違反得堅固心

不捨善知識離一切垢心不可壞令一切衆生爲善知識不惜身命悉捨一切不違其教令一切衆生修習大慈遠離諸惡聞佛正法悉能受持令諸衆生同諸菩薩善根業報菩薩行願究竟清淨具足神通隨意自在乘於大乘乃至究竟一切種智於其中間無有懈怠乘智慧乘至安隱處得無礙乘究竟自在始從歸依三寶斷疑生信懺悔發心顯果報出地獄解怨自慶發願迴向終至囑累所有功德悉以布施十方盡虛空界一切衆生仰願

彌勒世尊現爲我證十方諸佛哀愍覆護所悔所願皆得成就願諸衆生同慈悲父俱生此國預在初會聞法悟道功德智慧一切具足與諸菩薩等無有異入金剛心成等正覺

讃佛呪願

多陀阿伽度阿羅訶三藐三佛陀十號具足度人無量拔生死苦以令懺悔禮佛功德因緣願諸衆生各各具足得如所願滿菩提願其等今日所發誓願悉同十方盡虛空界一切諸佛諸大菩薩所有誓願諸佛菩薩所有誓願不可窮盡我今誓願亦復如是廣大如法性究竟如虛空窮未來際盡一切劫衆生不可盡我願不可盡世界不可盡我願不可盡虛空不可盡我願不可盡法性不可盡我願不可盡涅槃不可盡我願不可盡佛出世不可盡我願不可盡諸佛智慧不可盡我願不可盡心緣不可盡我願不可盡起智不可盡我願不可盡世間道種法道種智慧道種不可盡我願不可盡若十種可盡我願乃可盡

一切和南三乘聖衆

慈悲道場懺法卷第十

音釋

檐都濫切 駱駝駱盧各切駝堂河切 箜篌箜苦紅切篌尸鉤切箜篌

樂器 琳琅琳音林璆琳也琅音郎琅玕也 畋獵畋徒年切獵良涉切畋獵

逐禽獸也 熬五勞切煎熬也 縠胡谷切縐紗也 腥臊腥桑經切臊蘇刀切

蚊蚋蚊無分切蚋而銳切 煗乃管切[illegible]煖同 軏於華切與軛同

比丘尼傳

晉莊嚴寺釋寶唱撰

清刻龍藏佛說法變相圖

比丘尼傳卷第一

晉莊嚴寺釋寶唱撰

序

原夫貞心亢志奇操異節豈唯體率由於天真抑亦勵景行於仰止故曰希顏之士亦顏之儔慕驥之馬亦驥之乘斯則風列英徽流芳不絕者也是以握筆懷鉛之客將以語厥方來比事記言之士庶其勸誡於後世故雖欲忘言斯不可已也昔大覺應乎羅衛佛日顯於閻浮三界歸依四生向慕比丘尼之興發源於愛道登地證果仍世不絕列之法藏如日經天自拘尸滅影雙樹匿跡歲曆蟬聯陵夷訛紊於是時澆信謗人或存亡微言興而復廢者不肖亂之也正法替而復隆者賢達維之也像法東流淨檢為首綿載數百碩

德係興善妙淨珪窮苦行之節法辯僧果盡
禪觀之妙至若僧端僧基之立志貞固妙相
法令之弘震曠遠若此之流往往間出並淵
深岳峙金聲玉震實惟菽葉之貞幹季緒之
四依也夫年代推移清規稍遠英風將範於
千載志事未集乎方冊每懷慨歎其歲久矣
始乃博採碑頌廣搜記集或訊之傳聞或訪
之故老詮序始終爲之立傳起晉咸和訖梁
普通凡六十五人不尚繁華務存要實庶乎
求解脫者勉思齊之德而寡見庸疎或有遺
漏博雅君子箴其闕焉

洛陽竹林寺竺淨檢尼一
趙建賢寺安令首尼二
司州西寺智賢尼三
弘農北岳寺妙相尼四
建福寺康明感尼五
北永安寺曇備尼六
建福寺慧湛尼七
延興寺僧基尼八
洛陽城東寺道馨尼九
洛陽城新林寺道容尼十
司州寺令宗尼十一
簡靜寺支妙音尼十二
何后寺道儀尼十三

洛陽竹林寺竺淨檢尼傳一

淨檢本姓种名令儀彭城人父誕武威太守
檢少好學早寡家貧常爲貴游子女教授琴
書聞法信樂莫由諮稟後沙門法始經道通
達晉建興中於宮城西門立寺檢乃造之始
爲說法檢因大悟念及强壯以求法利從始

借經遂達旨趣他日謂始曰經中云比丘比丘尼領見濟渡始曰西域有男女二衆此土其法未具檢曰既云比丘比丘尼寧有異法始曰外國人云尼有五百戒便應是異當爲問和上和上云尼戒大同細異不得其法必不得授尼有十戒得從大僧受但無和上尼無所依止耳檢即剃落從和上受十戒同其志者二十四人於宫城西門共立竹林寺未有尼師共諮淨檢過於成德和上者西域沙門智山也住罽賓國寛和有智思雅習禪誦晋永嘉末來達中夏分衛自資語必弘道時信淺薄莫知祈禀建武元年西返罽賓後竺佛圖澄還述其德業皆追恨焉檢蓄徒養衆清雅有節說法教化如風靡草晋咸康中沙門僧建於月支國得僧祇尼羯磨及戒本與平元年二月八日於洛陽譯出外國沙門曇摩羯多爲立戒壇晋沙門釋道場以戒因緣經爲難云其法不成因浮舟于泗檢等四人同壇上從大僧以受具戒晋土比丘尼亦檢爲始也當其羯磨之日殊香芬馥闔衆同聞莫不欣歎加其敬仰善修戒行志學不休信施雖多隨得隨散常自後己毎先於人到咸康末忽復聞前香并見赤氣有一女人手把五色花自空而下檢見欣然因語衆曰好持後事我今行矣執手辭別騰空而上所行之路有似虹霓直屬于天時年七十矣

僞趙建賢寺安令首尼傳二

安令首本姓徐東莞人父忡仕僞趙外兵部令首幼聰敏好學言論清綺雅性虛淡不樂人間從容閑靜以佛法自娛不願求娉父曰

汝應外屬何得如此首曰端心業道絶想人外毀譽不動廉正自足何必三從然後爲禮父曰汝欲獨善一身何能兼濟父母首曰立身行道方欲度脱一切何況二親耶忡以問佛圖澄澄曰君歸家潔齋三日竟可來忡從之澄以臙脂磨麻油傳忡右掌令忡視之見一沙門在大衆中説法形狀似女具以白澄澄曰是君女先身出家益物往事如此若從其志方當榮拔六親令君富貴生死大苦向得其邊忡還許之首便剪落從澄及淨檢尼受戒立建賢寺澄以石勒所遺剪花納七條衣及象鼻澡罐與之博覽羣籍經目必誦思致淵深神照詳遠一時道衆莫不宗焉因其出家者二百餘人又造五寺立精舍匪憚勤苦皆得修立石虎敬之擢忡爲黃門侍郎清河太守

司州西寺智賢尼傳三

智賢本姓趙常山人也父珍扶柳縣令賢幼有雅操志槩貞立及在緇衣戒行修備神情凝遠曠然不雜太守杜霸篤信黃老憎疾釋種符下諸寺剋日簡汰制格高峻非凡所行年少怖懼皆望風奔駭唯賢獨無懼從容與居自若集城外射堂皆是耆德簡試之日尼衆盛壯唯賢而已霸先試賢以格格皆有餘賢儀觀清雅辭吐辯麗霸密挾邪心逼賢獨住賢識其意誓不毀戒法不苟存身命抗言拒之霸怒以刀斫賢二十餘瘡悶絶躃地霸去乃甦倍加精進菜齋苦節門徒百餘人常如水乳及符堅僞立聞風敬重爲製織繡袈裟三歲方成價直千萬後住司州西寺弘顯

正法開長信行晉太和中年七十餘誦正法華經猶日夜一遍其所住處衆鳥依栖經行之時鳴呼隨逐云云

弘農北岳寺妙相尼傳四

妙相本姓張名珮華弘農人也父茂家素富盛相早習經訓十五適太子舍人北地皇甫達達居喪失禮相惡之告求離絕因請出家父並從之精勤蔬食遊心慧藏明達法相住弘農北岳蔭林西野徒屬甚多怡志閑曠遁景其中二十餘載厲精苦行久而彌篤每説法度人常懼聽者不能專志或涕泣以示之是故其所啓訓皆能弘益晉永和中弘農太守請七日齋座上白衣諮請佛法言挾不遜相正色曰君非直見慢亦大輕邦宰何用無禮苟出人間耶於是稱疾而退當時道俗感歎服焉後枕疾累日臨終怡悅顧語弟子曰不問窮達生必有死今日别矣言絕而終

建福寺康明感尼傳五

明感本姓朱高平人也世奉大法經爲虜賊所獲欲以爲妻備加苦楚誓不受辱謫使牧羊經歷十載懷歸轉篤反途莫由常念三寶兼願出家忽遇一比丘就請五戒仍以觀世音經授之因得習誦晝夜不休願得還家起五層塔不勝憂念逃走東行初不識路晝夜兼涉遥入一山見有斑虎去之數步初甚恐懅少却意定心願逾至遂隨虎而行積日彌旬得達青州將入村落虎便不見至州復爲明伯連所虜音問至家夫見迎贖家人拘制其志未諧苦身勤精三年乃遂專篤禪行戒品無愆脱有小犯輒累晨懺悔要見瑞相然

後乃休或見雨花或聞空聲或覩佛像或夜善夢年及桑榆操業彌峻江北子女師奉如歸晉太和四年春與惠湛等十人濟江詣司空公何充充一見敬重于時京師未有尼寺充以別宅爲之立寺問感曰當何名之荅曰大晉四部今日始備檀越所建皆造福業可名曰建福寺公從之矣後遇疾少時便卒

比永安寺曇備尼傳六

曇備本姓陶丹陽建康人也少有清信願修正法而無有昆弟獨與母居事母恭孝宗黨稱之年及笄嫁微幣弗許母不能違聽其離俗精勤戒行日夜無怠晉穆皇帝禮接敬厚嘗稱曰久看更佳謂章皇后何氏曰京邑比丘尼尠有曇備儔也到永和十年后立寺于定陰里名曰永安今爲何后寺也謙虛導物未嘗有矜慢之容名譽日廣遠人投集衆三百人年七十二泰元二十一年卒弟子曇羅博覽經數機才贍密

勑續師任更立四層塔講堂房宇又造卧像及七佛龕堂云云

建福寺惠湛尼傳七

惠湛本姓任彭城人也神貌超遠精操殊特淵情曠遠濟物爲務惡衣蔬食樂在其中嘗荷衣山行逢羣劫欲舉刃向湛手不能勝因求湛所負衣湛歡笑而與曰君意望甚重所獲殊輕復解其衣裹新裙與之劫即辟謝併以還湛湛捨之而去建元二年渡江司空何充大加崇敬請居建福寺住云云

延興寺僧基尼傳八

僧基本姓明濟南人也綰髮志道秉願出家

母氏不聽密以許娉祕其聘禮迎接日近女乃覺知即便絶粮水漿不下親屬禁請意不可移至於七日母呼女壻壻敬信見婦殆盡謂婦母曰人各有志不可奪也母即從之因遂出家時年二十一內外親戚皆來慶慰競施珍席爭設名供州牧給伎郡守親臨道俗咨嗟歎未曾有基淨持戒範精習經數與曇備尼名輩略齊機樞最密善事議秉皇帝雅相崇禮建元三年皇后褚氏爲立寺於都亭里運巷內名曰延興基尼寺住徒衆百餘人當事清明道俗加敬年六十八隆安元年卒

洛陽城東寺道馨尼傳九

竺道馨本姓楊太山人也志性專謹與物無忤沙彌時常爲衆使口恒誦經及年二十誦法華維摩具足戒行後研求理味蔬食苦節彌老彌勵住洛陽東寺雅能清談尤善小品貴在理通不事辭辯一州道學所共師宗比丘尼誦經馨其始也晉泰和中有女人楊令辯篤信黃老專行服氣先時人物亦多敬事及馨道王其術寢亡令辯假結同姓數相去來內懷妬嫉伺行毒害後竊以毒藥內馨食中諸治不愈弟子問往誰家得病荅曰我甚知主皆藉業緣汝無問也設道有益我尚不說況無益耶不言而終

新林寺道容尼傳十

道容本住歷陽烏江寺戒行精峻善占吉凶逆知禍福世傳爲聖晉明帝時甚見敬事以花布席下驗其凡聖果不萎焉及簡文帝先事清水道師道師京都所謂王濮陽也第內爲立道舍容亟開導未之從也後帝每入道

屋輙見神人爲沙門形滿於室内帝疑容所爲也而莫能決踐祚之後烏巢太極殿帝使曲安遠筮之云西南有女人師能滅此恠帝遣使往烏江迎道容以事訪之荅曰唯有清齋七日受持八戒自當消弭帝即從之整肅一心七日未滿羣烏競集運巢而去帝深信重即爲立寺資給所須因林爲名名曰新林即以師禮事之遂奉正法往後晋顯尚佛道容之力也建孝武時彌相崇敬太元中忽而絶跡不知所在帝勅其衣鉢故寺邊有冢云云

司州寺令宗尼傳十一

令宗本姓滿高平金鄉人幼有清信鄉黨稱之家遇喪亂爲虜所驅歸誠懺至稱佛法僧誦普門品拔除其眉託云惡爲疾求訴得放隨路南歸行出冀州復爲賊所逐登上枯樹專誠至念捕者前望終不仰視尋索不得俄爾而散宗下復去不敢乞食初不覺饑晚達孟津無船可濟悼遑憂懼更稱三寶忽見一白鹿不知所從來下涉河流沙塵隨起無有波瀾宗隨鹿而濟曾不沾濡平行如陸因得達家仍即入道誠心冥詣學行精懇開覽經法深義入神晋孝武聞之遣書通問後百姓遇疾貧困者衆宗傾貲賑給告乞人間不避阻遠隨宜贍恤蒙賴甚多忍饑勤苦形容枯悴年七十五忽早召弟子説其夜夢見一大山云是須彌峻峯秀絶高與天連寶飾莊嚴暉曜爛日法鼓鏗鎗香煙芬馥語令吾前愕然驚覺即體中忽有異於常雖無痛惱狀如昬醉同學道津曰正當是極耳交言未竟奄

忽遷神

簡靜寺支妙音尼傳十二

妙音未詳何許人也幼而志道居處京華博學內外善爲文章晋孝武帝太傅會稽王道子並相敬奉每與帝及太傅中朝學士談論屬文雅有才致藉甚有聲太傅以太元十年爲立簡靜寺以音爲寺主徒衆百餘人一生內外才義者因之以自達供嚫無窮富傾都邑貴賤宗事門有車馬日百餘乘荆州刺史王忱死列宗意欲以王恭代之時桓玄在江陵爲忱所折挫聞恭應往素又憚恭殷仲堪時爲黄門侍郎生知殷仲堪弱才亦易制禦意欲得之乃遣使憑妙音尼爲堪圖州既而列宗問妙音荆州缺外聞云誰應作者荅曰貧道出家人豈容及俗中論議如聞內外談者並云無過殷仲堪以其意慮深遠荆楚所須帝然之遂以代忱權傾一朝威行內外云云

何后寺道儀尼傳十三

道儀本姓賈鴈門樓煩人慧遠姑也出適同郡解直直爲潯陽令亡儀年二十二棄捨俗累披著法衣聰明敏哲博聞强記誦法華經講維摩小品精義達理因心獨悟戒行高峻神氣清邈聞中畿經律漸備講集相續晋泰元末至京師住何后寺端心律藏妙究精微身執卑恭在幽不惰衣裳麤弊自執杖鉢清散無矯道俗高之年七十八遇疾而篤執心彌勵誦念無殆弟子請曰願加消息冀蒙勝損荅曰非汝所宜言絶而卒

比丘尼傳卷第一

音釋

驥（几利切騏驥駿馬也）种（直弓切姓也）笄（居奚切簪也）忱（氏斟切）

餔（奔謨切食也）飴（弋支切遺也）羸（力追切瘦也）憊（步拜切病也）

比丘尼傳卷第二

宋莊嚴寺釋寶唱撰

宋景福寺慧果尼十四

慧果姓潘淮南人也常行苦節不衣綿纊篤好毗尼戒行清白道俗欽羡風譽遠聞宋青州刺史北地傳弘仁雅相歎貴厚加賑給以永初三年（曇宗云元嘉七年寺主弘安尼以起寺願借券書見示永初三年）

割宅東面爲立精舍名曰景福寺以果爲綱紀嚫遺之物悉以入僧衆業興隆大小悅服到元嘉六年西域沙門求那跋摩至果問曰此土諸尼先受戒者未有本事推之愛道誠有高例未測厥後得無異耶答曰無異又問就如律文戒師得罪何無異耶答曰有尼衆處不二歲學故言得罪耳又問乃可此國先未有尼非閻浮無也答曰律制十僧得受具戒邊地五人亦得授之正爲有處不可不如法耳又問幾許里爲邊地答曰千里之外山海艱阻隔者是也九年率弟子慧燈等五人從僧伽跋摩重受具戒敬慎奉持如愛頂腦春秋七十餘元嘉十年而卒弟子慧意慧鎧並以節行聞于時也

建福寺法盛尼十五

法盛本姓聶清河人也遭趙氏亂避地金陵以元嘉十四年於建福寺出家才識惠解率由敏悟自以桑榆之齒流寓皇邑雖復帝道隆寧而猶懷舊土唯有探賾玄宗乃可以遺憂忘老耳遂從道場寺偶法師受菩薩戒晝則披陳玄素夕則清言味理漸冉積時神情朗贍雖曰暮齒有逾壯年常願生安養謂同業曇敬曇愛曰吾立身行道志在西方十六年九月二十七日塔下禮佛晚因遇病稍就綿篤其月晦夕初宵假寐如來乘空而下與二大士論二乘俄與大衆騰芳蹈藹臨省盛疾光明顯燭一寺咸見僉來問盛此何光色盛具說之言竟尋絶年七十二豫章太守吴郡張辯素所尊敬爲之傳述云

江陵牛牧寺慧玉尼十六

慧玉長安人也行業勤修經戒通備常遊行教化歷履邦邑每屬機緣不避寒暑南至荆楚仍住江陵牛牧精舍誦法華首楞嚴等經旬日通利陝西道俗皆歸敬禮觀覽經論未曾廢息元嘉十四年十月爲苦行齋七日乃立誓言若誠齋有感捨身之後必見佛土願於七日之内見佛光明五日中宵寺東林樹靈光赫然即以告衆衆皆欣敬加悅服焉寺主法弘後於光處起立禪室初玉在長安於薛尚書寺見紅白色光燭曜左右十日小歇後六重寺沙門四月八日於光處得金彌勒像高一尺云

建福寺道瑗尼十七

道瑗本姓江丹陽人也年十餘博涉經史成戒已後明達三藏精勤苦行晉太元中皇后美其高行凡所修福多憑斯寺富貴婦女爭與之遊以元嘉八年大造形像處處安置彭城寺金像二軀帳座宛具瓦官寺彌勒行像一軀寶蓋瓔珞南建興寺金像二軀雜事旛蓋於建福寺造卧像并堂又制普賢行像供養之具靡不精麗又以元嘉十五年造金無量壽像以其年四月十一日像放眉間相光明照寺内皆如金色道俗相傳咸來修敬瞻覩神輝莫不歎悅復以元皇后遺物開拓寺南更造禪房云云

江陵祇洹寺道壽尼十八

道壽未詳何許人也清和恬寂以恭孝稱幼受五戒未嘗起犯元嘉中遭父憂因毁遘疾自無痛痒唯黄瘠骨立經歷年歲諸治不瘳因爾發願願疾痊可得出家立誓之後漸得

平復如願出俗住祇洹寺勤苦超絶誦法華經三千遍常見光瑞元嘉十六年九月七日夜見空中寶蓋垂覆其上云云

吴太玄臺寺玄藻尼十九

玄藻本姓路吴郡人也安荀女也宣驗記云是即安荀也藻年十餘身嬰重疾良藥必進日增無損時太玄臺寺釋法濟語安荀曰恐此病由業非醫所消貧道案佛經云若履危苦能歸依三寶懺悔求願者皆獲甄濟君能與女並捐棄邪俗洗滌塵穢專心一向當得痊愈安荀然之即於宅内設觀世音齋澡心潔意傾誠戴仰扶疾稽顙專念相續經七日初夜忽見金像高尺許三摩其身從首至足即覺沉痾豁然消愈既靈驗在躬遂求出家求住太玄臺寺精勤匪懈誦法華經菜食長齋三十七載常翹心注想願生兜率宋元嘉十六年出都造經不測所終

南安寺慧瓊尼二十

慧瓊者本姓鍾廣州人也履道高潔不味魚肉年垂八十志業彌勤常衣芻麻不服綿纊綱紀寺舍兼行講説本經住廣陵南安寺元嘉十八年宋江夏王世子母王氏以地施瓊瓊修立爲寺號曰南永安寺至二十二年蘭陵蕭承之爲起外國塔瓊以元嘉十五年又造菩提寺堂殿坊宇皆悉嚴麗因移住之以南安施沙門慧智瓊以元嘉二十四年隨孟顗之會稽至破岡卒勑弟子云吾死後不須埋藏可借人剥裂身體以食衆生至於終盡不忍屠割乃告句容縣輿著山中欲使鳥獸自就噉之經十餘日儼然如故顔色不異令

使村人以米散屍邊鳥食遠處米盡近屍之粒皆在弟子慧朗在都聞之奔馳奉迎還葬高座寺前崗墳上起塔云

南皮張國寺普照尼二十一

普照本姓董名徐悲渤海安陵人也少秉節槩十七出家住南皮張國寺後從師遊學廣陵建熙精舍率心奉法闔衆嘉之及師慧敬亡息於慶弔而苦行絕倫宋元嘉十八年十二月因成勞疾雖劇而篤情深信初自不改專意祈誠不捨日夜不能下地枕上叩頭懺悔時息如常誦法華經一日三卷到十九年二月中忽然而絕兩食頃甦云向西行中道有一塔塔中有一僧閉眼思惟驚問何來荅以其事即問僧曰此處去某甲寺幾里荅曰五千萬里路上有草及行人皆無所識時風雲高靡匾墟嚴淨西面光明意欲前進僧乃不許因爾迴還豁然醒寤後七日而卒年二十五

梁郡築弋村寺慧木尼二十二

慧木本姓傅北地人十一出家師事慧超受持十戒居梁郡築弋村寺始讀大品日誦兩卷兼通雜經木母老病口中無齒木但嚼餔飴母爲口不淨不受大戒日夜精勤懺悔自業忽見戒壇與天皆黄金色舉頭仰視南見一人著褋衣衣色悉黄去木或近或遠語木曰我巳授汝戒尋復不見木不以語人多諸感異皆類此也木兄聞欲知乃詐之曰汝爲道積年竟無所益便可養髮當爲訪壻木聞心愁因述所見即受具戒臨受戒夕夢人口授戒本及受戒竟再覽便誦宋元嘉中造十

方佛像并四部戒本及羯磨廣施四衆云

吳縣南寺法勝尼二十三

法勝不知何許人也住吳縣南寺恭信恪勤衆所知識宋元嘉中河内司馬隆爲毘陵丞遇抄戰亡妻山氏二親早没復無兒女年又老大入吳投勝勝接待如親後百餘日山氏遇病病涉三年甚經危篤勝本無蓄積瞻待醫藥皆資乞告不憚寒暑山氏遂得愈衆益稱貴之後遊京師進修禪律該通定慧探索幽隱訓誘眷屬不肅而成動不徇利靜不求名殷勤周至莫非濟物年造六十疾病經時自言不差親屬怪問荅云昨見二沙門道知如此頃之復言見二比丘非前所見者偏袒若肩手各執花立其牀後遥見一佛坐蓮華上光照我身從此已後夕不復眠令人爲轉法華經至于後夜氣息稍微命令止經爲我稱佛亦自稱佛將欲平明容貌不改奄忽而終焉

永安寺僧端尼二十四

僧端廣陵人也門世奉佛姊妹篤信誓願出家不當聘綵而姿色之美有聞鄉邑富室湊之母兄已許臨迎之三日宵遁佛寺寺主置於别室給其所須并請觀世音經二日能誦雨淚稽顙晝夜不休過三日後於禮拜中見佛像語云汝壻命盡汝但精勤勿懷憂念明日其壻爲牛所觸亡也因得出家堅持禁戒攝念空閑似不能言及辯析名實其辭亹亹誦大涅槃經五日一遍元嘉十年南遊上國住永安寺綱紀衆務均愛等接大小悅服久而彌敬年七十餘元嘉二十五年卒弟子普

敬普要皆以苦行顯名並誦法華經

廣陵中寺光靜尼二十五

光靜本姓胡名道婢吳興東遷人也幼出家隨師住廣陵中寺靜少而厲行長習禪思不食甘肥將受大戒絕穀餌松具戒之後積十五年雖心識鮮明而體力羸惙祈誠懺到每輒感勞動經晦朔沙門法成謂曰服食非佛盛事靜聞之還食粳粮倍加勇猛精學不倦從學觀者行常百許人元嘉十八年五月遇疾曰我猒苦此身其來久矣於是牽病懺悔不離心口性理恬明神氣怡悅至十九年歲旦飲粒皆絕屬念兜率心心相續如是不斷至四月八日夜殊香異相滿虛空中其夜命終

蜀郡善妙尼二十六

善妙本姓歐陽繁縣人也少出家性用柔和少瞋喜不營好衣不食美食有妹壻亡孀居無所依託携一稚子寄其房內常聞妙法自慨生不值佛每一言此流涕歔欷悲不能已同住四五年未嘗見其食妹作食熟呼妙共食妙云我適於某處食竟或云四大不好未能食如此積年妹甚愧恨白言無福壻亡更無親屬携兒依姊多所穢亂姊當見猒故不與共食耳流淚而言言已欲去妙執其手諭之曰汝不解我意我幸於外得他供養何須自損家中食汝但安住我尋遠行汝當守屋慎莫餘去妹聞此而止妙乃自績作布買數斛油瓦瓨盛之著庭中語妹云欲擬作功德慎勿取也至四月八日夜半以布自纏而燒其身火已親頂命其妹令呼維那打磬我今

捨壽可遍告諸尼速來共別比諸尼驚至命猶未絶語諸尼云各勤精進生死可畏當求出離愼勿流轉我捨此身供養已二十七返止此一身當得初果問益土人或云元嘉十七八年燒身或云孝建時或言大明中故備記之耳

廣陵僧果尼二十七

僧果本姓趙名法祐汲郡修武人也宿植信解純篤自然在乳哺時不過中食父母嘉異及其成人心雖專到緣礙參差年二十七方獲出家師事廣陵慧聰尼果戒行堅明禪觀清白每至入定輒移昏曉綿神淨境形若枯木淺識之徒或生疑反元嘉六年有外國舶主難提從師子國載比丘尼來至宋都住景福寺後少時問果曰此國先來已曾有外國尼未荅曰未有又問先諸尼受戒那得二僧荅但從大僧受得本事者乃是發起戒人心令生殷重是方便耳故如大愛道八敬得戒五百釋女以愛道爲和上此其高例果雖荅然而如心有疑具諮三藏三藏同其解也又諮曰得重受不荅曰戒定慧品從微之著更受益佳到十年舶主難提復將師子國鐵薩羅等十一尼至先達諸尼已通宋語請僧伽跋摩於南林寺壇界次第重受三百餘人十八年年三十四矣時宴坐經日維那故觸謂言已死驚告寺官寺官共視見果身冷肉殭唯氣息微傳始欲舁徙便自開眼談笑尋常於是遇者駭伏不知所終

山陽東鄉竹林寺靜稱尼二十八

靜稱本姓劉名勝譙郡梁人也戒業精苦誦經四十五萬言寺傍山林無諸囂雜遊心禪

默永絶塵勞曾有人失牛推尋不已夜至山中望見寺林火光熾𥵬及至都無常有一虎隨稱去來稱若坐禪蹲踞左右寺内諸尼若犯罪失不時懺悔者虎即大怒懺悔若竟虎乃怡悦稱後暫出山道遇一北地女人造次問訊欣然若舊女姓衺名文姜本博平人也性好佛法聞南國道富開託避得至此土因遂出家既同苦節二人並不資五穀餌麻朮而已聲達虜都虜謂聖人遠遣迎接二人不樂邊境故穢聲跡危行言遜虜主為設肴饍皆悉進噉因此輕之不復拘留稱與文姜復還本寺稱年九十三無疾而卒矣

吴太玄臺寺法相尼二十九

法相本姓侯燉煌人履操清貞才識英拔篤志好學不以屢空廢業情安貧窶不以榮達移心出適傅氏家道多故符堅敗績眷屬散亡出家持戒信解彌深常割衣食好者施人

惠宿尼寺僧諫曰惠宿資野言不出口佛法經律曾未措心欲學禪定又無師範專頑拙訥是下愚人耳何以不種上田而修此下福荅曰由之勝負唯聖乃知我既凡人寧立取捨遇有如施何關作意耶惠宿後建禪齋七日至第三日夜與衆共坐衆起不起衆共觀之堅如木石牽持不動咸謂已死後三日起起後如常衆方異之始悟法相深相領照矣其如此類前後非一相年達桑榆操行彌篤年九十餘元嘉末卒也

東青園寺業首尼三十

業首本姓張彭城人也風觀峻整戒行清白深解大乘善構妙理彌好禪誦造次無怠宋

高祖武皇帝雅相敬異文帝少時從受三歸住永安寺供施相續元嘉三年王景深母范氏以王坦之故祠堂地施首起立寺舍名曰青園齊肅徒衆甚有風規潘貴妃歎曰首尼弘振佛法甚可敬重以元嘉十五年爲首更廣寺西刱立佛殿復拓寺北造立僧房賑給所須寺業興顯衆二百人法事不絕春秋稍高仰者彌盛累以耆艾自陳衆咸不許年九十大明六年卒時又有淨哀寶英法林並以治身清約有聲京縣哀久習禪誦任事清允泰始五年卒英建塔五層閟理有勤蔬食精進泰始六年卒林博覽經律老而不懈元徽元年卒

又有弟子曇寅兼通禪律簡絕榮華不闚朝市元徽六年卒

景福寺尼法辯三十一

法辯丹陽人也少出家爲景福寺惠果尼弟子忠謹清愼雅有素儉弊衣蔬食不甘五辛高簡之譽早盛京邑相州刺史瑯瑘王郁甚相敬禮後從道林寺外國沙門畺良耶舍諮稟禪觀如法修行通極精解每預衆席恒如睡寐嘗在堂齋散不起維那驚觸如木石焉馳以相告皆來就視須臾出定言語尋常衆咸歎服倍加崇重大明七年而卒年六十餘先是一日上定林寺超辯法師夢一宮城莊嚴顯麗服玩光赫非世所有男女裝飾充滿其中唯不見有主即問其故荅景福寺尼法辯當來生此明日應到辯至其日唯覺肉戰即遣告衆大小皆集自云有異人來我左右乍顯乍晦如影如雲言訖坐絕其後復有道

照僧辯亦以精進知名道照本姓楊北地徐人也飯蔬誦經爲臨賀王之所供養

江陵三層寺道綜尼三十二

道綜未詳何許人住江陵三層寺少不以出衆居心長不以同物爲汚汎賢愚之際從道而已跡雖混成所度潛廣以宋大明七年三月十五日夜自練油火關頞既然耳目就毀誦詠不輟道俗咨嗟魔正同駭率土聞風皆發菩提心宋徵士劉虬雅相宗重敬爲製偈讚云

竹園寺慧濬尼三十三

慧濬本姓陳山陰人也幼而穎悟精進邁羣旦輒燒香運想禮敬移時中則菜蔬一飯鮮肥不食雖在居家有如出俗父母不能割其志及年十八許之從道内外墳典經眼必誦深禪祕觀無不必入靜而無競和而有節朋遊舊狎未嘗戲言宋太宰江夏王義恭雅相推敬常給衣藥四時無爽不畜私財悉營寺舍竹園成立濬之功也禪味之樂老而不衰年七十三宋大明八年卒葬于傳山同寺有僧化尼聰穎卓秀多誦經律蔬食苦節與濬齊名

普賢寺寶賢尼三十四

寶賢本姓陳陳郡人也十六丁母憂三年不食穀以葛芋自資不衣繒纊不坐牀席十九出家住建安寺操行精修博通禪律宋文皇帝深加禮遇供以衣食及孝武雅相敬待月給錢一萬明帝即位賞接彌崇以泰始元年勑爲普賢寺主二年又勑爲都邑僧正甚有威風明斷如神善論物理羣枉必釋秉性剛

直無所傾撓初晉興平中淨檢尼是比丘尼之始也初受具足指從大僧景福寺慧果淨音等以諮求那跋摩求那跋摩云國土無二衆但從大僧受得具戒慧果等後遇外國鐵薩羅尼等至以元嘉十一年從僧伽跋摩於南林寺壇重受具戒非謂先受不得謂是增長戒善耳後諸好異者盛相傳習典制稍虧永徽二年法頴律師於晉興寺開十誦律題其日有十餘尼因下講欲重受戒賢乃建僧局賷命到講座鳴木宣令諸尼不得輒復重受戒若歲審未滿者其師先應集衆懺悔竟然後到僧局僧局許可請人鑒撿方得受耳若有違拒即加擯斥因茲已後矯競暫息在任清簡才兼事義安衆惠下肅然寡欲世益高之年七十七昇明元年卒

普賢寺法淨尼三十五

法淨江北人也年二十値亂隨父避地秣陵門修釋教淨少出家住永福寺戒行清潔明於事理學思精研深究義輿與寶賢尼名華略齊宋明皇帝異之泰始元年勑住普賢寺宫内接遇禮兼師友二年勑爲京邑都維那在事公正確然殊絶隨方引汲德化如流荆楚諸尼及通家婦女莫不遠修書𠸄求結知識其陶冶德風皆此類也諮其戒範者七百人年六十五永徽元年卒

蜀郡永康寺慧曜尼三十六

慧曜本姓周西平人也少出家常誓燒身供養三寶泰始末言於刺史劉亮亮初許之有趙虔恩妾王氏甓塔曜請塔上燒身王氏許諾正月十五日夜將諸弟子賷持油布往至

塔所裝束未訖劉亮遣信語諸尼云若曜果燒身者永康一寺並與重罪曜不得已於此便停王氏大瞋云尼要名利詐現奇特寄貨内人作如此事不爾夜半城内那知曜曰新婦勿横生煩惱捨身關我傍人豈知於是還寺斷穀服香油至昇明元年於寺燒身火來至面誦經不輟語諸尼云收我遺骨止得二升及至火滅果如其言未燒之前一月日許有胡僧年可二十形容端正髀生黒毛長六七尺極細軟人問之譯語荅云從來不覆是故生毛耳謂曜曰我住波羅柰國至來數日聞姊欲捨身故送銀甖相與曜即頂受未及委悉忽忽辭去遣人追留出門便失以此甖盛其舍利不滿二合云云

比丘尼傳卷第二

音釋

孀（色莊切寡婦也） 濬（私閏切） 礭（苦角切堅也） 撰（音撰）

比丘尼傳卷第三 第四同卷

齊莊嚴寺釋寶唱撰

東莞曾成法緣尼三十七

法緣者本姓俞東莞曾成人也宋元嘉九年年十歲法緣妹法綵年九歲未識經法忽以其年二月八日俱失所在經三日而歸説至淨土天宮見佛佛爲開化至九月十五日又去一旬乃還能便作外國書語及講經見西域人言謔善相了解十年正月十五日又復失去田中作人見其隨風飄颺上天父母憂懼祀神求福既而經月乃返返已出家披著法服持髮而歸自説見佛及比丘尼語云汝前世因緣應而爲我弟子舉手摩頭髮自墮爲立法名大曰法緣小名法綵臨遣還曰可作精舍當與汝經也法緣等還家即毀神座

繕立精舍晝夜講誦夕中每有五色光明流汎峯嶺有若燈燭自此已後容止華雅音制詮正上京諷誦不能過也刺史韋朗孔默兼並屈供養聞其談說甚敬異焉因是士人皆事正法年五十六建元中卒

南永安寺曇徹尼三十八

曇徹尼未詳何許人也少爲普要尼弟子隨要住南永安寺要道絜學優有聞當世徹秉操無矯習業不休佛法奧義必欲總採未及成戒博究經論具足已後遍習毗尼才堪機務尤能講說剖毫析滯探賾幽隱諸尼大小皆請北面隨方應會負裘成羣五侯七貴婦女已下莫不修敬年六十三齊永明二年卒

崇聖寺僧敬尼三十九

僧敬本姓李會稽人也寓居秣陵僧敬在孕家人設會請瓦官寺僧超西寺曇芝尼使二人指腹呼胎中兒爲弟子母代兒喚二人爲師約不問男女必令出家將產之日母夢神人語之曰可建八關即命經營僧像未集敬便生焉聞空中語曰可與建安寺白尼爲作弟子母即從之及年五六歲聞人經唄輒能誦憶讀經數百卷妙解日深菜蔬刻已清風漸著逮元嘉中魯郡孔默出鎮廣州携與同行遇見外國鐵薩羅尼等來向宋都並風節峻異更從受戒深悟無常乃欲乘舶汎海尋求聖跡道俗禁閉留滯嶺南三十餘載風流所漸獷俗移心捨園宅施之者十有三家共爲立寺於潮亭名曰衆造宋明帝聞之遠遣徵迎番禺道俗大相悲戀還都勑住崇聖寺道俗向慕服其進上丹陽樂遵爲敬捨宅立

寺後遷居之齊文惠帝竟陵文宣王並欽風德𩔖施無礙年八十四永明四年二月三日卒葬于鍾山之陽弟子造碑中書侍郎吴興沈約製其文焉

鹽官齊明寺僧猛尼四十

僧猛本姓岑南陽人也遷居鹽官縣至猛五世矣曾祖率晉正員郎餘杭令世事黄老加信敬邪神猛幼而慨然有拔俗之志年十二父亡號哭吐血死而復穌三年告終示不滅性辭母出家行已清潔奉師恭肅蔬糲之食止存支命行道禮懺未嘗疲怠説悔先罪精懇流淚能行人所不能行益州刺州吴郡張岱聞風貴敬請爲門師宋元徽元年淨度尼入吴携出京城仍住建福寺歷覩衆經以日係夜隨逐講説心無猒倦多聞强記經耳必憶由是經律皆悉研明澄情宴坐怕然不側齊建元四年母病返東捨宅爲寺名曰齊明締構殿宇列植竹樹内外清靖狀若仙居飢者撤饍以施之寒者解衣而與之嘗有獵者近於寺南飛禽走獸競來投猛而鷹犬馳逐相去咫尺猛以身手遮遏雖體被啄嚙而投者獲免同止數十人三十餘載未嘗見其愠怒之色年七十二永明七年卒時又有僧瑗尼猛之從弟女也亦以孝聞業行高邈慧悟凝深也

華嚴寺妙智尼四十一

妙智本姓曹河内人也禀性柔明陶心大化執持禁範如護明珠心勤忍辱與物無忤雖有毁惱必以和顔下帷窮年終日無悶精達法相物共宗之禪堂初建齊武皇帝勅請智

講勝鬘淨名開題及講帝數親臨詔問無方智連環剖析初無遺滯帝屢稱善四衆雅服齊竟陵文宣王墰界鍾山集葬名德年六十四建武二年卒葬于定林寺南齊侍中瑯琊王倫妻江氏爲著石讚文序立于墓左耳

建福寺智勝尼四十二

智勝者本姓徐氏長安人也寓居會稽于其三世六歲而隨王母出都遊瓦官寺見招提整峻寶飾嚴華潸焉泣涕仍祈剪落王母問之具述此意謂其幼稚而未許之宋季多難四民失業時事紛紜奄冉積載年將二十方得出家住建福寺獨行無倫絶塵難範聽受大般涅槃經一聞能持後研律藏功不再受總持之譽僉然改約自製數十卷義疏辭約而旨遠義隱而理妙逢涅不緇遇磨不磷大明中有一男子詭期抱梁欲規不遜勝刻意淵深持操壁立正色告衆衆録付官守戒清淨如護明珠時莊嚴寺曇斌法師弟子僧宗玄趣共直佛殿慢藏致盜乃失菩薩瓔珞及七寶澡鑵斌衣鉢之外室如懸磬無以爲備憂慨輟講閉房三日勝宣告四部旬日備辦德感化行皆類此也齊文惠帝聞風雅相接召每延入宮講說衆經司徒竟陵文宣王倍宗敬焉勝志貞南金心皎北雪纔成尼衆實允物望令旨仍使爲寺主衆所愛敬如奉嚴尊從定林寺僧遠法師受菩薩戒座側常置香鑪勝乃捻香遠止之曰不取火已信宿矣所置之香遂氳靄流煙咸歎其肅恭表應若斯也永明中作聖僧齋攝心祈想忽聞空中彈指合掌側聽勝居寺四十年未嘗赴齋會

遊踐貴賤清閑靜處係念思惟故流芳不遠文惠帝特加供俸日月充盈締搆房宇寺衆崇華勝捨衣鉢爲宋齊七帝造攝山寺石像永明十年寢疾忽見金車玉宇悉來迎接到四月五日告諸弟子曰吾今逝矣弟子皆泣乃披衣出胷胷有草善佛字字體鮮白色相明潤八日正中而卒年六十六葬于鍾山文帝給其湯藥凶事所須並宜官備也

禪基寺僧蓋尼四十三

僧蓋本姓田趙國均仁人父完梁天水太守蓋幼出家爲僧志尼弟子住彭城華林寺忘利養惔毀譽永徽元年索虜侵州與同學法進南遊京室住妙相尼寺博聽經律深究旨歸專修禪定惟日弗足寒暑不變衣裳四時恒新日食但資一菜中飲而已受業於隱審二禪師禪師皆歎其易悟齊永明中移止禪基寺欲廣弘觀道道俗諮訪更成紛動乃別立禪房於寺之左宴默其中出則善誘詢詢不倦齊竟陵文宣王蕭子良四時資給雖以耆艾而志尚不衰終日清虛通夜不寐年六十四永明十一年卒時寺又有法延尼者本姓許高陽人也精勤有行業亦以禪定顯名

東青園寺法全尼四十四

法全本姓戴丹陽人也端莊好靜雅勤定慧初隨宗瑗博綜衆經後師審隱遍遊禪觀晝則披文遠思夕則歷觀妙境大乘奧典皆能宣說三昧祕門並爲師匠食但蔬菜衣止蔽形訓誘未聞獎成後學聽者修行功益甚衆寺既廣大閡理爲難泰始三年衆議欲分爲二寺時寶嬰尼求於東面起立禪房更搆靈

塔於是始分爲東青園寺昇明二年嬰卒衆既新分人望未緝乃以全爲寺主於是大小愛悦情無纎分年八十三隆昌元年卒時寺復有淨練僧律惠形並以學顯名也

普賢寺淨曜尼四十五

淨曜本姓楊建康人也志道專誠樂法翹懇具戒之初從濟瑗𥨊學精思研求究大乘之奥十臘之後便爲宗匠齊文惠帝竟陵文宣王莫不服膺永明八年竟陵王請於第講維摩經後爲寺主二十餘年長幼崇敬如事父毋從爲弟子者四百餘人年七十二永明十年卒時寺復有僧要光淨並學行有聞也

法音寺曇簡尼四十六

曇簡尼本姓張清河人也爲法淨尼弟子遊學淮海弘宣正法先人後已志在曠濟以齊建元四年立法音精舍禪思靜默通達三昧德聲遐布功化日遠道俗敬仰盛修供施時有慧明法師深愛寂靜本住道林寺永明爲文惠帝竟陵文宣王之所修飾僧多義學累講經論去來喧動明欲去之簡以寺爲施因移白山更立草菴以蔽風雨應時行乞取給所資常聚樵木云經營功德以建武元年二月十八日夜登此積薪引火自焚捨生死身供養三寶近村見火競來赴救及至簡已遷滅道俗哀慟聲震山谷即聚所餘爲立墳刹

法音寺淨珪尼四十七

淨珪本姓周晉陵人也寓居建康縣三世矣珪幼而聰頴一聞多悟性不狎俗早願出家父毋憐之不違其志爲法淨尼弟子住法音寺德行純粹經律博通三乘禪祕無不善達

神量淵遠物莫能窺遺身忘味常自枯槁其精進總持爲世法則傳授訓誘多能導利當世歸心與曇簡尼同憩法音寺後移白山栖托樹下功化轉弘以建武元年二月八日與曇簡同夜燒身道俗哀赴莫不感咽收其舍利樹墳封刹焉

集善寺慧緒尼四十八

慧緒尼本姓閭丘高平人也爲人高率疎遠見之如丈夫不似婦人發言吐論甚自方直略無迴避七歲便蔬食持齋志節勇猛十八出家住荆州三層寺戒業具足道俗所嗟時江陵復有隱尼西土德望見緒而異之遂乃契意相攜行道嘗同居一夏共習般舟心形勤苦晝夜不息沈攸之爲刺史普沙簡僧尼緒乃避難下都及沈破敗後復還西齊太尉大司馬豫章王蕭嶷以宋昇明末出鎮荆陝知其有道行迎請入内備盡四事時有玄暢禪師從蜀下荆緒就受禪法究極精妙暢每稱其宿習不淺緒既善解禪行兼菜蔬厲節豫章王妃及内眷屬敬信甚深從受禪法每有嚫施受已隨散不嘗儲蓄意志高遠都不以生業關懷蕭王要共還都爲起寺舍在第東田之東名曰福田寺常入第行道永明九年自稱忽忽苦病亦無正惡唯不復肯食顔貌憔悴苦求還寺還寺即平愈旬日中輒復請入入輒如前咸不知所以爾俄而王薨禍故相續武皇帝以東田郊迫更起集善寺悉移諸尼還集善而以福田寺別安外國道人阿梨第中還復供養善讀誦呪緒自移集善寺已後足不復入第者數年時内外既敬重

此尼每勸其蹔至後第內竺夫人欲建禪齋遣信先諮請尼云甚善貧道年惡此段實願一入第與諸夫娘别既入齋齋竟自索紙筆作詩曰世人或不知呼我作老周忽請作七日禪齋不得休作詩竟言笑接人了不異常日高傲也因具叙離云此段出寺方爲永别年老無復能入第理時體中甚康健出寺月餘日便云病無乃有異於恒夕日而卒是永元元年十一月二十日卒年六十九周捨爲立序讃又有僧威尼德合志同爲法眷屬行道習覲親承音旨也

錢唐齊明寺超明尼四十九

超明本姓范錢唐人父考少爲國子生世奉大法明幼聰頴雅有志尚讀五經善文義方正有禮内外敬之年二十一夫死寡居鄉隣求娉誓而不許因遂出家住崇隱寺神理明澈道識清悟聞吴縣北張寺有曇整法師道行精苦從受具足後往塗山聽慧基法師講説衆經便究義旨一經於耳退無不記三吴士庶内外崇敬尋還錢唐移憩齊明寺年六十餘建武五年而卒時又有法藏尼亦以學行馳名矣

法音精舍曇勇尼五十

曇勇尼者曇簡尼之姊也爲性剛直不隨物傾動常以禪律爲務不以衣食經懷憩法音精舍深悟無常高崇我樂以建武元年隨簡因移白山永元三年二月十五日夜積薪自燒以身供養當時聞見咸發道心共聚遺燼以立墳刹云

剡齊興寺德樂尼五十一

德樂本姓孫毗陵人也高祖毓晉豫州刺史樂生而口有二牙及長常於闇室不假燈燭了了能見願樂離俗父母愛惜而不敢遮至年八歲許其姊妹同時入道爲晉陵光尼弟子具戒已後並遊學京師住南永安寺篤志精勤以晝繼夜窮研經律言談典雅宋文帝善之元嘉七年外國沙門求那跋摩宋大將軍立王國寺（在枳國寺北路）請移住焉到十一年有師子國比丘尼十餘人至重從僧伽跋摩受具足戒至二十一年同寺尼法淨曇覽染孔熈先謀人身窮法毀壞寺舍諸尼離散德樂智移憩東青園寺諮請深禪窮究妙境及文帝崩東遊會稽止于剡之白山照明精舍學衆雲集從容教授道感東南矣齊永明五年陳留阮儉篤信士也捨所居宅立齊明精舍樂綱紀大小悅服遠近欽風皆願依止徒衆二百餘人不聚嚫施歲建一講僧尼不限平等資供年八十一永明三年卒剡又有僧茂尼本姓王彭城人也飾食單蔬勤苦爲業用其親遺起竹園精舍焉

比丘尼傳卷第三

音釋

袠（直一切 緊袠也）　糲（郎達切 脫粟也）　潸（所間切 涕淚流貌）　嶷（魚力切）

比丘尼傳卷第四

齊大莊嚴寺釋寶唱撰

禪林寺尼淨秀五十二

淨秀本姓梁安定烏氏人也祖疇征虜司馬父粲之龍川縣都鄉侯淨秀幼而聰叡好行慈仁七歲自然持齋家中請僧轉涅槃經聞斷魚肉即便蔬食不敢令二親知若得鮭鱔密自棄去從外國沙門普練諮受五戒精勤奉持不曾違犯禮拜讀誦晝夜不休年十二便求出家父母禁之及手能書常自寫經所有財物唯充功德不營俗好不衣錦繡不著粉黛如此推遷至二十九方得聽許爲青園寺首尼弟子事師竭誠猶懼弗及三業勤修夙夜匪懈僧使衆役每居其首跋涉勤劬觸事關涉善神敬護常在左右時有馬先生世呼神人也見秀記言此尼當生兜率嘗三人

同於佛殿內坐忽聞空中聲狀如牛吼二人驚怖唯秀惔然還房取燭還始登階復聞空中語曰諸尼避路秀禪師歸他日又與數人於禪房中坐一尼鼾眠睡中見有一人頭拄屋語之曰勿驚秀尼後時與諸尼同坐一尼暫起還房見一人抵掌止之曰莫撓秀尼秀尼進止俯仰必遵律範欲請暉法師講十誦律但有錢一千憂事不辦夜夢見鵶鵲鸜鴿雀子各乘軒車大小稱形同聲唱言我當助秀尼講及至經營有七十檀越爭設妙供後又請法頴律師重講十誦開題之日澡罐中水自然香馥其日就座更無餘伴起懼犯獨以諮律師律師荅曰不犯秀觀諸尼未盡如法乃歎曰洪徽未遠靈緒稍隤自非正己焉能導物即行摩那埵以自悔守合衆見之悉共相率退思補過慚愧懺謝宋元嘉七年外國沙門求那跋摩至都律範清高秀更從受戒而青園徒衆悟解不同思立別住外嚴法禁內安禪默庶微稱己心宋南昌公主及黃修儀以大明七年八月共施宜知地以立精舍秀麻衣藿食躬執泥瓦夙夜盡勤製龕造像無所不備同住十餘人皆以禪定爲業泰始三年明帝勑以寺基所集宜名禪林寺秀手寫衆經別立經臺在乎寺內娑伽羅龍王兄弟二人現迹彌日示其擁護知識往來無不見者每奉諸聖僧果食之上必有異迹又嘗七日供養禮懺胡跪攝心注想即見二梵僧舉手共語一稱彌佉羅一稱毗呿羅所著袈裟色如熟桑甚秀即以泥染衣色令如所見他日又請阿耨達池五百羅漢復請罽賓

國五百羅漢又請京邑大德二日大會第二日又見一梵僧合衆疑之因即借問云從罽賓來至已一年使守門人審加覘視多人共見從宋林門出始行十餘步奄忽不見又曾浴聖僧内外寂靜唯有㰏杓之聲其諸瑞異皆類此也齊文惠帝竟陵文宣王厚相禮待供施無廢年耆力弱復不能行梁天監三年敕見聽乘輿至内殿五年六月十七日苦心悶亂不復飲食彭城寺惠全法師六月十九日夢見一柱殿嚴麗非常謂是兜率天宫見淨秀在其中全即矚之得生妙處勿忘將接秀曰法師是大丈夫弘通經教自應居勝地全聞秀病往看之述夢中事至七月十三日少間自夢見旛蓋樂器在佛殿西二十三日請相識僧會别二十七日告諸弟子曰我升兜率天宫言絶而卒年八十九

禪林寺僧念尼五十三

僧念本姓羊泰山南城人父彌州從事史念即招提寺曇叡法師之姑也珪璋早秀才鑑明達立德幼年十歲出家爲法護尼弟子從師住太后寺貞節苦心禪思精密博涉多通文義兼美蔬食禮懺老而彌篤誦法華經日夜七遍宋文孝武二帝常加資給齊永明十年中移住禪林寺禪範大隆諮學者衆司徒竟陵王四時供養年九十梁天監三年卒葬秣陵縣中興里内

成都長樂寺曇暉尼五十四

曇暉本姓青陽名白玉成都人也幼樂修道父毋弗許元嘉九年有外國禪師畺良耶舍入蜀大弘禪觀暉年十一啓毋求請禪師諮

禪法毋從之耶舍一見歎此人有分令其修習屬法育尼使相左右毋已許嫁於暉之姑子出門有曰不展餘計育尼密迎還寺暉深立誓願若我道心不遂遂致逼迫者當以火自焚耳刺史甄法崇聞之遣使迎暉集諸綱佐及有望之民請諸僧尼窮相難盡法崇問曰汝審能出家不荅曰微願久發特乞救濟法崇曰善遣使諮姑姑即奉教從法育尼出家年始十三矣從育學修觀行裁得稟受即於坐末便得入定見東方有二光明其一如日而白其一如月而青即於定中立念云白者必是菩薩道青者聲聞法若審然者當令青者銷而白光熾即應此念青光自滅白光熾滿及至起定為育尼說育尼善觀道聞而歡喜讚善時同坐四十餘人莫不歎其希有也後婿心疑以為姦詐相率抄取將歸其家曇暉時年十六矣以婢使營衛不受侵逼婿無如之何復以許州刺史以賞興問曇良耶舍答曰此人根利愼勿違之若婿家須相分解費用不足者貧道有一蒼頭即為隨喜於是解釋後於禪中自解佛性常住大乘等義並非師受時諸名師極力問難無能屈者於是聲馳遠近莫不歸服宋元嘉十九年臨川王臨南充延之至鎮時年二十一驃騎牧陝復攜往南楚男女道俗北面擁篲者千二百人歲月稍流思毋轉至固請還鄉德行既高門徒日衆於市橋西北自營塔廟殿堂廂廊倏忽而成復營三寺皆悉神速莫不歎服稱有神力焉年八十三天監三年卒初張峻隨父在益州嘗忽然直往不令預知同行賓客

三十許人坐始定便下果粽並悉時珍刺史劉悛後當率徃亦復如之梁宣武王嘗送物使暉設百人會本言不出臨中自徃及至乃有三百僧并王佐吏近四百人將欲行道遣婢來倩人下食王即遣入唯見二弟子及二婢奠食都無雜手力王彌復歎其不可量也或有問暉者曰見師生徒不過中家之產而造作云為有若神化何以至此耶荅云貧道常自無居貯若須費用役五三金而已隨復有之不知所以而然故談者以為有無盡藏焉時又有花光尼本姓鮮深禪妙觀洞其幽微遍覽三藏傍兼百氏尤能屬文述暉讚頌詞旨有則不乖風雅焉

偽高昌都郎中寺馮尼五十五

馮尼者本姓馮高昌人也時人敬重因以姓為號年三十出家住高昌都郎中寺齋蔬一食戒行精苦燒六指供養皆悉至掌誦大涅槃經三日一遍時有法惠法師精進邁羣為高昌一國尼依止師馮後忽謂法惠言阿闍梨來好馮是闍梨善知識闍梨可徃龜茲國金花寺帳下直日間當得勝法法惠聞而從之徃至彼寺見直日直日歡喜以蒲萄酒一斗五升與之令飲法惠驚愕我來覓勝法翻然飲我非法之物不肯飲直日推背急令出去法惠退思我既遠來未達此意恐不宜違即頓飲之醉吐迷悶無所復識直日便自他行法惠酒醒自知犯戒追大慚愧自椎其身悔責所行欲自斷命因此思惟得第三果直日還問曰已得耶荅曰然因還高昌未至二百里初無音信馮呼尼衆遠出迎候先知之

迹皆類此也高昌諸尼莫不師奉年九十六梁天監二年卒

梁閑居寺惠勝尼五十六

惠勝本姓唐彭城人也父僧智寓居建康勝幼頴出家以方正自立希於語言言必能行身無輕躁旬日不出戶牖見之者莫不敬異以宋元嘉二十一年出家時年十八爲淨秀尼弟子住禪林寺以具戒後講法華經隨習善寺緒尼學五門禪後從草堂寺惠隱靈根寺法頴備修觀法奇相妙證獨得懷抱人見而問之皆荅云罪無輕重一時發露懺悔懇惻以晝係夜貴賤崇敬供施不斷年八十一梁天監四年卒葬于白板山也

東青園寺淨賢尼五十七

淨賢本姓弘永世人住青園東寺有幹局才能而好修禪定博窮經律言必典正雖不講說精究旨要宋文皇帝善之湘東王或齠齓之年眠好驚魘勑從淨賢尼受三自歸悸寐即愈帝益相善厚崇供施內外親賓及明帝即位禮待益隆資給彌重建齋設講相繼不絕當時名士莫不宗敬後總寺任十有餘載年七十五梁天監四年卒復有惠喬寶顒皆知名惠喬坐禪誦經勤營衆務寶顒誦法華經明於觀行

竹園寺淨淵尼五十八

淨淵本姓時鉅鹿人也幼有成人之智五六歲時常聚沙爲塔刻木成像燒香禮拜彌日不足每聞人言輒難盡取其理究二十出家戀慕膝下不食不寢飲水持齋諫曉不從終竟七日自爾之後蔬食長齋戒忍精苦不由

課厲師友嗟敬遠近稱譽齊文帝大相欽禮四事供養信驛重沓年七十一梁天監五年卒

竹園寺淨行尼五十九

淨行即淨淵尼第五妹也幼而神理清秀遠識道瞻爽烈有志分風調舉止每輒不羣少經與太秩令郭洽妻臧氏相識洽欲害其妻言泄于路行請兄諫洽洽不從之行密語臧氏臧氏不信行執手慟泣於是而返後一二日洽果害之及年十七從法施尼出家住竹園寺學成實毗曇涅槃華嚴每見事端已達旨趣探究淵賾博辯無窮齊竟陵文宣王蕭子良厚加資給僧宗寶亮二法師雅相賞異及請講說聽衆數百人官第尼寺法事連續當時先達無能屈者竟陵王後區品學衆欲撰僧錄莫可與行爲輩後有尼聰朗特達博辯若神行特親狎之衆亦以爲後來之秀可與行爲儔也行晚節好禪觀菜食精苦皇帝聞之雅相歎賞年六十六梁天監八年卒葬于鍾山也

南晉陵寺釋令玉尼六十

令玉本姓蔡建康人也父朗少出家住何后寺禪房爲淨曄尼弟子淨曄律行純白思業過人玉少事師長恭勤匪懈始受十戒威儀可觀及受具戒禁行清白有若氷雪博尋五部妙究幽宗雅能傳述梁邵陵王綸大相欽敬請爲南晉陵寺主固讓不當王不能屈以永徽元年徽再勑事不獲免在任積年不矜而莊不厲而威年七十六梁天監八年卒寺復有令惠戒忍惠力並顯名令惠講妙法蓮

華維摩勝鬘等經勤身蔬飯卓然衆表戒忍聰朗好學經目不忘惠力雅識靈通無所矯競

閑居寺僧述尼六十一

僧述本姓懷彭城人也父僧珍僑居建康述幼而志道八歲蔬食及年十九以宋元嘉二十四年從禪林寺淨秀尼出家節行精苦法檢不虧遊心經律靡不遍覽後偏功十誦文義優洽復從隱審二法師諮受祕觀遍三昧門移住禪林寺爲禪學所宗去來投集更成諠動述因有隱居之志宋臨川王母張貴嬪聞之捨所居宅欲爲立寺時制不得輒造到元徽二年九月一日汝南王母吴充華啓勑即就締構堂殿房宇五十餘間率其同志二十人以禪寂爲樂名曰閑居述動靜守眞不斅浮飾宋齊之季世道紛喧且禪且寂風塵不擾齊文惠帝竟陵文宣王大相禮遇修飾一寺事事光奇四時供養未曾休息及大梁開泰天下有道白黒敬仰四遠雲萃而述不蓄私財隨得隨散或賑濟四衆或放生乞施造金像五軀並皆壯麗寫經及律一千餘卷標帙帶軸寶飾莊嚴年八十四梁天監十二年卒葬于鍾山之西陽也

西青園寺妙禕尼六十二

妙禕本姓劉建康人也齠齔之年而神機秀發而幼出家住西青園寺戒行無點神情超悟敦信布惠莫不懷之雅好談説尤善語笑講大涅槃法華十地並三十餘遍十誦毗尼母經數説隨方導物利益弘多年七十梁天監十二年卒也

樂安寺惠暉尼六十三

惠暉本姓駱青州人也六歲樂道父毋不聽至年十一斷葷辛絶味清虚淡朗姿貌詳雅讀大涅槃經誦妙法蓮華經及年十七隨父出都精進勇猛行人所不及父毋愛焉聽遂其志十八出家住樂安寺從斌濟柔次四法師聽成實論及涅槃諸經於十餘年中鬱爲義林京邑諸尼無不師受於是法筵頻建四遠雲集講說不休禪誦無輟標心正念日夕忘寢王公貴賤無不敬重十方嚫遺四時殷競所獲之財追造經像隨宜遠施時有不泄者改緝樂安寺莫不新整年七十三梁天監十三年卒葬于石頭崗時復有惠意以禮誦爲業

底山寺道貴尼六十四

道貴本姓壽長安人也幼清夷沖素善研機理志幹勤整精苦過人誓弘大化葷鮮不食濟物爲懷弊衣自足誦勝鬘無量壽經不捨晝夜父毋憂念使其爲道十七出家博覽經律究竟文理不羡名聞唯以進道爲業觀境入定行坐不休悔過發願言辭哀敏聽者震肅齊竟陵文宣王蕭子良善相推敬爲造頂山寺以聚禪衆請貴爲知事固執不從請爲禪範然後許之於是結掛林下栖寄畢世縱復屯雲晦景委雪埋山端然寂坐曾無悶焉得人信施廣興福業不以纖毫自潤已身年八十六梁天監十五年卒葬于鍾山之陽也

山陰招明寺釋法宣尼六十五

法宣本姓王剡人也父道寄世奉正法宣幼而有離俗之志年始七歲而蔬食苦節及年

十八誦法華經首尾通利解其指歸坐卧輙見帳蓋覆之驟有媒娉誓而弗許至年二十父母携就剡齊明寺德樂尼改服從道即於是日帳蓋自消博覽經書深入理味成戒已後鄉邑時人望俗義道莫不服其精致逮宋氏之季有僧柔法師周遊東夏講宣經論自嶀嵊而之禹穴或發靈隱或徃姑蘇僧柔數論之趣惠基經書之要咸暢其精微究其淵輿及齊永明中又從惠熈法師諮受十誦所餐日優所見月贖於是移住山陰招明寺經律迭講聲髙于越不立私財以嚫施之物修飾寺宇造構精華狀若神功寫經鑄像靡不必備吴郡張援頴川庾詠汝南周顒皆一時之名秀莫不躬徃禮敬齊巴陵王蕭昭冑出守會稽厚加供待梁衡陽王元簡即到郡請為母師春秋八十三梁天監十五年卒矣

比丘尼傳卷第四

音釋

毓余六切　鮭古攜切魚名　鼾下旦切眠中有聲也　鸊鵒鸊強魚切鵒余蜀切鸊鵒鳥名　隤徒回切下墜也　藿虛郭切藜藿也　檥杓檥許羈切與稀同杓市若切檥杓把酌器也　悛且緣切　齠齔齠徒聊切齔初覲切齠齔毀齒也　僑巨驕切旅寓也　嬪毗賓切婦官也　褘于非切　賾鋤陌切深也

高僧傳
梁會稽嘉祥寺沙門慧皎撰

清刻龍藏佛說法變相圖

高僧傳并序

梁會稽嘉祥寺沙門慧皎撰

原夫至道沖漠假蹄筌而後彰玄致幽凝藉師保以成用是由聖迹迭興賢能異託辯忠烈孝慈以定名教之道明詩書禮樂以成風俗之訓或忘功遺事尚彼虛沖或體任榮枯重茲達命而皆教但域中功在近益斯蓋漸染之方未奥盡其神性至若能仁之爲訓也考業果之幽微則循復三世言至理之高妙則貫絕百靈若夫啓十地以辯慧宗顯三諦以詮智府窮神盡性之旨管一樞極之致餘方亦猶群流之歸巨壑衆星之拱北辰懋哉邈矣信難得以言尚至迺教滿三千形遍六道皆所以接引幽昏爲大利益而以淨穢異聞升墜殊見故秋方先音形之奉東國後見

聞之益雲龍表於夜明風虎彰乎宵夢洪風既扇大化斯融自爾西域名僧往往而至或傳度經法或教授禪道或以異迹化人或以神力拯物自漢之梁紀曆彌遠世踐六代年將五百此土桑門含章秀發群英間出迭有其人衆家記録叙載各異沙門法濟偏叙高逸一迹沙門法安但列志節一行沙門僧寶止命遊方一科沙門法進迺通撰論傳而辭事闕略並皆互有繁簡出没成異考之行事未見其歸宗臨川康王義慶宣驗記及幽明録太原王琰冥祥記彭城劉悛益部寺記沙門曇宗京師寺記太原王延秀感應傳朱君台徵應傳陶淵明搜神録並傍出諸僧叙其風素而皆是附見亟多踈闕齊竟陵文宣王三寶記傳或稱佛史或號僧録既三寶共叙辭旨相關混濫難求更爲蕪昧琅瑘王巾所撰僧史意似該綜而文體未足沙門僧祐撰三藏記止有三十餘僧所無甚衆中書郗景興東山僧傳治中張孝季廬山僧傳中書陸明霞沙門傳各競舉一方不通今古務存一善不及餘行逮于即時亦繼有作者然或褒賛之下過相揄揚或叙事之中空引辭費求之實理無的可稱或復嫌以繁廣刪減其事而抗迹之疇多所遺削謂出家之士處國賓王不應勵然自遠高蹈獨絶辭榮棄愛本以異俗爲賢若此而不論竟何所紀嘗以暇日遇覽群作輒搜撿雜録數十餘家及晉宋齊梁春秋書史秦趙燕涼荒朝僞曆地理雜篇孤文片記并博諮故老廣訪先達校其有無取其同異始于漢明帝永平十年終至梁天

監十八年凡四百五十三載二百五十七人又傍出附見者二百餘人開其德業大爲十例一曰譯經二曰義解三曰神異四曰習禪五曰明律六曰遺身七曰誦經八曰興福九曰經師十曰唱導然法流東土蓋由傳譯之勲或踰越沙險汎漾洪波皆亡形殉道委命弘法震旦開明一焉是賴兹德可崇故列之篇首至若慧解開神則道兼萬億通感適化則彊暴以綏靖念安禪則功德森茂弘贊毗尼則禁行清潔忘形遺體則矜吝革心歌誦法言則幽顯含慶樹興福善則遺像可傳凡此八科並以軌迹不同化洽殊異而皆德効四依功在三業故爲群經之所稱美衆聖之所褒述及夫討覈源流商搉取捨皆列諸贊論備之後文而論所著辭微異恒體始標大意猶類前序未辯時人事同後儀若闘施前後如謂煩雜故總布一科之末通稱爲論其轉讀宣唱原出非遠然而應機悟俗實有偏功故齊宋雜記咸條列秀者今之所取必其製用超絶及有一分通感乃編之傳末如或異者非所存焉凡十科所叙皆散在衆記今止删聚一處故述而無作俾夫披覽於一本之内可兼諸要其有繁辭虚贊或德不及稱者一皆省略故述六代賢異止爲十三卷并序録合十四軸號曰高僧傳自前代所撰多曰名僧然名者本實之賓也若實行潛光則高而不名寡德適時則名而不高名而不高本非所紀高而不名則備今録故省名音代以高字其間草創或有遺逸今此十四卷備贊論者意以爲定如未隱括覽者詳焉

高僧傳卷第一

譯經上

攝摩騰本中天竺人善風儀解大小乘經常遊化爲任昔經往天竺附庸小國講金光明經會敵國侵境騰惟曰經云能說此法爲地神所護使所居安樂今鋒鏑方始曾是爲益乎乃誓以忘身躬往和勸遂二國交歡由是顯譽逮漢永平中明皇帝夜夢金人飛空而至乃大集群臣以占所夢通人傅毅奉答臣聞西域有神其名曰佛陛下所夢將必是乎帝以爲然即遣郎中蔡愔博士弟子秦景等使往天竺尋訪佛法愔等於彼遇見摩騰乃要還漢地騰誓志弘通不憚疲苦冒涉流沙至乎雒邑明帝甚加賞接於城西門外立精舍以處之漢地有沙門之始也但大法初傳未有歸信故蘊其深解無所宣述後少時卒於雒陽有記云騰譯四十二章經一卷初緘在蘭臺石室第十四間中騰所住處今雒陽城西雍門外白馬寺是也相傳云外國國王嘗毀破諸寺唯招提寺未及毀壞夜有一白馬繞塔悲鳴即以啓王王即停壞諸寺因改招提以爲白馬故諸寺立名多取則焉

竺法蘭亦中天竺人自言誦經論數萬章爲天竺學者之師時蔡愔既至彼國蘭與摩騰共契遊化遂相隨而來會彼學徒留礙蘭乃間行而至既達雒陽與騰同止少時便善漢言愔於西域獲經即爲翻譯所謂十地斷結佛本生法海藏佛本行四十二章等五部移都寇亂四部失本不傳江左唯四十二章經今見在可二千餘言漢地見存諸經唯此爲始也愔又於西域得畫釋迦倚像是優田王栴檀像師第四作既至雒陽明帝即令畫工圖寫置清涼臺中及顯節陵上舊像今不復存焉又昔漢武穿昆明池底得黒灰問東方朔朔云不知可問西域胡人後法蘭既至衆人追以問之蘭云世界終盡劫火洞燒此灰是也朔言有徵信者甚衆蘭後卒於雒陽春秋六十餘矣

安清字世高安息國王正后之太子也幼以孝行見稱加又志業聰敏剋意好學外國典籍及七曜五行醫方異術乃至鳥獸之聲無不綜達嘗行見群鷰忽謂伴曰鷰云應有送食者頃之果有致焉衆咸奇之故儁異之聲早被西域高雖在居家而奉戒精峻王薨便嗣父位乃深惟苦空猒離形器行服既畢遂讓國與叔出家修道博曉經藏尤精阿毗曇學諷持禪經備盡其妙既而遊方弘化遍歷諸國以漢桓之初始到中夏才悟機敏一聞能達至止未久即通習華言於是宣譯衆經改梵爲漢出安般守意陰持入經大小十二門及百六十品初外國三藏衆護撰述經要爲二十七章高乃剖析護所集七章譯爲漢

文即道地經也其先後所出經論凡三十九部義理明析文字允正辯而不華質而不野凡在讀者皆亹亹而不倦焉高窮理盡性自識緣業多有神迹世莫能量初高自稱先身已經出家有一同學多瞋分衛值施主不稱每輒懟恨高屢加訶諫終不悛改如此二十餘年乃與同學訶訣云我當往廣州畢宿世之對卿明經精懃不在吾後而性多恚怒命過當受惡形我若得道必當相度既而遂適廣州值寇賊大亂行路逢一少年唾手拔刃曰眞得汝矣高笑曰我宿命負卿故遠來相償卿之忿怒故是前世時意也遂伸頸受刃容無懼色賊遂殺之觀者填陌莫不駭其奇異既而神識還爲安息王太子即今時世高身也高遊化中國宣經事畢值靈帝之末關

雒擾亂乃振錫江南云我當過廬山度昔同學行達邾亭湖廟此廟舊有威靈商旅祈禱乃分風上下各無留滯甞有乞神竹者未許輒取舫即覆没竹還本處自是舟人敬憚莫不懾影高同旅三十餘船奉牲請福神乃降祝曰舫有沙門可便呼上客咸驚愕請高入廟神告高曰吾昔外國與子俱出家學道好行布施而性多瞋怒今爲邾亭廟神周迴千里並吾所治以布施故珍玩甚豐以瞋恚故墮此神報今見同學悲欣可言壽盡旦夕而醜形長大若於此捨命穢汚江湖當度山西澤中此身滅後恐墮地獄吾有絹千疋并雜寶物可爲立法營塔使生善處也高曰故來相度何不出形神曰形甚醜異衆人必懼高曰但出衆不怪也神從牀後出頭乃是大蟒

不知尾之長短至高膝邊高向之梵語數番讚唄數契蟒悲淚如雨須臾還隱高即取絹物辭别而去舟侶颺帆蟒復出身登山而望衆人舉手然後乃滅倏忽之頃便達豫章即以廟物爲造東寺高去後神即命過暮有一少年上船長跽高前受其呪願忽然不見高謂船人曰向之少年即䢼亭廟神得離惡形矣於是廟神歇矣無復靈驗後人於山西澤中見一死蟒頭尾數里今潯陽郡蛇村是也高後復到廣州尋其前世害已少年時少年尚在高徑投其家說昔日償對之事幷叙宿緣歡喜相向云吾猶有餘報今當往會稽畢對廣州客悟高非凡豁然意解追悔前愆厚相資供隨高東遊遂達會稽至便入市正值市中有亂相打者誤著高頭應時殞命廣州客頻驗二報遂精懃佛法具說事緣遠近聞知莫不悲歎明三世之有徵也高既王種西域賓旅皆呼爲安侯至今猶爲號焉天竺國自稱書爲天書語爲天語音訓詭蹇與漢殊異先後傳譯多致謬濫唯高所出爲群譯之首安公以爲若及面禀不異見聖列代明德咸贊而思焉余訪尋衆録紀載高公互有出没將以權迹隱顯應廢多端或由傳者紕謬致成乖角輒備列衆異庶或可論案釋道安經録云安世高以漢桓帝建和二年至靈帝建寧中二十餘年譯出三十餘部經又別傳云晉太康末有安侯道人來至桑垣出經竟封一函於寺云後四年可開之吳末行至揚州使人貨一箱物以買一奴名福善云是我善知識仍將奴適豫章度䢼亭廟神爲立寺

竟福善以刀刺安侯脅於是而終桑垣人迺發其所封函材理自成字云尊吾道者居士陳惠傳禪經者比丘僧會是日正四年也又庾仲雍荆州記云晉初有沙門安世高度郱亭廟神得財物立白馬寺於荆城東南隅宋臨川康王宣驗記云蟒死於吳末曇宗塔寺記云丹陽瓦官寺晉哀帝時沙門惠力所立後有沙門安世高以郱亭廟餘物治之然道安法師既校閲群經詮録傳譯必不應謬從漢桓建和二年至晉太康末凡經一百三十餘年若高公長壽或能如此而事不應然何者案如康僧會注安般守意經序云此經世高所出久之沉翳會有南陽韓林潁川大業會稽陳惠此三賢者信道篤密會共請受乃陳惠注義余助斟酌尋僧會以晉太康元年乃死而已云此經出後久之沉翳又世高封函之字云尊吾道者居士陳惠傳禪經者比丘僧會然安般所明盛説禪業是知封函之記信非虚作既云二人方傳吾道豈容與共同世且别傳自云傳禪經者比丘僧會會已太康初死何容太康之末方有安侯道人首尾之言自爲矛盾正當隨有一書謬指晉初於是後諸作者或道太康或言吳末雷同奔競無以校焉既晉初之説尚已難實而曇宗記云晉哀帝時世高方復治寺其爲謬諸過迺懸矣

支婁迦讖亦直云支讖本月支人操行純深性度開敏稟持法戒以精懃著稱諷誦群經志在宣法漢靈帝時遊于雒陽以光和中平之間傳譯梵文出般若道行般舟首楞嚴等

三經又有阿闍世王寶積等十餘部經歲久無録安公校定古今精尋文體云似讖所出凡此諸經皆審得本旨了不加飾可謂善宣法要弘道之士也後不知所終時有天竺沙門竺佛朔亦漢靈之時賷道行經來適雒陽即轉梵爲漢譯人時滯雖有失旨然棄文存質深得經意朔又以光和二年於雒陽出般舟三昧讖爲傳言河南雒陽孟福張蓮筆受時又有優婆塞安玄安息國人志性貞白深沉有理致博誦群經多所通習亦以漢靈之末遊賞雒陽以功號曰騎都尉性虛靖温恭常以法事爲已任漸解漢言志宣經典常與沙門講論道義世所謂都尉者也玄與沙門嚴佛調共出法鏡經玄口譯梵文佛調筆受理得音正盡經微旨郢匠之美見述後代調本臨淮人綺年頴悟敏而好學世稱安侯都尉佛調三人傳譯號爲難繼調又撰十慧亦傳於世安公稱佛調出經省而不煩全本巧妙又有沙門支曜康巨康孟詳等並以漢靈獻之間有慧學之譽馳於京雒曜譯成具定意經及小本起等巨譯問地獄事經並言直理旨不加潤飾孟詳譯中本起及修行本起先是沙門曇果於迦維羅衛國得梵本孟詳共竺大力譯爲漢文安公云孟詳所出奕奕流便足騰玄趣也

曇柯迦羅此云法時本中天竺人家世大富常修梵福迦羅幼而才悟質像過人詩書一覽皆文義通暢善學四韋陀論風雲星宿圖讖運變莫不該綜自言天下文理畢已心腹至年二十五入一僧房看遇見法勝毗曇聊

取覽之茫然不解慇懃重省更增惛漠乃歎曰吾積學多年浪志墳典遊刃經籍義不再思文無重覽今覩佛書頓出情外必當理致鉤深別有精要於是賫卷入房請一比丘略爲解釋遂深悟因果妙達三世始知佛教宏曠俗書所不能及乃棄捨世榮出家精苦誦大小乘經及諸部毗尼常貴遊化不樂專守以魏嘉平中來至雒陽于時魏境雖有佛法而道風訛替亦有衆僧未稟歸戒正以剪落殊俗耳設復齋懺事法祠祀迦羅既至大行佛法時諸僧共請迦羅譯出戒律迦羅以律部曲制文言繁廣佛教未昌必不承用乃譯出僧祇戒心止備朝夕更請梵僧立羯磨法中夏戒律始自乎此迦羅後不知所終時又有外國沙門康僧鎧者亦以嘉平之末來至雒陽譯出郁伽長者等四部經又有安息國沙門曇帝亦善律學以魏正元之中來遊雒陽譯出曇無德羯磨又有沙門帛延不知何許人亦才明有深解以魏甘露中譯出無量清淨平等覺經等凡六部經後不知所終

康僧會其先康居人世居天竺其父因商賈移于交阯會年十餘歲二親並亡以至性奉孝服畢出家勵行甚峻爲人弘雅有識量篤志好學明解三藏博覽六經天文圖緯多所綜涉辯於樞機頗屬文翰時孫權已制江左而佛教未行先有優婆塞支謙字恭明一名越本月支人來遊漢境初漢桓靈之世有支讖譯出衆經有支亮字紀明資學於讖謙又受業於亮博覽經籍莫不精究世間技藝多所綜習遍學異書通六國語其爲人細長黑

瘦眼多白而睛黄時人爲之語曰支郎眼中黄形軀雖細是智囊漢獻末亂避地于吴孫權聞其才慧召見悦之拜爲博士使輔導東宫與韋曜諸人共盡匡益但生自外域故吴志不載謙以大教雖行而經多梵文未盡翻譯巳妙善方言乃收集衆本譯爲漢語從吴黄武元年至建興中所出維摩大般泥洹法句瑞應本起等四十九經曲得聖義辭旨文雅又從無量壽中本起製菩薩連句梵唄三契并注了本生死經等皆行於世時吴地初染大法風化未全僧會欲使道振江左興立圖寺乃杖錫東遊以吴赤烏十年初達建業營立茅茨設像行道時吴國以初見沙門覩形未及其道疑爲矯異有司奏曰有胡人入境自稱沙門容服非恒事應檢察權曰昔漢明夢神號稱爲佛彼之所事豈其遺風耶即召會詰問有何靈驗會曰如來遷迹忽逾千載遺骨舍利神曜無方昔阿育王起塔乃八萬四千夫塔寺之興以表遺化也權以爲誇誕乃謂會曰若能得舍利當爲造塔如其虚妄國有常刑會請期七日乃謂其屬曰法之興廢在此一舉今不至誠後將何及乃共潔齋靖室以銅瓶加几燒香禮請七日期畢寂然無應求申二七亦復如之權曰此欺誑將欲加罪會更請三七權又特聽會謂法屬曰宣尼有言文王既没文不在兹乎法靈應降而吾等無感何假王憲當以誓死爲期耳三七日暮猶無所見莫不震懼既入五更忽聞瓶中鏗然有聲會自往視果獲舍利明旦呈權舉朝集觀五色光炎照曜瓶上權自手執

缾瀉于銅盤舍利所衝盤即破碎權大肅然驚起而曰希有之瑞也會進而言曰舍利威神豈直光相而已乃劫燒之火不能焚金剛之杵不能碎權命令試之會更誓曰法雲方被蒼生仰澤願更垂神迹以廣示威靈乃置舍利於鐵砧礁上使力者擊之於是砧礁俱陷舍利無損權大嗟服即爲建塔以始有佛寺故號建初寺因名其地爲佛陀里由是江左大法遂興至孫皓即正法令苛虐廢棄淫祠乃及佛寺並欲毀壞皓曰此由何而興若其義教眞正與聖典相應者當存奉其道如其無實皆悉焚之諸臣僉曰佛之威力不同餘神康會感瑞大皇創寺今若輕毀恐貽後悔皓遣張昱詣寺詰會昱雅有才辯難問縱橫會應機騁辭文理鋒出自旦之夕昱不能屈既退會送于門時寺側有淫祀者昱曰玄化既孚此輩何故近而不革會曰雷霆破山聾者不聞非音之細苟在理通則萬里懸應如其阻塞則肝膽楚越昱還歎會才明非臣所測願天鑒察之皓大集朝賢以馬車迎會會既坐皓問曰佛教所明善惡報應何者是耶會對曰夫明主以孝慈訓世則赤烏翔而老人星見仁德育物則醴泉湧而嘉苗出善既有瑞惡亦如之故爲惡於隱鬼得而誅之爲惡於顯人得而誅之易稱積善餘慶詩詠求福不回雖儒典之格言即佛教之明訓皓曰若然則周孔已明何用佛教會曰周孔所言略示近迹至於釋教則備極幽微故行惡則有地獄長苦修善則有天宮永樂舉兹以明勸沮不亦大哉皓當時無以折其言皓雖

聞正法而昏暴之性不勝其虐後使宿衛兵入後宫治園於地中得一立金像高數尺呈皓皓使著不淨處以穢汁灌之共諸群臣笑以爲樂俄爾之間舉身大腫陰處尤痛叫呼徹天太史占言犯大神所爲即祈祀諸廟求不差愈婇女先有奉法者因問訊云陛下就佛寺中求福不皓舉頭問曰佛神大耶婇女云佛爲大神皓心遂悟其語意故婇女即迎像置殿上香湯洗數十過燒香懺悔皓叩頭于枕自陳罪狀有頃痛間遣使至寺問訊道人請會說法會即隨入皓見問罪福之由會爲敷析辭甚精要皓先有才解欣然大悅因求看沙門戒會以戒文禁秘不可輕宣乃取本業百三十五願分作二百五十事行住坐卧皆願衆生皓見慈願廣普益增善意即就會受五戒旬日疾瘳乃於會所住處更加修飾宣示宗室莫不必奉會在吳朝亟說正法以皓性兇麤不及妙義唯叙報應近事以開其心會於建初寺譯出衆經所謂阿難念彌陀經鏡面王察微王梵皇經等又出小品及六度集雜譬喻等並妙得經體文義允正又傳泥洹唄聲清靡哀亮一代模式又注安般守意法鏡道樹等三經并製經序辭趣雅便義旨微密並見於世至吳天紀四年四月皓降晉九月會遘疾而終是歲晉武太康元年也至晉咸和中蘇峻作亂焚會所建塔司空何充復更修造平西將軍趙誘世不奉法傲慢三寶夢入此寺謂諸道人曰久聞此塔屢放光明虛誕不經所未能信誘必自覩所不論耳言竟塔即出五色光照曜堂刹誘肅然

毛竪由此信敬於寺東更立小塔遠由大聖神感近亦康會之力故圖寫厥像傳之于今孫綽爲之贊曰會公蕭瑟寔惟令質心無近累情有餘逸厲此幽夜振彼尤黜超然遠詣卓矣高出有記云孫皓打試舍利謂非權時余案皓將壞寺諸臣咸畣康會感瑞大皇創寺是知初感舍利必也權時故數家傳記咸言孫權感舍利於吳宮其後更試神驗或將皓也

維祇難本天竺人也世奉異道以火祀爲上時有天竺沙門習學小乘多行道術經遠行逼暮欲寄難家宿難家既事異道猜忌釋子乃處之門外露地而宿沙門夜密加呪術令難家所事之火欻然變滅於是舉家共出稽請沙門入室供養沙門還以呪術變火令生難既覩沙門神力勝已即於佛法大生信樂乃捨本所事出家爲道依此沙門以爲和尚受學三藏妙善四含遊化諸國莫不皆奉以吳黄武三年與同伴竺律炎來至武昌賫曇鉢經梵本曇鉢者即法句經也時吳士共請出經難既未善國語乃共其伴律炎譯爲漢文炎亦未善漢言頗有不盡志存義本辭近朴質至晉惠之末有沙門法立更譯爲五卷沙門法巨著筆其辭味小華也立又别出小經近百許首值永嘉末亂多不復存

竺曇摩羅刹此云法護其先月支人本姓支氏世居燉煌郡年八歲出家事外國沙門竺高座爲師誦經日萬言過目則能天性純懿操行精苦篤志好學萬里尋師是以博覽六經遊心七籍雖世務毁譽未甞介抱是時晉

武之世寺廟圖像雖崇京邑而方等深經蘊在葱外護乃慨然發憤志弘大道遂隨師至西域遊歷諸國外國異言三十六種書亦如之護皆遍學貫綜詁訓音義字體無不備識遂大賫梵經還歸中夏自燉煌至長安沿路傳譯寫爲晉文所獲賢劫正法華光讃等一百六十五部孜孜所務唯以弘通爲業終身寫譯勞不告勸經法所以廣流中華者護之力也護以晉武之末隱居深山山有清澗恒取澡漱後有採薪者穢其水側俄頃而燥護乃徘徊歎曰人之無德遂使清泉輟流水若永竭眞無以自給正當移去耳言訖而泉流滿澗其幽誠所感如此故支遁爲之像贊云護公澄寂道德淵美微今穹谷枯泉漱水邈矣護公天挺弘懿濯足流沙傾拔玄致後立寺於長安青門外精勤行道於是德化遐布聲蓋四遠僧徒數千咸所宗事及晉惠西奔關中擾亂百姓流移護與門徒避地東下至澠池遘疾而卒春秋七十有八後孫綽製道賢論以天竺七僧方竹林七賢以護匹山巨源論云護公德居物宗巨源位登論道二公風德高遠足爲流輩矣其見美後代如此時有清信士聶承遠明解有才篤志務法護公出經多參正文句超日明經初譯頗多煩重承遠刪正文偈今行二卷其所詳定類皆如此承遠有子道眞亦善梵學此君父子比辭雅便無累於古又有竺法首陳士倫孫伯虎虞世雅等皆共承護旨執筆詳校安公云護公所出若審得此公手目綱領必正凡所譯經雖不辯妙婉顯而宏達欣暢特善無生依

慧不文朴則近本其見稱若此護世居燉煌死而化道周洽時人咸謂燉煌菩薩也
帛遠字法祖本姓萬氏河內人父威達以儒雅知名州府辟命皆不行祖少發道心啓父出家辭理切志父不能奪遂改服從道祖才思儁徹敏朗絶倫誦經日八九千言研味方等妙入幽微世俗墳索多所該貫乃於長安造築精舍以講習爲業白黑宗禀幾且千人晉惠之末太宰河間王顒鎭關中虛心敬重待以師友之敬每至閑晨靖夜輙談講道德于時西府初建俊乂甚盛能言之士咸服其遠達祖見群雄交爭干戈方始志欲潛遁隴右以保雅操會張輔爲秦州刺史鎭隴上祖與之俱行輔以祖名德顯著衆望所歸欲令反服爲巳僚佐祖固志不移由是結憾先有州人管蕃與祖論議屢屈於祖蕃深銜恥恨每加讒構祖行至汧縣忽語諸道人及弟子云我數日對當至便辭别作素書分布經像及資財都訖明晨詣輔共語忽忤輔意輔使收之行罰衆咸怪惋祖曰我來畢對此宿命久結非今事也乃呼十方佛祖前身罪緣歡喜畢對願從此巳後與張輔爲善知識無令受殺人之罪遂便鞭之五下奄然命終輔後具聞其事方大惋恨初祖道化之聲被於關隴崤𡺵之右奉之若神戎晉嗟慟行路流涕隴上羌胡率精騎五千將欲迎祖西歸中路聞其遇害悲恨不及衆咸憤激欲復祖之讎輔遣軍上隴羌胡率輕騎逆戰時天水故帳下督富整遂因忿斬輔群胡旣雪怨恥稱善而還共分祖屍各起塔廟輔字世偉南陽人

張衡之後雖有才解而酷不以理橫殺天水太守封尚百姓疑駭因亂而斬焉管蕃亦卒以傾險致敗後少時有一人姓李名通死而更穌云見祖法師在閻羅王處爲王講首楞嚴經云講竟應往忉利天又見祭酒王浮一云道士基公次被鎖械求祖懺悔昔祖平素之日與浮每爭邪正浮屢屈既瞋不自忍乃作老子化胡經以誣謗佛法殃有所歸故死方思悔孫綽道賢論以法祖匹嵇康論云帛祖疊起於管蕃中散禍作於鍾會二賢並以俊邁之氣昧其圖身之慮栖心事外輕世招患殆不異也其見稱如此祖既博涉多閑善通梵漢之語常譯惟逮弟子本起五部僧等三部經又注首楞嚴經又言別譯數部小經值亂零失不知其名祖弟法祚亦少有令譽被博士徵不就年二十五出家深洞佛理關隴知名時梁州刺史張光以祚兄不肯反服輔之所殺光又逼祚令罷道祚執志堅貞以死爲誓遂爲光所害春秋五十有七注放光般若經及著顯宗論等光字景武江夏人後爲武都互楊難敵所圍發憤而死時晉惠之世又有優婆塞衛士度譯出道行般若經二卷士度本司州汲郡之人陸沉寒門安貧樂道常以佛法爲心當其亡日清淨澡漱隱凡誦經千餘言然後引衣屍卧奄然而卒

帛尸梨蜜多羅此云吉友西域人時人呼爲高座傳云國王之子當承繼世而以國讓弟闇軌太伯既而悟心天啓遂爲沙門蜜天姿高朗風神超邁直爾對之便卓出於物晉永嘉中始到中國值亂仍過江止建初寺丞相

王導一見而奇之以爲吾之徒也由是名顯太尉庾元規光禄周伯仁太常謝幼輿廷尉桓茂倫皆一代名士見之終日累歎披襟致契導甞詣蜜蜜解帶偃伏悟言神解時尚書令卞望之亦與蜜致善須臾望之至蜜乃斂襟飾容端坐對之有問其故蜜曰王公風道期人卞令軌度格物故其然耳諸公於是歎其精神灑屬皆得其所桓廷尉甞欲爲蜜作頌久之未得有云尸梨蜜可謂卓朗於是桓乃咨嗟絶歎以爲標題之極大將軍王處沖在南夏聞王周諸公皆器重蜜疑以爲失鑒及見蜜乃欣振奔至一面盡虔周顗爲僕射領選臨入過造蜜乃歎曰若使太平之世盡得選此賢眞令人無恨也俄而顗遇害蜜往省其孤對坐作胡唄三契梵響陵雲次誦呪數千言聲音高暢顏容不變既而揮涕收淚神氣自若其哀樂廢興皆此類也王公甞謂蜜曰外國有君一人而已耳蜜笑曰若使我如諸君今日豈得在此當時以爲佳言蜜性高簡不學晉語諸公與之語言蜜雖因傳譯而神領意得頓盡言前莫不歎其自然天拔悟得非常蜜善持呪術所向皆驗初江東未有呪法蜜譯出孔雀王經明諸神呪又授弟子覓歷高聲梵唄傳響于今晉咸康中卒春秋八十餘諸公聞之痛惜流涕桓宣武每云少見高座稱其精神著出當年瑯琊王珉師事於蜜乃爲之序曰春秋吳楚稱子傳者以爲先中國後四夷豈不以三代之胤行乎殊俗之禮以戎狄貪婪無仁讓之性乎然而卓世之秀時生於彼逸群之才或侔乎茲故知

天授英偉豈俟於華戎自此已來唯漢世有金日磾然日磾之賢盡於仁孝忠誠德性純至非爲明達足論高座心造峯極交儁以神風領朗越過之遠矣竇常在石子崗東行頭陀既卒因葬于此成帝懷其風爲樹刹冢所後有關右沙門來遊京師乃於冢處起寺陳郡謝混贊成其業追旌往事仍曰高座寺也

僧伽跋澄此云衆現罽賓人毅然有淵懿之量歷尋名師備習三藏博覽衆典特善數經闇誦阿毗曇毗婆沙貫其妙旨常浪志遊方觀風弘化符堅建元十七年來入關中先是大乘之典未廣禪數之學甚盛既至長安咸稱法匠焉符堅祕書郎趙正崇仰大法嘗聞外國宗習阿毗曇毗婆沙而跋澄諷誦乃四事禮供請譯梵文遂共名德法師釋道安等集僧宣譯跋澄口誦經本外國沙門曇摩難提筆受爲梵文佛圖羅刹宣譯秦沙門敏智筆受爲晉本以僞秦建元十九年譯出自孟夏至仲秋方訖初跋澄又賷婆須蜜梵本自隨明年趙正復請出之跋澄乃與曇摩難提及僧伽提婆三人共執梵本秦沙門佛念宣譯惠嵩筆受安公法和對共校定故二經流布傳學迄今跋澄戒德整峻虛靖離俗關中僧衆則而象之後不知所終佛圖羅刹不知何國人德業純粹該覽經典久遊中土善閑漢言其宣譯梵文見重符世

曇摩難提此云法喜兜佉勒人齠年離俗聰慧夙成研諷經典以專精致業遍觀三藏闇誦增一阿含經博識洽聞靡所不綜是以國內遠近咸共推服少而觀方遍涉諸國常謂

弘法之體宜宣布未聞故遠冒流沙懷實東入以符氏建元中至于長安難提學業既優道聲甚盛符堅深見禮接先是中土群經未有四含堅臣武威太守趙正欲請出經時慕容沖已叛起兵擊堅關中擾動正慕法情深忘身爲道乃請安公等於長安城中集義學僧請難提譯出中增一二阿含并先所出毗曇心三法度等凡一百六卷佛念傳譯惠嵩筆受自夏迄春綿涉兩載文字方具及姚萇寇逼關內人情危阻難提乃辭還西域不知所終其時也符堅初敗群鋒互起戎妖縱暴民流四出而猶得傳譯大部蓋由趙正之力正字文業雒陽清水人或曰濟陰人年十八爲僞秦著作郎後遷至黃門侍郎武威太守爲人無鬚而瘦有妻妾而無兒時人謂閹然而情度敏達學兼內外性好譏諫無所迴避符堅末年寵惑鮮卑惰於治政正因歌諫曰昔聞孟津河千里作一曲此水本自清是誰攪令濁堅動容曰是朕也又歌曰北園有一棗布葉垂重蔭外雖饒棘刺內實有赤心堅笑曰將非趙文業耶其調戲機捷皆此類也後因關中佛法之盛乃願欲出家堅惜而未許及堅死後方遂其志更名道整因作頌曰我生何以晚泥洹一何早歸命釋迦文今來投大道後遁迹商洛山專精經律晉雍州刺史郗恢欽其風尚逼共同遊終於襄陽春秋六十餘矣

僧伽提婆此言衆天或云提和音訛故也本姓瞿曇氏罽賓人入道修學遠求明師學通三藏尤善阿毗曇心洞其纖旨常誦三法度

論晝夜嗟味以爲入道之府也爲人儁朗有深鑒而儀止温恭務在誨人恂恂不怠符氏建元中來入長安宣流法化初僧伽跋澄出婆須蜜及曇摩難提所出二阿含毗曇廣說三法度等凡百餘萬言屬慕容之難戎敵紛擾兼譯人造次未善詳悉義旨句味往往不盡俄而安公棄世未及改正後東山清平提婆乃與冀州沙門法和俱適雒陽四五年間研講前經居華稍積傳明漢語方知先所出經多有乖失法和慨歎未定乃更令提婆出阿毗曇及廣說衆經頃之姚興王秦法事甚盛於是法和入關而提婆度江先是廬山慧遠法師翹懃妙典廣集經藏虛心側席延望遠賓聞其至止即請入廬岳以晉太元之中請出阿毗曇心及三法度等提婆乃於般若臺手執梵文口宣晉語去華存實務盡義本今之所傳蓋其文也至隆安元年來遊京師晉朝王公及風流名士莫不造席致敬時衛軍東亭侯瑯琊王珣淵懿有深信扶持正法建立精舍廣招學衆提婆既至珣即延請仍於其舍講阿毗曇名僧畢集提婆宗致既精辭旨明析振發義理衆咸悅悟時王僧珍亦在座聽後於別屋自講珣問法綱道人僧珍所得云何答曰大略全是小未精覈耳其敷析之明易啓人心如此其年冬珣集京都義學沙門釋慧持等四十餘人更請提婆重譯中阿含等罽賓沙門僧伽羅叉執梵本提婆翻爲晉言至來夏方訖其在河洛左右所出衆經百餘萬言歷遊華梵備悉風俗從容機警善於談笑其道化聲譽莫不聞焉後不知

所終

竺佛念涼州人弱年出家志業清堅外和內朗有通敏之鑒諷習衆經粗涉外典其蒼雅詁訓尤所明達少好遊方備貫風俗家世西河洞曉方語華梵音義莫不兼釋故義學之譽雖闕洽聞之聲甚著符氏建元中有僧伽跋澄曇摩難提等入長安趙政請出諸經當時名德莫能傳譯衆咸推念於是澄執梵文念譯爲晉質斷疑義音字方明至建元二十年正月復請曇摩難提出增一阿含及中阿含於長安城內集義學沙門請念爲譯敷析研覈二載乃竟二含之顯念宣譯之功也自世高支謙已後莫踰於念在符姚二代爲譯人之宗故關中僧衆咸共嘉焉其後續自出菩薩瓔珞十住斷結及出曜胎經中陰經等始就治定意多未盡遂爾遘疾卒于長安遠近白黑莫不歎惜矣

曇摩耶舍此云法明罽賓人少而好學年十四爲弗若多羅所知長而氣幹高爽雅有神慧該覽經律明悟出群陶思八禪遊心七覺時人方之浮頭婆馱孤行山澤不避虎兕獨處思念動移宵日常於樹下每自剋責年將三十尚未得果何其懈哉於是累日不寢不食專精苦到以悔先罪乃夢見博叉天王語之曰沙門當觀方弘化曠濟爲懷何守小節獨善而已道假衆緣復須時熟非分强求死而無證覺自思惟欲遊方授道旣而踰歷名邦履踐郡國以晉隆安中初達廣州住白沙寺耶舍善誦毗婆沙律人咸號爲大毗婆沙時年已八十五徒衆八十五人時有清信女

張普明諮受佛法耶舍爲説佛生緣起并爲譯出差摩經一卷至義熈中來入長安時姚興僣號甚崇佛法耶舍既至深加禮異會有天竺沙門曇摩掘多來入關中同氣相求宛然若舊因共出舍利弗阿毗曇以僞秦弘始九年初書梵文至十六年翻譯方竟凡二十二卷僞太子姚泓親管理味沙門道標爲之作序耶舍後南遊江陵止于辛寺大弘禪法其有味靖之賓披榛而至者三百餘人凡士庶造者雖先無信心見皆敬悅自説有一師一弟子修業並得羅漢傳者失其名又嘗於外門閉戸坐禪忽有五六沙門來入其室又時見沙門飛來樹端者往往非一常交接神明而俯同矇俗雖道迹未彰時人咸謂已階聖果至宋元嘉中辭還西域不知所終耶舍有弟子法度善梵漢之言常爲譯語度本竺婆勒子勒久停廣州往來求利中途於南康生男仍名南康長名金迦入道名法度度初爲耶舍弟子承受經法耶舍既還外國度便獨執矯異規以攝物乃言專學小乘禁讀方等唯禮釋迦無十方佛食用銅鉢無别應器又令諸尼相捉而行悔罪之日但伏地相向唯宋故丹陽尹顏竣女法弘尼交州刺史張牧女普明尼初受其法今都下宣業弘光等諸尼習其遺風東土尼衆亦時傳其法

高僧傳卷第一

音釋

序

迭 徒結切更互也

懋 莫候切盛也

琰 以冉切

悛 此緣切

綜 子宋切總括也

郗 丑脂切

刪 師姦切削也

殉 辞閏切從也

摧 訖岳切揚摧也

傳

鋒鏑 鋒數容切劒鋩也 鏑丁歷切箭鏃也

毅 魚既切

愔 於金切

雒 歷各切與洛同

鷰 伊甸切與燕同

雋 祖峻切與俊同英傑也

薨 呼肱切王公死曰薨

亹 無匪切亹亹不倦也

頸 居郢切頭莖也

䢼 居雄切䢼亭湖名

懾 質涉切怖也

愕 五各切驚遽也

蟒 莫朗切大蛇也

跽 渠委切跪也

謇 九輦切吃也

鎧 苦亥切

阯 諸市切交阯郡名

鏗 丘耕切金玉聲也

陷 乎鑑切没下也

綽 昌約切

欻 許勿切忽也

懿 乙冀切美也

憤 房吻切懣也

墩 徒昆切墩煌郡名

勌 遠眷切與倦同

輟 知劣切止也

聶 尼輙切

憾 胡紺切恨也

汧 輕煙切水名出扶風汧縣

忤 五故切逆也

崤崡 崤胡交切 崡胡嵒切 崤崡山名

顗 牛豈切

胤 羊晋切嗣也

日磾 日音密 磾丁泥切 金日磾人名

罽賓 梵語也此云賤種 罽居刈切

齠 徒聊切始毀齒也

萇 直良切

閹 衣廉切

恂 相倫切嚴謹貌

覈 下革切考實也

兕 序姊切似牛一角獸也

高僧傳卷第二　　梁會稽嘉祥寺沙門慧皎撰

譯經中

晉

鳩摩羅什一　　弗若多羅二

曇摩流支三　　卑摩羅叉四

佛陀耶舍五　　佛䭾跋陀羅六

曇無讖七

鳩摩羅什此云童壽天竺人也家世國相什祖父達多倜儻不群名重於國父鳩摩炎聰明有懿節將嗣相位乃辭避出家東度葱嶺龜茲王聞其棄榮甚敬慕之自出郊迎請爲國師王有妹年始二十才悟明敏過目必解一聞則誦且體有赤黶法生智子諸國娉之並不肯行及見摩炎心欲當之乃逼以妻焉既而懷什什在胎時其母慧解倍常聞雀梨大寺名德既多又有得道之僧即與王族貴女德行諸尼彌日設供請齋聽法什母忽自通天竺語難問之辭必窮淵致衆咸歎異有羅漢達摩瞿沙曰此必懷智子爲說舍利佛在胎之證及什生之後還忘前言久之什母樂欲出家夫未之許遂更産一男名弗沙提婆後因出城遊觀見塚間枯骨異處縱橫於是深惟苦本定求離俗誓志落髮不咽飲食至六日夜氣力綿乏疑不達旦夫乃懼而許焉以未剃髮故猶不甞進即勑人爲除髮乃下飲食次旦受戒仍業禪法專精匪懈學得初果什年七歲亦俱出家從師受經日誦千偈偈有三十二字凡三萬二千言誦毗曇既過師授其義即自通達無幽不暢時龜茲國

人以其母王女利養甚多乃攜什避之什年九歲隨母渡辛頭河至罽賓遇名德法師盤頭達多即罽賓王之從弟也淵粹有大量才明博識獨步當時三藏九部莫不該博從旦至中手寫千偈從中至暮亦誦千偈名播諸國遠近師之什至即崇以師禮從受雜藏中長二含凡四百萬言達多每稱什神俊遂聲徹於王王即請入集外道論師共相攻難言氣始交外道輕其年幼言頗不遜什乘隙而挫之外道折伏愧惋無言王益敬異日給鵝腊一雙粳米麪各三斗酥六升此外國之上供也所住寺僧乃差大僧五人沙彌十人營視掃灑有若弟子其見尊崇如此至年十二其母攜還龜茲諸國皆聘以重爵什並不顧時什母將什至月氏北山有一羅漢見而異之謂其母曰常當守護此沙彌若至年三十五不破戒者當大興佛法度無數人與優波毱多無異若戒不全無能爲也止可才明儁藝法師而已什進到沙勒國頂戴佛鉢心自念言鉢形甚大何其輕耶即重不可勝失聲下之母問其故答云兒心有分別故鉢有輕重耳遂停沙勒一年其冬誦阿毗曇於十門修智諸品無所諮受而備達其妙又於六足諸問無所滯礙沙勒國有三藏沙門名喜見謂其王曰此沙彌不可輕王宜請令初開法門凡有二益一國內沙門恥其不逮必見勉强二龜茲王必謂什出我國而彼尊之是尊我也必來交好王許焉即設大會請什升座說轉法輪經龜茲王果遣重使酬其親好什以說法之暇乃尋訪外道經書善學韋陀舍

多論多明文辭製作問答等事又博覽四韋陀典及五明諸論陰陽星筭莫不畢盡妙達吉凶言若符契爲性率達不厲小檢修行者頗共疑之然什自得於心未嘗介意時有莎車王子叅軍王子兄弟二人委國請從而爲沙門兄字須利耶跋陀弟字須耶利蘇摩蘇摩才技絕倫專以大乘爲化其兄及諸學者皆共師焉什亦宗而奉之親好彌至蘇摩後爲什說阿耨達經什聞陰界諸入皆空無相怪而問曰此經更有何義而皆破壞諸法答曰眼等諸法非眞實有什既執有眼根彼據因成無實於是研覈大小往復移時什方知理有所歸遂專務方等乃歎曰吾昔學小乘如人不識金以鍮石爲妙因廣求義要受誦中百二論及十二門等頃之隨母進到温宿國即龜茲之北界時温宿有一道士神辯英秀振名諸國手擊王鼓而自誓言論勝我者斬首謝之什既至以二義相檢即迷悶自失稽首歸依於是聲滿葱左譽宣河外龜茲王躬往温宿迎什還國廣說諸經四遠學宗莫之能抗時王女爲尼字阿竭耶末帝博覽群經特深禪要云已證二果聞法喜踊迺更設大集請開方等經奧什爲推辯諸法皆空無我分別陰界假名非實時會聽者莫不悲感追悼恨悟之晚矣至年二十受戒於王宮從卑摩羅叉學十誦律有頃什母辭往天竺謂龜茲王白純曰汝國尋衰吾其去矣行至天竺進登三果什母臨去謂什曰方等深教應大闡眞丹傳之東土唯爾之力但於自身無利其可如何什曰大士之道利彼忘軀若必

使大化流傳能洗悟矇俗雖復身當爐鑊苦而無恨於是留住龜茲止于新寺後於寺側故宮中初得放光經始就披讀魔來蔽文唯見空牒什知是魔所爲誓心踰固魔去字顯仍習誦之復聞空中聲曰汝是智人何用以讀此什曰汝是小魔宜時速去我心如地不可轉也停住二年廣誦大乘經論洞其祕奧龜茲王爲造金師子座以大秦錦褥鋪之令什昇而說法什曰家師猶未悟大乘欲躬往仰化不得停此俄而大師盤頭達多不遠而至王曰大師何能遠顧達多曰一聞弟子所悟非常二聞大王弘贊佛道故冐涉艱危遠奔神國什得師至欣遂本懷即爲師說德女問經多明因緣空假昔與師俱所不信故先說也師謂什曰汝於大乘見何異相而欲尚之什曰大乘深淨明有法皆空小乘偏局多滯名相師曰汝說一切皆空甚可畏也安捨有法而愛空乎如昔狂人令績師績綿極令細好績師加意細若微塵狂人猶恨其麤績師大怒乃指空示曰此是細縷狂人曰何以不見師曰此縷極細我工之良匠猶且不見況他人耶狂人大喜以付織師師亦効焉皆蒙上賞而實無物汝之空法亦由此也什乃連類而陳之往復苦至經一月餘日方乃信服師歎曰師不能達反啓其志驗於今矣於是禮什爲師言和尚是我大乘師我是和尚小乘師矣西域諸國咸伏什神儁每至講說諸王皆長跪座側令什踐而登焉其見重如此什既道流西域名被東國時符堅僭號關中有外國前部王及龜茲王弟並來朝堅堅

於正殿引見二王因說堅云西域多産珍奇乃請兵往定以求内附至符堅建元十三年歲次丁丑正月太史奏云有星見外國分野當有大德智人入輔中國堅曰朕聞西域有鳩摩羅什襄陽有沙門道安將非此耶即遣使求之至十七年二月鄯善王前部王等又說堅請兵西伐十八年九月堅遣驍騎將軍呂光陵江將軍姜飛等將前部王及車師王等率兵七萬西伐龜茲及烏耆諸國臨發堅餞光於建章宫謂光曰夫帝王應天而治以子愛蒼生爲本豈貪其地而伐之正以懷道之人故也朕聞西國有鳩摩羅什深解法相善閑陰陽爲後學之宗朕甚思之賢哲者國之大寶若剋龜茲即馳驛送什光軍未到什謂龜茲王白純曰國運衰矣當有勍敵日下人從東方來宜恭承之勿抗其鋒純不從而戰光遂破龜茲殺純立純弟震爲主光既獲什未測其智量見年齒尚少乃凡人戲之强妻以龜茲王女什拒而不受辭甚苦到光曰道士之操不踰先父何所固辭乃飲以醇酒同閉密室什被逼既至遂虧其節或令騎牛及乘惡馬欲使墮落什常懷忍辱曾無異色光慙愧而止光還中路置軍於山下將士已休什曰不可在此必見狼狽宜徙軍隴上光不納至夜果大雨洪潦暴起水深數丈死者數千光始密而異之什謂光曰此凶亡之地不宜淹留推運揆數應速言歸中路必有福地可居光從之至涼州聞符堅已爲姚萇所害光三軍縞素大臨城南於是竊號關外稱年太安太安二年正月姑臧大風什曰不祥

之風當有姦叛然不勞自定也俄而梁謙彭晃相繼而反尋皆殄滅光至龍飛二年張掖臨松盧水胡沮渠男成及從弟蒙遜反推建康太守段業爲主光遣庶子秦州刺史太原公纂率衆五萬討之時論謂業等烏合纂有威聲勢必全剋光以問什什曰觀察此行未見其利既而纂敗績於合棃俄又郭馨作亂纂委大軍輕還復爲馨所敗僅以身免光中書監張資文翰溫雅光甚器之資病光博營救療有外國道人羅叉云能差資疾光喜給賜甚重什知叉誑詐告資曰叉不能爲蓋徒煩費耳冥運雖隱可以事試也乃以五色絲作繩結之燒爲灰末投水中灰若出水還成繩者病不可愈須臾灰聚浮出復繩本形既而又治無効少日資亡頃之光又卒子紹襲位數日光庶子纂殺紹自立稱元咸寧咸寧二年有猪生子一身三頭龍出東廂井中到殿前蟠卧比旦失之纂以爲美瑞號大殿爲龍翔殿俄而有黑龍昇於當陽九宮門纂改九宮門爲龍興門什奏曰比日潛龍出遊豕妖表異龍者陰類出入有時而今屢見則爲災眚必有下人謀上之變宜克己修德以答天威纂不納與什博戲殺棊曰斫胡奴頭什曰不能斫胡奴頭胡奴將斫人頭此言有旨而纂終不悟光弟保有子名超超小字胡奴後果殺纂斬首立其兄隆爲主時人方驗什之言也什停涼積年呂光父子既不弘道故蘊其深解無所宣化符堅已亡竟不相見及姚萇僭有關中聞其高名虛心要請諸呂以什智計多解恐爲姚謀不許東入及萇卒子

興襲位復遣敦請興弘始三年三月有樹連理生于廟庭逍遥園葱變爲茝以爲美瑞謂智人應入至五月興遣隴西公碩德西伐呂隆隆軍大破至九月隆上表歸降方得迎什入關以其年十二月二十日至于長安興待以國師之禮甚見優寵晤言相對則淹留終日研微造盡則窮年忘勌自大法東被始於漢明涉歷魏晉經論漸多而支竺所出多滯文格義興少崇三寶銳志講集什既至止仍請入西明閣及逍遥園譯出衆經什既率多諳誦無不究盡轉能漢言音譯流便既覽舊經義多紕謬皆由先譯失旨不與梵本相應於是興使沙門僧䂮僧遷法欽道流道恒道標僧叡僧肇等八百餘人諮受什旨更令出大品什持梵本興執舊經以相讎校其新文異舊者義皆圓通衆心愜伏莫不欣讚興以佛道沖邃其行唯善信爲出苦之良津御世之洪則故託意九經遊心十二乃著通三世論以勗示因果王公已下並欽讚厥風大將軍常山公顯左將軍安城侯嵩並篤信緣業屢請什於長安大寺講說新經續出小品金剛般若十住法華維摩思益首楞嚴持世佛藏菩薩藏遺教菩提無行呵欲自在王因緣觀小無量壽新賢劫禪經禪法要禪要解彌勒成佛彌勒下生十誦律十誦戒本菩薩戒本釋成實十住中百十二門諸論凡三百餘卷並暢顯神源揮發幽致于時四方義士萬里必集盛業久大于今式仰龍光釋道生慧解入微玄構文外每恐言舛入關請決廬山釋慧遠學貫群經棟梁遺化而時去聖久疑

義多端乃封以諮什語見遠傳初沙門慧叡才識高明常隨什傳寫什每爲叡論西方辭體商略同異云天竺國俗甚重文製其宫商體韻以入絃爲善凡覲國王必有讃德見佛之儀以歌歎爲貴經中偈頌皆其式也但改梵爲秦失其藻蔚雖得大意殊隔文體有似嚼飯與人非徒失味乃令嘔噦也什常作頌贈沙門法和云心山育明德流薰萬由延哀鸞孤桐上清音徹九天凡爲十偈辭喻皆爾什雅好大乘志存敷廣常歎曰吾若著筆作大乘阿毗曇非迦旃延子比也今在秦地深識者寡折翮於此將何所論乃悽然而止唯爲姚興著實相論二卷并注維摩出言成章無所删改辭喻婉約莫非玄奥什爲人神情鑒徹傲岸出群應機領會鮮有其匹且篤性仁厚汎愛爲心虚已善誘終日無倦姚主常謂什曰大師聰明超悟天下莫二若一旦後世何可使法種無嗣遂以伎女十人逼令受之自爾已來不住僧坊别立廨舍供給豐盈每至講説常先自説譬如臭泥中生蓮花但採蓮花勿取臭泥也初什在龜兹從卑摩羅叉律師受律卑摩後入關中什聞至欣然師敬盡禮卑摩未知被逼之事因問什曰汝於漢地大有重緣受法弟子可有幾人什答云漢境經律未備新經及諸論等多是什所傳出三千徒衆皆從什受法但什累業障深故不受師敬耳又杯度比丘在彭城聞什在長安乃歎曰吾與此子戲别三百餘年杳然未期遲有遇於來生耳什未終日少覺四大不愈乃口出三番神呪令外國弟子誦之以自

救未及致力轉覺危殆於是力疾與衆僧告别曰因法相遇殊未盡伊心方復後世惻愴可言自以闇昧謬充傳譯凡所出經論三百餘卷唯十誦一部未及删煩存其本旨必無差失願凡所宣譯傳流後世咸共弘通今於衆前發誠實誓若所傳無謬者當使焚身之後舌不燋爛以僞秦弘始十一年八月二十日卒于長安是歲晉義熈五年也即於逍遥園依外國法以火焚屍薪滅形碎唯舌不灰後外國沙門來云羅什所諳十不出一初什一名鳩摩羅耆婆外國製名多以父母爲本什父鳩摩炎母字耆婆故兼取爲名焉然什死年月諸記不同或云弘始七年或云八年或云十一尋七與十一字或訛誤而譯經録中猶有十一年者容恐雷同三家無以正焉

弗若多羅此云功德華罽賓人也少出家以戒節見稱備通三藏而專精十誦律部爲外國師宗時人咸謂已階聖果以僞秦弘始中振錫入關秦主姚興待以上賓之禮羅什亦挹其戒範厚相崇敬先是經法雖傳律藏未闡聞多羅既善斯部咸共思慕以僞秦弘始六年十月十七日集義學僧數百餘人於長安中寺延請多羅誦出十誦梵本羅什譯爲晉文三分獲二多羅遘疾奄然棄世衆以大業未卒而匠人逝往悲恨之深有踰常痛

曇摩流支此云法樂西域人也棄家入道偏以律藏馳名以弘始七年秋達自關中初弗若多羅誦出十誦未竟而亡廬山釋慧遠聞支既善毗尼希得究竟律部乃遣書通好曰佛教之興先行上國自分流以來四百餘年

至於沙門律戒所闕尤多頃有西域道士弗若多羅是罽賓人其諷十誦梵本有羅什法師通才博見爲之傳譯十誦之中文始過半多羅早喪中途而寢不得究竟大業慨恨良深傳聞仁者賫此經自隨甚欣所遇冥運之來豈人事而已耶想弘道爲物感時而動叩之有人必情無所悋若能爲律學之徒畢此經本開示梵行洗其耳目使始涉之流不失無上之津渠懷勝業者日月彌朗此則惠深德厚人神同感矣幸願垂懷不乖往意一二悉諸道人所具流支既得遠書及姚興敦請乃與什共譯十誦都畢研詳考覆條制審定而什猶恨文煩未善既而什化不獲删治流支住長安大寺慧觀欲請下京師支曰彼土有人有法足以利世吾當更行無律教處於

是遊化餘方不知所卒或云終於涼土未詳

卑摩羅叉此云無垢眼罽賓人沉靖有志力出家履道苦節成務先在龜茲弘闡律藏四方學者競往師之鳩摩羅什時亦預焉及龜茲陷没乃避地烏纏頃之聞什在長安大弘經藏又欲使毗尼勝品復洽東國於是杖錫流沙冒險東渡以僞秦弘始八年達自關中什以師禮敬待叉亦以遠遇欣然及羅什棄世叉乃出遊關左逗于壽春止石澗寺律徒雲聚盛闡毗尼羅什所譯十誦本五十八卷最後一誦謂明受戒法及諸成善法事逐其義要改名善誦叉後賫往石澗開爲六十一卷最後一誦改爲毗尼誦故猶二名存焉頃之南適江陵於新寺夏坐開講十誦既通漢言善相領納無作妙本大闡當時析文求理

者其聚如林明條知禁者數亦殷矣律藏大弘叉之力也道場慧觀深括宗旨記其所制內禁輕重撰爲二卷送還京師僧尼披習競相傳寫時聞者諺曰卑羅鄙語慧觀才録都人繕寫紙貴如玉今猶行於世爲後生法矣叉養德好閑棄諠離俗其年冬復還壽春石澗卒於寺焉春秋七十有七叉爲人眼青時人亦號爲青眼律師

佛陀耶舍此云覺名罽賓人婆羅門種世事外道有一沙門從其家乞食其父怒使人打之父遂手脚攣躄不能行止乃問於巫師對曰坐犯賢人鬼神使然也即請此沙門竭誠懺悔數日便瘳因令耶舍出家爲其弟子時年十三常隨師遠行於曠野逢虎師欲走避耶舍曰此虎已飽必不侵人俄而虎去前行果見餘殰師密異之至年十五誦經日得二三萬言所住寺常於外分衞廢於誦習有一羅漢重其聰敏恒乞食供之至年十九誦大小乘經數百萬言然性度簡慠頗以知見自處謂少堪已師故不爲諸僧所重但美儀止善談笑見者忘其深恨年及進戒莫爲臨壇所以向立之歲猶爲沙彌乃從其舅學五明諸論世間法術多所綜習年二十七方受具戒恒以讀誦爲務手不釋牒每端坐思義不覺虛中過時其專精如此後至沙勒國國王不悆請三千僧會耶舍預其一焉時太子達磨弗多此言法子見耶舍容服端雅問所從來耶舍訓對清辯太子悅之仍請留宮內供養待遇隆厚羅什後至復從舍受學甚相尊敬什既隨母還龜兹耶舍留止頃之王薨太

子即位時符堅遣吕光等西伐龜兹龜兹王急求救於沙勒沙勒王自率兵赴之使耶舍留輔太子委以後事救軍未至而龜兹已敗王歸具説羅什爲光所執舍乃歎曰我與羅什相遇雖久未盡懷抱其忽羇虜相見何期停十餘年乃東適龜兹法化甚盛時什在姑臧遣信要之裹粮欲去國人留之復停歳許後語弟子云吾欲尋羅什可密裝夜發勿使人知弟子曰恐明日追至不免復還耳耶舍乃取清水一鉢以藥投中咒數十言與弟子洗足即便夜發比至旦行數百里問弟子曰何所覺耶答曰唯聞疾風之響眼中淚出耳耶舍又與咒水洗足住息明旦國人追之已差數百里不及行達姑臧而什已入長安聞姚興逼以妾媵勸爲非法乃歎曰羅什如好綿何可使入棘林中什聞其至姑臧勸姚興迎之興未納頃之興命什譯出經藏什曰夫弘宣法教宜令文義圓通貧道雖誦其文未善其理唯佛陀耶舍深達幽致今在姑臧願詔徵之一言三詳然後著筆使微言不墜取信千載也興從之即遣使招迎厚加贈遺悉不受乃笑曰明旨既降便應載馳檀越待士既厚脱如羅什見處則未敢聞命使還具説之興歎其幾慎重信敦喻方至長安興自出候問别立新省於逍遥園中四事供養並不受時至分衞一食而已于時羅什出十住經一月餘日疑難猶豫尚未操筆耶舍既至共相徵決辭理方定道俗三千餘人皆歎其賞要舍爲人赤髭善解毗婆沙時人號曰赤髭毗婆沙既爲羅什之師亦稱大毗婆沙四事

供養衣鉢卧具滿三間屋不以關心姚興爲貨之於城南造寺耶舍先誦曇無德律僞司隸校尉姚爽請令出之疑其遺謬乃試耶舍令誦羌籍藥方可五萬言經一日乃執文覆之不誤一字衆服其强記即以弘始十二年譯出四分律凡四十四卷并出長阿含等涼州沙門竺佛念譯爲秦言道含筆受至十五年解座與䞋耶舍布絹萬疋悉不受道含佛念布絹各千疋名德沙門五百人皆重䞋施耶舍後辭還外國至罽賓得虛空藏經一卷寄賈客傳與涼州諸僧後不知所終

佛馱跋陀羅此云覺賢本姓釋氏迦維羅衛人甘露飯王之苗裔也祖父達摩提婆此云法天嘗商旅於北天竺因而居焉父達摩脩耶利此云法日父少亡賢三歲孤與母居五歲復喪母爲外氏所養從祖鳩婆利聞其聰敏兼悼其孤露乃迎還度爲沙彌至年十七與同學數人俱以習誦爲業衆皆一月賢一日誦畢其師歎曰賢一日敵三十夫也及受具戒修業精懃博學群經多所通達少以禪律馳名常與同學僧伽達多共遊罽賓同處積載達多雖服其才明而未測其人也後於密室閉戶坐禪忽見賢來驚問何來答云暫至兜率致敬彌勒言訖便隱達多知是聖人未測深淺後屢見賢神變乃敬心祈問方知得不還果常欲遊方弘化備觀風俗會有秦沙門智嚴西至罽賓覩法衆清淨乃慨然東顧曰我諸同輩斯有道志而不遇眞匠發悟莫由即諮詢國衆孰能流化東土僉曰有佛馱跋陀者出生天竺那呵梨城族姓相承世

遵道學其童齔出家已通解經論少受業於大禪師佛大先先時亦在罽賓乃謂嚴曰可以振維僧徒宣授禪法者佛馱跋陀其人也嚴既要請苦至賢遂愍而許焉於是捨衆辭師裹粮東逝步驟三載綿歷寒暑既度葱嶺路經六國國主矜其遠化並傾懷資奉至交趾乃附舶循海而行經一島下賢以手指山曰可止於此舶主曰客行惜日調風難遇不可停也行二百餘里忽風轉吹舶還向島下衆人方悟其神咸師事之聽其進止後遇便風同侶皆發賢曰不可動舶主乃止既而有先發者一時覆敗後於闇夜之中忽令衆舶俱發無肯從者賢自起收纜唯一舶獨發俄爾賊至留者悉被抄害頃之至青州東萊郡聞鳩摩羅什在長安即往從之什大欣悅共論法相振發玄微多所悟益因謂什曰君所釋不出人意而致高名何耶什曰吾年老故爾何必能稱美談什每有疑義必共諮決秦太子泓欲聞賢說法乃要命群僧集論東宮羅什與賢數番往復什問曰法云何空答曰衆微成色色無自性故唯色常空又問既以極微破色空復云何破一微答曰群師或破析一微我意謂不爾又問微是常耶答曰以一微故衆微空以衆微故一微空時寶雲譯出此語不解其意道俗咸謂賢之所計微塵是常餘曰長安學僧復請更釋賢曰夫法不自生緣會故生緣一微故有衆微微無自性則爲空矣寧可言不破一微常而不空乎此是問答之大意也秦主姚興專志佛法供養三千餘僧並往來宮闕盛修人事唯賢守靜

不與衆同後語弟子云我昨見本鄉有五舶俱發旣而弟子傳告外人關中舊僧咸以爲顯異惑衆又賢在長安大弘禪業四方樂靖者並聞風而至但染學有淺深所得有濃淡澆僞之徒因而詭滑有一弟子因少觀行自言得阿那含果賢未即檢問遂致流言大被謗讟將有不測之禍於是徒衆或藏名潛去或踰墻夜走半日之中衆散殆盡賢乃怡然不以介意時舊僧僧䂮道恒等謂賢曰佛尚不聽說已所得法先言五舶將至虛而無實又門徒誑惑互起同異旣於律有違理不同止宜可時去勿得停留賢曰我身若流萍去留甚易但恨懷抱未伸以爲慨然耳於是與弟子慧觀等四十餘人俱發神志從容初無異色識眞之衆咸共歎惜白黑送者千有餘人姚興聞去悵恨乃謂道恒曰佛賢沙門恊道來遊欲宣遺教緘言未吐良用深慨豈可以一言之咎令萬夫無導因勑令追之賢謂使曰誠知恩旨無預聞命於是率侶宵征南指廬岳沙門釋慧遠久服風名聞至欣喜傾蓋若舊遠以賢之被擯過由門人若懸記五舶止說在同意亦於律無犯乃遣弟子曇邕致書姚主及關中衆僧解其擯事遠乃請出禪數諸經賢志在遊化居無求安停山歲許復西適江陵遇外國舶主旣而訊訪果是天竺五舶先所見者也傾境士庶競來禮事其有奉施悉皆不受持鉢分衞不問豪賤時陳郡袁豹爲宋武帝太尉長史宋武南討劉毅豹隨府屆于江陵賢將弟子慧觀詣豹乞食豹素不敬信待之甚薄未飽辭退豹曰似未

足且復少留賢曰檀越施心有限故令所設已罄豹即呼左右益飯飯果盡豹大慙愧既而問慧觀曰此沙門何如人觀曰德量高遠非凡所測豹深歎異以啓太尉太尉請與相見甚崇敬之資供備至俄而太尉還都請與俱歸安止道場寺賢儀軌率素不同華俗而志韻清遠雅有淵致京師法師僧弼與沙門寶林書曰道場禪師甚有天心便是天竺王何風流人也其見稱如此先是沙門支法領於于填得華嚴前分三萬六千偈未有宣譯到義熙十四年吳郡内史孟顗右衛將軍褚叔度即請賢爲譯匠乃手執梵文共沙門法業慧義慧嚴等百有餘人於道場譯出詮定文旨會通華梵妙得經意故道場寺猶有華嚴堂焉又沙門法顯於西域所得僧祇律梵本復請賢譯爲晉文語在顯傳其先後所出觀佛三昧海六卷泥洹及修行方便論等凡一十五部一百十有七卷並究其幽旨妙盡文意賢以元嘉六年卒春秋七十有一矣

曇無讖或云曇摩讖或云曇無識蓋取梵音不同也其本中天竺人六歲遭父憂隨母傭織毾㲪爲業見沙門達摩耶舍此云法明道俗所崇豐於利養其母羡之故以讖爲其弟子十歲同學數人讀呪聰敏出群誦經日得萬餘言初學小乘兼覽五明諸論講說精辯莫能酬抗後遇白頭禪師共讖論議習業既異交諍十旬讖雖攻難鋒起而禪師終不肯屈讖服其精理乃謂禪師曰頗有經典可得見不禪師即授以樹皮涅槃經本讖尋讀驚悟方自慙恨以爲坎井之識久迷大方於是

集衆悔過遂專業大乘至年二十誦大小乘經二百餘萬言讖從兄善能調象騎殺王所乘白耳大象王怒誅之令曰敢有視者夷三族親屬莫敢往者讖哭而葬之王怒欲誅讖讖曰王以法故殺之我以親而葬之並不違大義何爲見怒傍人爲之寒心其神色自若王奇其志氣遂留供養之讖明解呪術所向皆驗西域號爲大呪師後隨王入山王渴須水不能得讖乃密呪石出水因讚曰大王惠澤所感遂使枯石生泉隣國聞者皆歎王德于時雨澤甚調百姓稱詠王悅其道術深加優寵頃之王意稍歇待之漸薄讖以久處致厭乃辭往罽賓賫大涅槃前分十卷并菩薩戒經菩薩戒本等彼國多學小乘不信涅槃乃東適龜兹頃之復進到姑臧止於傳舍慮失經本枕之而寢有人牽之在地讖驚覺謂是盜者如此三夕聞空中語曰此如來解脫之藏何以枕之讖乃慙悟別置高處夜有盜之者數過提舉竟不能動明旦讖持經去不以爲重盜者見之謂是聖人悉來拜謝時河西王沮渠蒙遜僣據涼土自稱爲王聞讖名呼與相見接待甚厚蒙遜素奉大法志在弘通欲請出經本讖以未參土言又無傳譯恐言舛於理不許即翻於是學語三年方譯寫初分十卷時沙門惠嵩道朗獨步河西值其宣出經藏深相推重轉易梵文嵩公筆受道俗數百人疑難縱横讖臨機釋滯清辯若流兼富於文藻辭製華密嵩朗等更請廣出諸經次譯大集大雲悲華地持優婆塞戒金光明海龍王菩薩戒本等六十餘萬言讖以涅

槃經本品數未足還外國究尋值其母亡遂留歲餘後於于塡更得經本中分復還姑臧譯之後又遣使于塡尋得後分於是續譯爲三十三卷以僞玄始三年初就翻譯至玄始十年十月二十三日三袠方竟即宋武永初二年也讖云此經梵本三萬五千偈於此方減百萬言今所出者止一萬餘偈讖嘗告蒙遜云有鬼入聚落必多災疫遜不信欲躬見爲驗讖即以術加遜遜見而駭怖讖曰宜潔誠齋戒神呪驅之乃讀呪三日謂遜曰鬼已去矣時境首有見鬼者云見數百疫鬼奔驟而逝境內獲安讖之力也遜益加敬事至遜僞承玄二年蒙遜濟河伐乞伏暮末於枹罕以世子興國爲前驅爲末軍所敗興國擒焉後乞伏失守暮末與興國俱獲於赫連勃勃

後爲吐谷渾所破興國遂爲亂兵所殺遜大怒謂事佛無應即欲遣斥沙門五十已下皆令罷道蒙遜先爲母造丈六石像像遂泣涕流淚讖又格言致諫遜乃改心而悔焉時魏虜拓跋燾聞讖有道術遣使迎請且告遜曰若不遣讖便即加兵遜既事讖日久未忍聽去後又遣僞太常高平公李順策拜蒙遜爲使持節侍中都督涼州西域諸軍事太傅驃騎大將軍涼州牧涼王加九錫之禮又命遜曰聞彼有曇摩讖法師博通多識羅什之流祕呪神驗澄公之匹朕思欲講道可馳驛送之遜與李順讌於新樂門上遜謂順曰西蕃老臣蒙遜奉事朝廷不敢違失而天子信納佞言苟見處迫前遣表求留曇無讖而今使來徵索此是門師當與之俱死實不惜殘年

人生一死詎覺幾時順曰王欵誠先著遺愛子入侍朝廷欽王忠績故顯嘉殊禮而王以一胡道人虧山岳之功不忍一朝之忿損由來之美豈朝廷相待之厚竊爲大王不取主上虛襟之至弘文所知弘文者遜所遣聘魏之使也遜曰太常口美如蘇秦恐情不副辭耳遜既吝讖不遣又迫魏之强至遜義和三年三月讖因請西行更尋涅槃後分遜忿其欲去乃密啚害讖僞以資粮發遣厚贈寶貨臨發之日讖乃流涕告衆曰讖業對將至衆聖不能救矣以本有心誓義不容停比發遜果遣刺客於路害之春秋四十九是歲宋元嘉十年也黑白遠近咸共嗟焉既而遜左右常白日見鬼神以劒擊遜至四月遜寢疾而亡初讖在姑臧有張掖沙門道進欲從讖受菩薩戒讖云且悔過乃竭誠七日七夜至第八日詣讖求受讖忽大怒進更思惟但是我業障未消耳乃戮力三年且禪且定即於定中見釋迦文佛與諸大士授已戒法其夕同止十餘人皆感夢如進所見進欲詣讖說之未至數十步讖驚起唱言善哉善哉已感戒矣吾當更爲汝作證次第於佛像前爲說戒相時沙門道朗振譽關西當進感戒之夕朗亦通夢乃自卑戒臘求爲法弟於是從進受者千有餘人傳授此法迄至于今皆讖之餘則有別記云菩薩地持經應是伊波勒菩薩傳來此土後果是讖所傳譯疑讖或非凡也蒙遜有從弟沮渠安陽侯者爲人强志疎通涉獵書記因讖入河西弘闡佛法安陽乃銳意內典奉持五禁所讀衆經即能諷誦常以

爲務學多聞大士之盛業少時嘗度流沙至于闐國於瞿摩帝大寺遇天竺法師佛馱斯那諮問道義斯那本學大乘天才秀發誦半億偈明了禪法故西方諸國號爲人中師子安陽從受禪祕要治病經因其梵本口誦通利既而東歸於高昌得觀世音彌勒二觀經各一卷及還河西即譯出禪要轉爲晉文及僞魏吞併西涼乃南奔于宋晦志卑身不交世務常遊止塔寺以居士自畢初出彌勒觀音二觀經冊陽尹孟顗見而善之深加賞接後竹園寺慧濬尼復請出禪經安陽既通習積久臨筆無滯旬有七日出爲五卷頃之又於鍾山定林寺譯出佛母般泥洹經一卷安陽居絕妻孥無欲榮利從容法侶宣通正法是以黑白咸敬而嘉焉後遘疾而終識所出諸經至元嘉中方傳建業道場慧觀法師志欲重尋涅槃後分乃啓宋太祖資給遣沙門道普將書吏十人西行尋經至長廣郡舶破傷足因疾而卒道普臨終歎曰涅槃後分與宋地無緣矣普本高昌人經遊西域遍歷諸國供養尊影頂戴佛鉢四塔道樹足跡形像無不瞻覿善能梵書備諸國語遊履異域別有大傳時高昌後有沙門法盛亦經往外國立傳凡有四卷又有竺法維釋僧表並經往佛國云

高僧傳卷第二

音釋

倜儻倜他歷切儻他曩切倜儻卓異也
龜茲龜音丘茲牆之切龜茲國名
黶於琰切面黑子
娉匹正切娶問也
攜奚圭切提攜也
隙乞逆切釁隙也
挫則卧切摧也
腊思亦切乾肉也
麪莫見切麥末也
麴渠竹切
鍮土侯切銅屬似金
醇常倫切不澆也
潦魯皓切雨水大貌
縞古老切白也
纂作管切
菖昌亥切香草也
碩常隻切
紕繆紕匹夷切踈也繆靡幼切戾也
沖邃沖持中切邃雖遂切沖邃深遠也
嘔噦嘔烏后切吐也噦於月切嘔也
翮下華切鳥羽之勁也
傲魚到切慢也
攣躄攣呂員切手拘攣也躄必益切足不能行也
殰疾智切鳥獸殘骨曰殰又死人骨也
賸以證切從嫁女也
䞋梵語達䞋此云財施䞋初覲切
趾諸市切與阯同
舶旁陌切大船也
纜盧瞰切維舟索也
黷徒谷切痛怨而謗也
䂮良灼切
毿毾毿他合切毾都騰切毿毾毛席也
舛昌兗切相背也
讌伊甸切合飲也
慼子六切促也
覿徒歷切見也

高僧傳卷第三

梁會稽嘉祥寺沙門慧皎撰

譯經下

釋法顯姓龔平陽武陽人有三兄並齠齓而亡其父恐禍及顯三歲便度爲沙彌居家數年病篤欲死因送還寺信宿便差不肯復歸其母欲見之不得爲立小屋於門外以擬去來十歲遭父憂叔父以其母寡獨不立逼使還俗顯曰本不以有父而出家也正欲遠塵離俗故入道耳叔父善其言乃止頃之母喪至性過人葬事畢仍即還寺嘗與同學數十人於田中刈稻時有飢賊欲奪其穀諸沙彌悉奔走唯顯獨留語賊曰若欲須穀隨意所取但君等昔不布施故致飢貧今復奪人恐來世彌甚貧道預爲君憂耳言訖即還賊棄穀而去衆僧數百人莫不歎服及受大戒

志行明敏儀軌整肅常慨經律舛闕誓志尋求以晋隆安三年與同學慧景道整慧應慧嵬等發自長安西渡流沙上無飛鳥下無走獸四顧茫茫莫測所之唯視日以准東西人骨以標行路耳屢有熱風惡鬼遇之必死顯任緣委命直過險難有頃至于葱嶺嶺冬夏積雪有惡龍吐毒風雨沙礫山路艱危壁立千仞昔有鑿石通路傍施梯道凡度七百餘所又躡懸絙過河數十餘處皆漢之張騫甘英所不至也次度小雪山遇寒風暴起慧景噤戰不能前語顯曰吾其死矣卿可前去勿得俱殞言絕而卒顯撫之泣曰本圖不果命也奈何復自力孤行遂過山險凡所經歷三十餘國將至天竺去王舍城三十餘里有一寺逼冥過之顯欲詣耆闍崛山寺僧諫曰路甚艱嶮阻且多黑師子亟經噉人何由可至顯曰遠涉數萬誓到靈鷲身命不期出息非保豈可使積年之誠既至而廢耶雖有險難吾不懼也衆莫能止乃遣兩僧送之顯既至山日將曛夕遂欲停宿兩僧危懼捨之而還顯獨留山中燒香禮拜翹感舊跡如覩聖儀至夜有三黑師子來蹲顯前舐脣摇尾顯誦經不輟一心念佛師子乃低頭下尾伏顯足前顯以手摩之呪曰若欲相害待我誦竟若見試者可便退矣師子良久乃去明晨還反路窮幽梗止有一逕通行未至里餘忽逢一道人年可九十容服麤素而神氣儁遠顯雖覺其韻高而不悟是神人後又逢一少僧顯問曰向耆年是誰耶答云頭陀迦葉大弟子也顯方大惋恨更追至山所有橫石塞于室

口遂不得入顯流涕而去進至迦施國國有白耳龍每與衆僧約令國内豐熟皆有信効沙門爲起龍舍并設福食每至夏坐訖龍輒化作一小蛇兩耳悉白衆咸識是龍以銅盂盛酪置龍於中從上座至下行之遍乃化去年輒一出顯亦親見後至中天竺於摩竭提波連弗邑阿育王塔南天王寺得摩訶僧祇律又得薩婆多律抄雜阿毗曇心綖經方等泥洹經等顯留三年學梵語梵書方躬自書寫於是持經像寄附商客到師子國顯同旅十餘或留或亡顧影唯己常懷悲慨忽於玉像前見商人以晉地一白團扇供養不覺悽然下淚停二年復得彌沙塞律長雜二含及雜藏並漢土所無既而附商人大舶循海而還舶有二百許人值暴風水衆皆惶懅即取雜物棄之顯恐棄其經像唯一心念觀世音及歸命漢土衆僧舶任風而去得無傷壞經十餘日達耶婆提國停五月復隨他商東適廣州舉帆二十餘日夜忽大風合舶震懼衆咸皆議曰坐載此沙門使我等狼狽不可以一人故令一衆俱亡共欲推之法顯檀越厲聲呵商人曰汝若下此沙門亦應下我不爾便當見殺漢地帝王奉佛敬僧我至彼告王必當罪汝商人相視失色僶俛而止既水盡粮竭唯任風隨流忽至岸見藜藋菜依然知是漢地但未測何方即乘船入浦尋村見獵者二人顯問此是何地耶獵者曰此是青州長廣郡牢山南岸獵者還以告太守李嶷嶷素敬信忽聞沙門遠至躬自迎勞顯持經像隨還頃之欲南歸青州刺史請留過冬顯曰

貧道投身於不反之地志在弘通所期未果不得久停遂南造京師就外國禪師佛馱跋陀於道場寺譯出摩訶僧祇律方等泥洹經雜阿毗曇心論垂有百餘萬言顯既出大泥洹經流布教化咸使見聞有一家失其姓名居近朱雀門世奉正化自寫一部讀誦供養無別經室與雜書共屋後風火忽起延及其家資物皆盡唯泥洹經儼然具存煨燼不侵卷色無改京師共傳咸歎神妙其餘經律未譯後至荆州卒於辛寺春秋八十有六衆咸慟惜其遊履諸國別有大傳焉

釋曇無竭此云法勇姓李幽州黄龍人幼爲沙彌便修苦行持戒誦經爲師僧所重甞聞法顯等躬踐佛國乃慨然有忘身之誓遂以宋永初元年招集同志沙門僧猛曇朗之徒二十五人共賫旛蓋供養之具發跡此土遠適西方初至河南國仍出海西郡進入流沙到高昌郡經歷龜茲沙勒諸國登葱嶺度雪山障氣千重層冰萬里下有大江流急若箭於東西兩山之脇繫索爲橋十人一過到彼岸已舉烟爲幟後人見烟知前已度方得更進若久不見烟則知暴風吹索人墮江中行經三日復過大雪山懸崖壁立無安足處石壁皆有故杙孔處處相對人各執四杙先拔下杙右手攀上杙展轉相攀經三日方過及到平地相待料檢同侶失十二人進至罽賓國禮拜佛鉢停歲餘學梵書梵語求得觀世音受記經梵文一部復西行至辛頭那提河漢言師子口緣河西入月氏國禮拜佛肉髻骨及覩自沸水船後至檀特山南石留寺住

僧三百餘人雜三乘學無竭停此寺受大戒天竺禪師佛䭾多羅此云覺救彼方咸云已證聖果無竭請爲和尚漢沙門志定爲阿闍梨停夏坐三月日復行向中天竺界路既空曠唯賫石蜜爲粮同侶而有十三人八人於路並死餘五人同行無竭雖屢經危棘而繫念所賫觀世音經未甞暫廢將至舍衛國中野逢山象一群無竭稱名歸命即有師子從林中出象驚惶奔走後度恒河復值野牛一群鳴吼而來將欲害人無竭歸命如初尋有大鷲飛來野牛驚散遂得免之其誠心所感在險克濟皆此類也後於南天竺隨舶汎海達廣州所歷事跡別有記傳其所譯出觀世音受記經今傳于京師後不知所終

佛䭾什此云覺壽罽賓人少受業於彌沙塞部僧專精律品兼達禪要以宋景平元年七月届于揚州先沙門法顯於師子國得彌沙塞律梵本未及翻譯而法顯遷化京邑諸僧聞什既善此學於是請令出焉以其年冬十一月集于龍光寺譯爲三十四卷稱爲五分律什執梵文于塡沙門智勝爲譯龍光道生東安慧嚴共執筆參正宋侍中瑯瑘王練爲檀越至明年四月方竟仍於大部抄出戒心及羯磨文等並行於世什後不知所終

浮陀跋摩此云覺鎧西域人也幼而履操明直聰悟出群習學三藏偏善毗婆沙論常誦持此部以爲心要宋元嘉之中達于西涼先有沙門道泰志用强悷少遊葱右遍歷諸國得毗婆沙梵本十有萬偈還至姑臧側席虚襟企待明匠聞跋摩遊心此論請爲翻譯時

蒙遜已死子牧犍襲位以犍承和五年歲次丁丑四月八日即宋元嘉十四年於涼州城內閑豫宮中請跋摩譯焉泰即筆受沙門慧嵩道朗與義學僧三百餘人考正文義再周方訖凡一百卷沙門道挻爲之作序有頃魏虜拓跋燾西伐姑臧涼土崩亂經書什物皆被焚蕩遂失四十卷今唯有六十卷存焉跋摩避亂西反不知所終

釋智嚴西涼州人弱冠出家便以精懃著名納衣宴坐蔬食永歲每以本域丘墟志欲博事名師廣求經誥遂周流西國進到罽賓入摩天陀羅精舍從佛馱先比丘諮受禪法漸染三年功踰十載佛馱先見其禪思有緒特深器異彼諸道俗聞而歎曰秦地乃有求道沙門矣始不輕秦類敬接遠人時有佛馱跋陀比丘亦是彼國禪匠嚴乃要請東歸欲令傳法中土跋陀嘉其懇至遂共東行於是踰越沙險達自關中常依隨跋陀止長安大寺頃之跋陀橫爲秦僧所擯嚴亦分散憩于山東精舍坐禪誦經勵力精學晉義熈十三年宋武帝西伐長安剋捷旋旆塗步山東時始興公王恢從駕遊觀山川至嚴精舍見其同止三僧各坐繩床禪思湛然恢至良久不覺於是彈指三人開眼俄而還閉問不與言恢心敬精奇訪諸耆老皆云此三僧隱居求志高潔法師也恢即啓宋武延請還都莫肯行者既屢請懇至二人推嚴隨行恢道懷素篤禮事甚殷還都即住始興寺嚴性虛靜志避諠塵恢乃爲於東郊之際更起精舍即枳園寺也嚴前還於西域所得梵本衆經未及譯

寫到元嘉四年乃共沙門寶雲譯出普曜廣博嚴淨四天王等經嚴在寺不受別請常分衛自資道化所被幽顯咸伏有見鬼者云見西州太社聞鬼相語嚴公至當辟易此人未之解俄而嚴至聊問姓字果稱智嚴默而識之密加禮異儀同蘭陵蕭思話婦劉氏疾病恒見鬼來吁呵駭畏時迎嚴說法嚴始到外堂劉氏便見群鬼迸散嚴既進爲夫人說經疾以之瘳因稟五戒一門宗奉嚴清素寡欲隨受隨施少而遊方無所滯著稟性沖退不自陳敘故雖多美行世無得而盡傳嚴昔未出家時甞受五戒有所虧犯後入道受具足常疑不得戒每以爲懼積年禪觀而不能自了遂更汎海重到天竺諮諸明達值羅漢比丘具以事問羅漢羅漢不敢判決乃爲嚴入定往兜率宮諮彌勒彌勒答云得戒嚴大喜於是步歸至罽賓無疾而化時年七十八彼國法凡聖燒身之處各有其所嚴雖戒操高明而實行未辨始移屍向凡僧墓地而屍重不起改向聖墓則飄然自輕嚴弟子智羽智遠故從西來報此徵瑞俱還外國以此推嚴信是得道人也但未知果向中間深淺耳

釋寶雲未詳氏族傳云涼州人少出家精懃有學行志韻剛潔不偶於世故少以方直純素爲名而求法懇惻忘身徇道志欲躬覩靈跡廣尋經要遂以晉隆安之初遠適西域與法顯智嚴先後相隨涉履流沙登踰雪嶺懃苦艱危不以爲難遂歷于填天竺諸國備覩靈異乃經羅刹之野聞天鼓之音釋迦影迹多所瞻禮雲在外域遍學梵書天竺諸國音

字詁訓悉皆備解後還長安隨禪師佛馱跋陀業禪師進道俄而禪師横爲秦僧所擯徒衆悉同其咎雲亦奔散會廬山釋慧遠解其擯事共歸京師安止道場寺衆僧以雲志力堅猛弘道絕域莫不披襟諮問敬而愛焉雲譯出新無量壽晚出諸經多雲所治定華梵兼通音訓允正雲之所定衆咸信服初關中沙門竺佛念善於宣譯於符姚二代顯出衆經江左譯梵莫踰於雲故於晉宋之際弘通法藏沙門慧觀等咸友而善之雲性好幽居以保閑寂遂適六合山寺譯出佛本行讃經山多荒民俗好草竊雲說法教誘多有改悟禮事供養十室而九頃之道場慧觀臨亡請雲還都總理寺任雲不得已而還居道場歲許復更還六合以元嘉二十六年終於山寺

春秋七十有四其遊履外國別有記傳

求那跋摩此云功德鎧本剎利種累世爲王治在罽賓國祖父呵梨跋陀此言師子賢以剛直被徙父僧伽阿難此言衆喜因潛隱山澤跋摩年十四便機見儁達深有遠度仁愛汎博崇德務善其母嘗須野肉令跋摩辦之跋摩啓曰有命之類莫不貪生夭彼之命非仁人矣母怒曰設令得罪吾當代汝跋摩他日煑油誤澆其指因謂母曰代兒忍痛母曰痛在汝身吾何能代跋摩曰眼前之苦尚不能代況三塗耶母乃悔悟終身斷殺至年十八相工見而謂曰君年三十當撫臨大國南面稱尊若不樂世榮當獲聖果至年二十出家受戒洞明九部博曉四含誦經百餘萬言深達律品妙入禪要時人號曰三藏法師至

年三十罽賓國王薨絶無紹嗣衆咸議曰跋摩帝室之胤又才明德重可請令還俗以紹國位群臣數百再三固請跋摩不納乃辭師違衆林栖谷飲孤行山野遁迹人世後到師子國觀風弘教識真之衆咸謂已得初果儀形感物見者發心後至闍婆國初未至一日闍婆王母夜夢見一道士飛舶入國明旦果是跋摩來至王母敬以聖禮從受五戒母因勸王曰宿世因緣得爲母子我已受戒而汝不信恐後生之因永絶今果王迫以母勑即奉命受戒漸染既久專精稍篤頃之隣兵犯境王謂跋摩曰外賊恃力欲見侵侮若與鬭戰傷殺必多如其不拒危亡將至今唯歸命師尊不知何計跋摩曰暴寇相攻宜須禦捍但當起慈悲心勿興害念耳王自領兵擬之旗鼓始交賊便退散王遇流矢傷脚跋摩爲呪水洗之信宿平復王恭信稍殷乃欲出家修道因告群臣曰吾欲躬栖法門卿等可更擇明主群臣皆拜伏勸請曰王若捨國則子民無依且敵國兇强恃嶮相對如失恩覆則黔首奚處大王天慈寧不愍命敢以死請伸其悃愊王不忍固違乃就群臣請三願若許者當留治國一願凡所王境同奉和尚二願盡所治内一切斷殺三願所有儲財賑給貧病群臣歡喜僉然敬諾於是一國皆從受戒王後爲跋摩立精舍躬自琢材傷王脚指跋摩又爲呪治有頃平復道化之聲播於遐迩隣國聞風皆遣使要請時京師名德沙門慧觀慧聰等遠挹風猷思欲餐稟以元嘉元年九月面啓文帝求迎請跋摩帝即勑交州刺

史令泛舶延致觀等又遣沙門法長道沖道儁等往彼祈請并致書於跋摩及闍婆王婆多伽等必希顧臨宋境流行道教跋摩以聖化宜廣不憚遊方先已隨商人竺難提舶欲向一小國會值便風遂至廣州故其遺文云業行風所吹遂至於宋境此之謂也文帝知跋摩已至南海於是復勑州郡令資發下京路由始興經停歲許始興有虎市山儀形聳峙峯嶺高絶跋摩謂其髣髴耆闍乃改名靈鷲於山寺之外別立禪室去寺數里磬音不聞每至鳴椎跋摩已至或冒雨不沾或履泥不污時衆道俗莫不肅然增敬寺有寶月殿跋摩於殿北壁手自畫作羅云像及定光儒童布髮之形像成之後每夕放光久之乃歇始興太守蔡茂之深加敬仰後茂之將死跋摩躬自往視說法安慰後家人夢見茂之在寺中與衆僧講法實由跋摩化導之力也此山本多虎灾自跋摩居之晝行夜往或時值虎以杖按頭抒之而去於是山旅水賓去來無梗感德歸化者十有七八焉跋摩甞於別室坐禪累日不出寺僧遣沙彌往候之見一白師子緣柱而立亘室彌漫生青蓮華沙彌驚恐大呼往逐師子豁無所見其靈異無方類多如此後文帝重勑觀等復更敦請乃汎舟下都以元嘉八年正月達于建業文帝引見勞問慇懃因又言曰弟子常欲持齋不殺迫以身徇物不獲從志法師既不遠萬里來化此國將何以教之跋摩曰夫道在心不在事法由己非由人且帝王與匹夫所修各異匹夫身賤名劣言令不威若不尅己苦躬將

何爲用帝王以四海爲家萬民爲子出一嘉言則士女咸悅布一善政則人神以和刑不夭命役無勞力則使風雨適時寒暖應節百穀滋繁桑麻鬱茂如此持齋亦大矣不殺亦衆矣寧在闕半日之餐全一禽之命然後方爲弘濟耶帝乃撫机歎曰夫俗人迷於遠理沙門滯於近教迷遠理者謂至道虛說滯近教者則拘戀篇章至如法師所言眞謂開悟明達可與言天人之際矣乃勑住祇洹寺供給隆厚王公英彥莫不宗奉俄而於寺開講法華及十地法席之日軒蓋盈衢觀矚往還肩隨踵接跋摩神府自然妙辯天逸或時假譯人而往復懸悟後祇洹慧義請出菩薩善戒始得二十八品後弟子代出二品成三十品未及善寫失序品及戒品故今猶有兩本

或稱菩薩戒地初元嘉三年徐州刺史王仲德於彭城請外國伊葉波羅譯出雜心至擇品而緣礙遂輟至是更請跋摩譯出後品足成十三卷并先所出四分羯磨優婆塞五戒略論優婆塞二十四戒等凡二十六卷並文義詳允梵漢弗差時景福寺尼慧果淨音等共請跋摩云去六年有師子國八尼至京云宋地先未經有尼那得二衆受戒恐戒品不全跋摩云戒法本在大僧衆發設不本事無妨得戒如愛道之緣諸尼又恐年月不滿若欲更受跋摩稱云善哉苟欲增明甚助隨喜但西國尼年臘未登又十人不滿且令學宋語別因西域居士更請外國尼來足滿十數其年夏在定林下寺安居時有信者採華布席唯跋摩所坐華彩更鮮衆咸崇以聖禮夏

竟還祇洹其年九月二十八日中食未畢先起還閤其弟子後至奄然已終春秋六十有五未終之前預造遺文偈頌三十六行自說因緣云已證二果手自封緘付弟子阿沙羅云我終後可以此文還示天竺僧亦可示此境僧也既終之後即扶坐繩牀顏貌不異似若入定道俗赴者千有餘人並聞香氣芬烈咸見一物狀若龍蛇可長一匹許起於屍側直上衝天莫能詺者即於南林戒壇前依外國法闍毗之四部鱗集香薪成積灌之香油以燒遺陰五色焰起氛氳麗空是時天景澄明道俗哀歎仍於其處起立白塔欲重受戒諸尼悲泣望斷不能自勝初跋摩至京文帝欲從受菩薩戒會虜寇侵壃未及諮稟奄而遷化以本意不遂傷恨彌深乃令衆僧譯出其遺文云

前頂禮三寶　淨戒諸上座　濁世多諂曲
虛僞無誠信　愚惑不識真　懷嫉輕有德
是以諸賢聖　現世晦其迹　我求那跋摩
命行盡時至　所獲善功德　今當如實說
不以諂曲心　希有求名利　爲勸衆懈怠
增長諸佛法　大法力如是　仁者咸諦聽
我昔曠野中　初觀於死屍　膖脹虫爛壞
臰穢膿血流　繫心緣彼處　此身性如是
常見此身相　貪蛾不畏火　如是無量種
修習死屍觀　放捨餘聞思　依止林樹間
是夜專精進　正觀常不忘　境界恒在前
猶如對明鏡　如彼我亦然　由是心寂靜
輕身極明淨　清涼止是樂　增長大歡喜
則生無著心　變成骨鎖相　白骨現在前

朽壞肢節離　白骨悉磨滅　無垢智熾然
調伏思法相　我時得如是　身安極柔濡
如是方便修　勝進轉增長　微塵念念滅
壞色正念法　是則身究竟　何緣起貪欲
知因諸受生　如魚貪鉤餌　彼受無量壞
念念觀磨滅　知彼所依處　從心猨猴起
業及業報果　依緣念念滅　心所知種種
是名别相法　是則思慧念　次第滿足修
觀種種法相　其心轉明了　我於爾炎中
明見四念處　律行從是竟　攝心緣中住
若如熾然劒　斯由渴愛轉　愛盡般涅槃
普見彼三界　死炎所熾然　形體極消瘦
喜息樂方便　身還漸充滿　勝妙衆相生
頂忍亦如是　是於我心起　眞實正方便
漸漸略境界　寂滅樂猶長　得世第一法
一念緣眞諦　次第法忍生　是謂無漏道
妄想及諸境　名字悉遠離　境界眞諦義
除惱獲清涼　成就三昧畢　離垢清涼緣
不涌亦不没　淨慧如明月　湛然正安住
純一寂滅相　非我所宣說　唯佛能證知
那波阿毗曇　說五因緣果　實義知修行
名者莫能見　諸論各異端　修行理無二
偏執有是非　違者無違諍　修行衆妙相
今我不宣說　懼人起妄想　誑惑諸世間
於彼修利相　我已說少分　若彼明智者
善知此緣起　摩羅婆國界　始得初聖果
阿蘭若山寺　道迹修遠離　後於師子國
村名劫波利　進修得二果　是名斯陀含
從是名留難　障修離欲道　見我修遠離
知是處空閑　咸生希有心　利養競來集

我見如火毒　心生大猒離　避亂浮于海
閣婆及林邑　業行風所飄　隨緣之宋境
於是諸國中　隨力興佛法　無問所應問
諦實真實觀　令此身滅盡　寂若燈火滅
僧伽跋摩此云衆鎧天竺人也少而棄俗清
峻有戒德善解律藏尤精雜心以宋元嘉十
年步自流沙至于京邑器宇宏肅道俗敬異
咸宗事之號曰三藏法師初景平元年平陸
令許桑捨宅建刹因名平陸寺後道場慧觀
以跋摩道行純備請住此寺崇其供養以表
厥德跋摩共觀加塔三層今之奉誠是也跋
摩所道諷誦日夜不輟僧衆歸集道化流布
初三藏法師明於戒品將爲景福寺尼慧果
等重受具戒是時二衆未備而三藏遷化俄
而師子國比丘尼鐵薩羅等至都衆乃請跋
摩爲師繼軌三藏時祇洹慧義擅步京邑謂
爲矯異執志不同親與跋摩拒論翻覆跋摩
標宗顯法理證明允既德有所歸義遂迴剛
靡然推伏令弟子慧基等服膺供事僧尼受
者數百許人宋彭城王義康崇其戒範廣設
齋供四衆殷盛傾于京邑慧觀等以跋摩妙
解雜心諷誦通利先三藏雖譯未及繕寫即
以其年九月於長干寺招集學士更請出焉
寶雲譯語觀自筆受考覈研校一周乃訖續
出摩得勒伽分别業報略勸發諸王要偈及
請聖僧浴文等跋摩遊化爲志不滯一方既
傳經事訖辭還本國衆咸祈止莫之能留元
嘉十九年隨西域賈人舶還外國莫詳其終
曇摩蜜多此云法秀罽賓人也年至七歲神
明澄正每見法事輒自然欣躍其親愛而異

之遂令出家罽賔多出聖達屢值明師博貫群經特深禪法所得之要皆極其微奧爲人沉邃有慧解儀軌詳正生而連眉故世號連眉禪師少好遊方誓志宣化周歷諸國遂適龜茲未至一日王夢神告王曰有大福德人来赴號踊痛深天屬後往荆州卒於竹林寺

釋道祖吳國人也少出家爲臺寺支法濟弟子幼有才思精勤務學後與同志僧遷道流等共入廬山七年並山中受戒各隨所習曰有其新遠公每謂祖等易悟盡如此輩不復憂後生矣遷流等並年二十八而卒遠歎曰此子並才義英茂清悟日新懷此長往一何痛哉道流撰諸經目未就祖爲成之今行於世祖後還京師瓦官寺講說桓玄每詣觀聽乃謂人曰道祖後發愈於遠公但儒博不逮耳及玄輔政欲使沙門敬王者祖乃辭還吳之臺寺有頃玄篡位勑郡送祖出京祖稱以疾不行於是絶迹人事講道終日以晉元熙元年卒春秋七十三矣遠有弟子慧要亦解經律而尤長巧思山中無漏刻乃於泉水中立十二葉芙蓉因流波轉以定十二時晷景無差焉亦甞作木鳶飛數百步遠又有弟子曇順曇詵並義學致譽順本黃龍人少受業什公後還師遠蔬食有德行南蠻校尉劉遵於江陵立竹林寺請經始遠遣從焉詵亦清雅有風則注維摩及著窮通論等又有法幽道恒道授等百有餘人或義解深明或匡極衆事或戒行清高或禪思深入並振名當世傳業于今

釋僧䂮姓傅氏北地潯陽人晉河間郎中令

山鎮岳埒美嵩華常歎下寺基構臨澗低側於是乘高相地揆卜山勢以元嘉十二年斬木刊石營建上寺士庶欽風獻奉稠疊禪房殿宇欝爾層構於是息心之衆萬里來集諷誦肅邕望風成化定林達禪師即神足弟子弘其風教聲震道俗故能淨化久而莫渝勝業崇而弗替蓋蜜多之遺烈也愛自西域至于南土凡所遊履靡不興造檀會敷陳教法初蜜多之發罽賓也有迦毗羅神王衛送遂至龜茲於中路欲反乃現形告辭蜜多曰汝神力通變自在遊處將不相隨共往南方語畢即收影不現遂遠從至都即於上寺圖像著壁迄至于今猶有聲影之驗潔誠祈福莫不享願以元嘉十九年七月六日卒于上寺春秋八十有七道俗四衆行哭相趨仍葬于鍾山宋熙寺前

釋智猛雍州京兆新豐人稟性端明厲行清白少襲法服修業專至諷誦之聲以夜繼日每聞外國道人說天竺國土有釋迦遺迹及方等衆經常慨然有感馳心遐外以爲萬里咫尺千載可追也遂以僞秦弘始六年甲辰之歲招結同志沙門十有五人發迹長安渡河跨谷三十六所至涼州城出自陽關西入流沙陵危度險有過前倍遂歷鄯善龜茲于闐諸國備矚風化從于闐西南行二千里始登葱嶺而九人退還猛與餘伴進行千七百里至波淪國同侶竺道嵩又復無常將欲闍毗忽失屍所在猛悲歎驚異於是自力而前與餘四人共度雪山渡辛頭河到罽賓國國有五百羅漢常往反阿耨達池有大德羅漢

見猛至歡喜猛諮問方土爲說四天下事具在猛傳猛於奇沙國見佛文石唾壺又於此國見佛鉢光色紫紺四際畫然猛香華供養頂戴發願鉢若有應能輕能重既而轉重力遂不堪及下案時復不覺重其道心所應如此復西南行千三百里至迦惟羅衛國見佛髪佛牙及肉髻骨佛影佛跡炳然具存又覩泥洹堅固之林降魔菩提之樹猛喜心內充設供一日兼以寶蓋大衣覆降魔像其所遊踐究觀靈變天梯龍池之事不可勝數後至華氏國阿育王舊都有大智婆羅門名羅閱宗舉族弘法王所欽重造純銀塔高三丈既見猛至乃問秦地有大乘學不猛答悉大乘學羅閱驚歎曰希有希有將非菩薩往化耶猛於其家得大泥洹梵本一部又得僧祇律一部及餘經梵本誓願流通於是便反以甲子歲發天竺同行三伴於路無常唯猛與曇纂俱還於涼州出泥洹本得二十卷以元嘉十四年入蜀十六年七月造傳記所遊歷元嘉末卒于成都余歷尋遊方沙門記列道路時或不同佛鉢頂骨處亦乖爽將知遊往天竺非止一路頂鉢靈迹時屆異土故傳述見聞難以例也

畺良耶舍此云時稱西域人性剛直寡嗜欲善誦阿毗曇博涉律部其餘諸經多所該綜雖三藏兼明而以禪門專業每一禪觀或七日不起常以三昧正受傳化諸國以元嘉之初遠冒沙河萃于京邑太祖文皇深加歎異初止鍾山道林精舍沙門寶誌崇其禪法沙門僧含請譯藥王藥上觀及無量壽觀含即

筆受以此二經是轉障之秘術淨土之洪因故沉吟嗟味流通宋國平昌孟顗承風欽敬資給豐厚顗出守會稽固請不去後移憩江陵元嘉十九年西遊岷蜀處處弘道禪學成群後還卒於江陵春秋六十矣時又有天竺沙門僧伽達多僧伽羅多哆等並禪學深明來遊宋境達多甞在山中坐禪日時將迫念欲虛齋乃有群鳥銜果飛來授之達多思惟獼猴奉蜜佛亦受而食之今飛鳥授食何爲不可於是受而進之元嘉十八年夏受臨川康王請於廣陵結居後終於建業僧伽羅多哆此云衆濟以宋景平之末來至京師乞食人間宴坐林下養素幽閑不涉當世以元嘉十年卜居鍾阜之陽剪棘開榛造立精舍即宋熙是也

求那跋陀羅此云功德賢中天竺人以大乘學故世號摩訶衍本婆羅門種幼學五明諸論天文書筭醫方呪術靡不該博後遇見阿毗曇雜心尋讀驚悟乃深崇佛法焉其家世外道禁絕沙門乃捨家潛遁遠求師範即投簪落髮專精志學及受具戒博通三藏爲人慈和恭恪事師盡禮頃之辭小乘師進學大乘大乘師試令探取經匣即得大品華嚴師嘉而歎曰汝於大乘有重緣矣於是讀誦講宣莫能訓抗進受菩薩戒法乃奉書父母勸歸正法曰若專守外道則雖還無益若歸信三寶則長得相見其父感其言至遂棄邪從正跋陀前到師子諸國皆傳送資供既有緣東方乃隨舶汎海中途風止淡水復竭舉舶憂惶跋陀曰可同心幷力念十方佛稱觀世

音何往不感乃密誦呪經懇到禮懺俄而信風暴至密雲降雨一舶蒙濟其誠感如此元嘉十二年至廣州刺史車朗表聞宋太祖遣信迎接既至京都勑名僧慧嚴慧觀於新亭慰勞見其神情朗徹莫不虔仰雖因譯交言而欣若傾蓋初住祇洹寺俄而太祖延請深加崇敬瑯琊顏延之通才碩學束帶造門於是京師遠近冠蓋相望大將軍彭城王義康丞相南譙王義宣並師事焉頃之衆僧共請出經於祇洹寺集義學諸僧譯出雜阿含經東安寺出法鼓經後於丹陽郡譯出勝鬘楞伽經徒衆七百餘人寶雲傳譯慧觀執筆往復諮析妙得本旨後譙王鎮荊州請與俱行安止辛寺更創房殿即於辛寺出無憂王過去現在因果經一卷無量壽一卷泥洹央掘魔相續解脫波羅蜜了義現在佛名等經等第一義五相略八吉祥等諸經并前所出凡百餘卷常令弟子法勇傳譯度語譙王欲請講華嚴等經而跋陀自忖未善宋言有懷愧歎即旦夕禮懺請觀世音乞求冥應遂夢有人白服持劒擎一人首來至其前曰何故憂耶跋陀具以事對答曰無所多憂即以劒易首更安新頭語令迴轉曰得無痛耶答曰不痛豁然便覺心神喜悅旦起語義皆通備領宋言於是就講元嘉將末譙王屢有怪夢跋陀答云京都將有禍亂未及一年元兇搆逆及孝建之初譙王陰謀逆節跋陀顏容憂慘未及發言譙王問其故跋陀諫諍懇切乃流涕而出曰必無所冀貧道不容扈從譙王以其物情所信乃逼與俱下梁山之敗火艦轉

廹去岸懸遠判無全濟唯一心稱觀世音手捉笻竹杖投身江中水齊至膝以杖刺水水流深駛見一童子尋後而至以手牽之顧謂童子汝小兒何能度我怳忽之間覺行十餘步仍得上岸即脫納衣欲償童子顧覔不見擧身毛竪方知神力焉時王玄謨督軍梁山世祖勅軍中得摩訶衍善加料理驛信送臺俄而尋得令舸送都世祖即時引見顧問委曲曰企望日久今始相遇䟦陀曰既染釁戾分當灰粉今得接見重荷生造勅問並誰爲賊答曰出家之人不預戎事然張暢宋靈秀等並是驅逼貧道所明但不圖宿緣乃逢此事帝曰無所懼也是日勅住後堂供施衣物給以人乘初䟦陀在荆州十載每與譙王書疏無不記録及軍敗檢簡無片言及軍事者世祖明其純謹益加禮遇後因閑談聊戲問曰念丞相不答曰受供十年何可忘德今從陛下乞願願爲丞相三年燒香帝悽然慘容義而許焉及中興寺成勅令移住爲開三間房後於東府讌會王公畢集勅見䟦陀時未及淨髮白首皓然世祖遥望顧謂尚書謝莊曰摩訶衍聰明機解但老期已至朕試問之其必悟人意也䟦陀上階因迎謂之曰摩訶衍不負遠來之意但唯有一在即應聲答曰貧道遠歸帝京垂三十載天子恩遇銜愧罔極但七十老病唯一死在帝嘉其機辯勅近御而坐擧朝屬目後於秣陵界鳳凰樓西起寺每至夜半輒有推戶而喚視不見人衆屢厭夢䟦陀燒香呪願曰汝宿緣在此我今起寺行道禮懺常爲汝等若住者爲護寺善神

若不能住各隨所安既而道俗十餘人同夕夢見鬼神千數皆荷擔移去寺衆遂安今陶後渚白塔寺即其處也大明六年天下亢旱禱祈山川累月無驗世祖請令祈雨必使有感如其無獲不須相見跋陀曰仰憑三寶陛下天威冀必降澤如其不獲不復重見即往北湖釣臺燒香祈請不復飲食默而誦經密加祕呪明日晡時西北雲起初如車蓋日在桑榆風震雲合連日降雨明旦公卿入賀勑見慰勞嚫施相續跋陀自幼已來蔬食終身常執持香鑪未嘗輟手每食竟輒分食飛鳥乃集手取食至太宗之世禮供彌隆到太始四年正月覺體不愈便與太宗及公卿等告別臨終之日延佇而望云見天華聖像禺中遂卒春秋七十有五太宗深加痛惜慰賻甚厚公卿會葬榮哀備焉時又有沙門寶意梵言阿那摩低本姓康康居人世居天竺以宋孝武建中來止京師瓦官禪房恒於寺中樹下坐禪及曉經律時人亦號三藏常轉側數百貝子立知凶吉善能神呪以香塗掌亦見人往事宋世祖施其一銅唾壺高二尺許常在牀前忽有人竊之意取坐席一領空卷之呪上數遍經于三夕唾壺還在席中莫測其然於是四遠道俗咸敬而異焉齊文惠文宣及梁太祖並敬以師禮焉永明末卒於所住

求那毗地此言安進本中天竺人弱年從道師事天竺大乘法師僧伽斯聰慧强記懃於諷誦諳究大小乘將二十萬言兼學外典明陰陽占時驗事徵兆非一齊建元初來至京師止毗耶離寺執錫從徒威儀端肅王公貴

勝迭相供請初僧伽斯於天竺國抄脩多羅藏中要切譬喻撰爲一部凡有百事教授新學毗地悉皆通誦兼明義旨以永明十年秋譯爲齊文凡有十卷謂百句喻經復出十二因縁及須達長者經各一卷自大明已後譯經殆絶及其宣流世咸稱美毗地爲人弘厚故萬里歸集南海商人咸宗事之供獻皆受悉爲營法於建業淮側造正觀寺居之重閣層門殿堂整飾以齊中興二年冬終於所住梁初復有僧伽婆羅者亦外國學僧儀貌謹潔善於談對至京師亦止正觀寺今上甚加禮接勑於正觀寺及壽光殿古雲館中譯出大阿育王經解脫道論等凡十部三十三卷使沙門釋寶唱袁曇允等執筆受現行於世

論曰傳譯之功尚矣固無得而稱焉昔如來滅後長老迦葉阿難末田地等並具足任持八萬法藏弘道濟人功用彌博聖慧日光餘輝未隱是後迦旃延子達磨多羅達磨尸梨帝等並博尋異論各著言說而皆祖述四含宗軌三藏至若龍樹馬鳴婆藪槃頭則於方等深經領括樞要源發般若流貫雙林雖曰化洽窪隆而亦俱得其性故令三寶載傳輪轉未絶是以五百年中猶稱正法在世夫神化所被遠近斯届一聲一光輒震他土一臺一蓋動覆恒國眞丹之與迦維雖路絶葱河里踰數萬若以聖之神力譬猶武步之間而令聞見限隔豈非時也及其縁運將感名教潛洽或稱爲浮屠之主或號爲西域大神故漢明帝詔楚王英云王誦黄老之微言尚浮屠之仁祀及通夢金人遣使西域迺有攝摩

騰竺法蘭懷道來化挾策孤征艱苦必達傍峻壁而臨深躡飛絙而渡險遺身爲物處難能夷傳法宣經初化東土後學與聞蓋其力也爰至安清支讖康會竺護等並異世一時繼踵弘贊然夷夏不同音韻殊隔自非精括詁訓領會良難屬有支謙聶承遠竺佛念釋寶雲竺叔蘭無羅叉等並妙善梵漢之音故能盡翻譯之致一言三復辭旨分明然後更用此土宮商飾以成製論曰隨方俗語能示正義於正義中置隨義語蓋斯謂也其後鳩摩羅什碩學鉤深神鑒奥遠歷遊中土備悉方言復恨支竺所譯文製古質未盡善美迺更臨梵本重爲宣譯故致今古二經言殊義一時有生融影叡嚴觀恒肇皆領悟言前辭潤珠玉執筆承旨任在伊人故長安所譯鬱爲稱首是時姚興竊號跨有皇畿崇愛三寶城塹遺法使夫慕道來儀遐邇烟萃三藏法門有緣必覩自像運東遷在茲爲盛其佛賢比丘江東所譯華嚴大部曇無讖河西所翻涅槃妙教及諸師所出四含五部犍度婆沙等並皆言符法本理愜三印而童壽有別室之逼佛賢有擯黜之迹考之實録未易詳究或以時運澆薄道喪人漓故所感見爰至於此若以近迹而求蓋亦珪璋一玷也又世高無讖法祖法祚等並理思淹通仁澤成務而皆不得其死將由業有傳感義無違避故羅漢雖諸漏已盡尚有貫腦之厄比干雖忠謹竭誠猶招賜劒之禍匪其然乎聞有竺法度者自言專執小乘而與三藏乖越食用銅鉢本非律儀所許伏地相向又是儀法所無且

法度生本南康不遊天竺晚值曇摩耶舍又非專小之師直欲谿壑其身故為矯異然而達量君子未曾迴適尼衆易從初稟其化夫女人理教難愜事迹易翻聞因果則悠然扈背見變術則奔波傾飲隨墮之義即斯謂也竊惟正法淵廣數盈八億傳譯所得卷止千餘皆由踰越沙阻履跨危絕或望烟渡險或附杙前身及相會推求莫不十遺八九是以法顯智猛智嚴法勇等發跡則結旅成群還至則顧影唯一實足傷哉當知一經達此豈非更賜壽命而頃世學徒唯慕鑽求一典謂言廣讀多惑斯蓋隨學之辭匪曰通方之訓何者夫欲考尋理味決正法門豈可斷以胸襟而不博尋衆典遂使空勞傳寫求醫箱匣甘露正說竟莫披尋無上寶珠隱而弗用豈不惜哉若能貫採禪律融治經論雖復祇樹息蔭玄風尚啓娑羅變葉佛性猶彰遠報能仁之恩近稱傳譯之德儻獲身命寧不勗歟

賛曰

頻婆揜唱　疊教攸陳　五乘竸轉　八萬彌綸
周星隱曜　漢夢通神　騰蘭識什　徇道來臻
慈雲徙蔭　慧水傳津　俾夫季末　方樹洪因

高僧傳卷第三

音釋

枳諸市切　畺居良切　齓初覲切毀齒也　礫郎擊切小石也　躡尼輒切踏也　絙古恒切大索也　噤巨禁切寒廠口閉也　蹲徂尊切踞也　舐神紙切餂也　狼狽狼魯當切狽博蓋切狼狽猝遽也　嶷魚力切　煨烏恢切燼徐晉切煨燼火餘也　幟昌志切表識也　杙與職切橛也　惈古火切惈敢勇也　燾徒到切　擯必刃切斥逐也　憩去制切息也　禦捍禦牛據切捍侯旰切禦捍拒衛也　悃愊悃苦本切愊拍逼切悃愊

至誠也 詺 彌正切辯別物名也 壃 居良切界也 繕 時戰切編錄文字謂之繕寫 鄮 莫候切縣名 鄯 時戰切鄯善國名 炳 兵永切明也 哆 丁可切 䰂 此宰切髻也 扈從 扈侯古切後從也從才用切 艦 下斬切戰船也 笻 渠容切竹名 駛 踈士切疾也 舸 嘉我切大船也 窪 烏瓜切汙下也 詁 果五切故言也 訓

高僧傳卷第四

梁會稽嘉祥寺沙門慧皎撰

義解一

晉

朱士行潁川人志業方直歡沮不能移其操少懷遠悟脫落塵俗出家已後專務經典昔漢靈之時竺佛朔譯出道行經即小品之舊本也文句簡略意義未周士行甞於洛陽講道行經覺文意隱質諸未盡善每歎曰此經大乘之要而譯理不盡誓志捐身遠求大本遂以魏甘露五年發迹雍州西渡流沙旣至于闐果得梵書正本凡九十章遣弟子弗如檀此言法饒送經梵本還歸洛陽未發之頃于闐諸小乘學衆遂以白王云漢地沙門欲以婆羅門書惑亂正典王爲地主若不禁之將斷大法聾盲漢地王之咎也王即不聽賫經士行深懷痛心乃求燒經爲證王即許焉於是積薪殿前以火焚之士行臨火誓曰若大法應流漢地經當不然如其無護命也如何言已投經火中火即爲滅不損一字皮牒

如本大衆駭服咸稱其神感遂得送至陳留倉垣水南寺時河南居士竺叔蘭本天竺人父世避難居于河南蘭少好遊獵後經暫死備見業果因改厲專精深崇正法博究衆音善於梵漢之語又有無羅叉比丘西域道士稽古多學乃手執梵本叔蘭譯爲晉文稱爲放光波若皮牒故本今在豫章至太安二年支孝龍就叔蘭一時寫五部校爲定本時未有品目舊本十四匹縑今寫爲二十卷士行遂終於于闐春秋八十依西方法闍維之薪盡火滅屍猶能全衆咸驚異乃呪曰若真得道法當毀敗應聲碎散因斂骨起塔焉後弟子法益從彼國來親傳此事故孫綽正像論云士行散形於于闐此之謂也

支孝龍淮陽人少以風姿見重加復神彩卓犖高論適時常披味小品以爲心要陳留阮瞻潁川庾凱並結知音之友世人呼爲八達時或嘲之曰大晉龍興天下爲家沙門何不全髮膚去袈裟釋梵服被綾羅龍曰抱一以逍遥唯寂以致誠剪髮毀容改服變形彼謂我辱我棄彼榮故無心於貴而愈貴無心於足而愈足矣其機辯適時皆此類也時竺叔蘭初譯放光經龍既素樂無相即得披閱旬有餘日便就開講後不知所終矣孫綽爲之讚曰小方易擬大器難像盤桓孝龍剋邁高廣物競宗歸人思効仰雲泉彌漫蘭風肹響

康僧淵本西域人生于長安貌雖梵人語實中國容止詳正志業弘深誦放光道行二波若即大小品也晉成之世與康法暢支敏度等俱過江暢亦有才思善爲往復著人物始

義論等暢常執麈尾行每值名賓輒清談盡日庚元規謂暢曰此麈尾何以常在暢曰廉者不求貪者不與故得常在也敏度亦聰哲有譽著傳譯經録今行於世淵雖德愈暢度而別以清約自處常乞匃自資人未之識後因分衞之次遇陳郡殷浩浩始問佛經深遠之理却辯俗書性情之義自晝至曛浩不能屈由是改觀瑯琊王茂弘以鼻高眼深戲之淵曰鼻者面之山眼者面之淵山不高則不靈淵不深則不清時人以爲名答後於豫章山立寺去邑數十里帶江傍嶺松竹鬱茂名僧勝達響附成群常以持心梵天經空理幽遠故偏加講說尚學之徒往還塡委後卒於寺焉

竺法雅河間人凝正有器度少善外學長通佛義衣冠仕子咸附諮稟時依雅門徒並世典有功未善佛理雅乃與康法朗等以經中事數擬配外書爲生解之例謂之格義及毗浮曇相等亦辯格義以訓門徒雅風彩灑落善於樞機外典佛經遞互講說與道安法汰每披釋湊疑共盡經要後立寺於高邑僧衆百餘訓誘無懈雅弟子曇習祖述先師善於言論爲趙太子石宣所敬云

康法朗中山人少出家善戒節嘗讀經見雙樹鹿苑之處鬱而歎曰吾已不值聖人寧可不覩聖處於是誓往迦夷仰瞻遺迹乃共同學四人發趾張掖西過流沙行經三日路絶人蹤忽見道傍有一故寺草木没人中有敗屋兩間間中各有一人一人誦經一人患痢兩人比房不相料理屎尿縱橫舉房臭穢朗

謂其屬曰出家同道以法爲親不見則已豈可見而捨耶朗乃停六日爲洗浣供養至第七日見此房中皆是香華乃悟其神人因語朗云比房是我和尚已得無學可往問訊朗往問訊因語朗云君等誠契皆當入道不須遠遊諸國於事無益唯當自力行道勿令失時但朗功業小未純未得所願當還眞丹國作大法師於是四人不復西行仍留此專精道業唯朗更遊諸國研尋經論後還中山門徒數百講法相係後不知所終孫綽爲之讚曰人亦有言瑜瑕弗藏朗公冏冏能韜其光敬終慎始研覈微章何以取證冰堅履霜朗弟子令韶其先鴈門人姓吕少遊獵後發心出家事朗爲師思學有功特善禪數每入定或數日不起後移柳泉山鑿穴宴坐朗終後刻木爲像朝夕禮事孫綽正像論云吕韶凝神於中山即其人也

竺法乘未詳何許人幼而神悟超絕懸鑒過人依竺法護爲沙彌清眞有志氣護甚嘉焉護既道被關中且資財殷富時長安有甲族欲奉大法試護道德僞往告急求錢二十萬護未及答乘年十三侍在師側即語客曰和尚意已相許矣客退後乘曰觀此人神色非實求錢將以觀和尚道德何如耳護曰吾亦以爲然明日此客率其一宗百餘口詣護請受戒具謝求錢之意於是師資名布遐迩乘後西到燉煌立寺延學忘身爲道誨而不倦使夫豺狼革心戎狄知禮大化西行乘之力也後終於所住孫綽道賢論以乘比王濬冲論云法乘安豐少有機悟之鑒雖道俗殊操

阡陌可以相准高士季顒爲之賛傳乘同學笁法行笁法存並山栖履操知名當世矣笁道潛字法深姓王瑯琊人晉丞相武昌郡公敦之弟也年十八出家事中州劉元眞爲師元眞早有才解之譽故孫綽讃曰索索虛衿翳翳閑沖誰其體之在我劉公談能雕飾照足開矇懐抱之内豁爾每融潛伏膺已後剪削浮華崇本務學微言興化譽洽西朝風姿容貌堂堂如也至年二十四講法華大品既藴深解復能善説故觀風味道者常數盈五百晉永嘉初避亂過江中宗元皇及肅祖明帝丞相王茂弘太尉庾元規並欽其風德友而敬焉建武太寧中潛恒著屐至殿内時人咸謂方外之士以德重故也及中宗肅祖昇霞王庾又薨乃隱迹剡山以避當世追蹤問道者已復結侶山門潛優遊講席三十餘載或暢方等或釋老莊投身北面者莫不内外兼洽至哀帝好重佛法頻遣兩使慇懃徵請潛以詔旨之重暫遊宫闕即於御筵開講大品上及朝士並稱善焉于時簡文作相朝野以爲至德以潛是道俗標領又先朝友敬尊重挹服頂戴兼常迄乎龍飛虔禮彌篤潛常於簡文處遇沛國劉惔惔嘲之曰道士何以遊朱門潛曰君自覩其朱門貧道見爲蓬戸司空何次道懿德純素篤信經典每加祗崇導以師資之敬數相招請屢興法禮潛雖復從運東西而素懐不樂乃啓還剡之岇山遂其先志於是逍遥林阜以畢餘年支遁遣使求買岇山之側沃洲小嶺欲爲幽栖之處潛答云欲來輒給豈聞巢由買山而隱遁後

與高驪道人書云上座竺法深中州劉公之弟子體德貞峙道俗綸綜往在京邑維持法網内外俱瞻弘道之匠也頃以道業靖濟不耐塵俗考室山澤修德就閑今在剡縣之岇山率合同遊論道説義高栖皓然遐邇有詠以晉寧康二年卒於山館春秋八十有九烈宗孝武詔曰潛法師理悟虚遠風鑒清貞棄宰相之榮襲染衣之素山居人外篤懃匪懈方賴宣道以濟蒼生奄然遷化用痛于懷可賻錢十萬星馳驛送孫綽以潛比劉伯倫論云潛公道素淵重有遠大之量劉靈肆意放蕩以宇宙爲小雖高栖之業劉所不及而曠大之體同焉時岇山復有竺法友志業强正博通衆典嘗從潛受阿毗曇一宿便誦潛曰經目則諷見稱昔人若能仁更興大晉者必取汝爲五百之一也年二十四便能講説後立剡縣城南法臺寺焉竺法藴悟解入玄尤善放光般若康法識亦有義學之譽而以草隷知名嘗遇康昕昕自謂筆道過識識共昕各作王右軍草傍人竊以爲貨莫之能别又寫衆經見重竺法濟幼有才藻作高逸沙門傳凡此諸人皆潛之神足孫綽並爲之讃不復具抄

支遁字道林本姓關氏陳留人或云河東林慮人幼有神理聰明秀徹初至京師太原王濛甚重之曰造微之功不減輔嗣陳郡殷融嘗與衛玠交謂其神情儁徹後進莫有繼之者及見遁歎息以爲重見若人家世事佛早悟非常之理隱居餘杭山沉思道行之品委曲慧印之經卓焉獨拔得自天心年二十五

出家每至講肆善標宗會而章句或有所遺時爲守文者所陋謝安聞而善之曰此乃九方歅之相馬也略其玄黃而取其駿逸王洽劉惔殷浩許詢郄超孫綽桓彥表王敬仁何次道王文度謝長遐袁彥伯等並一代名流皆著塵外之狎遁常在白馬寺與劉系之等談莊子逍遙篇云各適性以爲逍遙遁曰不然夫桀跖以殘害爲性若適性爲得者彼亦逍遙矣於是退而注逍遙篇羣儒舊學莫不歎伏後還吳立支山寺晚欲入剡謝安爲吳興守與遁書曰思君日積計辰傾遲知欲還剡自治甚以悵然人生如寄耳頃風流得意之事殆爲都盡終日慼慼觸事惆悵唯遲君來以晤言消之一日當千載耳此多山縣閑靜差可養疾事不異剡而毉藥不同必思此緣副其積想也王羲之時在會稽素聞遁名未之信謂人曰一往之氣何足可言後遁既還剡經由于郡王故往詣遁觀其風力既至王謂遁曰逍遙篇可得聞乎遁乃作數千言標揭新理才藻驚絕王遂披襟解帶留連不能已仍請住靈嘉寺意有相近俄又投迹剡山於沃州小嶺立寺行道僧衆百餘常隨稟學時或有惰者遁乃著座右銘以勗之曰勤之勤之至道非彌奚爲淹滯弱喪神奇茫茫三界眇眇長羈煩勞外湊冥心內馳徇赴欽渴緬邈忘疲人生一世涓若露垂我身非我云云誰施達人懷德知安必危寂寥清舉濯累禪池謹守明禁雅翫玄規綏心神道抗志無爲寥朗三蔽融冶六疵空同五陰虛豁四肢非指喻指絕而莫離妙覺既陳又玄其知

宛轉乎任與物推移過此以往勿思勿議敦之覺父志在嬰兒時論以遁才堪經濟而潔已拔俗有違兼濟之道遁乃作釋矇論晚移石城山又立栖光寺宴坐山門遊心禪苑木食澗飲浪志無生乃注安般四禪諸經及即色遊玄論聖不辯知論道行旨歸學道誡等追蹤馬鳴躡影龍樹義應法本不違實相晚出山陰講維摩經遁爲法師許詢爲都講遁通一義衆人咸謂詢無以厝難詢每設一難亦謂遁不復能通如此至竟兩家不竭凡在聽者咸謂審得遁旨迴令自說得兩三反便亂至晉哀帝即位頻遣兩使徵請出都止東安寺講道行般若白黑欽崇朝野悅服太原王濛宿構精理撰其才辭往詣遁作數百語自謂遁莫能抗遁徐曰貧道與君别來多年君語了不長進濛慙而退焉乃歎曰實緇鉢之王何也郗超問謝安林公談何如嵇中散安曰嵇努力裁得去耳又問何如殷浩安曰亹亹論辯恐殷制支超拔直上淵源實有慙德郗超後與親友書云林法師神理所通玄拔獨悟數百年來紹明大法令眞理不絕一人而已遁淹留京師涉將三載乃還東山上書告辭曰遁頓首言敢以不才希風世表未能鞭後用愆靈化蓋沙門之義法出佛之聖彫淳反朴絕欲歸宗遊虛玄之肆守内聖之則佩五戒之貞毗外王之化諧無聲之樂以自得爲和篤慈愛之孝蠕動無傷銜撫恤之哀永悼不仁秉未兆之順遠防宿命挹無位之節履亢不悔是以哲王御世南面之重莫不欽其風尚安其逸軌探其順心略其形敬

故令歷代彌新矣陛下天鍾聖德雅尚不倦道遊靈模日昃忘御可謂鐘鼓晨極聲滿天下清風既劭莫不幸甚上願陛下齊齡二儀弘敷至法去陳信之妖誣尋丘禱之弘議絶小塗之致泥奮宏轡於夷路若然者太山不婬季氏之旅得一以成靈王者非負丘而不禋得一以永貞若使貞靈各一人神相忘君君而下無親舉神神而咒不加靈玄德交被民荷冥祐恢恢六合成吉祥之宅洋洋大晉爲元亨之宇常無爲而萬物歸宗執大象而天下自往國典刑殺則有司存焉若生而非惠則賞者自得戮而非怒則罰者自刑弘公器以厭神意提銓衡以極冥量所謂天何言哉四時行焉貧道野逸東山與世異榮菜蔬長阜漱流清壑繿縷畢世絶窺皇階不悟乾光曲曜猥被蓬蓽頻奉明詔使詣上京進退惟谷不知所厝自到天庭屢蒙引見優遊賓禮策以微言每愧才不拔滯理無拘新不足對揚玄模允塞視聽踧踖侍人流汗位席曩四翁赴漢干木蕃魏皆出處有由默語適會今德非昔人動靜乖理遊魂禁省鼓言帝側將困非據何能有爲且歲月僶俛感若斯之歎況復同志索居綜習遼落迴首東顧孰能無懷上願陛下特蒙放遣歸之林薄以鳥養鳥所荷爲優謹露板以聞伸其愚管裹粮望路伏待慈詔詔即許焉資給發遣事事豐厚一時名流並餞離於征虜蔡子叔前至近遁而坐謝安石後至值蔡暫起謝便移就其處蔡還合褥舉謝擲地謝不以介意其爲時賢所慕如此既而收迹剡山畢命林澤人嘗有

遺遁馬者遁受而養之時或有譏之者遁曰愛其神駿聊復畜耳後有餉鶴者遁謂鶴曰爾沖天之物寧爲耳目之翫乎遂放之遁幼時嘗與師共論物類謂鷄卵生用未足爲殺師不能屈師尋亡忽現形投卵於地㲉破鶵行頃之俱滅遁乃感悟由是蔬食終身遁先經餘姚塢山中住至於明辰猶還塢中或問其意答云謝安石昔數來見就輒移旬日今觸情舉目莫不興想後病甚移還塢中以晉太和元年閏四月四日終于所住春秋五十有三即窆於塢中厥塚存焉或云終剡未詳遁善草隸郄超爲之序傳袁宏爲之銘讚周曇寶爲之作誄孫綽道賢論以遁方向子期論云支遁向秀雅尚莊老二子異時風好玄同矣又喻道論云支道林者識清體順而不對於物玄道沖濟與神情同任此遠流之所以歸宗悠悠者所以未悟也後高士戴逵行經遁墓乃歎曰德音未遠而拱木已繁冀神理綿綿不與氣運俱盡耳遁有同學法虔精理入神先遁亡遁歎曰昔匠石廢斤於郢人牙生輟絃於鍾子推已求人良不虛矣寶契既潛發言莫賞中心蘊結余其亡矣乃著切悟章臨亡成之落筆而卒凡遁所著文翰集有十卷盛行於世時東土復有竺法仰者亦慧解致聞爲王坦之所重亡後猶見形詣王勗以行業焉

于法蘭高陽人少有異操十五出家便以精勤爲業研諷經典以日兼夜求法問道必在衆先迄在冠年風神秀逸道振三河名流四遠性好山泉多處巖壑嘗於冬月在山冰雪

甚厲時有一虎來入蘭房蘭神色無忤虎亦甚馴至明旦雪止方去山中神祇常來受法其德被精靈皆此類也後聞江東山水剡縣最奇乃徐步東甌遠矚嶀嵊居于石城山足今之元華寺也時人以其風力比庾元規孫綽道賢論以比阮嗣宗論云蘭公遺身高尚妙迹殆至人之流阮步兵傲獨不羣亦蘭之儔也居剡少時愴然歎曰大法雖興經道多闕若一聞圓教夕死可也乃遠適西域欲求異聞至交州遇疾終於象林沙門支遁追立像讚曰于氏超世綜體玄旨嘉遁山澤仁感虎兕別傳云蘭亦感枯泉漱水事與竺法護同未詳又有竺法興支法淵于法道與蘭同時比德興以洽見知名淵以才華著稱道以義解馳聲矣

于法開不知何許人事蘭公爲弟子深思孤發獨見言表善放光及法華又祖述耆婆妙通醫法嘗乞食投主人家值婦人在草危急衆治不驗擧家遑擾開曰此易治耳主人正宰羊欲爲淫祀開令先取少肉爲羹進竟因氣針之須臾羊膜裹兒而出晉升平五年孝宗有疾開視脉知不起不肯復入康獻后令曰帝小不佳昨呼于公視脉但到門不前種種辭憚宜收付廷尉俄而帝崩獲免還剡石城續修元華寺後移白山靈鷲寺每與支道林爭即色空義廬江何默申明開難高平郗超宣述林解並傳於世開有弟子法威清悟有樞辯故孫綽爲之讚曰易曰翰白詩美蘋藻斑如在場芬若停潦于威明發介然遐討有潔其名無愧懷抱開嘗使威出都經過山

陰支遁正講小品開語威言道林講比汝至當至某品中示語攻難數十番云此中舊難通威既至郡正值遁講果如開言往復多番遁遂屈因厲聲曰君何足復受人寄載來耶故東山喭云深量開思林談識記至哀帝時累被徵詔乃出京講放光經凡舊學抱疑莫不因之披釋講竟辭還東帝戀德慇懃餞絹及步輿并冬夏之服謝安王文度悉皆友善或問法師高明剛簡何以壂術經懷答曰明六度以除四魔之病調九候以療風寒之疾自利利人不亦可乎年六十卒於山寺孫綽爲之目曰才辯縱横以數術弘教其在開公乎

于道邃燉煌人少而失蔭叔親養之邃孝敬竭誠若奉其母至年十六出家事蘭公爲弟子學業高明内外該覽善方藥美書札洞諳殊俗尤巧談論護公常稱邃高簡雅素有古人之風若不無年方爲大法梁棟矣後與蘭公俱過江謝慶緒大相推重性好山澤在東多遊履名山爲人不屑毁譽未嘗以塵迹經抱後隨蘭適西域於交阯遇疾而終春秋三十有一矣郗超圖寫其形支遁爲著銘讃曰英英上人識通理清朗質玉瑩德音蘭馨孫綽以邃比阮咸或曰咸有累騎之譏邃有清冷之譽何得爲匹孫綽曰雖迹有窪隆高風一也喻道論云近洛中有竺法行談者以方樂令江南有于道邃識者以對勝流皆當時共所見聞非同志之私譽也

竺法崇未詳何許人少入道以戒節見稱加又敏而好學篤志經呪而尤長法華一教甞

遊湘州麓山山精化爲天人詣崇請戒捨所住山以爲寺崇居之少時化洽湘上後還剡之葛峴山茅菴澗飲取欣禪慧東甌學者競徃湊焉與隱士魯國孔淳之相遇每盤遊極日輒信宿忘歸披襟頓契自以爲得意之交也崇乃歎曰緬想人外三十餘年傾蓋于茲不覺老之將至後淳之別遊崇咏曰浩然之氣猶在心目山林之士往而不反其若人之謂乎崇後卒於山中著法華義䟽四卷云時剡東岇山復有釋道寶者本姓王瑯瑘人晉丞相導之弟弱年信悟避世辭榮親舊諫止莫之能制香湯澡沐將就下髮乃詠曰安知萬里水初發濫觴時後以學行顯焉

竺法義未詳何許人年十三遇深公便問仁利是君子所行孔丘何故罕言深曰物尠能行是故寡言深見其幼而穎悟勸令出家於是栖志法門從深受學遊刃衆典尤善法華後辭深出京復大開講席王導孔敷並承風敬友至晉興寧中更還江左憩于始寧之保山受業弟子常有百餘至咸安二年忽感心氣疾病常存念觀音乃夢見一人破腹洗腸覺便病愈傳亮每云吾先君與義公遊處每聞說觀音神異莫不大小肅然至晉寧康三年孝武皇帝遣使徵請出都講說晉太元五年卒於都春秋七十有四矣帝以錢十萬買新亭崗爲墓起塔三級義弟子曇爽於墓所立寺因名新亭精舍後宋孝武南下伐凶鑾旆至止式宮此寺及登禪復幸禪堂因爲開柘改曰中興故元嘉末童謡云錢唐出天子乃禪堂之謂故中興禪房猶有龍飛殿焉今

之天安是也

竺僧度姓王名晞字玄宗東莞人也雖少出孤微而天姿秀發至年十六神情爽拔卓爾異人性度温和鄉鄰所羨時獨與母居孝事盡禮求同郡楊德慎女亦乃衣冠之家人女字苕華容貌端正又善墳籍與度同年求婚之日即相許焉未及成禮苕華母亡頃之苕華父又亡度母亦卒度覩世代無常忽然感悟乃捨俗出家改名僧度抗迹塵表避地遊學苕華服畢自惟三從之義無獨立之道乃與度書謂髮膚不可傷毁宗祀不可頓廢令其顧世教改遠志曜翹爍之姿於盛明之世遠休祖考之靈近慰人神之願并贈詩五首其一篇曰大道自無窮天地長且久巨石故叵消芥子亦難數人生一世間飄若風過牖榮華豈不茂日夕就彫朽川上有餘吟日斜思鼓缶清音可娛耳滋味可適口羅紈可飾軀華冠可曜首安事自剪削耽空以害有不道妄區區但令君恤後度答書曰夫事君以治一國未若弘道以濟萬邦事親以成一家未若弘道以濟三界髮膚不毁俗中之近言耳但吾德不及遠未能兼被以此爲愧然積簣成山亦冀從微之著也且被袈裟振錫杖飲清流詠般若雖公王之服八珍之饍鏗鏘之聲煒曄之色不與易也若能懸契則同期於泥洹矣且人心各異有若其面卿之不樂道猶我之不慕俗矣楊氏長别離矣萬世因緣於今絶矣歲聿云暮時不我與學道者當以日損爲志處世者當以及時爲務卿年德並茂宜速有所慕莫不以道士經心而坐失

盛年也又報詩五篇其一首曰機運無停住倏忽歲時過巨石會當竭芥子豈云多良由去不息故令川上嗟不聞榮啓期皓首發清歌布衣可暖身誰論飾綾羅今世雖云樂當奈後生何罪福良由已寧云已恤他度既志懷匪石不可迴轉茗華感悟亦起深信度於是專精佛法披味羣經著毗曇旨歸亦行於世後不知所終時河內又有竺慧超者亦行解兼著與高士鴈門周續之友善注勝鬘經焉

高僧傳卷第四

音釋

剡時冉切縣名 岇吾浪切山名在越剡縣 峴胡典切山嶺也 東莞莞音官東莞郡名 闐堂線切于闐國名 縑古嫌切絹也 犖力角切卓犖超絕也 凱苦亥切 肸黑乙切肸響盛作也 矄許云切黄昏時也 冏居永切 韜土刀切藏也 豺士皆切 驪呂支切高驪東夷國名 賻符遇切以貨財贈終曰賻 玠古隘切 歅一辛切 系胡計切 桀跖桀奇列切跖之石切 緬彌兗切綢繆反覆也 厝倉故切置也 蠕乳兗切微動也 衘乎監切含也 恤辛律切收也 轡兵媚切馬轡也 繿縷盧含切縷力主切繿縷衣破弊也 猥烏賄切鄙也 蹴踖蹴子六切踖資昔切蹴踖恭而不自安貌 僶俛僶彌盡切俛美辯切僶俛猶勉強也 餉式亮切饋也 㲉苦角切卵孚也 鶵鋤末切鳥子也 窆陂驗切下棺也 逵渠為切 嶀嵊嶀他胡切嵊時正切嶀嵊並山名 膜末各切 喭魚戰切俗言也 麓郎谷切 烋香幽切福也 缶俯久切瓦器盎屬 簣求位切土籠也 鏗丘耕切金玉聲也 煒曄煒干鬼切曄域輒切煒曄明盛也 紂側持切舊作紂與緇同

高僧傳卷第五

梁會稽嘉祥寺沙門慧皎撰

義解二

釋道安姓衛氏常山扶柳人也家世英儒早失覆蔭爲外兄孔氏所養年七歲讀書再覽能誦鄉鄰嗟異至年十二出家神性聰敏而形貌甚陋不爲師之所重驅役田舍至于三年執勤就勞曾無怨色篤性精進齋戒無闕數歲之後方啓師求經師與辯意經一卷可五千言安賫經入田因息就覽暮歸以經還師更求餘者師曰昨經未讀今復求耶答曰即已闇誦師雖異之而未信也復與成具光明經一卷減一萬言賫之如初暮復還師師執經覆之不差一字師大驚嗟而敬異之後爲受具戒恣其遊學至鄴入中寺遇佛圖澄澄見而嗟歎與語終日衆見形貌不稱咸共輕怪澄曰此人遠識非爾儔也因事澄爲師澄講安每覆述衆未之愜咸言須待後次當難殺崑崙子即安後更覆講疑難鋒起安挫鋭解紛行有餘力時人語曰漆道人驚四隣後避難潛于濩澤太陽竺法濟并州支曇講陰持入經安後從之受業頃之與同學竺法

汰俱憇飛龍山沙門僧先道護已在彼山相見欣然乃共披文屬思妙出神情安後於太行恒山劍立寺塔改服從化者中分河北時武邑太守盧歆聞安清秀使沙門敏見苦要之安辭不獲免乃受請開講名實既符道俗欣慕至年四十五復還冀部住受都寺徒衆數百常宣法化石虎死彭城王嗣立遣中使竺昌蒲請安入華林園廣修房舍安以石氏之末國運衰危乃西適牽口山迄冉閔之亂人情蕭索安乃謂其衆曰今天災旱蝗寇賊縱横聚則不立散則不可遂復率衆入王屋女林山頃之復渡河依陸渾山栖木食修學俄而慕容俊逼陸渾遂南投襄陽行至新野謂徒衆曰今遭凶年不依國主則法事難立又教化之體宜令廣布咸曰隨法師教乃令法汰詣揚州曰彼多君子好尚風流法和入蜀山水可以修閑安與弟子慧遠等四百餘人渡河夜行值雷雨乘電光而進前行得人家見門裏有二馬柳之間懸一馬篼可容一斛安便呼林伯升主人驚出果姓林名伯升謂是神人厚相接待既而弟子問何以知其姓字安曰兩木爲林篼容伯升也既達襄陽復宣佛法初經出巳久而舊譯時謬致使深義隱没未通每至講説唯叙大意轉讀而巳安窮覽經典鉤深致遠其所注般若道行密迹安般諸經並尋文比句爲起盡之義及析疑甄解凡二十二卷序致淵富妙盡深旨條貫既序文理會通經義克明自安始也自漢魏迄晉經來稍多而傳經之人名字弗説後人追尋莫測年代安乃總集名目表其時人

詮品新舊撰爲經録衆經有據實由其功四方學士競往師之時征西將軍桓朗子鎮江陵要安暫往朱序西鎮復請還襄陽安以白馬寺狹乃更立寺名曰檀溪即清河張殷宅也大富長者並加贊助建塔五層起房四百涼州刺使楊弘忠送銅萬斤擬爲承露盤安曰露盤已託汰公營造欲迴此銅鑄像事可然乎忠欣而敬諾於是衆共抽捨助成佛像光相丈六神好明著安既大願果成謂言夕死可矣符堅遣使送外國金箔倚像高七尺又金坐像結珠彌勒像金縷繡像織成像各一尊每講會法聚輒羅列尊像布置幢幡珠珮迭暉烟華亂發使夫升階履闥者莫不肅焉盡敬矣有一外國銅像形製古異時衆不甚恭重安曰像形相致佳但髻形未稱令弟子爐冶其髻既而光炎煥炳燿滿一堂詳視髻中見一舍利衆咸愧服安曰像既靈異不煩復治乃止識者咸謂安知有舍利故出以示衆時襄陽習鑿齒鋒辯天逸籠罩當時其先藉安高名早已致書通好曰承應眞履正明白内融慈訓所兼照道俗齊蔭自大教東流四百餘年雖藩王居士時有奉者而眞丹宿訓先行上世道運時遷俗未僉悟自頃道業之隆咸無以匹所謂月光將出靈鉢應降法師任當洪範化洽深幽此方諸僧咸有思慕各願慶雲東徂摩尼迴曜一蹑七寶之座暫現明哲之燈雨甘露於豐草植栴檀於江湄則如來之教復崇於今日玄波溢漾重蕩於一代矣文多不悉載及聞安至止即往修造既坐稱言四海習鑿齒安曰彌天釋道安

時人以爲名答齒後餉梨十枚正值衆食便手自剖分梨盡人遍無參差者高平郄超遣使遺米千斛修書累紙深致慇懃安答書云損米千斛彌覺有待之爲煩習鑿齒書與謝安書云來此見釋道安故是遠勝非常道士師徒數百齋講不倦無變化技術可以惑常人之耳目無重威大勢可以整群小之參差而師徒肅肅自相尊敬洋洋濟濟乃是吾由來所未見其人理懷簡衷多所博涉內外群書略皆遍覩陰陽筭數亦皆能通佛經妙義故所遊刃作義乃似法簡法道恨足下不同日而見其亦每言思得一叙其爲時賢所重類皆然也安在樊沔十五載每歲常再講放光般若未甞廢闕晉孝武皇帝承風欽德遣使通問并有詔曰安法師器識倫通風韻標

朗居道訓俗徽績兼著豈直規濟當今方乃陶津來世俸給一同王公物出所在時符堅素聞安名每云襄陽有釋道安足神器方欲致之以輔朕躬後遣符丕南攻襄陽安與朱序俱獲於堅堅謂僕射權翼曰朕以十萬之師取襄陽唯得一人半翼曰誰耶堅曰安公一人習鑿齒半人也既至住長安五重寺僧衆數千大弘法化初魏晉沙門依師爲姓故姓各不同安以爲大師之本莫尊釋迦乃以釋命氏後獲增一阿含果稱四河入海無復河名四姓爲沙門皆稱釋種既懸與經符遂爲永式安外涉群書善爲文章長安中衣冠子弟爲詩賦者皆依附致譽時藍田縣得一大鼎容二十七斛邊有篆銘人莫能識乃以示安安云此古篆書云魯襄公所鑄乃寫爲

錄文又有人持一銅斛於市賣之其形正圓下向爲斗横梁昂者爲升低者爲合梁一頭爲籥籥同黄鍾容半合邊有篆銘堅以問安安云此王莽自言出自舜皇龍戊辰改正即眞以同律量布之四方欲小大器鈞令天下取平焉其多聞廣識如此堅勅學士內外有疑皆師於安故京兆爲之語曰學不師安義不中難初堅承石氏之亂至是民戶殷富四方略定東極滄海西併龜茲南苞襄陽北盡沙漠唯建業一隅未能抗伏堅每與侍臣談話未甞不欲平一江左以晉帝爲僕射謝安爲侍中堅弟平陽公融及朝臣石越原紹等並切諫終不能迴衆以安爲堅所信敬乃共請曰主上將有事東南公何能不爲蒼生致一言耶會堅出東苑命安升輦同載僕射權翼諫曰臣聞天子法駕侍中陪乘道安毀形寧可參廁堅勃然作色曰安公道德可尊朕以天下不易輿輦之榮未稱其德即勅僕射扶安登輦俄而顧謂安曰朕將與公南遊吳越整六師而巡狩涉會稽以觀滄海不亦樂乎安對曰陛下應天御世有八州之富居中土而制四海宜栖神無爲與堯舜比隆今欲以百萬之師求厥田下下之土且東南區地地卑氣厲昔舜禹遊而不反秦王適而不歸以貧道觀之非愚心所同也平陽公懿戚石越重臣並謂不可猶尚見距貧道輕淺言必不允既荷厚遇故盡丹誠耳堅曰非爲地不廣民不足治也將簡天心明大運所在耳順時巡狩亦著前典若如來言則帝王無省方之文乎安曰若鑾駕必動可先幸洛陽枕威

蓄鋭傳檄江南如其不服伐之未晚堅不從遣平陽公融等精鋭二十五萬爲前鋒堅躬率步騎六十萬到項晉遣征虜將軍謝石徐州刺史謝玄距之堅前軍大潰於八公山西晉軍逐北三十餘里死者相枕融馬倒殞首堅單騎而遁如所諫焉安常注諸經恐不合理乃誓曰若所説不甚遠理願見瑞相乃夢見梵道人頭白眉毛長語安云君所注經殊合道理我不得入泥洹住在西域當相助弘通可時時設食後十誦律至遠公乃知和尚所夢賓頭盧也於是立座飯之處處成則安既德爲物宗學兼三藏所制僧尼軌範佛法憲章條爲三例一曰行香定座上經上講之法二曰常日六時行道飲食唱時法三曰布薩差使悔過等法天下寺舍遂則而從之安每與弟子法遇等於彌勒前立誓願生兜率後至秦建元二十一年正月二十七日忽有異僧形甚庸陋來寺寄宿寺房既窄處之講堂時維那直殿夜見此僧從窻隙出入遽以白安安驚起禮訊問其來意答云相爲而來安曰自惟罪深詎可度脱彼答云甚可度耳然須更浴聖僧情願必果具示浴法安請問來生所之處彼乃以手虛撥天之西北即見雲開備覩兜率妙勝之報爾夕大衆數十人悉皆同見安後營浴具見有非常小兒伴侶數十來入寺戲須臾就浴果是聖應也至其年二月八日忽告衆曰吾當去矣是日齋畢無疾而卒葬城內五級寺中是歲晉大元十年也未終之前隱士王嘉往候安安曰世事如此行將及人相與去乎嘉曰誠如所言師

且前行僕有小債未了不得俱去及姚萇之得長安也嘉時故在城内萇與符登相持甚久萇乃問嘉朕當得登不答曰略得萇怒曰得當言得何略之有遂斬之此嘉所謂負債者也萇死後其子興方殺登興字子略即嘉所謂略得者也嘉字子年洛陽人也形貌鄙陋似若不足本滑稽好語笑然不食五穀清虛服氣人咸宗而事之往問善惡嘉隨而應答語則可笑狀如調戲辭似讖記不可領解事過多驗初養徒於加眉谷中符堅遣大鴻臚徵不就及堅將欲南征遣問休否嘉無所言乃乘使者馬佯向東行數百步因落靴帽解棄衣服奔馬而還以示堅壽春之敗其先見如此及姚萇正害嘉之日有人於隴上見之乃遣書於萇安之潛契神人皆此類也安先聞羅什在西國思共講析每勸堅取之什亦遠聞安風謂是東方聖人恒遥而禮之初安生而便左臂有一皮廣寸許著臂捋可得上下也唯不得出手時人謂之爲印手菩薩安終後十六年什公方至什恨不相見悲恨無極安既篤好經典志在宣法所請外國沙門僧伽提婆曇摩難提及僧伽跋澄等譯出衆經百餘萬言常與沙門法和詮定音字詳覈文旨新出衆經於是獲正孫綽爲名德沙門論自云釋道安博物多才通經名理又爲之讃曰物有廣瞻人固多宰淵淵釋安專能兼倍飛聲汧隴馳名淮海形雖草化猶若常在有别記云河北别有竺道安與釋道安齊名謂習鑿齒致書於竺道安道安本隨師姓竺後改爲釋世見其二姓因謂爲兩人謬矣

釋法和滎陽人也少與安公同學以恭讓知名善能標明論總解悟疑滯因石氏之亂率徒入蜀巴漢之士慕德成群聞襄陽陷沒自蜀入關住陽平寺後於金輿谷設會與安公共登山嶺極目周睇既而悲曰此山高聳遊望者多一從此化竟測何之安曰法師持心有在何懼後生若慧心不萌斯可悲矣後與安公詳定新經參正文義頃之僞晉王姚緒請往蒲坂講說其後少時勑語弟子俗網煩惱苦累非一乃正衣服繞佛禮拜還坐本處以衣蒙頭奄然而卒時年八十矣

竺僧朗京兆人少而遊方問道長安還關中專當講說常與數人同共赴請行至中途忽告同輩曰君等寺中衣物似有竊者如言即反果有盜焉由其相語故得無失朗蔬食布衣志耽人外以僞秦皇始元年移卜太山與隱士張忠爲林下之契每共遊處忠後爲符堅所徵行至華陰山而卒朗乃於金輿谷崑崙山中別立精舍猶是太山西北之一巖也峯岫高險水石宏壯朗創築房室製窮山美內外屋宇數十餘區聞風而造者百有餘人朗孜孜訓誘勞不告倦秦主符堅欽其德素遣使覲遺堅後沙汰衆僧乃別詔曰朗法師戒德冰霜學徒清秀崑崙一山不在搜例及秦姚興亦加歎重燕主慕容德欽朗名行給以二縣租稅其爲時人所敬如此此谷中舊多虎災人常執仗結群而行及朗居之猛獸歸伏晨行夜往道俗無滯百姓咨嗟稱善無極故奉高人至今猶呼金輿谷爲朗公谷也凡有來詣朗者人數多少未至一日輒以逆

知使弟子爲具飲食必如言果至莫不歎其有預見之明矣後卒於山中春秋八十有五時太山復有支僧敦者本冀州人少遊汧隴長歷荆雍妙通大乘兼善數論著人物始義論亦行於世

竺法汰東莞人少與道安同學雖才辯不逮而姿貌過之與道安避難行至新野安分張徒衆命汰下京臨別謂安曰法師儀軌西北下座弘教東南江湖道術此焉相忘矣至於高會淨國當期之歲寒耳於是分手泣涕而別乃與弟子曇壹曇二等四十餘人沿江東下遇疾停陽口時桓温鎮荆州遣使要過供事湯藥安公又遣弟子慧遠下荆問疾汰疾小愈詣温温欲共汰久語先對諸賓未及前汰汰既疾勢未歇不堪久坐乃乘輿歷廂迴出相聞與温曰風痰忽發不堪久語比當更造温忽忽起出接輿循焉汰形長八尺風姿可觀含吐藴藉辭若蘭芳時沙門道恒頗有才力常執心無義大行荆土汰曰此是邪說應須破之乃大集名僧令弟子曇壹難之據經引理析駁紛紜恒拔其口辯不肯受屈曰色既暮明旦更集慧遠就席攻難數番關責鋒起恒自覺義途差異神色微動麈尾扣案未即有答遠曰不疾而速杼軸何爲坐者皆笑心無之義於此而息汰下都止瓦官寺晉太宗簡文皇帝深相敬重請講放光經開題大會帝親臨幸王侯公卿莫不畢集汰形解過人流名四遠開講之日黒白觀聽士庶成群及諮稟門徒以次駢席三吳負衮至者千數瓦官寺本是河内山玩墓王公爲陶處晉

與寧中沙門慧力啓乞爲寺止有堂塔而已及汰居之更拓房宇修立衆業又起重門以可地勢汝南世子司馬綜第去寺近遂侵掘寺側重門淪陷汰不介懷綜乃感悟躬往悔謝汰臥與相見傍若無人領軍王洽東亭王珣太傅謝安並欽敬無極臨亡數日忽覺不悆乃語弟子吾將去矣以晉太元十二年卒春秋六十有八烈宗孝武詔曰汰法師道播八方澤流後裔奄爾喪逝痛貫于懷可賻錢十萬喪事所須隨由備辦孫綽爲之讃曰凄風拂林鳴絃映壑爽爽法汰校德無怍汰弟子曇壹曇二並博練經義又善老易風流趣好與慧遠齊名曇二少卒汰哭之慟曰天喪回也汰所著義疏并與郗超書論本無義皆行於世或有言曰汰是安公弟子者非也

釋僧光冀州人常山淵公弟子性純素有貞操爲沙彌時與道安相遇於逆旅安時亦未受具戒因共披陳志慕神氣慷慨臨别相謂曰若俱長大勿忘同遊光受戒已後厲行精苦學通經論值石氏之亂隱於飛龍山遊想巖壑得志禪慧道安後復從之相會欣喜謂昔誓始從因共披文屬思新悟尤多安曰先舊格義於理多違光曰且當分析逍遥何容是非先達安曰弘賛理教宜令允愜法鼓競鳴何先何後光乃與安汰等南遊晉平講道弘化後還襄陽遇疾而卒又有沙門道護亦冀州人貞節有慧解亦隱飛龍山與安等相遇乃共言曰居靜離俗每欲匡正大法豈可獨步山門使法輪輟軫宜各隨力所被以報佛恩衆僉曰善遂各行化後不知所終

竺僧輔鄴人也少持戒行執志貞苦學通諸論兼善經法道振伊洛一都宗事值西晉飢亂輔與釋道安等隱于濩澤研精辯析洞盡幽微後憩荆州上明寺單蔬自節禮懺翹懃誓生兜率仰瞻慈氏時瑯瑘王忱爲荆州刺史藉輔貞素請爲戒師一門宗奉後未亡二日忽云明日當去至于臨終妙香滿室梵響相係道俗奔波來者萬數是日後分無疾而化春秋六十因葬寺中僧爲起塔

竺僧敷未詳氏族學通衆經尤善放光及道行波若西晉末亂移居江左止京師瓦官寺盛開講席建業舊僧莫不推服時同寺沙門道嵩亦才解相次與道安書云敷公研微秀發非吾等所及也時異學之徒咸謂心神有形但妙於萬物隨其能言互相摧壓敷乃著神無形論以有形便有數有數則有盡神既無盡故知無形矣時狀辯之徒紛紜交諍既理有所歸愜然信服後又著放光道行等義疏後終於寺中春秋七十餘矣竺法汰與道安書云每憶敷上人周旋如昨逝没奄復多年與其清談之日未嘗不相憶思得與君共覆疏其美豈圖一旦永爲異世痛恨之深何能忘情其義理所得披尋之功信難可圖矣汰與安書數述敷義今推尋失其文製湮没可悲

釋曇翼姓姚羌人也或云冀州人年十六出家事安公爲師少以律行見稱學通三藏爲門人所推經遊蜀郡刺史毛璩深重之爲設中食躬自瞻奉見翼於飯中得一粒穀先取食之璩密以敬異知必不辜信施後餉米千

斛翼受而分施翼嘗隨安在檀溪寺晉長沙太守滕含之於江陵捨宅爲寺告安求一僧爲總領安謂翼曰荆楚士庶始欲師宗成其化者非爾而誰翼遂杖錫南征締構寺宇即長沙寺是也後互賊越逸侵掠漢南江陵闔境避難上明翼又於彼立寺群寇既蕩復還江陵修復長沙寺冊誠祈請遂感舍利盛以金瓶置于齋座翼乃頂禮立誓曰若必是金剛餘陰願放光明至乎中夜有五色光彩從瓶漸出照滿一堂舉衆驚嗟莫不挹翼神感當于爾時雖復富蘭等見亦迴僞歸眞也後入巴陵君山伐木山海經所謂洞庭山也山上有穴通吳之苞山山既靈異人甚憚之翼率人入山路值白蛇數十卧遮行轍翼退還所住遥請山靈爲其禮懺乃謂神曰吾造寺伐材幸願共爲功德夜即夢見神人告翼曰法師既爲三寶須用特相隨喜但莫令餘人妄有所伐明日更往路甚清夷於是伐木沿流而下其中伐人不免私竊還至寺上翼材已畢餘人所私之者悉爲官所取其誠感如此翼常歎寺立僧足而形像尚少阿育王所造容儀神瑞皆多布在諸方何其無感不能招致乃專精懇惻請求誠應以晉太元十九年甲午之歲二月八日忽有一像現于城北光相衝天時白馬寺僧衆先往迎接不能令動翼乃往祇禮謂衆人曰當是阿育王像降我長沙寺焉即令弟子三人捧接飄然而起迎還本寺道俗奔赴車馬轟塡後罽賓禪師僧伽難陀從蜀下入寺禮拜見像光上有梵字便曰是阿育王像何時來此時人聞者方

知翼之不謬年八十二而終終日像圓光奄然靈化莫知所之道俗咸謂翼之通感焉時長沙寺復有僧衛沙門學業甚著爲殷仲堪所重尤善十住乃爲之注解

釋法遇不知何許人弱年好學篤志墳索而任性誇誕謂傍若無人後與安公相值忽然信伏遂投簪許道事安爲師既沐玄化悟解非常折挫本心謙虛成德義陽太守阮保聞風欽慕遥結善友修書通好施遺相接後襄陽被寇遇乃避地東下止江陵長沙寺講說衆經受業者四百餘人時一僧飲酒廢夕燒香遇止罰而不遣安公遥聞之以竹筒盛一荊子手自緘封題以寄遇遇開封見杖即曰此由飲酒僧也我訓領不勤遠貽憂賜即命維那鳴槌集衆以杖筒置香橙上行香畢遇乃起出衆前向筒致敬於是伏地命維那行杖三下内杖筒中垂淚自責時境内道俗莫不歎息因之厲業者甚衆既而與慧遠書曰吾人微闇短不能率衆和尚雖隔在異域猶遠垂憂念吾罪深矣後卒於江陵春秋六十矣

釋曇徽河内人年十二投道安出家安尚其神彩且令讀書二三年中學兼經史十六方許剃髮於是專務佛理鏡測幽凝未及立年便能講說雖志業高素而以恭雅見重後隨安在襄陽符丕寇境乃東下荊州止上明寺每法輪一轉則黑白奔波常顧解有所從乃圖寫安形存念禮拜於是江陵士女咸西向致敬印手菩薩或問法師道化何如和尚徽曰和尚内行深淺未易可測外緣所被多諸

應驗在吾一渧寧比江海耶以晉太元二十年卒臨亡之日體無餘患上堂同衆中食因而告别食竟還房右脇而化春秋七十三矣著立本論九篇六識旨歸十二首並行於世

釋道立不知何許人少出家事安公爲師善放光經又以莊老三玄微應佛理頗亦屬意焉性澄靜不涉當世後隨安入闗隱覆舟山巖居獨立不受供養每潛思入禪輒七日不起如此者數矣後夏初忽出山鳩集衆僧自爲講大品經或問其故答云我止可至秋爲欲令所懐粗訖耳自恣後數日果無疾而終時人謂知命者矣

釋曇戒一名慧精姓卓南陽人晉外兵郎㯋陽令潛之弟也居貧務學遊心墳典後聞于法道講放光經乃借衣一聽遂深悟佛理廢俗從道伏事安公爲師慱通三藏誦經五十餘萬言常日禮五百拜佛晉臨川王甚知重後篤疾常誦彌勒佛名不輟口弟子智生侍疾問何不願生安養戒曰吾與和尚等八人同願生兜率和尚及道願等皆已往生吾未得去是故有願耳言畢即有光照于身容貌更悅遂奄爾遷化春秋七十仍葬安公墓右

竺法曠姓皐下邳人寓居吳興早失二親事後母以孝聞家貧無蓄常躬耕壟畔以供色養及母亡行喪盡禮服闋出家事沙門竺曇印爲師印明叡有道行曠師事竭誠迄受具戒栖風立操卓爾遷群履素安業志行淵深印甞疾病危篤曠乃七日七夜祈誠禮懺至第七日忽見五色光明照印房戸印如覺有人以手振之所苦遂愈後辭師遠遊廣尋經

要還止於潛青山石室每以法華爲會三之旨無量壽爲淨土之因常吟詠二部有衆則講獨處則誦謝安爲吳興守故往展敬而山栖幽阻車不通輙於是解駕山椒陵峯步往晉簡文皇帝遣堂邑太守曲安遠詔問起居并諮以妖星請曠爲力曠答詔曰昔宋景修福妖星移次陛下光輔以來政刑允輯天下任重萬機事殷失之毫氂差以千里唯當勤修德政以塞天譴貧道必當盡誠上答正恐有心無力耳乃與弟子齋懺有頃災滅晉興寧中東遊禹穴觀矚山水始投若耶之孤潭欲依巖傍嶺栖閑養志郄超謝慶緒並結交塵外時東土多遇疫疾曠既少習慈悲兼善神呪遂遊行村里拯救危急乃出邑止昌原寺百姓疾者多祈之致効有見鬼者言曠之行住常有鬼神數十衛其前後時沙門竺道隣造無量壽像曠乃率其有緣起立大殿相傳云伐木遇旱曠呪令至水晉孝武帝欽承風聞要請出京事以師禮止于長干寺元興元年卒春秋七十有六散騎常侍顧愷之爲作讃傳云

竺道壹姓陸吳人也少出家貞正有學業而晦迹隱智人莫能知與之久處方悟其神出瑯瑘王珣兄弟深加敬事晉太和中出都止瓦官寺從汰公受學數年之中思徹淵深講傾都邑汰有弟子曇壹亦雅有風操時人呼曇壹爲大壹道壹爲小壹名德相繼爲時論所宗晉簡文皇帝深所知重及帝崩汰死壹乃還東止虎丘山學徒苦留不止乃令丹陽尹移壹還都壹答尹曰蓋聞大道之行嘉遁

得肆其志唐虞之盛逸民不奪其性弘方由於有外致遠待而不踐大晉光熈德被無外崇禮佛法弘長彌大是以殊域之人不遠萬里被褐振錫洋溢天邑皆割愛棄欲洗心清玄遐期曠世故道深常隱志存慈救故遊不滯方自東徂西唯道是務雖萬物惑其日計而識者悟其歲功今若責其屬籍同役編戶恐遊方之士望崖於聖世輕舉之徒卓長往而不反虧盛明之風有謬主相之旨且荒服之賓無關天臺幽藪之人不書王府幸以時審讞詳而後集也壹於是閑居幽阜晦影窮谷時若耶山有帛道猷者本姓馮山陰人少以篇牘著稱性率素好丘壑一吟一詠有濠上之風與道壹經有講筵之遇後與壹書云始得優遊山林之下縱心孔釋之書觸興爲詩陵峯採藥服餌蠲痾樂有餘也但不與足下同日以此爲恨耳因有詩曰連峯數千里修林帶平津雲過遠山翳風至梗荒榛茅茨隱不見雞鳴知有人閑步踐其逕處處見遺薪始知百代下故有上皇民而壹得書既有契心抱乃東適耶溪與道猷相會定於林下於是縱情塵外以經書自娛頃之郡守瑯瑘王薈於邑西起嘉祥寺以壹之風德高遠請居僧首壹乃抽六物遺於寺造金牒千像壹既博通內外又律行清嚴故四遠僧尼咸依附諮稟時人號曰九州都維那後暫往吳之虎丘山以晉隆安中遇疾而卒即葬於山南春秋七十有一矣孫綽爲之讃曰馳辭說言因緣不虛惟茲壹公綽然有餘譬若春圃載芬載譽條被猗蔚枝幹森踈壹弟子道寶姓

張亦吳人聰慧夙成尤善席上張彭祖王秀
琰皆見推重並著莫逆之交焉
釋慧虔姓皇甫北地人也少出家奉持戒行
志操確然憩廬山十有餘年道俗有業志勝
途者莫不屬慕風彩羅什新出諸經虔志存
敷顯宣揚德教以遠公在山足紐振玄風虔
乃東遊吳越矚地弘通以晉義熙之初投山
陰嘉祥寺克己導物苦身率衆凡諸新經皆
書寫講說涉將五載忽然得病寢疾少時自
知必盡乃屬想安養祈誠觀音山陰北寺有
淨嚴尼宿德有戒行夜夢見觀世音從西郭
門入清暉妙狀光暎日月幢旛華蓋皆以七
寶莊嚴見便作禮問曰不審大士今何所之
答云往嘉祥寺迎虔公因爾無常當時疾雖
綿篤而神色平平如有恒日侍者咸聞異香
久之乃歇虔既自審必終又覩瑞相道俗聞
見咸生歡羨焉

高僧傳卷第五

音釋

汏 他蓋切
愜 苦協切快也
濩澤 濩屋虢切濩澤縣名在河東
篼 當侯切飼馬器也
箔 傍各切
闥 他達切小門也
燿 弋照切照也
罩 卓教切
沔 彌兗切水名
徽 呼韋切美也
績 則歷切功也
鑾 盧官切鑾駕人君乘輿也
蓄 勅六切積也
銳 俞芮切芒利也
窄 側革切狹也
級 居立切
靴 許戈切鞾履也
有
汧隴 隴力踵切汧隴地名
睇 特計切視也
孜 津之切孜孜勤也
析 先擊切
駮 北角切
駢 蒲眠切駢聯也
袠 直質切書衣也
槌 直追切與椎同
橙 丁鄧切案屬
郅 頻脂切下郅地名
闋 苦穴切終也
讞 魚蹇切議也
痾 烏何切病也
薈 古會切

高僧傳卷第六

梁會稽嘉祥寺沙門慧皎撰

義解三

釋慧遠本姓賈氏鴈門樓煩人也弱而好書珪璋秀發年十三隨舅令狐氏遊學許洛故少爲諸生博綜六經尤善莊老性度弘偉風鑒朗拔雖宿儒英達莫不服其深致年二十一欲度江東就范宣子共契值石虎已死中原寇亂南路阻塞志不獲從時沙門釋道安立寺於太行恒山弘讃像法聲甚著聞遠遂往歸之一面盡敬以爲眞吾師也後聞安講波若經豁然而悟乃歎曰儒道九流皆糠粃耳便與弟慧持投簪落髮委命受業既入乎道厲然不群常欲總攝綱維以大法爲己任精思諷持以夜續晝貧旅無資緼纊常闕而昆弟恪恭終始不懈有沙門曇翼每給以燈燭之費安公聞而喜曰道士誠知人矣遠藉慧解於前因發勝心於曠劫故能神明英越機鑒遐深安公常歎曰使道流東國其在遠乎年二十四便就講說嘗有客聽講難實相義往復移時彌增疑昧遠乃引莊子義爲連類於惑者曉然是後安公特聽慧遠不廢俗書安有弟子法遇曇徽皆風才照灼志業清

斂並推服焉後隨安公南遊樊沔僞秦建元九年秦將符丕寇并襄陽道安爲朱序所拘不能得去乃分張徒衆各隨所之臨路諸長德皆被誨約遠不蒙一言遠乃跪曰獨無訓勗懼非人例安曰如汝者豈復相憂遠於是與弟子數十人南適荊州住上明寺後欲往羅浮山及屆潯陽見廬峯清靜足以息心始住龍泉精舍此處去水本遠遠乃以杖扣地曰若此中可得栖止當使朽壤抽泉言畢清流涌出浚矣成溪其後少時潯陽亢旱遠詣池側讀海龍王經忽有巨蛇從池上空須臾大雨歲以有年因號精舍爲龍泉寺焉時有沙門慧永居在西林與遠同門舊好遂要遠同止永謂刺史桓伊曰遠公方當弘道今徒屬已廣而來者方多貧道所栖褊狹不足相處如何桓乃爲遠復於山東更立房殿即東林是也遠創造精舍洞盡山美却負香爐之峯傍帶瀑布之壑仍石疊基即松栽構清泉環階白雲滿室復於寺内别置禪林森樹烟凝石逕苔合凡在瞻履皆神清而氣肅焉遠聞天竺有佛影是佛昔化毒龍所留之影在北天竺月氏國那竭呵城南古仙人石室中經道取流沙西一萬五千八百五十里每欣感交懷志欲瞻覩會有西域道士叙其光相遠乃背山臨流營築龕室妙筭畫工淡彩圖寫色疑積空望似烟霧暉相炳曖若隱而顯遠乃著銘曰廓矣大象理玄無名體神入化落影離形迴暉層巖凝映虚亭在陰不昧處闇愈明婉步蟬蜕朝宗百靈應不同方迹絶而冥_一其茫茫荒宇靡勸靡獎淡虚寫容拂空

傳像相具體微冲姿自朗白毫吐曜昏夜中
爽感徹乃應扣誠發響留音停岫津悟冥賞
撫之有會功弗由曩其二旋踵忘敬罔慮罔識
三光掩暉萬象一色庭宇幽藹歸途莫測悟
之以靖開之以力慧風雖遐惟塵假息匪聖
玄覽孰扇其極其三希音遠流乃眷東顧欣風
慕道仰規玄度妙盡毫端運微輕素託彩虛
淡殆映霄霧迹似像眞理深其趣奇興開襟
祥風引路清氣迴軒昏交未曙髣髴神容依
俙欽遇其四銘之圖之曷營曷求神之聽之鑒
爾所修庶茲塵軌映彼玄流漱清靈沼飲和
至柔照虛應簡智落乃周深懷冥託宵想神
遊畢命一對長謝百憂其五又昔潯陽陶侃經
鎮廣州有漁人於海中見神光每夕豔發經
旬彌盛怪以白侃侃往詳視乃是阿育王像
即接歸以送武昌寒溪寺寺主僧珍嘗往夏
口夜夢寺遭火而此像屋獨有龍神圍遶珍
覺馳還寺寺既焚盡唯像屋存焉侃後移鎮
以像有威靈遣使迎接數十人擧之至水及
上船船又覆没使者懼而反之竟不能獲侃
幼出雄武素薄信情故荆楚之間爲之謡曰
陶惟劒雄像以神標雲翔泥宿邈何遥遥可
以誠致難以力招及遠創寺既成祈心奉請
乃飄然自輕往還無梗方知遠之神感證在
風謡矣於是率衆行道昏曉不絶釋迦餘化
於斯復興既而謹律息心之士絶塵清信之
賓並不期而至望風遥集彭城劉遺民豫章
雷次宗鴈門周續之新蔡畢頴之南陽宗炳
張萊民張季碩等並棄世遺榮依遠遊止遠
乃於精舍無量壽像前建齋立誓共期西方

乃令劉遺民著其文曰維歲在攝提格七月戊辰朔二十八日乙未法師釋慧遠貞感幽奧霜懷特發乃延命同志息心貞信之士百有二十三人集於廬山之陰般若雲臺精舍阿彌陀像前率以香華敬薦而誓焉推斯一會之衆夫緣化之理既明則三世之傳顯矣遷感之數既符則善惡之報必矣推交臂之潛淪悟無常之期切審三報之相催知險趣之難拔此其同志諸賢所以夕惕宵勤仰思攸濟者也蓋神者可以感涉而不可以迹求必感之有物則幽路咫尺苟求之無主則渺茫何津今幸以不謀而僉心西境叩篇開信亮情天發乃機象通於寢夢欣歡百於子來於是雲圖表暉影侔神造功由理諧事非人運茲實天啓其誠冥運來萃者矣可不剋心重精疊思以凝其慮哉然其景績參差功德不一雖晨祈云同夕歸攸隔即我師友之眷良可悲矣是以慨焉胥命整襟法堂等施一心亭懷幽極誓茲同人俱絕遊域其有驚出絕倫首登神界則無獨善於雲嶠忘兼全於幽谷先進之與後升勉思彙征之道然復妙覲大儀啓心貞照識以悟新形由化革藉芙蓉於中流蔭瓊柯以咏言飄雲衣於八極汎香風以窮年體忘安而彌穆心超樂以自怡臨三途而緬謝傲天宮而長辭紹衆靈以繼軌指太息以爲期究茲道也豈不弘哉遠神韻嚴肅容止方稜凡預瞻覩莫不心形戰慄曾有一沙門持竹如意欲以奉獻入山信宿竟不敢陳竊留席隅默然而去有慧義法師强正不憚將欲造山謂遠弟子慧寶曰諸君

庸才望風推服今試觀我如何至山值遠講法華每欲難問輒心悸流汗竟不敢語出謂慧寶曰此公定可訝其伏物蓋衆如此殷仲堪之荆州過山展敬與遠共臨北澗論易體要移景不勌既而歎曰識信深明實難庶幾司徒王謐護軍王默等並欽慕風德遥致師敬謐修書曰年始四十而衰同耳順遠答曰古人不愛尺璧而重寸陰觀其所存似不在長年耳檀越既履順而遊性乘佛理以御心因此而推復何羡於遐齡耶聊想斯理久已得之爲復酬來信耳盧循初下據江州城入山詣遠遠少與循父嘏同爲書生及見循歡然道舊因朝夕音介僧有諫遠者曰循爲國寇與之交厚得不疑乎遠曰我佛法中情無取捨豈不爲識者所察此不足懼及宋武追

討盧循設帳桑尾左右曰遠公素主盧山與循交厚宋武曰遠公世表之人必無彼此乃遣使賫書致敬并遺錢米於是遠近方服其明見初經流江東多有未備禪法無聞律藏殘闕遠慨其道缺乃令弟子法淨法領等遠尋衆經踰越沙雪曠歲方反皆獲梵本得以傳譯昔安法師在關請曇摩難提出阿毗曇心其人未善晉言頗多疑滯後有罽賓沙門僧伽提婆博識衆典以晉太元十六年來至潯陽遠請重譯阿毗曇心及三法度論於是二學乃興并製序標宗貽於學者孜孜爲道務在弘法每逢西域一賓輒懇惻諮訪聞羅什入關即遣書通好曰釋慧遠頓首去歲得姚左軍書具承德問仁者曩絶殊域越自外境于時音驛未交聞風而悅但江湖難寘以

形垂爲歎耳須知承否通之會懷寶來遊至止有問則一日九馳徒情欣雅味而無由造盡寓目望途固以增其勞佇每欣大法宣流三方同遇雖運鍾其末而趣均在昔誠未能扣津妙門感徹遺靈至於虛襟遣契亦無日不懷夫栴檀移植則異物同熏摩尼吐曜則衆珍自積是惟教合之道猶虛往實歸況宗一無像而應不以情者乎是故負荷大法者必以無執爲心會友以仁者使功不自已若令法輪不停軫於八正之路三寶不輟音於將盡之期則滿願不專美於絕代龍樹豈獨善於前蹤今往比量衣裁願登高座爲著之并天漉之器此既法物聊以示懷什答書曰鳩摩羅什和南既未言面又文辭殊隔導心之路不通得意之緣圯絕傳驛來貺粗承風

德比知何如備聞一途可以蔽百經言末後東方當有護法菩薩勗哉仁者善弘其事夫財有五備福戒博聞辯才深智兼之者道隆未具者疑滯仁者備之矣所以寄心通好因譯傳意豈其能盡粗酬來意耳損所致比量衣裁欲令登法座時著當如來意但人不稱物以爲愧耳今往常所用鍮石雙口澡罐可備法物之數也并遺偈一章曰既已捨染樂心得善攝不若得不馳散深入實相不畢竟空相中其心無所樂若悅禪智慧是法性無照虛誑等無實亦非停心處仁者所得法幸願示其要遠重與什書曰日有涼氣比復何如去月法識道人至聞君欲還本國情以悵然先聞君方當大出諸經故未欲便相諮求若此傳不虛衆恨可言今輒略問數十條事

龔有餘暇一一爲釋此雖非經中之大難要欲取決於君耳并報偈一章曰本端竟何從起滅有無際一微涉動境成此頹山勢惑相更相乘觸理自生滯因緣雖無主開途非一世時無悟宗匠誰將握玄契末問尚悠悠相與期暮歲後有弗若多羅來適關中誦出十誦梵本羅什譯爲晉文三分始二而多羅棄世遠常慨其未備及聞曇摩流支入秦復善誦此部乃遣弟子曇邕致書祈請令於關中更出餘分故十誦一部具足無闕晉地獲本相傳至今葱外妙典關中勝說所以來集茲土者遠之力也外國衆僧咸稱漢地有大乘道士每至燒香禮拜輒東向稽首獻心廬岳其神理之迹故未可測也先是中土未有泥洹常住之說但言壽命長遠而已遠乃歎曰佛是至極則無變無變之理豈有窮耶因著法性論曰至極以不變爲性得性以體極爲宗羅什見論而歎曰邊國人未有經便闇與理合豈不妙哉秦主姚興欽風名德歎其才思致書殷勤信餉連接贈以龜茲國細縷雜變像以伸欵心又令姚嵩獻其珠像釋論新出興送論并遺書曰大智論新譯訖此既龍樹所作又是方等旨歸宜爲一序以伸作者之意然此諸道士咸相推謝無敢動手法師可爲作序以貽後之學者遠答云欲令作大智論序以伸作者之意貧道聞懷大非小褚所容汲深非短綆所測披省之日有愧高命又體羸多疾觸事有廢不復屬意已來其日亦久緣告之重輒粗綴所懷至於研究之美當復寄諸明德其名高遠固如此遠常謂大

智論文句繁廣初學難尋乃抄其要文撰爲二十卷序致淵雅使夫學者息過半之功矣後桓玄征殷仲堪軍經廬山要遠出虎溪遠稱疾不堪玄自入山左右謂玄曰昔殷仲堪入山禮遠願公勿敬之玄答何有此理仲堪本死人耳及至見遠不覺致敬玄問不敢毀傷何以剪削遠答云立身行道玄稱善所懷問難不敢復言乃說征討之意遠不答玄又問何以見願遠云願檀越安隱使彼亦復無他玄出山謂左右曰實乃生所未見玄後以震主之威苦相延致乃貽書騁說勸令登仕遠答辭堅正確乎不拔志踰丹石終莫能迴俄而玄欲沙汰衆僧教僚屬曰沙門有能伸述經誥暢說義理或禁行循整足以宣寄大化其有違於此者悉皆罷道唯廬山道德所居不在搜簡之例遠與玄書曰佛教陵遲穢雜日久每一尋至慨憤盈懷常恐運出非意淪湑將及竊見清澄諸道人教實應其本心夫涇以渭分則清濁殊勢枉以直正則不仁自遠此命既行必二理斯得然後令飾僞者絕假通之路懷眞者無負俗之嫌道世交興三寶復隆矣因廣玄條制玄從之昔成帝幼冲庾冰輔政以爲沙門應敬王者尚書令何充僕射褚翌諸葛恢等奏不應敬禮官議悉同充等門下承冰旨爲駁同異紛然竟莫能定及玄在姑熟欲令盡敬乃與遠書曰沙門不敬王者既是情所不了於理又是所未喻一代大事不可令其體不允近與八座書令以呈君君可述所以不敬意也此便當行行之事一二令詳遣想必有以釋其所疑耳遠

答書曰夫稱沙門者何耶謂能發矇俗之幽昏啓化表之玄路方將以兼忘之道與天下同往使希高者挹其遺風漱流者味其餘津若然雖大業未就觀其超步之迹所悟固已弘矣又袈裟非朝宗之服鉢盂非廊廟之器沙門塵外之人不應致敬王者玄雖苟執先志恥即外從而覲遠辭旨趑趄未決有頃玄簒位即下書曰佛法宏大所不能測推奉主之情故興其敬今事既在己宜盡謙光諸道人勿復致禮也遠乃著沙門不敬王者論凡有五篇一曰在家奉法則是順化之民情未變俗迹同方内故有天屬之愛奉主之禮禮敬有本遂因之以成教二曰出家謂出家者能遁世以求其志變俗以達其道變俗則服章不得與世典同禮遁世則宜高尚其迹夫然故能拯溺俗於沉流拔玄根於重劫遠通三乘之津近開人天之路如令一夫全德則道洽六親澤流天下雖不處王侯之位固已協契皇極在宥生民矣是故内乖天屬之重而不違其孝外闕奉主之恭而不失其敬也三曰求宗不順化謂反本求宗者不以生累其生則其生可滅不以生累其神則其神可冥冥神絶境故謂之泥洹故沙門雖抗禮萬乘高尚其事不爵王侯而沾其惠者也四曰體極不兼應謂如來之與周孔發致雖殊潛相影響出處成異終期必同故雖曰道殊所歸一也不兼應者物不能兼受也五曰形盡神不滅謂識神馳騖隨行東西也此是論之大意自是沙門得全方外之迹矣及桓玄

西奔晉安帝自江陵旋于京師輔國何無忌勸遠候迎遠稱疾不行帝遣使勞問遠脩書曰釋慧遠頓首陽月和暖願御膳順宜貧道先嬰重疾年衰益甚猥蒙慈詔曲垂光慰感懼之深實百于懷幸遇慶會而形不自運此情此慨良無以喻詔答陽中感懷知所患未佳甚情耿去月發江陵在道多諸惡情遲兼常本冀經過相見法師既養素山林又所患未痊邈無復因增其歎恨陳郡謝靈運負才傲俗少所推崇及一相見肅然心服遠内通佛理外善群書夫預學徒莫不依擬時遠講喪服經雷次宗宗炳等並執卷承旨次宗後別著義疏首稱雷氏宗炳因寄書嘲之曰昔與足下共於釋和尚間面受此義今便題卷首稱雷氏乎其化兼道俗斯類非一自遠卜

居廬阜三十餘年影不出山迹不入俗每送客遊履常以虎溪爲界焉以晉義熈十二年八月初動散至六日困篤大德耆年皆稽顙請飲豉酒不許又請飲米汁不許又請以蜜和水爲漿乃命律師令披卷尋文得飲與不卷未半而終春秋八十三矣門徒號慟若喪考妣道俗奔赴踵繼肩隨遠以凡夫之情難割乃制七日展哀遺命使露骸松下既而弟子收葬潯陽太守阮侃於山西嶺鑿壙開塚謝靈運爲造碑文銘其遺德南陽宗炳又立碑寺門初遠善屬文章辭氣清雅席上談吐精義簡要加以容儀端整風彩灑落故圖像于寺遐邇式瞻所著論序銘讚詩書集爲十卷五十餘篇見重於世焉

釋慧持者慧遠之弟也沖默有遠量年十四

學讀書一日所得當他一旬善文史巧才製年十八出家與兄共伏事道安法師遍學衆經遊刃三藏及安在襄陽道遠東下持亦俱行初憩荊州上明寺後適廬山皆隨遠共止持形長八尺風神俊爽常躡草屣納衣半脛廬山徒屬莫匪英秀往反三千皆以持爲稱首持有姑爲尼名道儀住在江夏儀聞京師盛於佛法欲下觀化持乃送姑至都止于東安寺晉衛軍瑯瑘王珣深相器重時有西域沙門僧伽羅叉善誦四含珣請出中阿含經持乃校閱文言搜括詳定後還山少時豫章太守范寗請講法華毗曇於是四方雲聚千里遙集王珣與范寗書云遠公持公孰愈范答書云誠爲賢兄賢弟也王重書云但令如兄誠未易有況弟復賢耶兗州刺史瑯瑘王

恭致書於沙門僧檢曰遠持兄弟至德何如檢答曰遠持兄弟也綽綽焉信有道風矣羅什在關遥相欽敬致書通好結爲善友持後聞成都地沃民豐志往傳化兼欲觀瞻峨嵋振錫岷岫乃以晉隆安三年辭遠入蜀遠苦留不止遠歎曰人生愛聚汝獨樂離如何持亦悲曰若滯情愛聚者本不應出家今既割欲求道正以西方爲期耳於是兄弟收淚憫默而別行達荊州刺史殷仲堪禮遇欣重時桓玄亦在彼玄雖涉學功疎而一往神出見持有隣幾獨絕尤歎是今古無比大欲結歡持既疑其爲人遂弃而不納殷桓二人苦欲留之持益無停意臨去與玄書曰本欲栖病峨嵋之岫觀化流沙之表不能負其發足之懷便束裝首路玄得書惆悵知其不可止遂

乃到蜀止龍淵精舍大弘佛法井絡四方慕德成侶刺史毛璩推相崇挹時有沙門惠巖僧恭先在岷蜀人情傾蓋及持至止皆望風推服有升持堂者皆號登龍門恭公幼有才思爲蜀郡僧正巖公內外多解素爲毛璩所重後蜀人譙縱因鋒鏑之機攻殺毛璩割據蜀土自號成都王乃集僧設會逼請巖公巖不得已而赴璩旣宿昔檀越一旦傷破覩事增悲痛形顏色遂爲譙縱所忌因而被害舉邑紛擾白黑危懼持避難憩郫縣中寺縱有從子道福凶悖尤甚將兵往郫有所討戮還過入寺人馬浴血衆僧大怖一時驚走持在房前盥洗神色無忤道福直至持邊持彈指漉水淡然自若福愧悔流汗出寺門謂左右曰大人故與衆異後境內清恬還止龍淵寺講說齋懺老而愈篤以晉義熙八年卒于寺中春秋八十有六臨終遺命務勗律儀謂弟子曰經言戒如平地衆善由生汝等行住坐卧宜其謹哉以東間經籍付弟子道泓在西間法典囑弟子曇蘭泓業行清敏蘭神悟天發並係軌師蹤焉

釋慧永姓鄱河內人也年十二出家伏事沙門竺曇現爲師後又伏膺道安法師素與慧遠共期欲結宇羅浮之岫遠旣爲道安所留永乃欲先踰五嶺行經潯陽郡人陶範苦相要留於是且停廬山之西林寺旣門徒稍盛又慧遠同築遂有意終焉永貞素自然清心克己言常含笑語不傷物耽好經典善於講說蔬食布衣率以終歲又別立一茅室於嶺上每欲禪思輒往居焉時有至房者並聞殊

香之氣永屋中常有一虎人或畏者輒驅出
令上山人去後還復循伏永嘗出邑薄晚還
山至烏橋烏橋營主醉騎馬當道遮永不聽
去日時向晚永以杖遥指馬馬即驚走營主
倒地永捧慰還營因爾致疾明晨往寺向永
悔過永曰非貧道本意恐戒神所爲耳白黑
聞知歸心者衆矣後鎮南將軍何無忌作鎮
潯陽爰集虎溪請永及慧遠遠既久持名望
亦雅足才力從者百餘皆端整有風序及高
言華論舉動可觀永恬然獨往率爾後至納
衣草屣執杖提鉢而神氣自若清散無矜衆
咸重其貞素翻更多之遠少所推先而挹永
高行身執卑恭以希冥福永厲行精苦願生
西方以晉義熙十年遇疾危篤而專謹戒律
執志愈勤雖枕痾懷苦顏色怡悅未盡少時
忽斂衣合掌求屣欲起如有所見衆咸驚問
答云佛來言終而卒春秋八十有三道俗在
山咸聞異香七日乃歇時廬山又有釋僧融
亦苦節通靈能降伏鬼物云

釋僧濟未詳何許人晉太元末入廬山從遠
公受學大小諸經及世典書數皆遊練心抱
貫其深要年始過立便出邑開講歷當元匠
遠每謂曰共吾弘佛法者爾其人乎後停山
少時忽感篤疾於是誠要西國想像彌陀遠
遺濟一燭曰汝可以運心安養競諸漏刻濟
執燭憑机停想無亂又請衆僧夜集爲轉無
量壽經至五更中濟以燭授同學令於僧中
行之於是暫卧因夢見自秉一燭乘虛而行
覩無量壽佛接置于掌遍至十方不覺欻然
而覺具爲侍疾者説之且悲且慰自省四大

了無疾苦至于明夕忽索履起立目逆虛空如有所見須臾還卧顏色更悦因爲傍人云吾其去矣於是轉身右脇而言氣俱盡春秋四十有五矣

釋法安一名慈欽未詳何許人遠公之弟子也善持戒行講説衆經兼習禪業善能開化愚矇拔邪歸正晉義熈中新陽縣虎災縣有大社樹下築神廟左右居民以百數遭虎死者夕有一兩安甞遊其縣暮逗此村民以畏虎早閉門閭安逕之樹下通夜坐禪向曉聞虎負人而至投之樹北見安如喜如驚跳伏安前安爲説法授戒虎踞地不動有頃而去旦村人追虎至樹下見安大驚謂是神人遂傳之一縣士庶宗奉虎災由此而息因改神廟留安立寺左右田園皆捨爲衆業後欲作畫像須銅青困不能得夜夢見一人近其牀前云此下有銅鐘覺即掘之果得二口因以青成像後以一鐘助遠公鑄佛餘一武昌太守熊無患借視遂留之安後不知所終

釋曇邕姓楊關中人少仕僞秦王爲衛將軍形長八尺雄武過人太元八年從符堅南征爲晉軍所敗還至長安因從安公出家安公既往乃南投廬山事遠公爲師内外經書多所綜涉志尚弘法不憚疲苦後爲遠入關致書羅什凡爲使命十有餘年鼓擊風流摇動峰岫强悍果敢專對不辱京師道場僧鑒挹其德解請還揚州邕以遠年高遂不果行然遠神色高抗者其類不少恐後不相推謝因以小緣託擯邕出邕奉命出山容無怨忤乃於山之西南營立茅宇與弟子曇果澄思禪

門甞於一時果夢見山神求受五戒果曰家師在此可往諮受後少時邕見一人著單衣恰風姿端雅從者二十許人請受五戒邕以果先夢知是山神乃爲説法授戒神䞋以外國七筯禮拜辭别儵忽不見至遠臨亡之日明當入國汝應供養明旦即勑外司若有異人入境必馳奏聞俄而蜜多果至王自出郊迎乃請入宫遂從稟戒盡四事之禮蜜多安而能遷不拘利養居數載蜜有去心神又降夢曰福德人捨王去矣王惕然驚覺既而君臣固留莫之能止遂度流沙進到燉煌於閑曠之地建立精舍植㮈千株開園百畒房閣池林極爲嚴淨頃之復適涼州仍於公府舊寺更葺堂宇學徒濟濟禪業甚盛常以江右王畿志欲傳法以宋元嘉元年展轉至蜀俄而出峽停止荆州於長沙寺造立禪閣翹誠懇惻祈請舍利旬有餘日遂感一枚衝器出聲放光滿室門徒道俗莫不更增勇猛人百其心頃之沿流東下至于京師初止中興寺晚憇祇洹蜜多道聲素著化洽連邦至京甫爾傾都禮訊自宋文袁皇后及皇太子公主莫不設齋桂宫請戒椒掖參候之使旬日相望即於祇洹寺譯出禪經禪法要普賢觀虚空藏觀等常以禪道教授或千里諮受四輩遠近皆號大禪師會稽太守平昌孟顗深信正法以三寶爲己任素好禪味敬心殷重及臨浙右請與同遊乃於鄮縣之山建立塔寺東境舊俗多趨巫祝及妙化所移比屋歸正自西徂東無思不服元嘉十年還都止鍾山定林下寺蜜多天性凝靜雅愛山水以爲鍾

遐之元子也少出家止長安大寺爲弘覺法師弟子覺亦一時法匠䂮初從受業後遊青司樊沔之間通六經及三藏律行清謹能匡振佛法姚萇姚興早挹風名素所知重及僭有關中深相頂敬興既崇信三寶盛弘大化建會設齋烟蓋重疊使夫慕道捨俗者十室其半自童壽入關遠僧復集僧尼既多或有愆漏興曰凡夫學僧未階苦忍安得無過過而將極過遂多矣宜立僧主以清大望因下書曰大法東遷於今爲盛僧尼已多應須綱領宣授遠規以濟頹緒僧䂮法師學優早年德芳暮齒可爲國內僧主僧遷法師禪慧兼修即爲悅衆法欽慧斌共掌僧録給車輿吏力䂮資侍中秩傳詔羊車各二人遷等並有厚給供事純儉允愜時望五衆肅清六時無怠至弘始七年勑加親信仗身白從各三十人僧正之興䂮之始也䂮躬自步行車輿以給老疾所獲供卹常充衆用雖年在秋方而講說經律勗衆無倦以弘始之末卒長安大寺春秋七十三矣

釋道融汲郡林慮人十二出家厥師愛其神彩先令外學往村借論語竟不賫歸於彼已誦師更借本覆之不遺一字既嗟而異之於是恣其遊學迄至立年才解英絶內外經書闇遊心府聞羅什在關故往諮禀什見而奇之謂姚興曰昨見融公復是大奇聰明釋子興引見歎重勑入逍遥園叅正詳譯因請什出菩薩戒本今行於世後譯中論始得兩卷融便就講剖析文言預貫終始什又命融令講新法華什自聽之乃歎曰佛法之興融其

人也俄而師子國有一婆羅門聰辯多學西土俗書罕不披誦爲彼國外道之宗聞什在關大行佛法乃謂其徒曰寧可使釋氏之風獨傳震旦而吾等正化不洽東國遂乘駝負書來入長安姚興見其口眼便辟頗亦惑之婆羅門乃啓興曰至道無方各遵其事今請與秦僧捔其辯力隨有優者即傳其化興即許焉時關中僧衆相視缺然莫敢當者什謂融曰此外道聰明殊人捔言必勝使無上大道在吾徒而屈良可悲矣若使外道得志則法輪摧軸豈可然乎如吾所覩在君一人融自顧才力不減而外道經書未盡披讀乃密令人寫婆羅門所讀經目一披即誦後尅日論義姚興自出公卿皆會闕下關中僧衆四遠必集融與婆羅門擬相詶抗鋒辯飛玄彼所不及婆羅門自知辭理已屈猶以廣讀爲誇融乃列其所讀書并秦地經史名目卷部三倍多之什因嘲之曰君不聞大秦廣學那忽輕爾遠來婆羅門心愧悔伏頂禮融足旬日之中無何而去像運再興融之力也融後還彭城常講說相續聞道至者千有餘人依隨門徒數盈三百性不狎諠常登樓披翫慇懃善誘畢命弘法後卒於彭城春秋七十四矣所著法華大品金光明十地維摩等義疏並行於世矣

釋曇影或云北人不知何許郡縣性虛靖不甚交遊而安貧志學舉止詳審過似淹遲而神氣駿捷志與形反能講正法華經及光讚波若每法輪一轉輒道俗千數後入關中姚興大加禮接及什至長安影往從之什謂興

曰昨見影公亦是此國風流標望之僧也與勑住逍遥園助什譯經初出成實論凡諍論問答皆次第往反影恨其支離乃結爲五番竟以呈什什曰大善深得吾意什後出妙法華經影既舊所命宗特加深思乃著法華義疏四卷并注中論後山栖隱處守節塵外脩功立善愈老愈篤以晉義熈中卒春秋七十矣

釋僧叡魏郡長樂人也少樂出家至年十八始獲從志依投僧賢法師爲弟子謙虚内敏學與時競至年二十二博通經論甞聽僧朗法師講放光經屢有譏難朗與賢有濠上之契謂賢曰叡比格難吾累思不能通可謂賢賢弟子也至年二十四遊歷名邦處處講說知音之士負袠成群常歎曰經法雖少足識因果禪法未傳厝心無地什後至關因請出禪法要三卷始是鳩摩羅陀所製末是馬鳴所說中間是外國諸聖共造亦稱菩薩禪叡既獲之日夜修習遂精練五門善入六靜僞司徒公姚嵩深相禮貴姚興問嵩叡公何如嵩答實鄴衛之松柏興勑見之公卿皆集欲觀其才器叡風韻窪隆含吐彬蔚興大賞悅即勑給俸卹吏力人轝興後謂嵩曰乃四海之標領何獨鄴衛之松柏於是美聲遐布遠近歸德什所翻經叡並參正昔竺法護出正法華經受決品云天見人人見天什譯經至此乃言曰此語與西域義同但在言過質叡曰將非人天交接兩得相見作喜曰實然其領悟標出皆此類也後出成實論令叡講之什謂叡曰此諍論中有七處文破毗曇而在

言小隱若能不問而解可謂英才至叡啓發幽微果不諮什而契然懸會什歎曰吾傳譯經論得與子相值眞無所恨矣著大智論十二門論中論等序并注大小品法華維摩思益自在王禪經等序皆傳於世初叡善攝威儀弘讃經法常迴此諸業願生安養每行住坐卧不敢正背西方後自知命盡忽集僧告别乃謂衆曰平生誓願願生西方如叡所見或當得徃未知定免狐疑城不但身口意業或相違犯願施以大慈爲永劫法朋也於是入房洗浴燒香禮拜還座向西方合掌而卒是日同寺咸見五色香烟從叡房出春秋六十七矣時又有沙門僧楷與叡公同學亦有高名云

釋道恒藍田人年九歲戲于路隱士張忠見而嗟曰此小兒有出人之相在俗必有輔政之功處道必能光顯佛法恨吾老矣不得見之恒少失二親事後母以孝聞家貧無蓄粒常手自畫績以供贍奉而篤好經典學兼宵夜至年二十後母又亡行喪盡禮服畢出家又遊刃佛理多所通達學該內外才思清敏羅什入關即徃修造什大嘉之及譯出衆經並助詳定時恒有同學道標亦雅有才力當時擅名與恒相次秦主姚興以恒標二人神氣俊朗有經國之量乃勑僞尚書令姚顯令敦逼恒標罷道助振正業又下書恒標等曰卿等皎然之操實在可嘉但君臨四海治急須才令勑尚書令顯令奪卿等法服助翼贊時世苟心存道味寧繫白黑望體此懷不以守節爲辭也恒標等荅曰奉去月二十八日

詔令奪恒標等法服承命悲懷五情失守恒等才質闇短染法未深緇服之下誓畢身命並習佛法不閑世事徒廢非常之業終無殊異之功昔光武尚能縱嚴陵之心魏文容管寧之操抑至尊之高心遂匹夫之微志況陛下以道御物兼弘三寶願鑒元元之情垂曠通物之理也與又致書於什䂮二法師曰別已數旬每有傾想漸暖比休泰耳小虜遠舉更無處分正有憒然耳頃萬事之殷須才以理之近詔恒標二人令釋羅漢之服尋大士之蹤然道無不在願法師等勗以諭之什䂮等答曰蓋聞太上以道養民而物自足其復有德而治天下是以古之明主審違性之難御悟任物之多因故堯放許由於箕山陵讓放杖於魏國高祖縱四皓於終南叔度辭蒲輪於漢岳蓋以適賢之性爲得賢也今恒標等德非圓達分在守節少習玄化伏膺佛道至於敷析妙典研究幽微足以啓悟童稚助化功德願也陛下放既往之恩縱其微志也興後頻復下書闔境救之殆而得免恒乃歎曰古人有言益我貨者損我神生我名者殺我身於是竄影巖壑畢命幽藪蔬食味禪緬迹人外晉義熙十三年卒于山舍春秋七十二恒著釋駁論及百行箴標作舍利弗毗曇序并弔王喬文並行於世

釋僧肇京兆人家貧以傭書爲業遂因繕寫乃歷觀經史備盡墳籍志好玄微每以莊老爲心要嘗讀老子道德章乃歎曰美則美矣然期栖神冥累之方猶未盡善後見舊維摩經歡喜頂受披尋翫味乃言始知所歸矣因

此出家學善方等兼通三藏及在冠年而名
振關輔時競譽之徒莫不猜其早達或千里
負粮入關抗辯肇既才思幽玄又善談說承
機挫銳曾不流滯時京兆宿儒及關外英彥
莫不挹其鋒辯負氣摧衂後羅什至姑臧肇
自遠從之什嗟賞無極及什適長安肇亦隨
入及姚興命肇與僧叡等入逍遙園助詳定
經論肇以去聖久遠文義舛雜先舊所解時
有乖謬及見什諮稟所悟更多因出大品之
後肇便著般若無知論凡二千餘言竟以呈
什什讀之稱善乃謂肇曰吾解不謝子辭當
相挹時廬山隱士劉遺民見肇此論乃歎曰
不意方袍復有平叔因以呈遠公遠乃撫机
歎曰未嘗有也因共披尋翫味更存往復遺
民乃致書肇曰頃飡徽聞有懷遥仰歲末寒

嚴體中何如音寄壅隔增用抱藴弟子沉痾
草澤常有弊瘵願彼大衆康和外國法師休
悆不去年夏末見上人般若無知論才運清
雋旨中沉允推步聖文婉然有歸披味慇懃
不能釋手眞可謂浴心方等之淵悟懷絶冥
之肆窮盡精巧無所間然但闇者難曉猶有
餘疑一兩今輒條之如別願從容之暇粗爲
釋之肇答書曰不面在昔佇想用勞得前疏
并問披尋反覆欣若暫對涼風戒節頃常何
如貧道勞疾每不佳即此大衆尋常什師休
勝秦主道性自然天機邁俗城塹三寶弘通
是務由使異典勝僧自遠而至靈鷲之風萃
乎茲土領公遠舉乃是千載之津梁於西域
還得方等新經二百餘部什師於大石寺出
新至諸經法藏淵曠日有異聞禪師於瓦官

寺教習禪道門徒數百日夜匪懈邕邕肅肅致自欣樂三藏法師於中寺出律部本末精悉若覩初製毗婆沙法師於石羊寺出舍利弗毗曇梵本雖未及譯時問中事發言新奇貧道一生猥參嘉運遇兹盛化自不覩釋迦祇桓之集餘復何恨但恨不得與道勝君子同斯法集耳稱詠既深聊復委及然來問婉切難爲郢人貧道思不關微兼拙於筆語且至趣無言言則乖至云云不已竟何所辯聊以狂言示訓來旨也肇後又著不眞空論物不遷論等并注維摩及製諸經論序並傳於世及什亡之後追悼永往翹思彌厲乃著涅槃無名論其辭曰經稱有餘無餘涅槃涅槃者秦言無爲亦名滅度無爲者取乎虛無寂漠妙絶於有爲滅度者言乎大患永滅超度四流斯蓋鏡像之所歸絶稱之幽宅也而曰有餘無餘者蓋是出處之異號應物之假名余甞試言之夫涅槃之爲道也寂寥虛曠不可以形名得微妙無相不可以有心知超群有以幽昇量太虛而永久隨之弗得其蹤迎之罔眺其首六趣不能攝其生力負無以化其體眇漭惚怳若存若往五目莫覩其容二聽不聞其響冥冥窈窈誰見誰曉彌綸靡所不在而獨曳於有無之表然則言之者失其眞知之者返其愚有之者乖其性無之者傷其軀所以釋迦掩室於摩竭淨名杜口於毗耶須菩提唱無説以顯道釋梵絶聽而雨花斯皆理爲神御故口爲緘嘿豈曰無辯辯所不能言也經曰眞解脱者離於言數寂滅永安無終無始不晦不明不寒不暑湛若虛空

無名無證論曰涅槃非有亦復非無言語路絕心行處滅尋夫經論之作也豈虛構哉果有其所以不有故不可得而有有其所以不無故不可得而無耳何者本之有境則五陰永滅推之無鄉則幽靈不竭幽靈不竭則抱一湛然五陰永滅則萬累都捐萬累都捐故其與道通同抱一湛然故神而無功神而無功故則至功常存與道通同故沖而不改沖而不改不可爲有至功常存不可爲無然則有無絕於內稱謂淪於外視聽之所不曁四空之所昏昧恬兮而夷怕焉而泰九流於是乎交歸衆聖於此乎冥會斯乃希夷之境太玄之鄉而欲以有無題榜標其方域而語神道者不亦邈哉其後十演九折凡數千言文多不載論成之後上表於姚興曰肇聞天得一以清地得一以寧君王得一以治天下伏惟陛下叡哲欽明道與神會妙契寰中理無不統故能遊刃萬機弘道終日威被蒼生垂文作範所以域中有四大王居一焉涅槃之道也蓋是三乘之所歸方等之淵府渺茫希夷絕視聽之域幽致虛玄非群情之所測肇以人微猥蒙國恩得閑居學肆在什公門下十有餘年雖衆經殊趣勝致非一然涅槃一義常以聽習爲先但肇才識闇短雖屢蒙誨諭猶懷漠漠爲竭愚不已亦如似有解然未經高勝先唱不敢自決不幸什公去世諮參無所以爲永恨而陛下聖德不孤獨與什公神契目擊道存快其方寸故能振彼玄風以啓末俗一日遇蒙答安成侯嵩問無爲宗極頗涉涅槃無名之義今輒作涅槃無名論有

十演九折博採衆經託證成喻以仰述陛下無名之致豈曰關詣神心窮究遠當聊以擬議玄門班諭學徒耳若少參聖旨願勑存記如其有差伏承旨授與答旨慇懃備加讚述即勑令繕寫班諸子姪其爲時所重如此晉義凞十年卒於長安春秋三十有一矣

高僧傳卷第六

音釋

緼纉 緼委粉切舊絮也纉苦謗切絮之細者曰纉　褊狹 褊補典切阨也狹胡夾切隘也　惕 他歷切憂也　彙 于貴切類也　悸 其季切心動也　謚 彌畢切　漉 盧谷切　鑵 古玩切淥鑵淨瓶也　綆 古杏切汲井索也　綴 朱衛切連綴也　湑 正作胥新於切淪胥相牽引也　趑趄 趑千咨切趄七余切趑趄不進也　顙 蘇朗切額也　跂 是義切躄跂也　壙 苦謗切穴也　塚 知隴切墳也　璩 強魚切　郫 正作郫音皮縣名　斌 卑民切　卹 辛律切振卹也　繢 胡對切與繪同　竄 七亂切藏匿也　衄 女六切敗北也　瘵 側界切病也　窈 烏皎切深遠也　緘嘿 緘古咸切封緘也嘿莫北切不語也